Ullstein Abenteuer

D1874870

Sir Walter Scott

Der Talisman

Roman

Neu durchgesehen und mit einem Nachwort
von Frank Dietschreit

Ullstein Abenteuer

Ullstein Abenteuer
Lektorat: Hans-Joachim Neumann
Ullstein Buch Nr. 21095
im Verlag Ullstein GmbH,
Frankfurt/M – Berlin
Übersetzung: Wilhelm Sauerwein
Bearbeitet von I. E. Wessely

Umschlaggestaltung:
Hansbernd Lindemann
Titelillustration:
Gilbert-Mayer-Norton-Group
Alle Rechte vorbehalten
© dieser Ausgabe 1988
by Verlag Ullstein GmbH,
Frankfurt/M – Berlin
Printed in Germany 1988
Gesamtherstellung:
Presse-Druck Augsburg
ISBN 3 548 21095 3

November 1988

CIP-Titelaufnahme
der Deutschen Bibliothek

Scott, Walter:
Der Talisman : Roman / Sir Walter Scott
[Übers. Wilhelm Sauerwein]. –
Frankfurt/M ; Berlin : Ullstein, 1988
(Ullstein-Buch ; Nr. 21095 : Ullstein-Abenteuer)
ISBN 3-548-21095-3
NE: GT

1

Die brennende Sonne Syriens hatte noch nicht ihren höchsten Stand am Himmel erreicht, als ein Ritter vom roten Kreuz, der seine nördliche Heimat weit hinter sich gelassen, und sich dem Heere der Kreuzfahrer in Palästina zugesellt hatte, in gemächlichem Schritte durch die Sandstrecke hinzog, die in der Nähe des toten Meeres oder des sogenannten lacus Asphaltites liegen, wo sich die Fluten des Jordan in einen Landsee ergießen, aus dem sie keinen Ausfluß mehr haben.

Unser streitbarer Pilger hatte sich den ersten Teil des Morgens unter Klippen und Abgründen abgemüht; später, als er aus den gefährlichen Felsschluchten heraus war, hatte er voll Mattigkeit die große Ebene betreten, wo jene ruchlosen Städte in alten Tagen die unmittelbare und furchtbare Rache des Allmächtigen auf sich gezogen hatten.

Mühe, Durst, die Gefahren des Weges waren vergessen, als der Wanderer des schrecklichen Strafgerichtes gedachte, welches das lachende, fruchtbare Tal Siddim in eine dürre, grauenvolle Wildnis umgeschaffen. Einst war es wohlbewässert wie der Garten des Herrn, jetzt eine versengte, ausgebrannte Einöde, zu ewiger Unfruchtbarkeit verdammt.

Der Wanderer, der sich bekreuzigte, als er das Gewoge der dunklen Fluten sah, die sich an Farbe und Beschaffenheit von denen jedes anderen Sees unterschieden, schauderte bei der Vorstellung, daß unter diesen trägen Wogen jene stolzen Städte der Ebene lägen, deren Grab vom Donner des Himmels oder vom Feuer des Abgrundes gegraben worden war, und deren Trümmer bedeckt wurden von der See, der weder lebendige Fische in seinem Schoße nährt noch Kähne auf seiner Oberfläche trägt, und der, als wenn sein eigenes grauenvolles Bett der einzige würdige Aufenthalt für sein düsteres Gewässer sei, ungleich allen anderen Wassern dem Ozean keinen Tribut schickt. Das ganze Land umher war wie in den Tagen Moses »Schwefel und Salz; es ist nicht besät, nicht befruchtet, kein Gräschen wächset darauf.« Sowohl das Land wie das Wasser kann tot genannt werden: denn es bringt nichts hervor, was ans Pflanzenreich erinnert, und sogar die Luft war gänzlich leer von ihren gewöhnlichen, beflügelten Bewohnern, die vermutlich durch den Erdpech- und Schwefelgeruch verscheucht worden waren, den die heiße Sonne dem Wasser des Sees in Dampfwolken entdünsten läßt. Massen von schlammigen und schwefelhaltigen Substanzen schwammen träge auf den trüben, düsteren Wogen und nährten jenes Nebelgewölk mit neuen Dämpfen, ein furchtbares Zeugnis darbietend für die Wahrheit der mosaischen Geschichte.

Auf dieses Bild der Verwüstung blickte die Sonne mit unerträglichem Glanz herab, und alle lebendigen Geschöpfe schienen sich vor den heißen Strahlen geflüchtet zu haben, mit Ausnahme der einsamen Gestalt, die durch den weichenden Sand im Schritt sich fortbewegte und höchst wahrscheinlich das einzige atmende Wesen auf der ganzen weiten Ebene war. Der Anzug des Reiters und das Geschirr seines Pferdes waren für die Reise in einem solchen Lande im höchsten Grade unbequem. Ein Ringelpanzer mit langen Ärmeln, blechbezogene Handschuhe und ein Brustharnisch von Stahl waren noch nicht als hinlängliche Last erachtet worden; darum trug der Ritter noch einen dreieckigen Schild, der um seinen Hals hing, weiter einen vergitterten Stahlhelm, sodann einen gekettelten Helmkragen, der sich rund um des Streiters Hals und Schultern legte und den Raum zwischen Harnisch und Helm ausfüllte. Seine unteren Glieder waren, wie der Leib, mit Ringelpanzerstücken bekleidet, zum Schutz der Beine und Schenkel; die Füße befanden sich in blechbeschlagenen Schuhen. Ein langes, breites, doppeltgeschliffenes Schwert mit Kreuzgriff auf der einen, ein tüchtiger Dolch auf der andern Seite. Der Ritter trug ferner die an den Sattel gelehnte lange Lanze mit stählerner Spitze, die seine eigentliche Waffe war und mit dem Ende auf dem Steigbügel ruhte, während unter dem Reiter der nach hinten geneigte obere Teil das kleine Fähnlein zeigte, wie es bald in dem wehenden Lüftchen flatterte, bald in der toten Windstille zusammenfiel. Zu dieser schweren Rüstung kam noch ein Waffenrock von gesticktem Zeug, der höchst verbraucht und abgerieben war, sich aber insofern gar nützlich erwies, als er die brennenden Sonnenstrahlen, welche das Tragen der Rüstung unerträglich gemacht haben würden, von derselben abwehrte. Der Waffenrock zeigte hier und da das Wappen seines Herrn, jedoch sehr verwischt. Es schien ein liegender Leopard zu sein mit dem Wahlspruche: Ich schlafe – wecke mich nicht. Ein Umriß der nämlichen Wappenfigur mochte auf den Schild gezeichnet gewesen sein; aber Streich und Stoß hatten das Bild vertilgt. Der platte Oberteil des zylinderförmigen Helmes war mit reinem Schmuck versehen. Es scheint, die nördlichen Kreuzfahrer haben durch Beibehaltung ihrer schwerfälligen Rüstung die Natur des

Klimas und des Landes herausfordern wollen, wohin sie Krieges halber gekommen waren.

Das Rüstzeug des Pferdes war kaum weniger schwer und unbequem als das des Reiters. Das Tier trug einen wuchtigen, mit Blech überzogenen Sattel, der sich nach vorn mit einer Art von Brustharnisch vereinte, nach hinten mit einem Panzer, der die Lenden beschützte. Dazu kam eine Axt oder ein Hammer von Stahl, Streitkolben genannt, und der Stirnriemen des Zaumes war eine Stahlplatte, die mit Öffnungen vor Augen und Nüstern versehen war, aus deren Mitte eine kurze, scharfe Spitze hervorragte, die an den Kopf des fabelhaften Einhorns erinnerte.

Indes die Gewonhnheit hatte das Tragen dieser vollständigen Rüstung sowohl dem Ritter als seinem stattlichen Streitrosse zur zweiten Natur gemacht. Es ist wahr, eine Unzahl der über Palästina losstürzenden westlichen Krieger starb, ehe sie sich an das heiße Klima gewöhnen konnten; aber es gab auch andere, gegen welche sich dasselbe Klima unschädlich, ja sogar wohltuend erzeigte, und zu der Zahl dieser Bevorzugten gehörte der einsame Reitersmann, der eben jetzt das Ufer des Toten Meeres bereiste.

Die Natur hatte seine Glieder nach einem außergewöhnlichen Maß geformt und dieselben geschickt gemacht, den Kettenpanzer mit solcher Leichtigkeit zu tragen, als wären's die Maschen eines Spinnengewebes; sie hatte ihn mit einer Gesundheit begabt, die so fest war als seine Glieder, und die fast jedem Wechsel des Klimas trotzte, so wie Beschwerden und Entbehrungen jeglicher Art. Seine Gemütsart schien gewissermaßen teilzunehmen an den Eigenschaften seines Körpers, und wie dieser große Stärke und Festigkeit mit gewaltiger Tatkraft vereinte, so besaß jene unter dem Anscheine von Ruhe und Gleichmut viel von jener feurigen, schwärmerischen Ruhmbegierde, die das vornehmste Kennzeichen des normannischen Stammes ausmachte, und die diesen Stamm herrschend gemacht hat in allen Winkeln von Europa, wo derselbe sein abenteuerliches Schwert gezogen.

Indes das Glück hatte nicht einem jeden aus diesem Stamme so verführerischen Lohn verliehen, und alles, was der einsame Ritter während eines zweijährigen Feldzuges in Palästina erlangen konnte, bestand einzig und allein in zeitlichem Ruhm und, wie man ihn zu glauben gelehrt hatte, in geistlichen Vorzügen. Oftmals war seine geringe Barschaft zu nichts zusammengeschmolzen, um so eher, als er keines der Mittel ergriff, wodurch die Kreuzfahrer auf Unkosten der

Bevölkerung von Palästina der Erschöpfung ihrer Hilfsquellen vorbauten: Er erpreßte keine Geschenke von den unglücklichen Eingeborenen für die Verschonung ihres Eigentums, wenn er auf einer Kriegsfahrt war gegen die Sarazenen, und er hatte die Gelegenheit, welche ihm die Loskaufung vornehmer Gefangener zu seiner Bereicherung darbot, ungenutzt gelassen. Das kleine Häuflein, welches ihm aus dem Vaterlande gefolgt war, hatte sich in dem Grade vermindert, als die Mittel zu seinem Unterhalte schwanden, und der einzige ihm übriggebliebene Knappe lag auf dem Siechbette danieder, unfähig, seinen Herrn zu begleiten, der, wie wir gesehen haben, einsam und allein reiste. Aber das war von geringer Bedeutung für unseren Kreuzfahrer, der sein gutes Schwert als seine sicherste Begleitung und fromme Gedanken als seine beste Gesellschaft zu betrachten pflegte.

Die Natur jedoch stellte ihre Forderungen nach Erfrischung und Ruhe selbst an den eisernen Körper und an das ausdauernde Gemüt des Ritters vom schlafenden Leoparden; und um Mittag, als das Tote Meer zu seiner Rechten in einiger Entfernung lag, begrüßte er voll Freude den Anblick von zwei oder drei Palmbäumen, die sich nahe bei der Quelle erhoben, die ihm als Ruheplatz für den Mittag bezeichnet worden war. Auch sein treues Roß, das sich vorwärts gearbeitet hatte mit der ausdauernden Geduld seines Herrn, hob nun den Kopf, dehnte die Nüstern und beschleunigte seinen Schritt, als röche es aus weiter Ferne das fließende Wasser, das den Platz der Ruhe und Erfrischung bezeichnete. Aber Arbeit und Gefahr sollten sich noch zuvor einstellen, ehe Roß und Reiter das Ziel ihrer Sehnsucht erreichten.

Als der Ritter vom schlafenden Leoparden fortfuhr, seine Augen aufmerksam auf die noch entfernte Palmbaumgruppe zu heften, kam es ihm vor, als wenn sich etwas zwischen den Bäumen bewege. Die ferne Gestalt trennte sich von den Bäumen, die zum Teil ihre Bewegungen verborgen hatten, und kam dem Ritter mit einer Geschwindigkeit entgegen, die einen Reitersmann erkennen ließ, dessen Turban, langer Speer und im Winde fliegender, grüner Kaftan ihn bei größerer Annäherung als einen sarazenischen Reiter ankündigten. In der Wüste, sagt ein morgenländisches Sprichwort, begegnet man keinem Freund. Dem Kreuzfahrer war es ziemlich gleichgültig, ob der Ungläubige, der sich ihm näherte, auf einem stattlichen Berberpferd, wie von Adlerschwingen getragen, als Freund oder Feind käme – vielleicht zog er wegen seines Gelübdes als Kreuzeskämpfer das letztere vor. Er machte seine Lanze vom Sattel frei, faßte sie mit der rechten Hand, setzte sie in den

Lanzenschuh mit halb aufgesteckter Spitze, ergriff die Zügel mit der linken Hand, weckte seines Pferdes Mut mit dem Sporn und schickte sich an, den Fremdling anzugreifen mit dem kalten Selbstvertrauen eines Mannes, der aus so manchen Kämpfen als Sieger hervorgegangen war.

Der Sarazene kam in dem hastigen Galopp eines arabischen Reiters heran; er lenkte sein Roß mehr mit den Gliedern und der Biegung des Leibes als mit den Zügeln, die schlaff in seiner linken Hand hingen; so war er nicht gehindert, einen leichten, runden, mit silbernen Schleifen verzierten Schild von Rhinozerosfell, den er am Arm trug, hin und her zu bewegen, und den er schwang, als gedächte er, dies schwache Rund dem Andrang der westlichen Lanze entgegenzusetzen. Sein Speer war nicht eingelegt nach der Weise seines Gegners, sondern mit der rechten Hand in der Mitte gefaßt und auf Armeslänge über den Kopf erhoben. Als der Reiter gegen seinen Feind in vollem Lauf heransprengte, schien er zu erwarten, daß der Ritter vom Leoparden sein Pferd in Galopp setzen würde, um ihm zu begegnen. Aber der christliche Ritter, wohl vertraut mit der Kampfesart der Morgenländer, vermeinte nicht, sein gutes Roß durch eine unnötige Anstrengung zu erschöpfen; er machte im Gegenteil ruhig Halt, versichert, daß, wenn der Feind zum wirklichen Angriff herankäme, seine eigene Schwere und die seines stattlichen Streitrosses ihm von hinlänglichem Vorteile sein würde, ohne daß er den Anprall eines schnellen Rittes damit zu verbinden brauche. Der sarazenische Reiter seinerseits merkte und begriff vollkommen dies Verfahren: Darum, als er dem Christen auf zwei Speereslängen nahe gekommen war, schwenkte er seinen Hengst links mit unnachahmlicher Behendigkeit und ritt zweimal um seinen Gegner herum, der, ohne seinen Platz zu verlassen, sich im Kreise drehte, und, indem er dem Feinde stets die Stirne bot, es demselben unmöglich machte, ihn auf einer unbewachten Seite anzugreifen, so daß der Sarazene sich genötigt sah, sein Pferd zu schwenken und sich auf eine Entfernung von hundert Schritten zurückzuziehen. Zum zweiten Male, gleich dem Habicht, der sich gegen den Reiher losstürzt, erneuerte der Heide den Angriff, und zum zweiten Male war er genötigt, sich zurückzuziehen, ohne zum Handgemenge gekommen zu sein. Er nahte sich zum dritten Male auf die nämliche Weise, als der christliche Ritter, begierig, dies trügerische Gefecht zu enden, in welchem er auf die Dauer durch die Behendigkeit seines Feindes erschöpft werden konnte, plötzlich den am Sattelbogen hängenden Kolben ergriff und denselben mit starker Hand und sicherem Zielen gegen den Kopf des Emirs schleuderte: denn ein Emir und nicht weniger schien der Feind zu sein. Der Sarazene war genug auf seiner Hut gegen den furchtbaren Wurf, um noch schnell seinen leichten Schild zwischen dem Kolben und seinem Kopf erheben zu können; aber die Gewalt des Wurfs drängte den Schild auf den Turban nieder, und obgleich diese Verteidigungsart die Gewalt des Wurfes brach, so wurde doch der Sarazene vom Pferde geworfen. Ehe der Christ diesen Unfall benutzen konne, sprang sein flinker Feind vom Boden auf, er rief sein Pferd, das sich alsbald zu seiner Seite einstellte, und als er im Sprunge, ohne den Steigbügel zu berühren, seinen Sitz eingenommen, war er wieder im Besitz des Vorteiles, dessen ihn der Ritter vom Leoparden zu berauben gehofft hatte. Dieser letztere hatte sich unterdessen wieder seines Kolbens bemächtigt, und der morgenländische Reiter, der daran dachte, mit welcher Stärke und Geschicklichkeit sein Gegner auf ihn gezielt hatte, schien sich behutsam außerhalb des Bereichs dieser Waffe zu halten, deren Macht er eben erst gefühlt hatte; zu gleicher Zeit zeigte er den Vorsatz, den Kampf aus der Ferne mit seinen Wurfgeschossen zu führen. Als er seinen langen Speer in einiger Entfernung vom Kampfplatz in den Sand gesteckt hatte, spannte er mit großer Kenntnis einen kurzen Bogen, den er hinter sich trug, und indem er sein Pferd in Galopp setzte, beschrieb er nochmals zwei oder drei Kreise von größerer Ausdehnung als das erste Mal, und während des Reitens schoß er sechs Pfeile auf den Christen mit so untrüglicher Fertigkeit, daß die Güte der Rüstung allein denselben bewahrte, an eben so vielen Stellen verwundet zu werden. Der siebente Pfeil traf vermutlich auf eine weniger feste Stelle der Rüstung, und der Christ sank schwer vom Pferde herab. Aber wie groß war das Erstaunen des Sarazenen, als er sich, nachdem er vom Pferd gestiegen, um den Zustand seines erlegten Feindes zu untersuchen, plötzlich in der Gewalt des Europäers befand, welcher diese List angewandt hatte, um den Feind in seinen Bereich zu locken! Auch in diesem tödlichen Handgemenge wurde der Sarazene durch seine Gewandheit und Geistesgegenwart gerettet. Er löste den Schwertgürtel, woran der Ritter vom Leoparden ihn festhielt, und als er so der mörderischen Hand seines Feindes entschlüpft war, bestieg er sein Pferd, das alle seine Bewegungen mit menschlichem Verstand zu beobachten schien, und ritt wieder davon. Aber in dem letzten Zusammentreffen hatte der Sarazene Schwert und Köcher verloren, beide waren an dem Gürtel befestigt, den er im Stich lassen mußte. Auch seinen Turban hatte er während des Kampfes eingebüßt. Diese Nachteile schienen den Muselmann zu einem Waffenstillstand geneigt zu machen: Er näherte sich dem Christen mit ausgestreckter Rechten, und nicht länger in einer drohenden Stellung.

»Es ist Waffenstillstand zwischen unseren Nationen«, sagte er in der lingua franca, deren man sich gemeiniglich bediente, um sich mit den Kreuzfahrern zu verständigen. »Warum denn sollte Krieg sein zwischen mir und dir? – Laß Friede sein zwischen uns.«

»Ich bin es wohl zufrieden«, antwortete der vom schlafenden Leoparden. »Aber was für eine Sicherheit bietest du mir, daß du den Waffenstillstand halten wirst?«

»Das Wort eines Nachfolgers des Propheten ist noch nie gebrochen worden«, antwortete der Emir. »Von dir vielmehr, tapferer Nazarener, müßte ich Sicherheit fordern, wenn ich nicht wüßte, daß Verrat und Mut selten beisammen wohnen.«

Der Kreuzfahrer fühlte, daß das Vertrauen des Muselmanen ihn wegen seiner eigenen Zweifel beschäme.

»Bei dem Kreuz meines Schwertes«, sprach er und hielt, während er redete, die Hand an die Waffe, »ich will dir ein treuer Geselle sein, Sarazene, so lange unser Schicksal will, daß wir in Gesellschaft zusammen bleiben.«

»Bei Mohammed, dem Propheten Gottes, und bei Allah, dem Gott des Propheten«, erwiderte sein ehemaliger Gegner, »ich trage gegen dich keinen Verrat im Herzen. Und nun laß uns zu jener Quelle eilen: Denn die Stunde der Rast ist da, und das Wasser hatte kaum meine Lippen benetzt, als ich durch dein Erscheinen zum Kampf gerufen ward.«

Der Ritter vom schlafenden Leoparden gab bereitwillig und freundlich seine Zustimmung, und die ehemaligen Feinde ritten, ohne einen falschen Blick oder eine verdächtige Bewegung, nebeneinander der kleinen Palmbaumgruppe zu.

2

Die Verschiedenheit der Religion, selbst der blinde Eifer, welcher die Nachfolger des Kreuzes und des Halbmondes gegeneinander beseelte, wurde sehr besänftigt durch ein edlen Streitern so natürliches Gefühl, das durch den Geist des Rittertums sehr wohl gepflegt ward. Mit mächtigem Andrang hatte sich dies letztere von den Christen auf die Todfeinde derselben, die Sarazenen in Spanien und Palästina, ausgebreitet. Diese waren in der Tat nicht mehr die wilden Schwärmer, die aus der Mitte der arabischen Wüste aufgebrochen waren, den Säbel in der einen Hand und den Koran in der andern, um Tod oder den Glauben Mohammeds oder im besten Falle Knechtschaft und Zinsbarkeit über alle zu verhängen, die es wagten, der Meinung des Propheten von Mekka zu widersprechen. Wirklich war die Wahl zwischen beiden den unkriegerischen Griechen und Syriern angetragen worden; aber im Kampf mit den abendländischen Christen, die von einem Feuereifer beseelt waren, der demjenigen der Araber glich, und die, wie sie, unüberwindlichen Mut, Geschick und Glück in den Waffen vereinten, fingen die Sarazenen nach und nach verschiedene Gebräuche derselben auf, und namentlich jene Gebräuche des Rittertums, das so sehr darauf berechnet war, dem Gemüte eines stolzen, erobernden Volkes zu gefallen. Sie hatten ihre Turniere und Ritterspiele; sie hatten sogar ihre Ritter, wenigstens einen ähnlichen Rang; aber, was das Beste war, die Sarazenen hielten ihr gegebenes Wort mit einer Genauigkeit, welche öfters die Bekenner einer besseren Religion beschämen mochte. Der Waffenstillstand zwischen den Nationen oder zwischen einzelnen wurde treu von ihnen gehalten; und so kam es, daß der Krieg, an sich vielleicht das größte Übel, noch Gelegenheit gab, guten Glauben, Edelmut, Menschlichkeit, ja sogar freundschaftliche Gefühle zu entfalten.

Es war unter dem Einfluß jener milderen Gefühle, welche die Schrecknisse des Kriegs besänftigten, daß der Christ und der Sarazene, die erst kürzlich ihr möglichstes zu ihrer gegenseitigen Vertilgung aufgeboten hatten, in nachlässigem Schritt auf die Palmbaumquelle zuritten, nach welcher der Ritter vom schlafenden Leoparden unterwegs gewesen war, als er von seinem flinken, gefährlichen Feinde aufgehalten wurde. Beide waren eine Zeitlang in eigene Gedanken versunken und schöpften Atem nach einem Kampf, welcher einen oder beide mit dem Tod bedroht hatte; auch ihre guten Rosse schienen sich der Erholung nicht weniger zu erfreuen. Dasjenige des Sarazenen jedoch, obgleich es in einem weit anstrengenderen und ausgedehnteren Kreise sich hatte bewegen müssen, hatte unverkennbar weniger von der Ermüdung gelitten als das Streitroß des europäischen Ritters. Der Schweiß stand noch klebrig auf den Gliedern dieses, während das des edlen Arabers in dem Zwischenraum gemächlicher Bewegung vollkommen trocken geworden war mit Ausnahme der Schaumflocken, die man noch auf dem Zaum und der Decke sah. Der lose Boden, worauf es trat, vermehrte so die Not des Pferdes des Christen, das von seiner eigenen Rüstung und dem Gewichte seines Reiters beschwert war, daß dieser letztere vom Sattel sprang und sein Streitroß durch den tiefen Staub des lehmigen Bodens führte, der von der Sonne dünner als der feinste Sand gebrannt worden war, und so dem getreuen Roß Erleichterung auf Unkosten eigener vergrößerter Anstrengung verschaffte: Denn in seiner eisernen Rüstung sank er bei jedem Schritt bis über die blechbeschlagenen Schuhe in den losen, nachgiebigen Boden. »Du hast Recht«, sagte der Sarazene, und dies war das erste Wort, das sie seit dem Abschlusse des Waffenstillstandes miteinander sprachen, »dein starkes Pferd verdient deine Sorgfalt; aber was tust du in der Wüste mit einem Tier, das bei jedem Schritt über das Hufhaar einbricht, als wollte es jeden Fuß so tief wie den Dattelbaum in die Erde pflanzen?«

»Du hast gut reden«, sagte der christliche Ritter, mißvergnügt über den Ton, mit welchem der Ungläubige sein Lieblingspferd beurteilt hatte, »das heißt nach deinem Verstand und deiner Erfahrung. Aber mein gutes Roß hat mich sonst, in meinem Lande, über einen See getragen, der so weit ist als der, den du hinter uns sehen kannst, und doch hat es kein Haar über seinem Hufe naß gemacht.«

Der Sarazene sah ihn an mit so viel Staunen, als seine Lebensart ihm zu zeigen erlaubte, das sich allein in einem geringen Versuch eines verächtlichen Lächelns ausdrückte, welches der dichte Bart, der seine Oberlippe bedeckte, kaum bemerklich werden ließ. »Es ist wahr gesprochen«, sagte er, sogleich seine ruhige Ernsthaftigkeit annehmend, »horch auf einen Franken, und hör eine Fabel.«

»Es ist nicht fein von dir, Ungläubiger«, versetzte der Kreuzfahrer, »an dem Wort eines echten Ritters zu zweifeln, und sprächest du nicht aus Unkenntnis, sondern in böser Absicht, so würde der Frieden zwischen uns enden, ehe er recht angefangen hat. Glaubst du, daß ich dir Lügen erzähle, wenn ich dir sage, daß wir fünfhundert Reiter, alle vollkommen gerüstet, geritten sind – ja meilenweit geritten sind auf Wasser, das so fest war als Kristall und zehnmal weniger spröde?«

»Was willst du mir erzählen?« antwortete der Muselman, »jener Landsee vor deinen Augen hat das Eigentümliche, daß er durch einen besonderen Fluch von Gott nichts in seinen Fluten sinken läßt, sondern es fortschwemmt und ans Ufer wirft; aber weder das Tote Meer noch ein anderes von den sieben Meeren, welche die Erde umgeben, hat die Kraft, den Tritt eines Pferdefußes auszuhalten, eben so wenig als das

Rote Meer den Zug des Pharao und seines Heeres aushalten konnte.«

»Du redest wahr nach deiner Kenntnis, Sarazene«, sagte der christliche Ritter, »indes sei versichert, daß das, was ich dir sage, keine Lüge ist. Die Hitze des Klimas hier zu Land wandelt den Boden in ein Ding um, das so schwankend wie Wasser ist, und bei mir zu Haus verwandelt der Frost oft das Wasser in eine Masse so hart wie Stein. Sprechen wir nicht weiter davon: denn die Erinnerung an den milden, klaren, blauen Glanz eines Wintersees, der bei Stern- und Mondlicht schimmert, macht mir die Qualen dieser verbrannten Wüste nur unerträglicher, wo, wie mich dünkt, sogar die Luft, die wir atmen, dem Qualm eines feurigen, siebenmal geheizten Ofens gleicht.«

Der Sarazene betrachtete ihn mit einer Aufmerksamkeit, gleich als wollte er es ergründen, wie er Worte zu nehmen habe, deren Inhalt, nach seinem Dafürhalten, den Rätseln oder Märchen glichen. Endlich schien er entschlossen, sich die Sprache seines neuen Gefährten gefallen zu lassen.

»Du bist«, sagte er, »von einem Volk, das gern lacht, und ihr treibt Scherz mit euch selbst und anderen, indem ihr Dinge erzählt, die unmöglich sind, und Geschichten, die sich nie ereignen. Du bist einer von den Rittern aus Frankreich, die es für Lust und Kurzweil halten, von Taten zu schwatzen, welche über des Menschen Vermögen gehen. Es wäre unbillig von mir, für diesen Augenblick die Freiheit deiner Sprache zu tadeln, weil Prahlerei deinem Charakter natürlicher ist als Wahrheit.«

»Ich bin weder ihres Landes noch ihrer Art«, sagte der Ritter, »die sich, wie du richtig bemerkst, darin äußert, von Dingen zu schwatzen, die sie nicht zu unternehmen wagen oder nicht vollenden können. Aber insofern habe ich ihre Torheit nachgeahmt, braver Sarazene, daß, während ich dir von Dingen sprach, die du nicht begreifen kannst, ich in den Verdacht eines echten Prahlers in deinen Augen gekommen bin, obgleich ich nur die reine Wahrheit berichtet habe. Also, tue mir den Gefallen, und schlag meine Rede in den Wind.«

Sie waren nun an die Palmbaumgruppe gekommen und an die Quelle, die in ihrem Schatten hell und voll einherfloß.

An diesem ergötzlichen Orte machten die beiden Krieger Halt; jeder begann nach seiner Weise sein Roß von Sattel, Gebiß und Zaum zu befreien. Sie ließen die Tiere aus dem Becken trinken, ehe sie sich selbst an der Handquelle erfrischten, die unter dem Gewölbe entsprang. Darauf ließen sie die Rosse frei herumlaufen, versichert, daß Bedürfnis und Gewohnheit dieselben abhalten würden, sich in dem hellen Wasser und dem frischen Grase zu verlaufen.

Der Christ und der Sarazene setzten sich darauf nebeneinander auf den Rasen nieder, und jeder brachte den geringen Mundvorrat hervor, den sie zu ihrer Erfrischung mit sich führten. Ehe sie jedoch, jeder für sich, ihr karges Mahl begannen, betrachtete einer den anderen mit einer Neugier, wie sie der harte und zweifelhafte Kampf, in welchem sie erst kürzlich handgemein gewesen waren, notwendigerweise erregen mußte. Ein jeder von ihnen war begierig, die Stärke und die gewissermaßen schon geachtete Charakterbeschaffenheit seines so gewaltigen Gegners kennenzulernen, und ein jeder fühlte sich gedrungen zu gestehen, daß, wenn er in dem Kampfe getötet worden wäre, dies durch eine würdige Hand geschehen sein würde.

Die Krieger waren an Aussehen und Gesichtsbildung jeder das gerade Gegenstück des andern, und sie mochten nicht mit Unrecht als Musterbilder ihrer Nationen angesehen werden. Der Franke erschien als ein gewaltiger Mann, gebaut nach der alten gotischen Leibesform, mit lichtbraunem Haar, das, als er den Helm abnahm, dicht und üppig sein Haupt umwallte. Sein Gesicht hatte in dem heißen Klima eine dunklere Farbe gewonnen als sein Nacken, der seltener bloß war: das verbürgte sein großes, wohlgeöffnetes, blaues Auge, die Farbe seines Haars und Schnurrbarts, der dicht die Oberlippe bedeckte, während das Kinn nach normannischer Art säuberlich des Bartes entblößt war. Seine Nase war griechisch und wohlgeformt; sein Mund im Verhältnis etwas breit, aber voll wohlgereihter, starker, schöner, weißer Zähne; sein kleiner Kopf saß auf dem Nacken mit großer Anmut. Sein Alter war nicht über dreißig Jahre; aber wenn man die Wirkungen von Beschwerden und Klima in Betracht zog, so mochte es wohl drei oder vier Jahre darunter sein. Seine Gestalt war schlank, kräftig, athletisch, gleich der eines Mannes, dessen Stärke in einem späteren Alter schwerfällig werden mochte, während sie bis jetzt mit Leichtigkeit und Beweglichkeit gepaart war. Seine Hände waren, nachdem er die Blechhandschuhe ausgezogen, lang, schön und wohlgebildet, das Gelenk ausgezeichnet breit und stark, die Arme vorzüglich wohlgeformt und nervig. Kriegerische Kühnheit und unbekümmerter Freimut des Ausdrucks bezeichneten seine Rede und seine Bewegungen; seine Stimme hatte den Ton eines Mannes, der gewohnt war, mehr zu befehlen als zu gehorchen, und der seine Gesinnungen vornehmlich und rücksichtslos auszusprechen pflegte, so oft er aufgefordert wurde sie zu äußern.

Der sarazenische Emir machte einen merklichen und strengen Gegensatz zu dem westlichen Kreuzfahrer. Sein Wuchs war in der Tat über der Mittelgröße; aber er war wenigstens drei Zoll kleiner als der Europäer, dessen Größe sich dem Riesenmäßigen näherte. Seine schmalen Glieder und seine langen, mageren Hände und Arme, obwohl sie im Gleichmaß mit seiner Person und seiner Körperbildung angemessen waren, versprachen beim ersten Anblick nicht den Aufwand von Kraft und Dehnbarkeit, wovon der Emir erst kürzlich Beweise gegeben. Aber betrachtete man seine Glieder, soweit sie sichtbar waren, genauer, so fand man sie von allem entkleidet, was fleischig und beschwerlich war, so daß, da nichts als Knochen, Muskeln und Sehnen zurückgeblieben waren, diese einen Körper bildeten, der weit geschickter war zu Anstrengung und Beschwerden als der eines stämmigen Kämpfers, dessen Stärke und Wuchs in der eigenen Schwere ein Gegengewicht finden, und der sich durch eigene Anstrengung erschöpft. Die Leibesbildung des Sarazenen trug natürlich den Stempel des morgenländischen Stammes, dessen Abkömmling er war, aber sie war unendlich verschieden von der übertriebenen Schilderung, welche die Minstrels von den ungläubigen Streitern zu machen pflegten, und von dem märchenhaften Bild, womit eine andere Kunst noch heute den Mohrenkopf auf Hausschildern darstellt. Sein Gesicht war schmal, wohlgebildet und fein, obwohl stark gebräunt von der östlichen Sonne; es wurde von einem langen, wallenden, schwarzen Bart umgeben, der mit großer Sorgfalt beschnitten zu sein schien. Die Nase war gerade und regelmäßig, die Augen scharf, tiefliegend, schwarz und glühend, die Zähne glichen an Schönheit dem Elfenbein seiner Wüste. Das Aussehen und die Leibesbildung des Sarazenen, der sich auf dem Rasen neben seinem gewaltigen Gegner ausstreckte, hätte kurz mit seinem glänzenden, halbmondförmigen Säbel verglichen werden können, mit seiner schmalen und leichten, aber blanken und scharfen Damaszenerklinge, die gegen das lange, gewichtvolle, gotische Schlachtschwert abstach, das abgeschnallt auf dem nämlichen Rasen lag. Der Emir war in der wahren Blüte des Alters und hätte vielleicht ausgezeichnet schön genannt werden können, ungeachtet seines schmalen Vorderkopfes und seiner wenigstens nach europäischen Schönheitsbegriffen allzugroßen Magerkeit des Körpers.

Die Manieren des östlichen Kriegers waren ernst, anmutig und zierlich, sie zeigten jedoch in einigen Einzelheiten den angenommenen Zwang, den sich Männer von hitzigem, cholerischem Temperament zur Bewachung ihrer angeborenen Heftigkeit auflegen, zu gleicher Zeit zeigten sie ein großes Selbstgefühl, das in dem, der es nährt, eine gewisse Förmlichkeit des Betragens nötig macht. Dies hohe Selbstgefühl wurde vielleicht in gleichem Grade von seinem neuen, europäischen Bekannten genährt; aber es äußerte sich auf andere Weise: und das nämliche Gefühl, das von dem christlichen Ritter ein dreistes, freies und fast rücksichtsloses Betragen heischte, als wenn das Selbstgefühl zu bedenklich wäre, das ängstlich nach der Meinung anderer frage, schrieb dem Sarazenen ein überlegteres und zeremonienreicheres Betragen vor. Beide waren höflich; aber die Höflichkeit des Christen floß aus einer wohlwollenden Beachtung dessen, was man andern schuldig ist, während die des Muselmanen ihren Ursprung hatte in der Rücksichtnahme auf das, was andere von einem Mann wie ihm erwarteten.

Der Vorrat, den beide zu ihrer Erfrischung hatten, war einfach, aber das Mahl der Sarazenen war enthaltsam. Eine Handvoll Datteln und ein Stück grobes Gerstenbrot waren hinreichend, seinen Hunger zu bezähmen. Seine Erziehung schon hatte ihn zu Reisen in der Wüste vorbereitet, obschon die einfache Lebensweise der Araber seit den syrischen Eroberungen oft der unmäßigsten Schwelgerei den Platz einräumte. Ein Paar Züge aus der lieblichen Quelle, wo sie verweilten, vollendeten sein Mahl. Das des Christen, obschon gering, war köstlicher. Trockenes Schweinefleisch, der Abscheu der Muselmanen, war die Hauptspeise seines Mahls, und sein Trank, der aus einer ledernen Flasche strömte, bestand in etwas besserem als bloßem Wasser. Er aß mit größerer Begierde, er trank mit größerem Vergnügen, als dem Sarazenen anständig schien bei der Befriedigung eines rein körperlichen Bedürfnisses. Und gewiß – die geheime Verachtung, die einer gegen den anderen als den Anhänger einer falschen Religion hegte, wurde trefflich vermehrt durch den auffallenden Unterschied in Lebensweise und Sitten. Aber jeder von ihnen hatte die Armeskraft seines Gegners gefühlt, und die gegenseitige Achtung, welche der kühne Kampf hervorgebracht hatte, war hinreichend, andere und geringfügigere Erwägungen unterzuordnen. Jedoch der Sarazene konnte es nicht unterlassen, alles zu bemerken, was ihm in dem Benehmen und in den Sitten des Christen mißfiel, und als er eine Zeitlang im Stillen Zeuge gewesen von der großen Eßlust, die des Ritters Mahl noch fortdauern ließ, als das seinige längst geendet war, sprach er ihn folgendermaßen an:

»Tapferer Nazarener, geziemt es sich, daß einer, der wie ein Mann ficht, wie ein Hund oder Wolf esse? Ein ungläubiger Jude selbst würde schaudern vor der Speise, die du mit so großem Behagen zu essen scheinst, als wär's die Frucht von den Bäumen des Paradieses.«

»Tapferer Sarazene«, antwortete der Christ, indem der mit einigem Befremden aufschaute bei einem so unerwarteten Vorwurf, »wisse, daß ich meine christliche Freiheit ausübe, wenn ich mich dessen bediene, was den Juden verboten ist, die, wie sie selbst sagen, unter der Knechtschaft des Gesetzes Moses stehen. Wir, Sarazene, merke es dir, wir haben eine bessere Versicherung für das, was wir tun – Ave Maria! – danken wir.« Und gleich, als wollte er den Gewissenszweifel seines Gefährten herausfordern, vollendete er ein kurzes lateinisches Gratias und tat einen langen Zug aus der ledernen Flasche.

»Das nennt ihr auch noch einen Teil eurer Freiheit«, sagte der Sarazene, »und so wie ihr gleich den Tieren esset, so würdigt ihr euch zu den Tieren herab dadurch, daß ihr ein Gift trinkt, das selbst jene verschmähen!«

»Wisse, törichter Sarazene«, versetzte der Christ ohne Zögern, »daß du die Gnade Gottes lästerst, gleichwie dein Vater Ismael sie gelästert hat. Der Rebensaft ist jedem vergönnt, der einen weisen Gebrauch davon macht, denn er erfreut das Herz des Menschen nach Beschwerden, erquickt ihn bei dürrer Hitze und tröstet ihn in Trübsal. Derjenige, welcher diese Himmelsgabe so genießt, darf Gott für den Becher Weines danken wie für das tägliche Brot; aber derjenige, der einen Mißbrauch davon macht, ist in seinem Rausch kein größerer Tor als du in deiner Enthaltsamkeit.«

Das durchbohrende Auge des Sarazenen funkelte bei diesem Stich und seine Hand suchte das Heft seines Dolches. Aber es war nur eine vorübergehende Aufwallung, die sich legte, als er die Stärke des Kämpfers, mit dem er es zu tun hatte, in Erwägung zog, und den verzweifelten Kampf, dessen Wirkung noch in allen seinen Gliedern und Adern sich spüren ließ. Er begnügte sich darum mit dem zeitgemäßeren Mittel, den Streit mit Worten fortzusetzen.

»Deine Worte«, sagte er, »o Nazarener, könnten Ärgernis erregen, wenn deine Unwissenheit nicht Nachsicht forderte. Siehst du denn nicht, o du mit größerer Blindheit Geschlagener als jene, die am Tore der Moschee um Almosen bitten, daß die Freiheit, mit der du prahlst, sich beschränkt findet gerade in dem, was für des Mannes Glück und häusliches Leben das wichtigste ist, und daß dein Gesetz, wenn du's befolgst, dich in der Ehe an eine einzige bindet, sei sie krank oder gesund, fruchtbar oder verschlossen, und bringe sie Lust und Behagen oder Zank und Streit dir zu Tisch und Bette? Dies, o Nazarener, nenne ich wahrhaftige Knechtschaft; wogegen der Prophet die Freiheit unseres Stammvaters Abraham und Salomo, des weisesten Mannes, jedem Gläubigen für das Erdenleben verstattet, hier einen fortwährenden Genuß der Schönheit und jenseits des Grabes die schwarzäugigen Houris des Paradieses.«

»Nun, bei dem Namen dessen, den ich am meisten verehre im Himmel«, sagte der Christ, »und bei den Frauen, denen ich huldige auf Erden, du bist nichts als ein blinder und verirrter Ungläubiger! Das diamantene Siegel, das du am Finger trägst, hat es nicht für dich einen unschätzbaren Wert?«

»Balsora und Bagdad zeigen nicht seinesgleichen«, antwortete der Sarazene, »aber was hat dies mit unserem Gespräch zu schaffen?«

»Sehr viel«, versetzte der Franke, »wie du selbst wirst gestehen müssen. Nimm meine Streitaxt und zerschlage diesen Stein in zwanzig Stücke. Würde ein jedes dieser Stücke so viel wert sein als der ganze Stein, oder würden sie alle zusammen nur den zehnten Teil seines Wertes haben?«

»Das ist eine kindische Fage«, antwortete der Sarazene, »die Stücke eines solchen Juwels würden nicht den hundertsten Teil so viel wert sein als der ganze Edelstein.«

»Sarazene«, erwiderte der christliche Streiter, »die Liebe, die einen echten Ritter an ein einziges schönes und treues Weib bindet, ist der Edelstein groß und ganz, und die Neigung, welche du unter deine zu Sklaven gemachten Weiber und zu Weibern gemachten Sklavinnen verteilst, ist im Vergleich ebenso wertlos wie die schimmernden Stückchen des zerschlagenen Diamants.«

»Nun, bei der heiligen Kaaba", sagte der Emir, „du bist ein Wahnwitziger, der seine eiserne Kette liebt, als wenn sie von Gold wäre. Betrachte einmal die Sache genauer. Mein Ring hier würde die Hälfte seiner Schönheit verlieren, wäre das Siegel nicht umgeben und eingefaßt von diesen geringeren Brillanten, die jenes schmücken und hervorheben. Der Diamant in der Mitte ist der Mann, stark und ganz, dessen Wert von ihm allein abhängt, und dieser Kreis von geringeren Juwelen sind die Frauen: Sie entlehnen von jenem ihren Glanz, und der verteilt denselben unter sie nach Lust und Wohlgefallen. Nimm den mittleren Stein von dem Siegelring, und der Diamant wird so kostbar bleiben wie zuvor, während die kleineren Edelsteine im Verhältnis von geringem Wert sein werden. Und dies ist die wahre Auslegung deiner Parabel: denn wie der Dichter Mansur sagt: »Die Gunst des Mannes verleiht dem Weibe Schönheit und Reiz, sowie der Strom nicht länger schimmert, sobald die Sonne aufhört zu scheinen.«

»Sarazene«, versetzte der Kreuzfahrer, »du sprichst wie einer, der nie ein der Neigung eines Kriegers würdiges Weib gesehen hat. Glaube mir, sähest du die von Europa, denen wir Ritter nächst dem Himmel Treue und Ergebenheit geloben, du würdest dann für immer die armen sinnlichen Sklavinnen deines Harems verschmähen. Der Reiz unserer Schönen spitzt unsere Lanzen und schärft unsere Schwerter; ihre Worte sind unser Gesetz, und eher würde eine Lampe, die man nicht angezündet hat, Glanz um sich verbreiten, als ein Ritter, der eine Herrin seiner Neigung entbehrt, sich durch große Taten auszuzeichnen vermöchte.«

»Ich habe von dieser Tollheit, die unter den Kriegern des Westens herrscht, gehört«, sagte der Emir, »und ich habe sie immer für ein weiteres Kennzeichen jener Gehirnkrankheit gehalten, die euch hierher führt, um ein leeres Grab zu erobern. Indessen die Franken, mit denen ich zusammen gewesen, haben die Schönheit ihrer Frauen so hoch erhoben, daß es mir Vergnügen machen würde, mit meinen eigenen Augen jene Reize zu schauen, wodurch so wackere Krieger in Spielzeuge des Vergnügens umgewandelt werden.«

»Tapferer Sarazene«, sagte der Ritter, »wäre ich nicht jetzt auf einer Wallfahrt zum heiligen Grabe, es würde mir eine Ehre sein, dich mit Verbürgung aller Sicherheit zu dem Lager Richards von England zu geleiten, der es besser als einer versteht, einem edlen Freunde Ehre anzutun, und wenngleich ich arm und ohne Gefolge bin, so habe ich doch Gewicht genug, dir selbst oder irgendeinem deinesgleichen nicht allein Sicherheit, sondern auch Achtung und Ehre zu verschaffen. Dann würdest du einige der reizendsten Schönheiten von Frankreich und England einen kleinen Kreis bilden sehen, dessen Glanz zehntausendmal den Schimmer einer Diamantgrube übertrifft, worin alle Steine so groß sind wie deiner da.«

»Nun, bei dem Eckstein der Kaaba!« sagte der Sarazene, »ich will deine Einladung so frei annehmen, wie du sie machst, wenn du dein jetziges Vorhaben verschieben willst; und glaube mir, tapferer Nazarener, es wäre besser für dich, wenn du den Kopf deines Rosses dem Lager deines Volkes zuwendetest: denn nach Jerusalem zu reisen ohne Paß, das hieße dein Leben absichtlich aufs Spiel setzen.«

»Ich habe einen Paß«, antwortete der Ritter, ein Pergament hervorziehend, »mit Saladins Hand und Siegel.«

Der Sarazene bückte sein Haupt in den Staub, als er Siegel und Schrift des berühmten Sultans von Ägypten und Syrien erkannte; und als er das Pergament mit großer Ehrfurcht geküßt hatte, drückte er es gegen die Stirn und gab es dann dem Christen mit den Worten zurück: »Unbesonnener Franke, du hast gegen dein und mein Blut gesündigt, daß du mir dies nicht zeigtest, als wir zusammentrafen.«

»Du kamst mit erhobenem Speer«, sagte der Ritter. »Wär' es eine ganze Schar Sarazenen gewesen, die mich so angefallen hätte, dann hätte es mit meiner Ehre bestehen mögen, des Sultans Paß zu zeigen, aber einem einzelnen gegenüber – nein.«

»Und doch war ein einzelner hinreichend«, sagte der Sarazene stolz, »deine Reise zu unterbrechen.«

»Wahr, tapferer Muselman«, versetzte der Christ, »aber es gibt nur wenige deinesgleichen. Solche Falken fliegen nicht in Scharen, und tun sie es, so fallen sie nicht mit vielen über einen einzelnen her.«

»Du läßt mir nur Gerechtigkeit widerfahren«, sagte der Sarazen, augenscheinlich über das Kompliment erfreut, so wie er gereizt war kurz zuvor durch die verhüllte Geringschätzung, welche in dem Großtun des Europäers lag. »Von uns würdest du keine Unbill erfahren haben, aber es war gut für mich, daß ich dich nicht getötet habe, da du einen Schutzbrief des Königs der Könige bei dir trägst. Es ist gewiß, daß der Strick oder Säbel eine solche Missetat billig würde gerächt haben.«

»Es ist mir lieb zu hören, daß mir dies Pergament von Vorteil sein wird«, sagte der Ritter, »denn ich habe vernommen, daß der Weg von Räuberhorden beunruhigt wird, die nichts achten, wenn eine Gelegenheit zu plündern sich zeigt.«

»Man hat dir die Wahrheit berichtet, tapferer Christ«, sagte der Sarazene, »aber ich schwöre beim Turban des Propheten, solltest du in irgendeinem Schlupfwinkel dieser Elenden umkommen, so will ich selbst mit fünftausend Reitern deine Rache übernehmen; ich will töten alles Männliche unter ihnen und ihre Weiber in so entlegene Gefangenschaft senden, daß der Name ihres Stammes nicht mehr gehört werden soll auf fünfhundert Meilen im Umkreis von Damaskus. Ich will den Grund ihres Dorfes mit Salz bestreuen, und dann soll kein lebendiges Wesen mehr daselbst wohnen.«

»Es wäre mir lieber, wenn die Mühe, die du dir machen willst, um mich zu rächen, einer andern, wichtigeren Person gälte, edler Emir«, versetzte der Ritter, »aber mein Gelübde ist im Himmel aufgenommen, sei's zum Heil oder Unheil, und ich wäre dir sehr verbunden, wolltest du mir den Weg für meinen Rastort für diesen Abend bezeichnen.«

»Das«, sagte der Sarazene, »muß unter der scharzen Decke von meines Vaters Zelt sein.«

»Diese Nacht«, antwortete der Christ, »muß ich in Gebet und Buße zubringen in Gesellschaft eines heiligen Mannes, Theoderich von Engaddi, der in diesen Wildnissen haust und sein Leben dem Dienste Gottes weiht.«

»Ich will dich wenigstens bis dorthin sicher sehen«, sagte der Sarazene.

»Das wäre eine angenehme Begleitung für mich«, sagte der Christ, »jedoch es könnte die künftige Sicherheit des guten Vaters gefährden; denn die grausamen Hände eures Volkes sind rot gewesen vom Blute der Diener des Herrn, und darum sind wir hierher gekommen in Panzer und Rüstung, mit Schwert und Lanze, daß wir den Weg zum heiligen Grabe offen machten, und daß wir die erwählten Heiligen und Einsiedler beschützen, die noch wohnen in diesem Land der Verheißung und der Wunder.«

»Nazarener«, sagte der Muselmane, »in diesem Stück haben uns die Griechen und Syrer verleumdet, da sie doch sehen mußten, daß wir dem Wort des Nachfolgers des Propheten, Abubeker Alwakel, des ersten Gesetzgebers der wahren Gläubigen nach jenem, gemäß gehandelt haben. ›Zieh hin,‹ sprach dieser zu Bezed Ben Sophian, als er diesen berühmten Feldherrn aussandte, um Syrien den Ungläubigen zu entreißen, ›zeiget euch als Männer im Kampf; aber tötet weder Greise und Kranke noch Weiber und Kinder. Verwüstet nicht das Land, verderbt nicht Korn und Fruchtbäume: es sind Geschenke Allahs. Haltet Treu' und Glauben, wenn ihr einen Vertrag gemacht habt, wäre es auch zu eurem Schaden. Findet ihr heilige Männer, die mit ihren Händen arbeiten und Gott in der Wüste dienen, tut ihnen kein Leid, und zerstört ihre Wohnungen nicht. Aber wenn ihr welche mit geschorenen Glatzen findet, die zur Synagoge des Satans gehören, dann haut um euch mit dem Säbel, schlagt drauf und ruht nicht, bis sie gläubig oder zinspflichtig werden. – Wie der Kalif, der Freund des Propheten, uns befohlen hat, so haben wir getan, und diejenigen, die unser gerechtes Schwert getroffen hat, sind nur Priester des Satans. Aber was die frommen Männer anlangt, die, ohne Volk gegen Volk aufzuregen, aufrichtig in der

Lehre von Issa Ben Mariam*) wandeln, wir waren ihnen ein Schatten und Schild; und da derjenige, den du suchst, ein solcher ist, so wird er von mir nur Liebe, Gunst und Achtung erfahren, obgleich das Licht des Propheten ihn noch nicht erreicht hat.«

»Der Einsiedler, den ich jetzt besuchen will,« sagte der streitbare Pilger, »ist, wie ich gehört habe, kein Priester; aber wäre er von diesem gesalbten und geweihten Stande, so würde ich mit meiner guten Lanze gegen Heiden und Ungläubige den Beweis führen. . .«

»Fordern wir einander nicht zum Kampfe, Bruder«, unterbrach ihn der Sarazene; »ein jeder von uns wird genug Franken und Muselmanen finden, an denen wir Schwert und Lanze zugleich erproben können. Dieser Theoderich wird von Türken und Arabern beschützt, und obgleich er von Zeit zu Zeit in einem seltsamen Zustande ist, so beträgt er sich doch so gut als Nachfolger seines Propheten, daß er den Schutz dessen verdient, der gesandt ward.«

»Ha, bei unserer lieben Frau, Sarazene«, rief der Christ »wag' es und nenne mir in demselben Atem den Kameltreiber von Mekka und den« ...

Wie ein elektrischer Schlag durchzuckte dies Wort den Emir; aber es war nur eine augenblickliche Aufwallung und er antwortete mit ebensoviel Würde als Vernunft: »Schmähe den nicht, den du nicht kennst, um so mehr, da wir den Stifter deiner Religion verehren, während wir nur die Lehre verdammen, die eure Priester aus jener ausgesponnen haben. Ich selbst will dich zu der Höhle des Einsiedlers führen, die du gewiß ohne meinen Beistand schwerlich finden würdest. Und unterwegs überlassen wir es den Mullahs und Mönchen, über Gott und unsern Glauben zu streiten, und sprechen wir von Dingen, die junge Krieger besonders angehen – von Schlachten, von schönen Frauen, von scharfen Schwertern und von glänzenden Rüstungen.«

3

Die Krieger erhoben sich von dem Platze kurzer Ruhe und einfacher Erfrischung, und während sie sorgfältig ihren Tieren das Geschirr wieder an- und auflegten, von welchem sie dieselben für den Augenblick

*) D. i. Jesus, der Sohn Marias.

befreit hatten, half einer dem andern mit Zuvorkommenheit. Ein jeder von ihnen schien vertraut mit einer Verrichtung, die zur Zeit eine notwendige und wahrhaft unumgängliche Pflicht war. Auch schien ein jeder von beiden, soweit es der Unterschied zwischen einem Tier und einem vernünftigen Wesen zuläßt, das Vertrauen und die Zuneigung seines Rosses zu besitzen, das der beständige Gefährte seiner Reisen und Kriegsfahrten war. Bei den Sarazenen beruhte diese Vertraulichkeit auf der frühesten Angewöhnung: Denn unter den Zelten der morgenländischen Kriegerstämme nimmt das Roß des Streiters den nächsten, ja an Wichtigkeit fast gleichen Rang mit Weib und Familie ein; und dem europäischen Krieger machten Umstände und vor allem Notwendigkeit sein Streitroß kaum weniger teuer als einen Waffenbruder. Darum ließen sich die Tiere geduldig Futter und Freiheit nehmen, und zutraulich umwieherten und umschnaubten sie ihre Herren, während diese ihnen das Geschirr zu weiterer Reise und Beschwerde anlegten. Und jeder der beiden Streiter achtete, während er sein eigenes Werk versah oder während er dienstfertig seinem Genossen beisprang, mit gespannter Aufmerksamkeit auf die Rüstung seines Reisegefährten, und merkte sich besonders, was ihm aufgefallen war in der Art, wie der andere sein Reitzeug ordnete.

Ehe sie aufstiegen, um ihre Reise fortzusetzen, benetzte der christliche Ritter wiederum seine Lippen und tauchte die Hände in die fließende Quelle, indem er zu seinem heidnischen Gesellen sagte: »Wohl möchte ich den Namen wissen von dieser erquickenden Quelle, auf daß ich ihn bewahren könnte in dankbarem Angedenken: denn nie hat Wasser auf erquickendere Art so brennenden Durst gestillt, als der war, den ich heute erlitten habe.«

»Sie wird in der arabischen Sprache«, antwortete der Sarazene, »mit einem Namen genannt, der soviel bedeutet wie: der Diamant der Wüste.«

»Und wohl verdient sie diesen Namen«, versetzte der Christ. »In dem Tal meiner Heimat sind wohl tausend Quellen, aber an keine derselben werde ich von nun an so werte Erinnerungen knüpfen als an diese einsame Quelle, die ihr kostbares Naß an einem Orte spendet, wo es nicht allein ergötzlich, sondern fast unentbehrlich ist.«

»Du sprichst wahr«, sagte der Sarazene, »denn unser Weg ist noch immer nahe jenem toten Meer, und weder Mensch noch Tier trinken von seinen Fluten, auch nicht von denen des Flusses, der jenem zuströmt, ohne es zu füllen, bis diese unwirtliche Wüste dahinter liegt.«

Sie stiegen auf und setzten ihre Reise quer durch die Sandwüste fort. Die Mittagshitze war vorbei, und ein sanfter Wind linderte ein wenig die Qualen der Wüste, obschon er auf seinen Schwingen einen feinen Staub heranwehte, aus dem sich der Sarazene wenig machte, während sein schwergerüsteter Gefährte ihn mit solchem Unbehagen litt, daß er seinen eisernen Helm an den Sattelbogen hängte und die leichte Reiterkappe aufsetzte, in der Sprache jener Zeit Mörser genannt wegen ihrer Ähnlichkeit mit einem Mörser. Eine Zeitlang ritten sie stillschweigend nebeneinander; der Sarazene versah die Rolle eines Wegweisers, indem er unbedeutende Merkzeichen und die Lage entfernter Felsen beobachtete, deren Rücken sie sich allmählich näherten. Eine Zeitlang schien er in dies Geschäft versunken, gleich einem Steuermann, der ein Schiff durch eine gefährliche Meerenge lenkt, aber sie waren noch keine halbe Stunde vorwärts gekommen, als er des Weges versichert schien und mit einem seinem Volke ungewöhnlichen Freimut die Unterhaltung zu beginnen.

»Du hast mich«, sagte er, »um den Namen einer Quelle befragt, die wohl dem Anschein nach, aber nicht in Wirklichkeit ein lebendiges Ding ist. Erlaube mir, mich um den Namen des Gefährten zu erkundigen, mit dem ich heute in Streit und in Ruhe zusammen gewesen bin, und den ich mir nicht als unbekannt denken kann, selbst hier in den Wüsten von Palästina.«

»Er ist noch nicht wert bekannt zu sein«, sagte der Christ. »Wisse jedoch, daß ich unter den Streitern des Kreuzes Kenneth genannt werde – Kenneth vom schlafenden Leoparden; zu Hause habe ich andere Titel, die aber hart klingen würden im Ohre eines Morgenländers. Tapferer Sarazene, darf ich fragen, welcher von den arabischen Stämmen dich seinen Abkömmling nennt und unter welchem Namen du bekannt bist?«

»Sir Kenneth«, sagte der Muselman, »es ist mir lieb, daß Ihr einen Namen habt, den meine Zunge leicht ausspricht. Was mich betrifft, so bin ich kein Araber; aber ich stamme von einem Geschlecht, das nicht weniger furchtbar ist und kriegerisch. Wisse, Herr Ritter vom Leoparden, daß ich Scheerkohf bin, der Löwe des Gebirges, und daß es in Kurdistan, woher ich stamme, keine Familie gibt, die edler wäre als die der Seldschucken.«

»Ich habe gehört«, antwortete der Christ, »daß euer großer Sultan sein Blut von der nämlichen Quelle ableitet.«

»Gelobt sei der Prophet, der so sehr unsere Berge gewürdigt hat, daß er aus ihrem Schoße den sandte, dessen Weg Sieg ist«, antwortete der Heide. »Ich bin nur ein Wurm vor dem König von Ägypten und Syrien, aber doch vermag mein Name etwas in meinem eignen Land. – Fremdling, mit wieviel Mann bist du in diesen Krieg gekommen?«

»Bei meiner Treu«, sagte Sir Kenneth, »mit Hilfe von Freunden und Verwandten war es mir schwer, zehn wohlgerüstete Lanzen zu stellen mit vielleicht fünfzig Mann, Schützen und Knechte eingerechnet. Etliche von diesen haben mein unglückliches Banner verlassen, etliche sind im Kampfe gefallen, andere sind an Krankheit gestorben, und ein einziger treuer Schildknappe, für dessen Leben ich die gegenwärtige Wallfahrt unternehme, liegt auf dem Siechbett.«

»Christ«, sagte Scheerkohf, »ich habe hier fünf Pfeile in meinem Köcher; ein jeglicher ist befiedert vom Flügel des Adlers. Wenn ich einen derselben nach meinen Zelten sende, so steigen tausend Streiter zu Pferd – sende ich einen andern, so erheben sich eben so viele. Für die fünf stehen mir fünftausend Mann zu Gebot – und wenn ich meinen Bogen sende, so erbebt die Wüste unter dem Gestampf von zehntausend Reitern. Und du bist gekommen mit deinen Fünfzig, ein Land anzugreifen, worin ich einer der Geringsten bin!«

»Nun, bei dem Kreuze, Sarazene«, versetzte der westliche Streiter, »du solltest wissen, ehe du prahlst, daß ein stählerner Handschuh vermögend ist, eine ganze Handvoll Hornissen zu erdrücken.«

»Gewiß, aber erst muß er sie in der Faust haben«, sagte der Sarazene mit einem Lächeln, daß die neue Freundschaft einiger Gefahr hätte aussetzen können, hätte er nicht dem Gespräch eine andere Wendung gegeben durch den Zusatz: »Und ist denn Tapferkeit so hoch geachtet bei den christlichen Fürsten, daß du, der du so wenig mit Mittel und Leuten versehen bist, dich mir als Schutz und Schirm in dem Lager deiner Brüder anbieten konntest, wie du vorhin getan?«

»Wisse, Sarazene«, sagte der Christ, »da dies deine Benennung ist, daß der Name eines Ritters und das Blut eines Edelmanns das Recht verleihen, sich mit den Fürsten ersten Ranges in eine Reihe zu setzen in allem, was nicht königliche Machtvollkommenheit und Herrschaft betrifft. Würde Richard von England selbst die Ehre eines Ritters kränken, der so arm wäre, als ich es bin, er könnte ihm, ohne die Gesetze des Rittertums zu verletzen, den Zweikampf nicht verjagen.«

»Fürwahr, es würde mich freuen, ein so seltsames Schauspiel zu sehen«, sagte der Emir, »wo ein lederner Gürtel und ein paar Sporen den Ärmsten auf gleiche Linie mit den Mächtigsten stellen.«

»Du mußt hinzusetzen, freies Blut und ein furchtloses Herz«, sagte der Christ, »dann vielleicht wirst du von der Ehre der Ritterschaft nicht fälschlich gesprochen haben.«

»Und mischt ihr euch eben so frei unter die Frauen eurer Häuptlinge und Fürsten?« fragte der Sarazen.

»Gott verhüte es«, sagte der Ritter vom Leoparden, »daß es dem ärmsten Ritter der Christenheit nicht frei stehen sollte, in jeglichem Ehrendienste seine Hand und sein Schwert, seinen Tatenruhm und seine beständige Herzensneigung der schönsten Prinzessin zu weihen, die je ein Diadem an der Stirn trug!«

»Aber erst kurz vorhin«, sagte der Sarazene, »hast du die Liebe als den höchsten Schatz des Herzens beschrieben – sie muß dir ohne Zweifel in einem hohen und edlen Stande gewährt worden sein?«

»Fremdling«, antwortete der Christ, der während seiner Rede tief errötete, »wir sprechen nicht leichtfertig davon, wo wir unsere erwähltesten Schätze bewahren – es genüge dir zu wissen, daß, wie du sagst, meine Liebe eine hohe und edle ist, eine sehr hohe und sehr edle. Aber wenn du von Liebe und gebrochenen Lanzen hören willst, wage dich, wie du sagst, in das Lager der Kreuzfahrer, und deine Ohren werden Beschäftigung finden und, wenn du willst, deine Hände auch.«

Der östliche Krieger antwortete, indem er sich im Steigbügel erhob und seine Lanze aufwärts bewegte: »Ich fürchte, daß ich schwerlich einen mit bekreuzter Schulter finden werde, der mit mir den Wurf des Dscherrid versuchen wollte.«

»Dafür stehe ich nicht«, versetzte der Ritter, »obgleich im Lager einige Spanier sind, die sich recht gut auf das morgenländische Spiel verstehen, den Wurfspieß zu schleudern.«

»Hunde und Söhne von Hunden!« fuhr der Sarazene auf. »Was fällt diesen Spaniern ein, daß sie hierher kommen, die wahren Gläubigen zu bekriegen, die in ihrem eigenen Land ihre Herren und Zuchtmeister sind? Mit ihnen möchte ich in keinem Kampfspiel zusammentreffen.«

»Hüte dich, daß nicht die Ritter von Leon und Asturien deine Rede vernehmen«, sagte der Ritter vom Leoparden, »aber«, fügte er hinzu, indem er bei der Erinnerung an den am heutigen Morgen stattgehabten Kampf lächelte, »wenn du Lust hättest, statt des Wurfs eines Rohres dem einer Streitaxt zu stehen, so fändest du unter den westlichen Kriegern genug, die deinem Verlangen Genüge leisten würden.«

»Bei dem Bart meines Vaters, Sir«, sagte der Sarazene mit einem Versuch zu lachen, »dies Spiel ist zu grob für bloßen Scherz, in der

Schlacht werde ich's nimmer scheuen, aber mein Kopf« – er preßte die Hand gegen die Stirn – »wird mir für einige Zeit nicht erlauben, es im Scherz zu suchen.«

»Ich wollte, du sähest die Axt von König Richard«, antwortete der westliche Krieger, »mit welcher verglichen die hier, welche an meinem Sattelbogen hängt, federleicht ist«.

»Wir hören viel von diesem Inselkönig«, sagte der Sarazene, »bist du einer von seinen Untertanen?«

»Ich bin einer von denen, die ihm auf diesem Feldzug gefolgt sind«, antwortete der Ritter, »und ich bekleide Ehrenstellen in seinem Dienst; aber ich bin nicht sein geborener Untertan, obschon Eingeborener der Insel, wo er herrscht.«

»Wie meinst du das?« fragte der östliche Krieger. »Habt ihr denn zwei Könige auf einer einzigen armen Insel?«

»Wie du sagst«, sagte der Schotte, denn das war Sir Kenneth von Geburt, »so ist es; aber obschon die Bewohner der beiden Teile der Insel in unaufhörlichem Kriege miteinander sind, so kann das Land, wie du siehst, ein solches Heer Bewaffneter aufstellen, um die unheilige Gewalt zu erschüttern, die dein Herr den Städten von Zion auferlegt hat.«

»Beim Bart Saladins, Nazarener, das ist doch eine wahre kindische Torheit, und ich muß lachen über den Unverstand deines Sultans, welcher hierher kommt, Wüsten und Felsen zu erobern und den Besitz derselben denen streitig zu machen, denen eine größere Macht zu Gebote steht, während er einen Teil seiner kleinen Insel, worin er als Herrscher geboren wurde, der Gewalt eines anderen Zepters gehorchend zurückläßt. Ohne Zweifel, Sir Kenneth, Ihr und Eure anderen guten Landesleute habt euch wohl der Herrschaft von König Richard unterworfen, ehe ihr euer in sich gespaltenes Geburtsland verließet, um in diesen Krieg zu ziehen?«

Schnell und stolz war Kenneths Antwort: »Nein, bei dem glänzenden Licht des Himmels! hätte der König von England den Kreuzzug nicht eher unternommen, als bis er Herr von Schottland geworden wäre, so möchte, das sage ich und alle echten Schotten mit mir, der Halbmond auf ewig von den Wällen Zions glänzen.«

So weit hatte er gesprochen, als er sich schnell besann und murmelte: »mea culpa! mea culpa! was habe ich, ein Soldat des Kreuzes, mit der Erinnerung an den Krieg zwischen Christen zu schaffen?«

Die flüchtige Äußerung des vom Pflichtgebot zurechtgewiesenen Gefühls entging nicht der Aufmerksamkeit des Muselmanen, der, wenn auch nicht alles vollkommen und in allen Beziehungen begriff, doch wenigstens soviel sah, um sich zu überzeugen, daß bei Christen sowohl als Muselmanen Gefühle von persönlichem Haß und volkstümliche Zerwürfnisse genährt würden, deren Besänftigung nie ganz gelingen werde. Aber die Sarazenen waren ein Stamm, der vielleicht in dem höchsten Grade, den ihre Religion erlaubt, verfeinert war, und der ganz vorzüglich geeignet schien, hohe Begriffe von Anstand und Bildung zu nähren; und dies verhinderte, daß er kein Aufheben machte von der Unbeständigkeit Sir Kenneths, in dessen Charakter der Schotte und der Kreuzfahrer sich widersprachen.

In der Zwischenzeit waren sie vorwärts gekommen, und die Gegend umher hatte sich verändert. Sie befanden sich in einer östlichen Richtung und hatten die steile und kahle Hügelkette erreicht, die auf dieser Seite die wüste Ebene schließt und der Landschaft ein anderes Ansehen verleiht, ohne ihr den Charakter der Unfruchtbarkeit zu nehmen. Spitze, felsige Höhen erhoben sich rings umher, und bald boten tiefe Abhänge und steile Aufwege, die wegen des schmalen Pfades sehr gefährlich waren, den Wanderern Schwierigkeiten dar, die verschieden waren von denen, mit welchen sie kurz vorher gekämpft hatten. Schwarze Höhlen und Abgründe, die in der Bibel so oft erwähnten Grotten, öffneten sich furchtbar zwischen den Felsen zu beiden Seiten des Weges, und der schottische Ritter erfuhr von dem Emir, daß dieselben wilden Tieren oder Menschen, die noch grausamer als jene seien – weil durch den unaufhörlichen Krieg und die von den Kriegern des Kreuzes und des Halbmonds ausgeübten Erpressungen zur Verzweiflung und zum Räuberleben getrieben, sie weder Stand noch Religion noch Geschlecht und Alter verschonen – zum Schlupfwinkel dienten.

Der schottische Ritter hörte mit Gleichgültigkeit auf den Bericht von den Verwüstungen, welche die wilden Tiere oder die verwilderten Menschen verursacht hatten. Er verließ sich auf seine eigene Kraft und Stärke, aber ein geheimes Schaudern befiel ihn, als er bedachte, daß er sich nun in der furchtbaren Wildnis der vierzigtägigen Fasten befände, und als er sich die Versuchung vergegenwärtigte, womit der Fürst der Finsternis des Menschen Sohn antasten durfte. Er entzog nach und nach seine Aufmerksamkeit der eitlen, weltlichen Unterhaltung des ungläubigen Kriegers zu seiner Seite, und ein so angenehmer Gefährte dieser letztere wegen seiner munteren und gefälligen Redseligkeit überall anders gewesen sein würde, Sir Kenneth glaubte, daß in dieser

Wildnis an diesen wüsten und dürren Orten, wohin die bösen Geister zu wandern pflegten, wenn sie aus den Menschen, deren Leiber sie besessen, vertrieben worden seien, ein Bruder Barfüßer ein besserer Reisegeselle wäre als ein munterer, aber ungläubiger Heide.

Dies Gefühl beengte ihn um so mehr, als des Sarazenen Aufgeregtheit mit der Reife zu wachsen schien, und als, je weiter sie in den düsteren Schluchten des Gebirges vordrangen, die Unterhaltung desselben desto ausgelassener wurde, und, da sie endlich unbeantwortet blieb, zu einem desto lauteren Singen anwuchs. Sir Kenneth verstand genug von den morgendländlichen Sprachen, um sich zu vergewissern, daß er Liebeslieder sang, in welchen die morgenländischen Dichter so schlüpfrig sind, und die darum desto weniger mit einer ernsten, frommen und der Wüste der Versuchung angemessenen Gedankensammlung übereinstimmten. In großem Widerspruch mit sich selbst sang der Sarazene auch Lieder zum Lob des Weins, des flüssigen Rubins persischer Dichter, und seine Fröhlichkeit wurde auf die Dauer dem christlichen Ritter, dessen Gemüt ganz anders gestimmt war, so unerträglich, daß, wäre nicht das Versprechen guten Vernehmens geleistet worden, Sir Kenneth leicht Maßregeln würde ergriffen haben, den Ton des Liedes zu ändern.

»Sarazene«, sagte der Kreuzfahrer ernsthaft, »wie blind du auch sein magst und wie tief versunken in die Irrtümer eines falschen Gesetzes, du solltest dennoch wissen, daß es Orte gibt, die heiliger sind als andere, und wieder andere, wo der Böse außergewöhnliche Macht hat über sündhafte Menschen. Ich will dir den wichtigen Grund nicht angeben, warum dieser Ort, diese Felsen, diese Höhlen mit ihren düsteren Toren, die aussehen, als wenn sie in die Mitte des Abgrunds führten, als ein vornehmlicher Aufenthalt des Satans und seiner Engel angesehen werden. Genug, daß weise und heilige Männer, denen die Beschaffenheit der unheiligen Gegend wohl bekannt war, mich vor diesem Orte längst gewarnt haben. Darum, Sarazene, laß ab von deiner törichten und unzeitigen Lustigkeit, und wende deine Gedanken Dingen zu, die diesem Orte angemessener sind, wenn schon – ich beklage dich! – auch dein bestes Gebet nur Lästerung und Sünde ist.«

Der Sarazene horchte mit einigem Befremden; dann antwortete er mit guter Laune und mit Lustigkeit, die nur, soweit es die Höflichkeit verlangte, versteckt war: »Guter Sir Kenneth, fürwahr du handelst ungerecht gegen deinen Gefährten, oder die Höflichkeit wird nur unvollkommen gelehrt bei euren westlichen Stämmen. Ich nahm keinen

Anstoß, als ich dich Schweinefleisch essen und Wein trinken sah, und ließ dich ruhig deines Mahles dich erlaben, daß ihr eure christliche Freiheit nennt, indem ich bloß in Gedanken eure abscheulichen Genüsse bemitleidete. – Warum denn nun wolltest du Ärgernis nehmen, wenn ich mir, soviel es in meinen Kräften steht, einen traurigen Weg mit einem lustigen Lied erheitere? Was sagt der Dichter – ›Gesang gleicht dem Tau des Himmels in der Mitte der Wüste! Er fühlt den Pfad des Wanderers‹.«

»Freund Sarazene«, sagte der Christ, »ich tadle nicht die Liebe der Sängerschaft und der *gaie science;* gleichwohl geben wir ihnen zu viel Raum in unsern Gedanken, wenn diese auf bessere Dinge gerichtet werden sollten. Aber Gebete und heilige Psalmen sind angemessener als Trink- und Liebeslieder, wenn man durch dieses Tal der Schatten des Todes wandert, das voll ist von bösen Geistern und Dämonen, die, auf das Gebet heiliger Männer aus den Wohnstätten der Menschen vertrieben, nach Plätzen wandern, verflucht wie sie selber.«

»Sprich nicht so von deinen Genien, Christ«, antwortete der Sarazene, »wisse, daß du mit einem sprichst, dessen Stamm und Volk ihren Ursprung von jenen Unsterblichen herleiten, die eure Seele fürchtet und lästert.«

»Ich dacht' es wohl«, antwortete der Kreuzfahrer, »daß euer blindes Geschlecht vom bösen Feind abstammen müsse, ohne dessen Hilfe ihr es nie würdet vermocht haben, dieses gelobte Land gegen so viele Streiter Gottes zu behaupten. Ich spreche nicht so von dir besonders, Sarazene, sondern im allgemeinen von deinem Volk und deiner Religion. Jedoch es wundert micht nicht, daß ihr euern Ursprung vom bösen Geist haben könnt, sondern daß ihr euch dessen rühmt.«

»Vom wem denn sollte sich der Brave abzustammen rühmen, wenn nicht von dem Bravsten?« sagte der Sarazene. »Von wem könnte der Stolze seinen Stamm würdiger herleiten, als von dem finstern Geist, der es vorzog, Hals über Kopf vor der Gewalt zu fallen, als sein Knie freiwillig zu beugen? Eblis mag gehaßt werden, Fremdling, aber er muß gefürchtet werden; und wie Eblis ist, so sind seine Nachkommen von Kurdistan.«

Märchen von Magie und Schwarzer Kunst waren die Gelehrsamkeit der Zeit, und Sir Kenneth hörte seinen Gefährten von seiner satanischen Herkunft reden, ohne daran zu zweifeln oder sich groß zu verwundern; doch fühlte er ein geheimes Schaudern, sich in dieser furchtbaren Gegend mit einem Gesellen zusammenzufinden, der eine solche

Abstammung offen bekannte. Aber von Natur der Furcht unzugänglich, bekreuzigte er sich, und sprach herzhaft den Sarazenen um Aufschluß über das Geschlecht an, dessen derselbe sich rühmte. Dieser fügte sich bereitwillig seinem Verlangen.

»Wisse, tapferer Fremdling«, sagte er, »zur Zeit, als der grausame Zohauk, ein Abkömmling von Giamschid, auf dem Throne Persiens saß, machte er einen Bund mit den Mächten der Finsternis in den verborgenen Grotten von Istakhar, welche die Hände der Urgeister, lange bevor Adam war, in die Felsen gehauen. Hier nährte er mit täglicher Darbietung von Menschenblut zwei gefräßige Schlangen, die, den Dichtern zufolge, ein Teil von ihm geworden waren, und zu deren Ernährung er täglich Menschenopfer forderte, bis die erschöpfte Geduld seiner Untertanen einige antrieb, das Schwert der Empörung zu erheben, wie den tapferen Grobschmied und den siegreichen Feridoun, von welchen der Wüterich endlich entthront und eingeschlossen wurde auf immer in die furchtbaren Höhlen des Gebirges Damavend. Aber noch vor dieser Befreiung, als die Macht des blutdürstigen Wüterichs noch auf ihrer Höhe war, brachte der räuberische Sklavenhaufen, den er aussandte, um sich mit Vorrat für sein tägliches Opfer zu versehen, in die Grotten des Palastes von Istakhar sieben Schwestern, die an Schönheit sieben Houris zu sein schienen. Diese sieben Jungfrauen waren die Töchter eines Weisen, der keine andern Schätze hatte als diese Schönheiten und seine eigene Weisheit. Aber die Weisheit des Vaters sah die Gefahr nicht voraus, und die Schönheit der Töchter schien zur Abwendung derselben nicht geeignet. Die älteste war nicht älter als zwanzig Jahre alt, die jüngste hatte das dreizehnte kaum erreicht; und alle sahen sich so ähnlich, daß sie nur durch ihre Größe, wodurch eine die andere in gefälliger Abstufung überragte, wie die Stufen der Treppe, die zum Tore des Paradieses führt, voneinander unterschieden werden konnten. So lieblich waren die sieben Schwestern, als sie, aller Kleidung beraubt und nur von einem weißseidenen Gewande bedeckt, in der schwarzen Grotte standen, daß ihre Reize die Herzen unsterblicher Geister rührten. Der Donner rollte, die Erde bebte, die Wand der Grotte zerriß, und durch den Spalt trat einer herein, gekleidet wie ein Jäger, mit Pfeil und Bogen und begleitet von sechs anderen, seinen Brüdern. Alle waren von hohem Wuchs und wenngleich von dunkler Farbe, doch freundlich anzuschauen; aber ihre Augen hatten mehr das Glimmern der Augen des Todes als des Lichts, das unter dem Augenlide des Lebens strahlt. Zeineb, sagte der Führer der sieben – und während er sprach, hielt er die älteste Schwester bei der Hand, und seine Stimme war sanft, gedämpft und wehmütig – ich bin Gothrob, König der Unterwelt und Oberherr von Ginnistan. Ich und meine Brüder gehören zu denen, die aus dem reinen Urfeuer geschaffen, es selbst gegen das Gebot des Allmächtigen verschmähten, einem Erdenkloße zu huldigen, dem der Name Mensch gegeben ward. Vielleicht hast du von uns gehört, wir seien grausam, unbarmherzig, verfolgungssüchtig. Es ist falsch. Wir sind von Natur gütig und großmütig, nur dann rachsüchtig, wenn man uns beschimpft, nur dann grausam, wenn man uns trotzt. Wir sind denen getreu, die uns trauen, und wir haben auf die Stimme deines Vaters, des weisen Mitrasy, gehört, der weislich nicht allein den Ursprung des Guten, sondern auch die sogenannte Quelle des Übels verehrt. Du und deine Schwestern – ihr seid in den Schlingen des Todes; aber gebt uns zum Zeichen der Treue nur ein einziges Haar aus euren schönen Locken, und wir bringen euch viele Meilen von hier zu einer Zufluchtsstätte, wo ihr Trotz bieten könnt dem Zohauk und seinen Dienern. – Die Furcht vor dem Tode, sagt der Dichter, gleicht dem Stab des Propheten Haroun, der alle anderen in Schlangen verwandelten Stäbe vor den Augen den Königs Pharao verschlang; und die Töchter des persischen Weisen waren weniger als andere im Stand, vor den Bewerbungen eines Geistes zu erschrecken. Sie gaben das Geschenk, das Gothrob verlangte, und in einem Augenblick waren die Schwestern in ein verzaubertes Schloß in dem Gebirge Turgut in Kurdistan versetzt, und keines Sterblichen Auge sah sie jemals wieder. Aber im Verlauf der Zeit erschienen in der Nähe des Geisterschlosses sieben Jünglinge, ausgezeichnet in Kampf und Jagd. Sie waren schwärzer, größer, stolzer und kühner als alle anderen, welche in den Tälern von Kurdistan zerstreut wohnten; und sie nahmen Weiber und wurden die Väter der sieben Stämme der Kurdmannen, deren Heldenmut bekannt ist in aller Welt.«

Der christliche Ritter hörte mit Verwunderung diese seltsame Erzählung, von der Kurdistan noch heute Spuren besitzt, und nach einem kurzen Bedenken antwortete er: »In der Tat, Herr Ritter, Ihr habt wohl gesprochen, Eure Abstammung mag gefürchtet und gehaßt werden: aber man kann sie nicht verachten. Auch wundere ich mich nicht mehr über Eure Hartnäckigkeit in einem falschen Glauben; denn ohne Zweifel ist es ein Teil der teuflischen Gemütsverfassung, die Ihr von Euren Vorfahren, den höllischen Jägern, wie Ihr sie beschrieben, geerbt habt, Falschheit lieber zu haben als Wahrheit. Auch soll es mich nicht länger befremden, daß Eure Stimmung aufgeregt und schwärmerisch wird und sich in Versen und Tönen äußert, wenn Ihr Euch den Orten nähert, die von Schlupfwinkeln der bösen Geister angefüllt sind, denn daß muß in Euch jenes angenehme Gefühl erwecken, das andere verspüren, wenn sie dem Lande ihrer Väter sich nähern.«

»Bei meines Vaters Bart, ich glaube, du hast recht«, sagte der Sarazene, mehr erheitert als gekränkt über den Freimut, womit der Christ seine Meinung geäußert hatte, »denn, obschon der Prophet – gelobt sei sein Name! – die Saat eines besseren Glaubens als der war, den unsere Vorfahren in den Geisterhallen von Tugrut lernten, unter uns ausgestreut hat, so waren wir doch nicht geneigt, eine schnelle Verdammung über die erhabenen und mächtigen Urgeister auszusprechen, deren Geschlecht wir in Anspruch nehmen. Diese Genien sind, unserer Meinung und Erwartung gemäß, nicht alle verworfen, sondern sie sind noch auf dem Wege der Prüfung und haben in der Zukunft Lohn oder Strafe zu erwarten. Überlassen wir das den Mollahs und Imams. Genug, daß bei uns die Verehrung jener Geister durch das, was wir aus dem Koran gelernt haben, noch nicht gänzlich ausgetilgt werden konnte, und daß viele von uns noch immer zur Erinnerung an den alten Glauben der Väter Verse singen, die die folgenden sind.«

Als er so gesprochen, schickte er sich an, Verse zu singen, die ihrem Bau und ihrer Sprache nach sehr alt sein mußten, und die von einigen für das Werk der Verehrer des bösen Wesens – Urimans – gehalten werden.

Diese Verse mochten vielleicht die nicht unnatürliche Ergießung eines halb aufgeklärten Weltweisen sein, der in der erdichteten Gottheit des Uriman nur das Übergewicht des natürlichen und sittlichen Bösen erkannte, aber in dem Ohr von Sir Kenneth vom Leoparden machten sie einen anderen Eindruck, und da sie von einem gesungen wurden, der sich eben erst seiner dämonischen Abkunft gerühmt hatte, so klangen sie wie eine dem Erzfeinde selbst dargebrachte Huldigung. Er überlegte still für sich, ob es genug sei, wenn er dem Sarazenen seinen Abscheu für das Anhören solcher Lästerung in derselben Wüste, wo Satan statt der geforderten Huldigung Verweise empfangen, durch ein plötzliches Abschiednehmen zu erkennen gäbe, oder ob er nicht vielmehr durch sein Kreuzfahrergelübde verbunden wäre, den Ungläubigen auf der Stelle zum Kampf herauszufordern und ihn den Tieren der Wildnis zur Speise zu lassen, als seine Aufmerksamkeit plötzlich durch eine unerwartete Erscheinung gefesselt wurde.

Der Tag hatte sich nun geneigt, doch konnte der Ritter noch so viel sehen, daß sie beide nicht allein im Walde seien, und daß sie genau beobachtet würden von einer großen und mageren Riesengestalt, die mit so viel Leichtigkeit über Felsen und Büsche sprang, daß er sich, das wilde haarige Äußere dieses sonderbaren Wesens bemerkend, an die Faune und Silvane erinnerte, deren Bilder er in den alten Tempeln Roms gesehen hatte. Da nun der ehrliche Schotte nie einen Augenblick daran gezweifelt hatte, die Götter der alten Heiden für wirkliche Teufel zu halten, so zögerte er jetzt auch nicht anzunehmen, daß die gotteslästerliche Hymne des Sarazenen einen höllischen Geist heraufgerufen habe.

»Doch was tut das!« sagte Sir Kenneth herzhaft zu sich selbst. »Nieder mit dem bösen Feind und seinen Verehrern!«

Er hielt es indessen für unnötig, die nämliche Herausforderung an zwei Feinde zu richten, die er gewiß an einen einzigen würde gerichtet haben. Seine Hand hatte die Streitaxt gefaßt, und vielleicht hätte der arglose Sarazene, ohne Anhörung eines Grundes, für seine persische Poesie auf der Stelle mit zerschmettertem Gehirn gebüßt. Doch der schottische Ritter wurde bewahrt vor einer Tat, die ein schwarzer Fleck auf seinem Wappenschild gewesen sein würde. Die Erscheinung, auf die seine Augen eine Zeitlang gerichtet gewesen waren, schien zuerst hinter Felsen und Büschen versteckt dem Pfad der Wanderer folgen zu wollen, indem sie die Vorteile des Bodens mit großer Geschicklichkeit benutzte und die Unregelmäßigkeiten desselben mit erstaunlicher Leichtigkeit überstieg. Endlich aber, gerade als der Sarazen zu singen aufhörte, sprang die Gestalt, welche die eines in Ziegenfelle gekleideten Mannes war, in die Mitte des Pfades und faßte mit der einen und der anderen Hand einen Zügel vom Zaum des Sarazenen, sich dermaßen entgegenstemmend und das edle Roß nach hinten stoßend, daß dasselbe, unfähig, die Art zu ertragen, mit welcher der unvermutete Angreifer das langstängige Gebiß und die starke Kinnkette preßte, die nach morgenländischer Art aus einem dicken Eisenringe bestand, sich aufrichtete, und endlich rückwärts auf seinen Herrn fiel, der jedoch der Gefahr des Falles entging, indem er sich schnell auf die Seite drehte.

Der Angreifer ließ nun den Zaum des Rosses los und packte die Kehle des Reiters. Er warf sich über den sich sträubenden Sarazenen und hielt denselben ungeachtet seiner Jugend und Gewandtheit unter sich am Boden, indem er seine langen Arme um die seines Gefangenen schlang, der zornig und doch dabei halb lachend ausrief: »Hamako – Rasender – laß mich los – du nimmst dir zu viel heraus – laß mich los, oder ich brauche meinen Dolch.«

»Deinen Dolch – Heidenhund!« sagte die Gestalt in den Ziegenfellen, »halt ihn fest, wenn du kannst!« Und in einem Nu wand er die Waffe aus der Hand ihres Herrn und schwang sie über dem Haupt desselben.

»Hilfe, Nazarener!« schrie Scheerkohf, nun ernstlich beunruhigt. »Hilfe, oder der Hamako tötet mich!«

»Tötet dich!« versetzte der Bewohner der Wüste. »Wohl hast du den Tod verdient für deine Lästerlieder, die du singst nicht nur zum Lobe deines falschen Propheten, der des Teufels Kämmerer ist, sondern zum Lobe des Vaters des Bösen selbst.«

Der christliche Ritter hatte bis jetzt wie verblüfft zugeschaut, so seltsam hatte dies Abenteuer in seinem Fort- und Ausgang seiner Vermutung widersprochen. Endlich jedoch fühlte er es, daß seine Ehre von ihm heische, sich zugunsten seines in Gefahr schwebenden Gesellen ins Zeug zu legen; und darum richtete er das Wort an die siegreiche Gestalt in den Ziegenfellen.

»Wessen du auch sein magst«, sagte er, »des Guten oder des Bösen, wisse, daß ich für jetzt eidlich gehalten bin, dem Sarazenen, den du unter dir hältst, ein treuer Gefährte zu sein; ich bitte dich darum, laß ihn aufstehen; wo nicht – so werde ich darum mit dir kämpfen.«

»Das wäre ein Kampf eigener Art«, antwortete Hamako, »für einen Kreuzfahrer – wegen eines ungetauften Hundes einen Mitgenossen seines heiligen Glaubens zu bekämpfen? Bist du in die Wüste gekommen, um für den Halbmond gegen das Kreuz zu fechten? Du bist ein trefflicher Streiter Gottes, da du auf die horchest, die das Lob des Satans singen!«

Jedoch, indem er so sprach, stand er auf, ließ den Sarazenen auch aufstehen und gab ihm seinen Dolch zurück.

»Du siehst nun, in welche Gefahr deine Vermessenheit dich gebracht hat«, fuhr der in den Ziegenfellen fort, sich nun an Scheerkohf wendend, »und durch welch' schwache Mittel deine geübte Geschicklichkeit und gerühmte Gewandtheit überwältigt werden können, wenn's also des Himmels Wille ist. Darum, o Ilderim! Nimm dich in acht; denn wisse, blinkte nicht in dem Stern deiner Geburt etwas, das zu guter Himmelsstunde etwas Gutes und Heilsames von dir verheißt, wir beide wären nicht voneinandergekommen, bis ich dir die Kehle zerrissen hätte, die kurz zuvor Lästerung gesungen.«

»Hamako«, sagte der Sarazene mit einem Anschein, als ob er über die Sprache und über den noch heftigeren Anfall, dem er unterlegen war, ganz unverdrossen sei, »ich bitte dich, guter Hamako, dich in acht zu nehmen, daß du deine Freiheit nicht überschreitest; denn wiewohl ich als guter Muselman diejenigen verehre, denen der Himmel den gewöhnlichen Verstand geraubt hat, um sie mit dem Geist der Prophezeiung zu begaben, so will ich doch keines Fremden Hände weder am Zaume meines Pferdes noch an meinem eigenen Leibe leiden. Reden kannst du, wie du willst, ohne Furcht, daß ich dir böse werden möge; aber raffe deine Besinnung genug zusammen, um zu begreifen, daß, wenn du wieder eine Gewalttat gegen mich beginnen solltest, ich dir dein zottiges Haupt von den mageren Schultern hauen werde. Und dir, Freund Kenneth,« fuhr er fort, als er sein Roß wieder bestiegen hatte, »muß ich notgedrungen sagen, daß ich von einem Gefährten in der Wüste hilfreiche Taten lieber habe als schöne Worte. An den letzteren hast du mir es nicht fehlen lassen; aber es wäre viel besser gewesen, wenn du mir eine schleunigere Hilfe geleistet hättest in meinem Kampfe mit diesem Hamako, der in seinem Wahnsinn mich fast des Lebens beraubt hätte.«

»Bei meiner Treu'« sagte der Ritter, »ich habe gewissermaßen gefehlt – ich war ein wenig langsam, dir augenblicklichen Beistand zu leisten; aber die Sonderbarkeit des Angreifers, die Raschheit des Vorfalls – es war, als ob dein tolles, schlechtes Lied den Teufel zwischen uns gerufen hätte, und meine Bestürzung war so groß, daß zwei oder drei Minuten vergingen, ehe ich meine Waffe zu fassen vermochte.«

»Du bist ein kalter, bedachtsamer Freund«, sagte der Sarazene; »und, wäre der Hamako um ein weniges wütender gewesen, dein Gefährte wäre zu deiner ewigen Schande an deiner Seite erschlagen worden, ohne daß du einen Finger zu seinem Beistand gerührt hättest, obgleich du dabei warst, beritten und bewaffnet.«

»Auf mein Wort, Sarazene«, sagte der Christ, »wenn du die reine Wahrheit hören willst, ich hielt diese seltsame Gestalt für den Teufel; und da er aus deiner Verwandtschaft ist, so wußte ich nicht, ob Ihr Euch nicht irgend ein Familiengeheimnis mitteiltet, als Ihr Euch so freundschaftlich auf dem Sande herumwälztet.

»Dein Spott ist keine Antwort, Bruder Kenneth«, sagte der Sarazene; »denn merk' es dir, wäre mein Angreifer wirklich der Fürst der Finsternis selbst gewesen, du würdest nichtsdestoweniger verbunden gewesen sein, ihn zum Vorteil deines Gefährten zu bekämpfen. Wisse ferner, daß alles, was der Hamako Widriges oder Teuflisches an sich haben mag, mehr deine Verwandtschaft anlangt als die meinige: Denn dieser Hamako ist in der Tat der Einsiedler, den zu besuchen du hierher gekommen bist.«

»Dieser!« sagte Sir Kenneth, die athletische, doch abgezehrte Gestalt vor seinen Augen betrachtend, »dieser! – du scherzt, Sarazene – das kann der ehrwürdige Theoderich nicht sein!«

»Frage ihn selbst, wenn du mir nicht glauben willst«, antwortete Scheerkohf; und ehe diese Worte über seine Lippe gekommen waren, gab der Einsiedler in bezug auf sich selbst gewisse Auskunft.

»Ich bin Theoderich von Engaddi,« sagte er, »ich bin kein Wanderer in der Wüste – ich bin der Freund des Kreuzes und die Geißel aller Ungläubigen, Ketzer und Teufelsverehrer. Fort mit euch, fort mit euch! Nieder mit Mohammed, Termagant und ihren Anhängern!« – So sprechend, zog er unter seiner haarigen Bekleidung eine Art von Geißel oder gelenkigem, mit Eisen umgebenem Prügel hervor, den er mit einer seltsamen Fertigkeit um sein Haupt herumschwang.

»Da siehst du deinen Heiligen«, sagte der Sarazene, anfangs lachend über das sichtbare Erstaunen, womit Sir Kenneth die abenteuerlichen Bewegungen und das wunderliche Gemurmel Theoderichs beobachtete, der, nachdem er seine Geißel nach allen Richtungen geschwungen, augenscheinlich ganz unbesorgt, ob er den Kopf eines oder des anderen seiner Gefährten treffen könne, endlich eine Probe seiner eigenen Stärke und der Festigkeit seiner Waffe ablegte, indem er einen großen Stein, der in der Nähe stand, in Stücke schlug.

»Das ist ein Verrückter«, sagte Sir Kenneth.

»Nichtsdestoweniger aber ein Heiliger«, entgegnete der Muselman, der nach der bekannten Meinung des Morgenlandes glaubte, daß Verrückte unter dem Einfluß unmittelbarer Begeisterung ständen. »Merke dir, Christ, wenn das eine Aug' erblindet ist, so wird das andere desto schärfer – wenn eine Hand verstümmelt ist, so wird die andere desto stärker; wenn unser Verstand in menschlichen Dingen verwirrt und zerstört ist, dann wird unser Blick gen Himmel desto schärfer und vollkommener sein.«

In diesem Augenblick wurde die Stimme des Sarazenen von der des Einsiedlers überboten, der laut aufzuschreien begann in einer wunderlichen Gesangesweise: »Ich bin Theoderich von Engaddi – ich bin die Geißel der Ungläubigen! Der Löwe und der Leopard sollen meine Gesellen sein und nahe bei meiner Zelle Herberge machen; und die Ziege wird sich nicht fürchten vor ihren Krallen – ich bin die Fackel und die Leuchte – Kyrie eleison!«

Er beschloß seinen Gesang mit einem kurzen Lauf, machte dann drei Sprünge vorwärts, die ihm großes Ansehen in einer gymnastischen Akademie würden verschafft haben, die aber zu seinem Einsiedlercharakter so wenig paßten, daß der schottische Ritter zugleich beschämt oder verwirrt darüber ward.

Der Sarazene schien ihn besser zu verstehen. »Du siehst«, sagte er, »er erwartet, daß wir ihm folgen zu seiner Zelle, die in der Tat die einzige Zuflucht ist, die uns für diese Nacht bleibt. Du bist der Leopard – von dem Bild auf deinem Schilde. Ich bin der Löwe, wie mein Name bedeutet. Und unter der Ziege versteht er sich selbst, indem er auf seine Kleidung von Ziegenfellen anspielt. Doch wir müssen ihn im Auge behalten: Denn er ist flüchtig wie ein Dromedar.

Die Aufgabe war schwer, denn obgleich der ehrwürdige Führer von Zeit zu Zeit innehielt und mit der Hand winkte, um sie einzuladen, ihm zu folgen, so führte er doch als einer, der mit allen Windungen und Wegen der Wüste wohlvertraut und mit einer außerordentlichen Beweglichkeit, die ein unruhiger Geist vielleicht durch die beständige Bewegung gewinnt, ausgerüstet war, die beiden Reiter durch Klüfte und Fußpfaden hin, wo selbst der leichtbewaffnete Sarazene mit seinem wohldressierten Berber in großer Gefahr schwebte, und wo der eisengerüstete Europäer und sein überladenes Roß so drängender Not ausgesetzt waren, daß der Ritter mit Freuden dieselbe gegen die Gefahren einer großen Schlacht würde getauscht haben. Er war darum froh, als er endlich den heiligen Mann, der diesen harten Wettlauf angeführt hatte, am Eingang einer Höhle stehen sah, eine große Fackel haltend, die aus einem in Erdharz getauchten Stück Holz bestand und ein großes, flackerndes Licht auswarf, von Schwefelgeruch begleitet.

Unabgeschreckt von dem erstickenden Dampf schwang sich der Ritter vom Pferd und trat in die Höhle hinein, die einen geringen Anschein von Bequemlichkeit darbot. Die Zelle war in zwei Abteilungen geschieden; in der äußeren war ein steinerner Altar und ein aus Rohr gemachtes Kruzifix: Dieser Teil diente dem Einsiedler als Kapelle. An der einen Seite dieser Abteilung band der christliche Ritter sein Pferd an und beschickte es für die Nacht, obgleich nicht ohne eine fromme Scheu, die aus der Ehrfurcht entsprang, welche er für die ihn umgebenden Gegenstände nährte. Er folgte jedoch dem Beispiel des Sarazenen, der ihm zu verstehen gab, daß dies des Ortes Brauch wäre. Der

Einsiedler war unterdessen beschäftigt, das innere Gemach zum Empfang seiner Gäste in Ordnung zu bringen, und diese gesellten sich bald zu ihm. Im Hintergrund der äußeren Höhle führte eine mit einer rauhen Brettertüre verschlossene, kleine Öffnung in das Schlafgemach des Einsiedlers, das bequemer eingerichtet war. Der Fußboden war durch die Arbeit des Bewohners ziemlich geebnet und dann mit weißem Sand bestreut worden, den er täglich mit Wasser aus einer kleinen Quelle besprengte, die in einer Ecke aus dem Felsen sprudelte; und die unter diesem erstickenden Himmelsstrich für Ohr und Gaumen gleich erquicklich war. Matratzen, aus Binsen geflochten, lagen an den Wänden, die gleich dem Fußboden rauh bearbeitet und mit Kräutern und Blumen mancher Art umhangen waren. Zwei Wachskerzen, die der Einsiedler anzündete, gaben dem Ort ein heiteres Ansehen, und Wohlgeruch und Kühlung machten ihn angenehm.

In der einen Ecke des Gemachs lag Arbeitsgerät, in der anderen war eine Nische für ein grobes Bild der heiligen Jungfrau. Ein Tisch und zwei Stühle kündigten sich als die Arbeit des Einsiedlers an, da sie an Gestalt von den morgendländischen Gerätschaften abwichen. Jener war nicht allein mit Schilf- und Hülsenfrüchten gedeckt, sondern auch mit gedörrtem Fleisch, das Theoderich sorgsam auf eine Art darlegte, welche die Eßlust seiner Gäste zu reizen im Stande war. Dieser, obwohl stumme und nur in Handlungen vernehmbare Ausdruck von Höflichkeit schien dem Sir Kenneth etwas ganz Unvereinbares mit dem früheren wilden und gewalttätigen Betragen desselben Mannes zu sein. Die Haltung des Einsiedlers war nun angemessen, und augenscheinlich war es nur die fromme Demut, die seinen Zügen, abgemagert wie sie waren durch die harte Lebensweise, den Ausdruck des Edlen und Majestätischen nahm. Er schritt in seiner Zelle umher wie einer, der geboren ward, über Menschen zu herrschen, und der dieser Herrschaft entsagt hat, um ein Diener des Himmels zu werden. Jedoch muß zugegeben werden, daß sein riesenmäßiger Wuchs, die Länge seines ungeschorenen Bartes und Haares sowie das Feuer seines tiefen, lebhaften Auges eher die Merkmale eines Kriegers als eines Mönches waren.

Selbst der Sarazene schien den Einsiedler mit einer gewissen Ehrfurcht zu betrachten, während derselbe so beschäftigt war, und er lispelte leise dem Sir Kenneth zu: »Der Hamako ist nun in seiner guten Laune; aber bevor wir gegessen haben, wird er nicht reden – das ist sein Gelübde.«

Folglich war es nur stillschweigend, daß Theoderich dem Schotten vorschlug, auf einem der ärmlichen Stühle Platz zu nehmen, während sich der Scheerkohf nach der Sitte seines Volkes auf ein Strohpolster niedersetzte. Der Einsiedler erhob hierauf die Hände, wie wenn er die seinen Gästen vorgesetzten Erfrischungen segnen wollte, und diese schickten sich an zu essen, indem sie ein so tiefes Stillschweigen wie jener bewahrten. Dem Sarazenen war diese Ernsthaftigkeit natürlich, und der Christ ahmte die Schweigsamkeit desselben nach, während er seine Gedanken damit beschäftigte, über die Seltsamkeit seiner Lage nachzudenken und über den Unterschied zwischen den ausgelassenen, wütenden Bewegungen, dem lauten Geschrei und dem gewalttätigen Verfahren, wodurch sich Theoderich bei der ersten Begegnung zu erkennen gegeben hatte, und der ernsthaften, feierlichen, würdevollen Beflissenheit, womit er nun die Pflichten der Gastlichkeit ausübte.

Als das Mahl geendet war, räumte der Einsiedler, der selbst noch keinen Bissen gegessen hatte, die Überbleibsel vom Tische weg, und, indem er vor den Sarazenen einen Krug Sherbeth setzte, bestimmte er dem Schotten eine Flasche Wein.

»Trinkt, meine Kinder«, waren die ersten Worte, die er sprach, »die Gaben Gottes sind da, daß man sich ihrer erfreue, wenn man dabei des Gebers gedenkt.«

Als er so gesprochen hatte, zog er sich in die vordere Zelle zurück, wahrscheinlich zur Verrichtung seiner Andacht, und ließ seine Gäste in dem hinteren Gemache beisammen, wo denn Sir Kenneth sich bestrebte, durch mancherlei Fragen von Scheerkohf zu erfahren, was dieser Emir in Hinsicht ihres Wirtes wisse. Es war aber mehr als bloße Neugierde, was ihn vermochte, diese Erkundigungen einzuziehen. War es schwer, das ausgelassene Betragen des Einsiedlers bei seinem ersten Erscheinen mit seinem gegenwärtigen demütigen und gefälligen Benehmen in Einklang zu bringen, so schien dasselbe noch unvereinbarer mit dem hohen Ansehen, in welchem, wie Sir Kenneth aus Erfahrung wußte, dieser Einsiedler bei den ausgezeichnetsten Geistlichen der Christenheit stand. Theoderich war in der Eigenschaft des Eremiten von Engaddi mit Päpsten und Konzilien in Briefwechsel gewesen, und seine Briefe hatten denselben mit feuriger Beredsamkeit die Unterdrückungen, welche die Ungläubigen gegen die lateinischen Christen im heiligen Lande ausübten, in Farben beschrieben, die denen fast gleich waren, welche Peter der Einsiedler, den ersten Kreuzzug predigend, auf der Kirchenversammlung zu Clermont in Anwendung brachte. Und nun in einem so verehrungswürdigen und verehrten Manne das rasende Benehmen eines verrückten Fakirs anzutreffen, nötigte den christlichen Ritter zu warten, ehe er sich entschließen konnte, ihm gewisse wichtige Mitteilungen zu machen, wozu er von einigen Führern des Kreuzzuges den Auftrag erhalten hatte.

Es war der Hauptzweck von Sir Kenneths Wallfahrt, die auf einer so ungewöhnlichen Straße unternommen wurde, diese Mitteilungen zu machen; aber das, was er diesen Abend gesehen hatte, bestimmte ihn zu warten und zu überlegen, ehe er seines Auftrags sich entledigte. Von dem Emir war kein großer Aufschluß zu erhalten; der Inhalt seiner Mitteilungen war folgender: Der Einsiedler sei, wie er gehört habe, vormals ein braver und tapferer Krieger gewesen, weise im Rat und siegreich im Kampfe, welches letztere er gerne glaube, die große Stärke und Gewandtheit in Betracht ziehend, wovon er ihn oft habe Beweise geben sehen. In Jerusalem sei er nicht in der Eigenschaft eines Pilgers erschienen, sondern als einer, der das Gelübde getan, den Rest seines Lebens im Heiligen Lande zuzubringen. Kurz darauf habe er seinen bleibenden Aufenthalt mitten in der Wüstenei gewählt, wo sie ihn heute gefunden, und wo er die Achtung der Lateiner genoß wegen seiner strengen Frömmigkeit, und die der Türken und Araber wegen der Zeichen von Wahnsinn, die er gab, und die jene der Begeisterung zuschrieben. Darum hatten ihm jene auch den Namen Hamako gegeben, was in der türkischen Sprache einen solchen Charakter bezeichnet. Der Hamako ist, sagte er, ein weiser Mann gewesen, und konnte nicht selten stundenlange Vorträge über Tugend und Weisheit halten, ohne den geringsten Anschein von Unverstand. Zu einer anderen Zeit war er wild und heftig; aber noch nie war er in einer so heillosen Stimmung, wie die von vorhin gewesen ist. Seine Wut wurde hauptsächlich durch irgendeine Beschimpfung seiner Religion veranlaßt; und man erzählt eine Geschichte von einigen wandernden Arabern, die seinen Gottesdienst verspottet und seinen Altar geschändet hatten, und die er aus dieser Ursache angriff und mit seiner Geißel erschlug, die er statt aller anderen Waffen immer mit sich führt. Diese Tat hat großen Lärm gemacht, und es war sowohl die Furcht vor der eisernen Geißel des Einsiedlers als auch die Scheu vor seinem Charakter als Hamako, was die Räuberstämme bewog, seine Wohnung und seine Kapelle zu ehren. Sein Ruf hat sich so weit verbreitet, daß Saladin zu seinem Schutz und Schirm eigens Befehle gegeben hat. Mehr als einmal hatte der letztere und andere vornehme Muselmanen von Rang die Grotte besucht, teils aus Neugier, teils in der Absicht, von einem so gelehrten Mann wie den christlichen Hamako einige Einsicht in die Geheimnisse der Zukunft zu erlangen. »Er hat«, fuhr der Sarazene fort, »ein Rashid (Sternwarte) von beträchtlicher Höhe, bestimmt zur Beobachtung der Himmelskörper und hauptsächlich des Planetensystems, nach deren Bewegung und Einfluß, wie Christen und Muselmanen glauben, der Lauf menschlicher Begebenheiten sich richtet und vorausgesagt werden kann.«

Dies war der Inhalt der Auskunft, die Emir Scheerkohf gab und die Sir Kenneth im Zweifel ließ, ob der Wahnsinn des Einsiedlers ein von Zeit zu Zeit wiederkehrender, überspannter Schwärmereifer sei, oder ob er nicht gänzlich auf Verstellung beruhe und nur um der Freiheiten willen, die er gewährte, angenommen sei. Es schien jedoch, wenn man den Fanatismus der Mohammedaner, in deren Mitte er als erklärter Feind ihres Glaubens lebte, in Betracht zog, als hätten die Ungläubigen die Gefälligkeit in Rücksicht auf seine Schwärmerei ungewöhnlich weit ausgedehnt. Auch glaubte Sir Kenneth, daß zwischen dem Einsiedler und den Sarazenen eine genauere Bekanntschaft bestehe, als die Worte des letzteren ihm kundgegeben hätten; und es war ihm nicht entgangen, daß der erstere den letzteren bei einem Namen genannt hatte, der verschieden war von dem, den er sich selber beigelegt. Alle diese Erwägungen heischten Vorsicht, wenn nicht Argwohn. Er beschloß, seinen Wirt in der Nähe zu beobachten und sich mit der Mitteilung des ihm anvertrauten wichtigen Auftrags nicht zu übereilen.

»Sarazene«, sagte er, »es kommt mir vor, als wenn die Einbildungskraft unseres Wirtes sich in Rücksicht der Namen so gut irre wie in Rücksicht anderer Gegenstände. Dein Name ist Scheerkohf, und er hat dich vorhin bei einem anderen genannt.«

»Unter dem Zelt meines Vaters«, versetzte der Kurde, »war Ilderim mein Name, und bei diesem nennen mich immer noch viele. Im Feld und bei den Kriegern bin ich bekannt als der Löwe des Gebirges, ein Name, den mir mein gutes Schwert erkämpft hat. Doch stille, der Hamako kommt, er wird uns heißen, zur Ruhe zu gehen – ich kenne seine Gewohnheit. Niemand darf ihn beobachten bei seinen Nachtwachen.«

Alsbald trat der Einsiedler herein, und, indem er die Arme über die Brust legte, sagte er, als er vor ihnen stand, mit feierlicher Stimme: »Gesegnet sei der Name dessen, der es also geordnet hat, daß die stille Nacht folge dem geräuschvollen Tage, und daß der ruhige Schlaf die müden Glieder erfrische und die bekümmerte Seele befriedige!«

Beide Krieger antworteten »Amen!«, und, als sie vom Tische aufgestanden waren, schickten sie sich an, sich zu ihren Lagerstätten zu begeben, die ihnen ihr Wirt durch ein Winken mit der Hand bezeichnet hatte, als derselbe, beiden eine Verbeugung machend, sich wiederum aus dem Gemache zurückzog.

Der Ritter vom Leoparden legte hierauf seine schwere Rüstung ab; sein sarazenischer Gefährte half ihm freundlich, Gürtel und Spangen auflösen, bis er endlich in der engen Bekleidung von Gemsenleder dastand, welche Ritter und Gewappnete unter ihrer Rüstung zu tragen pflegten. Hatte der Sarazene die Stärke seines Gegners bewundert, als derselbe in Stahl gehüllt war, so war er jetzt nicht weniger erstaunt über das richtige Ebenmaß, das sich in dieser nervigen und wohlgebauten Gestalt ausdrückte. Der Ritter, nachdem er zur Erwiderung empfangener Höflichkeit dem Sarazenen behilflich gewesen war, seine Oberkleider auszuziehen, damit er bequemer schlafen möge, konnte seinerseits nicht begreifen, wie eine so schmal und schmächtig gebaute Gestalt im Stande gewesen sei, so viel Kraft und Nachdruck in dem stattgehabten Kampfe zu entfalten.

Jeder der beiden Krieger verrichtete sein Gebet, ehe sie sich auf ihr Lager hinstreckten. Der Muselman wandte sich gegen die Kebla, den Punkt, nach welchem die Gebete aller Nachfolger des Propheten gerichtet werden, und murmelte sein heidnisches Gebet, während der Christ, der verunreinigenden Nähe des Ungläubigen sich entziehend, sein großes, mit einem Kreuzgriff versehenes Schwert aufrecht pflanzte, und vor demselben als Zeichen der Erlösung niederknieend, seinen Rosenkranz mit einer Andacht hersagte, die gesteigert wurde durch die Erinnerung an die Gegenden, durch welche er gekommen, und an die Gefahren, denen er entgangen war im Laufe des heutigen Tages. Beide Krieger, von Mühe und Anstrengung erschöpft, waren bald fest eingeschlafen, jeder auf seinem besonderen Lager.

4

Kenneth, der Schotte, wußte nicht, wie lange seine Sinne in tiefem Schlafe gewesen waren, als er durch einen Druck auf der Brust aufgeweckt wurde, was ihm zuerst einen flüchtigen Traum von einem Kampfe mit einem gewaltigen Feinde eingab und ihn am Ende völlig zur Besinnung zurückrief. Er war im Begriff zu fragen, was es gäbe, als er, seine Augen aufschlagend, den Einsiedler bemerkte, der an seinem Lager mit jenem irren und wilden Blicke stand, den wir an ihm beschrieben haben, und der die rechte Hand auf des Ritters Brust drückte, während die linke eine kleine, silberne Lampe hielt.

»Schweig«, sagte der Einsiedler, als ihn der auf dem Lager ausgestreckte Ritter mit Befremden ansah. »Ich habe dir Dinge zu sagen, die dieser Ungläubige nicht hören darf.«

Er sagte diese Worte in französischer Sprache und nicht in der lingua franca, dem Gemisch von morgenländischen Mundarten, worin sie sich bis jetzt unterhalten hatten.

»Steh auf«, fuhr er fort, »häng' deinen Mantel um – sprich nicht, tritt leise auf und folge mir.«

Sir Kenneth stand auf und nahm sein Schwert.

»Du hast es nicht nötig!« flüsterte ihm der Einsiedler zu. »Wir gehen an einen Ort, wo geistige Waffen viel vermögen, fleischliche aber wie Rohr sind und wie der verwelkte Kürbis.«

Der Ritter legte sein Schwert wieder am Bette nieder, und bloß mit seinem Dolche bewaffnet, von dem er sich in diesem gefährlichen Lande niemals trennte, schickte er sich an, seinem geheimnisvollen Wirt zu folgen.

Der Einsiedler bewegte sich hierauf langsam vorwärts, und der Ritter folgte ihm mit einiger Ungewißheit, ob nicht die vor ihm herschleichende Gestalt des Wegweisers eigentlich nur das Geschöpf eines unterbrochenen Traumes sei.

Ohne den heidnischen Emir aufzuwecken, der noch immer in tiefem Schlafe lag, erreichten sie das äußere Gemach. Vor dem Kreuz und Altar brannte fortwährend eine Lampe; ein Meßbuch war aufgeschlagen, und auf dem Boden lag eine Bußgeißel von dünnen Stricken und Draht, die ganz frische Blutspuren an sich trug, ein sicheres Zeichen von der strengen Buße des Einsiedlers. Hier kniete Theoderich nieder und machte dem Ritter bemerklich, neben ihm Platz zu nehmen auf den harten Kieseln, die absichtlich hierher gebracht worden waren, um die Haltung der andächtigen Ehrfurcht so unbequem als möglich zu machen; er las mehrere Gebete der katholischen Kirche und sang mit gedämpfter, aber feierlicher Stimme drei Bußpsalmen. Die letzteren begleitete er mit Seufzern, Tränen und krampfhaften Zuckungen, was das tiefe Gefühl bekundete, womit er die göttliche Dichtung hersagte. Der schottische Ritter nahm ungeheuchelten Anteil an diesen Übungen der Andacht. In der nämlichen Zeit änderte sich die Meinung, die er von seinem Wirt hatte, so sehr, daß er zweifelte, ob er ihn nicht wegen seiner strengen Buße oder wegen seines feurigen Gebets als einen Heiligen betrachten müsse; und als sie sich vom Boden erhoben, stand er mit einer Ehrfurcht vor ihm wie ein Zögling vor einem verehrten Lehrer. Der Einsiedler war einige Minuten lang stille und tiefsinnig.

»Sieh, in jener Blende, mein Sohn«, sagte er, nach der anderen Ecke der Zelle weisend, »dort wirst du einen Schleier finden – bring ihn hierher.«

Der Ritter gehorchte, und in einer schmalen, in die Wand gehauenen, mit einer Tür von Weiden versehenen Öffnung fand er den verlangten Schleier. Als er ihn ans Licht brachte, bemerkte er, daß er zerrieben war und an einigen Stellen von dunklen Flecken beschmutzt. Der Einsiedler blickte auf ihn mit einer tiefen, aber unterdrückten Rührung, und bevor er zu dem schottischen Ritter zu sprechen vermochte, mußte er seinem Gefühl Luft machen durch ein krampfhaftes Stöhnen.

»Du bist nun auf dem Wege, die köstlichsten Schätze zu sehen, welche die Erde besitzt«, sagte er endlich. »Wehe mir, daß meine Augen unwürdig sind, nach ihnen zu schauen! Ach, ich bin nur das schlechte, verachtete Schild, das dem müden Wanderer eine gemächliche und sichere Herberge bezeichnet, während er selbst auf immer außerhalb der Türen bleibt. Umsonst bin ich in die Mitte der Felsen und der trockenen Wüste geflohen. Mein Feind hat mich gefunden – grade der, den ich verleugnet habe, ist mir in meine Feste gefolgt!«

Er hielt wiederum inne, und sich gegen den schottischen Ritter kehrend, sagte er mit finsterer Stimme: »Ihr bringt mir einen Gruß von Richard von England?«

»Ich komme von der Versammlung der christlichen Fürsten«, sagte der Ritter, »da aber der König von England unpaß ist, so bin ich mit Sr. Majestät Befehlen nicht beehrt.«

»Euer Zeichen?« fragte der Einsiedler.

Sir Kenneth zögerte – sein früherer Argwohn, die Merkmale von Wahnsinn, die der Einsiedler vorhin gegeben hatte, fielen ihm auf einmal wieder ein; aber wie mochte er in Rücksicht eines Mannes argwöhnisch bleiben, dessen Sitten so heilig waren? »Mein Losungswort«, sagte er endlich, »ist dieses – Könige bettelten bei einem Bettler.«

»Es ist richtig«, sagte der Einsiedler, als jener schwieg, »ich kenne euch wohl; aber die Schildwache auf dem Posten – und der meine ist ein wichtiger – ruft Freund wie Feind an.«

Hierauf schritt er vorwärts mit der Lampe, den Weg nach dem Gemach nehmend, das sie verlassen hatten. Der Sarazene lag auf seinem Bett immer fest fortschlafend. Der Einsiedler stellte sich neben ihn und blickte auf ihn nieder.

»Er schläft«, sagte er, »in Dunkelheit und darf nicht geweckt werden.«

Die Lage, in welcher sich der Emir hielt, ließ auf einen festen Schlummer schließen. Da er mit der Hälfte des Gesichts gegen die Wand gekehrt lag, so verbarg der über den Körper erhobene eine Arm mit dem weiten und langen Ärmel den größeren Teil des Gesichts, während die hohe Stirn sichtbar blieb. Seine Muskeln, die zur Zeit des Wachens so ungewöhnlich tätig waren, zeigten sich nun so bewegungslos, als wenn das Gesicht aus dunklem Marmor bestände, und lange seidene Wimpern schlossen seine durchbohrenden Falkenaugen. Die offene, schlaffe Hand, der tiefe, gleiche und sanfte Atem waren sichere Beweise des festesten Schlafs. Der Schlummernde bildete eine sonderbare Gruppe mit dem langgestalteten Einsiedler in den langhaarigen Ziegenfellen und dem Ritter in der engen ledernen Bekleidung; jener mit dem strengen Ausdruck asketischen Trübsinns, dieser mit einer seinen männlichen Zügen tief eingeprägten, unruhigen Neugier.

»Sein Schlaf ist tief«, sagte der Einsiedler mit derselben gedämpften Stimme wie zuvor, und er wiederholte diese Worte, indem er ihren wörtlichen Sinn in einen bildlichen verkehrt zu haben schien. »Er schläft im Finstern, aber es wird ein Morgen für ihn kommen. O Ilderim, die Gedanken deines Wachens sind für jetzt noch so eitel und närrisch wie diejenigen, die im flüchtigen Tanz dein schlafendes Gehirn umkreisen; aber die Trompete wird erschallen, und dein Traum wird verschwinden.«

Als er so gesprochen und dem Ritter ein Zeichen gegeben hatte, ihm zu folgen, wandte sich der Einsiedler nach dem Altar und, als er denselben im Rücken hatte, drückte er auf eine Feder, die, ohne Geräusch aufspringend, eine schmale, in der Wand der Grotte angebrachte Eisentür sehen ließ, die, außer bei der strengsten Untersuchung, fast gar nicht bemerkbar war. Ehe der Einsiedler es wagte, die Türe völlig zu öffnen, goß er einige Tropfen vom Öl seiner Lampe auf die Angeln. Eine schmale in den Felsen gehauene Treppe zeigte sich, als die Eisentür endlich ganz offen war.

»Nimm den Schleier, den ich hier habe«, sagte der Einsiedler in einem schwermütigen Tone, »und verbinde mir die Augen: Denn ich kann den Schatz, den du schauen wirst, ohne Sünde und Vermessenheit nicht sehen.«

Ohne ein Wort zu erwidern, hüllte der Ritter behende das Haupt des Einsiedlers in den Schleier ein, und der letztere stieg zuerst die Treppe hinauf wie einer, der des Weges kundig war, ohne des Lichts zu bedürfen, während er seine Lampe dem Schotten hinhielt, der ihm auf dieser schmalen Treppe folgte. Endlich hielten sie in einem engen Gewölbe von unregelmäßiger Form, in dessen einer Ecke die Treppe aufhörte, während in einem anderen Winkel eine zweite Treppe als Fortsetzung des Auswegs sich zeigte. In einem dritten Winkel war eine gotische Tür, die mit der gewöhnlichen Umgebung von Säulen und Schnitzwerk sehr grob verziert und mit einem stark mit Nägeln beschlagenen Pförtchen verschlossen war. Nach diesem wandte der Einsiedler seine Schritte, die, als er sich demselben näherte, zu wanken schienen.

»Zieh deine Schuh' aus«, sagte er zu seinem Begleiter, »der Boden, auf dem du stehest, ist heilig. Verbanne aus deinem innersten Herzen jeden weltlichen und fleischlichen Gedanken; denn solche an diesem Orte zu hegen wäre eine Todsünde.«

Der Ritter legte seine Schuhe weg, wie es ihm befohlen war, und der Einsiedler stand unterdessen, als unterhielte er sich im Geiste mit stillem Gebet, und als er sich wieder zu regen begonnen hatte, befahl er dem Ritter, dreimal an das Pförtchen zu klopfen. Dies tat er. Die Türe öffnete sich von selbst, wenigstens sah Sir Kenneth keinen Menschen, und seine Sinne wurden zugleich von einem Strom des reinsten Lichtes und von einem starken und fast erstickenden Duft der köstlichsten Wohlgerüche überfallen. Er trat zwei oder drei Schritte zurück, und es dauerte eine Minute, ehe er den blendenden, überwältigenden Eindruck des plötzlichen Überganges aus Dunkelheit zum Licht ertragen konnte.

Als er in den Raum hineingetreten war, in welchem sich dies glanzvolle Licht verbreitete, bemerkte er, daß dasselbe von einer Menge silberner Lampen herkam, die, mit dem reinsten und wohlriechendsten Öl angefüllt, an silbernen Ketten von der Decke einer kleinen gotischen Kapelle hingen, die, wie der größte Teil der seltsamen Wohnung des Einsiedlers, aus dem starken und festen Felsen gehauen war. Aber während an jedem anderen Platz, den Sir Kenneth gesehen, die Bearbeitung des Felsens einen einfachen und unvollendeten Geschmack zeigte, so war an dieser Kapelle der Erfindungsgeist und der Meißel der geschicktesten Baukünstler verwandt worden. Die Gurten-Decke wölbte sich von beiden Seiten über sechs Säulen, die auf das kunstvollste gearbeitet waren; die gotischen Spitzbogen waren miteinander verbunden durch angemessene Verzierungen, und dies alles war im feinsten Geschmack der Bauzunft jenes Zeitalters. In Übereinstimmung mit der Säulenreihe befanden sich auf jeder Seite sechs reich gearbeitete Nischen, von denen jede ein Bild eines der zwölf Apostel enthielt.

Auf dem erhöhten, nach Osten gerichteten Ende der Kapelle stand der Altar, hinter welchem ein sehr reicher und schwer mit Gold gestickter Vorhang von persischer Seide eine Blende verbarg, die ohne Zweifel irgendein Bild oder eine Reliquie von außerordentlicher Heiligkeit enthielt, welcher zu Ehren dieser seltsame Ort der Anbetung eingerichtet worden war. Unter der Voraussetzung, daß dies der Fall sein müsse, näherte sich der Ritter dem Altar, und als er vor demselben niedergekniet war, wiederholte er mit Inbrunst seine Gebete, doch mitten in der Andacht wurde seine Aufmerksamkeit auf den Vorhang gelenkt, der plötzlich aufgehoben oder vielmehr auf die Seite gezogen wurde. Wie und durch wen dies geschah, konnte er nicht sehen, aber in der Nische, die so enthüllt war, bemerkte er einen Schrank von Silber und Ebenholz mit einer Flügeltür, der im kleinen das Bild einer gotischen Kirche darstellte.

Als er mit ängstlicher Neugier nach dem heiligen Schreine blickte, taten sich auch die beiden Flügel auf und ließen ein großes Holz sehen, auf welchem die Worte gebrannt waren: Vera Crux. Zu gleicher Zeit sang ein Chor weiblicher Stimmen das Gloria Patri. In dem Augenblick, wo der Gesang aufhörte, schloß sich der Schrein, der Vorhang ward vorgezogen, und der Ritter, der vor dem Altar kniete, konnte nun ungestört seine Andacht fortsetzen zur Ehre der heiligen Reliquie, die soeben seinem Blicke enthüllt worden war. Er tat dies mit dem tiefgefühlten Eindruck, mit eigenen Augen ein ehrwürdiges Zeugnis für die Wahrheit seines Glaubens gesehen zu haben, und es verging einige Zeit, ehe er, nach Beendigung seines Gebets, aufstand und sich nach dem Einsiedler umsah, der ihn zu diesem heiligen und geheimnisvollen Ort geführt hatte. Er erblickte ihn, wie er, den Kopf immer mit dem Schleier, den er ihm selbst umgebunden, verhüllt, gleich einem ausgescholtenen Hunde auf der Schwelle der Kapelle lag, und es war augenscheinlich, daß er es nicht wagte, dieselbe zu überschreiten. Die heiligste Scheu, die bußfertigste Zerknirschung drückte sich in dieser Haltung aus, welche die eines Mannes zu sein schien, der niedergebeugt und zu Boden geworfen wird von der Last seines inneren Gefühls. Es schien dem Schotten, daß nur das aufrichtigste Gefühl von Buße, Zerknirschung und Demütigung im Stande gewesen sei, eine solche Kraftgestalt und einen solchen Feuergeist in solchem Maße niederzudrükken.

Er nahte sich ihm, um mit ihm zu sprechen, aber der Einsiedler kam ihm zuvor, indem er in dumpfen Tönen, die wie die Stimme klangen, die hinter einem Leichentuche hervorkommt, hinter der sein Haupt umhüllenden Vermummung hervormurmelte: »Bleib, bleib. Heil dir, daß du bleiben darfst – die Erscheinung ist noch nicht geendet.« So sprechend richtete er sich vom Boden auf, zog sich von der Schwelle, wo er bisher ausgestreckt gelegen, zurück, und schloß die Tür der Kapelle, die mit einem inneren Federriegel versehen war, dessen Schnappen durch den Raum widerhallte, und nur noch als Teil des Felsens, aus dem die Grotte gehauen war, erschien, so daß Kenneth mit Mühe die Stelle bezeichnen konnte, wo sich die Öffnung befunden hatte. Er war nun allein in der lichten Kapelle, welche die Reliquie, der er vorhin erst seine Andacht bezeigt hatte, enthielt, ohne alle anderen Waffen als seinen Dolch und ohne andere Gefährten als seine frommen Gedanken und seinen unerschrockenen Mut.

Ungewiß, was nun kommen würde, aber entschlossen, den Lauf der Ereignisse abzuwarten, durchschritt Sir Kenneth die einsame Kapelle bis um die Zeit des ersten Hahnenschreis. Um diese stille Stunde, wo Nacht und Morgen zusammentreffen, hörte er, aber von welcher Seite konnte er nicht entdecken, das Klingen einer kleinen silbernen Schelle, die man bei Erhebungen der Hostie in der Zeremonie oder, wie man auch sagte, dem Opfer der Messe zu schwingen pflegte. Die Zeit und der Ort machten diesen Klang feierlich-furchtbar, und der Ritter, obwohl kühn, zog sich nach dem anderen Ende der Kapelle, dem Altar gegenüber, zurück, um ungestört die Folgen dieses unerwarteten Zeichens beobachten zu können.

Es währte nicht lange, als der seidene Vorhang abermals weggezogen wurde, und die heilige Reliquie wiederum seinem Blicke sich zeigte. Als er ehrfurchtsvoll auf die Knie gesunken war, hörte er die Töne des Lobgesanges, womit in der katholischen Kirche der Frühgottesdienst beginnt, von weiblichen Stimmen gesungen, die sich wie vorhin in einen Chor zur Ausführung des Gesanges vereinigten. Der Ritter bemerkte bald, daß die Töne sich nicht immer aus derselben Entfernung vernehmen ließen, sondern daß sie sich der Kapelle näherten und lauter würden, als auf einmal eine Tür an der andern Seite des Gewölbes sich öffnete und dem Chorgesang größeren Raum bot, sich nach dem gerippten Bogen der Decke zu erheben.

Mit atemloser Beklommenheit heftete der Ritter sein Auge nach der offenen Tür, und immer auf den Knien, in einer dem Ort und der Umgebung gemäßen andächtigen Haltung, erwartete er den Verlauf dieser Anstalten. Eine Prozession schien sich durch die Tür zu nahen. Vier schöne Knaben, deren Arme, Nacken und Beine bloß waren und deren braune morgenländische Farbe von den schneeweißen Leibröcken, welche sie trugen, abstach, traten paarweise zuerst in die Kapelle herein. Das erste Paar trug Rauchfässer, welche sie herüber und hinüber schwangen, doppelten Wohlgeruch zu den Düften spendend, von denen die Kapelle bereits angefüllt war. Das andere Paar streute Blumen.

Auf diese folgten in geziemender, majestätischer Ordnung die Frauen, welche den Chor bildeten; sechs schienen, wie die schwarzen Skapuliere und die schwarzen Schleier über der weißen Kleidung zeigten, eingekleidete Nonnen vom Orden des Berges Karmel zu sein; und sechs andere mit weißen Schleiern gaben sich als Novizen oder als vorübergehende Bewohner des Klosters zu erkennen, die noch durch kein Gelübde an dasselbe gebunden wurden. Die vorderen hielten lange Rosenkränze in den Händen, während die jugendlicheren und leichteren Gestalten, welche folgten, jede ein Paternoster von roten und weißen Rosen trug. Sie bewegten sich in Prozession in der ganzen Kapelle herum, ohne, so schien es, im Geringsten auf Kenneth zu achten, obwohl sie an demselben so nahe vorbeikamen, daß ihre Gewänder ihn fast berührten. Als sie zu singen fortfuhren, zweifelte der Ritter nicht mehr, daß er sich in einem Kloster befände, wo, wie es vormals geschah, edle christliche Fräulein sich öffentlich dem Dienst der Kirche widmeten. Viele dieser Klöster wurden, als die Mohammedaner Palästina erobert hatten, unterdrückt; aber viele auch, die sich Duldung durch Geschenke erkauft oder dieselbe von der Gnade oder Verachtung der Sieger erhalten hatten, fuhren immer noch fort, im stillen die Regeln zu beachten, zu welchen sie sich durch Gelübde geweiht hatten. Obgleich Kenneth dies alles wußte, so hatte doch der Ernst von Ort und Stunde, die Überraschung und die plötzliche Erscheinung dieser Geweihten und die geisterartige Weise, womit sie an ihm vorüberschwebten, einen solchen Einfluß auf seine Einbildungskraft, daß er es sich kaum vorstellen konnte, wie die schöne Prozession, die er sah, aus Geschöpfen dieser Welt bestünde: So sehr glichen dieselben einem Chor überirdischer Wesen, die dem höchsten Gegenstand der Anbetung ihre Huldigung brachten.

Dies war des Ritters erster Gedanke, als die Prozession an ihm vorbeikam, kaum sich bewegend, das heißt nur so viel, um nicht an derselben Stelle zu bleiben, so daß, in dem schattigen, gedämpften Licht gesehen, das die Lampen durch Wolken von Weihrauch, welche den Raum verfinsterten, ausgossen, die Prozession mehr zu schweben als zu gehen schien.

Aber als sie beim Umgang in der Kapelle zum zweiten Male an dem Fleck vorbei kamen, wo der Ritter kniete, ließ eine der weißgekleideten Jungfrauen, die vorüberschwebten, aus dem Paternoster, das sie trug, eine aufgelöste Rosenknospe aus der Hand, und, vielleicht unwillkürlich, gerade zu den Füßen von Sir Kenneth niederfallen. Der Ritter fuhr zusammen, als hätte ihn plötzlich ein Pfeil getroffen; denn ist das Gemüt in hohem Grade durch Richtung und Erwartung überspannt, so schürt der geringste Zufall, der unverhofft kommt, das Feuer weiter an, das die Einbildungskraft angefacht hat. Aber er unterdrückte seine Bewegung, indem er bedachte, wie leicht ein so geringfügiges Ereignis rein zufällig stattgefunden haben könne, und daß nur die stumme Einförmigkeit der vorüberziehenden Gestalten diesen Zufall ein wenig beachtenswert gemacht habe.

Während die Prozession zum dritten Male im Umgang die Kapelle umkreiste, folgte Kenneth mit Gedanken und Blicken ausschließlich der einen unter den Novizen, welche die Rosenknospe hatte fallenlassen. Ihr Gang, ihr Ansehen, ihr Wuchs unterschied sie so wenig von den übrigen Chorsängerinnen, daß es unmöglich war, das kleinste Merkmal von Persönlichkeit aufzufinden, und doch pochte Kenneths Herz wie das eines Vogels, der aus seinem Käfig fliegen möchte, gleich als wollte es ihm durch vertrauliche Winke die Versicherung geben, daß das weibliche Wesen, das mit den Novizen im zweiten Rang und in rechter Linie einherzog, ihm teurer sei, nicht nur als alle übrigen Anwesenden, sondern als das ganze weibliche Geschlecht. Die romantische Leidenschaft der Liebe, wie sie durch das Ritterwesen gepflegt und ausgebildet wurde, vertrug sich gut mit dem nicht weniger romantischen Gefühl der Andacht; und beide mochten in ihrer Wechselwirkung eher einen günstigen als einen widerstrebenden Einfluß haben. Es war darum mit einer glühenden Erwartung, die gewissermaßen einen religiösen Charakter hatte, daß Sir Kenneth, dem die Empfindsamkeit vom Herzen bis in die Fingerspitzen bebte, ein zweites Zeichen von der Verbindung mit einer Person erwartete, die, bildete er sich fest ein, ihm bereits das erste gegeben. Obschon der Zeitraum, den die Prozession zu einem dritten Umgang in der Kapelle bedurfte, nur kurz war – er schien dem Ritter als eine Ewigkeit. Endlich kam die Gestalt, die er mit so ergebener Aufmerksamkeit beobachtete, in seine Nähe – es war kein Unterschied dieser verhüllten Form und den anderen, mit denen sie sich gemeinschaftlich dahinbewegte, bis endlich, gerade als sie zum dritten Male an dem knienden Ritter vorbei kam, ein Teil einer kleinen, niedlichen Hand, die so schön gebaut war, daß sie das höchste und vollkommenste Ebenmaß von dem zu ihr gehörigen Körper erwarten ließ, sich heimlich aus dem sie verhüllenden Seidenflor hervorstahl, wie der Mondschein hinter den weißen Wölkchen einer Sommernacht, und wiederum lag eine Rosenknospe zu den Füßen des Ritters vom Leoparden.

Dieser zweite Wink konnte nicht zufällig sein – ebensowenig bei Ähnlichkeit dieser halbgesehenen, schönen Frauenhand mit einer, die feine Lippen einstens berührt hatten, und deren Eignerin er während dieser Berührung innige Ergebenheit geschworen hatte. Hätte er ferneren Beweises bedurft, so hatte er auch an dem schneeweißen Finger das Licht des unvergleichlichen Rubinrings gesehen, dessen unschätzbaren Wert Kenneth geringer in Anschlag gebracht haben würde als das geringste Zeichen von diesem Finger – und obwohl sie verschleiert war, so ließ ihn doch Zufall oder Gunst eine verirrte Locke ihres schwarzen Haares sehen, wovon ihm jedes einzelne lieber war als eine Kette von gediegenem Gold. Es war die Dame seiner Liebe! Aber daß sie hier sein sollte, in dieser wilden, abgeschiedenen Wüste – unter Nonnen, die freiwillig Wüsten und Höhlen zum Aufenthalt wählen, um heimlich den christlichen Ritus ausüben zu können, den sie öffentlich zu befolgen nicht wagten –, daß dies sein sollte – in Wahrheit und Wirklichkeit – schien zu unglaublich, es mußte ein Traum sein, eine täuschende Entzückung der Einbildungskraft. Während diese Gedanken durch Kenneths Geist fuhren, kehrte die Prozession nach der nämlichen Türe zurück, durch welche sie hereingekommen war. Die Chorknaben, die schwarzen Nonnen verschwanden nach und nach durch die offene Tür – endlich ging auch sie hindurch, von der er das doppelte Zeichen erhalten hatte. Doch beim Durchgang drehte sie das Haupt, zwar nur ein wenig, aber doch merklich, der Stelle zu, wo er starr, wie ein Bild, zurückblieb. Er bemerkte das letzte Wehen ihres Schleiers – sie war fort, und eine Finsternis sank über seine Seele, kaum weniger schwarz als die, welche unmittelbar darauf sein Auge umhüllte: Denn die letzte Chorsängerin hatte nicht so bald die Schwelle überschritten, als dieselbe mit lautem Schalle sich schloß, und in demselben Augenblicke schwieg der Chorgesang, die Lichter der Kapelle erloschen auf einmal, und Sir Kenneth blieb allein im Stockfinstern zurück. Aber Einsamkeit und Finsternis und die Ungewißheit seiner geheimnisvollen Lage waren für Kenneth nichts – er dachte nicht daran, er kümmerte sich nicht darum, er dachte an nichts in der Welt, außer an die flüchtige Erscheinung, die soeben an ihm vorübergeschwebt war, und an die Zeichen der Gunst, die sie ihm zurückgelassen hatte. Auf dem Boden nach den Knospen zu tasten, die sie hatte fallen lassen – dieselben an seine Lippen zu drücken, dann an seine Brust, bald eine um die andere, bald beide zugleich, seine Lippen auf die kalten Steine zu pressen, auf welche sie, so weit er dieselben herauszufinden hoffte, vor wenigen Augenblicken erst getreten war: alle Schwärmereien auszuführen, die eine heftige Leidenschaft denen, die sich ihr unterwerfen, eingibt – das alles waren nur Beweise einer leidenschaftlichen Liebe, wie sie allen Zeiten gemein ist. Aber es war den Ritterzeiten eigentümlich, daß der Ritter bei der heißesten Leidenschaft nicht einmal daran dachte, dem Gegenstand seiner Liebe nachzuspüren oder ihm zu folgen. Er hatte von ihr die Vorstellung wie von einer Gottheit, die für einen Augenblick ihren ergebenen Verehrer ihrer Erscheinung gewürdigt habe und dann wieder in ihr verborgenes Heiligtum zurückgekehrt sei – oder wie von einem einflußreichen Planeten, der, nachdem er zu glücklicher Stunde in heilverkündendem Licht gestrahlt, sich wieder in seinen Nebelschleier verhüllt habe. Die Zuneigung der Dame seiner Liebe war für ihn die eines höheren Wesens, die sich äußerte ohne Beaufsichtigung und Zwang, die ihn durch ihr Erscheinen beglückte, durch ihre Abwesenheit betrübte, die ihn durch ihre Gewogenheit ermutigte, durch ihre Kälte zur Verzweiflung trieb – dies alles nach ihrem eigenen freien Willen und ohne alle weiteren Beschwerden und Vorstellungen von seiten des Ritters, der ihr nur Beweise von der innigsten Ergebenheit seines Herzen, und Schwertes ablegte, und der keinen andern Zweck im Leben kannte als den, ihre Befehle zu vollziehen und ihren Ruhm durch den Glanz seiner Taten zu erhöhen.

So war die Regel des Rittertums und der Liebe, welche die vornehmste Grundlage desselben war. Aber Sir Kenneths Neigung wurde noch durch weitere und sonderbarere Umstände romantisch. Er hatte niemals die Stimme seiner Dame gehört, obgleich er ihre Schönheit oft mit Entzücken betrachtet hatte. Sie gehörte einem Kreise an, dem er sich, vermöge seiner Ritterwürde, zwar nähern durfte, aber ohne sich hineinzubegeben, und obgleich er wegen seiner Kriegserfahrung und Kriegstaten hoch ausgezeichnet dastand, so war er, als armer schottischer Ritter, dennoch gezwungen, seiner Gottheit aus einer Entfernung zu huldigen, die fast so groß war als die, welche den Perser von der Sonne trennt, die er anbetet. Aber wann wäre der hohe Stand eines Weibes je zu hoch gewesen, um die leidenschaftliche Neigung eines Liebhabers zu übersehen, auch wenn derselbe geringeren Standes war? Ihr Blick ruhte auf ihm bei den Turnieren, ihr Ohr hörte sein Lob in jedem Berichte der Schlachten, die täglich geliefert wurden, und während Grafen, Herzoge und Lords sich um ihr Herz bewarben, wandte sich dasselbe, vielleicht unwillkürlich im Anfange oder doch unwissentlich, dem armen Ritter vom Leoparden zu, der, seinen Rang zu behaupten, außer seinem Schwerte nur weniges hatte. Wenn sie schaute und wenn sie horchte, sah und hörte die Lady genug, was sie in ihrer Wahl bestärken konnte, die im Anfang blindlings gehandelt hatte. Wurde die persönliche Schönheit des Ritters belobt, so wußte selbst die sprödeste Dame des kriegerischen Hofes von England eine Ausnahme zugunsten des Schotten Kenneth zu machen! Und öfters ereignete es sich, daß ungeachtet der großen Geschenke, welche Fürsten und Pairs an die Sänger verschwendeten, ein freier und unabhängiger Geist sich des Dichters bemächtigte, und daß die Harfe vom Heldenmut eines Ritters ertönte, der weder Zelte noch Gewänder als Zeichen seines Beifalls zu verleihen hatte.

Die Augenblicke, wo sie auf das Lob ihres Liebhabers horchte, wurden der hochgebornen Edith nach und nach teurer: Sie entschädigten ihr Ohr für die Schmeicheleien, deren sie überdrüssig war, und boten ihr Stoff zu geheimer Betrachtung, je mehr er denn auch der allgemeinen Meinung nach an Verdienst diejenigen übertraf, die an Rang und Reichtum über ihm standen. Als ihre Aufmerksamkeit beständig, obwohl mit Behutsamkeit, auf Sir Kenneth gerichtet blieb, wurde sie von seiner Neigung zu ihr immer mehr überzeugt, und in ihrem Glauben immer mehr bestärkt, daß sie in Kenneth von Schottland den ausersehenen Ritter zu erblicken habe, der dazu bestimmt sei, in Wohl und Weh – und die Zukunft zeigte sich düster und gefahrvoll – jene leidenschaftliche Zuneigung mit ihr zu teilen, der die Dichter der Zeit eine so ausgedehnte Herrschaft zuschrieben, und die ihrem Geiste und Wesen nach auf gleiche Linie mit der Andacht sich stellte.

Verbergen wir unsern Lesern die Wahrheit nicht. Als Edith sich des Zustandes ihres Herzens bewußt wurde, obwohl ihre Liebe eine edle war, wie sie einem dem Thron von England nahestehenden Mädchen ziemte, obwohl ihr Stolz sich geschmeichelt fühlte durch die zwar stummen, aber unausgesetzten Huldigungen, welche der Ritter, den sie begünstigte, ihr darbrachte; so kamen Augenblicke, wo die Gefühle des liebenden und geliebten Weibes gegen den Zwang murrten, womit Lage und Verhältnisse sie umgaben, und wo sie fast die Schüchternheit ihres Liebhabers tadelte, der entschlossen schien, nichts dagegen zu unternehmen. Die Etikette, um ein neueres Wort zu gebrauchen, von Geburt und Rang, hatte um sie einen magischen Kreis gezogen, außerhalb welchen Sir Kenneth sich beugen und schauen durfte, aber innerhalb welchen zu kommen er so wenig wagen durfte, als ein beschworner Geist es wagt, die Grenze zu überschreiten, die ihm der Stab eines mächtigen Beschwörers vorgezeichnet hat. Unwillkürlich bemächtigte sich ihrer der Gedanke, daß sie selber, wäre es auch nur mit der Spitze ihres schönen Fußes, sich über die vorgezeichnete Grenze hinüber wagen müsse, wenn sie je einem so zurückhaltenden und schüchternen Liebhaber Gelegenheit verschaffen wolle zu einer so geringen Gunstbezeugung, wie es eine wäre, die Schleife ihres Schuhes zu küssen. Ein Beispiel war da, die bekannte Geschichte der »ungarischen Königstochter«, die so großmütig den »Knappen von geringer Geburt« aufmunterte, und Edith, obgleich von königlichem Blute, war keine Königstochter, so wenig als ihr Liebhaber von geringer Geburt war – das Glück hatte ihrer Neigung keine so unübersteigliche Schranke in den Weg gelegt. Ein gewisses Etwas jedoch, das im Busen des Mädchens sich regt und der Liebe selber Fesseln anlegt, jener sittsame Stolz verbot ihr, ungeachtet ihres hohen Standes, die ersten Schritte zu tun, die in jedem Fall das Zartgefühl dem männlichen Geschlecht zuerkennt. Sir Kenneth war ein so wackrer, würdiger, trefflicher Ritter, wie ihre Einbildungskraft wenigstens ihn sich malte; er verstand so vollkommen, was er ihr und sich selber schuldig sei, – wie zwangvoll daher auch ihre Lage sein mochte, indem sie Huldigung empfing, wie das Bild einer Gottheit, von dem die Anbeter weder Gefühl noch eine Erwiderung voraussetzen, so fürchtete sich das Idol doch immer, zu früh von seinem Sockel herabzusteigen und sich dadurch in den Augen seines ergebenen Anbeters herabzusetzen.

Jedoch der andächtige Verehrer eines wirklichen Ideals vermag Zeichen von Billigung in den kalten und regungslosen Zügen eines Marmorbildes zu entdecken, und es ist kein Wunder, daß etwas, das für Gunst angesehen werden konnte, aus dem hellen Auge der lieblichen Edith glänzte, deren Schönheit wirklich mehr in der echten Gewalt des Ausbruchs bestand, als in einer vollkommenen Regelmäßigkeit der Formen oder im Glanze der Gesichtsfarbe. Gewisse kleine Zeichen von Gunst waren ihr entschlüpft trotz ihrer wachsamen Behutsamheit. Wie hätte sonst Sir Kenneth so leicht und so sicher die liebliche Hand erkannt, von welcher kaum zwei Finger vor dem Schleier sichtbar wurden, oder wie hätte er so fest überzeugt sein können, daß zwei Blumen, die hitereinander auf die nämliche Stelle fielen, von der Dame seiner Liebe als Erkennungszeichen gebraucht worden wären? Durch welche Folge von Beobachtungen, durch welche geheimen Winke, Blicke und Gebärden, durch welche natürliche Freimaurerei der Liebe sich das Einverständnis zwischen Edith und ihrem Liebhaber bis zu diesem Grade ausgebildet hat – wir wagen nicht, dies auszuforschen; denn wir sind alt, und so unscheinbare Zeichen der Gunst, die von jungen Augen flugs bemerkt werden, entgehen den unsrigen. Genug, diese Neigung bestand zwischen zwei Personen, die sich nie gesprochen hatten, obgleich sie von Ediths Seite gehemmt ward durch die Ahnung der Schwierigkeiten und Gefahren, auf die ihre Neigung bei weiterer Entwicklung notwendig stoßen müsse, und von seiten des Ritters durch tausend Zweifel und Befürchtungen, ob er nicht die kleinen Achtungsbezeugungen seiner Dame überschätzt habe, da dieselben, wie es denn nicht anders sein konnte, mit langen Zwischenräumen äußerer Kälte abwechselten, während welcher Edith, entweder aus Furcht, die Aufmerksamkeit anderer zu erregen und so ihren Liebhaber in Gefahr zu stürzen, oder in der Achtung desselben zu sinken, wenn sie sich ihm zu willig ergäbe, in ihrem Betragen die Gleichgültige spielte, die seine Gegenwart nicht im geringsten zu berücksichtigen schien.

Das Erzählte, langweilig vielleicht, aber notwendig in dieser Geschichte, mag dienen, uns den Grad von Einverständnis, wenn man es so nennen darf, auseinanderzusetzen, der zwischen den Liebenden bestand, als Ediths unerwartete Erscheinung in der Kapelle einen so gewaltigen Eindruck auf das Gemüt des Ritters machte.

5

Die tiefste Stille, die dichteste Finsternis herrschten seit länger als einer Stunde in der Kapelle, in welcher wir den Ritter vom Leoparden auf den Knien liegend zurückgelassen haben, abwechselnd sein Dankgefühl dem Himmel und seiner Dame ausdrückend für die Gnade, deren sie ihn gewürdigt hatten. Seine eigene Sicherheit, sein eigenes Schicksal, um die er zu jeder Zeit wenig besorgt war, hatten in diesem Augenblick in seinen Betrachtungen nicht das Gewicht eines Sandkorns. Er war in der Nähe der Lady Edith, er hatte Zeichen ihrer Gunst empfangen; er befand sich an einem Orte, der durch Reliquien von der größten Heiligkeit geweiht war. Ein christlicher Streiter, ein ergebener Liebhaber fürchtete nichts, dachte an nichts als an seine Pflicht gegen den Himmel und an seine Schuldigkeit gegen seine Dame.

Nach Verlauf des bemerkten Zeitraums ließ sich ein scharfes Pfeifen, das dem glich, womit der Jäger seinen Falken ruft, gellend durch die Wölbung der Kapelle vernehmen. Es war ein dem Ort unangemessener Ton, und er erinnerte Sir Kenneth, wie nötig es sei, auf der Hut zu sein. Er sprang von den Knien auf und fuhr mit der Hand nach dem Dolch. Ein Knarren wie das der Schraube eines Flaschenzuges ließ sich vernehmen, und ein schmaler Schein nach oben, wie von einer Öffnung im Boden herkommend, zeigte, daß eine Falltür aufgezogen oder niedergelassen worden war. Es dauerte keine Minute und ein langer, dünner Arm, halb bloß, halb von einem roten Samtärmel bedeckt, kam aus der Öffnung hervor, eine Lampe aufwärts haltend, soweit er reichen konnte, und die Gestalt, zu welcher der Arm gehörte, stieg Stufe für Stufe zum Fußboden der Kapelle herauf. Die Gestalt und das Gesicht des Wesens, das sich auf diese Art näherte, waren die eines widrigen Zwerges mit dickem Kopf, einer mit drei Pfauenfedern phantastisch geschmückten Mütze, rotsamtner Kleidung, deren Reichtum seine Häßlichkeit sichtbarer machte, geziert mit goldenen Armbändern und einem weißseidenen Gürtel, worin er einen Dolch mit goldenem Hefte trug. Dies seltsame Ding hielt in seiner linken Hand eine Art von Besen. Sobald er völlig aus der Öffnung herausgestiegen war, stand er still, und, wie wenn er sich besser zeigen wollte, bewegte er die Lampe langsam über Gesicht und Leib, indem er abwechselnd seine sonderbaren, phantastischen Züge und seine mißgestalteten nervigen Glieder beleuchtete. Obgleich ungestalt, so war der Zwerg doch nicht so sehr verdreht, daß ihm Stärke und Gewandtheit abgegangen wären. Als Sir Kenneth dies widerliche Ding betrachtete, erinnerte er sich an das, was der Volksglaube von den Gnomen oder Erdgeistern fabelt, die in unterirdischen Höhlen wohnen, und die Gestalt, die er sah, entsprach so sehr dem Bilde, daß er sich von jenen Wesen gemacht hatte, daß er den Zwerg mit Ekel anschaute, zwar ohne Furcht, aber doch mit jener Scheu, die in dem festesten Herzen sich regt bei der Erscheinung eines übernatürlichen Wesens.

Der Zwerg tat wieder einen Pfiff und rief einen Begleiter, der unten war. Die zweite Figur stieg gerade so wie die erste herauf; aber diesmal war es ein weiblicher Arm, der die Lampe aus dem unterirdischen Gewölbe emporhielt, aus welchem diese Erscheinungen sich erhoben, und es war eine weibliche, dem Zwerg an Wuchs und Bildung gleiche Gestalt, die jetzt langsam aus dem Boden emporstieg. Ihre Kleidung war ebenfalls von rotem Samt, phantastisch zugeschnitten und ausgeziert, als wenn sie sich für eine Vorstellung von Possenreißern und Gauklern so geputzt hätte, und mit derselben Bedächtigkeit wie ihr Vorgänger fuhr sie mit der Lampe über Gesicht und Leib, die beide mit der Häßlichkeit des Männchens wetteiferten. Aber trotz der ungünstigen Körperbildung lag in dem Gesichte beider etwas, was Aufgewecktheit und Verstand in einem ungewöhnlichen Grade verriet. Das kam von dem Glanze ihrer Augen her, die, tief hinter schwarzen, langen Brauen verborgen, in einem Lichte strahlten, das, wie das im Auge der Kröte, die äußerst häßliche Körperbildung ein wenig gutzumachen schien.

Sir Kenneth blieb wie angezaubert an seiner Stelle, während dies unliebliche Paar, sich nahe beieinander in der Kapelle herumbewegend, gleich hausbedienten das Geschäft des Kehrens verrichteten; aber da sie sich nur der einen Hand bedienten, so zog der Fußboden keinen großen Gewinn von ihrer Arbeit, die sie mit so wunderlichen Gebärden und Stellungen verrichteten, als ihr seltsames und phantastisches Aussehen erwarten ließ. Als sie im Verlauf ihrer Arbeit dem Ritter nahegekommen waren, hörten sie auf zu kehren, und indem sie sich nebeneinander, dem Sir Kenneth gerade gegenüberstellten, hielten sie wiederum die Lampen, welche sie trugen, mit Bedacht so, als wollten sie ihn einladen, Gesichter, die in der Nähe nicht angenehmer wurden, in genauen Augenschein zu nehmen und die Schärfe und Lebhaftigkeit, mit welcher ihre schwarzen und blitzenden Augen das Licht der Lampe zurückstrahlten, zu betrachten. Hierauf kehrten sie den Schimmer der beiden Leuchten dem Ritter zu, und als sie ihn aufmerksam betrachtet hatten, sahen sie sich einander an und schlugen ein so lautes Gelächter auf, daß ihm die Ohren gellten. Bei diesen gräßlichen Tönen fuhr Sir Kenneth auf und fragte hastig im Namen Gottes, wer sie wären, die diesen heiligen Ort durch so unziemende Gebärden und unheiligen Lärm entweihten.

»Ich bin der Zwerg Nectabanus«, sagte die männliche Mißgeburt mit einer Stimme, die seiner Gestalt angemessen und der Stimme des Nachtraben ähnlicher war als jedem anderen Laut, den man am Tage hört.

»Und ich bin Guenevra, seine Dame und seine Geliebte«, versetzte das Weibchen mit einer noch gellenderen und seltsameren Stimme.

»Zu welchem Zwecke seid ihr hier?« fragte der Ritter weiter, kaum glaubend, daß es menschliche Wesen seien, die er vor sich sehe.

»Ich bin«, antwortete der männliche Zwerg mit viel Ernst und Würde, »der zwölfte Imam – ich bin Mohammed Mohadi, der Leiter und Führer der Gläubigen. Hundert gesattelte Pferde stehen für mich und mein Gefolge in der heiligen Stadt bereit und ebensoviel in der Stadt der Zuflucht. Ich bin der, welcher Zeugnis geben wird, und diese hier ist eine von meinen Houris.«

»Du lügst«, antwortete das Weibchen, ihren Gefährten in Tönen unterbrechend, die noch gellender waren als die seinigen, »ich bin keine von deinen Houris, und du bist kein so ungläubiger Auswurf wie der Mohammed, von dem du sprichst. Möge mein Fluch auf seinem Sarge ruhen! Ich sage dir, du Esel von Ifaschar, du bist König Arthur von Britannien, den die Feen weggestohlen haben vom Felde Avalon, und ich bin die Dame Guenevra, berühmt durch Schönheit.«

»Nein in Wahrheit, edler Herr«, sagte das Männlein, »wir sind unglückliche Fürsten, die unter dem Flügel des Königs Gun von Jerusalem wohnten, bis er von falschen Ungläubigen aus seinem eigenen Nest vertrieben wurde – des Himmels Donner erschlage sie!«

»Still«, sagte eine Stimme von der Seite her, wo der Ritter eingetreten war »still, ihr Narren, und packt euch; euer Geschäft ist vollendet.«

Kaum hatten die Zwerge den Befehl vernommen, als sie mit mißklingendem Geschnatter einander zulispelten und auf einmal ihre Lampen ausbliesen, so daß sie den Ritter in gänzlicher Dunkelheit zurückließen, zu welcher sich, als die Tritte des Paars nach und nach verhallten, bald die vollkommenste Stille gesellte.

Der Ritter fühlte sich durch den Weggang dieser unglücklichen Geschöpfe erleichtert. Ihre Sprache, ihr Betragen und ihr Aussehen ließen ihn nicht zweifeln, daß sie zu jener entwürdigten Klasse von Geschöpfen gehörten, welche körperliche Mißbildung und geistige Schwachheit in die peinliche Lage versetzte, sich zu Anhängseln vornehmer Familien zu machen, wo ihr Äußeres und ihre Geistesschwachheit Nahrung waren für die Späße des Haushalts. In keiner Hinsicht dem Geist und den Sitten seiner Zeit überlegen, hätte sich der schottische Ritter bei einer anderen Gelegenheit an diesen armen, possierlichen Menschenfiguren herzlich erlustigen können; aber in dieser Umgebung unterbrach ihre laute und geschäftige Gegenwart den Strom von tiefen feierlichen Gefühlen, die seine Brust erfüllten, und er erfreute sich darum an dem Verschwinden dieser unglücklichen Geschöpfe.

Einige Minuten nach ihrem Weggang öffnete sich langsam die Tür, durch welche der Ritter eingetreten war, und da sie halb offen blieb, ließ sie ein schwaches Licht entdecken, das von einer auf der Schwelle stehenden Laterne herrührte. Ihr zweifelhaftes und schwankendes Licht ließ eine am Eingang außerhalb der Kapelle niedergestreckte dunkle Gestalt bemerken, in welcher der Ritter, als er näher herzugetreten war, dem Einsiedler erkannte, der sich noch in der nämlichen demütigen Haltung, wie vorhin, befand, und der ohne Zweifel während der ganzen Zeit, die sein Gast in der Kapelle zubrachte, diese Lage beibehalten hatte.

»Alles ist vorüber«, sagte der Einsiedler, die Schritte des sich nähernden Ritters hörend, »und der verworfenste der Erdensünder muß diesen Ort verlassen in Gesellschaft dessen, der unter allen Menschenkindern des größten Vorzugs und Glückes teilhaftig geworden ist. Nimm das Licht und führe mich die Treppe hinunter, denn ich mag meine Augen nicht enthüllen, bis ich die geweihte Stätte weit hinter mir habe.«

Der schottische Ritter gehorchte stillschweigend, denn seine feierliche und entzückte Stimmung machte selbst die ungestüme Regung der Neugier verstummen. Mit ausgezeichneter Richtigkeit nahm er seinen Weg durch die verschiedenen Gänge und über die Stiegen, die sie beim Aufweg betreten hatten, und endlich kamen beide in der äußeren Zelle der Grotte des Einsiedlers an.

»Der verurteilte Verbrecher ist in sein Gefängnis zurückgebracht, von einem elenden Tag zum anderen aufgespart, bis endlich sein furchtbarer Richter die Vollstreckung des wohlverdienten Urteils ansetzt.«

Als der Einsiedler diese Worte gesprochen hatte, legte er den Schleier weg, mit dem seine Augen verbunden waren, und betrachtete ihn mit einem unterdrückten, dumpfen Seufzer. Kaum hatte er denselben in den Schrank zurückgelegt, woraus ihn der Schotte auf sein Geheiß genommen hatte, als er sich hastig und dringend zu seinem Begleiter wandte: »Fort – fort – zur Ruh – zur Ruh! Ihr mögt schlafen – ich mag und kann es nicht.«

Die heftige Unruhe, mit der diese Worte gesprochen wurden, kennend, zog sich der Ritter nach der inneren Zelle zurück; aber als er in dem Augenblick, wo er die äußere Höhle verließ, seine Blicke zurückwandte, sah er den Einsiedler mit wahnsinnigem Eifer die Schultern von ihrer zottigen Bekleidung entblößen, und ehe er die schwache Tür, welche die zwei Abteilungen der Grotte trennte, schließen konnte, hörte er das Klatschen der Geißel und das Stöhnen des Büßers, der an sich selber diese Strafe vollzog. Kalter Schauder überlief den Ritter, als er an die Schwere der Sünde, an die furchtbare Gewissensqual dachte, die eine so strenge Buße weder erleichtern noch lindern konnte. Er betete seinen Rosenkranz mit Andacht und warf sich auf sein hartes Lager, nachdem er dem immer noch schlafenden Muselmanen einen Blick zugeworfen hatte, und von den mancherlei Auftritten des Tages und der Nacht ermüdet, schlief er bald fest und ruhig ein. Beim Erwachen am Morgen hatte er mit dem Einsiedler eine Unterredung über wichtige Angelegenheiten, was ihn veranlaßte, noch zwei Tage länger in der Höhle zu bleiben. Regelmäßig, wie es einem Pilger anständig war, verrichtete er seine Andachten; aber der Zutritt in die Kapelle, wo er so große Wunder gesehen hatte, wurde ihm nicht mehr vergönnt.

6

Die Szene muß sich ändern; aus der gebirgigen Wildnis des Jordans führt sie uns in das Lager des Königs Richard von England zwischen Jean d'Acre und Ascalon, das jenes Heer einschoß, mit welchem Löwenherz einen Siegeszug nach Jerusalem zu unternehmen versprochen hatte, was ihm auch vermutlich gelungen sein würde, wäre er daran nicht gehindert worden durch die Eifersucht der in das nämliche Unternehmen verflochtenen christlichen Fürsten und durch den Anstoß, welchen dieselben nahmen an dem unbeugsamen Stolz und an der unverhohlenen Geringschätzung des Monarchen gegen seine Bruderfürsten, die an Rang ihm gleich, an Mut, Tapferkeit und Kriegstalent weit unter ihm waren. Solche Zwietracht, hauptsächlich die zwischen Richard und Philipp von Frankreich, verursachte Streitigkeiten und Widersprüche, die jede von dem heldenmütigen, obwohl ungestümen Richard vorgeschlagene kräftige Maßregel vereitelten, indes die Reihen der Kreuzfahrer täglich lichter wurden nicht nur durch den Abzug einzelner, sondern ganzer Scharen unter der Führung ihrer Lehnsherren, die sich einem Kampfe entzogen, in welchem sie kein Gelingen mehr erhofften.

Der Einfluß des Klimas war gewöhnlich für die nördlichen Krieger verderbenbringend, um so mehr, als die zügellosen Ausschweifungen der Kreuzfahrer, die so sehr mit den Grundsätzen und dem Kriegszweck derselben im Widerspruch standen, sie noch mehr befähigten, die Opfer des ungesunden Wechsels von glühender Tageshitze und eisigem Nachttau zu werden. Zu diesen niederschlagenden Ursachen des Verlustes kam noch das Schwert des Feindes. Saladin, der in der Geschichte des Morgenlandes den gefeiertsten Namen hat, hatte auf seine Unkosten die Erfahrung gemacht, daß seine bewaffneten Streiter wenig geeignet waren, sich mit den in Eisen gehüllten Franken in geschlossener Schlachtordnung zu messen, und zu gleicher Zeit hatte er gelernt, den abenteuerlichen Charakter seines Gegners zu würdigen und zu scheuen. Und wurden auch seine Heere mehr als einmal unter großem Gemetzel versprengt, so gab die Mehrzahl den Sarazenen in den kleinern Gefechten, von denen die meisten unvermeidlich sind, das Übergewicht.

Je mehr das Heer der Angreifenden zusammenschmolz, desto häufiger und kühner wurden die Unternehmungen des Sultans in dieser Art von kleinem Krieg. Das Lager der Kreuzfahrer war umringt und fast eingeschlossen von einer Unzahl leichter Reiter, die, Wespenschwärmen ähnlich, leicht zerdrückt werden, wenn man sie einmal ergriffen hat, die aber mit Flügeln versehen sind, um eine überlegene Stärke zu vereiteln, und mit Stacheln, um Schaden und Unglück zuzufügen. Dieses veranlaßte unaufhörliche Gefechte auf Vorposten und beim Fouragieren, in denen manches kostbare Blut verspritzt wurde, ohne daß irgend ein Gewinn dafür Entschädigung gewährt hätte; Zufuhren wurden aufgefangen und Verbindungen abgeschnitten. Die Kreuzfahrer waren gezwungen, mit Einsetzung des Lebens sich das zum Unterhalt des Lebens Notwendige zu verschaffen; und wie vormals das Wasser der Quelle von Bethlehem, nach welcher der König David Verlangen trug, nur durch Aufwand von Blut zu erhalten war, gerade so wurde auch damals Wasser nur mit Blut erkauft.

Diesen Übeln wurde in großem Maße begegnet durch den standhaften Mut und die rastlose Tätigkeit von König Richard, der mit einigen seiner besten Ritter immer zu Pferde war, bereit, nach jedem Punkte hinzufliegen, wo Gefahr sich zeigte, so daß er nicht nur den Christen unerwartete Hilfe brachte, sondern oft auch den Ungläubigen den Sieg entriß, wenn sie sich dessen am wenigsten versahen. Aber selbst der eiserne Körper des Löwenherz konnte ohne Schaden den Wechsel des ungesunden Klimas, wozu sich noch unaufhörliche Anstrengungen von Leib und Seele gesellten, nicht ertragen. Er wurde von einem jener schleichenden und verzehrenden asiatischen Fieber angefallen, und seiner großen Stärke und seinem noch größeren Mute zum Trotz, ward er zuerst unfähig, zu Pferde zu steigen, und bald darauf konnte er selbst dem Kriegsrate nicht mehr beiwohnen, den die Kreuzritter von Zeit zu Zeit hielten. Es war schwer zu sagen, ob dieser Umstand persönlicher Untätigkeit dem englischen Monarchen ärgerlicher oder erträglicher gemacht wurde durch einen Beschluß des Kriegsrates, mit Saladin einen dreißigtägigen Waffenstillstand zu halten: Denn war Richard einerseits über den Aufschub erbittert, den der Fortgang des großen Unternehmens erlitt, so ward er andererseits durch die Vorstellung getröstet, daß die anderen keine Lorbeeren erringen würden, während er untätig auf dem Krankenbette liege.

Das jedoch, was Löwenherz am wenigsten entschuldigen konnte, war die allgemeine Untätigkeit, die sich des Lagers der Kreuzfahrer bemächtigte, sobald seine Krankheit eine ernste Wendung nahm, und die Berichte, welche er von den zurückhaltenden Personen seiner Umgebung schöpfte, gaben ihm zu verstehen, daß der Mut des Heeres im Verhältnis zu seiner Krankheit gesunken sei und daß die Zeit des Waffenstillstandes nicht angewandt würde, die Lücken des Heeres auszufüllen, den gesunkenen Mut zu beleben, den Eroberungsgeist anzufeuern und einen schleunigen und entschlossenen Zug nach der heiligen Stadt, dem Ziele des Feldzuges, vorzubereiten; sondern daß man damit umgehe, das von Streitern entblößte Lager mit Gräben, Pfählen und anderen Verteidigungsanstalten zu versehen, gleich als zöge man es vor, wenn die Feindseligkeiten wieder beginnen würden, den Angriff einer furchtbaren Macht zurückzudrängen, als den stolzen Charakter angreifender Eroberer anzunehmen.

Der englische König geriet bei diesen Berichten in Wut gleich dem gefangenen Löwen, der hinter Eisenstäben hervor seine Beute erblickt. Von Natur hitzig und heftig, wütete er in seiner Aufgeregtheit gegen sich selbst. Er war von seiner Umgebung gefürchtet, und selbst die Ärzte scheuten sich, das Ansehen in Anspruch zu nehmen, dessen sie dem Kranken gegenüber und zum Heil desselben so sehr bedurften. Ein einziger getreuer Baron, der vielleicht wegen seiner ähnlichen Charakterbeschaffenheit dem König mit inniger Ergebenheit anhing, wagte es, zwischen den Drachen und seine Wut zu treten, und mit ruhiger Festigkeit übte er eine Gewalt über den gefährlichen Kranken aus, die kein anderer anzunehmen wagte, und die Thomas de Multon nur darum besaß, weil er seines Monarchen Ehre und Leben höher anschlug als die Gunst, die er aufs Spiel setzte, oder selbst die Gefahr, einen so empfindlichen und in seiner Empfindlichkeit gefährlichen Kranken zu verpflegen.

Sir Thomas war Lord von Gilsland in Cumberland, und in einer Zeit, wo Beinamen und Titel noch nicht so fest den Personen, die sie trugen, anhängig waren wie heutzutage, wurde er von den Normannen Lord de Vaux genannt, und auf Englisch von den Sachsen, die ihrer vaterländischen Sprache treu waren und sich was zu gut darauf hielten, daß Sachsenblut in den Adern dieses berühmten Streiters ränne, Thomas, oder im vertraulichen Tone Tom von den Gills oder »Engen Tälern«, wovon seine ausgebreiteten Domänen ihre wohlbekannte Benennung erhielten.

Dieser Kriegsanführer hatte sich in fast allen Kriegen zwischen England und Schottland und zwischen den verschiedenen einheimischen Parteien, welche damals das erstere Land zerissen, versucht, und in allen hatte er sich ausgezeichnet sowohl durch sein Führertalent als durch seinen persönlichen Mut. Er war in anderer Hinsicht ein rauher Kriegsmann, derb und rücksichtslos in seinem Betragen, wortkarg, ja fast mürrisch im Umgang, und wenigstens hatte es den Anschein, als leistete er Verzicht auf alle seine Bildung und Höflichkeit. Es gab jedoch Männer, die tiefer in seinen Charakter zu sehen behaupteten, und die versicherten, daß der Lord de Vaux nicht weniger verschmitzt und ehrgeizig als derb und kühn wäre. Sie meinten, daß er, indem er des Königs derbes und breites Wesen zu seinem eigenen mache, dies gewissermaßen in der Absicht tue, die Gunst jenes zu gewinnen und den Erwartungen seines Ehrgeizes genug zu tun. Aber niemand hatte Lust, diese Pläne, vorausgesetzt, daß er sie hatte, zu durchkreuzen durch einen täglichen und gefährlichen Wetteifer am Siechbette eines Leidenden, dessen Krankheit als ansteckend bekannt war, um so weniger, da dieser Leidende Richard Löwenherz war, er, der von der wütenden Ungeduld eines vom Kampf zurückgehaltenen Streiters und eines für einige Zeit der Macht entkleideten Herrschers zugleich gepeinigt wurde. Und die gemeinen Krieger, wenigstens im englischen Heer, waren im allgemeinen der Meinung, daß de Vaux den König wie ein Kamerad einen Kameraden verpflege mit der ehrlichen und uneigennützigen Soldatenfreundschaft, die zwischen denen sich bilde, die täglich Gefahren miteinander teilen.

Es war an einem jener magisch beleuchteten Abende, wie sie in Syrien vorkommen, daß Richard auf seinem Bette lag, das seinem Geiste und seinem Körper Überdruß und Unbehaglichkeit verursachte. Sein großes, blaues Auge, das jederzeit in ungewöhnlich scharfem Glanze strahlte, hatte durch das Fieber und die Ungeduld, die ihn durchbebten, an Lebhaftigkeit gewonnen, und es leuchtete hinter den wallenden, ungeschorenen Locken seines goldgelben Haares bald strahlend, halb schimmernd hervor, wie die Abendsonne hinter vergoldeten Gewitterwolken. Sein männliches Angesicht verriet die Fortschritte einer verzehrenden Krankheit, und sein vernachlässigter, ungeschorener Bart bedeckte Lippe und Kinn. Indem er sich von einer Seite auf die andere warf, bald die Decken an sich zog, bald dieselben von sich schleuderte, gab er durch seine Unruhe und Ungeduld die Festigkeit und Gleichheit seines Charakters zu erkennen, der nur bei der angestrengtesten Tätigkeit in seinem Elemente war.

Zur Seite des Bettes stand Thomas de Vaux, an Gesicht und Haltung und Bewegung das vollkommene Gegenbild des leidenden Monarchen. Sein Wuchs nahte dem eines Riesen, und sein Haar glich an Fülle dem des Simson, nachdem dasselbe unter der Schere der Philister gefallen: Denn das Haar von de Vaux war kurz geschnitten, damit es bequemer unter den Helm gebracht würde. Der Glanz seines großen hellbraunen Auges war einem Herbstmorgen ähnlich, und es bewegte sich nur, wenn es angezogen wurde von den heftigen Zeichen von Aufgeregtheit und Unruhe, die Richard von Zeit zu Zeit gab. Sein Gesicht, obgleich seinem Bau angemessen, mochte angenehm gewesen sein, ehe es von Narben entstellt wurde; seine Oberlippe wurde nach normannischer Sitte von einem dichten Schnurrbart bedeckt, dessen Wuchs so lang und üppig war, daß er sich mit dem Haare vermengte, das von dunkelbrauner Farbe war, ein wenig mit Grau vermischt. Sein Körper war so gestaltet, daß der leicht den Beschwerden und dem Wechsel des Klimas Trotz bot: Er war wenig fett, von starker Brust, mit langen Armen, gesunder Lunge und festen Gliedern. Seit länger als drei Nächten hatte er das Büffelwams, das ein Kreuz auf der Schulter zeigte, nicht ausgezogen, und er hatte nur ausnahmsweise die Ruhe genossen, wie sie der Wärter eines königlichen Kranken von Zeit zu Zeit finden mochte. Der Baron veränderte selten seine Stellung, außer wenn er sich anschickte, dem König eine Arznei oder einen Trank zu reichen, welche der ungeduldige Monarch von keinem anderen, weniger Begünstigten seines Gefolges annehmen wollte, und es war etwas Rührendes in der zutraulichen und zugleich linkischen Art, womit er einen Dienst versah, der so sehr mit seinem derben soldatischen Wesen im Widerspruch stand.

Das Zelt, in welchem sich diese Personen befanden, trug, wie es der Zeit und dem persönlichen Charakters Richards angemessen war, mehr ein kriegerisches als ein prächtiges oder königliches Ansehen; Waffen zum Angriff und zum Schutz, teils von fremder und neu erfundener Arbeit, lagen unordentlich in dem Zelt umher oder waren an den Pfosten desselben geordnet. Felle von auf der Jagd getöteten Tieren waren auf dem Boden ausgebreitet oder lagen längs an den Wänden, und auf einem Haufen dieser Jagdtrophäen streckten sich drei Alans, wie sie damals hießen, oder Windspiele, erster Größe und von schneeweißer Farbe.

Das von Klaue und Kralle gezeichnete Gesicht dieser Tiere bezeugte den Anteil, den sie bei Erringung der Trophäen, worauf sie ruhten, genommen hatten, und ihr Auge, das sich von Zeit zu Zeit nach dem Bette Richards wandte unter einem bedeutungsvollen Strecken und Gähnen, ließ deutlich bemerken, wie sehr sie befremdet und betrübt seien über die ungewohnte Untätigkeit, die sie zu teilen gezwungen waren. Das alles waren nur die Umgebungen eines Kriegers und Jägers; aber auf einem kleinen Tisch dicht am Bett lag ein Schild von gearbeitetem Stahl, dreieckig, die drei schreitenden Löwen führend, die der ritterliche Monarch zuerst angenommen, und vor demselben der goldene Kreis, der einer Herzogskrone glich, nur daß er vorn höher als hinten war, welcher mit dem Purpursamt und der gestickten Tiara, die ihn ausschmückten, das Zeichen der Oberherrschaft von England war. Daneben und wie zur Verteidigung des Zeichens königlicher Würde lag die mächtige Streitaxt, die jeden anderen Arm als den von Richard Löwenherz ermüdet haben würde.

In einer Abteilung des Zeltes warteten zwei oder drei Offiziere des königlichen Hauses, niedergeschlagen und bekümmert wegen des Zustandes ihres Herrn und nicht minder wegen ihres eigenen Heils, wenn jener stürbe. Ihre trübe Stimmung teilte sich den Wächtern außen mit, die traurig und stille auf- und abgingen oder starr auf ihre Hellebarde gestützt dastanden, Waffentrophäen ähnlicher als lebendigen Kriegern.

»So bringst du mir keine besseren Nachrichten von draußen, Sir Thomas?« fragte der König nach einem langen und unruhigen Stillschweigen, wo er von dem Fieber überwältigt war, das wir zu beschreiben versucht haben. »Alle unsere Ritter werden Weiber, unsere Damen Nonnen . . . kein Fünkchen von Heldenmut und Liebe will ein Lager erhellen, das den Kern der europäischen Ritterschaft enthält!«

»Der Waffenstillstand, Mylord«, sagte de Vaux mit demselben Gleichmut, mit welchem er schon zwanzigmal diese Erklärung gegeben hatte, »der Waffenstillstand hindert uns, uns als tatkräftige Männer zu zeigen, und, was die Damen anlangt, ich bin kein großer Courmacher, wie Eurer Majestät wohl bekannt ist, und selten vertausche ich Stahl und Büffelhaut gegen Samt und Gold – aber so viel weiß ich, daß unsere gepriesensten Schönheiten die Königin und die Prinzessin auf einer Wallfahrt nach dem Kloster von Engaddi begleitet haben, wo sie ihr Gelübde für Eurer Hoheit Genesung erfüllen.«

»Also ist es wahr«, sagte Richard mit der Ungeduld eines Fieberkranken, »daß königliche Frauen und Fräulein sich in eine Gegend wagen, wo die Hunde, die das Land durchstreifen, so wenig Liebe zu ihrem Nächsten haben als Glauben an Gott?«

»Allerdings, Mylord«, sagte de Vaux, »sie haben Saladins Wort für ihre Sicherheit.«

»So, so!« versetzte Richard, »ich habe dem heidnischen Sultan Unrecht getan – ich bin ihm Genugtuung dafür schuldig. Wollte Gott, daß ich sie ihm bieten könnte in Person zwischen zwei Heeren, daß Christentum und Heidenwelt es sähen!«

Als Richard so sprach, streckte er seinen rechten, bis zur Schulter nackten Arm aus dem Bett, und indem er sich schwerfällig auf dem Lager erhob, machte er mit geballter Faust eine Bewegung, wie wenn er Schwert oder Streitaxt über dem mit Juwelen befestigten Turban des

Sultans schwänge. Es war nicht ohne ein wenig Zwang, den der König von keinen anderen würde geduldet haben, daß de Vaux in seiner Eigenschaft als Krankenwärter seinen königlichen Herrn nötigte, seine vorige Lage wieder einzunehmen, und daß er die nervigen Arme und Schultern und den Nacken desselben bedeckte mit einer Sorgfalt, wie sie eine Mutter einem unruhigen Kind erweist.

»Du bist eine scharfe Wärterin, obschon eine gutmeinende, de Vaux«, sagte der König bitter lachend, während er sich dem Zwang fügte, dem er nicht widerstehen konnte. »Fürwahr eine Haube müßte deinem sauberen Gesichte so wohl anstehen, wie meinem ein Kindermützchen. Wir wären Amme und ein Kindchen, um kleine Mädchen fürchten zu machen!«

»Wir haben Männer fürchten gemacht, mein Fürst, zu unserer Zeit«, sagte de Vaux, »und ich hoffe, wir werden noch lange genug leben, um sie wieder fürchten zu machen. Was ist ein Fieberanfall, daß wir nicht ein wenig geduldig sein sollten, um ihn bald loszuwerden.?«

»Fieberanfall!« schrie Richard heftig. »Du magst nicht mit Unrecht glauben, daß es sich bei mir nur darum handelt; aber was ist's mit allen anderen Christenfürsten: mit Philipp von Frankreich, mit dem plumpen Österreich, mit dem Montserrat, mit denen vom Hospital, mit den Templern, was ist es mit allen diesen? Ich will dir's sagen, es ist eine Lähmung, eine Starrsucht, eine Krankheit, die sie der Sprache und der Tat beraubt – ein Krebs, der in ihrem Herzen alles Edle, Ritterliche und Mannhafte weggefressen, der sie untreu gemacht hat dem heiligsten Gelübde, wodurch je Ritter sich verpflichtet haben, der sie gleichgültig gemacht hat gegen ihren Ruhm und pflichtvergessen gegen Gott!«

»Um des Himmels willen, mein Fürst«, sagte de Vaux, »seid nicht so heftig. Man könnte Euch vor der Tür hören, wo dergleichen Reden leider schon zu bekannt sind beim gemeinen Krieger, und Zwietracht und Hader im Christenheer erzeugen. Bedenkt, daß eure Krankheit die Quelle ihrer Unternehmungen versiegen macht; eher würde eine Wurfmaschine ohne Drehe und Hebel wirken als das Christenheer ohne König Richard.«

»Du schmeichelst mir, de Vaux«, sagte Richard, und nicht gleichgültig gegen die Macht des Lobes, legte er sein Haupt auf das Kissen mit einem größeren Anschein von ruhigem Verhalten, als er bisher gezeigt hatte. Aber Thomas de Vaux war kein Höfling; die Äußerung, die er getan hatte, war unwillkürlich auf seine Lippen gekommen, und er verstand sich nicht darauf, das gefällige Thema fortzusetzen und den Kitzel, den er erregt hatte, zu unterhalten. Darum schwieg er still, bis der König, der wieder in seine mürrischen Launen versank, ihm hastig zurief: »Despardieux! Das sind gute Worte, einen kranken Mann zu besänftigen; aber darf ein Bund von Fürsten, eine Versammlung von Edlen, eine Vereinigung der ganzen Ritterschaft von Europa bei der Krankheit eines Einzelnen zusammenbrechen, und wäre dieser auch der König von England selbst? Wie sollte Richards Krankheit oder Tod den Marsch von dreißigtausend Mann hemmen können, die alle so tapfer sind wie er? Wenn der alte Hirsch zu Boden gestürzt liegt, die Herde zerstreut sich darum nicht. Wenn der Falke den anführenden Kranich stößt, so nimmt ein anderer die Leitung des Schwarms. – Warum vereinigen sich nicht die Mächte zur Wahl eines Mannes, dem man die Führung des Heeres anvertraut?«

»Freilich, und wenn es Eurer Majestät gefällt«, sagte de Vaux, »ich höre, daß Beratungen in dieser Hinsicht unter den königlichen Anführern gepflogen werden.«

»Was!« schrie Richard, dessen Eifersucht erwachte, der Aufgeregtheit seines Geistes eine andere Richtung gebend, »bin ich bei meinen Verbündeten vergessen, ehe ich das letzte Sakrament empfangen habe? Halten sie mich vielleicht schon für tot? Aber nein, nein, sie haben recht. Und wen wählen sie zum Führer des Christenheeres?«

»Rang und Würde«, sagte de Vaux, »bezeichnen den König von Frankreich.«

»Warum nicht«, antwortete der englische Monarch, »Philipp von Frankreich und Navarra – Montjoie, Sainte Denis – Seine Allerchristliche Majestät! – maulausfüllende Worte dies! Aber es ist nur eins zu besorgen, daß er die Worte en arrière für en avant nehme und statt auf Jerusalem loszugehen, uns nach Paris zurück anführe. Sein politischer Kopf ist zur Einsicht gelangt, daß durch Unterdrückung der Vasallen und Plünderung der Verbündeten mehr zu gewinnen ist, als wenn man mit den Türken um das heilige Grab ficht«.

»Sie können den Erzherzog von Österreich wählen«, sagte de Vaux.

»Was! Weil er dick und stämmig gleich dir ist, Thomas – weil sein Kopf fast ebenso dick ist; aber hat er auch deine Kaltblütigkeit in der Gefahr? Er hat in seiner ungeheuren Fleischmasse nicht so viel Lebendigkeit, als dazu gehört, dreist wie eine Wespe zu sein und kühn wie ein Zaunkönig. Fort mit ihm! Er ein Anführer der Ritterschaft zu großen Taten! Laßt ihn eine Flasche Rheinwein stechen mit seinen Bärenhäutern und Lanzknechten.«

»Wir haben noch den Großmeister der Templer«, fuhr der Baron fort, zufrieden die Aufmerksamkeit seines Herrn von der Krankheit auf andere Gegenstände zu lenken, wiewohl es auf Unkosten von Fürsten und Mächtigen geschah. »Wir haben noch den Großmeister der Templer«, fuhr er fort, »er ist unerschrocken, erfahren, tapfer im Kampf und weise im Rat, er hat kein anderes Königreich, das seine Tatkraft bei der Eroberung des heiligen Landes zerstreuen könnte – was hält Eure Majestät davon, wenn man ihn zum Anführer des Christenheeres erwählte?«

»Hm, Beau Séant?« antwortete der König. »O, an dem Bruder Giles Amaury kann nichts ausgesetzt werden. Er versteht es, eine Schlacht anzuordnen und an der Spitze zu fechten, wenn sie beginnt. Aber, Sir Thomas, wäre es schön, das heilige Land dem Heiden Saladin zu entreißen, der jegliche Tugend besitzt, die einen Nichtchristen zieren mag und dasselbe dem Giles Amaury zu übergeben, ihm, der ein schlimmerer Heide ist – ein Götzendiener, ein Teufelsverehrer, ein Schwarzkünstler, der die schwärzesten und unnatürlichsten Laster verübt in den verborgenen Gewölben der Finsternis und der Abscheulichkeit?«

»Der Großmeister der Ritter von St. Johannes von Jerusalem ist weder wegen Ketzerei noch Zauberei berüchtigt«, sagte Thomas de Vaux.

»Aber ist er nicht ein elender Geizhals?« sagte Richard hastig; »war er nicht verdächtig – ja mehr als verdächtig –, den Ungläubigen alle die Vorteile verkauft zu haben, die sie nie mit bloßer Macht errungen haben würden? Schweig von ihm, Mann; besser wäre es, das Heer an die Venetianischen Schiffer und die Lombardischen Krämer zu verkaufen, als es dem Großmeister von St. Johannes anzuvertrauen.“

»Nun, so bliebe mir nur noch ein Vorschlag übrig,« sagte der Baron de Vaux, »was haltet Ihr von dem stattlichen Marquis von Montserrat, den Klugheit, Geschmack und Ritterlichkeit auszeichnen?«

»Klugheit, Verschmitztheit, willst du sagen,« versetzte Richard; »er hat Geschmack im Zimmer einer Dame, wenn du willst. Ja freilich, Konrad von Montserrat – wer kennt nicht den Windbeutel? Schlau und gewandt wird er Euch oft seine Pläne wechseln wie die Verzierungen seines Wamses, und Ihr werdet nie im Stande sein, die Farbe zu erraten, die seine Kleider auf der Kehrseite haben. Und Ritterlichkeit: Ja, er sitzt schön zu Pferd, er zeigt viel Anstand auf der Stechbahn und in den Schranken, wo Schärfe und Spitze der Schwerter abgestumpft sind, wo die Speere mit Holzstücken statt mit Stahlspitzen versehen sind. Warst du nicht mit mir, als ich zu diesem munteren Marquis sagte: Wir sind hier drei gute Christen, und auf jener Ebene dort schwärmt ungefähr ein Schock Sarazenen, was meint Ihr, wenn wir sie frisch angriffen? Es kommen nur zwanzig ungläubige Heiden auf jeden frommen Ritter?«

»Ich erinnere mich, daß der Marquis antwortete,« sagte de Vaux, »daß seine Glieder von Fleisch und nicht von Eisen wären, und daß er es vorzöge, das Herz eines Menschen zu haben, als das eines Tieres, wäre es auch das des Löwen. Aber ich sehe nun wie's steht – wir werden aufhören, wie wir angefangen, ohne Hoffnung, am heiligen Grabe zu beten, bevor der Himmel die Gesundheit des Königs Richard hergestellt hat.«

Bei dieser ernsten Bemerkung brach Richard in ein lautes Gelächter aus, das erste, das ihm seit geraumer Zeit entfuhr. »Sieh, welch' ein Ding das Gewissen ist«, sagte er, »daß durch seine Einmischung ein so hartköpfiger nordischer Lord, wie du bist, seinen König zum Bekenntniß seiner Torheit zwingen mag! Wahrhaftig, wenn sie sich nicht für fähig ausgeben, meinen Feldherrnstab zu halten; wenig sollte es mich dann kümmern, die seidene Bedeckung dieser Puppen zu lüpfen, die du mir hintereinander gezeigt hast. – Was kann mir daran liegen, in was für schönen Brokatkleidern sie sich blähen, wofern sie nicht als meine Nebenbuhler genannt werden in dem ruhmreichen Unternehmen, dem ich mich geweiht habe? Ja, de Vaux, ich bekenne meine Schwachheit und die Unerträglichkeit meines Ehrgeizes. Das Christenlager schließt ohne Zweifel mehr als einen Ritter ein, der besser ist als Richard von England, und es wäre klug und gerecht, dem besten derselben die Führung des Heeres zu übergeben – aber,« fuhr der kriegerische Monarch fort, indem er sich im Bett aufrichtete, seine Kopfbedeckung vom Haupt warf und sein Auge bewegte wie beim Beginn einer Schlacht, »würde ein solcher Ritter das Kreuzesbanner auf den Tempel von Jerusalem stecken, während ich unvermögend bin, an dem edlen Unternehmen Teil zu haben; er sollte, sobald ich die Lanze einzulegen im Stande wäre, mir zu tödlichem Zweikampf stehen dafür, daß er meinen Ruhm geschmälert hat und mir in der Erreichung meines Zieles vorangeeilt ist. Aber horch – was für Trompeten hört man aus der Ferne?«

»Die von König Philipp, wie ich vermute, mein Fürst«, sagte der stämmige Engländer.

»Du hörst schlecht, Thomas«, sagte der König, indem er versuchte, sich aufzurichten, »hörst du nicht den Kling und Klang? Bei Gott, die Türken sind im Lager – ich höre ihr Feldgeschrei.«

Er versuchte es wiederum, aus dem Bett zu steigen, und de Vaux war genötigt, seine eigene große Stärke zu gebrauchen und zugleich die Kämmerer aus dem inneren Zelt zu Hilfe zu rufen, um ihn zu bändigen.

»Du bist ein Verräter, de Vaux«, sagte der wütende Monarch, als er atemlos und von Anstrengung erschöpft, der größeren Stärke sich fügen und ruhig auf seinem Lager verweilen mußte. »Ich wollte, ich wäre – ich wollt', ich wäre nur so stark, um dir das Hirn mit meiner Streitaxt zerschmettern zu können!«

»Ich wollte, Ihr hättet diese Stärke, mein Fürst«, sagte de Vaux, »und wär's auf die Gefahr, daß Ihr sie so anwendet. Der Gewinn wäre auf Seiten der Christenheit, wenn Thomas Multon tot und Löwenherz wieder er selbst wäre.«

»Mein ehrlicher treuer Diener«, sagte Richard, indem er seine Hand ausstreckte, die der Baron ehrerbietig küßte, »verzeihe der Ungeduld deines Herrn. Es ist die Fieberhitze, die dich schilt, und nicht dein gnädiger Fürst, Richard von England. Doch ich bitte, geh und berichte mir, was für Fremde im Lager sind: Denn diese Klänge rühren nicht von Christen her.

Bei diesem Auftrag verließ de Vaux das Zelt, und in seiner Abwesenheit, die, wie er hoffte, kurz sein sollte, ließ er die Kämmerer, Pagen und Diener unter dem Befehl zurück, auf den König ein doppelt wachsames Auge zu haben, unter der Androhung, sie zur Verantwortung zu ziehen; ein Umstand, der ihre Ängstlichkeit, die sie bei ihrer Pflichterfüllung bewiesen, eher vermehrte als verminderte: Denn nächst dem Zorn des Monarchen selbst fürchteten sie den des strengen und unerbittlichen Lords von Gilsland.

7

Ein beträchtlicher Haufen schottischer Krieger hatte sich den Kreuzfahrern angeschlossen und sich natürlich unter den Oberbefehl des englischen Monarchen gestellt, da die meisten derselben gleich den Englischen von sächsischem oder normannischem Ursprung waren, die nämliche Sprache redeten, sowohl englische als schottische Domänen wenigstens zum Teil besaßen, und Beispiele von Verwandschaft und Heirat zwischen beiden Völkern vorkamen. Diese Periode ging außerdem derjenigen voran, wo der um sich greifende Ehrgeiz Eduards I. den Kriegen zwischen den beiden Völkern einen tödlichen und giftigen Charakter gegeben hatte, wo die Engländer für die Unterjochung Schottlands fochten und die Schottländer mit aller Entschlossenheit und Hartnäckigkeit, Eigenschaften, die man häufig an ihnen bemerkt, die Unabhängigkeit ihres Landes verteidigten durch die gewaltsamsten Mittel, unter den ungünstigsten Umständen, mit der blindesten Tollkühnheit. Bis jetzt waren die Kriege zwischen beiden Völkern, obschon sie heftig und häufig waren, nach den Grundsätzen offener Feindseligkeit geführt worden, und höfliches Benehmen sowie die Achtung für einen offenen und edlen Feind milderten und besänftigten die Schrecknisse des Krieges. Daher kam es, daß in Friedenszeiten oder wenn beide, wie es jetzt der Fall war, für eine gemeinschaftliche Sache, welche durch religiöse Vorstellungen geheiligt wurde, in Krieg verwickelt waren, die Kriegslustigen beider Länder oft nebeneinander fochten, wo ihre Nationaleifersucht sie anspornte, sich voreinander auszuzeichnen durch Kraftaufwand gegen den gemeinschaftlichen Feind.

Der freie soldatische Charakter Richards, der keinen Unterschied machte zwischen seinen eigenen Untertanen und denen Wilhelms von Schottland, außer je nachdem sie sich auf dem Schlachtfelde betrugen, war sehr geeignet, die Krieger beider Völker zu befreunden. Aber während seiner Krankheit und der dadurch für die Kreuzfahrer herbeigeführten mißlichen Lage brach der Nationalzwiespalt zwischen den verschiedenen Heeren, die sich zum Kreuzzug vereint hatten, von selbst wieder aus, grade so, wie alte Wunden von neuem aufbrechen, wenn der Körper von Krankheit und Siechtum befallen ist.

Schotten und Engländer, gleich eifersüchtig und hochfahrend, beide äußerst empfindlich – die ersteren und so mehr, weil sie ärmer und schwächer waren –, fingen an, den Zeitraum, wo der Waffenstillstand ihnen verbot, ihre vereinte Rache an den Sarazenen auszulassen, durch innere Uneinigkeiten auszufüllen. Gleich jenen Feldherrn des alten Roms wollten die Schotten keinen Höheren anerkennen, und ihre südlichen Nachbarn wollten keine Gleichheit zulassen. Da gab es Vorwürfe und Beschuldigungen, und gemeine Krieger sowohl als Führer und Befehlshaber grollten in der Zeit des Unglücks gegen die, deren gute Kameraden sie zur Zeit des Sieges gewesen waren, obgleich Einigkeit in diesem Augenblick nötiger als je war, nicht allein zum Gelingen der gemeinsamen Sache, sondern auch zur beiderseitigen Sicherheit. Die nämliche Uneinigkeit zeigte sich zwischen Franzosen und Engländern, zwischen Italienern und Deutschen, ja selbst zwischen Dänen und Schweden; aber unsere Erzählung befaßt sich hauptsächlich nur mit dem Zwiespalt der zwei Völker, welche eine und dieselbe Insel hervorgebracht hat, und die gerade darum nur desto heftiger gegeneinander erbittert schienen.

Von allen englischen Edlen, die ihrem König nach Palästina gefolgt waren, war de Vaux am meisten gegen die Schotten eingenommen; sie waren seine nächsten Nachbarn, mit denen er während seines ganzen Lebens in persönlicher oder öffentlicher Fehde verwickelt gewesen war, und denen er manchen Schaden zugefügt hatte, so wie er von ihrer Seite manches Unheil erlitten. Die Liebe und Ergebung zu seinem König war der lebhaften Zuneigung ähnlich, welche die altenglische Dogge für ihren Herrn zeigt: Sie machte ihn finster und unzugänglich für alle anderen, selbst solche, gegen die er nicht eingenommen war, aber rauh und gefährlich gegen die, gegen welche er ein Vorurteil gefaßt hatte. De Vaux hatte es nie ohne Eifersucht und Mißfallen bemerkt, wenn sein König irgendein Zeichen von Gunst oder Wohlgefallen der schlechten, falschen und grausamen Menschenrasse gab, die auf dem jenseitigen Ufer eines Flusses oder jenseits einer durch die Wildnis in der Einbildung gezogenen Linie geboren wurde, und der bezweifelte das Gelingen des Kreuzzuges, worin sie geduldet würden, die Waffen zu tragen, indem er sie in seinem Herzen für wenig besser als die Sarazenen hielt, zu deren Befehdung er gekommen war. Es mag noch bemerkt werden, daß, da er selbst ein derber und offenherziger Engländer war, ungewohnt die geringste Regung von Liebe oder Mißfallen zu verbergen, er die Sprache der Höflichkeit, welche die Schotten entweder durch Nachahmung ihrer oftmaligen Verbündeten – der Franzosen – erlernt hatten, oder die in ihrem eigenen stolzen und verschlossenen Nationalcharakter ihren Grund hatte, für einen Beweis ihrer hinterlistigen und gefährlichen Pläne ansah, die, wie er mit echt englischer Überzeugung glaubte, nie durch offenes männliches Handeln zum Nachteil Englands verwirklicht werden könnten.

Obgleich de Vaux hinsichtlich seiner nördlichen Nachbarn diese Gefühle unterhielt und dieselben, mit geringer Milderung, selbst auf die schottischen Kreuzfahrer ausdehnte: so machte doch die Achtung, die er für den König hegte, und die Pflicht, die ihm sein Kreuzfahrergelübde auferlegte, daß er seine Abneigung auf seine andere Weise kundgab als dadurch, daß er jedes Zusammentreffen mit seinen schottischen Waffenbrüdern gewissenhaft vermied – daß er ein düsteres Schweigen an den Tag legte, wenn er gelegentlich mit ihnen zusammentraf, und daß er sie trotzig anblickte, wenn sie ihm auf dem Marsch oder Lager in den Weg kamen. Die schottischen Barone und Ritter waren nicht die Männer, diesen Trotz unbeachtet oder ungerächt hinzunehmen, und es kam so weit, daß er als der entschiedene und tätige Feind eines Volkes angesehen wurde, das er seinerseits nur verschmähte und verachtete. Indes wurde von genaueren Beobachtern bemerkt, daß, wenn er gegen die Schotten nicht die evangelische Liebe hatte, die alles duldet und die freundlich richtet, er darum keineswegs der untergeordneten und beschränkten Tugend ermangelte, welche die Not des Nächsten erleichtert und aufhebt. Der Reichtum von Thomas von Gilsland verschaffte ihm Überfluß an Wundvorrat und Arzneien, und ein Teil von diesen floß gewöhnlich durch geheime Kanäle in das Lager der Schotten; seine mürrische Mildtätigkeit ging von dem Grundsatz aus, daß zunächst nach dem Freund der Feind die wichtigste Person für einen Mann sei, und sie sprang über alles, was dazwischen lag, leicht hinweg, als wäre es nicht der Mühe wert, nur daran zu denken. Diese Erklärung ist notwendig, damit der Leser völlig versteht, was wir nun erzählen wollen.

Thomas de Vaux hatte sich von der Tür des königlichen Zeltes nur wenige Schritte entfernt, als er sich überzeugte, daß, wie es das schärfere Ohr des englischen Monarchen, der in der Kunst des Gesangs nicht wenig geübt war, gleich entdeckt hatte, die Musik von Pfeifen, Zinken und Pauken der Sarazenen herrühre; und am Ende einer Zeltgasse, die einen breiten Eingang zum Zelt Richards bildete, sah er ein Gedränge müßiger Krieger den Platz umringen, von dem die Musik herkam; und zu seinem großen Erstaunen sah er unter den Helmen von verschiedener Form, welche die Kreuzfahrer der verschiedenen Völker trugen, weiße Turbane und lange Speere, was die Gegenwart bewaffneter Sarazenen ankündigte, und die mißgestalteten Köpfe einiger Kamele und Dromedare, welche mit ihren langen, unmäßigen Hälsen über die Menge hinausragten.

Befremdet und ärgerlich über einen so unerwarteten und seltsamen Anblick – denn es war üblich, die Unterhändler und sonstigen Gesandten, die vom Feinde kamen, auf einer bestimmten Stelle vor dem Lager zu lassen –, blickte der Baron neugierig umher, ob nicht jemand käme, den er um die Ursache dieser beunruhigenden Neuerung befragen könne.

Die erste Person, die von ferne auf ihn zukam, hielt er ihrem stolzen und ernsten Einherschreiten nach für einen Spanier oder Schotten, und als er sich genähert hatte, murmelte er vor sich selbst: »Es ist ein Schotte – der vom Leoparden. Ich habe ihn sich ziemlich gut schlagen sehen – für einen aus seinem Lande.«

Keineswegs geneigt, auch nur im Vorbeigehen eine Frage an Sir Kenneth zu richten, war er im Begriff, an demselben vorüberzugehen mit jener finsteren und mürrischen Miene, die zu sagen schien: »Ich kenne dich, aber ich will nichts mit dir zu tun haben«, als sein Vorsatz vereitelt wurde durch den nordischen Ritter, der gerade auf ihn zukam, und mit gemessener Höflichkeit ihn anredete: »Mylord de Vaux von Gilsland, ich habe den Auftrag, mit Euch zu sprechen.«

»Was!« versetzte der englische Baron, »mit mir? Doch sagt euer Anliegen, wenn's kurz ist – ich bin in des Königs Geschäften.«

»Das meinige geht König Richard noch weit näher an,« antwortete Sir Kenneth; »ich bringe ihm, hoffe ich, Genesung.«

Der Lord von Gilsland maß den Schotten mit ungläubigen Blicken und versetzte: »Ihr seid, scheint mir, kein Arzt, Herr Schotte – ich würde ebenso leicht glauben, daß Ihr dem König von England Geld bringt.«

Sir Kenneth, obwohl über des Barons Antwort verdrossen, entgegnete ruhig: »Genesung für Richard ist Ruhm und Glück für die Christenheit. Doch meine Zeit drängt, ich bitte Euch, kann ich den König sehen?«

»Fürwahr nein, guter Sir«, sagte der Baron, »bevor Ihr nicht Euer Anliegen näher zu erkennen gebt. Fürstliche Krankenzimmer sind keine nordischen Wirtshäuser, die jedem, der es wünscht, sich öffnen.«

»Mylord«, sagte Kenneth, »das Kreuz, das ich wie Ihr trage, und die Wichtigkeit meines Auftrages zwingen mich für den Augenblick, ein Benehmen zu übersehen, das ich mir zu anderer Zeit nicht gefallen lassen könnte. Offen sei's Euch denn gesagt, ich bringe einen maurischen Arzt mit mir, der die Heilung König Richards bewirken will.«

»Ein maurischer Arzt!« sagte de Vaux, »und wer bürgt, daß er nicht Gift statt Arznei bringe?«

»Sein eigenes Leben, Mylord, sein Kopf, den er zum Pfand anbietet.«

»Ich habe schon manchen entschlossenen Bösewicht gekannt«, sagte de Vaux, »der sein Leben so hoch anschlug, als es wert war, und der so leichtsinnig dem Galgen zulief, als wollte er mit dem Henker einen Tanz ausführen.«

»Aber die Sache verhält sich so, Mylord«, versetzte der Schotte, »Saladin, dem niemand den Namen eines edlen und tapferen Feindes versagt, hat diesen Arzt hierher gesandt mit einer Ehrenwache und einem Gefolge, wie sie der hohen Auszeichnung, die El Hakim bei dem Sultan genießt, angemessen sind. Zugleich schickt er Früchte und Erfrischungen für des Königs Haushalt sowie Botschaft, wie sie zwischen ehrenhaften Feinden vorkommen mag, ihn bittend, sich von seinem Fieber heilen zu lassen, damit er desto eher den Besuch des Sultans erhalten könne, der zu ihm kommen wolle mit bloßem Säbel und hunderttausend Mann zu Roß. Wäre es Euch gefällig, da ihr zu des Königs vertrautem Rat gehört, diese Kamele ihrer Bürde entladen und Anstalten zum Empfang des gelehrten Arztes machen zu lassen?«

»Seltsam!« sagte de Vaux, als spräche er zu sich selbst. »Und wer wird für die Ehre Saladins stehen in einem Fall, wo Treubruch ihn auf einmal von seinem mächtigen Feinde befreien würde?«

»Ich selbst«, versetzte Sir Kenneth, »will für ihn bürgen mit Ehre, Leben und Vermögen.«

»Sonderbar!« platzte de Vaux wieder heraus, »der Norden bürgt für den Süden – der Schotte für den Türken! Darf ich Euch fragen, Herr Ritter, wie Ihr in diese Sache verwickelt worden seid?«

»Ich war abwesend auf einer Wallfahrt, bei welcher Gelegenheit ich“, sagte Sir Kenneth, »eine Botschaft an den heiligen Einsiedler von Engaddi auszurichten hatte.«

»Kann ich sie nicht erfahren, Sir Kenneth, nebst der Antwort, die der heilige Mann gegeben hat?«

»Das geht nicht an, Mylord«, antwortete der Schotte.

»Ich bin im vertrauten Rat von England«, sagte der Engländer stolz.

»Diesem Lande bin ich keine Untertänigkeit schuldig«, sagte Kenneth. »Obgleich ich in diesem Krieg freiwillig dem persönlichen Glück des Beherrschers Englands gefolgt bin, so wurde ich von dem allgemeinen Rat der Könige, Fürsten und obersten Leiter des Heiligenkreuzheeres beauftragt, und ihnen allein erstatte ich Bericht.«

»Ha! Sprichst du so?« sagte der stolze Baron de Vaux. »Wisse jedoch, magst du auch der Gesandte von Königen und Fürsten sein, kein Arzt soll sich dem Siechbette Richards von England nahen ohne die

Genehmigung des von Gilsland, und denen soll es schlecht bekommen, die es wagen, sich gegen dieselbe einzudrängen.«

Stolz wollte er davoneilen, als der Schotte ihn mit ruhiger, jedoch ein stolzes Selbstgefühl verratender Stimme fragte, ob ihn der Lord von Gilsland für einen Edelmann und guten Ritter achte.

»Alle Schotten sind adelig durch Geburtsrecht«, antwortete Thomas de Vaux ein wenig spöttisch. Aber gegen seine eigene Ungerechtigkeit empfindlich und Kenneths Erröten bemerkend, fügte er hinzu: »Daß Ihr ein guter Ritter seid, das zu bezweifeln wäre Sünde, wenigstens für jeden, der Euch brav und rechtschaffen Eure Pflicht hat tun sehen.«

»Gut denn«, sagte der schottische Ritter, über die Offenheit dieses Zugeständnisses erfreut, »so schwöre ich Euch, Thomas von Gilsland, so wahr ich ein echter Schotte bin, was ich so hoch anschlage als das Rittertum meines Namens, und so wahr ich den Ritterschlag empfangen habe und hierher gekommen bin, um Lob und Ruhm im irdischen Leben und Vergebung der Sünden im himmlischen zu erhalten – so wahr, ich bekräftige es Euch bei dem gebenedeiten Kreuze, das ich trage, wünsche ich nichts als die Heilung von Richard Löwenherz, wenn ich den Dienst des muselmanischen Arztes empfehle.«

Der Engländer war betroffen über die Feierlichkeit dieser Beteuerung, und er antwortete mit mehr Herzlichkeit, als er bisher gezeigt hatte: »Sagt an, Herr Ritter vom Leoparden, zugestanden, daß Ihr selbst, woran ich nicht zweifle, in dieser Sache gänzlich beruhigt seid, würde ich wohltun, wenn ich in einem Lande, wo Giftmischen so üblich wie Kochen ist, einen unbekannten Arzt mit seinen Mitteln bei einem Kranken zuließe, dessen Leben der Christenheit so teuer ist?«

»Mylord«, versetzte der Schotte, »ich kann Euch nur dies erwidern, daß mein Knappe, der einzige meines Gefolges, den mir Krieg und Krankheit zu meinem Dienste übrig gelassen, vor kurzem an dem nämlichen Fieber gefährlich krank daniederlag, das in dem tapferen König Richard das vornehmste Glied unseres heiligen Unternehmens gelähmt hat. Dieser Arzt, dieser El Hakim, hat ihm Arzneien gegeben, es sind noch keine zwei Stunden her, und schon ist er in einen erquickenden Schlaf gesunken. Daß er die Krankheit, die sich so hartnäckig erweist, heilen kann, ich bezweifle es nicht; daß er den Vorsatz hat, es zu tun, ist dadurch verbürgt, daß er von dem königlichen Sultan gesandt wird, der offenherzig und tugendhaft ist, soviel ein blinder Ungläubiger es sein kann; und was den endlichen Erfolg betrifft, die Gewißheit der

Belohnung im Fall des Gelingens und die Strafe im Fall verschuldeten Fehlschlagens, müssen eine zulängliche Bürgschaft sein.«

Der Engländer horchte mit gesenktem Blick gleich einem, der zweifelt, ohne jedoch abgeneigt zu sein, sich belehren zu lassen. Endlich sah er auf und sagte: »Kann ich Euren kranken Knappen sehen, guter Sir?«

Der schottische Ritter zauderte und errötete, endlich aber antwortete er: »Jawohl, Mylord von Gilsland; aber Ihr müßt bedenken, wenn Ihr mein schlechtes Quartier seht, daß die schottischen Ritter und Edelleute nicht so fein leben, nicht so bequem schlafen und um die Pracht ihrer Wohnung nicht so sehr bekümmert sind wie ihre südlichen Nachbarn. Ich wohne ärmlich, Mylord von Gilsland«, fügte er hinzu mit einer nachdrücklichen Betonung, während er mit einigem Widerwillen den Weg zu seinem derzeitigen Wohnort einschlug.

Welches auch die Vorurteile von de Vaux gegen die Nation seines neuen Bekannten sein mochten und obgleich wir nicht leugnen, daß einige davon ihren Grund in der sprichwörtlichen Armut der Schotten hatten, so war doch das Gemüt des Engländers zu hochgesinnt, als daß es an der Beschämung eines Mannes, der sich gedrungen fühlte, eine Dürftigkeit zu bekennen, die er gerne würde verheimlicht haben, eine Belustigung gefunden hätte.

»Schande über den Kreuzfahrer«, sagte er, »der auf weltlichen Glanz und üppige Bequemlichkeit sinnt, während es sich um die Eroberung der heiligen Stadt handelt. Sei unser Leben auch noch so hart, wir werden dennoch besser daran tun, als die Schar der Märtyrer und Heiligen, die vor uns auf diesem Boden gewandelt sind und die nun goldene Lampen und immergrüne Palmen in Händen halten.«

Das war in einer Bildersprache gesagt, die man an Thomas von Gilsland nicht gewöhnt war, um so weniger, da sie nicht, wie es zuweilen vorkommt, seine innere Gesinnung ausdrückte: Denn er war dem Wohlleben und einer bequemen Pracht keineswegs abgeneigt. Unterdessen hatten sie die Gegend des Lagers erreicht, wo der Ritter vom Leoparden seine Wohnung genommen.

Der Anschein ließ hier in der Tat vermuten, daß dem Gesetze der Entbehrung, welchem die Kreuzfahrer nach der Meinung Gilslands unterworfen waren, kein Abbruch geschähe. Ein Platz, der Raum genug hatte für dreißig Zelte, wie die Kreuzfahrer sie zu errichten pflegten, war teilweise leer – denn aus Stolz hatte der Ritter einen der Größe seines ursprünglichen Gefolges angemessenen Raum verlangt –, teilweise mit wenigen, elenden Hütten besetzt, die in der Eile aus Zweigen errichtet und mit Palmblättern gedeckt waren. Diese Wohnungen schienen gänzlich verlassen und einige davon waren zerfallen. Die mittlere Hütte, welche das Zelt des Anführers vorstellte, zeichnete sich durch ihr doppeltgezacktes Fähnlein aus, das, an der Spitze einer Lanze befestigt, schlaff zur Erde herunter hing, gleich einer unter den sengenden Strahlen der asiatischen Sonne hinwelkenden Blume. Aber weder Pagen noch Knappen, nicht einmal ein einziger Wächter waren bei diesem Sinnbild der Feudalherrschaft und der Ritterwürde aufgestellt. Wenn es nicht durch sich selbst sich Achtung verschaffte, so hatte es gegen Beschimpfungen keinen anderen Schirm.

Sir Kenneth warf einen traurigen Blick um sich, doch, seine Gefühle unterdrückend, trat er in die Hütte und winkte dem Baron von Gilsland, ihm zu folgen. Auch er schickte einen prüfenden Blick umher, der Mitleiden ausdrückte mit einiger Verachtung vermischt: Denn Verachtung ist dem Mitleid so verwandt, wie sie es der Liebe sein soll. Er neigte seinen stattlichen Helmbusch und trat in eine niedrige Hütte, die sein stämmiger Körper ganz allein einnehmen zu wollen schien.

Das Innere der Hütte wurde vornehmlich von zwei Betten eingenommen. Das eine war leer, aber ordentlich aus gesammelten Blättern aufgehäuft und mit einem Antilopenfell bedeckt. Waffengerät, das zur Seite lag, und ein silbernes Kruzifix, das sorgfältig und ehrfurchtgebietend zu Häupten hing, ließen es für das Lager des Ritters gelten. Das andere war das des Kranken, von dem Sir Kenneth gesprochen hatte, eines stark gebauten Mannes mit derben Zügen, der, wie sein Gesicht zu erkennen gab, das mittlere Lebensalter hinter sich hatte. Sein Lager war mit mehr Weichlichkeit bereitet als das seines Herrn, und man sah, daß die Festkleider des letzteren, der weite Rock, in welchem sich die Ritter bei müßiger Weile zeigten, und der übrige geringe Vorrat von Putz- und Kleidungsstücken für die Bequemlichkeit des kranken Dienstmannes verwandt worden waren. In einer vorderen Abteilung der Hütte, die jedoch von dem Baron gesehen werden konnte, befand sich ein Knabe, grob gekleidet, mit Stiefeln von Hirschleder, blauer Mütze und einem Wams, dessen ursprüngliche Farbe sehr verschossen war; er kniete vor einem mit Holzkohlen gefüllten Becken und war damit beschäftigt, auf einer Eisenplatte Gerstenkuchen zu backen, die damals schon, wie sie es noch sind, eine Lieblingsspeise der Schotten waren. Ein großes Stück von einer Antilope hing an einem der Stützbalken der Hütte, und es war nicht schwer zu erkennen, wie man dazu gekommen war: Denn ein großes Windspiel, edler von Gestalt und Ansehen als die, welche das Krankenbett Richards hüteten, lag da und sah zu, wie die Kuchen gebacken wurden. Das verständige Tier hatte bei ihrem Eintritt ein ersticktes Knurren vernehmen lassen, das aus der tiefen Brust wie entferntes Donnern lautete. Aber es sah seinen Herrn und grüßte seine Gegenwart durch ein Wedeln seines Schweifes und ein Niederbeugen des Kopfes, sich jeder geräuschvolleren und lärmenderen Begrüßung enthaltend, gerade als ob sein edler Instinkt ihm das ruhige Verhalten in einem Krankenzimmer eingeschärft hätte.

Neben dem Bette saß auf einem von Fellen bereiteten Polster der maurische Arzt, von dem Sir Kenneth gesprochen hatte, mit kreuzweis gelegten Beinen nach morgenländischer Art. Das wenige Licht ließ nicht viel von ihm sehen, außer daß der untere Teil seines Gesichtes von einem langen schwarzen Bart bedeckt war, der über seine Brust herunterfiel, daß er einen hohen Tolbach trage (eine von Lammwolle zu Astrachan verfertigte Tartarenmütze) von derselben dunklen Farbe, und daß sein weiter Kaftan oder türkischer Rock ebenfalls schwarz sei. Zwei durchbohrende Augen, die mit ungewöhnlichem Glanz strahlten, waren die einzigen Kennzeichen seines Gesichts, die sich in dem ihn umhüllenden Dunkel bemerken ließen. Der englische Lord stand mit einer Art von Ehrfurcht still: Denn ungeachtet der Rauheit seines gewöhnlichen Wesens machte doch ein Bild des ohne Klage und Murren ruhig geduldeten Mangels einen tieferen Eindruck auf Thomas de Vaux, als der glänzende Pomp eines königlichen Thronsaales, wenn es nicht der Thronsaal von König Richard selbst war. Eine Zeit lang hörte man nichts als das langsame, regelmäßige Atmen des Kranken, der tief in Schlaf versunken schien.

»Er hat seit sechs Nächten nicht geschlafen«, sagte Sir Kenneth, »wie mir der Bube, der ihn bedient, versichert.«

»Wackerer Schotte«, sagte Thomas de Vaux, indem er die Hand des schottischen Ritters umfaßte und sie mit mehr Herzlichkeit drückte, als er in seinen Worten zu erkennen gab, »das Ding muß besser werden – Euer Knappe ist zu schlecht genährt und gepflegt.«

Die letzten Worte sprach er mit seiner gewöhnlichen starken Stimme. Der Kranke wurde im Schlummer gestört.

»Mein Herr«, sagte er, im Traume murmelnd, »edler Sir Kenneth, kommt Euch nicht das Wasser des Clyde kühl und erfrischend vor, im Vergleich zu den salzigen Quellen von Palästina?«

»Er träumt von seinem Geburtsland und fühlt sich glücklich im

Traum«, sagte Sir Kenneth leise zu de Vaux. Aber kaum hatte er diese Worte gesagt, als der Arzt von der Stelle, die er neben dem Krankenbett eingenommen, sich erhob, und nachdem er die Hand des Leidenden, dessen Puls er aufmerksam beobachtete, sacht auf das Bett gelegt hatte, nahte er sich den zwei Rittern, nahm einen jeden beim Arm und führte sie unter Empfehlung des Stillschweigens nach dem Eingang der Hütte.

»Im Namen des Issa Ben Mariam«, sagte er, »den wir gleich euch verehren, obgleich nicht mit demselben blinden Aberglauben, stört nicht die Wirkung der gesegneten Arznei, die er genommen hat. Erwachte er jetzt, so wär's für ihn Tod oder Verlust des Verstandes. Zur Stunde, wo der Muezzin von Minaret zum Abendgebet in der Moschee einlädt, kommt wieder und ich verspreche euch, daß dieser fränkische Krieger, wenn er bis dorthin nicht gestört wird, im Stande sein soll, ohne Nachteil seiner Gesundheit eine kurze Unterredung mit euch zu haben, über was für Gegenstände es sein mag und worüber namentlich sein Herr ihn zu befragen Lust hat.«

Die Ritter zogen sich bei der nachdrücklichen Mahnung des Arztes zurück, der von der Wahrheit des morgenländischen Sprichworts durchdrungen schien, daß das Zimmer des Kranken das Königreich des Arztes ist.

An der Tür der Hütte blieben sie nebeneinander stehen, Sir Kenneth mit einer Miene, als wenn er erwartete, daß sein Besuch Abschied nehme, und de Vaux, als wenn er etwas auf dem Herzen habe, das ihn daran hindere. Der Hund war nach ihnen aus dem Zelt geschlichen und drückte nun seinen rauhen Kopf gegen die Hand seines Herrn, als wenn er bescheiden eine Liebkosung von demselben fordere. Kaum hatte er in einem freundlichen Wort und einem sanften Streicheln das, was er wünschte, erhalten, als er, um seine Dankbarkeit und seine Freude über die Rückkunft seines Herrn zu bezeigen, in aller Eile davonsprang und im vollen Lauf mit ausgestrecktem Schweif links und rechts, im Kreise herum, kreuzweise und gradaus zwischen den verfallenen Hütten und über den freien Platz, den wir beschrieben haben, dahinflog, ohne jedoch die Grenze zu überschreiten, die, wie sein Instinkt ihn lehrte, vom Banner seines Herrn beschützt war. Nach einigem Umherspringen näherte sich der Hund seinem Herrn, legte mit einmal seinen fröhlichen Mut ab und nahm seinen gewöhnlichen Ernst und seine ruhige Haltung wieder an, gleichsam als schäme er sich, daß irgend etwas ihn aus seiner gewöhnlichen Fassung gebracht habe.

Beide Ritter betrachteten ihn mit Vergnügen: Sir Kenneth war mit Recht stolz auf seinen trefflichen Hund, und der Baron aus Nordengland war natürlicherweise ein Jagdliebhaber und Tierkenner.

»Ein vortrefflicher Hund«, sagte er; »ich glaube, werter Sir, König Richard hat kein Windspiel, das mit ihm verglichen werden kann, wenn er ebensogut spürt, als er springt. Aber in aller Güte und Achtung bemerke ich: Kennt Ihr nicht die Verordnung, wonach niemand unter Grafenrang innerhalb König Richards Lager Jagdhunde halten soll ohne königliche Erlaubnis, die Euch, Sir Kenneth, nicht erteilt worden ist? Ich spreche als Stallmeister.«

»Und ich antworte als freier schottischer Ritter«, sagte Kenneth mit Ernst. »Für den Augenblick folge ich dem Banner von England; aber ich kann mich weder entsinnen, mich je den Forstgesetzen dieses Königreichs unterworfen zu haben, noch achte ich dieselben so viel, um es je tun zu können. Wenn die Trompete zu den Waffen ruft, so ist mein Fuß im Steigbügel – wenn sie zum Angriff bläst, ist meine Lanze nie die letzte, die eingelegt wird. Aber was die freien Stunden meiner Muße anlangt, so hat König Richard kein Recht, meine Erholungen zu beschränken.«

»Nichtsdestoweniger«, sagte de Vaux, »ist es töricht, der königlichen Verordnung zu trotzen – also, wenn Ihr mögt, will ich, da ich mit dieser Sache beauftragt bin, Euch Schutz und Schirm für meinen Freund hier zusenden.«

»Ich danke Euch«, sagte der Schotte kalt; »aber er kennt das mir zugeteilte Quartier, und innerhalb desselben kann ich ihn selbst schützen. – Aber doch«, sagte er plötzlich, den Ton ändernd, »das ist nur eine frostige Erwiderung Eurer wohlgemeinten Gefälligkeit. Mylord, ich danke Euch recht herzlich. Des Königs Reiter oder Jäger könnten Roswal überraschen und ihm ein Leid zufügen, das ich vielleicht nicht faul bin zurückzugeben, und das so Unglück verursachen kann. Ihr habt so viel von meinem Haushalt gesehen, Mylord«, fügte er mit einem Lächeln hinzu, »daß ich mich nicht zu schämen brauche, Euch zu sagen, daß Roswal unser vornehmster Versorger ist, und ich hoffe fest, daß unser Löwe Richard nicht dem Löwen in der Fabel gleichen will, der auf die Jagd ging und die ganze Beute für sich behielt. Ich kann nicht glauben, daß er einem armen Edelmann, der ihm treulich dient, das kurze Jagdvergnügen und das bißchen Wildbret neide, um so mehr, da andere Nahrung schwer zu haben ist.«

»Bei meiner Treu, Ihr laßt dem König nur Gerechtigkeit widerfahren

– und doch«, sagte der Baron, »liegt in den Worten Forst und Wildbret etwas, was unseren normannischen Fürsten den gesunden Verstand verrückt.«

»Wir haben neulich«, sagte der Schotte, »von Sängern und Pilgern gehört, daß Eure geächteten Sassen in den Landschaften von York und Nottingham große Banden gebildet haben, an deren Spitze ein verwegener Schütze steht, Robin Hood geheißen, mit seinem Leutnant, dem kleinen John. Fürwahr, es wäre besser, wenn Richard seine Forstgesetze in England ein wenig milderte, statt dieselben dem heiligen Land aufzwingen zu wollen.«

»Ein eigenes Ding, Sir Kenneth«, versetzte de Vaux, die Achsel zuckend wie einer, der ein gefährliches oder verdrießliches Gespräch vermeiden will. »Eine tolle Welt, Sir. – Doch ich muß jetzt Abschied nehmen und zu des Königs Zelt zurückkehren. Zur Vesperzeit, wenn Ihr's erlaubt, kehre ich wieder, um mit dem ungläubigen Arzt zu sprechen. Unterdessen möchte ich Euch, wenn Ihr es nicht übel nehmt, sehr gerne etwas schicken, was Eurer Küche frommen könnte.«

»Ich danke Euch, Sir«, sagte Sir Kenneth, »aber ich habe nichts nötig; Roswal hat bereits meine Speisekammer auf vierzehn Tage versehen: Denn wenn die Sonne in Palästina Krankheiten erzeugt, so ist sie auch gut, Wildpret zu trocknen.«

Die beiden Krieger waren bei ihrem Abschied bessere Freunde als vorher; aber ehe sie sich trennten, zog Thomas de Vaux genauere Erkundigungen über den Arzt und seine Sendung ein und empfing von dem schottischen Ritter ein Empfehlungsschreiben, welches von seiten Saladins an König Richard gerichtet war.

8

Eine sonderbare Geschichte, Sir Thomas«, sagte der kranke Monarch, als er den getreuen Bericht des Barons von Gilsland vernommen hatte; »bist du gewiß, daß dieser Schotte ein ehrenhafter Mann ist?«

»Ich kann's nicht behaupten, Herr«, versetzte der eifersüchtige Grenzbewohner; »ich wohne den Schotten ein wenig zu nahe, um viel Ehrlichkeit bei ihnen gefunden zu haben; ich habe sie immer für gleißnerisch und falsch erkannt. Aber das Wesen dieses Mannes ist das eines ehrenhaften, und wär' er der Teufel selbst, so gut er ein Schotte ist – das muß ich auf mein Gewissen von ihm bekennen.«

»Und was sagst du von seinem Verhalten als Ritter, de Vaux?« fragte der König.

»Eurer Majestät kommt es mehr zu als mir, der Männer Verhalten zu beurteilen; und ich bin überzeugt, Ihr habt das Verhalten dieses Mannes vom Leoparden bemerkt. Es ist genug Rühmens davon gemacht worden.«

»Und mit Recht, Thomas«, sagte der König. »Wir selbst waren Augenzeugen. Es ist in Wahrheit unsere Absicht, wenn wir uns immer an die Spitze des Treffens stellen, zu sehen, wie unsere Lehensleute und Verbündeten ihre Pflicht erfüllen, und keineswegs, wie manche glauben, eitlen Ruhm für uns selbst zu gewinnen. Wir kennen die Nichtigkeit menschlichen Ruhms, der nur ein Rauch ist, und wir schnallen unsere Rüstung zu anderen Zwecken an, als ihn zu gewinnen.«

De Vaux war beunruhigt, als er den König eine Erklärung tun sah, die so wenig mit seinem Charakter übereinstimmte, und anfangs glaubte er, daß ein Vorgefühl des Todes ihn mit so herabsetzenden Worten vom Kriegsruhm, der sein Leben und sein Atem war, habe sprechen lassen. Aber da ihm einfiel, daß er dem königlichen Beichtvater im Vorgemach begegnet, war er scharfsinnig genug, diese vorübergehende Selbstverleugnung auf Rechnung der Unterhaltung dieses ehrwürdigen Mannes zu setzen, und er ließ den König ohne Entgegnung fortfahren.

»Ja«, fuhr Richard fort, »ich habe in der Tat die Art bemerkt, womit dieser Ritter seine Pflicht tut. Mein Feldherrnstab wäre keine Narrenkappe wert, wäre er meinem Auge entgangen – und er hätte früher als jetzt unsere Güte kennengelernt; aber ich habe auch seinen vermessenen und anmaßenden Stolz bemerkt.«

»Mein Fürst«, sagte der Baron von Gilsland, da er bemerkte, daß der König das Gesicht verzog, »ich fürchte, Eure Vollmacht überschritten zu haben dadurch, daß ich ihm in seiner Anmaßung behilflich gewesen bin.«

»Wie – du, de Multon?« sagte der König, die Stirne runzelnd und im Tone eines zürnenden Befremdens, »du bist seiner Anmaßung behilflich gewesen? – Es kann nicht sein.«

»Doch; Eure Majestät verzeihe mir, wenn ich Euch erinnere, daß ich durch mein Amt das Recht habe, Edelleuten die Erlaubnis zu erteilen, einen oder zwei Hunde innerhalb des Lagers zu halten zum Behuf des edlen Weidwerks; und überdies wäre es Sünde, ein so edles Geschöpf, wie dieses Edelmannes Hund, zu beschädigen oder zu verstümmeln.«

»Hat er denn einen so schönen Hund?« fragte der König.

»Das vollkommenste Geschöpf des Himmels«, sagte der Baron, »von der reinsten nordischen Rasse, langbrüstig, starkgeschweift, schwarz und auf Brust und Beinen gefleckt – nicht weißgefleckt, sondern wie es sein muß, gräulich –, stark, um einen Büffel niederzuwerfen, leicht, um eine Antilope hinter sich zu lassen.«

Der König lachte über den Eifer dieser Schilderung. »Wohl, du hast ihm Erlaubnis erteilt, den Hund zu halten, somit hat die Sache ein Ende. Sei indes nicht so freigiebig mit dieser Gunst gegen diese fahrenden Ritter, die keinen Fürsten oder Führer haben, von dem sie abhängen – sie sind unlenksam und lassen kein Wild in Palästina. Aber was jenen gelehrten Heiden betrifft – du sagst, daß ihm der Schotte in der Wüste begegnete?«

»Nein, mein Fürst, der Schotte erzählt es so: Er sei abgeschickt worden zu dem alten Einsiedler von Engaddi, von dem man so viel . . .«

»Tod und Hölle!« sagte Richard auffahrend, »von wem abgeschickt und wozu? Wer wagte es, jemand dorthin zu senden, während sich die Königin in dem Kloster von Engaddi befand auf einer Wallfahrt für unsere Genesung?«

»Der Rat des Kreuzzuges hat ihn gesandt, Herr«, antwortete der Baron de Vaux; »zu welchem Zweck – hat er mir zu sagen verweigert. Ich glaube, daß man es kaum im Lager weiß, daß sich Eure königliche Gemahlin auf einer Wallfahrt befindet. Und selbst die Fürsten können es schwerlich wissen, weil die Königin von aller Gesellschaft abgeschlossen lebt, seit Eure Liebe ihre Pflege verweigert hat aus Furcht vor Ansteckung.«

»Gut, ich werde alles erfahren«, sagte Richard. »Also dieser Schotte, dieser Gesandte, traf den reisenden Arzt in der Grotte von Engaddi – nicht so?«

»Nein, mein Fürst«, versetzte de Vaux, »aber er traf, wie ich glaube, nahe bei diesem Ort einen sarazenischen Emir, dem er einige Beweise seiner Stärke ablegte, und als er ihn seiner Gesellschaft würdig gefunden, gingen sie zusammen, wie fahrende Ritter pflegen, nach der Grotte von Engaddi.«

Hier hielt de Vaux inne, denn er war keiner von denen, die eine lange Geschichte in einem Atem erzählen.

»Und trafen sie dort den Arzt?« fragte der König ungeduldig.

»Nein, mein Fürst«, erwiderte de Vaux, »sondern der Sarazene, als er von Eurer Majestät schwerer Krankheit hörte, machte den Versuch, ob Euch Saladin seinen eigenen Arzt mit Zeugnissen seiner ausgezeichneten Geschicklichkeit zusenden wolle, und hierauf erst kam der Arzt in die Grotte, nachdem der schottische Ritter einen Tag und mehr auf ihn gewartet hatte. Er hat ein Gefolge, wie ein Fürst, Trommeln und Pauken, Diener zu Fuß und zu Roß, und er bringt ein Beglaubigungsschreiben von Saladin mit.«

»Hat Giacomo Loredani dasselbe geprüft?«

»Ich habe es dem Übersetzer gezeigt, ehe ich es hierher brachte, und hier ist sein Inhalt auf Englisch.«

Richard nahm eine Pergamentrolle, auf welcher folgende Worte geschrieben standen:

»Der Segen Allahs und seines Propheten Mohammed« (»Pfui über den Hund!« rief Richard mit verächtlicher Miene), »Saladin, der König der Könige, das Licht und die Zuflucht der Erde an den großen Melech Ric, Richard von England. Da man uns benachrichtigt hat, daß die Hand der Krankheit schwer auf dir liege, unser königlicher Bruder, und daß du nur nazarenische und jüdische Ärzte um dich hast, die da wirken ohne den Segen Allahs und seines heiligen Propheten« –, (»Verdammnis auf sein Haupt!« brummte der englische Monarch wiederum) »so haben wir zu deiner Pflege und Wartung unsern eigenen Leibarzt abgesandt – Abondec el Hakim, bei dessen Anblick der Engel Azrael*) die Flügel ausbreitet und das Krankenzimmer verläßt. Er kennt die Kräfte der Pflanzen und Gestirne, die Kreise der Sonne, des Mondes und der Sterne, und er kann den Menschen heilen von allem, was nicht auf seiner Stirn geschrieben steht. Und wir tun also und bitten dich herzlich, seine Geschicklichkeit zu ehren und Gebrauch davon zu machen, nicht allein darum, daß wir deiner Ehre und Würde, die der Ruhm aller Völker von Frangistan ist, eine Gunst zu erweisen, sondern daß wir den Streit, der uns gegenwärtig trennt, zu Ende bringen, sei's durch ehrenvolle Übereinkunft, sei's durch offene Waffenentscheidung auf dem Schlachtfeld: Denn es geziemt weder deiner Würde noch deinem Mut, den Tod eines Sklaven zu sterben, der von seinem Zuchtmeister mit Arbeit überladen worden, so wie es unserem Ruhm nicht zuträglich wäre, wenn ein so braver Gegner von einer solchen Seuche unserem Säbel entrissen würde. Und darum möge der heilige ...«

*) Der Engel des Todes.

»Genug damit!« sagte Richard, »ich will mit diesem Hund von Propheten nichts mehr zu tun haben! Es peinigt mich, zu denken, daß dieser tapfere und würdige Sultan an einen toten Hund glauben soll. – Ja, ich will seinen Arzt sehen. Ich will mich der Behandlung von diesem Hakim unterwerfen, ich will dem edelmütigen Sultan seine Großmut vergelten, ich will ihn aufsuchen in der Schlacht, wie er so würdig vorschlägt, und er soll keine Ursache haben, Richard von England einen Undankbaren zu nennen. Ich will ihn zu Boden werfen mit meiner Streitaxt, ich will ihn zur heiligen Kirche bekehren mit Streichen, wie er sie nie zuvor gespürt hat. Er soll seine Irrtümer abschwören vor meinem Kreuzschwert, und ich will, daß man ihn auf dem Schlachtfeld taufe aus meinem eigenen Helm, wäre auch das Taufwasser mit dem Blute von uns beiden gemischt. – Eile dich, de Vaux, warum willst du ein so fröhliches Ende verzögern? Bring den Hakim hierher.«

»Herr«, sagte der Baron, der vielleicht in dem übergroßen Zutrauen einen Fieberanfall sah, »bedenkt, der Sultan ist ein Heide, und Ihr seid sein furchtbarster Feind.«

»Eben darum ist er desto mehr verbunden, mir diesen Dienst zu erweisen, damit nicht ein elendes Fieber dem Streit zwischen zwei Königen unserer Art ein Ende mache. Ich sage dir, er liebt mich, wie ich ihn liebe, wie edelmütige Feinde sich immer lieben – bei meiner Ehre, es wäre Sünde, an seiner Treu zu zweifeln!«

»Nichtsdestoweniger, Herr, wäre es gut, die Wirkung abzuwarten, welche diese Arzeneien auf den schottischen Knappen haben«, sagte der Lord von Gilsland; »mein eigenes Leben steht hier auf dem Spiel, denn ich wäre wert, wie ein Hund zu sterben, wenn ich in dieser Sache rasch handelte, und das Wohl der Christenheit Schiffbruch leiden ließe.«

»Ich habe dich noch nie so bedenklich gefunden aus Furcht vor dem Tode«, sagte Richard im Tone des Vorwurfs.

»Auch jetzt würde ich's nicht sein«, sagte der herzhafte Baron, »stände ich nicht Euer Leben, wie das meinige, auf dem Spiel.«

»Gut, du argwöhnischer Mensch«, antwortete Richard, »geh und betrachte die Wirkung dieser Arznei. Mit ist's einerlei, ob sie mich heilt oder tötet, denn ich bin's überdrüssig, hier wie ein an der Viehseuche sterbender Ochse zu liegen, wenn draußen Trommeln wirbeln, Rosse stampfen und Trompeten klingen.«

Der Baron ging eilig weg, jedoch mit dem Entschluß, die ganze Sache irgendeinem Geistlichen vorzutragen, denn er fühlte sein Gewissen einigermaßen beunruhigt durch den Gedanken, das Leben eines Fürsten einem Ungläubigen anzuvertrauen.

Der Erzbischof von Tyrus war der erste, dem er seine Zweifel mitteilte, da er die Unabhängigkeit kannte, die derselbe für König Richard hatte, der seinerseits diesen weisen Prälaten liebte und achtete. Der Bischof hörte die Zweifel, die ihm de Vaux vortrug, mit jener Feinheit des Verstandes, wodurch der römisch-katholische Klerus sich auszeichnet. Er behandelte die Gewissenszweifel des Barons mit so viel Leichtigkeit, als Schicklichkeit ihm gegen einen Laien zu zeigen erlaubte.

»Ärzte«, sagte er, »haben wie die Arzneien, die sie anwenden, sich oft nützlich erwiesen, obgleich die einen durch Geburt oder Sitten die Hefe der Menschheit waren, und die anderen in manchen Fällen aus den schlechtesten Stoffen gewonnen wurden. Es ist erlaubt«, fuhr er fort, »in Nöten zu Heiden und Ungläubigen seine Zuflucht zu nehmen, und man kann den Grund ihres Geduldetseins auf Erden darin finden, daß sie den wahren Christen nützlich sein sollen. Also können wir gesetzmäßig unsere heidnischen Gefangenen zu Sklaven machen. Ferner«, sagte der Prälat weiter, »kann man nicht in Abrede stellen, daß sich die ersten Christen der Hilfe nichtbelehrter Heiden bedienten. Ferner die Juden sind so gut Ungläubige, wie die Mohammedaner. Doch gibt es hier im Lager wenige Ärzte außer den Juden, und man bedient sich ihrer ohne Ärgernis und Gewissenszweifel. Also darf man sich auch unter den nämlichen Umständen der Mohammedaner bedienen, quod erat demonstrandum.«

Dieser Schluß beseitigte völlig die Gewissenszweifel von Thomas de Vaux, der besonders durch die lateinischen Unterführungen bewegt zu werden schien, obwohl er kein Wort davon verstand.

Der Bischof ging mit weit weniger Eilfertigkeit zu Werke, als er die Möglichkeit in Betracht zog, daß der Sarazene mit böser Absicht handeln könne; und hier kam er zu keiner schnellen Entscheidung. Der Baron zeigte ihm das Beglaubigungsschreiben. Er las es und las es wieder, und er verglich die Urschrift mit der Übersetzung.

»Das ist eine für den Gaumen von König Richard wohl zubereitete Lockpfeife«, sagte er, »und dieser feine Sarazene kommt mir nun verdächtig vor. Sie verstehen sich auf die Giftmischerei, und sie können Gifte so zubereiten, daß dieselben wochenlang stille wirken, während welcher Zeit der Verbrecher Gelegenheit findet, sich davon zu machen. Sie können Tuch und Leder, selbst Papier und Pergament mit den feinsten Giftstoffen versehen. – Die heilige Jungfrau verzeih' mir's! Warum, da ich dies weiß, halte ich dies Beglaubigungsschreiben so nahe zu Gesicht? Nehmt es, Sir Thomas, nehmt es schnell.«

Er reichte es mit ausgestrecktem Arm und mit bemerkbarer Hast dem Baron dar. »Aber kommt, Mylord de Vaux«, fuhr er fort, »gehen wir zu dem Zelte des kranken Knappen; dort wollen wir sehen, ob dieser Hakim wirklich die Kunst zu heilen besitzt, wie er vorgibt, ehe wir überlegen, ob es ratsam sei, ihn seine Kunst an König Richard ausüben zu lassen. – Doch halt! Laßt mich zuerst meine Riechbüchschen nehmen: Denn diese Fieber stecken an wie eine Seuche. Ich rate Euch, in Essig getauchten, trockenen Rosmarin zu brauchen, Mylord. Ich verstehe mich ein wenig auf die Heilkunde.«

»Ich danke Eurer bischöflichen Gnaden«, versetzte Thomas von Gilsland; »aber wäre ich für das Fieber empfänglich, ich würde es schon längst an dem Bett meines Herrn bekommen haben.«

Der Bischof von Tyrus errötete, denn er hatte die Nähe des kranken Monarchen so ziemlich vermieden, und er bat den Baron, voranzugehen.

Als sie vor der armseligen Hütte ankamen, in welcher Kenneth vom Leoparden und sein Knappe wohnten, sagte der Bischof zu de Vaux: »Fürwahr, Mylord, diese schottischen Ritter sind weniger besorgt für ihr Gefolge, als wir für unsere Hunde. Hier haben wir einen Ritter, man nennt ihn tapfer im Kampf und man hält ihn für tauglich zu Besorgung wichtiger Aufträge während des Waffenstillstandes, und doch ist sein Waffenträger schlechter als in dem schlechtesten englischen Hundestall beherbergt. Was sagt Ihr von Eurem Nachbarn?«

»Daß ein Herr gut genug an seinem Diener handelt, wenn er ihn nicht schlechter wohnen läßt, als er selbst wohnt«, sagte de Vaux und trat in die Hütte.

Der Bischof folgte ihm nicht ohne sichtbaren Widerwillen; denn obschon es ihm in gewisser Hinsicht nicht an Mut fehlte, so war derselbe doch mit einer großen Ängstlichkeit für seine eigene Sicherheit gepaart. Er bedachte jedoch die Notwendigkeit, in welcher er war, die Geschicklichkeit des arabischen Arztes selbst zu prüfen, und er trat in die Hütte mit einer stolzen Haltung, wodurch er dem Fremden Achtung abzunötigen glaubte.

Der Prälat war in der Tat eine auffallende, gebieterische Gestalt. In seiner Jugend war er ausgezeichnet schön gewesen, und selbst im Alter wollte er es nicht gern weniger erscheinen. Seine bischöfliche Kleidung hatte ein reiches Aussehen; sie war mit kostbarem Pelzwerk verziert, und er trug über derselben ein mit kostbaren Spitzen verziertes Chorhemd.

Die Ringe an seiner Hand waren eine schöne Baronie wert, und die Mütze, die er wegen der Hitze nach hinten geschoben trug, hatte Hefte von lauterem Gold, womit sie um den Hals und unter dem Kinn befestigt werden konnte. Sein langer Bart, silberweiß vor Alter, fiel über die Brust herab. Der eine von den jungen Akoluten, die ihm folgten, machten einen künstlichen Schatten, indem er nach damaliger morgenländischer Art einen Schirm von Palmblätter über sein Haupt hielt. Während der andere dem hochwürdigen Herren mit einem Fächer von Pfauenfedern Kühlung zu wehte.

Als der Bischof von Tyrus in die Hütte des schottischen Ritters trat, war derselbe abwesend, und der maurische Arzt, den zu sehen er gekommen war, saß in der nämlichen Haltung da, worin in de Vaux vor einigen Stunden verlassen hatte, nämlich mit kreuzweis gelegten Beinen auf einer aus Blättern geflochtenen Decke, zur Seite des Kranken, der tief zu schlafen schien, und dessen Puls er von Zeit zu Zeit fühlte. Der Bischof stellt sich stillschweigend zwei oder drei Minuten vor ihn, als wenn er einen ehrerbietenden Gruß von dem Sarazenen erwarte, oder aber wenigstens ein Zeichen, daß der Ungläubige durch seine würdevolle Erscheinung bestürzt sei. Aber Adonbec el Hakim schenkte ihm keine Aufmerksamkeit außer einem flüchtigen Blick, und als ihn der Prälat endlich in der im Lande üblichen lingua franca grüßte, so erwiderte er mit dem gewöhnlichen morgenländischen Gruß »Salam alicum – Friede sei mit Euch«.

»Bist du ein Arzt, Ungläubiger?« fragte der über den kalten Empfang gekränkte Bischof. »Ich möchte mit dir über deine Kunst sprechen.«

»Wenn du etwas davon verständest«, antwortete el Hakim, »so würdest du wissen, daß Ärzte keine Unterredung und Beratschlagung im Zimmer ihres Kranken halten. Höre«, fügte er hinzu, als er das dumpfe Knurren in der inneren Hütte vernahm, »selbst der Hund kann dich Vernunft lehren, Ulema. Sein Instinkt heißt ihn, sein Gebell vor dem Ohr des Kranken zu unterdrücken. – Kommt aus dem Zelt«, sagte er, indem er aufstand und voranging, »wenn du mir etwas zu sagen hast.«

Ungeachtet der Einfachheit seines Anzuges und der Unansehnlichkeit seiner Gestalt im Vergleich mit dem langen Prälaten und dem riesigen englischen Baron, hatte der sarazenische Arzt seinem Wesen und

Benehmen nach etwas Achtunggebietendes, was den Bischof von Tyrus hinderte, sein Mißfallen, das er über den erhaltenen Hinweis fühlte, offen darzulegen. Als sie außerhalb der Hütte waren, betrachtete er Adonbec einige Minuten lang mit Schweigen, ehe er die beste Art, das Gespräch zu erneuern, finden konnte. Man sah keine Locken unter der hohen Mütze des Arabers, die auch einen Teil der hohen, breiten, glatten Stirne bedeckte, die frei von Runzeln schien, wie es die Wangen waren, wo dieselben unter dem Schatten des langen Bartes sichtbar wurden.

Der Prälat, von dieser anscheinenden Jugend betroffen, brach endlich das Schweigen, daß zu unterbrechen der andere sich nicht zu beeilen schien, indem er den Araber fragte, wie alt er wäre.

»Die Jahre gewöhnlicher Menschen«, sagte der Sarazen, »werde nach Runzeln gezählt; die der Weisen nach Studien. Ich wage nicht, mich für älter als hundert Hegiren zu halten.

Der Baron von Gilsland, welcher diese Antwort wörtlich von einem hundertjährigen Alter verstand, blickte den Prälaten fragend an, und dieser, obwohl er den Sinn des el Hakim besser begriff, antwortete mit einem bedenklichen Kopfschütteln. Er gab sich von neuem eine wichtige Miene, als er Adonbec eine andere Frage stellte, was er für Beweise von seiner ärztlichen Geschicklichkeit darlegen könne.

»Ihr habt das Wort des mächtigen Saladin«, sagte der Weise, seine Mütze berührend zum Zeichen der Ehrfurcht; »ein Wort, das nie gebrochen wurde gegen Freund oder Feind – was, Nazarener, verlangst du mehr?«

»Ich möchte mit meinen Augen einen Beweis deiner Kunst sehen«, sagte der Baron, »wenn nicht, so kannst du dich dem Bette von König Richard nicht nahen.«

»Der Ruhm des Arztes«, sagte der Araber, »liegt in der Genesung seines Kranken. Betrachte diesen Krieger, sein Blut war ausgetrocknet durch das Fieber, das Euer Lager mit weißen Gerippen anfüllte, und gegen das die Kunst Eurer nazarenischen Ärzte wie ein Seidenwams gegen eine Stahllanze sich erwies. Sieh seine Finger und Arme an, sie sind abgezehrt wie die Füße und Beine des Kranichs. Der Tod hatte diesen Morgen seine Krallen an ihm; aber wäre Uzrael an der einen Seite seines Bettes gewesen, ich an der anderen, seine Seele hätte nicht dem Körper entrissen werden sollen. Belästige mich nicht mit weiteren Fragen, sondern erwarte den Augenblick der Krisis, und bewundere im Stillen den wunderbaren Erfolg.«

Der Arzt zog nun sein Astrolabium zu Rate, das Orakel morgenländischer Weisheit, und, nachdem er mit strenger Pünktlichkeit den Augenblick des Morgengebetes erwartet hatte, fiel er auf die Knie, das Gesicht gegen Mekka gekehrt, und sagte die Gebete her, welche den Werktag der Mohammedaner beschließen. Der Bischof und der englische Baron sahen einander an mit Zeichen von Verachtung und Ärger, aber keiner von ihnen hielt es für schicklich, el Hakim in seiner Andacht zu stören, so unheilig ihnen diesselbe auch vorkommen mußte.

Der Araber erhob sich vom Boden, worauf er sich niedergelegt hatte, und, als er in die Hütte getreten war, wo der Kranke lag, nahm er aus einer kleinen, silbernen Büchse einen Schwamm, der in irgendeine stark riechende Substanz getaucht zu sein schien: Denn als er ihn an die Nase des Schlafenden gehalten, so nieste derselbe, erwachte und schaute mit irren Blicken umher. Ein gräßliches Schauspiel bot sich dar, als er fast nackt sich auf seinem Lager erhebend, Knochen und Knorpeln hinter der Haut so deutlich erkennen ließ, als wenn dieselben nie mit Fleisch bedeckt gewesen wären; sein Gesicht war lang und mit Runzeln gefurcht, aber sein Auge, obgleich anfangs irre, wurde nach und nach ruhiger. Er schien die Gegenwart seiner vornehmen Besucher zu bemerken, denn er machte den schwachen Versuch, sein Haupt zu entblößen, um seine Ehrfurcht zu bezeigen, indem er sich mit bescheidener und untertäniger Stimme nach seinem Herrn erkundigte.

»Kennst du uns, Vasall?« fragt der Lord von Gilsland.

»Nicht ganz, Mylord«, erwiderte der Knappe leise. »Mein Schlaf war lang und voll Träumen. Doch ihr müßt ein großer englischer Lord sein, wie Euer rotes Kreuz zeigt, und dieser ein würdiger Prälat, dessen Segen ich für mich armen Sünder erflehe.«

»Du sollst ihn haben – benedictio Domini sit vobiscum«, sagte der Prälat, das Zeichen des Kreuzes machend, ohne jedoch dem Bette des Kranken näher zu treten.

»Eure Augen bezeugen's«, sagte der Araber, »das Fieber ist überwunden. Er spricht mit Ruhe und Überlegung, sein Puls geht regelmäßig wie der Eurige, prüft selbst die Pulsschläge.«

Der Prälat vermied die Probe zu machen; aber Thomas von Gilsland gehorchte entschlossen der Einladung und überzeugte sich, daß das Fieber wirklich vergangen war.

»Das ist höchst wunderbar«, sagte der Ritter zu dem Bischof; »dieser Mann ist ganz gewiß geheilt. Auf der Stelle muß ich diesen Arzt zu dem Zelt Richards führen. – Was glauben Eure Hochwürden?«

»Bleibt – laßt mich eine Heilung vollenden, ehe ich eine andere anfange«, sagte der Araber; »ich werde mit Euch gehen, wenn ich den Kranken hier die zweite Schale dieses heilsamen Elexiers gegeben habe.«

So sprechend brachte er eine silberne Schale hervor, und nachdem er dieselbe aus einer Kürbisflasche, die neben dem Bette stand, mit Wasser gefüllt hatte, nahm er einen kleinen, aus Silber geflochtenen Beutel, dessen Inhalt die Umstehenden nicht erkennen konnten, und tauchte ihn in die Schale unter einem aufmerksamen Stillschweigen. Den beiden Zeugen kam es vor, als wenn in Folge dieser Operation eine Gärung entstände.

»Trink«, sagte der Arzt zum Kranken, »schlaf und erwache frei von Krankheit.«

»Und mit diesem einfachen Trank willst du einen Monarchen zu heilen unternehmen?« sagte der Bischof von Tyrus.

»Ich habe einen Bettler geheilt, wie Ihr sehen könnt«, versetzte der Weise. »Sind die Könige von Frangistan aus besserem Ton gemacht als der geringste ihrer Untertanen?«

»Führen wir ihn gleich zum König«, sagte der Baron von Gilsland. »Er hat bewiesen, daß er das Geheimnis besitzt, das Richards Gesundheit herstellen mag. Verfehlt er, es in Ausübung zu bringen, dann will ich ihn selbst dahin bringen, wo's mit ärztlicher Hilfe vorbei ist.«

Als sie im Begriff waren, die Hütte zu verlassen, rief der Kranke mit so lauter Stimme, als seine Schwachheit es ihm erlaubte: »Ehrwürdiger Vater, edler Ritter, und Ihr, guter Arzt, wenn Ihr wollt, daß ich schlafe und mich erquicke, sagt mir um Gotteswillen, was aus meinem lieben Herrn geworden ist?«

»Er ist auf einer weiten Reise, Freund«, versetzte der Prälat; »auf einer ehrenvollen Gesandtschaft, die ihn einige Tage aufhalten kann.«

»Nein«, sagte Baron von Gilsland, »warum den armen Schelm täuschen? – Freund, dein Herr ist wieder angekommen im Lager, und du wirst ihn bald sehen.«

Der Kranke hielt, als wolle er dadurch seinen Dank ausdrücken, seine abgezehrten Hände gegen Himmel, und dem Schlaftrunk, den er genommen, nicht länger widerstehend, sank er in einen süßen Schlummer.

»Ihr seid ein besserer Arzt als ich, Sir Thomas«, sagte der Prälat, »eine angenehme Lüge ist besser in einem Krankenzimmer als eine unangenehme Wahrheit.«

»Wie meint Ihr das, ehrwürdiger Herr?« sagte de Vaux hastig. »Glaubt Ihr, daß ich eine Lüge sagen würde, auch wenn ich das Leben von einem Dutzend dadurch retten könnte?«

»Ihr sagtet«, versetzte der Bischof mit sichtbarer, großer Unruhe, »Ihr sagtet, des Knappen Herr sei zurück – der vom schlafenden Leoparden?«

»Ja, er ist zurück«, sagte de Vaux. »Ich habe vor einigen Stunden mit ihm gesprochen. Dieser gelehrte Arzt ist in seiner Gesellschaft angekommen.«

»Heilige Jungfrau! Warum habt Ihr mir nichts von seiner Rückkunft gesagt?« sagte der Bischof mit offenbarer Bestürzung.

»Habe ich Euch nicht gesagt, daß dieser nämliche Ritter vom Leoparden in Gesellschaft des Arztes zurückgekommen ist? – Ich glaubte, es getan zu haben«, versetzte de Vaux gleichgültig, »aber was hat seine Rückkehr mit der Geschicklichkeit des Arztes und der Heilung Seiner Majestät zu schaffen?«

»Viel, Sir Thomas – sie hat viel damit zu schaffen«, sagte der Bischof, indem er die Faust ballte, den Boden stampfte und Zeichen von Ungeduld gab, die ihm unwillkürlich entfuhren. »Aber wo mag er jetzt hingegangen sein, dieser nämliche Ritter? Gott sei bei uns – hier muß irgendein schlimmer Irrtum obwalten.«

»Jener Knecht draußen«, sagte de Vaux nicht ohne Befremden über des Bischofs Unruhe, »kann uns vermutlich sagen, wohin sein Herr gegangen ist.«

Der Knabe ward gerufen und gab ihnen in einer Sprache, die sie kaum verstanden, endlich die Auskunft, daß ein Offizier seinen Herrn in das königliche Zelt abgerufen habe, einige Zeit vor ihrer Ankunft in dem Zelt seines Herrn. Die Beängstigung des Bischofs schien sich auf das Höchste zu steigern und wurde selbst für de Vaux handgreiflich, der weder ein scharfer Beobachter noch argwöhnischen Gemütes war. Aber mit dieser Ängstlichkeit schien auch der Wunsch zu wachsen, dieselbe geheim und verborgen zu halten. Er nahm einen hastigen Abschied von de Vaux, der ihm mit Erstaunen nachblickte, und, nachdem er in stiller Verwunderung die Achsel gezuckt, den arabischen Arzt zum Zelt von König Richard führte.

9

Der Baron von Gilsland ging langsamen Schrittes und in ängstlicher Fassung zum königlichen Zelt. Er hatte wenig Vertrauen zu sich selbst außer auf dem Schlachtfeld, und, eines nicht sehr scharfen Verstandes sich bewußt, blieb er gewöhnlich dabei stehen, Dinge zu bewundern, die ein aufgeweckter Geist zu erforschen und zu begreifen oder wenigstens zu einem Gegenstand des Nachdenkens zu machen gestrebt haben würde. Aber selbst ihm war es im höchsten Grade befremdend, daß des Bischofs Aufmerksamkeit auf einmal von der wunderbaren Heilung, von der sie Zeuge gewesen waren, und die so viel für die Genesung Richards versprach, abgelenkt worden war durch eine so gleichgültig scheinende Nachricht wie das Kommen und Gehen eines armen, schottischen Ritters, der nach Thomas von Gilslands Meinung unter allen Edelleuten der geringste und unansehnlichste war: Darum machte der Baron große Anstrengungen, hier auf den Grund zu kommen.

Endlich kam er auf den Gedanken, daß das Ganze eine Verschwörung gegen Richard sei, die sich in dem Lager der Verbündeten angesponnen und an der der Bischof, welcher von einigen für einen politischen Schwindler gehalten wurde, wahrscheinlich Anteil genommen habe. Zwar war er überzeugt, daß kein vollkommenerer Charakter als der seines Herrn zu finden sei, denn Richard war die Blume der Ritterschaft, das Haupt der christlichen Feldherren, und der gehorsame Sohn der Kirche – und de Vaux' Vorstellung von Vollkommenheit ging nicht weiter; aber er wußte auch, daß es immer das Schicksal (wiewohl ein unverdientes) seines Herrn gewesen sei, bei Entfaltung seiner großen Eigenschaften ebenso viel Tadel und Mißgunst als Anerkennung und Ergebenheit zu finden, und es war ihm nicht unbekannt, daß unter den Fürsten, welche durch Eid und Schwur zum Kreuzzug verbunden waren, viele sich befanden, welche mit Freuden jeden Sieg über die Sarazenen gern zum Opfer bringen würden, wenn sie nur Richard von England verderben oder wenigstens demütigen könnten.

»Darum«, dachte der Baron bei sich selbst, »ist es nicht unmöglich, daß dieser el Hakim mit seiner an dem schottischen Knappen vollbrachten Kur oder Scheinkur es nur auf eine List abgesehen hat, bei welcher der vom Leoparden behilflich war und der Bischof von Tyrus trotz seines Prälatenstandes einigen Anteil hat.«

Diese Vermutung konnte in der Tat nicht leicht mit der Unruhe, die der Bischof über die unerwartete Rückkunft des schottischen Ritters äußerte, zusammengereimt werden. Aber de Vaux war einzig nur von seinen allgemeinen Vorurteilen beherrscht, die ihn fest glauben ließen, daß von einem verschmitzten italienischen Priester, einem falschen Schotten und einem ungläubigen Arzt nichts Gutes, wohl aber alles Üble zu erwarten sei. Er entschloß sich jedoch, seine Zweifel dem König vorzulegen, dessen Urteil und Heldenmut er fast gleich hochschätzte.

Unterdessen hatten Ereignisse stattgehabt, welche den Vermutungen, die Thomas de Vaux nährte, stark widersprachen. Kaum hatte er das königliche Zelt verlassen, als Richard, dessen natürliche Unruhe durch das Fieber gesteigert wurde, über sein Ausbleiben zu murren begann und sich ernstlich nach seiner Rückkunft sehnte. Er hatte alles versucht, sich dieser unruhigen Stimmung, die seine Krankheit vergrößerte, zu entziehen. Er ermüdete seine Diener, indem er Zerstreuung von ihnen verlangte; doch das Brevier des Pfaffen, der Roman des Schreibers, selbst die Harfe seines Lieblingssängers – nichts wollte helfen. Endlich, etwa zwei Stunden vor Sonnenuntergang, und also lang zuvor, ehe er einen befriedigenden Bericht über den Erfolg der bei dem Mauren oder Araber unternommenen Kur haben konnte, sandte er, wie wir gehört haben, einen Boten, der den Ritter vom Leoparden zu ihm bescheiden sollte. Er hoffte, seine Unruhe zu beschwichtigen durch die umständlicheren Mitteilungen, die ihm Sir Kenneth von seiner Abwesenheit vom Lager und von den Umständen seines Zusammentreffens mit dem berühmten Arzt machen würde.

Dieser Aufforderung gemäß trat der schottische Ritter in das königliche Gemach wie einer, der sich an einem solchen Ort nicht fremd fühlt. Er war dem König von England kaum von Ansehen bekannt, wiewohl er aus Eifersucht für seinen Rang und aus Liebe für die Dame seines Herzens niemals bei Gelegenheiten abwesend gewesen war, wo die englische Freigiebigkeit und Gastlichkeit den königlichen Hof allen öffnete, die einen gewissen Grad in der Ritterschaft besaßen. Der König sah Sir Kenneth, der sich dem Bett näherte, fest an; der Ritter beugte einen Augenblick das Knie, erhob sich dann und nahm eine Stellung, wie sie einem Beamten in der fürstlichen Nähe eigen ist, voll Ergebenheit, aber ohne Unterwürfigkeit und Kriecherei.

»Dein Name«, sagte der König, »ist Kenneth vom Leoparden. – Von wem hast du den Ritterschlag erhalten?«

»Von dem Schwert Wilhelms des Löwen, Königs von Schottland«, versetzte der Schotte.

»Ein Schwert«, sagte der König, »das würdig ist, Ehre zu erteilen, auch hat es die Schulter keines Unwürdigen berührt. Wir haben dich ritterlich und herzhaft im Schlachtgedränge kämpfen gesehen, wo's am meisten nottat; und du hättest nicht erst noch zu erfahren, daß uns deine Dienste bekannt sind, aber deine Anmaßung in anderer Hinsicht war der Art, daß deine Verdienste keinen besseren Lohn als Verzeihung für Übertretung fordern konnten. Was sagst du dazu? Sprich!«

Kenneth versuchte zu sprechen, aber er war unfähig, sich deutlich auszudrücken: Das Bewußtsein seiner zu anmaßenden Liebe und der scharfe Falkenblick, womit Löwenherz sein innerstes Herz zu durchbohren schien, vereinten sich, ihn zu verwirren.

»Und doch«, sagte der König, »obgleich Krieger dem Befehl gehorchen, und Vasallen ehrerbietig sein sollen gegen Höhere; so möchten wir einem braven Ritter selbst ein größeres Verschulden erlassen, als das, einen Hund zu halten, obgleich es unserem kundgegebenen Befehl zuwider ist.«

Richard hielt sein Auge fest auf das Gesicht des Schotten geheftet und bemerkte, mit innerem Lachen, die Erleichterung, welche er durch diese Wendung dem Angeklagten verschafft habe.

»So gefalle es Euch, Herr«, sagte der Schotte, »Eure Majestät muß uns armen Edelleuten von Schottland in dieser Sache was zugute halten. Wir sind fern von zuhaus, arm an Einkommen, und wir können es nicht machen wie Eure reicheren Edelleute, die Kredit bei den Lombarden haben. Die Sarazenen sollen unsere Streiche desto härter fühlen, wenn wir von Zeit zu Zeit ein Stück trocknes Wildbret mit unseren Kräutern und Gerstenkuchen essen.«

»Du bedarfst meiner Erlaubnis nicht weiter«, sagte Richard, »seit Thomas de Vaux, der, wie alle, die um mich sind, das tut, was ihm angemessen erscheint, dir bereits die Vergünstigung erteilt hat zur Hetz- und Falkenjagd.«

»Zur Hetzjagd allein, um Verzeihung«, sagte der Schotte; »aber wenn es Euer Majestät gefiele, mir auch Erlaubnis zur Falkenjagd zu erteilen und meiner Faust einen Falken anzuvertrauen, so wollte ich Euren königlichen Tisch mit manchem schönen Wasservogel versehen.

»Ich fürchte, wenn du nur erst den Falken hättest«, sagte der König,

»du würdest die Erlaubnis nicht lange erwarten. Ich weiß wohl, man sagt von uns, die wir vom Geschlecht der Anjou sind, daß wir einen Verstoß gegen unser Forstgesetz so hoch aufnehmen wie Hochverrat an unserer Krone. Braven und würdigen Männern jedoch könnten wir ein solches Vergehen verzeihen. – Aber genug davon. Ich wünsche, von Euch, Herr Ritter, zu erfahren, zu welchem Zweck und mit welcher Vollmacht ihr neulich nach der Wüste des toten Meeres und nach Engaddi gereist seid?«

»Auf den Befehl des fürstlichen Rates des heiligen Kreuzzuges«, antwortete der Ritter.

»Und wer wagte es, Euch diesen Befehl zu geben, da ich – fürwahr nicht der letzte im Bündnis – nichts davon wußte?«

»Es kam mir nicht zu, Eure Hoheit«, sagte der Schotte, »mich um diese Einzelheiten zu erkundigen. Ich bin ein Krieger des Kreuzes, der ohne Zweifel für jetzt unter Eurer Hoheit Banner dient, und der stolz ist auf diesen Dienst; aber ich bleibe dennoch immer einer, der das heilige Zeichen genommen für die Rechte der Christenheit und die Eroberung des heiligen Grabes, und der darum verbunden ist, ohne Einrede dem Befehl der Fürsten und Anführer zu gehorchen, von denen das heilige Unternehmen geleitet wird. Daß Krankheit Eure Hoheit, hoffentlich nur für eine kurze Zeit, von der Versammlung, in welcher Ihr eine so mächtige Stimme habt, abhalten konnte, beklage ich mit der gesamten Christenheit; aber als Krieger muß ich denen gehorchen, denen der Befehl gesetzmäßig zukommt, wenn ich nicht dem Christenlager ein schlechtes Beispiel geben will.«

»Wohl gesprochen«, sagte König Richard; »und der Vorwurf trifft nicht dich, sondern jene, mit denen ich, sobald es dem Himmel gefallen wird, mich von diesen verwünschten Lager der Qual und der Untätigkeit aufzurichten, eine strenge Abrechnung zu halten hoffe. Was war der Inhalt deines Auftrags?«

»Mich dünkt, mit Eurer Hoheit Erlaubnis«, versetzte Sir Kenneth, »Ihr möchtet dies am besten die fragen, welche mich gesandt haben und welche die Beweggründe meiner Sendung angeben können, während ich nur das Äußere von Form und Inhalt derselben weiß.«

»Macht mir keine Ausflüchte, Herr Schotte – es wäre nicht zu Eurem Vorteil«, sagte der reizbare Monarch.

»Meinen Vorteil, Herr«, versetzte der Ritter mit Nachdruck, »habe ich als ein nicht zu beachtendes Ding hinter mich geworfen, als ich mich zu diesem Unternehmen durch mein Gelübde verbindlich machte, und ich habe mehr meine ewige Wohlfahrt als mein zeitliches Glück im Auge.«

»Beim Sakrament«, sagte König Richard, »du bist ein braver Geselle! Hört, Herr Ritter, ich liebe die Schottländer: Sie sind tapfer, obgleich unfreundlich und halsstarrig, und ich glaube, sie sind im ganzen aufrichtige Leute, obwohl die Umstände sie oft zur Verstellung gezwungen hat. Ich verdiene einige Liebe von ihrer Seite, denn ich habe ihnen aus freien Stücken gewährt, was sie nie durch die Waffen von mir würden erzwungen haben, so wenig wie von meinen Vorfahren: Ich habe die Festungen Roxburgh und Berwick wieder gebaut, die an England verpfändet sind, ich habe ihre alten Grenzen hergestellt, und endlich habe ich ihnen die Huldigung an die englische Krone erlassen, die man nach meiner Meinung mit Unrecht von ihnen fordert. Ich habe da redliche und aufrichtige Freunde gewinnen wollen, wo die früheren Könige von England nur abgeneigt und widersetzliche Vasallen zu bändigen sich bestrebten.«

»Ja, das alles habt Ihr getan, Herr König«, sagte Sir Kenneth sich verbeugend, »das alles habt ihr getan in Euerm königlichen Vertrag mit unserem Landesherrn zu Canterbury. Dafür habt ihr mich und viele bessere Schottländer in dem Krieg gegen die Ungläubigen unter Eurem Banner, während wir sonst Eure Grenzen in England beunruhigen würden. Wenn ihre Zahl gegenwärtig nur klein ist, so liegt der Grund davon darin, daß sie ihr Leben herzhaft drangesetzt haben.«

»Das ist wahr«, sagte der König, »und um der Wohltaten willen, die ich Eurem Land erzeigt habe, fordere ich Euch erst auf zu bedenken, daß ich als eines der ersten Mitglieder des Christenbundes ein Recht habe, die Unterhandlungen meiner Mitverbündeten zu wissen. Darum seid so gut und teilt mir das mit, was ich ein Recht habe zu kennen, und was ich gewiß besser von Euch als von anderen erfahren kann.«

»Herr«, sagte der Schotte, »da Ihr mich also nötigt, will ich die Wahrheit sprechen, denn ich bin fest überzeugt, daß Euer Vorsatz hinsichtlich des Hauptzwecks unseres Feldzugs aufrichtig, redlich und besser ist, als ich von den anderen Gliedern des Bundes zu behaupten mich getraue. Es gefalle Euch darum zu erfahren, daß es mein Auftrag gewesen, durch die Vermittlung des Einsiedlers von Engaddi, eines heiligen, angesehenen und von Saldadin selbst beschützten Mannes, den Vorschlag zu ...«

»Zu der Verlängerung des Waffenstillstands ohne Zweifel«, sagte Richard ihn hastig unterbrechend.

»Nein, bei St. Andreas, mein Fürst«, sagte der schottische Ritter, »sondern zur Gründung eines dauernden Friedens und zur Zurückziehung unserer Heere aus Palästina zu machen.«

»St. Georg!« sagte Richard voll Erstaunen, »ich habe billig immer eine schlechte Meinung von ihnen gehabt; aber ich ließ mir nicht träumen, daß sie sich zu solcher Schmach erniedrigen konnten. Sagt, Sir Kenneth, mit welcher Gesinnung halbt Ihr diese Botschaft besorgt?«

»Mit Recht guter, Herr«, sagte Kenneth, »denn wenn wir unseren edlen Feldherrn verloren hätten, unter dessen Führung ich einzig auf Sieg hoffte, so sah ich keinen mehr, der uns gleich ihm zur Eroberung hätte führen mögen, und unter solchen Umständen hielt ich es für gut, eine vollkommene Niederlage zu vermeiden.«

»Und unter welchen Bedingungen sollte dieser gehoffte Friede geschlossen werden?« sagte König Richard, mit Mühe den Zorn verbergend, der sein Inneres zerriß.

»Das ist mir nicht anvertraut worden, Herr«, sagte der Ritter vom schlafenden Leoparden. »Ich habe sie versiegelt dem Einsiedler überliefert.«

»Und wofür haltet Ihr diesen ehrwürdigen Einsiedler – für einen Toren, Tollen, Schurken oder Heiligen?« fragte Richard.

»Seine Tollheit, Sir« versetzte der schlaue Schottländer, »halte ich für angenommen, um die Gunst und Verehrung der Heiden zu gewinnen, welche die Tollen als Begeisterte des Himmels ansehen; wenigstens kam es mir vor, als wenn er dieselbe nur gelegentlich zeige und sie nicht, wie natürliche Tollheit, in sein geistiges Wesen aufgenommen habe.«

»Schlau bemerkt«, sagte der Monarch, sich auf sein Lager niederstreckend, auf dem er sich halb erhoben hatte. »Nun, und seine Buße?«

»Seine Buße«, fuhr Kenneth fort, »scheint mir aufrichtig und die Frucht des Bewußtseins irgend eines schrecklichen Verbrechens, für welches ihn sein eigenes Gewissen verdammt.«

»Und seine Staatsweisheit?« fragte König Richard.

»Mich dünkt, Herr«, sagte der schottische Ritter, »er verzweifelt an dem Glück von Palästina, wie an seinem eigenen Heil, wenn nicht ein Wunder geschieht – wenigstens seit der Arm Richards von England dafür zu kämpfen aufgehört hat.«

»Und darum ist die ängstliche Staatsweisheit dieses Einsiedlers der dieser elenden Fürsten gleich, die, Ritterwürde und Glauben vergessend, sich nur dann zu einem Entschluß erheben können, wenn es sich um den Rückzug handelt, und die es vorziehen, auf der Flucht über einen sterbenden Bundesgenossen hinzuschreiten, als vorwärts einem bewaffenten Sarazenen entgegenzugehen!«

»Darf ich mir die Freiheit nehmen, Herr König«, sagte der schottische Ritter, »dies Gespräch reizt nur Eure Krankheit, die ein gefährlicherer Feind der Christenheit ist als die bewaffneten Heere der Ungläubigen.«

Das Gesicht König Richards war in der Tat roter, und seine Bewegungen wurden fieberhaft heftiger; mit geballter Faust, ausgestrecktem Arm und blitzendem Auge schien er zu gleicher Zeit körperliche und geistige Qualen zu erdulden, während er, wie um beiden zu trotzen, zu sprechen fortfuhr.

»Ihr könnt schmeicheln, Herr Ritter«, sagte er, »aber Ihr entschlüpft mir nicht. Ich muß mehr von Euch wissen, als Ihr mir schon erzählt habt. Saht Ihr meine königliche Gemahlin zu Engaddi?«

»So viel ich weiß – nein, Herr«, versetzte Sir Kenneth in großer Verlegenheit, denn er gedachte an die mitternächtliche Prozession in der Felsenkapelle.

»Ich frage Euch«, sagte der König mit lauterer Stimme, »ob Ihr nicht in der Kapelle der Karmeliternonnen zu Engaddi wart, und daselbst Berengaria, Königin von England saht und die Damen ihres Hofes, die dort auf einer Wallfahrt waren?«

»Herr«, sagte Sir Kenneth, »ich will Euch Wahrheit bekennen, als wär's im Beichtstuhl. In einer unterirdischen Kapelle, in welche der Einsiedler mich führte, sah ich einen Chor von Damen einer hochheiligen Reliquie ihre Huldigung darbringen; aber da ich ihre Gesichter nicht sehen und ihre Stimmen nicht hören konnte, außer in den Liedern, welche sie sangen, so kann ich nicht sagen, ob die Königin von England mit von der Gesellschaft war.«

»Und war Euch keine von diesen Damen bekannt?«

Sir Kenneth schwieg still.

»Ich frage Euch«, sagte Richard, sich auf seinen Ellbogen stützend, »als ein Ritter und Edelmann, und nur aus Eurer Antwort werde ich ersehen, wie hoch Ihr eins und das andere schätzt: Kanntet ihr oder kanntet Ihr nicht eine Dame unter der Schar der Andächtigen?«

»Herr«, sagte Kenneth nicht ohne Zögern, »ich möchte vermuten.«

»Und auch ich möchte vermuten«, sagte der König, ernst die Stirne faltend; aber genug davon. Leopard, wie Ihr sein mögt, Herr Ritter, hütet Euch vor der Klaue des Löwen. Hört – sich in den Mond zu verlieben, das wäre nur eine Torheit, aber von den Zinnen eines hohen Turms zu springen in der Hoffnung, in seine Nähe zu gelangen, das wäre selbstmörderische Raserei.«

In diesem Augenblick hörte man einigen Lärm im Vorgemach, und der König, der plötzlich sein gewöhnliches Wesen wieder annahm, sagte: »Genug – geht. Eilt zu de Vaux und schickt ihn hierher mit dem arabischen Arzt. Mein Leben für die Treue Saladins! Wollte er nur sein falsches Gesetz abschwören, ich würde ihm mit meinem Schwert helfen, diesen Abschaum von Franzosen und Österreichern aus seinen Staaten wegzujagen; und ich hoffe, Palästina sollte so gut beherrscht sein, als da noch seine Könige auf den Beschluß des Himmels selbst gesalbt wurden.«

Der Ritter vom Leoparden zog sich zurück, und unmittelbar darauf meldete der Kammerherr eine Gesandtschaft des Konziliums, die gekommen war, der englischen Majestät ihre Aufwartung zu machen.

»Es ist schön von ihnen, daß sie mich noch für lebendig halten«, war seine Antwort. »Wer sind die ehrwürdigen Gesandten?«

Der Großmeister der Templer und der Marquis von Montserrat.«

»Unser Bruder von Frankreich liebt keine Krankenbetten«, sagte Richard; »doch wäre Philipp krank gewesen, ich hätte schon längst an seinem Lager gestanden. – Jocelyn, bringe mein Bett in Ordnung, es ist umgewühlt wie eine stürmische See. Reiche mit dort den Stahlspiegel, kämme mir Haar und Bart. Sie gleichen fürwahr eher der Mähne eines Löwen als den Locken eines Christen – bring Wasser.«

»Herr«, sagte der zitternde Kämmerer, »die Ärzte sagen, daß kaltes Wasser gefährlich sein könne.«

»Zum Teufel mit den Ärzten!« versetzte der Monarch; »wenn sie nicht heilen können, glauben sie, daß ich's ihnen verstatten wolle, mich zu plagen? – Wohlan!« sagte er, nachdem er sich gewaschen hatte, »laß die ehrwürdigen Gesandten hereintreten; jetzt werden sie es hoffentlich kaum mehr merken, daß die Krankheit Richard nachlässig gegen seine eigene Person gemacht hat.«

Der berühmte Großmeister der Templer war ein großer, magerer, durch seine Feldzüge mitgenommener Mann mit einem ruhigen, aber scharfen Auge und einer Stirn, auf welcher tausend schwarze Entwürfe ihre Spuren gelassen hatten. Er stand an der Spitze jener sonderbaren Brüderschaft, denen der Orden alles und das eigene Ich nichts war; nach Machtvergrößerung strebend selbst auf Gefahr der Religion, zu deren Schutz die Brüderschaft sich ursprünglich verbunden hatte; der Ketzerei und Zauberei bezichtigt ungeachtet des priesterlichen Standes; geheimer Verbindung mit dem Sultan verdächtig, obwohl durch eidliches Gelübde zum Schutz oder zur Eroberung des heiligen Tempels verbunden, war der ganze Orden und der persönliche Charakter seines Vorstehers oder Großmeisters ein Rätsel, vor dessen Auslegung die meisten zurückschauderten. Der Großmeister war in seiner weißen Festkleidung, und er trug den abacus, einen mystischen Ehrenstab, dessen eigentümliche Gestalt zu so sonderbaren Vermutungen und Erklärungen Anlaß gegeben hat, indem man argwöhnte, daß der berühmte christliche Ritterorden unter dem unheiligen Bilde des Heidentums sich verbrüdere.

Conrad von Montserrat hatte ein gefälligeres Äußeres als der finstere und geheimnisvolle Priestersoldat, der ihn begleitete. Er war ein schöner Mann, mittleren Alters oder ein wenig darüber, kühn in der Schlacht, verständig im Rat, lustig und einnehmend bei festlichen Gelegenheiten. Aber auf der anderen Seite beschuldigte man ihn allgemein der Unzuverlässigkeit, einer engherzigen Selbstsucht, eines Strebens, sein eigenes Fürstentum zu vergrößern ohne Rücksicht auf das Wohl des lateinischen Königreichs von Palästina, und des Jagens nach eigenem Vorteil vermittelst Privat-Unterhandlungen mit Saladin zum Nachteil der christlichen Verbündeten.

Nachdem die gewöhnlichen Grüße von diesen Würdenträgern gemacht und höflich von König Richard zurückgegeben worden waren, begann der Marquis von Montserrat die Beweggründe ihres Besuchs auseinanderzusetzen; sie seien, sagte er, von den besorgten Königen und Fürsten, welche den Rat der Kreuzfahrer bildeten, abgeordnet, um sich nach der Gesundheit ihres edelmütigen Verbündeten, des tapferen Königs von England, zu erkundigen.

»Wir kennen den Wert, welchen die Fürsten des Rates auf unsere Gesundheit legen«, antwortete der englische König; »und wir wissen wohl, wieviel sie gelitten haben müssen, indem sie vierzehn Tage lang ihre Neugier in dieser Hinsicht unterdrückten, ohne Zweifel aus Furcht, unsere Krankheit durch Darlegung ihrer Ängstlichkeit zu verschlimmern.«

Da sich der Redefluß des Marquis durch diese Antwort gehemmt fand, und er selbst dadurch in einige Verwirrung geraten war, so nahm sein strengerer Begleiter den Faden der Unterhaltung auf, und mit so viel Trockenheit und Kürze, als ihm in Gegenwart dessen, an den er sich wandte, zu zeigen erlaubt war, erklärte er dem König, daß sie von seiten des Rates gekommen seien, ihn im Namen der Christenheit zu bitten, »nicht zuzugeben, daß seine Heilung einem ungläubigen Arzt anvertraut werde, der sich von Saladin abgeschickt zu sein ausgäbe, bis der Rat Mittel ergriffen, welche den Verdacht beseitigen oder beweisen könnten, den man für den Augenblick in Hinsicht der Sendung einer solchen Person hege.«

»Großmeister des heiligen und tapferen Ordens der Tempelritter und Ihr, Marquis von Montserrat«, versetzte Richard, »wenn's Euch gefällig ist, Euch in das anstoßende Gemach zurückzuziehen, so sollt Ihr den Augenblick sehen, was wir für eine Gewicht auf die zärtlichen Vorstellungen unserer königlichen und fürstlichen Verbündeten legen.«

Der Marquis und der Großmeister zogen sich demgemäß zurück, und sie waren wenige Minuten in dem vorderen Zelt, als der morgenländische Arzt hereintrat, begleitet von dem Baron von Gilsland und dem Schotten Kenneth. Der Baron jedoch kam ein wenig später herein als die zwei anderen, da er sich vermutlich aufhielt, um der Wache Befehle zu erteilen.

Als der arabische Arzt hereintrat, grüßte er nach morgenländischer Weise den Marquis und den Großmeister, deren hohe Würde augenscheinlich war in Aussehen und Betragen. Der Großmeister gab den Gruß mit einem Ausdruck verächtlicher Kälte zurück, der Marquis mit der ungezwungenen Höflichkeit, die er gegen Männer jeden Ranges und Volkes pflegte. Eine Pause trat ein, denn der schottische Ritter erwartete die Ankunft von de Vaux und wollte nicht auf eigenes Gutdünken das Zelt des Königs von England betreten. Der Großmeister fragte den Muselman in strengem Ton: »Ungläubiger, hast du den Mut, deine Kunst an einem gesalbten König des christlichen Heeres auszuüben?«

»Allahs Sonne«, antwortete der Weise, »scheint über Nazarener wie über die wahren Gläubigen, und Allahs Diener sollte einen Unterschied zwischen Heiden machen, wenn er aufgefordert wird, die Heilkunst auszuüben?«

»Ungläubiger Hakim«, sagte der Großmeister, »oder wie man dich heißen mag als einen ungetauften Sklaven der Finsternis, weißt du auch, daß du von wilden Pferden zerissen werden sollst, wenn König Richard unter deiner Behandlung stirbt?«

»Das wäre harte Gerechtigkeit«, antwortete der Arzt, „denn ich kann nur menschliche Mittel aufbieten, und der Erfolg steht geschrieben im Buche des Lichts.«

»Nein. ehrwürdiger und tapferer Großmeister«, sagte der Marquis von Montserrat, »erwägt, daß dieser gelehrte Mann mit unserem Beschluß, der in der Furcht Gottes und zur Sicherheit seines Gesalbten gefaßt worden ist, nicht vertraut sein kann. Wisse, würdiger Arzt, an dessen Geschicklichkeit wir nicht zweifeln, das Beste, was du tun kannst, ist vor dem erlauchten Rat unseres heiligen Landes zu erscheinen und daselbst den weisen und gelehrten Ärzten, die man ernennen wird, Auskunft geben über die Mittel, die du anwenden willst zur Heilung dieses erlauchten Kranken. So wirst du aller Gefahr entgehen, in die du leicht geraten könntest, wenn du unüberlegt in so wichtiger Sache unter eigener Verantwortlichkeit handeltest.«

»Ihr Herren«, sagte el Hakim, »ich verstehe Euch wohl. Aber die Wissenschaft hat ihre Helden, so gut wie Euer Ritterstand, ja zu Zeiten hat sie ihre Märtyrer, so gut wie die Religion. Ich habe von meinem Herrscher, dem Sultan Saladin, den Befehl, diesen nazarenischen König zu heilen, und mit dem Segen des Propheten will ich diesem Befehl gehorchen. Gelingt mir's nicht, Ihr tragt Schwerter, die nach dem Blut der Gläubigen dürsten, und ich biete meinen Leibe Euren Waffen an. Aber ich will mit keinem Unbeschnittenen über die Kraft der Heilmittel rechten, die mir durch die Gnade des Propheten bekannt sind, und ich bitte Euch, mir keinen Aufschub zur Vollziehung meiner Pflicht zu bereiten.«

»Wer spricht von Aufschub?« sagte der Baron de Vaux, plötzlich in das Zelt tretend; »dessen haben wir schon zu viel. – Ich grüße Euch, Mylord von Montserrat, und euch, tapferer Großmeister. Aber für jetzt muß ich mit diesem gelehrten Arzt zu dem Bett meines Herrn gehen.«

»Mylord«, sagte der Marquis in normannischem Französisch oder in der Sprache von Oui, wie sie damals hieß, »wißt Ihr nicht, daß wir von dem Rat der Monarchen und Fürsten des Kreuzzugs gekommen sind, um Einwände gegen die gefährliche Erlaubnis zu machen, welche eine so schätzbare Gesundheit, wie die Eures Herren, einem ungläubigen, morgenländischen Arzt überließe?«

»Edler Herr Marquis«, versetzte der offenherzige Engländer, »ich kann weder viel Worte machen noch liebe ich, sie zu hören – übrigens fällt es mir weniger schwer zu glauben, was meine Augen gesehen, als was meine Ohren gehört haben. Ich bin überzeugt, daß dieser Heide die Krankheit König Richards heilen kann, und ich hege das Vertrauen, daß er sie heilen will. Die Zeit ist kostbar. Wenn Mohammed – den Gottes Fluch treffe! – an der Tür des Zeltes stünde mit einem so guten

Vorsatz wie dieser Adonbec el Hakim, ich würde es für Sünde halten, ihn eine einzige Minute warten zu lassen. Somit Gott befohlen, meine Herren.«

»Nicht doch«, sagte Conrad von Montserrat, – »der König selbst hat erklärt, daß wir zugegen sein sollen, wenn ihn dieser Arzt in seine Behandlung nimmt.«

Der Baron sprach leise zu dem Kämmerer, vermutlich um zu erfahren, ob der Marquis die Wahrheit gesagt habe, und erwiderte darauf: »Meine Herren, wenn Ihr euch ruhig verhalten wollt, so mögt Ihr mit uns hineingehen; aber wenn Ihr durch Handlung oder Drohung diesen trefflichen Arzt in seinem Geschäft stört, so wißt, daß ich Euch ungeachtet Eures hohen Ranges zwingen werde, Richards Zelt zu verlassen; denn ich bin so fest von dieses Arztes wirksamen Heilmitteln überzeugt, daß, wenn Richard selbst dieselben verschmähte, ich ihn, bei unserer Frau von Lanercost, zwingen würde, diese Arznei zu nehmen, möchte er wollen oder nicht. – Geh hinein, el Hakim.«

Die letzten Worte wurden in der lingua franca gesprochen, und der Arzt gehorchte augenblicklich. Der Großmeister blickte zornig den offenherzigen alten Krieger an; aber nachdem er mit dem Marquis einen Blick gewechselt, erheiterte er seine faltige Stirn so gut er konnte, und beide folgten de Vaux und dem arabischen Arzt in das innere Zelt, wo Richard mit jener Ungeduld wartete, womit ein Kranker dem Tritt seines Arztes lauscht. Sir Kenneth, dessen Gegenwart weder gefordert noch verbeten war, fühlte sich durch die obwaltenden Umstände gerechtfertigt, diesen hohen Würdenträgern zu folgen. Aber seines untergeordneten Ranges sich bewußt, hielt er sich während des Verlaufs des ganzen Auftritts in der Ferne.

Bei ihrem Eintritt in das Gemach rief Richard aus: »Sieh da! Eine artige Gesellschaft kommt, Richard seinen Sprung ins Dunkle tun zu sehen. – Meine edlen Verbündeten, ich grüße Euch als die Abgeordneten unseres Bundes; Richard wird wieder unter Euch erscheinen mit seinem vorigen Wesen, oder Ihr werdet das, was von ihm übrig bleibt, zu Grabe tragen. De Vaux, dein Fürst, mag er leben oder sterben, dankt dir. Da ist noch einer – aber das Fieber hat mein Gesicht geschwächt. Was, der kühne Schotte, der ohne Leiter in den Himmel klettern möchte? – Auch er ist willkommen. – Komm, Sir Hakim, ans Werk, ans Werk.«

Der Arzt, der sich bereits nach den verschiedenen Symptomen von des Königs Krankheit erkundigt hatte, fühlte den Puls des Kranken lange mit großer Aufmerksamkeit, während alle schweigend und in atemloser Erwartung waren. Hierauf füllte der Weise eine Schale mit Quellwasser an und tauchte den kleinen roten Beutel hinein, den er aus seinem Busen gezogen. Als ihm der Trank kräftig genug zu sein schien, wollte er ihn dem Könige anbieten; doch dieser kam ihm zuvor und sagte: »Halt einen Augenblick. Du hast meinen Puls gefühlt – laß mich meine Hand auch an deine halten. Ich verstehe mich auch ein wenig auf die Heilkunde, wie es einem guten Ritter geziemt.«

Der Araber reichte seine Hand ohne Zögern dar, und seine langen und dünnen Finger wurden für einen Augenblick von der großen Hand des König Richards umschlossen und fast gänzlich bedeckt.

»Sein Blut fließt ruhig wie das eines Kindes«, sagte der König; »so fließt nicht das Blut derjenigen, welche Fürsten vergiften. De Vaux, ob wir leben oder sterben, entlasse diesen Hakim in Ehren und in Sicherheit. Empfiehl uns, Freund, dem edlen Saladin. Sterbe ich, so sei es ohne Argwohn gegen seine Tugend – lebe ich, so will ich ihm danken, wie er als Held es wünschen muß.«

Er erhob sich dann im Bette, nahm die Schale in die Hand und wandte sich gegen den Marquis und den Großmeister: »Merkt, was ich Euch sage, und laßt meine königlichen Brüder in Cyperwein Bescheid tun: Auf den unsterblichen Ruhm des Kreuzfahrers, der zuerst mit Lanze oder Schwert an das Tor von Jerusalem klopft, und ewige Schmach und Schande dem, der das Werk verläßt, an das er die Hand gelegt hat!«

Er leerte die Schale völlig aus, gab sie dem Araber zurück und sank erschöpft auf das Kissen, das zurechtgelegt worden war, ihn zu empfangen. Mit stillen, aber ausdrucksvollen Zeichen befahl hierauf der Arzt, daß alle außer ihm und de Vaux, den keine Vorhaltung zu entfernen vermochte, das Zelt verlassen sollten. Demgemäß wurde das Gemach geräumt.

10

Der Marquis von Montserrat und der Großmeister der Tempelritter waren in die Nähe ihrer Rosse gekommen, die in einiger Entfernung vom königlichen Zelt hielten, und stolzierten unter dem glänzenden Gefolge von Knappen und Pagen, die auf sie gewartet hatten, als Conrad nach einer kleinen Pause den Vorschlag tat, die eingetretene Abendkühle zu genießen, Rosse und Gefolge zu entlassen und durch die langen Zeltgassen des Christenlagers zu Fuß heimzukehren. Der Großmeister stimmte bei, und sie setzten also ihren Spaziergang fort, indem sie die bevölkerten Teile der Leinwandstadt mieden und ihren Weg über die breite Esplanade zwischen den Zelten und Festungswerken nahmen, wo sie sich im Geheimen unterhalten mochten, ohne von jemand anders als den Schildwachen, an den sie vorbei gingen, bemerkt zu werden.

Sie sprachen eine Zeitlang von militärischen Gegenständen und von Verteidigungsanstalten; aber das Gespräch, an dem sich keiner von beiden zu ergötzen schien, erschöpfte sich endlich, und es folgte ein langes Schweigen, das der Marquis von Montserrat unterbrach, indem er, gleich einem Mann, der einen plötzlichen Entschluß gefaßt hat, auf einmal stehen blieb, und, nachdem er das finstere, unbewegliche Gesicht des Großmeisters einige Augenblicke betrachtet, endlich mit diesen Worten ihn anredete: »Wenn's mit Eurer Würde und Heiligkeit bestehen mag, ehrwürdiger Herr Giles Amaury, so möchte ich Euch bitten, das düstere Visier, das Ihr tragt, für diesmal abzulegen und offenen Gesichtes mit einem Freund zu sprechen.«

Der Templer lächelte.

»Es gibt lichtfarbige Masken«, sagte er, »so gut wie düstere Visiere, und die einen verbergen das wahre Geischt so vollständig wie die anderen.«

»Mag sein«, sagte der Marquis, indem er die Hand ans Kinn brachte und eine Bewegung machte, als nähme er seine Maske ab; »da liegt die Verstellung. Und nun, was hofft Ihr von diesem Kreuzzug zum Vorteil Eures eigenen Ordens?«

»Das heißt eher den Schleier von meinen Gedanken ziehen, als mir die Eurigen enthüllen«, sagte der Großmeister, »doch ich will Euch mit einer Parabel antworten, die mir ein Derwisch der Wüste erzählt hat. – Ein gewisser Bauer bat den Himmel um Regen und murrte, wenn er nicht fiel zu seinem Bedarf. Seine Ungeduld zu bestrafen, erzählte der Derwisch, sandte Allah den Euphrat über das Gut des Bauern, und er ging zu Grunde mit allem, was er hatte.«

»Sehr wahr gesprochen«, sagte der Marquis Conrad; »ich wollte, das Meer hätte neunzehn Zwanzigstel der Rüstungen dieser weltlichen

Fürsten verschlungen: Der Rest würde den Absichten der christlichen Edlen in Palästina, den schwachen Überbleibseln des lateinischen Königreichs Jerusalem behilflich gewesen sein. Uns selbst überlassen, hätten wir uns vor dem Sturme geschmiegt oder mäßig mit Geld und Mannschaft unterstützt, hätten wir Saladin gezwungen, unsere Macht anzuerkennen und uns Frieden und Schutz unter billigen Bedingungen zu gewähren. Aber nun, da dieser furchtbare Kreuzzug den Sultan mit der äußersten Gefahr bedroht, können wir nicht annehmen, daß, wenn die Gefahr vorüber, der Sarazene irgendeinen von uns in seinen syrischen Besitzungen und Fürstentümern lassen, noch weniger das Bestehen christlicher Ritterorden dulden werde, durch welche er so manchen Schaden erlitten hat.«

»Freilich«, sagte der Templer, »aber diese fremden Kreuzfahrer können siegen und das Kreuz von neuem auf die Wälle von Zion pflanzen.«

»Und was für einen Vorteil hätte der Templerorden oder Conrad von Montserrat davon?« sagte der Marquis.

»Ihr könnt einen Vorteil davon haben«, versetzte der Großmeister. »Conrad von Montserrat kann Conrad, König von Jerusalem, werden.«

»Das klingt, als wär's was«, sagte der Marquis, »und doch ist's nur ein leerer Schall. – Gottfried von Bouillon mochte mit Recht die Dornenkrone für sein Würdezeichen wählen. Großmeister, ich gestehe es Euch, ich habe einige Neigung zur morgenländischen Regierungsform gefaßt; eine reine und einfache Monarchie sollte nur aus König und Untertanen bestehen. Das ist die natürliche und ursprüngliche Ordnung – ein Hirt und eine Herde. All diese Mittelglieder des Feudalstaates sind künstlich und erzwungen, und ich ziehe es vor, den Stab meines armen Marquisats mit fester Hand zu halten und nach Lust zu schwingen als einen Königszepter, der sich einzieht und beugt nach dem Willen eines jeden stolzen Feudalbarons, der unter den Assisen von Jerusalem seine Ländereien besitzt*). Ein König muß frei auftreten können, Großmeister, und darf nicht beschränkt werden hier von ei-

*) Die Assisen von Jerusalem waren die Feudalverfassung des lateinischen Königreichs von Palästina, von Gottfried von Bouillon verfaßt, nachdem das Land den Sarazenen entrissen worden war. »Sie wurde mit Genehmigung des Patriarchen, der Barone, der Geistlichen und Weltlichen verfaßt«, sagte Gibbon, »und sie ist ein kostbares Denkmal des Feudalrechts, auf die Grundsätze von Freiheit gegründet, die jenem Systeme eigen waren.«

nem Graben, dort von einem Zaun – hier von einem Lehensprivilegium und dort von einem geharnischten Baron, der dasselbe mit seinem Schwert verteidigt. Mit einem Wort, ich weiß, daß der Anspruch, den Guy von Lusignan an den Thron macht, dem meinigen vorgezogen würde, wenn Richard gesundet und etwas bei der Wahl zu sagen hat.«

»Genug«, sagte der Großmeister; »du hast mich von deiner Offenheit gänzlich überzeugt. Andere können die nämliche Meinung haben, aber wenige wagen es wie Conrad von Montserrat, frei zu bekennen, daß sie die Wiederherstellung des Königreichs Jerusalems nicht wünschen, sondern es vorziehen, einen Teil davon als Meister zu besitzen, gleich jenen barbarischen Insulanern, die ein Frachtschiff im Sturme nicht zu retten versuchen, sondern auf die Bereicherung rechnen, die ihnen der Schiffbruch gewährt.«

»Willst du meine Ansicht verraten?« sagte Conrad, ihn scharf und argwöhnisch anschauend. »Sei versichert, daß meine Zunge meinen Kopf in keine Gefahr bringt und daß meine Hand nicht zögert, diesen und jene zu verteidigen. Klage mich an, wenn du willst – ich bin bereit, mich in den Schranken gegen den besten Templer zu verteidigen, der je die Lanze einlegte.«

»Du scheust ein wenig schnell für ein so edles Roß«, sagte der Großmeister. »Jedoch ich schwöre dir bei dem heiligen Tempel, zu dessen Verteidigung unser Orden beeidigt ist, daß ich mich als ein treuer Freund mit dir beraten will.«

»Bei welchem Tempel?« sagte der Marquis von Montserrat, dessen Spottsucht oft Höflichkeit und Zartgefühl vergaß; »schwörst du bei dem auf dem Berg Zion, der von Salamo erbaut wurde, oder bei jenem bildlichen, von dem, wie es heißt, in den Versammlungshallen eurer Ritterhöfe die Rede ist, als wenn er das Gedeihen deines tapferen und ehrwürdigen Ordens bewirke?«

Der Templer warf auf ihn einen toddrohenden Blick, aber versetzte gelassen: »Bei welchem Tempel ich schwören mag, sei versichert, Herr Marquis, mein Schwur wird mir heilig sein. Ich wollte, ich wüßte, wie ich dich zu gleicher Obliegenheit verbinden könnte.«

»Ich will dir Treue schwören«, sagte der Marquis lachend, »bei dieser Grafenkrone, die ich vor Ende dieses Krieges in etwas Besseres zu verwandeln hoffe. Dies leichte Ding sitzt mir kühl auf der Stirne; ein herzoglicher Hut würde mich besser gegen den Nachtwind, wie er in diesem Augenblicke bläst, beschützen und eine Königskrone noch viel besser, da sie mit Hermelin und Samt gefüttert ist. Mit einem Wort, unser Vorteil verbindet uns: denn wähne nicht, Herr Großmeister, daß, wenn diese verbündeten Fürsten Jerusalem einnehmen und einen König ihrer Wahl einsetzen, euer Orden und mein elendes Marquisat die Unabhängigkeit behalten werden, die wir nun haben. Nein, bei unserer lieben Frau! Kommt es dahin, dann müssen die stolzen Johanniterritter wieder Pflaster auflegen und Pestbeulen behandeln in den Spitälern, und ihr großmächtigen und ehrwürdigen Tempelritter müßt zu eurem Kriegshandwerk zurückkehren, zu dritt auf einer Pritsche schlafen und zu zweit auf einem Pferde reiten, wie euer Siegel zeigt, daß es einst bei euch so der Brauch gewesen.«

»Der Rang, die Freiheiten und der Reichtum unseres Ordens wird denselben vor so großer Herabwürdigung, wie Ihr ihm drohet, bewahren«, sagte der Templer stolz.

»Gerade das ist euer Verderben«, sagte Conrad von Montserrat, »und du so gut als ich, verehrter Großmeister, wir wissen, daß, wenn die verbündeten Fürsten in Palästina siegreich wären, es ihr erster Staatsstreich sein würde, die Unabhängigkeit eures Ordens zu vernichten, was ihr ohne den Schutz des heiligen Vaters, des Papstes, und ohne die Notwendigkeit eurer Beihilfe zur Eroberung von Palästina längst würdet erfahren haben. Gib ihnen vollständigen Sieg, und ihr werdet beiseite geworfen werden, gerade wie man die Splitter einer zerbrochenen Lanze auf der Stechbahn wegschleudert.«

»In deinen Worten mag einige Wahrheit liegen«, sagte der Templer finster lächelnd, »aber was wäre unsre Hoffnung, wenn die Verbündeten ihre Macht aus Palästina zurückzögen und das Land in den Klauen Saladins ließen?«

»Eine große und gewisse«, versetzte Conrad; »der Sultan würde ansehnliche Provinzen geben, um eine Schar wohlgespitzter fränkischer Lanzen zu seinem Befehl zu haben. In Ägypten, in Persien würde ihm ein Hundert solcher Bundesgenossen im Verein mit seiner eigenen leichten Reiterei gegen die furchtbarste Übermacht den Sieg verschaffen. Diese Abhängigkeit würde nur einige Zeit dauern, vielleicht solange dieser unternehmende Sultan lebt; aber im Morgenland entstehen Reiche wie Pilze. Nimm an, er sei tot und wir zögen fortwährend aus Europa die Verstärkung feuerköpfiger Abenteurer, was können wir nicht auszuführen hoffen, wenn uns diese Monarchen nicht mehr hinderlich sind, deren Ansehen uns jetzt in den Schatten stellt, und die, wenn sie hier blieben und in ihrem Unternehmen glücklich wären, uns gern für immer zur Abhängigkeit herabwürdigen würden?«

»Du hast Recht, Marquis«, sagte der Großmeister, »und deine Worte finden ein Echo in meiner Brust. Jedoch wir müssen behutsam sein; Philipp von Frankreich ist ebenso klug als tapfer.«

»Wahr, aber eben darum wird er desto leichter von einem Unternehmen abwendig gemacht werden können, wozu er sich, in einem Augenblick von Schwärmerei oder von seinen Edlen genötigt, voreilig verband. Er ist eifersüchtig auf König Richard, seinen natürlichen Feind, und er sehnt sich nach der Rückkehr, um Eroberungspläne zu verfolgen in größerer Nähe von Paris als von Palästina. Irgendein guter Vorwand wird ihm behilflich sein, sich von einem Schauplatz zurückzuziehen, wo er, wie er merken muß, nur die Kräfte seines Königreichs vergeudet.«

»Und der Herzog von Österreich?« sagte der Templer.

»O, was den Herzog betrifft«, versetzte Conrad, »sein Eigendünkel und seine Torheit machen die nämlichen Schlüsse wie Philipps Staatskunst und Weisheit. Er glaubt – Gott erhalte ihn bei seinem Glauben –, daß man ihm mit Undank begegne, weil der Mund der Leute, selbst der seiner eigenen Minnesänger, voll ist vom Lobe König Richards, den er fürchtet und haßt und an dessen Unglück er sich erfreuen würde, seinen schlechten und feigen Hunden gleich, die, wenn der Leiter der Koppel unter dem Angriff des Wolfs erliegt, geneigter ist, den Bedrängten von hinten anzufallen, als ihm zu Hilfe zu eilen. – Doch warum rede ich dir von diesen Dingen, wenn es nicht darum ist, daß ich dir meinen aufrichtigen Wunsch, diesen Bund aufgelöst und dies Land von den Heeren dieser großen Monarchen befreit zu sehen, dadurch zu erkennen gebe? Und du selbst weißt es und hast es selbst gesehen, wie alle die Fürsten von Macht und Einfluß, einen einzigen ausgenommen, begierig sind, mit dem Sultan zu unterhandeln.«

»Ich gebe es zu«, sagte der Templer, »das müßte ein Blinder sein, der dies nicht in ihren letzten Beratungen gesehen hätte. Aber lüpfe die Maske noch um einen Zoll weiter, und sage mir deinen wahren Grund, warum du dem Rate jenen Nordengländer oder Schotten, oder was für ein Landsmann er sein mag – den Ritter vom Leoparden aufgedrungen hast, die Vertragsvorschläge zu überbringen?«

»Es war ein politischer Grund«, versetzte der Italiener, »seine Eigenschaft als geborner Brite war hinreichend, Saladin zu befriedigen, der ihn als einen dem Heere Richards zugehörigen kannte, während seine Eigenschaft als Schotte und anderer persönlicher Groll, um den ich wußte, es sehr unwahrscheinlich machte, daß unser Gesandte bei der Rückkunft irgendeine Verbindung mit dem Krankenbett Richards haben würde, dem seine Gegenwart immer zuwider war.«

»O, zu fein gesponnene Politik!« sagte der Großmeister. »Glaube mir, daß italienische Spinnenfäden nie diesen ungeschornen Simson von der Insel binden werden – ja, wenn es neue Stricke wären, und zwar von den stärksten. Seht ihr nicht, daß der Gesandte, den ihr so bedächtig gewählt habt, uns in diesem Arzt den Helfer gebracht, der den löwenherzigen, halsstarrigen Engländer aufrichten wird zur Fortsetzung des Kreuzzugs? Und stürmt er nur erst wieder voran, wer von den Fürsten wagt dann hinten zu bleiben? Sie müssen ihm ehrenhalber folgen, auch wenn sie ebenso gerne unter des Teufels Banner zögen.«

»Sei ruhig«, sagte Conrad von Montserrat, »ehe dieser Arzt, wenn er anders nicht durch Wunder wirkt, die Heilung Richards vollenden kann, wird es möglich sein, einen offenen Bruch herbeizuführen zwischen dem Franzosen, wenigstens dem Österreicher und ihren englischen Bundesgenossen, so daß der Zwiespalt unversöhnlich sein soll; und Richard mag dann vom Lager aufstehen, vielleicht um seine eigenen Truppen anzuführen, aber um nimmer wieder durch seine einzige Tatkraft die Gesamtmacht des Kreuzzugs zu bewegen.«

»Du bist ein williger Schütze«, sagte der Templer, »aber, Conrad von Montserrat, dein Bogen ist zu schlaff, um einen Pfeil zum Ziel zu bringen.«

Er hielt plötzlich inne, blickte argwöhnisch umher, zu sehen, ob niemand lausche, und, nachdem er Conrads Hand erfaßt und dieselbe heftig gedrückt, sagte er langsam, während er dem Italiener ins Gesicht schaute: »Richard von seinem Lager aufstehen, sagst du? Conrad, er darf nimmer aufstehen!«

Der Marquis von Montserrat erschrak. »Was! Sprichst du von Richard von England, von Löwenherz, von dem Ritter der Christenheit?«

Seine Wangen wurden bleich, und seine Knie zitterten, während er sprach. Der Templer sah ihn an mit seinen eisernen Zügen, die sich zu einem verächtlichen Lächeln verzogen.

»Weißt du, wem du in diesem Augenblick gleichst, Herr Conrad? Nicht dem staatsklugen und tapferen Marquis von Montserrat, der den Rat der Fürsten lenken und das Schicksal der Reiche bestimmen möchte, sondern dem Schüler, der, nachdem er in seines Meisters Zauberbuch eine Formel aufgestöbert, den Teufel heraufbeschworen hat, als er am wenigsten daran dachte, und nun vor der dämonischen Erscheinung zitternd und bebend dasteht.«

»Ich gebe es dir zu«, sagte Conrad, sich fassend, »daß im Fall nicht ein anderer, sicherer Weg gefunden werden kann, du den bezeichnet hast, der am kürzesten zum Ziel führt. Aber, gebenedeite Maria! Wir werden der Fluch von Europa werden, verflucht und verwünscht von jedermann, von dem Papst auf seinem Thron bis zum Bettler an der Kirchtür, der von Aussatz und Lumpen bedeckt, auf der tiefsten Stufe menschlichen Elends, sich glücklich preisen wird, daß er weder Giles Amaury noch Conrad von Montserrat ist.«

»Wenn du es so nimmst«, sagte der Großmeister mit der nämlichen Kaltblütigkeit, die er während dieses ganzen merkwürdigen Gesprächs zeigte, »laß uns dann annehmen, als wäre hier nichts zwischen uns vorgefallen, als hätten wir im Traume gesprochen, wären erwacht, und die Erscheinung wäre verschwunden.«

»Sie wird nimmer verschwinden«, antwortete Conrad.

»In Wahrheit, Träume von Herzogshüten und Königskronen haften ein wenig fest in der Einbildung«, versetzte der Großmeister.

»Wohl«, antwortete Conrad, »laß mich nur zuerst den Versuch machen, den Frieden zwischen Österreich und England zu stören.«

Sie trennten sich. Conrad blieb auf dem Fleck stehen und heftete den Blick auf das weiße, fliegende Gewand des Templers, der langsam davon schritt und nach und nach in dem dichten Dunkel der morgenländischen Nacht verschwand. Stolz, ehrgeizig, gewissenlos und verschlagen war der Marquis von Montserrat, doch nicht grausam von Natur. Er war ein Lüstling und Epikuräer, und gleich vielen von dieser Gemütsart war er abgeneigt, selbst zu selbstsüchtigen Zwecken anderen ein Leid zuzufügen oder Grausamkeiten zu begehen; und so bewahrte er jene Scheu für den eigenen Ruf, die zuweilen die Abwesenheit besserer Eigenschaften, wodurch der gute Ruf erhalten wird, ersetzt.

»Ich habe«, sagte er, als er fortfuhr, seine Augen auf den Punkt zu heften, wo er das letzte, kaum sichtbare Wallen von des Templers Mantel bemerkt hatte, »ich habe in Wirklichkeit den Teufel heraufbeschworen! Wer hätte geglaubt, daß dieser strengtugendhafte Großmeister, dessen Glück und Unglück mit dem seines Ordens verwachsen ist, mehr zur Vergrößerung dieses Ordens zu tun bereit sei, als ich zu meinem eigenen Vorteil tun möchte? Diesen tollen Kreuzzug zu hemmen, war in der Tat meine Absicht; aber ich wagte nicht, an jenes Hilfsmittel zu denken, das dieser entschlossene Pfaffe mir angegeben hat, obgleich es das sicherste, vielleicht das ungefährlichste ist.«

Während er so spähte, fiel ihm die große Fahne des englischen Banners, die sich schwer vor dem matten Abendwind entfaltete, ins Auge. Sie wehte fast in der Mitte des Lagers über einem künstlichen Erdhügel, den vielleicht ein hebräischer Häuptling oder Krieger zu seinem Grabmal ausersehen hatte. Indes, der alte Name war nun vergessen, und Kreuzfahrer nannten den Hügel bei den christlichen Namen des Ritters St. Georg, weil auf dieser das Lager beherrschenden Höhe das englische Banner, als wäre es ein Zeichen der Oberherrschaft, über die verschiedenen adeligen, ja königlichen Banner hinauswehte, die auf geringer Höhe flatterten.

Ein schneller Verstand, wie der Conrads, erfaßt Ideen im Nu. Ein einziger Blick auf die Standarte schien die Ungewißheit, die ihn beunruhigte, zu zerstreuen. Er ging zu seinem Zelt mit dem schnellen und gemessenen Schritt eines Mannes, der einen Plan gefaßt hat, den er ausführen will. Er entließ das fast fürstliche Gefolge, welches ihn zu bedienen wartete, und als er sich auf sein Lager streckte, murmelte er seinen verbesserten Entschluß, daß gelinde Mittel angewandt werden sollten, ehe zu verzweifelten geschritten würde.

»Morgen«, sagte er, »sitze ich an der Tafel des Erzherzogs von Österreich – wir wollen sehen, was zur Förderung unseres Vorhabens getan werden kann, ehe wir die schwarzen Eingebungen dieses Templers befolgen.«

11

Leopold, Erzherzog von Österreich, war der erste Beherrscher dieses schönen Landes, dem der Fürstenrang erteilt wurde. Er war zum Herzog des deutschen Reiches erhoben worden wegen seiner Verwandtschaft mit Kaiser Heinrich VI., und er beherrschte die schönsten Länderstriche, welche die Donau bespült. Sein Charakter steht in der Geschichte geschändet da, wegen einer verräterischen Gewalttat, deren Grund in den Begebenheiten, die sich im gelobten Land ereigneten, gesucht werden muß, und dennoch floß die Schandtat, Richard gefangengenommen zu haben, als derselbe allein und verkleidet durch des Herzogs Staaten zurückkehrte, nicht aus Leopolds natürlicher Gemütsverfassung. Er war eher ein schwacher und eitler als ein ehrgeiziger und tyrannischer Fürst. Sein geistiges Vermögen glich den Eigenschaften seines Äußeren. Er war groß, stark und schön; sein Gesicht war rot und weiß, und sein blondes Haar wallte in langen Locken. Aber in seiner Haltung tat sich eine Unbeholfenheit kund, welche glauben ließ, daß es seiner Gestalt an der inneren Kraft gebreche, einen solchen Körper zu bewegen, und so schien es immer, daß die reiche Kleidung, die er trug, ihm nicht stehe. Als Fürst schien er zu wenig vertraut mit seiner eigenen Würde, und während er dieselbe oft nicht zu behaupten mußte, wo es nötig gewesen wäre, suchte er sie häufig durch Gewalt in Wort und Tat zur Unzeit geltend zu machen, was er alles durch etwas mehr Geistesgegenwart von Anfang an hätte vermeiden können.

Diese Mängel waren nicht nur den anderen sichtbar, sondern der Erzherzog selbst konnte sich zuweilen des quälenden Bewußtseins nicht entschlagen, daß er nicht ganz geeignet sei, den hohen Rang, den er bekleide, auszufüllen und zu behaupten, und dazu gesellte sich der starke und manchmal gerechte Argwohn, daß andere ihn leicht ebenso beurteilten.

Im Anfang, als er sich dem Kreuzzug anschloß mit einem großen, fürstlichen Gefolge, hatte Leopold das Vertrauen und die Freundschaft Richards gesucht, und deshalb so viel Zuvorkommenheit gezeigt, daß der König von England aus politischen Erwägungen sie hätte erwidern sollen. Aber der Erzherzog, obwohl es ihm an Tapferkeit nicht gebrach, stand Löwenherz so weit nach an Heldenmut, der die Gefahr wie eine Braut liebte, daß ihn der König gar bald mit einiger Verachtung betrachtete. Ebenso verachtete Richard als Normanne, dem Mäßigkeit eine Volkssitte war, den Hang des Deutschen für die Vergnügungen der Tafel und vornehmlich seine Unmäßigkeit im Genuß des Weins. Aus diesen und anderen persönlichen Gründen nährte der König von England ein Gefühl der Geringschätzung gegen den österreichischen Fürsten, das er weder zu verbergen noch zu mildern sich bemühte und das folglich bald bemerkt und von dem argwöhnischen Leopold mit tiefer Feindschaft beantwortet wurde. Der Zwiespalt zwischen ihnen wurde unterhalten durch die schlauen und geheimen Künste Philipps von Frankreich, eines der klügsten Monarchen seiner Zeit, welcher, da er den feurigen und ungestümen Charakter Richards, seines natürlichen Nebenbuhlers, fürchtete, und sich überdies durch die befehlshaberische Miene, die derselbe, ein Vasall Frankreichs, für seine Lehen auf dem Festland, gegen seinen Oberlehensherrn annahm, beleidigt fühlte, alles aufbot, seinen eigenen Anhang zu vergrößern und den von Richard zu schwächen, indem er kleineren Fürsten des

Kreuzzugs zum Widerstand vereinigte gegen das, was er die anmaßende Gewalt des Königs von England nannte. So waren die politischen Meinungen des Erzherzogs von Österreich, als Conrad von Montserrat es unternahm, die Eifersucht desselben gegen England als Mittel zu gebrauchen, um den Bund der Kreuzfahrer aufzulösen oder wenigstens schlaffer zu machen.

Er wählte zu seinem Besuch die Mittagsstunde und den Vorwand, dem Herzog mit einem ausgewählten Zypernwein, der ihm neulich zugekommen sei, zu beschenken und die Vorzüge desselben durch einen Vergleich mit den Rhein- und Ungarweinen zu beurteilen. Ein solcher Vorschlag wurde natürlich durch eine höfliche Einladung zur erzherzoglichen Tafel beantwortet, und alles ward aufgeboten, um das Mahl dem Glanze eines regierenden Fürsten würdig zu machen. Indes, der feine Geschmack des Italieners sah in der Verschwendung der Gerichte, unter welchen die Tafel seufzte, mehr Überladung als feine Wahl und Glanz.

Die Deutschen, die den kriegerischen und freien Charakter ihrer Vorfahren, welche das römische Reich zerstörten, immer noch bewahrten, hatten zugleich einen Anstrich der alten Barbarei behalten. Die Grundsätze und Gebräuche des Rittertums wurden bei ihnen zu keiner so hohen Verfeinerung gebracht wie unter den französischen und englischen Rittern, ebensowenig waren sie strenge Beobachter des guten Gesellschaftstones, den jene Völker als den Gipfel der Bildung betrachteten. An der Tafel des Erzherzogs sitzend, wurde Conrad zugleich betäubt und belustigt durch das Getöse teutonischer Laute, die von allen Seiten her in sein Ohr drangen, ungeachtet der Festlichkeit eines fürstlichen Mahles. Ihre Kleidung kam ihm ebenfalls auffallend vor: Viele der österreichischen Edlen hatten lange Bärte, und fast alle trugen kurze Jacken von verschiedenen Farben, deren Schnitt, Stickerei und Besatz von der westeuropäischen Weise abwich.

Eine Unzahl untergeordneter Diener jedes Alters, die in dem Zelt waren, mischten sich von Zeit zu Zeit in das Gespräch, empfingen von ihren Herren die Überbleibsel des Mahles und verschlangen dieselben stehend hinter dem Rücken der Gäste. Narren, Zwerge und Minnesänger waren in ungewöhnlicher Zahl zugegen und zeigten sich lärmender und vorlauter, als es ihnen in einer besser geregelten Gesellschaft erlaubt gewesen wäre. Da sie nach Belieben des Weines, der rings in Strömen floß, genießen konnten, so wurde ihr keckes Lärmen nur desto ausgelassener.

Während der Mahlzeit und in der Mitte dieses Getöses und Durcheinanders, das sich mehr für ein deutsches Wirtshaus zur Messezeit als für das Zelt eines regierenden Fürsten geschickt hätte, wurde der Erzherzog mit einer Umständlichkeit und kleinlichen Zeremonien bedient, die zeigten, wie besorgt er sei, den Stand und Charakter zu behaupten, wozu er durch seine Erhebung das Recht erhalten. Er wurde auf den Knien bedient, und zwar nur von Pagen aus edlem Geschlecht, er speiste von Silbergeschirr und trank seinen Tokaier und Rheinwein aus einem goldenen Becher. Sein herzoglicher Mantel war reich mit Hermelin verziert, sein Kopfschmuck mochte eine Königskrone wert sein, und seine Füße, von Samtschuhen bedeckt, welche, die Schnäbel eingerechnet, zwei Fuß lang sein konnten, ruhten auf einem silbernen Schemel. Zur Charakterschilderung des Mannes ist es genug zu sagen, daß, obwohl er dem Marquis von Montserrat, dem er höflich den Platz zu seiner Rechten gegeben, Aufmerksamkeit zu erzeigen sich bemühte, dennoch eine größere Aufmerksamkeit seinem Spruchsprecher schenkte, der hinter der rechten Schulter des Herzogs stand.

Diese Person war wohlgekleidet, Mantel und Wams waren von schwarzem Samt, das Wams war mit verschiedenen Silber- und Goldmünzen verziert, die darauf festgeheftet waren zum Andenken an die freigebigen Fürsten, welche dieselben verliehen hatten. Er hielt einen kurzen Stab in der Hand, worauf ebenfalls eine Menge Silbermünzen an Ringen befestigt waren, und er machte mit diesem Stab ein Gerassel, um Aufmerksamkeit zu erregen, wenn er etwas Würdiges zu sagen zu haben glaubte. *Der Rang dieser Person im Hofhalt des Erzherzogs war etwa zwischen dem Minnesänger und dem Rat;* er war *abwechselnd Schmeichler, Dichter und Redner;* und alle, welche sich um die Gunst des Herzogs bemühten, suchten gewöhnlich die Zuneigung des Spruchsprechers zu gewinnen.

Damit jedoch die Weisheit dieses Bediensteten nicht langweilig werden möge, so hielt sich hinter der anderen Schulter des Herzogs sein *Hofnarr,* Jonas Schwanker genannt, der mit den Schellen und *Rasseln seiner Narrenkappe* fast ebensoviel Lärm machte wie der *Spruchsprecher mit seinem Rasselstab*.

Diese beiden Personen gaben abwechselnd ernste und lustige Einfälle zum Besten, während ihr Herr, wenn er lachte oder klatschte, aufmerksam seinem edlen Gast ins Gesicht sah, um zu entdecken, welchen Eindruck dieser Erguß österreichischen Witzes auf einen so vollkommenen Ritter machte. Es ist schwer zu sagen, ob der Mann der Weisheit oder der der Torheit mehr zur Belustigung der Gesellschaft beitrug, oder von seinem fürstlichen Herrn höher geschätzt wurde: Denn die Einfälle beider wurden ungemein wohl aufgenommen. Manchmal begehrten sie zugleich das Wort und schüttelten ihre Rasseln, der eine lauter als der andere mit einer höchst bedenklichen Eifersucht. Aber im allgemeinen schienen sie auf so gutem Fuße miteinander zu stehen und sich gegenseitig so gut zu vertragen, daß der *Spruchsprecher* sich oft begnügte, die Witzeleien des Narren *mit einer Erklärung zu begleiten* und dieselben den Zuhörern verständlicher zu machen, so daß *seine Weisheit ein Kommentar zu des Possenreißers Narrheit* wurde. Oftmals auch hob der Hofnarr aus Erkenntlichkeit mit einem derben Spaß *den Sinn der langweiligen Rede des Spruchsprechers* deutlich hervor.

Von welcher Art auch seine wahren Empfindungen sein mochten, so nahm sich Conrad sehr in acht, daß sein Gesicht nichts anderes ausdrücke als Beifall für das, was er hörte, und er lachte oder klatschte dem Anschein nach so eifrig wie der Erzherzog selbst bei der feierlichen Narrheit des Spruchsprechers und den sprudelnden Witzen des Narren. In der Tat lauschte er aufmerksam, bis der eine oder der andere etwas vorbrachte, das ihm zu dem Vorhaben, welches er im Sinne trug, behilflich würde.

Es währte nicht lange, und der König von England wurde von dem Narren erwähnt, der die Gewohnheit hatte, Richard von Pfriemenkraut (wie er zum Spott Richard Plantagenet nannte) als unerschöpflichen Gegenstand des Spaßes zu betrachten. Der Spruchsprecher war still, und es war vorzüglich für Conrad, daß er bemerkte: »Die plante genista oder das Pfriemenkraut war ein Sinnbild der Demut, und es wäre gut, wenn die, welche es führen, sich daran erinnerten.«

Die Anspielung auf das erlauchte Sinnbild der Plantagenet war hierdurch handgreiflich, und Jonas Schwanker bemerkte, daß die, welche sich erniedrigt hätte, ganz verzweifelt erhöht worden wären.

»Ehre, dem Ehre gebührt!« antwortete der Marquis von Montserrat. »Wir alle haben unseren Anteil an diesen Märschen und Schlachten, und führwahr, andere Fürsten dürfen ein wenig von dem Ruhm mitgenießen, den Richard von England bei Barden und Minnesängern findet. Hat keiner der hier anwesenden Sänger einen Lobgesang auf den königlichen Erzherzog von Österreich, unsern fürstlichen Wirt?«

Drei Minnesänger traten wetteifernd hevor mit Gesang und Harfenspiel. Zwei wurden mit Mühe zum Schweigen gebracht durch den Spruchsprecher, der als Meister der Gelage zu handeln schien, und Gehör wurde endlich vergönnt dem bevorzugten Poeten, der folgende hochdeutsche Reime sang:

Wer soll Führer sein der Streiter,
Die bekreuzet zieh'n vom Leder?
Besten Rosses bester Reiter,
Höchsten Hauptes schmuckste Feder.

Der Spruchsprecher, seinen Stab schüttelnd, unterbrach hier den Barden, um der Gesellschaft mitzuteilen, was sie vielleicht aus dieser Schilderung nicht entnommen hatte: daß ihr fürstlicher Wirt gemeint sei. Und ein voller Humpen ging im Kreis herum unter Jubelgeschrei – hoch lebe der Herzog Leopold! Ein anderer Vers folgte:

Fragt nicht, warum Österreichs Banner
Über alle andern raget:
Denn man fragt ja nicht den Adler,
Wenn er sich zum Himmel waget.

»Der Adler«, sagte der Ausleger dunkler Sprüche, »ist das Wappen unseres edlen Herrn Erzherzogs – königliche Gnaden, wollt' ich sagen –, und der Adler fliegt unter allen Vögeln am höchsten und der Sonne am nächsten.«

»Der Löwe hat dem Adler den Vorsprung abgewonnen«, sagte Conrad trocken.

Der Erzherzog errötete und sah den Marquis fest an, während der Spruchsprecher nach kurzer Überlegung antwortete: »Der Herr Marquis verzeihe mir – ein Löwe kann keinen Adler überflügeln, weil kein Löwe Flügel hat.«

»Ausgenommen der Löwe von St. Markus«, antwortete der Narr.

»Das ist das venetianische Banner«, sagte der Herzog, »aber fürwahr, solche Zwittergeschöpfe, halb Edelleute, halb Krämer, werden nicht wagen, ihren Rang mit dem unsrigen zu vergleichen.«

»Ich habe nicht von dem venetianischen Löwen gesprochen«, sagte der Marquis von Montserrat, »sondern von den drei schreitenden Löwen von England – vormals, sagt man, waren es Leoparden, aber nun sind sie in jeder Beziehung Löwen geworden und nehmen den Vorrang bei den Tieren, Fischen, Vögeln; oder Unheil und Weh trifft den, der sich widersetzt.«

»Meint Ihr es ernstlich, Herr?« sagte der Österreicher, vom Wein glühend, »glaubt Ihr, daß Richard von England irgendeinen Vorrang beansprucht über die freien Fürsten, die in diesem Kreuzzug seine Bundesgenossen aus freien Stücken geworden sind?«

»Ich kann es nur aus gewissen Umständen folgern«, sagte Conrad, »sein Banner steht allein in der Mitte des Lagers, als wenn er der König und Oberfeldherr des ganzen Christenheeres wäre.«

»Und Ihr leidet das so geduldig – und sprecht davon so kalt?« sagte der Erzherzog.

»Warum nicht?« antwortet Conrad. »Es kommt dem armen Marquis von Montserrat nicht zu, sich gegen eine Ehrenkränkung aufzulehnen, welcher sich so mächtige Fürsten wie Philipp von Frankreich und Leopold von Österreich geduldig unterwerfen. Die Schande, der Ihr Euch willig unterwerft, kann für mich keine Schmach sein.«

Leopold ballte die Faust und schlug mit aller Kraft auf den Tisch.

»Ich habe mit Philipp davon gesprochen«, sagte er, »ich habe ihm oft gesagt, daß es unsere Schuldigkeit sei, die kleineren Fürsten gegen die Anmaßung dieses Insulaners zu beschützen, aber er antwortet mir immer mit kalter Berücksichtigung ihres Lebensverhältnisses und daß es unklug von ihm sein würde, zu dieser Zeit einen offenen Bruch herbeizuführen.«

»Die Welt weiß, daß Philipp klug ist«, sagte Conrad, »und sie wird seine Unterwerfung für politisch halten. – Die Eurige, Herr, kann von Euch allein gerechtfertigt werden, indes ich zweifle nicht, daß Ihr wichtige Gründe habt, Euch der Herrschaft Englands zu unterwerfen.«

»Ich mich unterwerfen!« sagte Leopold zornig, »ich, der Erzherzog von Österreich, ein so wichtiges und vornehmes Glied des Heiligen Römischen Reichs – ich mich unterwerfen diesem König einer halben Insel, diesem Enkel eines normannischen Bastards! Nein, beim Himmel! Das Lager, die ganze Christenheit soll sehen, daß ich mein Recht zu behaupten verstehe und daß ich keinen Zoll breit diesem englischen Kettenhund weiche. – *Auf, meine Vasallen und Spaßmacher,* auf und folgt mir! Wir wollen, ohne einen Augenblick zu verlieren, den Adler von Österreich an eine Stelle pflanzen, wo er so hoch schweben soll als das Wappen von König oder Kaiser.«

Als er dies gesagt hatte, stand er auf, und, umgeben von dem lärmenden Schwarm seiner Gäste und seines Gefolges, ergriff er sein eigenes Banner, das vor dem Eingang des Zeltes aufgepflanzt stand.

»Nein, Herr«, sagte Conrad, als wolle er einlenken, »es wäre ein Schandfleck für Eure Mäßigung, wenn Ihr zu dieser Stunde Lärm im Lager erhöbet, und vielleicht ist es besser, Euch der Anmaßung Englands ein wenig länger zu fügen, als . . .«

»Keine Stunde – keinen Augenblick länger«, schrie der Herzog. In der Hand das Banner, von jauchzenden Gästen und Dienern begleitet, schritt er hastig der Höhe zu, von welcher das englische Banner wehte, und legte die Hand an den Schaft der Standarte, als wollte er sie aus dem Boden reißen.

»Mein Fürst, mein gnädiger Fürst!« sagte Jonas Schwanker, seinen Arm um den Herzog schlingend, »macht keine Sachen – der Leu hat einen Rachen.«

»Und der Adler hat Krallen!« sagte der Herzog, den Schaft des Banners immer haltend, jedoch zögernd ihn auszureißen.

Der *Spruchsprecher* hatte ungeachtet seines Handwerks Augenblikke von gesunder Vernunft. Er rasselte mit seinem Stab, und Leopold drehte, wie er gewohnt war, das Haupt seinem *Ratgeber* zu.

»Der Adler ist König unter den Vögeln der Luft«, sagte der Spruchsprecher, »wie es der Löwe unter den Tieren des Feldes ist, beide haben ihre Reiche, die so weit voneinander sind als England und Deutschland; entehre nicht, edler Adler, den fürstlichen Löwen, sondern laßt eure Banner friedlich nebeneinander wehen.«

Leopold zog die Hand von dem Fahnenspeer zurück und schaute sich nach Conrad von Montserrat um, aber er sah ihn nicht. Der Marquis hatte sich, sobald der Unfug im Gange war, aus dem Staube gemacht, nachdem er zuvor absichtlich vor einigen neutralen Personen sein Mißvergnügen ausgedrückt hatte darüber, daß der Erzherzog die Stunden nach dem Mittagsmahl gewählt hätte, um eine Beleidigung zu rächen, über die er sich mit Recht beschweren zu können glaube. Da Leopold den Gast nicht gewahrt, an den er gern das Wort gerichtet hätte, so sagte der Erzherzog laut, daß, da er nicht beabsichtige, Zwiespalt in dem Kreuzheer zu erzeugen, er nur seine eigenen Freiheiten und Rechte, die ihn auf gleiche Linie mit dem König von England stellten, behaupten wolle, ohne daran zu denken, sein Banner, das er von den Kaisern, seinen Vorfahren erhalten hatte, über das eines bloßen Abkömmlings der Grafen von Anjou zu erheben. Und zu gleicher Zeit befahl er, daß ein Faß Wein hergebracht und angestochen werde, um die Umstehenden zu bewirten, die bei Musik und Trommelschlag manchen Becher um die österreichische Standarte herum leerten.

Dieser Auftritt ereignete sich nicht ohne viel Lärm zu verursachen, der das ganze Lager in Bewegung brachte.

Der Augenblick war gekommen, den der Arzt den Gesetzen der Heilkunst gemäß bestimmt hatte, wo der königliche Kranke mit Sicherheit aufgeweckt werden könne, und der Schwamm war zu diesem Zweck angewandt worden. Der Arzt gab nach einer kurzen Prüfung dem Baron von Gilsland die Versicherung, daß das Fieber den König gänzlich verlassen habe, und daß es bei Richards starker Konstitution nicht nötig sei, eine zweite Dosis der kräftigen Arznei anzuwenden. Richard selbst schien der nämlichen Meinung zu sein, denn aufrecht sitzend und die Augen reibend, fragte er de Vaux, wieviel Geld gegenwärtig in der königlichen Kasse sei.

Der Baron konnte ihm den Betrag nicht genau angeben.

»Das macht nichts«, sagte Richard, »sei es mehr oder weniger, gib alles diesem gelehrten Arzt, der, wie ich glaube, mich dem Dienst des Kreuzzugs wiedergegeben hat. Wenn es weniger ist als tausend Byzantiner, so mache die Summe durch Juwelen voll.«

»Ich verhandle nicht die Weisheit, mit welcher Allah mich begabt hat«, antwortete der arabische Arzt, »und wisset, großer König, daß die göttliche Arznei, die Ihr genommen, alle ihre Kraft in meinen unwürdigen Händen verlieren würde, wenn ich sie für Gold oder Diamanten vertauschte.«

»Dieser Arzt schlägt seine Belohnung aus!« sagte de Vaux vor sich. »Das ist ungewöhnlicher als sein hundertjähriges Alter.«

»Thomas de Vaux«, sagte Richard, »du kennst nur den Mut, der sich aufs Schwert bezieht, und keine gute Eigenschaft und Tugend als die, die mit dem Rittertum übereinstimmen – ich sage dir, daß dieser Maure in seiner Unabhängigkeit denen als Muster aufgestellt werden kann, die sich für die Blüte der Ritterschaft halten.«

»Es ist eine hinlängliche Belohnung für mich«, sagte der Maure, indem er die Arme über die Brust hielt, und eine zugleich ergebene und würdevolle Stellung bewahrte, »daß ein so großer König, wie der Melech Ric so von seinem Diener spricht. – Aber nun laßt mich Euch bitten, Euch wieder ordentlich auf Euer Lager zu legen: Denn obwohl ich keine Wiederholung des göttlichen Trankes für nötig halte, so könnte doch eine zu frühe Anstrengung, ehe Eure Kraft völlig hergestellt ist, nachteilig wirken.«

»Ich muß dir gehorchen, Hakim«, sagte der König, »doch glaube mir, meine Brust fühlt sich so frei von dem verzehrenden Feuer, das sie so viele Tage durchbrannte, daß es mich nicht kümmert, wie bald ich sie der Lanze eines braven Mannes entgegenstemme. – Aber horch! Was soll dies Geschrei und diese ferne Musik im Lager? Geh, Thomas de Vaux, erkundige dich.«

»Es ist der Erzherzog Leopold«, sagte de Vaux, als er nach einer kurzen Abwesenheit wieder ins Zelt trat, »der mit seinen Kruggesellen irgendeinen Aufzug im Lager hält.«

»Der Trunkenbold!« rief Richard aus, »kann er nicht seine viehische Schlemmerei hinter der Decke seines Zeltes befriedigen; ist es nötig, daß er seine Schmach der ganzen Christenheit zeigt? Was sagt Ihr, Herr Marquis?« fügte er hinzu, sich an Conrad von Montserrat wendend, der in diesem Augenblick ins Zelt trat.

»So viel, geehrter Fürst«, antwortete der Marquis, »daß es mich freut, Eure Majestät so wohl und so weit hergestellt zu sehen; und das ist genug gesagt von einem, der von dem Gastmahl des Herzogs von Österreich kommt.«

»Wie! Ihr habt mit dem deutschen Weinschlauch zu Mittag gegessen?« fragte der Monarch. »Und was hat's denn Lustiges gegeben, daß er solchen Lärm beginnt? In Wahrheit, Herr Conrad, ich habe Euch bisher für einen so guten Schmauser gehalten, daß es mch wundert, wie Ihr das Feld räumen konntet.«

De Vaux, der sich hinter den König gestellt hatte, versuchte durch Blicke und Zeichen dem Marquis zu signalisieren, daß er Richard nichts sagen solle von dem, was draußen vorging. Aber Conrad verstand oder beachtete das Verbot nicht.

»Was der Erzherzog von Österreich tut«, sagte er, »hat für jedermann eine geringe Bedeutung, für ihn selbst die geringste, weil er vermutlich nicht weiß, was er tut – doch um die Wahrheit zu sagen, es ist eine Posse, an der ich nicht teilnehmen möchte, wenn er jetzt das Banner von England vom St. Georgsberge in der Mitte des Lagers niederreißt und sein eigenes an jener Stelle aufrichtet.«

»Was sagst du?« rief der König mit einer Stimme, welche die Toten hätte erwecken können.

»Nun«, sagte der Marquis, »kann es Eure Hoheit erzürnen, wenn ein Narr Narrenstreiche ...«

»Sprecht mir nicht«, sagte Richard, von seinem Lager springend und seine Kleider mit einer Geschwindigkeit anziehend, die wunderbar erschien, »sprecht mir nicht, Herr Marquis! De Multon, ich befehle es dir, sprich mir kein Wort – wer nur für eine Silbe Atem hat, ist kein Freund von Richard Plantagenet. Hakim, sei still, ich mach dir's zur Pflicht!«

Unterdessen hatte sich der König hastig angekleidet, und mit dem letzten Wort riß er das Schwert von dem Pfeiler des Zeltes und sprang ohne andere Waffe und ohne alles Gefolge zur Tür hinaus. Conrad hielt wie vor Erstaunen die Hände empor und schien mit de Vaux sprechen zu wollen. Aber Sir Thomas stieß ihn heftig zurück, rief einen der königlichen Stallmeister und sagte hastig: »Flieg zu Lord Salisbury's Quartier, laß ihn seine Mannschaft versammeln, um mir augenblicklich zu St. Georgsberg zu folgen. Sag' ihm, das Fieber des Königs habe sich vom Blut aufs Gehirn geworfen.«

Unvollkommen gehört und noch unvollkommener verstanden von dem bestürzten Bediensteten, an den sich de Vaux hastig gewandt, eilten der Stallmeister und seine Knechte in die Zelte des benachbarten Adels, und im Nu verbreitete sich der Lärm durch das ganze britische Heer. Die englischen Krieger, zu den Waffen gerufen aus dem Mittagsschlag, den die Hitze des Klimas sie als einen Hochgenuß zu betrachten gelehrt hatte, fragten bestürzt einer den andern um die Ursache des Lärms, und ohne eine Antwort zu erwarten, ersetzten sie durch die eigene Einbildungskraft den Mangel an Auskunft. Die einen sagten, die Sarazenen seien im Lager, die anderen, daß des Königs Leben in Gefahr sei, wieder andere, daß Richard die vergangene Nacht am Fieber gestorben sei, und einige, daß er vom Herzog von Österreich ermordet worden sei. Edelleute und Offiziere waren ebensowenig wie der gemeine Mann im Stande, die wahre Ursache des Lärms sicher anzugeben, und sie bemühten sich einzig, ihre Untergebenen unter die Waffen und in Ordnung zu bringen, damit nicht ihre Übereilung dem Heer der Kreuzfahrer irgendein großes Unglück verursache. Die englischen Trompeten tönten laut, schmetternd und unausgesetzt. Das Lärmgeschrei: »Bogen und Lanzen – Bogen und Lanzen!« wurde von Quartier zu Quartier gehört, wieder und wieder erhoben und wieder und wieder beantwortet durch das Erscheinen der pünktlichen Krieger und ihr Nationalgeschrei: »St. Georg für das schöne England!«

Der Lärm drang in die benachbarten Teile des Lagers, und Männer von den verschiedenen Völkern eilten zu den Waffen und stießen zueinander unter einer Verwirrung, wovon sie weder Grund noch Absicht einsahen. Mitten in dieser Schreckensszene jedoch geschah es zum

Glück, daß der Graf von Salisbury, während er nur mit einer kleinen Zahl englischer Gewappneter der Aufforderung von de Vaux nachkam, den übrigen Teil des englischen Heeres in Schlachtordnung und unter den Waffen zu halten befahl, um Richard zu Hilfe zu eilen, wenn's nötig sei, aber in guter Ordnung und unter Anführung, nicht im wirren Übereinanderstürzen, wie es der allgemeine Schreck und Eifer für des Königs Sicherheit leicht herbeiführen konnte.

Mittlerweile, ohne sich einen Augenblick durch das Rufen, Schreien und Getümmel, das immer lauter um ihn wurde, stören zu lassen, verfolgte Richard in größter Eile und in einem Anzug, der in der größten Unordnung war, sein Schwert unterm Arm haltend, nur von de Vaux und einem oder zwei Dienern begleitet, den Weg zum St. Georgsberg.

Er kam selbst dem Lärm zuvor, den seine Heftigkeit allein verursacht hatte, und durcheilte das Quartier seiner tapferen Truppen aus der Normandie, Poitou, Gascogne und Anjou, ehe die Unordnung bis dahin gedrungen war, obgleich der Lärm des deutschen Saufgelages viele von den Kriegern auf die Beine gebracht hatte, um zu hören, was es gäbe. Das Häuflein der Schotten lag in der Nähe und war von dem Aufruhr noch nicht aufgestört worden. Aber die Person des Königs und die Eile desselben wurden vom Ritter vom Leoparden bemerkt, welcher, erkennend, daß Gefahr drohe, und entschlossen, seinen Teil daran zu nehmen, Schild und Schwert ergriff und sich an de Vaux anschloß, der nur mit Mühe dem Schritt seines ungestümen und leidenschaftlichen Herrn nachkam. De Vaux beantwortete einen fragenden Blick, den der schottische Ritter an ihn wandte, mit einem Achselzukken, und sie folgten nebeneinander den Schritten Richards.

Der König war bald am Fuße des St. Georgberges, dessen Abhang und Gipfel bedeckt waren teils von dem Gefolge des Herzogs von Österreich, welches mit Jubelgeschrei eine Handlung feierte, die als eine Probe der Nationalehre betrachtet wurde, teils von Zuschauern der verschiedenen Völker, welche Mißgunst gegen England oder bloße Neugier versammelt hatte, um den Ausgang dieses sonderbaren Unternehmens zu sehen. Durch dieses unordentliche Gewimmel bahnt sich Richard seinen Weg wie ein mit aufgeschwellten Segeln eilendes Schiff, das sich mächtig eine Bahn durch die rollenden Wogen bricht und sich nicht kümmert, daß sie sich hinter ihm wieder vereinigen unter wildem Gebrause.

Der Gipfel der Höhe war ein kleiner, geebneter Platz, auf welchem die Banner der beiden Nebenbuhler standen, immer noch von des Erzherzogs Freunden und Gefolge umgeben. In der Mitte des Kreises befand sich Leopold selbst, mit Selbstgefälligkeit die Tat betrachtend, die er ausgeführt hatte, und dem Beifallsgejauchze lauschend, das seine Anhänger mit freigebigem Atem zollten. Während er so sich selber Glück wünschte, drang Richard in den Kreis, nur von zwei Männern begleitet, aber für sich allein ein unwiderstehliches Heer.

»Wer hat es gewagt«, sagte er, die Hand an die österreichische Standarte legend, mit einer Stimme, die wie Donner klang, der ein Erdbeben verkündet, »wer hat es gewagt, diesen Besenstiel neben das Banner von England zu stellen?«

Dem Erzherzog fehlte es nicht an Mut, und es war unmöglich, diese Frage ohne Antwort zu lassen. Indes war er so überrascht und bestürzt über das unvermutete Erscheinen Richards, und so angegriffen von dem Eindruck, den der heftige und unnachgiebige Charakter desselben machte, daß die Frage wiederholt wurde in einem Ton, der Himmel und Erde herauszufordern schien, ehe der Erzherzog mit so viel Festigkeit, als ihm zu Gebote stand, die Antwort gab: »Das war ich, Leopold von Österreich.«

»Nun, so soll Leopold von Österreich«, versetzte Richard, »augenblicklich sehen, wieviel sich Richard von England aus seinem Banner und seinen Ansprüchen macht.«

Dies gesagt, riß er den Fahnenspeer aus, brach ihn in Stücke, warf die Fahne selbst zur Erde und trat mit dem Fuß darauf.

»So«, sagte er, »trete ich das Banner von Österreich! – Ist hier einer unter den deutschen Rittern, der meine Tat zu tadeln wagt?«

Eine kurze Stille folgte; aber es gibt keine Männer, die tapferer wären als die Deutschen.

»Ich!« und »ich!« und »ich!« riefen verschiedene Ritter aus dem Gefolge des Herzogs; und er selbst gesellte sich denen zu, welche die Herausforderung des Königs von England annahmen.

»Was sollen wir zögern?« sagte der Graf Wallenrode, ein riesiger Streiter von der ungarischen Grenze. »Brüder und Edelleute, der Fuß dieses Mannes tritt die Ehre unseres Landes! Rächen wir den Schimpf – nieder mit dem Stolz von England!«

So gesagt, zog er sein Schwert und tat einen Streich gegen den König, der demselben gefährlich werden mochte, hätte nicht der Schotte den Schlag mit seinem Schilde aufgefangen.

»Ich habe geschworen«, sagte König Richard, und seine Stimme überbot das wild wachsende laute Getümmel, »nie das Schwert gegen einen zu ziehen, der das Kreuz an der Schulter trägt; lebe, Wallenrode – aber lebe und erinnere dich an Richard von England.«

Als er so gesprochen hatte, packte er den großen Ungarn um den Leib, und unnachahmlich im Ringen wie in allen anderen kriegerischen Übungen, schleuderte er ihn rückwärts mit solcher Gewalt, daß diese Körpermasse, wie von einer Kriegsmaschine geworfen, nicht nur über den Kreis hinausflog, welchen die Zuschauer dieser ungewöhnlichen Szene bildeten, sondern über den Rand des Hügels selbst, dessen steilen Abhang Wallenrode, den Kopf voran, hinunter rollte, bis er endlich mit der Schulter anstieß, den Knochen verrenkte und wie tot liegen blieb. Dieser fast übernatürliche Aufwand von Kraft ermutigte weder den Herzog noch sein Gefolge, einen Kampf zu erneuern, der unter so schlimmer Vorbedeutung begonnen hatte. Die, welche am weitesten entfernt standen, schlugen freilich an ihre Schwerter und riefen: »Haut den englischen Kettenhund in Stücke!« Aber die, welche in der Nähe waren und vielleicht ihre Furcht mit dem Schleier der Ordnungsliebe bedeckten, riefen größtenteils: »Friede! Friede! Der Friede des Kreuzes – der Friede der heiligen Kirche und unseres Vaters, des Papstes!«

Dies verschiedene und sich widersprechende Geschrei der Angreifer zeigte die Unentschlossenheit derselben, während Richard, den Fuß immer auf dem erzherzoglichen Banner, mit einem Blick umherschaute, vor dem die erzürnten Edelleute scheu zurückbebten, wie vor der furchtbaren Klaue eins Löwen. De Vaux und der Ritter vom Leoparden standen ihm zur Seite; und obwohl ihre Schwerter, die sie hielten, noch in der Scheide steckten, so war es doch klar, daß sie Richard aufs äußerste zu verteidigen bereit ständen, und ihre Gestalt und anerkannte Stärke ließ erwarten, daß diese Verteidigung eine verzweifelte sein würde.

Salisbury zog nun auch heran mit seinen Begleitern, mit erhobenen Hellebarden und Partisanen und mit schon gespannten Bogen.

In diesem Augenblick kam König Philipp von Frankreich, von einem oder zweien seiner Edlen begleitet, auf die Platte des Hügels, um die Ursache der Ruhestörung zu erfahren. Er zeigte sein Erstaunen, als er den König von England vom Krankenbett aufgestanden und ihren gemeinschaftlichen Verbündeten, dem Herzog von Österreich, in einer so drohenden und beleidigenden Stellung gegenüber erblickte. Richard selbst schämte sich, von Philipp, dessen Klugheit er ebensosehr achtete, als er dessen Person verschmähte, in einer Stellung überrascht worden zu sein, die weder seinem Charakter als Monarch noch als Kreuzfahrer angemessen war, und man bemerkte, daß er seinen Fuß wie zufällig von dem entehrten Banner wegzog und statt der leidenschaftlichen Haltung einen Ausdruck von Mäßigung und Gleichgültigkeit annahm. Auch Leopold bemühte sich, einige Ruhe zu zeigen, obwohl es ihn bitter kränkte, daß Philipp sein leidendes Verhalten bei den Beleidigungen des stolzen Königs von England gesehen hatte.

Philipp, der viele jener Fürstentugenden besaß, die ihm von seinen Untertanen den Beinamen Augustus erwarben, konnte der Ulysses des Kreuzzugs genannt werden, wie Richard ohne Zweifel der Achylles desselben war. Der König von Frankreich war klug, weise und umsichtig im Rat, standhaft und besonnen im Handeln. Er sah klar und verfolgte unermüdlich die Maßregeln zum Besten seines Königreichs; er war voll königlicher Würde, tapfer, aber mehr Staatsmann als Held. Der Kreuzzug würde von ihm nicht erwählt worden sein, aber der Zeitgeist war ansteckend, und er wurde dazu durch die Kirche und den einstimmigen Wunsch seines Adels gezwungen. In jeder anderen Lage, aber in einem sanfteren Zeitalter würde sein Charakter den des abenteuerlichen Löwenherz überragt haben; aber auf dem Kreuzzug, einem an sich völlig unvernünftigen Unternehmen, war gesunde Vernunft die Eigenschaft, welche am wenigsten geschätzt wurde, und die ritterliche Kraft, welche Zeit und Unternehmen forderten, wurde für entweiht angesehen, wenn sie mit einiger Besonnenheit gepaart war. Das Verdienst Philipps im Vergleich zu dem seines stolzen Nebenbuhlers war wie die klare, aber kleine Flamme einer Lampe neben dem Schein einer großen Brandfackel, die obwohl nicht halb so nützlich als jene, doch zehnmal mehr Eindruck auf das Auge macht. Philipp fühlte mit Schmerzen seine Zurücksetzung in der öffentlichen Meinung, und es kann darum nicht befremden, wenn er Gelegenheiten benützte, die ihm vergönnten, seinen Charakter in ein vorteilhaftes Licht gegen den seines Nebenbuhlers zu stellen. Die gegenwärtige Gelegenheit schien dieser Art: Klugheit und Leidenschaftslosigkeit mochten hier mit Recht den Sieg über Eigensinn und ungestüme Gewalttätigkeit erlangen.

»Was soll dieser ungeziemende Zank zwischen den geschworenen Brüdern des Kreuzes – der königlichen Majestät von England und dem fürstlichen Herzog Leopold? Wie ist es möglich, daß diejenigen, welche die Führer und Pfeiler des heiligen Zuges ...«

»Halt ein mit deinen Verweisen, Frankreich«, sagte Richard, im Herzen gekränkt, sich mit Leopold auf gleiche Linie gesetzt zu sehen, jedoch nicht wissend, wie er es aufnehmen solle: »Dieser Herzog oder Fürst oder Pfeiler, wenn's Euch beliebt, ist anmaßend gewesen, und ich habe ihn bestraft – das ist alles. Der ganze Lärm hier, fürwahr, ist wegen eines getretenen Hundes!«

»Majestät von Frankreich«, sagte der Herzog, »ich berufe mich auf Euch und auf alle herrschenden Fürsten gegen die schmähliche Unbill, die ich erlitten habe. Dieser König von England hat mein Banner niedergerissen, zerfetzt und zerstampft.«

»Weil er die Frechheit hatte, es neben das meinige zu pflanzen«, sagte Richard.

»Mein Rang gab mir ein Recht dazu so gut wie dir«, versetzte der Herzog, durch die Gegenwart Philipps ermutigt.

»Wag' es, solche Gleichheit für dich zu behaupten«, sagte König Richard, »und, bei St. Georg! dir soll's ergehen wie diesem gestickten Lappen, der nur zu dem schlechtesten Gebrauch, wozu Lappen dienen, gut ist.«

»Ein wenig Geduld, mein Bruder von England«, sagte Philipp, »und ich werde Österreich zeigen, daß er in dieser Sache Unrecht hat. – Glaubt nicht, edler Herzog«, fuhr er fort, »daß, wenn wir die englische Standarte den höchsten Punkt in unserem Lager einnehmen lassen, wir, die unabhängigen Herrscher des Kreuzzuges, irgendeine Unterordnung gegen König Richard zugäben. Es wäre falsch, dies zu glauben: Denn die Oriflamme selbst, das große Banner von Frankreich, von welchem Lande König Richard selbst wegen seiner französischen Besitzungen nur ein Vasall ist, weht für den Augenblick auf einer niedrigeren Stufe als die Löwen von England. Aber als geschworene Brüder des Kreuzes, als kriegführende Pilger, die, den Glanz und den Stolz dieser Welt verleugnend, sich einen Weg zu dem heiligen Grab mit dem Schwert bahnen, haben wir dem König Richard aus Achtung für seinen Ruhm und seine Waffentaten diesen Vorrang zuerkannt, die ihm sonst aus anderen Gründen schwerlich zuteil geworden sein würde. Ich bin überzeugt, wenn Eure königliche Gnaden von Österreich dies wohl erwägt, es Euch leid tun wird, Euer Banner an dieser Stelle aufgepflanzt zu haben, und daß dann die königliche Majestät von England Euch Genugtuung für die erlittene Kränkung leisten wird.«

Der Spruchsprecher und der Narr hatten sich in eine sichere Entfernung begeben, als es Schläge zu geben drohte; aber sie nahten sich wieder, als Worte, ihre eigene Liebhaberei, wieder an die Tagesordnung zu kommen schienen.

Der Spruchsprecher war so zufrieden mit Philipps staatskluger Rede, daß er beim Schluß mit dem Stab rasselte, gleichsam zur Bekräftigung, und daß er, die Gegenwart vergessend, laut sagte, er habe in seinem ganzen Leben niemals weiser gesprochen.

»Das kann sein«, flüsterte Jonas Schwanker, »aber wir werden gestraft, wenn ihr so laut redet.«

Der Herzog antwortete finster, daß er seine Beschwerde an den allgemeinen Rat des Kreuzzuges bringen wolle – ein Vorhaben, das Philipp sehr billigte als geschickt, um ein der Christenheit höchst gefährliches Ärgernis aus dem Weg zu räumen.

Richard horchte in gleichgültiger Stellung auf Philipp, bis die Redekunst desselben erschöpft schien, und sagte dann laut: »Ich bin betäubt – dies Fieber haftete noch immer an mir. Bruder von Frankreich, du kennst meine Weise, und daß ich allezeit nur wenige Worte mache, erfahre darum, daß ich Sachen, welche die Ehre Englands betreffen, weder Fürsten, Päpsten, noch Konzilien überlassen will. Hier steht mein Banner – was für eine andere Fahne auf drei Schußweiten von ihm aufgerichtet wird, ja und wäre es die Oriflamme, von der soeben die Rede war, so soll es ihr ergehen wie diesen beschimpften Lumpen da; auch werde ich keine andere Genugtuung geben als diese armen Glieder geben können auf eine kühne Herausforderung – wäre es auch gegen fünf Gegner statt gegen einen.«

»Nun«, sagte der Narr zu seinem Gesellen flüsternd, »das ist eine so vollkommene Narrheit, als wenn ich selbst sie gesagt hätte. Aber, es kommt mir vor, als wäre in der Sache noch ein größerer Narr als Richard.«

»Und wer sollte das sein?« antwortete der Weise.

»Philipp«, sagte der Narr, »oder unser königlicher Herzog, wenn sie die Herausforderung annähmen. Aber sag, hochweiser Spruchsprecher, was für vortreffliche Könige könnten wir – du und ich – sein, da diejenigen, auf deren Köpfe diese Kronen gefallen sind, den Spruchsprecher und den Narren so vollkommen spielen wie wir selbst.«

Während diese Ehrenmänner ihre Rollen für sich spielten, antwortete Philipp gelassen auf die höchst beleidigende Herausforderung Richards: »Ich bin nicht hierher gekommen, einen neuen Streit zu erregen, der unserem geschworenen Eid und der heiligen Sache, welcher wir dienen, zuwider wäre. Ich beurlaube mich bei meinem Bruder von England, wie es Brüder sollen, und der einzige Streit zwischen den Löwen von England und den Lilien von Frankreich möge der Wettstreit sein, welches von beiden Bannern am tiefsten in die Scharen der Ungläubigen eindringt.«

»So sei es, mein königlicher Bruder«, sagte Richard, die Hand ausstreckend mit der Offenheit, die in seinem raschen, aber edelmütigen Charakter war; »und möchten wir bald Gelegenheit finden, diesen edlen und brüderlichen Wettstreit zu beginnen.«

»Laß diesen edlen Herzog auch teilnehmen an der Freundschaft dieses glücklichen Augenblicks«, sagte Philipp; und der Herzog trat herzu, halb mürrisch, halb aufgelegt, um in irgendeine Vesöhnung einzuwilligen.

»Ich denke nicht an Narren, noch an ihre Narrenstreiche«, sagte Richard gleichgültig; und der Erzherzog wandte ihm den Rücken und zog sich von dem Platz zurück.

Richard sah ihm nach, als er davonging.

»Es gibt eine Art von Glühwurmsmut«, sagte er, »der sich nur bei Nacht zeigt. Ich darf dies Banner nicht ohne Wache in der Finsternis lassen – beim Licht des Tages ist der Blick des Löwen zu seiner Verteidigung hinlänglich. Hier, Thomas von Gilsland, ich empfehle dir diese Standarte – wache über die Ehre von England.«

»Das Heil von England ist mir noch weit teurer«, sagte de Vaux, »und Richards Leben ist dies Heil – ich muß Eure Hoheit zurück zu Eurem Zelt führen, und das ohne längeres Zögern.«

»Du bist ein rauher und strenger Wärter, de Vaux«, sagte der König lächelnd, und an Sir Kenneth gewandt fügte er hinzu: »Wackerer Schotte, ich bin dir eine Belohnung schuldig, und ich biete dir eine große an. Hier steht das Banner von England! Bewache es wie ein Edelknecht seine Rüstung bewacht die Nacht vor seinem Ritterschlag! Entferne dich nicht drei Speereslängen von ihm, und verteidige es mit deinem Leib gegen Schimpf und Frevel! Blase dein Horn, wenn du von mehr als dreien auf einmal angegriffen wirst. Willst du den Posten annehmen?«

»Sehr gern«, sagte Kenneth, »und ich will ihn mit Gefahr meines Kopfes behaupten. Ich will mich nur rüsten und flugs hierher zurückkehren.«

Die Könige von Frankreich und von England nahmen förmlich Abschied voneinander, unter dem Schein der Höflichkeit den Groll verbergend, den der eine gegen den andern hatte. Diejenigen, welche der Lärm versammelt hatte, zerstreuten sich nun in allen Richtungen und ließen den umstrittenen Hügel in derselben Einsamkeit, in welcher er vor der Aufführung der österreichischen Heldenszene gewesen war. Die Menschen beurteilen die Ereignisse des Tages nach ihren Vorurteilen, und während die Engländer den Österreicher beschuldigten, die erste Veranlassung des Zankes gegeben zu haben, warfen die anderen Völker einstimmig die größte Schuld auf den Übermut und die Herrschbegierde Richards.

»Du siehst«, sagte der Marquis von Montserrat zum Großmeister der Templer, »daß List mehr wirkt als Gewalt. Ich habe die Stricke gelöst, welche dies Bündel von Zeptern und Lanzen zusammenhielten – du wirst sie bald auseinanderfallen sehen.«

»Ich würde deinen Plan gutheißen«, sagte der Templer, »wäre unter diesen kaltblütigen Österreichern nur ein Mann gewesen, der Mut genug besessen hätte, die Stricke, von denen du sprichst, mit dem Schwert zu durchschneiden. Ein aufgelöster Knoten mag wieder geknüpft werden, aber nicht so ein Strick, der in Stücke zerschnitten ist.«

12

In den Ritterzeiten war ein gefährlicher Posten oder ein gefährliches Abenteuer oft der Lohn kriegerischer Tapferkeit und ein Ersatz für die ersten Proben: gerade so, wie beim Ersteigen einer steilen Höhe das Erklettern eines Felsens den Steiger zu noch gefährlicheren Stellen lockt.

Es war Mitternacht, und der Mond stand hoch und hell am Himmel, als der Schotte Kenneth auf seinem Posten wachte auf dem St. Georgsberg neben dem Banner von England, um als einzelne Schildwache das Sinnbild der Nation gegen die Beleidigungen zu schützen, welche von tausend Feinden Richards, die der Stolz desselben gekränkt hatte, ausgeübt werden konnten. Hohe Gedanken flogen rasch nacheinander durch die Seele des Kriegers. Es schien ihm, als wenn er einige Gnade gefunden hätte vor den Augen des ritterlichen Königs, der ihn bis jetzt nicht ausgezeichnet hatte unter der Schar von Tapferen, die sein Ruhm unter dem Banner versammelt hatte, und Sir Kenneth kümmerte sich wenig darum, daß der Beweis der königlichen Gunst in einem so gefährlichen Posten bestand. Die Innigkeit einer so hochstrebenden Liebe entflammte seinen ritterlichen Mut. Hoffnungslos wie seine Neigung in allen denkbaren Fällen war – die letzten Ereignisse hatten den Abstand zwischen ihm und Edith ein wenig gemindert. Derjenige, den Richard mit der Bewachung seines Banners beehrt hatte, war nicht länger ein Abenteurer von geringer Bedeutung, sondern er befand sich in dem Gesichtskreis der Prinzessin, obwohl auch noch so fern wie vorher von ihrer Höhe. Sein Schicksal konnte länger kein unbekanntes und unbeachtetes sein. Wenn er überfallen und erschlagen wurde auf dem Posten, der ihm anvertraut war, so mußte sein Tod, der, wie er fest entschlossen war, ein rühmlicher sein sollte, Lob und Rache bei Löwenherz und Trauer und Tränen bei den erlauchten Schönen des Hofes von England finden. Nun braucht er nicht länger zu fürchten, daß er sterben müsse wie jeder Narr.

Sir Kenneth hatte Muße genug, diese und ähnliche erhebende Betrachtungen anzustellen, wie sie dem schwärmerischen Geist des Rittertums eigen waren, das in seiner größten Überspanntheit sich immer rein hielt von Selbstsucht, das hochherzig war und treusinnig und vielleicht nur insofern tadelnswert, als es Zwecke verfolgte und Handlungen forderte, die mit der Schwäche und Unvollkommenheit der Menschen nicht übereinstimmen.

Die ganze Umgegend schlief im ruhigen Mondlicht oder im tiefen Schatten. Die langen Reihen der Zelte, die vom Mondschein beschienen oder vom Schatten verdunkelt lagen, waren still und ruhig wie die Straßen einer verlassenen Stadt. Neben der Fahnenstange lag der schon erwähnte große Windhund, der einzige Wachtgenosse Kenneths, von dessen Wachsamkeit er zeitige Meldung herannahender, feindlicher Fußtritte erwarten durfte.

Zwei Stunden von des Ritters Wache waren vergangen, ohne daß sich etwas Merkwürdiges ereignet hätte. Endlich und auf einmal fing das schöne Windspiel wütend an zu bellen und schien im Begriffe fortzuspringen, aber es wartete, als wär's an der Leine, bis es den Willen seines Herrn erführe.

»Wer da?« rief Sir Kenneth, bemerkend, daß etwas auf der Schattenseite des Hügels herangeschlichen komme.

»Im Namen Merlins und Maugis«, gab eine widerliche und krächzende Stimme zur Antwort, »haltet Euren vierfüßigen Teufel an, oder ich komme nicht zu Euch.«

»Und wer bist du, daß du dich meinem Posten nähern willst?« sagte Kenneth, seine Augen fest auf einen Gegenstand richtend, den er dicht am Boden den Berg heraufkommen sah, ohne die Gestalt genau unterscheiden zu können. »Vorsicht – ich stehe hier auf Tod und Leben.«

»Halt deinen bissigen Satanas an«, sagte die Stimme, »oder ich banne ihn mit einem Bolzen meiner Armbrust.«

Zu gleicher Zeit hörte man den Ton, den eine Armbrust von sich gibt, wenn sie gespannt wird.

»Spann' deine Armbrust ab und tritt ins Mondlicht«, sagte der Schotte, »oder, bei St. Andreas! ich spieße dich an die Erde fest, wer und wessen du auch sein magst!«

Während er sprach, faßte er seine Lanze in der Mitte, und indem er sein Auge auf den Gegenstand, der sich zu bewegen schien, heftete, schwang er die Waffe, als wäre er im Begriff, sie aus der Hand zu schleudern – ein Gebrauch, den man zuweilen von dieser Waffe machte, wenn ein Wurfgeschoß nötig war. Aber Sir Kenneth war beschämt über diesen Vorsatz und stellte seine Lanze bei Fuß, als eine verwachsene Mißgestalt aus dem Schatten in das Mondlicht trat, gleich einem Schauspieler, der auf die Bühne tritt, in deren sonderbarem Anzug und Äußerem er, selbst in der Ferne, das Männchen der beiden Zwerge erkannte, die er in der Kapelle von Engaddi gesehen hatte. Zu gleicher Zeit fielen ihm die anderen verschiedenen Erscheinungen jener außerordentlichen Nacht ein; er gab seinem Hund ein Zeichen, das derselbe alsbald verstand, denn er kehrte zurück und streckte sich neben der Fahne mit gedämpftem Knurren nieder.

Die kleine menschliche Mißgestalt kam, als sie sich vor ihrem furchtbaren Feind gesichert fand, keuchend den Aufstieg heran, den die Kürze ihrer Beine beschwerlich machte, und als sie auf der Platte angelangt war, nahm sie die kleine Armburst, welche nichs anderes als ein Spielzeug war, womit Kinder kleine Vögel schießen konnten, in die linke Hand und bot ihre rechte mit erzwungener Hoheit huldvollst Sir Kenneth dar, als erwarte sie, daß er die dargebotene Hand küsse. Und als dies nicht erfolgte, fragte der Zwerg in einem schneidenden und ärgerlichen Ton: »Krieger, warum erzeigst du Nectabanus nicht die Huldigung, die du seiner Würde schuldig bist? Oder wäre es möglich, daß du ihn vergessen hättest?«

»Großer Nectabanus«, antwortete der Ritter, um den Zorn dieses Wesens zu begütigen, »das wäre schwer für jeden, der dich nur einmal gesehen hat. Jedoch, verzeih mir, daß ich als Schildwache mit meiner Lanze in der Hand keinem von deiner Stärke den Vorteil lassen kann, sich mir zu nahen oder sich meiner Waffe zu versichern. Genug, daß ich deine Würde ehre und mich dir so untertänig bezeige, wie ein Gewappneter an meiner Stelle es tun kann.«

»Es soll gut sein«, sagte Nectabanus, »wenn Ihr mir sogleich zu denen folgt, die mich hierher geschickt haben, Euch zu holen.«

»Großer Herr«, versetzte der Ritter, »auch hierin kann ich Euch nicht gefällig sein: Denn ich habe Befehl, dies Banner bis zum Morgen zu bewachen – also bitte ich Euch, mich auch hierin zu entschuldigen.«

So sprechend, fing er wieder an, auf und ab zu gehen; aber der Zwerg befreite ihn nicht von seiner Zudringlichkeit.

»Seht«, sagte er, indem er sich Sir Kenneth in den Weg stellte, »entweder gehorcht mir, Herr Ritter, wie es Eure Pflicht ist, oder ich werde Euch den Befehl auflegen im Namen einer, deren Schönheit die Genien des Himmels herunterlocken könnte, und deren Hoheit über das unsterbliche Geschlecht, wenn es herabgestiegen, zu herrschen fähig wäre.«

Eine plötzliche und unwahrscheinliche Vermutung tauchte in der Seele des Ritters auf, aber er unterdrückte sie. Es war unmöglich, dachte er, daß die Dame seiner Liebe ihm durch einen solchen Botschafter eine solche Botschaft sende; doch war es mit zitternder Stimme, daß er sagte: »Komm her, Nectabanus. Sag mir kurz und wahr, ob die hohe Dame, von der du sprichst, eine andere ist als jene Houri, mit deren Beistand ich dich die Kapelle zu Engaddi kehren sah.«

»Wie? Anmaßender Ritter«, versetzte der Zwerg, »glaubst du, daß die Herrin unserer königlichen Neigung, die Genossin unserer Hoheit und die Besitzerin unserer Huld sich wegwerfen würde, einem Vasallen, wie du bist, einen Befehl zu geben? Nein, wie hoch du auch geehrt sein magst, du hast die Beachtung der Königin Genevra noch nicht verdient – die Beachtung der schönen Braut Arthurs, vor deren hohem Thron selbst Fürsten nur Däumlinge scheinen. Aber sieh her, und je nachdem du dies Zeichen anerkennst oder nicht, gehorche oder widersetze dich den Befehlen derjenigen, welche mich abgesandt hat.«

Als er dies sagte, gab er dem Ritter einen Rubinring in die Hand, welchen derselbe beim Mondschein leicht für den Ring erkannte, der gewöhnlich den Finger der hochgeborenen Dame schmückte, deren Dienst er sich geweiht.

Sir Kenneth war fast stumm von Bewunderung, als er dies Zeichen in solchen Händen erblickte.

»Bei allem, was heilig ist, von wem hast du dieses Kennzeichen erhalten?« sagte der Ritter; »bring, wenn du kannst, deinen irren Verstand auf ein paar Minuten in Ordnung und nenne mir die Person, von der du abgesandt bist, und den eigentlichen Zweck deiner Botschaft – und nimm wohl in acht, was du mir sagst, denn das ist keine Gelegenheit zu einem Spaß.«

»Alberner und törichter Ritter«, sagte der Zwerg, »verlangst du mehr zu wissen, als daß du mit den Befehlen einer Prinzessin, welche dir durch einen König mitgeteilt werden, beehrt bist? Es gelüstet uns nicht, dir ein Wort weiter zu sagen, aber wir befehlen dir im Namen und bei der Kraft dieses Ringes, uns zu derjenigen zu folgen, welcher dieser Ring gehört. Jede verzögerte Minute zeiht dich der Treulosigkeit.«

»Guter Nectabanus, bedenke selbst«, sagte der Ritter, »weiß meine Dame, wo und wozu ich diese Nacht verpflichtet bin? Weiß sie, daß mein Leben – nein, vom Leben will ich nicht reden –, aber daß meine Ehre davon abhängt, daß ich dies Banner bis Tagesanbruch bewache. Kann es ihr Wunsch sein, daß ich es verlasse, selbst um ihr meine Huldigung zu bezeigen? Es ist unmöglich – die Prinzessin hat mit ihrem Diener scherzen wollen, da sie ihm eine solche Botschaft schickte, und ich muß dies um so eher glauben, da sie einen solchen Botschafter erwählt hat.«

»O, glaubt, was Ihr wollt«, sagte Nectabanus, indem er sich umdrehte, als wenn er die Platte verlassen wolle, »mir ist's einerlei, ob Ihr als ein Wortbrüchiger oder als ein treuer Mann an dieser Prinzessin handelt – lebt denn wohl.«

»Halt, halt – ich bitte dich, halt«, sagte Sir Kenneth, »beantworte mir nur eine Frage – ist die Dame, die dich sandte, hier in der Nähe?«

»Was liegt daran?« sagte der Zwerg, »darf Treue Schritte, Stunden und Meilen zählen wie der arme Bote, der für seine Mühe nach der Länge seines Weges bezahlt wird? Dennoch, du Geist des Argwohns, sage ich dir, daß die schöne Eigentümerin dieses Ringes, die denselben nun an einen so unwürdigen, treu- und herzlosen Vasallen geschickt hat, nicht weiter von hier entfernt ist, als ein Bolzen meiner Armbrust reicht.«

Der Ritter betrachtete den Ring wiederum, als wolle er sich vergewissern, daß keine Verwechslung des Zeichens möglich sei. – »Sage mir«, sagte er zu dem Zwerg, »verlangt man mich auf eine kurze oder lange Zeit?«

»Zeit!« antwortete Nectabanus in seiner lebhaften Weise; »was nennt Ihr Zeit? Ich sehe sie nicht, ich fühle sie nicht, es ist ein dunkler Name – eine Wiederholung der Atemzüge, die man nachts nach dem

Klang einer Glocke und am Tage nach dem wachsenden Schatten einer Sonnenuhr mißt. Weißt du nicht, daß die Zeit eines echten Ritters nur nach den Taten gemessen werden soll, die er für Gott und seine Dame verrichtet?«

»Das ist Wahrheit, obgleich im Munde der Torheit«, sagte der Ritter. »Und verlangt meine Dame wirklich eine Tat von mir in ihrem Namen zu ihrem Frommen? Könnte diese Tat nicht um wenige Stunden bis zum Tagesanbruch verschoben werden?«

»Sie fordert dein alsbaldiges Erscheinen«, sagte der Zwerg, »ohne nur so lange zu zögern, als zehn Körner in der Sanduhr zum Niederfallen brauchen. Höre, kalter und argwöhnischer Ritter, dies sind ihre eigenen Worte – ‹Sag ihm, daß die Hand, welche Rosen fallen ließ, Lorbeern verleihen kann.›«

Diese Anspielung auf die Begegnung in der Kapelle von Engaddi rief tausend Betrachtungen in die Seele Sir Kenneths zurück und überzeugte ihn, daß die von dem Zwerg überbrachte Botschaft Vertrauen verdiene. Die Rosenknospen, obwohl verwelkt, wurden immer noch unter seinem Harnisch, nahe beim Herzen verwahrt. Er zauderte und konnte sich nicht entschließen, einer Gelegenheit zu entsagen, die sich vielleicht nicht zum zweiten Male darbieten durfte, Gnade in den Augen derjenigen zu finden, welche er zur Herrin seiner Neigung erwählt hatte. Zur gleichen Zeit vermehrte der Zwerg seine Unentschlossenheit, indem er darauf bestand, daß ihm Kenneth den Ring zurückgeben oder ihn ohne Zögern begleiten solle.

»Geduld, nur für einen Augenblick«, sagte der Ritter und sprach dann zu sich selbst: »Bin ich ein Untertan und Knecht von König Richard oder ein freier Ritter, der zu dem Kreuzzug geschworen hat? Und wem zu Ehren bin ich mit Lanze und Schwert hierher gekommen? – unserer heiligen Sache und unserer unvergleichlichen Dame!«

»Den Ring, den Ring!« rief der Zwerg ungeduldig. »Falscher, fahrlässiger Ritter, gib mir den Ring zurück, den zu berühren oder zu betrachten du nicht würdig bist.«

»Nur einen Augenblick, guter Nectabanus«, sagte Sir Kenneth, »störe mich nicht in meinen Gedanken. – Wie, wenn die Sarazenen gerade jetzt unsere Linie angriffen? Würde ich dann hier stehen bleiben wie ein Vasall von England, wachend, daß der Stolz des englischen Königs keine Demütigung erfahre, oder würde ich zu der Bresche eilen und für das Kreuz fechten? Fürwahr, ich würde zu der Bresche eilen, aber der Sache Gottes näher stehen die Gebote meiner Herrin, – und doch – der Befehl des Löwenherz, mein eigenes Versprechen! Nectabanus, ich beschwöre dich noch einmal, willst du mich weit von hier führen?«

»Nur zu jenem Zelt und, weil Ihr es durchaus wissen müßt«, versetzte Nectabanus, »der Mond strahlt an der vergoldeten Kugel wieder, die das Dach krönt und die so viel wert ist, daß man einen König damit loskaufen könnte.«

»Ich kann in einem Augenblick zurück sein«, sagte der Ritter, seine Augen vor allen ferneren möglichen Folgen fest verschließend. »Ich kann von dort das Gebell meines Hundes hören, wenn jemand der Standarte naht – ich will mich zu den Füßen meiner Dame werfen und sie um Erlaubnis bitten, mich meine Wache beendigen zu lassen. Hier, Roswal,« – er rief seinen Hund und legte seinen Mantel neben das Banner – »gib hier acht und laß niemand herbei.«

Das prächtige Tier sah seinem Herrn ins Angesicht, wie um sich zu überzeugen, daß es den Befehl richtig verstanden habe; dann setzte es sich neben den Mantel mit gespitzten Ohren und erhobenem Kopf gleich einer Schildwache, die Absicht des ihm gewordenen Befehls vollkommen verstehend.

»Komm nun, guter Nectabanus«, sagte der Ritter, »laß uns eilen, den Befehlen zu gehorchen.«

»Eile, wer will«, sagte der Zwerg mürrisch, »du hast dich nicht beeilt, meiner Aufforderung zu willfahren, und ich kann nicht so schnell gehen, um deinen langen Schritten zu folgen – du gehst nicht wie ein Mensch, sondern du springst wie ein Strauß in der Wüste.«

Es gab nur zwei Mittel, den Eigensinn des Zwerges, der, während er sprach, einen wahren Schneckenschritt annahm, zu beugen. Für Geschenke hatte Sir Kenneth keine Mittel – für Schmeichelei keine Zeit; er raffte darum in seiner Ungeduld den Zwerg vom Boden auf und trug ihn trotz seiner Bitten und seiner Furcht bis zu dem Zelt fort, welches ihm als das der Königin bezeichnet worden war. Als der Schotte sich demselben nahte, bemerkte er eine kleine Wache auf dem Boden sitzender Krieger, die ihm durch die Zwischenzelte verborgen gewesen waren. Verwundert, daß der Klang seiner Rüstung ihre Aufmerksamkeit nicht erregt hatte, und annehmend, daß unter den obwaltenden Umständen seine Schritte geheim gehalten werden müßten, setzte er seinen kleinen keuchenden Führer auf den Boden nieder, daß derselbe Atem schöpfen und ihm sagen könne, was zu tun sei. Nectabanus war erschrocken und erzürnt; aber er hatte sich so vollkommen wie die

Eule in des Adlers Krallen in der Gewalt des kräftigen Ritters befunden, daß er es nicht wagte, denselben wiederholt zur Anwendung seiner Stärke zu veranlassen.

Darum stellte er keine Klagen über die erlittene Behandlung an, sondern führte den Ritter still auf einem Umweg durch das Labyrinth von Zelten nach der entgegengesetzten Seite, um der Aufmerksamkeit der Wache zu entgehen, die durch Nachlässigkeit oder Schlaf verhindert schien, ihre Pflicht mit größerer Strenge zu erfüllen. Dort angekommen, hob der Zwerg das Zelttuch unten am Boden auf und gab Sir Kenneth ein Zeichen, daß er so in das Innere des Zeltes hineinkriechen solle. Der Ritter zögerte – es kam ihm unschicklich vor, sich heimlich in ein Zelt einzuschleichen, das ohne Zweifel edlen Damen zur Wohnung diente; aber er rief sich die unzweifelhaften Zeichen, die der Zwerg gegeben hatte, ins Gedächtnis zurück und dachte, daß es ihm nicht zustehe, über die Wünsche seiner Herrin zu urteilen.

Also bückte er sich, kroch unter die Zeltdecke hinweg und hörte den Zwerg von außen flüstern: »Bleib hier, bis ich dich rufe.«

13

Sir Kenneth befand sich einige Minuten allein und im Dunkeln. Diese Verzögerung mußte seine Abwesenheit von seinem Posten verlängern, und schon fing er an, den Leichtsinn zu bereuen, mit welchem er denselben verlassen hatte. Aber nun zurückkehren, ohne Lady Edith zu sehen, fiel ihm nicht ein. Er hatte einen Verstoß gegen das Kriegsgesetz begangen, und er war entschlossen, wenigstens die Wahrheit der reizenden Erwartungen zu erproben, die ihn dazu verführt hatten. Unterdessen war seine Lage eine unangenehme. Kein Licht zeigte ihm, in was für ein Gemach man ihn geführt habe. Lady Edith gehörte zur nächsten Umgebung der Königin von England, und die Entdeckung seines Einschleichens in das königliche Zelt konnte manchen gefährlichen Argwohn erwecken. Während er diese unangenehmen Betrachtungen anstellte und schon zu wünschen begann, seinen Rückzug unentdeckt ausführen zu können, hörte er das Lachen, Flüstern und Sprechen weiblicher Stimmen in dem benachbarten Gemach, von dem er, den Lauten nach zu urteilen, nur durch ein Zelttuch getrennt sein konnte. Lampen waren angezündet, wie er an dem trüben Licht, das man diesseits des Vorhanges bemerkte, sehen konnte, und er gewahrte die Schatten der in dem anstoßenden Gemach sitzenden und gehenden Personen. Es war keine Unziemlichkeit von Sir Kenneth, daß er in der Lage, worin er sich befand, ein Gespräch belauschte, in welches er sich selbst tief verflochten fand.

»Ruf sie – ruf sie – bei der heiligen Jungfrau!« sagte eine der lachenden Unsichtbaren. »Nectabanus, du sollst an den Hof des Priesters Johannes zum Gesandten ernannt werden, um zu zeigen, mit welcher Klugheit du eine Botschaft ausrichten kannst.«

Die gellende Stimme des Zwergs ließ sich hören, jedoch so gedämpft, daß Sir Kenneth nicht verstehen konnte, was er sagte, ausgenommen, daß er etwas von Erheiterungsmitteln sprach, die er der Wache gegeben.

»Aber wie sollen wir den Geist loswerden, den Nectabanus uns beschworen hat, meine Damen?«

»Hört mich, meine Königin«, sagte eine andere Stimme; »wenn der weise und fürstliche Nectabanus nicht allzu eifersüchtig ist auf seine höchst unvergleichliche Braut und Herrin, laßt uns sie senden, uns von dem frechen irrenden Ritter zu befreien, der sich so leicht beschwatzen läßt, daß hochgeborene Damen seinen frechen und anmaßenden Mut nötig haben.«

»Fürwahr, es wäre gerecht«, versetzte eine andere, »wenn die Prinzessin Genevra mit ihrer Höflichkeit den verabschiedete, den die Klugheit ihres Gemahls hierher zu locken vermochte.«

Von Verdruß und Beschämung bis ins Innerste betroffen, suchte Sir Kenneth auf Glück oder Unglück das Zelt zu verlassen, als er durch folgendes in seinem Vorhaben aufgehalten wurde.

»Nein, fürwahr«, sagte die erste Sprecherin, »unsere Base Edith soll zuerst erfahren, wie sich dieser gepriesene Tropf betragen hat, und es muß uns möglich bleiben, ihr den Beweis vor Augen zu stellen, daß er sich an seiner Pflicht vergangen hat. Diese Lektion wird ihr heilsam sein: Denn glaube mir, Calista, mir ist es manchmal vorgekommen, als wenn sie diesen schottischen Abenteurer näher an ihrem Herzen sitzen ließe, als Klugheit billigen kann.«

Eine der anderen Stimmen ließ sich hierauf vernehmen, die von Lady Ediths Klugheit und Verstand sprach.

»Klugheit, Mädchen!« war die Antwort – »es ist bloßer Stolz und die Sucht, für mehr als eine von uns zu gelten. Nein, ich will meinen Vorteil nicht aus der Hand lassen. Ihr wißt wohl, daß, wenn sie uns bei einem Fehler erwischt, keine uns dann unseren Irrtum mit Feinheit auf eine umständlichere Art vorhalten kann als Lady Edith – doch da kommt sie.«

Eine in das Gemach hereintretende Gestalt warf auf den Vorhang einen Schatten, der sich langsam dahinbewegte, bis er sich endlich mit den anderen Schatten vermengte.

Es schien, als wenn Edith die Befehle der Königin erwarte und als wenn die anderen mit Fleiß das Gespräch unterdrückten aus Furcht, das Lachen nicht halten zu können: Denn Sir Kenneth vernahm nur ein unterdrücktes Kichern und Lachen.

»Eure Majestät«, sagte Edith endlich, »scheint in einer munteren Laune, obwohl diese nächtliche Stunde einer schläfrigen förderlicher ist. Ich war auf dem Weg ins Bett, als ich den Befehl Eurer Majestät erhielt, vor Euch zu erscheinen.«

»Ich will Euch nicht lange von Eurer Ruhe abhalten, Base«, sagte die Königin, »obwohl ich fürchte, daß Ihr weniger gut schlafen werdet, wenn ich Euch sage, daß Eure Wette verloren ist.«

»Nein, Königin«, sagte Edith, »fürwahr das heißt auf einem Scherz bestehen, den man besser unterlassen hätte. Ich habe nicht gewettet, obwohl es Eurer Majestät gefallen hat anzunehmen oder darauf zu bestehen, daß ich es getan.«

»Nein, trotz unserer Wallfahrt, liebe Base, hat der Satan Gewalt über Euch und flüstert Euch Lügen zu. Könnt Ihr leugnen, daß Ihr Euren Rubinring gegen mein goldenes Armband gewettet habt, daß jener Ritter vom Leoparden, oder wie sein Name ist, nicht von seinem Posten gelockt werden könnte?«

»Eure Majestät ist zu hoch über mir, daß ich widersprechen sollte«, versetzte Edith, »aber diese Damen können mir, wenn sie wollen, bezeugen, daß Eure Hoheit diese Wette vorschlug und daß Ihr mir den Ring vom Finger zogt, gerade als ich die Erklärung tat, daß es einem Fräulein nicht zustehe, über eine solchen Gegenstand zu wetten.«

»Nein, aber, Mylady Edith«, sagte eine andere Stimme, »Ihr werdet, nehmt's nicht übel, zugeben müssen, daß Ihr Euch sehr huldvoll über das Verdienst des Ritters vom Leoparden geäußert habt.«

»Und wenn ich es tat, Schätzchen«, sagte Edith zürnend, »ist das ein Grund, daß du das Wort nimmst, um Ihrer Majestät Laune zu schmeicheln? Ich sprach von diesem Ritter, wie jedermann von ihm spricht, der ihn auf dem Schlachtfeld gesehen hat, und ich war nicht mehr eingenommen für seine Verteidigung als du für seine Verkleinerung. Wovon sollen Frauen reden in einem Lager, wenn nicht von Kriegern und Kriegstaten?«

»Die edle Lady Edith«, sagte eine dritte Stimme, »hat Calista und mir nie verzeihen können, seit wir Eurer Majestät von den Rosenknospen gesprochen haben, welche sie in der Kapelle fallen ließ.«

»Wenn Eure Majestät«, sagte Edith in einem Ton, worin Sir Kenneth den einer ehrerbietigen Vorstellung erkannte, »mir keinen anderen Befehl zu geben hat als den, den Spott Eurer Kammerfrauen zu ertragen, so bitte ich um Erlaubnis, mich entfernen zu können.«

»Still, Florise«, sagte die Königin, »und laß dich unsere Nachsicht nicht verleiten, den Unterschied zu vergessen, der zwischen der Verwandten von England und dir ist. Aber Ihr, liebe Base«, fuhr sie fort, einen scherzhaften Ton wiederum annehmend, »wie könnt Ihr uns, wenn Ihr ein gutes Herz habt, ein kurzes Lachen verargen, nachdem wir lange Tage mit Heulen und Zähneklappern zugebracht haben?«

»Groß sei Eure Freude, Königin«, sagte Edith, »aber lieber wollte ich für mein übriges Leben nicht mehr lachen, als...«

Sie hielt inne, vermutlich aus Zartgefühl, aber Sir Kenneth konnte hören, daß sie sehr aufgeregt war.

»Verzeih mir«, sagte Berengaria, ene leichtsinnige, aber gutmütige Prinzessin vom Hause Navarra; »aber worin besteht denn eigentlich das große Unglück? – Ein junger Ritter ist hierher gelockt worden, er hat sich gestohlen oder ist gestohlen worden von seinem Posten, den niemand in seiner Abwesenheit beunruhigen wird. Eine schöne Dame war im Spiel, denn um Eurem Ritter völlige Gerechtigkeit widerfahren zu lassen, der Witz es Nectabanus konnte ihn nur in Eurem Namen hierher beschwören.«

»Gütiger Himmel, Eure Majestät sagt dies nicht«, sagte Edith mit einer Stimme, die gänzlich verschieden lautet von der, womit sie kurz zuvor ihre unterdrückte Aufgeregtheit gezeigt hatte, »ihr könnt das nicht sagen, weil es mit Eurer Ehre und mit meiner Ehre nicht bestehen kann! – Sprecht, daß Ihr Scherz mit mir getrieben habt, Königin, und verzeiht mir, daß ich nur einen Augenblick wähnen konnte, Ihr sprächt im Ernst.«

»Die Lady Edith«, sagte die Königin verdrossen, »schmerzt der Ring, den wir ihr abgenommen haben. – Wir wollen Euch das Pfand zurückgeben, schöne Base, aber Ihr müßt uns auch den kleinen Triumph über die Weisheit gönnen, die uns so oft überragt hat wie ein Banner ein Kriegsheer.«

»Ein Triumph!« rief Edith zürnend aus, »ein Triumph! – Der Triumph wird auf Seiten der Ungläubigen sein, wenn sie hören, daß die Königin von England den Ruf der Verwandten ihres Gemahls zu einem Gegenstand des Scherzes machen kann.«

»Ihr seid verdrossen, schöne Base, daß Ihr Euren Lieblingsring eingebüßt habt«, sagte die Königin. »Komm, da es Euch verdrießt, Eure Wette zu bezahlen, will ich mich meines Rechts begeben. Euer Name und Euer Pfand hat ihn hierher gelockt, und wir fragen nicht nach dem Köder, nachdem der Fisch gefangen ist.«

»Madam«, versetzte Edith unruhig, »Ihr wißt wohl, daß Eure Hoheit von dem Meinigen nichts wünschen kann, das nicht alsbald das Eurige würde. Aber ich möchte lieber eine Schnur Rubinen geben, als meinen Ring und Namen gebraucht sehen, um einen braven Ritter in Schuld und vielleicht in Ungnade und Strafe zu bringen.«

»O, ist es für die Sicherheit unseres treuen Ritters, daß wir fürchten?« sagte die Königin. »Ihr schätzt unsere Macht zu gering, schöne Base, wenn Ihr glaubt, daß ein Scherz von uns jemand das Leben kosten könne. O, Lady Edith, andere haben Einfluß auf die eiserne Brust der Krieger so gut wie Ihr – das Herz des Löwen selbst ist von Fleisch, nicht von Stein; und glaubt mir, ich habe Gewicht genug bei Richard, diesen Ritter, an dessen Schicksal Lady Edith so innigen Anteil nimmt, vor der Strafe des Ungehorsams gegen königliche Befehle sicher zu stellen.«

»Bei dem heiligen Kreuz, Königin«, sagte Edith – und Sir Kenneth hörte mit einem Gefühl, das sich schwerlich beschreiben ließe, wie sie sich der Königin zu Füßen warf –, »bei der heiligen Jungfrau und allen Heiligen im Kalender, seht Euch vor, was Ihr tut! Ihr kennt König Richard nicht – Ihr seid erst seit kurzem ihm anvermählt – Euer Atem möchte so leicht den Westwind bekämpfen, wenn er am heftigsten wütet, als Eure Worte meinen königlichen Verwandten überreden könnten, ein Vergehen im Kriegsdienst zu verzeihen. O, um Gottes willen, entlaßt diesen Edelmann, wenn Ihr ihn wirklich hierher gelockt habt! Ich will ja gern die Schande behalten, ihn eingeladen zu haben, wenn ich nur weiß, daß er dorthin zurückgekehrt ist, wohin ihn seine Schuldigkeit ruft!«

»Steht auf, Base, steht auf«, sagte die Königin Berengaria, »und seid versichert, alles wird besser gehen als Ihr glaubt. Steht auf, liebe Edith; es tut mir leid, meinen Spaß mit einem Ritter getrieben zu haben, an dem Ihr so tiefen Anteil nehmt. Nein, ringt nicht die Hände –

ich will es glauben, daß du ihn nicht liebst. Lieber alles glauben, als dich in einer so kläglichen Verfassung zu sehen. Ich verspreche dir's, ich will alle Schuld bei Richard auf mich nehmen zugunsten deines schönen schottischen Freundes – deines Bekannten wollt' ich sagen, weil du ihn als Freund nicht anerkennst. Nein, blick mich nicht mit dem Auge des Vorwurfs an. Wir wollen Nectabanus senden, diesen Ritter der Standarte zu seinem Posten zu entlassen; und wir selbst wollen ihm künftig einmal die Gnade antun, ihn für seine Wildgansjagd zu entschuldigen. Er ist, wie ich vermute, in einem benachbarten Zelt befindlich.«

»Bei meiner Lilienkrone und meinem Rohrzepter«, sagte Nectabanus, »Eure Majestät ist im Irrtum – er ist näher, als Ihr wißt: er liegt hinter diesem Vorhang verschanzt.«

»Und konnte jedes Wort hören, das wir gesprochen haben!« rief die Königin, nun ihrerseits überrascht und betroffen. »Fort mit dir, du törichtes, boshaftes Ungeheuer!«

Als sie diese Worte sagte, floh Nectabanus aus dem Zelt mit einem Geheul, das es zweifelhaft ließ, ob Berengaria ihren Verweis auf Worte beschränkt oder ob sie eine nachdrückliche Äußerung ihrer Unlust hinzugefügt hatte.

»Was ist nun zu tun?« sagte die Königin zu Edith, flüsternd und in sichtbarer Unruhe.

»Was notwendig ist«, sagte Edith fest. »Wir müssen diesen Edelmann sehen und uns seiner Gewalt anvertrauen.«

So sagend bewegte sie schnell einen Vorhang, der an einer der Wände den Eingang verhüllte.

»Um Himmels willen, laß ab – bedenke«, sagte die Königin, »mein Gemach – unser Anzug – diese Stunde – meine Ehre!«

Aber ehe sie ihre Vorstellungen vollenden konnte, war der Vorhang weg, und der bewaffnete Ritter war von der Gesellschaft der Damen nicht länger getrennt. Die Wärme der Nacht war Ursache, daß die Königin Berengaria und ihre Umgebung einfacher und leichter gekleidet waren, als ihr Stand und die Gegenwart eines männlichen Zeugen von Rang erlaubten. Dies bedachte die Königin und floh mit einem lauten Schrei in ein Seitengemach des großen Zeltes, das von dem Gemach, wo sich die Frauen befanden, nun nicht mehr zu unterscheiden war. Der Schmerz und die Aufgeregtheit sowohl als das dringende Verlangen, dem schottischen Ritter eine schnelle Erklärung zu geben, waren vielleicht die Ursache, daß Lady Edith vergaß, daß ihre Locken aufgelöst und ihr Anzug nicht in der Verfassung wäre, wie es die Sitte heische von edlen Fräulein in einem Zeitalter, das eben nicht das sprödeste und strengste der Vergangenheit war. Ein leichtes fliegendes Gewand von blaßroter Seide machte ihren Hauptanzug aus mit morgenländischen Pantoffeln, in welche sie in der Eile mit bloßen Füßen geschlüpft war, und einem Schleiertuch, das sie eilig und leicht um die Schultern geworfen. Ihr Haupt hatte keine andere Bedeckung als den Schleier ihres reichen, aufgelösten Haares, welches, rund herum in Locken niederfallend, zur Hälfte ein Gesicht verbarg, worauf die Röte der Bescheidenheit, der Kränkung und anderer tiefer und lebhafter Empfindungen sich malte.

Obwohl aber Edith ihre Lage mit all dem Zartgefühl begriff, das am weiblichen Geschlecht am meisten rührt, so schien es dennoch nicht, daß sie nur einen Augenblick im Zweifel zwischen ihrer eigenen Scham und der Pflicht, welche sie dem schuldig zu sein glaubte, der in ihrem Namen in Fehl und Gefahr gelockt worden war. Sie zog freilich ihr Schleiertuch fester über Nacken und Busen zusammen und tat hastig die Lampe, die zu viel Licht auf ihre Züge warf, aus der Hand. Aber während Sir Kenneth ohne Bewegung auf dem Fleck blieb, wo er zuerst sichtbar geworden war, ging sie eher auf ihn zu, als von ihm weg, und rief: »Eilt schnell auf Euren Posten, tapferer Ritter! Man hat Euch durch Täuschung hierher gelockt – fragt nicht weiter.«

»Ich brauche nicht zu sagen«, sagte der Ritter, auf ein Knie sich niederlassend voll Ehrfurcht wie vor einem Heiligenbild, und seine Augen zu Boden senkend, damit seine Blicke die Verlegenheit der Lady nicht vermehrten.

»Habt Ihr alles gehört?« sagte Edith voll Unruhe. – »Bei allen Heiligen! Warum wartet Ihr noch, da jede flüchtige Minute mit Entehrung droht?«

»Ich hab's gehört, daß ich entehrt bin, Lady, und ich hab' es von Euch gehört«, antwortete Kenneth. »Was kümmert's mich, wie bald die Strafe folgt. Ich habe nur eine Bitte an Euch, und dann will ich unter den Säbeln der Ungläubigen suchen, ob nicht Entehrung mit Blut weggewaschen werden kann.«

»Tut das nicht«, sagte die Lady. »Seid klug – zögert nicht hier. Alles kann gut werden, wenn Ihr nur schnell seid.«

»Ich erwarte nur Eure Verzeihung«, sagte der Ritter, immer kniend, »für die Vermessenheit, daß ich glauben konnte, meine armen Dienste könnten Euch nötig und schätzbar sein.«

»Ich verzeihe Euch. – Ach, ich habe nichts zu verzeihen! Ich bin das Mittel Eurer Beschimpfung gewesen. Aber, o geht! – Ich will verzeihen – ich will Euch schätzen, das heißt, wie ich jeden braven Kreuzfahrer schätze – wenn Ihr nur schnell fortgeht!«

»Empfangt zuvor dies köstliche, aber unheilvolle Pfand«, sagte der Ritter, indem er Edith, die nun Bewegungen der Unruhe zeigte, den Ring darhielt.

»O nein, nein!« sagte sie, sich weigernd, ihn anzunehmen. »Behaltet ihn, behaltet ihn als ein Zeichen meiner Achtung – meines Bedauerns, wollt' ich sagen. O geht, wenn nicht um Euretwillen, um meinetwillen.«

Fast entschädigt selbst für den Verlust der Ehre durch den Anteil, den sie an seiner Sicherheit zu nehmen schien, stand Sir Kenneth von den Knien auf, und nachdem er einen flüchtigen Blick auf Edith geworfen, beugte er sich tief und schien im Begriff, sich entfernen zu wollen. In demselben Augenblick gewann die jungfräuliche Scham, über welche die Macht der Neigung bis jetzt gesiegt hatte, bei Edith wieder die Oberhand; sie eilte aus dem Gemach hinaus, und da sie ihre Lampe im Gehen auslöschte, ließ sie Sir Kenneth in geistigem und wirklichem Dunkel zurück.

Ihr zu gehorchen, war der erste klare Entschluß, der ihn aus seinen Träumen weckte, und er eilte nach der Stelle, wo er in das Zelt hereingekommen war. Unter der Zeltdecke hinauszukriechen, wie er hereingekrochen war, erforderte Zeit und Überlegung, und er machte eine bequeme Öffnung, indem er die Tuchwand mit seinem Dolch aufschlitzte. Als er im Freien war, fühlte er sich eher verblüfft und überwältigt von dem Widerstreit seiner Empfindungen, als daß er vermögend gewesen wäre, die klare Anschauung des Ganzen zu gewinnen. Er mußte sich in Tätigkeit setzen durch die Erinnerung, daß ihm Lady Edith Eile anbefohlen habe. Aber die Seile der Zelte und die Zelte selbst, die ihn umgaben, zwangen ihn, behutsam fortzuschreiten, bis er den Weg gewänne, von dem ihn der Zwerg seitwärts geführt hatte, um der Aufmerksamkeit der Wache vor dem Zelt der Königin zu entgehen; und auch darum mußte er langsam und bedächtig vorwärts gehen, damit er kein Geräusch verursache durch einen Fall oder durch das Klirren seiner Rüstung. Dazu hatte noch eine dünne Wolke den Mond gerade in dem Augenblick verdunkelt, wo er das Zelt verließ, und Sir Kenneth hatte gegen diese Widerwärtigkeiten zu einer Zeit zu kämpfen, wo die Betäubung seines Hirns und die Schwere seines Herzens ihm kaum die Macht ließen, seine Bewegungen mit genügendem Verstand zu meistern.

Aber auf einmal trafen Laute sein Ohr, die ihm augenblicklich den vollen Gebrauch seiner Kräfte wiedergaben. Sie kamen von dem St. Georgsberg her. Er hörte zuerst ein vereinzeltes zorniges, grimmiges wütendes Bellen, dem unmittelbar das Geheul eines sterbenden Tieres folgte. Kein Wild nahm jemals einen heftigeren Anlauf auf der Stimme Roswals, als jetzt Sir Kenneth nahm bei dem Sterbegeheul des edlen Hundes, dem ein gewöhnlicher Schmerz nicht die geringste Klage abgenötigt haben würde. Er legte den Raum zurück, der ihn von dem Weg trennte, und als er die offene Gasse erreicht hatte, rannte er, obwohl mit seiner Rüstung beladen, dem Hügel mit einer Geschwindigkeit zu, welcher selbst unbewaffnete Männer mit Mühe würden gefolgt sein, und sein Lauf verringerte sich nicht auf dem jähen Abhang des künstlichen Hügels, so daß er in wenigen Minuten auf dem platten Gipfel anlangte.

In diesem Augenblick trat der Mond aus dem Gewölk und zeigte ihm, daß die Standarte von England verschwunden war, und daß der Speer, an dem sie geweht hatte, zerbrochen auf dem Boden lag. Neben den Stücken lag der treue Hund, dem Anschein nach mit dem Tod ringend.

14

Nach einem Sturm schmerzlicher Gefühle, wodurch er zuerst fast betäubt und überwältigt wurde, war es Sir Kenneths erster Gedanke, sich nach den Urhebern der Beschimpfung des englischen Banners umzusehen; aber in keiner Richtung konnte er ihre Spur gewahren. Sein zweiter Gedanke, der manchen, aber sicherlich keinen, der unter den Hunden einen trauten Freund gefunden, befremden kann, war, den Zustand seines treuen Roswal zu untersuchen, der, wie es schien, in Erfüllung der Pflicht, von der sich sein Herr hatte weglocken lassen, tödlich verwundet worden war. Er streichelte das sterbende Tier, das getreu bis ans Ende seine Qual in der Gegenwart seines Herrn zu vergessen schien, und das fortfuhr zu wedeln und die Hand seines Herrn zu lekken, während es durch ein tiefes Winseln zu erkennen gab, daß seine Todesqual vermehrt werde durch den Versuch, welchen Sir Kenneth machte, das Lanzenstück oder Wurfgeschoß, wodurch es verwundet worden war, aus dem Fleisch herauszuziehen, und das seine schwachen Liebkosungen jetzt verdoppelte, als wenn es fürchtete, seinen Herrn beleidigt zu haben durch die Klage über Schmerzen, die seine Hand verursacht habe. Es war etwas in dem Ausdruck des treuen, sterbenden Hundes, was sich als ein herber Zusatz zu den bitteren und trostlosen Empfindungen gesellte, welche Sir Kenneths Inneres beschwerten. Sein einziger Freund schien ihm entrissen zu werden, grade als er die Verachtung und die Feindschaft seiner ganzen Umgebung auf sich gezogen hatte. Des Ritters Festigkeit gab einem Ausbruch der Verzweiflung Raum, und er stöhnte und weinte laut.

Während er sich so seinem Schmerz überließ, sprach eine laute und ernste Stimme dicht bei ihm folgende Worte mit dem tönenden Nachdruck der Vorleser in der Moschee und in der *lingua franca,* die von Christen und Sarazenen verstanden ward:

»Unglück gleicht dem Anfang und Ende der Regenzeit, – kalt, beunruhigend, unfreundlich für Mensch und Tier; doch verdanken dieser Jahreszeit ihren Ursprung die Blume und die Frucht, die Dattel, die Rose und der Granatapfel.«

Sir Kenneth vom Leoparden kehrte sich gegen den Sprecher und erkannte den arabischen Arzt, welcher sich unbemerkt genaht und sich ein wenig hinter ihm mit kreuzweis gelegten Beinen niedergesetzt hatte, und nun feierlich, obwohl nicht ohne einen Ausdruck von Teilnahme, die Trostsprüche hersagte, womit ihn der Koran und die Ausleger desselben versahen: Denn im Morgenland glaubt man, daß Weisheit nicht in der Tätigkeit des eigenen Erfindungsvermögens, sondern in dem glücklichen Gedächtnis und in der glücklichen Anwendung und Anspielung auf das, »was geschrieben ist«, bestehe.

Beschämt, bei einer fast weiblichen Schmerzensergießung bemerkt worden zu sein, wischte Sir Kenneth unwillig seine Tränen weg und beschäftigte sich von neuem mit seinem sterbenden Liebling.

»Der Dichter hat gesagt«, fuhr der Araber fort, ohne des Ritters abgewandtes Gesicht und mürrisches Verhalten zu berücksichtigen, »der Ochse für das Feld und das Kamel für die Wüste. Wäre nicht die Hand des Arztes geeigneter als die des Kriegers, Wunden zu heilen, obwohl sie weniger geschickt ist, Wunden zu schlagen?«

»Dieser Kranke, Hakim, ist über deine Hilfe hinaus«, sagte Sir Kenneth, »und davon abgesehen, er ist nach deinem Gesetz ein unreines Geschöpf.«

»Wo Allah gewürdigt hat, Leben zu verleihen und Gefühl für Schmerz und Lust«, sagte der Arzt, »da wäre es Vermessenheit, weigerte sich der Weise, den er erleuchtet hat, ein Leben zu erhalten oder einen Todeskampf zu lindern. Für den Weisen ist die Heilung eines elenden Knechtes, eines armen Hundes und eines fürstlichen Eroberers von derselben Wichtigkeit. Laß mich das verwundete Tier untersuchen.«

Sir Kenneth gehorchte ihm schweigend, und der Arzt untersuchte und behandelte Roswals Wunde und mit so viel Aufmerksamkeit und Sorgfalt, als wäre es die eines Menschen. Er brachte ein Instrumentenkästchen hervor, durch richtige und geschickte Anwendung von Zangen zog er die Waffe aus der verwundeten Brust und hielt durch blutstillende Mittel und Verband den Blutverlust auf, der sich einstellte, während der Hund mit Geduld ihn alle diese Liebesdienste verrichten ließ, als wenn er seine wohltätigen Absichten verstanden hätte.

»Das Tier kann geheilt werden«, sagte el Hakim, sich an Sir Kenneth wendend, »wenn Ihr mir erlauben wollt, ihn nach meinem Zelt zu bringen und ihn mit der Sorgfalt zu behandeln, die seine edle Art verdient. Denn wisse, daß dein Diener Adonbec sich nicht weniger auf die Arten und Familien und auf die Kennzeichen guter Hunde und edler Rosse versteht als auf die Krankheiten, welche das menschliche Geschlecht befallen.«

»Nehmt ihn mit Euch«, sagte der Ritter. »Ich überlasse ihn Euch, wenn er geheilt ist. Ich bin Euch eine Belohnung schuldig für die Behandlung meines Knappen, und ich habe nichts anderes, um sie abzutragen. Was mich betrifft, ich werde nie wieder das Jagdhorn blasen oder den Hund hetzen!«

Der Araber erwiderte nichts, aber durch einen Schlag in die Hände gab er ein Zeichen, das augenblicklich durch das Erscheinen zweier schwarzer Sklaven beantwortet wurde. Er gab ihnen seine Befehle auf Arabisch, erhielt die Antwort, daß »Hören gehorchen sei«. Die Sklaven nahmen das Tier auf ihre Arme und trugen es ohne Widerstand davon; denn obgleich die Augen desselben nach seinem Herrn sahen, so war es doch zum Widerstand zu schwach.

»Leb' wohl denn, Roswal«, sagte Sir Kenneth, »leb' wohl, mein letzter und einziger Freund – du bist viel zu edel, um von einem besessen zu werden, wie ich mich in Zukunft selber heißen muß. Ich wollte«, sagte er, als die Sklaven weggingen, »ich könnte mit dem edlen Tier tauschen, sterbend wie es ist!«

»Es ist geschrieben«, antwortete der Araber, obwohl der Ausruf nicht an ihn gerichtet worden war, »daß alle Geschöpfe zum Dienste des Menschen gemacht worden sind; und der Herr der Erde spricht töricht, wenn er in seiner Ungeduld seine Hofnungen hier und dort gegen die Dienstbarkeit eines geringeren Wesens vertauschen möchte.«

»Ein Hund, der in Erfüllung seiner Pflicht stirbt«, sagte der Ritter ernst, »ist besser als ein Mensch, der die Vernachlässigung der seinigen überlebt. Laß mich, Hakim, du besitzt diesseits der Grenze der Wunder die wunderbarste Kenntnis, die je ein Mensch besessen hat, aber die Wunder der Seele stehen nicht in deiner Macht.«

»Doch – wenn der Kranke sein Übel offenbaren und dem Arzt folgen will«, sagte Adonbec el Hakim.

»Wisse denn«, sagte Sir Kenneth, »weil du so neugierig bist, daß in dieser Nacht das englische Banner auf diesem Hügel wehte, daß ich zu seinem Wächter bestellt war. Jetzt bricht der Morgen an – hier liegt die zerbrochene Stange. Die Fahne selbst ist fort – hier bin ich und lebe noch!«

»Was!« sagte el Hakim, ihn prüfend anschauend. »Deine Rüstung ist unversehrt, kein Blut an deinen Waffen. Man hält dich für keinen solchen, der so aus dem Kampf kehrt. Du bist von deinem Posten gelockt worden – ja, gelockt von den rosigen Wangen und schwarzen Augen einer jener Houris, denen ihr Nazarener eher eine Ergebung zeigt, wie sie nur Allah zukommt, als eine Liebe, wie man sie irdischen Geschöpfen bezeigen mag. Gewiß, so war es: Denn immer ist der Mann so gefallen seit den Tagen von Sultan Adam.«

»Und wenn es so wäre«, sagte Sir Kenneth finster, »welches Mittel hast du, Arzt?«

»Kenntnis ist die Mutter der Macht«, sagte el Hakim, »wie Mut die Stärke vergrößert. – Höre mich an. Der Mensch ist nicht wie ein Baum an einen Fleck der Erde gebunden, noch ist er geschaffen, um an dem Felsen zu kleben, wie das kaum belebte Schaltier. Deine eigenen christlichen Schriften befehlen dir, wenn du in einer Stadt verfolgt bist, in eine andere zu fliehen; und wir Muselmanen wissen, daß Mohammed, der Prophet Gottes, als er aus der heiligen Stadt Mekka vertrieben worden war, Zuflucht und Hilfe in Medina fand.«

»Und welchen Bezug hat dies auf mich?« sagte der Schotte.

»Einen großen«, antwortete der Arzt. »Selbst der Weise flieht den Sturm, den er nicht meistern kann. Darum eile dich, und fliehe vor der Rache Richards zu dem Schattetn von Saladins siegreichem Banner.«

»Ich könnte freilich meine Entehrung«, sagte Sir Kenneth verächtlich, »am besten in einem Lager von Ungläubigen verbergen, wo selbst der Name Ehre nicht bekannt ist. Aber wäre es nicht besser für mich, wenn ich mich ihnen noch mehr anschlösse? Geht nicht dein Rat so weit, mir den Turban zu empfehlen? Fürwahr – Abfall vom Glauben fehlt noch, um meine Verruchtheit zu vollenden.«

»Lästere nicht, Nazarener«, sagte er Arzt mit Ernst; »Saladin bekehrt niemand zum Gesetz des Propheten, ausgenommen die, welche das Gesetz selbt überzeugt. Öffne dein Auge dem Licht, und der große Sultan, dessen Huld grenzenlos ist wie seine Macht, schenkt dir vielleicht ein Königreich; bleibe in der Blindheit, wenn du willst, und sei einer derjenigen, deren künftiges Leben zum Elend verdammt ist, Saladin wird dich dennoch für diese Spanne Zeit reich und glücklich machen. Aber fürchte nicht, daß man den Turban um deine Stirn binden wird, wenn es nicht dein eigener Wunsch ist.«

»Mein Wunsch wäre eher«, sagte der Ritter, »daß mein Gesicht unter Zuckungen schwarz werden möge, wie es wahrscheinlch heute abend der Fall sein wird.«

»Indes du bist nicht klug, Nazarener«, sagte el Hakim, »mein schönes Anerbieten zu verwerfen: Denn ich habe Einfluß auf Saladin und kann dich in seiner Gnade hoch erheben. Sieh, mein Sohn – dieser Kreuzzug, wie ihr euer närrisches Unternehmen nennt, gleicht einem großen Dromedarschiff*, das in den Wogen zerschellt. Du selbst hast Friedensvorschläge von den Königen und Fürsten, deren Macht versammelt ist, dem mächtigen Sultan überbracht und du kennst vielleicht nicht den Inhalt des eigenen Auftrags.«

»Ich kenne ihn nicht, und ich frage nicht danach«, sagte der Ritter unwillig; »was hilft es mir, neulich der Gesandte von Fürsten gewesen zu sein, wenn ich vor Anbruch der Nacht ein gehenkter und beschimpfter Leichnam sein werde!«

»Nein, ich spreche zu dir, damit es nicht so sei«, sagte der Arzt. »Saladin wird von allen Seiten angesprochen; die Fürsten des gegen ihn gebildeten Bundes haben gemeinschaftlich solche Vorschläge zu Vertrag und Frieden gemacht, daß sie unter anderen Umständen mit Ehren hätten zugestanden werden können. Einige haben für ihre eigene Person und Sache gehandelt und sich erboten, ihre Streitkräfte aus dem Lager des Königs von Frangistan zurückzuziehen und sogar ihre Waf-

* Die größte Art der damals bekannten Schiffe wurden Dromedare genannt.

fen zur Verteidigung der Fahne des Propheten zu leihen. Aber Saladin will keinen so verräterischen und selbstsüchtigen Abfall benutzen. Der König der Könige will nur mit dem Löwenkönig unterhandeln. Saladin will nur mit dem Melech Ric Vertrag halten, und mit ihm will er als Fürst unterhandeln oder als Krieger kämpfen. Er will aus freier Großmut Richard solche Bedingungen zugestehen, die die Schwerter von ganz Europa nie durch Gewalt oder Schrecken von ihm würden erzwungen haben. Er will die Wallfahrt nach Jerusalem und nach allen Orten, welche die Nazarener verehren wollen, frei lassen; ja, er will sein Reich so weit mit seinem Bruder Richard teilen, daß er christliche Besatzung dulden will in den sechs größten Städten von Palästina und in Jerusalem selbst, und daß diese Besatzungen unter dem unmittelbaren Befehl der Offiziere Richards stehen sollen, der, so will es Saladin, den Namen Schutzkönig von Jerusalem führen soll. Weiter, wie seltsam und unglaublich es auch scheinen mag, wißt, Herr Ritter, – denn Eurer Ehre kann ich schon dies fast unglaubliche Geheimnis anvertrauen –, daß Saladin ein heiliges Siegel dem Bund zwischen den tapfersten und edelsten Königen von Frangistan und Asien will aufdrücken dadurch, daß er ein christliches Fräulein, eine Blutsverwandte von König Richard und unter dem Namen Lady Edith von Plantagenet bekannt, zum Rang seiner königlichen Gemahlin erhebt.«*

»Ha! Was sagst du?« schrie Sir Kenneth, der, nachdem er der ganzen Rede el Hakims mit Kälte und Gleichgültigkeit zugehört hatte, durch die letzte Mitteilung betroffen war, gerade wie ein unerwartet bewegter Nerv eine schmerzliche Empfindung erweckt, trotz Starrheit und Lähmung. Hierauf vermittelst großer Anstrengung seine Stimme mäßigend, unterdrückte er seine Aufwallung, und indem er dieselbe hinter dem Anschein von Zweifel und Verachtung verbarg, setzte er das Gespräch fort in der Absicht, so viel als möglich von dem Komplott – ein solches schien es ihm – zu erfahren, das gegen die Ehre und das Glück derjenigen gemacht worden war, die er liebte. – »Und welcher Christ«, sagte er mit ziemlicher Gelassenheit, »möchte eine so unnatürliche Verbindung gutheißen wie die eines christlichen Fräuleins mit einem ungläubigen Sarazenen.«

* Dieser Vorschlag scheint so seltsam und unwahrscheinlich, daß es nötig ist, zu bemerken, daß er wirklich gemacht worden ist. Die Geschichtsschreiber haben jedoch als Braut die verwitwete Königin von Neapel und Saladins Bruder als Bräutigam angegeben. Die Existenz der Edith von Plantagenes scheint ihnen unbekannt gewesen zu sein (S. Mill's History of the Crusades, Vol. II. p. 61.).

»Du bist nur ein unwissender, blindeifernder Nazarener«, sagte Hakim. »Siehst du nicht, daß mohammedanische Fürsten sich mit edlen nazarenischen Jungfrauen in Spanien täglich verheiraten, ohne daß Mauren oder Christen daran Anstoß nehmen? Und der edle Sultan will in seinem großen Vertrauen zu Richard dem englischen Fräulein alle Freiheiten erlauben, die eure fränkischen Sitten den Frauen gewähren. Er will ihr die freie Übung der Religion gestatten, da es, beim Licht betrachtet, einerlei ist, zu welchem Glauben sich die Weiber bekennen, und er will ihr solchen Platz und Rang über alle Frauen seines Zenana (Harem) anweisen, daß sie in jeder Hinsicht seine einzige und anerkannte Königin sein soll.«

»Was!« sagte Sir Kenneth, »wagst du zu glauben, Muselman, daß Richard seine Verwandte, eine hochgeborene und tugendhafte Prinzessin, dazu hergeben werde, um im besten Fall die erste Beischläferin im Harem eines Ungläubigen zu sein? Wisse, Hakim, der geringste christliche Edelmann würde für sein Kind eine so glänzende Schande verschmähen.«

»Du irrst«, sagte Hakim; »Philipp von Frankreich und Heinrich von Champagne und andere von Richards vornehmsten Verbündeten haben den Vorschlag ohne Befremden gehört und das Versprechen gegeben, so weit es in ihren Kräften stände, eine Verbindung zu fördern, welche diesen verheerenden Kriegen ein Ziel setzen möge. Und der weise Fürstpriester von Tyrus hat es übernommen, Richard dies Vorhaben zu eröffnen, indem er nicht zweifelt, daß es ihm gelingen soll, die Sache zu gutem Ende zu bringen. Des Sultans Weisheit hat bis jetzt sein Vorhaben vor den anderen, vor Montserrat und dem Meister der Templer, verborgen: Denn diese suchen, wie der Sultan weiß, durch Richards Tod oder Unglück, nicht durch sein Leben und seinen Ruhm ihren Gewinn. – Darum auf, Herr Ritter, zu Pferd! Ich will dir ein Pergament geben, was dir beim Sultan von großem Nutzen sein soll, und glaube nicht, daß du dein Land oder deine Sache und deinen Glauben verläßt, da ja bald ein inniges Band die beiden Könige vereinigen wird. Dein Rat wird Saladin sehr willkommen sein, da du ihn auf vieles aufmerksam machen kannst, was die Heiraten der Christen, die Behandlung ihrer Weiber und andere Gesetze und Gebräuche betrifft, die ihm im Verlauf dieser Unterhandlung zu wissen nötig sind. Die rechte Hand des Sultans hält die Schätze des Ostens, und sie ist eine Quelle der Freigiebigkeit. Oder solltest du es wünschen, so kann Saladin, ist er erst mit England verbunden, keine großen Schwierigkeiten finden, nicht allein Verzeihung und neue Gunst für dich von Richard zu erhalten, sondern auch eine Befehlshaberstelle bei den Kriegern, die von dem Heer des Königs von England zurückbleiben, um die gemeinschaftliche Regierung in Palästina zu unterstützen. Auf denn und reite – ein ebener Weg liegt vor dir.«

»Hakim«, sagte der schottische Ritter, »du bist ein Mann des Friedens, du hast das Leben Richards von England gerettet und außerdem das meines einzigen, armen Knappen Strauchan. Darum habe ich dich bis zum Ende angehört in einer Sache, die, wäre sie mir von einem anderen Muselman vorgeschlagen worden, ich mit einem Dolchstoß schnell beendigt haben würde. Hakim, zur Erwiderung deines Wohlwollens rate ich dir, darauf zu sehen, daß der Sarazene, der Richard den Vorschlag unterbreitet zu einer Vereinigung des Bluts der Plantagenets und des verfluchten Volkes, einen Helm aufsetze, der den Hieb einer Streitaxt auszuhalten vermag; denn sonst sei versichert, wird ihm selbst deine Geschicklichkeit nichts mehr helfen.«

»Du bestehst also eigensinnig darauf, nicht zu dem sarazenischen Heer zu fliehen?« sagte der Arzt. »Indes bedenke, du gehst dem Tod entgegen, und deine Gesetzesvorschriften so gut wie unsere verbieten es dem Menschen, gegen die Hütte des eigenen Lebens anzustürmen.«

»Gott behüte!« versetzte der Schotte und machte ein Kreuz; »aber es ist uns auch verboten, uns der Strafe zu entziehen, die unsere Verbrechen verdient haben. Und da du so schlecht von der Treue denkst, Hakim, so verdrießt es mich, dir meinen guten Hund geschenkt zu haben; denn bleibt er am Leben, so wird er einen Herrn haben, der seinen Wert nicht kennt.«

»Ein Geschenk, das man bereut, ist so zurückgefordert«, sagte el Hakim, »aber wir Ärzte sind verpflichtet, keinen Kranken zu entlassen, ehe er geheilt ist. Wenn der Hund genesen ist, soll er wieder dein sein.«

»Laß das, Hakim«, antwortete Sir Kenneth; »man spricht nicht mehr von Falken und Hunden, wenn nur noch ein einziger Tag uns von dem Tod scheidet. Laß mich jetzt meiner Sünden gedenken und mich mit dem Himmel versöhnen.«

»Ich überlasse dich deinem Eigensinn«, sagte der Arzt; »der Nebel verbirgt den Abgrund vor denen, die bestimmt sind, hineinzufallen.«

Er zog sich langsam zurück und drehte sich von Zeit zu Zeit um, als wollte er sehen, ob ihn der eigensinnige Ritter nicht durch Worte oder Zeichen zurückrufe. Endlich verschwand seine Gestalt in dem Labyrinth der weitverbreiteten Zelte, die, nachdem das Mondlicht erblichen, nun im blassen Licht des Morgens schimmerten.

Obschon die Worte des Arztes Adonbec auf Kenneth nicht den Eindruck gemacht hatten, den der Weise beabsichtigte, so hatten sie ihm doch Ursache gegeben, die Erhaltung seines Lebens zu wünschen, von dem er sich, da er sich für entehrt ansah, zu trennen gesonnen gewesen war, wie von einem beschmutzten Kleid, das man mit Anstand nicht mehr tragen kann. Vieles, was zwischen ihm und dem Einsiedler vorgefallen war, anderes, was er zwischen dem Einsiedler und Scheerkohf (oder Ilderim) vorgehen gesehen hatte, kam ihm nun ins Gedächtnis und bestätigte ihm als wahr, was der Hakim von dem geheimen Artikel des Vertrags gesagt hatte.

»Der heilige Betrüger!« rief er aus, »der graue Heuchler! Er sprach von dem ungläubigen Ehemann, bekehrt durch das gläubige Weib – und weiß ich es, ob nicht der Verräter den von Gott verdammten Sarazenen die Schönheit der Edith Plantagenet zeigte, damit der Hund urteilen möge, ob die fürstliche Christendame würdig sei, in den Harem eines Ungläubigen aufgenommen zu werden? Hätte ich jenen ungläubigen Ilderim, oder wie er heißen mag, wieder zwischen den Fingern, womit ich ihn einmal festhielt, wie kein Hund einen Hasen, wenigstens sollte er nicht zum zweitenmal in Aufträgen kommen, welche die Ehre christlicher Könige und tugendhafter Edelfräulein antasten. Doch was kann ich! Meine Stunden sind zu Minuten zusammengeschrumpft, indes weil ich noch lebe und atme, muß etwas geschehen und ohne Verzug.«

Er wartete ein paar Minuten, legte seinen Helm ab, schritt dann den Hügel hinunter und nahm den Weg zu König Richards Zelt.

15

Den nämlichen Abend, an welchem Sir Kenneth die Wache übernommen hatte, war Richard nach dem stürmischen Auftritt, der ihn aus seiner Ruhe gerissen hatte, zu Bett gegangen mit dem vollen Vertrauen, das ihm sein unbegrenzter Mut eingab, und mit dem Gefühl der Überlegenheit, die er gezeigt, indem er den Punkt, wonach er zielte, getroffen hatte in Gegenwart des ganzen Christenheeres und seiner Führer, von denen er manche, wie er wußte, die Demütigung des Herzogs von

Österreich wie einen Triumph über sie selber ansahen, so daß sich sein Stolz geschmeichelt fühlte dadurch, daß er durch die Züchtigung eines Feindes hundert derselben beschämt hatte.

Ein anderer Monarch würde nach einem solchen Auftritt am Abend seine Wache verdoppelt, wenigstens einen Teil seiner Truppen unter den Waffen gehalten haben. Aber Löwenherz entließ nach diesem Vorfall selbst seine gewöhnliche Wache und ließ unter seine Leute Wein austeilen, um seine Genesung zu feiern und zu Ehren des Banners von St. Georg zu trinken. Und der englische Teil des Lagers würde jeder Bewachung und Vorsichtsmaßregel entbehrt haben, hätten nicht Sir Thomas de Vaux, der Graf von Salisbury und andere Edelleute Sorge getragen, die Ordnung und Disziplin unter den Zechern aufrecht zu erhalten.

Der Arzt war bei dem König geblieben vom Schlafengehen bis nach Mitternacht, und zweimal hatte er ihm in diesem Zeitraum Arznei gereicht, indem er beständig die Gegend des Himmels beobachtete, wo der Vollmond stand, dessen Einfluß nach seiner Behauptung entweder höchst heilsam oder höchst nachteilig auf seine Heilmittel wirke. Es war drei Uhr nach Mitternacht, ehe el Hakim das königliche Zelt verließ, um sich nach demjenigen zu begeben, das für ihn und sein Gefolge errichtet worden. Unterwegs besuchte er das Zelt von Sir Kenneth vom Leoparden, um zu sehen, was sein erster Kranker im Christenlager, der alte Strauchan, mache. Hier nach Sir Kenneth sich erkundigend, erfuhr el Hakim, auf welchem Posten er sich befände, und dies vielleicht veranlaßte ihn, zum St. Georgsberg zu gehen, wo er den, welchen er suchte, in der verzweifelten Lage fand, deren wir im vorhergehenden Kapitel gedacht haben.

Es war um die Zeit des Sonnenaufgangs, als der langsame Tritt eines Bewaffneten gehört wurde, der sich dem königlichen Zelt nahte; und ehe de Vaux, der neben seines Herrn Bett so leicht wie ein Kettenhund schlummerte, die Zeit hatte, aufzustehen und »Wer da?« zu rufen, trat der Ritter vom Leoparden in das Zelt mit einem Ausdruck tiefer und inniger Schwermut in seinen männlichen Zügen.

»Woher dies kecke Hereindringen, Herr Ritter?« sagte de Vaux mürrisch, jedoch in einem Ton, der den Schlummer seines Herrn berücksichtigte.

»Still, de Vaux!« sagte Richard erwachend. »Sir Kenneth kommt als ein guter Krieger, um Bericht von seiner Wache zu erstatten – einem solchen steht das Zelt eines Feldherrn immer offen.« Hierauf erhob er sich, und, auf den Ellbogen gestützt, heftete er sein großes Auge auf den Ritter. »Redet, Herr Schotte, Ihr kommt, mir eine pünktliche, ruhige und ehrenhafte Wache zu melden, nicht wahr? Das Rauschen der Falten des englischen Banners, wäre hinlänglich zu seiner Verteidigung, auch ohne den Schutz eines Ritters, wie du einer bist.«

»Wie ich keiner bin«, sagte Sir Kenneth. »Meine Wache war weder pünktlich noch ruhig und ehrenhaft. Das Banner von England ist gestohlen.«

»Und du lebst noch, es zu melden?« sagte Richard mit ungläubigem Lachen. »Possen, es kann nicht sein. Hast du doch nicht einmal einen Ritz im Gesicht. Warum stehst du so stumm da? Sprich die Wahrheit – mit einem König ist nicht gut scherzen, doch ich will dir verzeihen, wenn du gelogen hast.«

»Gelogen! Herr König!« versetzte der unglückliche Ritter mit stolzem Nachdruck und einem Feuerblick, der gleich den Funken eines kalten und harten Kiesels aufleuchtete und verschwand. »Aber auch dies will ich erdulden. Ich habe wahr gesprochen.«

»Bei Gott und bei St. Georg!« sagte der König in Wut geratend, doch dieselbe augenblicklich meisternd. »De Vaux, geh, den Ort zu besehen. Das Fieber hat sein Hirn angegriffen. Es ist unmöglich. Dieses Mannes Mut ist bewährt. Es kann nicht sein! Geh eiligst – oder sende jemand, wenn du nicht gehen willst.«

Der König wurde von Sir Heinrich Neville unterbrochen, der außer Atem hereinkam und sagte, daß das englische Banner verschwunden und der Ritter, der es bewacht, überwältigt und wahrscheinlich ermordet worden sei, da sich eine Lache Bluts an dem Ort befände, wo die Splitter der Fahnenstange lägen.

»Doch wen seh' ich hier?« sagte Neville, indem sein Blick auf Sir Kenneth fiel.

»Einen Verräter«, sagte der König, auf die Füße springend und seine Streitaxt fassend, die immer auf seinem Bett war, »einen Verräter, den du den Tod eines Verräters sterben sehen sollst.« – Und er schwang die Waffe rückwärts, wie um zuzuschlagen.

Totenblaß, aber fest wie eine Marmorstatue, stand der Schotte vor ihm, mit unbedecktem Haupt, gesenktem Blick, die Lippen kaum bewegend, doch wahrscheinlich ein Gebet murmelnd. Ihm gegenüber und nahe genug, daß die Streitaxt ihn erreichte, stand König Richard, seine hohe Gestalt in seiner camiscia einem weiten, leinenen Gewand, verhüllt. Einen Augenblick stand er im Begriff zuzuschlagen – hierauf senkte er den Kopf der Waffe zur Erde und rief aus: »Aber es war Blut da, Neville – es war Blut auf dem Platz. Höre, Schotte, einst warst du brav, ich habe dich fechten gesehen. Sag, daß du bei Verteidigung der Standarte zwei von den Dieben erschlagen hast – sag nur einen – sag, daß du nur einen guten Hieb für uns getan hast, und mach dich fort aus dem Lager mit deinem Leben und deiner Schande!«

»Ihr habt mich einen Lügner genannt, mein Herr König«, versetzte der Schotte fest, »und hierin wenigstens habt Ihr mir Unrecht getan. Wißt, daß kein Blut bei der Verteidigung der Standarte vergossen wurde, als das eines armen Hundes, der getreuer als sein Herr den Posten verteidigte, den jener verlassen hatte.«

»Nun, bei St. Georg!« sagte Richard, den Arm von neuem erhebend. – Aber de Vaux drängte sich zwischen den König und das Ziel seiner Rache, und er sagte mit der derben Offenherzigkeit seines Charakters: »Mein Fürst, das darf nicht hier geschehen, nicht durch Eure Hand. Es ist Torheit genug für eine Nacht und einen Tag, Euer Banner einem Schotten anvertraut zu haben – sagte ich's nicht, daß sie gleißnerisch und falsch sind?«

»Du sagtest es, de Vaux; du hattest Recht – ich bekenne es«, sagte Richard. »Ich hätte ihn besser kennen sollen – ich hätte daran denken sollen, wie mich der Fuchs Wilhelm in Rücksicht dieses Kreuzzugs betrogen hat.«

»Herr«, sagte Sir Kenneth, »Wilhelm von Schottland hat nie betrogen; Umstände haben ihn verhindert, seine Streitkräfte zu senden.«

»Still, Schamloser!« sagte der König, »du besudelst den Namen eines Fürsten, wenn du ihn auf die Lippen bringst. Und doch, de Vaux, es ist seltsam«, fügte er hinzu, »das Betragen dieses Mannes zu sehen. Eine Memme oder ein Verräter muß er sein, doch hat er den Streich von Richard Plantagenet erwartet, als wenn wir unsern Arm erhoben hätten, seiner Schulter den Ritterschlag zu geben. Hätte er das geringste Zeichen von Furcht merken lassen – hätte nur ein Glied gezuckt oder ein Augenlid sich bewegt, ich hätte ihm den Schädel wie eine Kristallschale zerschlagen. Aber ich kann nicht schlagen, wenn ich weder Furcht noch Widerstand sehe.«

Ein Stillschweigen folgte.

»Mein König«, sagte Kenneth.

»Ha!« unterbrach ihn Richard, »hast du die Sprache wiedergefunden? Erflehe dir Gnade vom Himmel, nicht von mir; denn England ist entehrt durch deine Schuld, und wenn du mein eigener und einziger Bruder wärst, so fände deine Schuld keine Vergebung.«

»Ich spreche nicht, um Gnade eines Sterblichen zu erflehen«, sagte der Schotte; »es steht in Eurem guten Willen, mir Frist zur Beichte zu geben oder zu verweigern. Wenn Menschen mir dies versagen, so mag Gott mir die Absolution gewähren, die ich sonst von der Kirche begehrt hätte. Aber ob ich in diesem Augenblick sterbe oder in einer halben Stunde, so bitte ich Eure Majestät, mir ein kurzes Gehör im Geheimen zu schenken, da ich Euch Dinge zu sagen habe, die für Euren Ruf als christlicher König von der höchsten Wichtigkeit sind.«

»Sag an«, sagte der König, nicht zweifelnd, daß er irgendein Bekenntnis über das Verschwinden des Banners zu hören bekäme.

»Was ich zu sagen habe«, sagte Sir Kenneth, »betrifft die königliche Würde von England, und ich kann vor keinem anderen Ohr als dem deinigen davon reden.«

»Zieht Euch zurück, Ihr Herren«, sagte der König zu Neville und de Vaux.

Der erste gehorchte, aber der letzte wollte die Person des Königs nicht verlassen.

»Wenn ich, wie Ihr sagtet, recht hatte«, antwortete de Vaux seinem Gebieter, »so will ich auch behandelt sein wie einer, von dem man fand, daß er recht hatte – das heißt, ich will meinen eigenen Willen haben. Ich lasse Euch nicht mit diesem falschen Schotten allein.«

»Wie, de Vaux!« sagte Richard ärgerlich und leicht mit dem Fuße stampfend, »du wagst es nicht, unsere Person mit einem einzelnen Verräter zu lassen?«

»Vergebens runzelt Ihr die Stirn und stampft mit dem Fuß, mein Fürst«, sagte de Vaux; »ich lasse keinen kranken Mann mit einem gesunden, keinen nackten mit einem wohlbewaffneten.«

»Es schadet nichts«, sagte der schottische Ritter, »ich suche nicht Zeit zu gewinnen – ich will im Beisein des Lords von Gilsland reden. Er ist ein guter und ehrenfester Lord.«

»Noch vor einer halben Stunde«, sagte de Vaux mit einem Seufzer, der Schmerz und Unwillen vermischt ausdrückte, »würde ich das nämliche von dir gesagt haben.«

»Es ist Verräterei um Euch herum, König von England«, fuhr Sir Kenneth fort.

»Das, was du sagst, mag wahr sein«, versetzte Richard, »ich habe einen offenbaren Beweis davon.«

»Verräterei, die Euch tiefer kränken wird als der Verlust von hundert Bannern in einem Lager. Die – die«, Sir Kenneth zögerte und fuhr in einem leiseren Ton fort, »die Lady Edith . . .«

»Ha!« sagte der König, plötzlich den Ausdruck gespannter Aufmerksamkeit annehmend und sein Auge fest auf den vermeintlichen Verbrecher heftend, »was von ihr? – was von ihr? – was hat sie mit dieser Sache zu schaffen?«

»Mein König«, sagte der Schotte, »man hat den Plan gemacht, Euer königliches Geschlecht zu schänden durch eine Heirat der Lady Edith mit dem sarazenischen Sultan, und nebenbei durch diese für England höchst schimpfliche Heirat einen für die ganze Christenheit höchst demütigenden Frieden zu erhalten.«

Diese Mitteilung hatte eine ganz entgegengesetzte Wirkung, als Sir Kenneth erwartet hatte. Richart Plantagenet war einer von denen, die, mit Jagos Worten, Gott nicht dienen würden, wenn es der Teufel wäre, der sie darum bäte; Rat oder Belehrung wirkten weniger auf ihn durch ihren eigentlichen Inhalt als durch den Anstrich, der ihnen der Charakter und die Ansichten derjenigen, die sie gaben, verliehen. Unglücklicherweise brachte die Erwähnung des Namens seiner Verwandten ihm das ins Gedächtnis zurück, was er an dem Ritter vom Leoparden als die frechste Vermessenheit betrachtet hatte, als derselbe noch hoch angesehen auf der Liste der Ritterschaft stand, und was in der jetzigen Lage desselben eine so arge Beschimpfung zu sein schien, daß der hitzige Monarch in die leidenschaftlichste Wut geriet.

»Still«, sagte er, »Ehrloser – Frecher! Beim Himmel, ich will dir die Zunge mit glühenden Zangen ausreißen lassen, wenn du nur den Namen eines edlen christlichen Fräuleins aussprichst! Wisse, schändlicher Verräter, daß ich es längst gemerkt habe, zu welcher Höhe du dein Auge zu werfen dich erfrechtest, und daß ich es geduldet habe, obgleich es Vermessenheit war, weil du uns zu betrügen verstandest – denn du bist voll Falschheit – durch einen gewissen Namen und einen guten Ruf. Aber jetzt mit deinen Lippen, die von der Schande besudelt sind, wage mir es nicht, unsere edle Verwandte zu nennen, als wenn du Teil an ihrem Schicksal nähmst! Was kümmert's dich, ob sie einen Sarazenen oder Christen heirate? Was kümmert's dich, wenn in einem Lager, wo die Fürsten Memmen am Tage und Diebe bei der Nacht sind, wo brave Ritter zu verächtlichen Überläufern und Verrätern werden, was, sage ich, kümmert's dich oder einen andern, wenn es mir gefallen sollte, mich mit Rechtschaffenheit und Heldensinn in der Person Saladins zu verbinden?

»Mich allerdings wenig, dem die ganze Welt bald nichts sein wird«, antwortete Sir Kenneth dreist, »aber spannte man mich jetzt auf die Folter, so müßte ich sagen, daß das, was ich gesprochen habe, für dein Gewissen und deinen Ruf höchst wichtig ist. Ich sage Euch, Herr König, daß, wenn Ihr bloß den Gedanken habt an eine Heirat Eurer Verwandten, der Lady Edith ...«

»Nenne sie nicht – und denke nicht mehr an sie!« sagte der König, indem er von neuem die Streitaxt in die Faust nahm, daß die schwellenden Muskeln seines nervigen Armes den Stricken glichen, welche der Efeu um den Eichbaum schlingt.

»Nicht nennen – nicht an sie denken!« antwortete Sir Kennth, dessen Lebensgeister durch Entmutigung niedergedrückt, durch diesen Streit wieder ihre ganze Schnellkraft gewannen. »Nun, bei dem Kreuze, auf das ich meine Hoffnung setzte, ihr Name soll das letzte Wort meines Mundes sein, ihr Bild der letzte Gedanke meines Geistes! Versuch deine gerühmte Stärke an diesem unbeschirmten Haupt, und sieh, ob du meinen Vorsatz vereiteln kannst.«

»Er macht mich toll!« sagte Richard, der zu seinem Verdruß zum zweiten Male in seinem Vorsatz wankend gemacht wurde durch die ergebene Gelassenheit des Verbrechers.

Ehe Thomas von Gilsland antworten konnte, vernahm man ein Geräusch von außen, und die Ankunft der Königin im Vorzelt wurde gemeldet.

»Halt sie zurück – halt sie zurück, Neville!« schrie der König, »dies ist kein Anblick für Frauen. Pfui, daß ich es gelitten habe, daß ein so niederträchtiger Verräter mich so in Hitze gebracht! Weg mit ihm, de Vaux«, flüsterte er, »durch den hinteren Eingang des Zeltes – nimm ihn in engen Gewahrsam und hafte mit deinem Leben für seine Bewachung. Und höre: Er muß sogleich sterben – schicke ihm einen Beichtvater. Wir wollen nicht Leib und Seele töten. Warte, noch eins: Man tue ihm keinen Schimpf an – er soll ritterlich sterben mit Gürtel und Sporn: Denn mag sein Verrat auch schwarz sein wie die Hölle, sein Mut erreicht den des Teufels selber.«

De Vaux, der, um die Wahrheit zu gestehen, froh war, daß der Auftritt endete, ohne daß sich Richard zu der einem König nicht geziemenden Handlung herabwürdigte, einen Gefangenen, der keinen Widerstand leistete, zu töten, beeilte sich, Sir Kenneth durch einen geheimen Ausgang hinwegzuschaffen und nach einem abgesonderten Zelt zu führen, wo er entwaffnet und zur Sicherheit in Fesseln gelegt wurde.

Als man damit zu Ende war, sagte er in feierlichem Ton zu dem unglücklichen Verbrecher: »Es ist der Wille von König Richard, daß Ihr in Euren Würden sterbt – ohne Verstümmelung Eures Leibes oder Beschimpfung Eures Wappens – und daß Euer Haupt vom Rumpfe getrennt werde durch das Schwert des Scharfrichters.«

»Es ist mir lieb«, sagte er Ritter mit einer leisen und fast untertänigen Stimme, wie einer, der eine unerwartete Gnade empfängt; »meine Familie wird dann nicht das Schlimmste erfahren müssen. O, mein Vater – mein Vater!«

Dieser halblaute Ausruf entging nicht dem derben, aber gutherzigen Engländer, und er fuhr mit der Hand über sein rauhes Gesicht, ehe er weitersprechen konnte.

»Es ist ferner der Wille von König Richard«, sagte er endlich, »daß Ihr Euch mit einem Geistlichen beratet, und ich bin auf dem Weg hierher einem Karmeliter begegnet, der Euch zu Eurer Reise vorbereiten kann. Er wartet draußen, bis Ihr in der Gemütsverfassung seid, ihn zu empfangen.«

»Es sei ohne Verzug«, sagte der Ritter. »Auch hierin ist Richard gnädig. Ich kann nicht mehr vorbereitet auf den Besuch des guten Vaters sein, als ich es jetzt schon bin: Denn das Leben und ich haben Abschied voneinander genommen wie zwei Wanderer, die an dem Kreuzweg angekommen sind, wo ihre Straßen sich trennen.«

»Das ist mir lieb«, sagte de Vaux langsam und feierlich; »denn es tut mir gewissermaßen leid, die Hauptsache meines Auftrags zu sagen. Es ist der Wille von König Richard, daß Ihr Euch augenblicklich zum Tod vorbereitet.«

»Der Wille Gottes und des Königs geschehe«, versetzte der Ritter sanft. »Ich stelle weder die Gerechtigkeit des Urteils in Abrede noch wünsche ich einen Aufschub der Vollstreckung.«

De Vaux schickte sich an, das Zelt zu verlassen, aber mit vielem Zögern – an der Tür stand er still und blickte nach dem Schotten zurück, der alle weltlichen Gedanken von sich verbannt zu haben schien, um sich der strengsten Andacht zu überlassen. Das Gefühl des stämmigen englischen Barons war im allgemeinen keines der feinsten, und doch überwältigte ihn jetzt eine außergewöhnliche Rührung. Mit hastigen Schritten kehrte er zu dem Strohbündel zurück, worauf der Gefangene lag, faßte eine der gefesselten Hände und sagte mit so viel Sanftmut, als seine rauhe Stimme auszudrücken vermochte: »Sir Kenneth, du bist noch jung – du hast einen Vater. Mein Ralph, den ich zurückgelassen habe, sein kleines Pferdchen von Galloway an dem Ufer der Irrthing herumtummelnd, mag eines Tages dein Alter erreichen – und, die letzte Nacht abgerechnet, wollte ich zu Gott, daß seine Jugend mir solche Früchte zeigte wie deine. Kann nichts zu deinen Gunsten gesagt oder getan werden?«

»Nichts«, war die mutlose Antwort. »Ich habe meinen Posten verlassen – das mir anvertraute Banner ist verloren. Wenn der Scharfrichter und der Block bereit sind, dann sind auch Kopf und Rumpf bereit, sich zu trennen.«

»Nun denn, Gott sei Euch gnädig!« sagte de Vaux, »doch gäbe ich mein bestes Pferd darum, wenn ich die Wache selbst übernommen hätte. Hier ist ein Geheimnis, junger Mann, das ein schlichter Mann wohl merken kann, ohne es deutlich durchschauen zu können. Komm, ich bitte dich, sage mir die reine Wahrheit, wie einem Priester – Richard ist gnädig, wenn sein Zorn vorüber ist. Hast du mir nichts anzuvertrauen?«

Der unglückliche Ritter wandte das Gesicht von dem gutherzigen Krieger und antwortete: »Nichts.«

De Vaux, dessen Redekunst erschöpft war, erhob sich und verließ das Zelt mit gekreuzten Armen und in einer Stimmung, die trauriger war als nach seiner Meinung die Gelegenheit es verdiente. Er war verdrießlich gegen sich selbst, daß ein Ding von so wenig Bedeutung wie der Tod eines Schotten ihm so zu Herzen gehen konnte.

»Indes«, sprach er zu sich selbst, »mögen diese rauchfüßigen Knaben in Cumberland unsere Feinde sein, in Palästina betrachtet man sie als Brüder.«

16

Die edle Berengaria, Tochter von Sanchez, des Königs von Navarra, und königliche Gemahlin des heldenmütigen Richard, wurde für eine der größten Schönheiten ihrer Zeit angesehen. Ihre Gestalt war zart und vorzüglich gebildet. Sie zeichnete sich aus durch eine in ihrem Vaterland ungewöhnliche Gesichtsfarbe, durch ein üppiges, schönes Haar und durch ein Gesicht, das so jugendlich war, daß sie um einige Jahre jünger schien, als sie wirklich war, obgleich sie erst einundzwanzig Jahre zählte. Vielleicht war es unter dem Einfluß dieses jugendlichen Aussehens, daß sie ein Benehmen jugendlicher Ausgelassenheit und kindischen Eigensinns annahm oder wenigstens zeigte, das einer jungen Vermählten nicht unanständig sein könne. Sie war von Natur vollkommen gutherzig, und wenn sie ihren gebührenden Teil (der, wie sie meinte, ein großer sein müsse) von Bewunderung und Verehrung erhalten hatte, so hatte niemand bessere Launen oder ein besseres Herz. Aber je mehr man ihr nachgiebig den Willen ließ, desto mehr suchte sie, gleich allen Despoten, ihre Macht zu vergrößern. Manchmal, wenn all ihr Ehrgeiz gesättigt war, nahm sie sich vor, ein wenig krank und übel aufgelegt zu sein, und die Ärzte hatten ihren Geist anzustrengen, um für eingebildete Krankheiten Namen zu erfinden, während ihre Frauen ihren Erfindungsgeist aufboten, um durch neue Spiele, neuen Kopfputz und frische Hofneuigkeiten diese trüben Stunden zu vertreiben, in denen sie sich in keiner sehr beneidenswerten Lage befanden. Das gewöhnliche Mittel gegen diese Krankheit war irgendeine Neckerei oder irgendeine Posse, die sie sich einander spielten. Im Vertrauen auf die Gunst ihres Gemahls, auf ihren hohen Rang und auf ihre vermeintliche Macht hoffte sie, allen Schaden, den andere durch ihre Späße erleiden möchten, ersetzen zu können. Kurz, sie scherzte mit der Unbefangenheit einer jungen Löwin, die nicht weiß, wie weh ihre Krallen denen tun, mit welchen sie spielt.

Die Königin Berengaria liebte ihren Gemahl mit Leidenschaft, aber sie fürchtete seinen stolzen und rauhen Charakter, und da sie ihm an Geist nicht gleich kam, so fühlte sie sich nicht dadurch geschmeichelt, daß er sich lieber mit Edith Plantagnet als mit ihr unterhielt, weil er mehr Vergnügen, mehr Verstand und mehr Schwung des Geistes und Herzens in der Unterhaltung seiner Verwandten fand als in der seiner schönen Gemahlin. Berengaria haßte darum Edith nicht, noch weniger dachte sie daran, dieselbe zu betrüben: Denn, ein wenig Eigenliebe abgerechnet, war ihr Gemüt im ganzen unschuldig und edelmütig. Aber die Damen ihres Gefolges, in solchen Stücken scharfsinnig, hatten bereits die Entdeckung gemacht, daß ein beißender Scherz auf Unkosten der Lady Edith das wirksamste Mittel sei, die trägen Lebensgeister der Königin von England zu erwecken, und diese Entdeckung ersparte ihrer Erfindungskraft manche Mühe.

Hierin zeigte sich wenig Edelmut: Denn Lady Edith wurde als eine Waise angesehen; und obwohl sie Plantagenet und das schöne Fräulein von Anjou genannt wurde und von Richard Vorzüge zugestanden bekam, welche nur Glieder der königlichen Familie erhielten, und ihren Platz am Hof demgemäß einnahm, so wußten doch nur wenige genau, und keiner, der den Hof von England kannte, wagte zu fragen, in welchem Grade sie mit Richard verwandt sei. Sie war mit Eleonoren, der berühmten König Mutter von England, gekommen und mit Richard in Messina zusammengetroffen, als eine der für den Hof Berengarias, deren Vermählung bevorstand, auserlesenen Gesellschaftsdamen. Richard behandelte seine Verwandte mit achtungsvoller Auszeichnung, und die Königin erwählte sie, der kleinen Eifersucht zum Trotz, im allgemeinen mit geziemender Achtung.

Die Hofdamen hatten lange keinen weiteren Vorteil über Edith, außer wenn sie gelegentlich einen zu gekünstelten Kopfputz oder ein nicht recht passendes Kleid der Lady tadeln konnten: Denn in dieser Hinsicht stand letztere zurück. Die stumme Liebe des schottischen Ritters war in der Tat nicht unbemerkt geblieben; seine Farben, sein Wappen, seine Waffentaten und seine Wahlsprüche wurden genau beobachtet und bei Gelegenheit zu einem vorübergehenden Scherz verwandt. Aber hierauf folgte die Wallfahrt der Königin und ihrer Damen nach Engaddi, welche Reise die Königin unter einem Gelübde für die Genesung ihres Gemahls unternommen hatte, und zu deren Ausführung sie bestärkt worden war von dem Erzbischof von Tyrus, der einen politischen Grund hierbei hatte. Damals war es, und zwar in der Kapelle des heiligen Ortes, die von oben mit einem Kloster der Karmeliterinnen, von unten mit der Zelle des Einsiedlers in Verbindung stand, daß eine von den Damen der Königin das vertraute Zeichen bemerkte, welches Edith ihrem Liebhaber gegeben, und alsbald ihrer Majestät die Mitteilung davon machte. Die Königin war von ihrer Wallfahrt zurück, bereichert mit diesem wundertätigen Rezept gegen Mißmut und Langeweile; zur nämlichen Zeit war auch ihr Gefolge vergrößert worden durch zwei unglückliche Zwerge, ein Geschenk der entthronten Königin von Jerusalem, die so mißgebildet und närrisch waren, wie es sich eine Königin nur wünschen konnte. Es war einer der lustigen Einfälle von Berengaria, zu versuchen, welche Wirkung die plötzliche Erscheinung so gräßlicher und gespenstischer Gestalten auf die Nerven des Ritters, der allen in der Kapelle zurückgeblieben war, haben würde. Aber der Spaß wurde vereitelt durch die ruhige Fassung des Schotten und durch das Eingreifen des Einsiedlers. Nun hatten sie einen zweiten Spaß versucht, dessen Folgen ernster zu werden drohten.

Die Damen versammelten sich von neuem, als Sir Kenneth das Zelt verlassen hatte, und die Königin, anfangs von Ediths bitteren Beschwerden bewegt, antwortete ihr nur, indem sie ihr ihr Sprödetun vorhielt und ihren Witz ergoß auf Unkosten der Kleidung, der Nation und vor allem der Armut des Ritters vom Leoparden, wobei sie viel mutwilligen Spott mit einiger Laune vermischt zeigte, bis Edith genötigt war, ihrer Beklommenheit in ihrem abgesonderten Gemach zu verbergen. Als aber am Morgen eine Dienerin, welche Edith auf Erkundigung ausgeschickt hatte, die Nachricht brachte, daß die Standarte vermißt werde und daß ihr Hüter verschwunden sei, da stürzte sie in das Gemach der Königin und beschwor sie, aufzustehen und ohne Verzug nach dem Zelt des Königs zu eilen, um durch ihre mächtige Vermittlung den üblen Folgen ihres Scherzes zuvorzukommen.

Die Königin, nun ihrerseits erschrocken, warf, wie gewöhnlich, die Schuld ihrer Torheit auf ihre Umgebung, suchte Edith in ihrem Schmerz zu trösten, in ihrem Leid zu beruhigen durch tausend ungereimte Gründe.

Aber während Edith vergebens sich bestrebte, den Strom dieses nichtigen Geplauders zu hemmen, traf ihr Auge auf eine der Damen, die eben in das Gemach hereintrat. Des Todes Schrecken und Entsetzen war in ihrem Blick, und bei der ersten Gewahrung wäre Edith sogleich zu Boden gesunken, hätte nicht strenge Notwendigkeit und ihre eigene Charakterfestigkeit sie befähigt, wenigstens äußere Fassung zu behaupten.

»Madame«, sagte sie zur Königin, »verliert kein Wort mehr, sondern rettet sein Leben – wenn«, fügte sie mit zitternder Stimme hinzu, »dies Leben je noch gerettet werden kann.«

»Es kann – es kann«, antwortete Lady Calista. »Ich habe gehört, daß er soeben vor den König gebracht worden ist. Es ist noch nicht zu spät – aber«, fügte sie hinzu, in einen Tränenstrom ausbrechend, an dem ihre Furcht einigen Anteil haben mochte, »bald wird es zu spät sein – wenn man sich nicht eilt.«

»Ich will einen goldenen Leuchter fürs heilige Grab geloben, ein silbernes Tabernakel der heiligen Jungfrau von Engaddi, ein Pallium, hundert Byzantiner wert, für St. Thomas von Orthez«, sagte die Königin in äußerster Angst.

»Auf, auf, Madame!« sagte Edith; »fleht zu den Heiligen, wenn es Euch gefällt, aber seid Euer eigener bester Heiliger.«

»Wahrhaftig, Madame«, sagte die erschrockene Hofdame, »Lady Edith hat Recht. Auf, Madame, und gehen wir zum Zelt von König Richard, das Leben des armen Edelmannes von ihm zu erbitten.«

»Ich will gehen – ich will auf der Stelle gehen«, sagte die Königin, indem sie mit Zittern und Beben aufstand, während ihre Frauen, die sich in so großer Verwirrung wie sie selbst befanden, unvermögend waren, ihr beim Aufstehen die gewöhnlichen Dienstleistungen zu bezeigen. Ruhig, gefaßt, nur bleich wie der Tod bediente Edith die Königin mit eigener Hand und vertrat ganz allein die Stelle der zahlreichen Dienerschaft.

»Wie Ihr eure Pflicht tut, meine Fräulein!« sagte die Königin, die selbst in diesem Augenblick an Kleinliches dachte. »Leidet Ihr es, daß Lady Edith Euern Dienst versieht? Sieh, Edith, sie können nichts tun – ich werde nicht zeitig genug angekleidet sein. Senden wir zu dem Erzbischof von Tyrus, und bedienen wir uns seiner Vermittlung.«

»O nein, nein!« rief Edith aus. »Ihr selbst müßt gehen, Madame – Ihr habt dies Übel verursacht, heilt es nun auch.«

»Ich will gehen – ich will gehen«, sagte die Königin; »aber wenn Richard im Zorn ist, so wage ich es nicht, mit ihm zu sprechen – er würde mich töten.«

»Aber gehen Sie nur, gnädige Frau«, sagte Lady Calista, die ihrer Herrin Gemütsart am besten kannte; »kein Löwe, wenn er wütet, kann, wenn er ein solches Gesicht und solche Gestalt erblickt, nur einen schlimmen Gedanken bewahren – viel weniger ein liebender Ritter, wie der königliche Richard, für den Euer geringstes Wort Befehl sein würde.«

»Glaubst du das wirklich, Calista?« sagte die Königin. »Ach, du kennst ihn schlecht – doch ich will gehen. Aber nun seht einmal – was soll das heißen? Ihr habt mich grün gekleidet, eine Farbe, die er verwünscht. Gebt mir ein blaues Kleid, und sucht mir das Halsgeschmeide von Rubinen, das unter der Lösung des Königs von Zypern sich befand – es liegt entweder in dem Stahlkästchen oder sonstwo.«

»Wie – das! Und ein Menschenleben steht auf dem Spiel!« sagte Edith entrüstet. »Es geht über Menschengeduld. Bleibt ungestört, Madame – ich will zu König Richard gehen. Ich bin in der Sache beteiligt – ich will wissen, ob die Ehre seiner Blutsverwandten so zum Spiele werden darf, daß man den Namen derselben mißbraucht, um einen braven Edelmann von seiner Pflicht zu verlocken, ihn in Tod und Schande zu stürzen und zu gleicher Zeit die Ehre von England dem ganzen Christenheer zum Gelächter zu machen.«

Bei diesem unerwarteten Ausbruch der Leidenschaft verhielt sich Berengaria starr vor Furcht und Verwunderung. Aber als Edith im Begriff war, das Zelt zu verlassen, rief sie, obwohl mit schwacher Stimme, aus: »Haltet sie – haltet sie!«

»Fürwahr, Ihr müßt halten, edle Lady Edith«, sagte Calista, sie freundlich am Arm fassend, »und Ihr, Königin, ich weiß es gewiß, werdet gehen ohne weiteres Zögern. Wenn die Lady Edith allein zum Könige kommt, so wird er furchtbar zürnen, und dann wird ein einziges Leben nicht hinreichen, seinen Zorn zu versöhnen.«

»Ich gehe – ich gehe«, sagte die Königin, sich der Notwendigkeit fügend, und mit Ungeduld erwartete Edith den Aufbruch.

Sie beeilten sich nun so, wie sie es wünschen konnte. Die Königin bedeckte sich in der Eile mit einem weiten Mantel, der alle Mängel ihres Anzugs verbarg. In dieser Verhüllung, von Edith und ihren Frauen begleitet und von einigen Offizieren und Bewaffneten, die voran und hinten nach schritten, beschützt, eilte sie dem Zelt ihres löwenmütigen Gemahls zu.

17

Der Eintritt der Königin Berengaria in das Innere von Richards Zelt fand Widerstand, zwar mit aller möglichen Rücksicht und Ehrerbietung – aber doch Widerstand von seiten der Kämmerer, die im vorderen Zelt waren. Sie konnte den strengen Befehl des Königs von innen hören, wonach ihr der Eintritt versagt wurde.

»Ihr seht«, sagte die Königin, sich an Edith wendend, als wenn nun schon alle Mittel, die in ihrer Macht ständen, erschöpft wären, »ich wußte es wohl – der König will uns nicht empfangen.«

Zu gleicher Zeit hörten sie Richard innen zu jemandem sagen: »geh, verrichte dein Geschäft flink, Bursche: Denn deine Barmherzigkeit liegt in der Geschwindigkeit – zehn Byzantiner, wenn du ihn auf den ersten Streich kriegst. Horch, noch eins, gib acht, ob seine Wangen blaß werden, ob sein Auge zuckt, melde mir die geringste Bewegung seiner Züge, das Regen seines Augenlides – ich bin begierig zu wissen, wie brave Männer sterben.«

»Wenn er mein aufgehobenes Schwert ohne Zittern sieht, so ist er der erste, der so stirbt«, antwortete eine widrige, tiefe Stimme, deren Krächzen aus Ehrfurcht vor dem König außergewöhnlich gemildert war.

Edith konnte nicht länger schweigen. »Wenn Eure Hoheit«, sagte sie zu der Königin, »sich nicht den Weg bahnt, so will ich es für Euch tun – oder wenn nicht für Eure Majestät, doch für mich selbst. Kämmerer, die Königin verlangt, König Richard zu sehen – die Gattin verlangt, ihren Gemahl zu sprechen.«

»Edle Lady«, sagte der Hofdiener, seinen Amtsstab senkend, »es tut mir leid, Euch nicht willfahren zu können. Seine Majestät ist in Dingen beschäftigt, die Leben und Tod betreffen.«

»Und auch wir wollen ihn in Dingen sprechen, die Leben und Tod betreffen«, sagte Edith. »Ich will Eurer Hoheit den Eingang öffnen. « Und indem sie den Kämmern mit der einen Hand auf die Seite schob, faßte sie den Vorhang mit der anderen.

»Ich wage es nicht, dem Willen Eurer Majestät zu widersprechen«, sagte der Kämmerer, in dem er der Raschheit der schönen Bittstellerin wich; und als er den Weg offen gelassen hatte, war die Königin genötigt, in das Gemach Richards hineinzugehen.

Der Monarch lag auf seinem Bett, und in einiger Entfernung stand, um weitere Befehle abzuwarten, ein Mann, dessen Amt nicht schwer zu erraten war. Er trug ein Wams von rotem Zeug, das knapp über die Achseln reichte, und die unteren Arme ganz, die oberen zur Hälfte nackt ließ, und darüber als Oberkleid, so oft er wie jetzt im Begriff stand, sein furchtbares Amt zu verwalten, einen Rock oder Mantel ohne Ärmel, einem Heroldsmantel ähnlich, aus gegerbtem Büffelleder gemacht, und vorne mit mehr als einem blutroten Flecken besudelt. Die Gestalt des Mannes war kurz, gedrungen, mit einem Büffelhals, sehr breiten Schultern, unverhältnismäßig langen Armen, einem ungeheuern, viereckigen Rumpf und dicken Säbelbeinen. Dieser Blutrichter lehnte sich an ein Schwert, dessen Klinge fast vier und einen halben Fuß lang war, während der zwanzig Zoll lange Griff, der rings mit Blei beschwert war, um ein Gegengewicht mit der Klinge zu bilden, über den Kopf des Mannes hinausragte, als er seinen Arm auf das Heft des Schwertes stützte, die ferneren Befehle Richards erwartend.

Bei einem plötzlichen Eintritt der Frauen wandte sich Richard, der, in seinem Bett liegend, zu dem scheußlichen Diener sprach, hastig auf die andere Seite um, wie verdrossen und überrascht der Königin und ihrem Gefolge den Rücken zeigend. Er zog seine Bettdecken fest an sich, die nach seiner eigenen Wahl oder wahrscheinlicher nach der seiner schmeichlerischen Kämmerer in zwei großen Löwenhäuten bestanden, welche in Venedig mit so großer Kunst gegerbt worden waren, daß sie zarter als Hirschleder zu sein schienen.

Berengaria, so wie wir sie beschrieben haben, kannte wohl – welches Weib kennt sie nicht? – ihre eigene Bahn zum Sieg. Nachdem sie einen flüchtigen Blick unverhehlten und ungeheuchelten Abscheus auf den gräßlichen Vertrauten ihres Gemahls geworfen, flog sie neben Richards Lager, warf sich auf die Knie, schob ihren Mantel von der Schulter, und zeigte ihre schönen, goldenen Locken, die in ihrer ganzen Länge herunterhingen. Und mit einer Miene der Sonne vergleichbar, die, aus einer Wolke brechend, auf ihrer blassen Stirn die Spuren zeigt, daß ihr Glanz verdunkelt gewesen war, erfaßte sie des Königs rechte Hand, womit derselbe, als er seine veränderte Lage annahm, seine Bettdecken geordnet hatte, und indem sie dieselbe an sich zog mit einer Kraft, der nur schwacher Widerstand entgegengesetzt wurde, setzte sie sich in Besitz des Armes, der die Stütze der Christenheit und der Schrecken der Heiden war, und, nachdem sie in ihren kleinen, schönen Händen eingeschlossen, beugte sie ihre Stirn darauf und vereinte ihre Lippen damit.

»Was soll das, Berengaria?« sagte Richard, sein Gesicht ihr abwendend, aber seine Hand in ihrer Gewalt lassend.

»Schick diesen Mann fort – sein Anblick tötet mich!« sagte Berengaria leise.

»Geh fort, Bursche«, sagte Richard, immer ohne umzublicken. »Auf was wartest du denn? Bist du geneigt, diese Damen zu betrachten?«

»Euer Hoheit Befehl wegen des Kopfes«, sagte der Mann.

»Hinaus mit dir, Hund!« antwortete Richard. »Ein christliches Begräbnis.«

Der Mann verschwand, nachdem er einen Blick auf die schöne Königin in ihrem ungeordneten Anzug und ungekünstelten Liebreiz geworfen, mit einem beifälligen Lächeln, das häßlicher war als seine gewöhnliche saure, menschenfeindliche Miene.

»Und nun, närrisches Weib, was wünschst du?« sagte Richard, indem er sich langsam und halb widerwillig nach seiner königlichen Bittstellerin umdrehte.

Aber es stand in keines Mannes Vermögen, am wenigsten in dem Richards, bei dem Schönheit den zweiten Rang nach dem Ruhm einnahm, ohne Rührung die Züge und die Angst der schönen Berengaria zu erblicken, und ohne innige Teilnahme ihrer Lippen und Stirn auf seiner Hand zu fühlen, die von ihren Tränen benetzt wurde. Nach und nach wandte er sein männliches Gesicht ihr zu und blickte sie mit dem zärtlichsten Ausdruck an, dessen sein großes, blaues Auge, das so oft mit unerträglichem Licht strahlte, fähig war.

»Noch einmal, was sucht die Dame meines Herzens in ihres Ritters Zelt zu einer so frühen, ungewöhnlichen Stunde?«

»Verzeihung, mein gnädigster Herr, Verzeihung!« sagte die Königin, deren Furcht sie abermals unfähig machte, ihr Vermittlungsgesuch anzubringen.

»Verzeihung! Wofür?« fragte der König.

»Zuerst für den kühnen und vorschnellen Eintritt...«

Sie stockte.

»Du zu kühn! Dann müßte auch die Sonne um Verzeihung bitten, wenn ihre Strahlen durch die Luftlöcher eines elenden Kerkers dringen. Aber ich war in Dingen beschäftigt, die für dich nicht geeignet waren, meine Liebe, und es verdroß mich auch, daß du deine kostbare Gesundheit hier in Gefahr setzest, wo erst kürzlich noch die Krankheit herrschte.«

»Und du bist nun wohlauf?« sagte die Königin, immer noch ihr Gesuch verschiebend, das sie anzubringen sich scheute.

»Wohl genug, um eine Lanze am Helme des kühnen Ritters zu brechen, der sich weigerte, dich für die schönste Dame der Christenheit anzuerkennen.«

»Du wirst mir darum auch nicht eine Gunst verweigern, nur eine – nur ein armes Leben.«

»Ha! Sprich weiter«, sagte Richard, seine Stirn runzelnd.

»Dieser unglückliche schottische Ritter«, flüsterte die Königin.

»Sprecht nicht von ihm, Madam«, rief Richard erst aus. »Er stirbt – sein Schicksal ist beschlossen.«

»Nein, mein lieber Herr und König, es ist ja nur eine seidene Fahne, die vernachlässigt wurde – Berengaria gibt dir eine andere, von ihrer eigenen Hand gestickt und reich wie eine, die je mit dem Winde spielte. Alle Perlen, die ich habe, will ich zu ihrem Schmuck verwenden, und zu jeder Perle soll sich eine dankbare Träne für meinen großmütigen Ritter gesellen.«

»Du weißt nicht, was du sprichst«, sagte der König, sie verdrießlich unterbrechend. »Perlen! Können alle Perlen des Morgenlandes England für einen Schandflecken entschädigen – alle Tränen, die Weiberaugen je geweint, einen Schmutzflecken von Richards Ruhm abwaschen? – Geht, Madam, lernt Euern Platz, Eure Zeit und Euern Kreis kennen; für jetzt haben wir Geschäfte, woran Ihr keinen Anteil nehmen könnt.«

»Du hörst es, Edith«, flüsterte die Königin, »wir werden ihn nur erzürnen.«

»Mag es sein«, sagte Edith vorwärts schreitend. »Mein Fürst, ich, Eure arme Verwandte, bitte Euch eher um Gerechtigkeit als um Gnade; und der Bitte um Gerechtigkeit muß das Ohr eines Herrschers zu jeder Zeit, an jedem Ort und unter allen Umständen offen sein.«

»Ha! Unsere Base Edith?« sagte Richard aufstehend und sich auf sein Lager setzend, mit seiner langen Camiscia bedeckt. »Sie spricht immer wie ein König, und wir wollen Ihr als ein König antworten, wenn Ihr Anliegen Ihrer und meiner nicht unwürdig ist.«

Die Schönheit der Lady Edith war eine mehr geistige und weniger sinnliche als die der Königin; aber Unruhe und Besorgnis hatten ihrem Gesicht eine Glut verliehen, deren es zuweilen ermangelte, und ihre Miene hatte einen so starken Ausdruck eigener Würde, daß sie für einen Augenblick selbst Richard Stillschweigen abgewann, ihm, der, nach seinen Gebärden zu urteilen, sie gerne würde unterbrochen haben.

»Mein Fürst«, sagte sie, »dieser gute Ritter, dessen Blut Ihr gegenwärtig vergießen wollt, hat zu einer andern Zeit der Christenheit Dienste geleistet. Er ist in der Erfüllung seiner Pflicht gefallen durch einen Fallstrick, den ihm Mutwille und müßige Ausgelassenheit gelegt haben. Eine Botschaft, die ihm überbracht wurde im Namen einer, die – doch warum sollte ich es nicht sagen? – es war in meinem Namen – verleitete ihn, für einen Augenblick seinen Posten zu verlassen. Und welcher Ritter in dem ganzen Christenlager wäre nicht ebensoweit gegangen auf den Befehl eines Fräuleins, das, obwohl arm in anderer Rücksicht, dennoch das Blut der Plantagenet in ihren Adern hat?«

»Und Ihr habt ihn also gesehen, Base?« versetzte der König, seine Lippen zusammenbeißend, um seine Aufwallung zu unterdrücken.

»Ja, mein Fürst«, sagte Edith. »Aber es ist jetzt nicht Zeit, zu erklären, weshalb ich ihn sah – denn ich bin nicht hier, um mich zu verteidigen oder andere zu verklagen.«

»Und wo habt Ihr ihm diese Gunst erwiesen?«

»In dem Zelt Ihrer Majestät der Königin.«

»Unserer königlichen Gemahlin«, sagte Richard. »Nun beim Himmel, bei St. Georg von England und allen Heiligen auf der kristallenen Himmelsflur, das ist vermessen! Ich habe dieses Ritters ungebührliche Neigung zu einer, die so weit über ihm ist, bemerkt und übersehen – und ich zürnte ihm nicht, daß eine Blutsverwandte von mir von ihrem hohen Standpunkt einen Einfluß ausübte, wie die Sonne auf der Welt unter ihr hat. Aber Himmel und Erde!, daß Ihr ihn zu einem Stelldichein zulassen konntet bei Nacht, in dem Zelt unserer königlichen Gemahlin, daß Ihr es wagen konntet, dies als eine Entschuldigung seiner Pflichtvergessenheit und Untreue vorzubringen, bei meines Vaters Seele, Edith, du sollst es dein Leben lang in einem Kloster bereuen.«

»Mein Fürst«, sagte Edith, »Eure Größe erlaubt Euch Gewaltstreiche. Meine Ehre, Herr König, ist so wenig angegriffen als die Eurige, und die Königin kann es beweisen, wenn sie will. Aber ich hab' es schon gesagt, ich bin nicht hier, um mich zu verteidigen oder andere zu beschuldigen. Ich fordere nur von Euch, daß Ihr auf einen, dessen Fehler die Folge einer starken Versuchung war, jene Barmherzigkeit ausdehnen möchtet, die Ihr selbst, Herr König, eines Tages vor einem höheren Richterstuhle anrufen müßt für Fehler, die vielleicht weniger verzeihlich sind.«

»Ist das Edith Plantagenet?« sagte der König mit Bitterkeit. »Edith Plantagenet, die verständige, edle? Oder ist es ein verliebtes Weib, der an ihrem eigenen Ruf nichts liegt, wenn das Leben ihres Liebhabers auf dem Spiel steht? Nun, bei König Heinrichs Seele, es fehlt wenig, daß ich befehle, deines Buhlen Schädel vom Galgen zu bringen und als ewiges Angedenken neben das Kruzifix deiner Zelle zu hängen.«

»Und wenn du sendest, ihn vom Galgen zu bringen und auf immer mir vor Augen zu stellen«, sagte Edith, »so werde ich sagen, daß es eine Reliquie von einem guten Ritter ist, der auf unwürdige und grausame Weise getötet worden von einem, von dem ich nur sagen werde, er hätte es besser verstehen sollen, Ritterlichkeit zu belohnen. Du nennst ihn meinen Buhlen?« fuhr sie mit steigender Heftigkeit fort. »Er war in der Tat mein Liebhaber und ein sehr getreuer; aber nie suchte er eine Gunst von mir weder durch Worte noch Gebärden, es genügte ihm eine bescheidene Huldigung, wie sie die Menschen den Heiligen erweisen. Und dieser Gute – Tapfere – Getreue muß sterben darum!«

»O still, still, um der Barmherzigkeit willen«, flüsterte die Königin, »Ihr reizt ihn nur noch mehr!«

»Was liegt daran?« sagte Edith. »Die reine Jungfrau fürchtet die Wut des Löwen nicht. Laßt ihn sein Werk vollbringen an diesem würdigen Ritter. Edith, für die er stirbt, wird sein Gedächtnis zu beweinen wissen – zu mir soll dann niemand mehr sprechen von politischen Verbindungen, welche durch diese arme Hand hier geheiligt werden sollen. Ich konnte und wollte nicht die Braut des Lebendigen sein – unser Rang war zu verschieden. Aber der Tod macht Hohes und Niederes gleich – ich bin fortan die Verlobte des Grafen.«

Der König war eben im Begriff, mit vieler Heftigkeit zu antworten, als plötzlich ein Karmelitermönch hereintrat, Kopf und Leib in die lange Kutte von gestreiftem, grobem Zeug gehüllt, und sich vor dem König auf die Knie warf, denselben bei allem, was heilig ist, beschwörend, die Hinrichtung zu verschieben.

»Nun bei Schwert und Zepter!« sagte Richard. »Die Welt hat sich verschworen, mich toll zu machen – Narren, Weiber und Mönche durchkreuzen jeden meiner Schritte. Wie kommt's, daß er noch lebt?«

»Mein gnädiger Fürst«, sagte der Mönch, »ich bat den Lord von Gilsland, die Hinrichtung zu verschieben, bis ich mich Eurer Majestät zu Füßen geworfen ...«

»Und er war willfährig genug, dir deine Bitte zu gewähren?« sagte der König. »Aber das ist ein Stück von seinem gewöhnlichen Eigensinn. – Und was hast du mir zu sagen? In Teufels Namen, sprich!«

»Mein Fürst, hier ist ein wichtiges Geheimnis – aber es bleibt unter dem Siegel der Beichte –, ich wage weder, es zu sagen noch zu flüstern. Jedoch ich schwöre dir bei dem Kleide, das ich trage, bei dem gesegneten Elias, unserem Stifter, der aufgehoben ward, ohne des Todes Ängste zu erdulden, daß mir dieser junge Mann ein Geheimnis mitgeteilt, das, wenn ich dir es vertrauen dürfte, dich völlig von dem blutigen Entschluß abbringen würde.«

»Guter Vater«, sagte Richard, »daß ich die Kirche verehre, können die Waffen, die ich für sie trage, bezeugen. Enthülle mir dies Geheimnis, und ich will tun, was mir das Beste scheint.«

»Mein Fürst«, sagte der heilige Mann, indem er seine Mönchskappe und Kutte wegnahm und hinter dieser eine Bekleidung von Ziegenfellen zeigte, hinter jener ein Gesicht, das von Klima, Fasten und Buße so mitgenommen war, daß es einem belebten Gerippe anzugehören schien, »seit zwanzig Jahren habe ich diesen elenden Körper in den Höhlen von Engaddi abgemergelt in Abbüßung eines großen Verbrechens. Glaubt Ihr, daß ein der Welt Abgestorbener wie ich, eine Lüge ersinnt, die sein Seelenteil in Gefahr bringt? Oder glaubt Ihr, daß einer, der durch den heiligsten Eidschwur zum Gegenteil verpflichtet ist, wie ich es bin, ich, der ich nur einen einzigen Wunsch auf Erden habe – die Wiedererbauung des christlichen Zions, die Geheimnisse des Beichtstuhls verraten möchte? Beides ist mir in der innersten Seele abscheulich.«

»Du bist also«, antwortete der König, »der Einsiedler, von dem man so viel spricht? In der Tat, du gleichst hinlänglich jenen Geistern, die auf wüsten Stätten schweifen, aber Richard fürchtet sich nicht vor Gespenstern – und zudem bist du, wie mir einfällt, derjenige, zu welchem die Christenfürsten diesen Verbrecher geschickt haben, um Unterhandlungen mit dem Sultan zu eröffnen, gerade während ich, der vor allen zuerst hätte befragt werden sollen, auf dem Krankenbett lag. Du und sie, ihr mögt zufrieden sein – ich stecke nicht meinen Hals in die Schleife eines Karmelitergürtels. Und, was Euern Gesandten betrifft, so soll er sterben – um so eher, als du für ihn bittest.«

»Nun, Gott sei Euch gnädig, Herr König!« sagte der Einsiedler mit großer Bewegtheit. »Ihr seid im Begriff, eine Tat auszuführen, von der Ihr in Zukunft wünschen werdet, sie nicht vollbracht zu haben, und wenn es Euch ein Glied Eures Leibes kostete. Rascher, blinder Mann, halt ein – halt ein!«

»Fort, fort«, schrie der König, den Boden stampfend. »Die Sonne ist über den Schimpf von England aufgegangen, und die Rache zögert noch. Frauen und Mönch, zieht euch zurück, wenn ihr nicht Befehle hören wollt, die euch mißfallen werden: Denn, bei St. Georg! ich schwöre...«

»Schwöre nicht!« sagte die Stimme eines, der gerade jetzt in das Zelt hereingetreten war.

»Ha!, mein gelehrter Hakim«, sagte der König, »kommt ohne Zweifel, unsere Großmut auf die Probe zu stellen.«

»Ich komme, um eine alsbaldige Unterredung mit Euch zu haben, in Dingen von der größten Wichtigkeit.«

»Zuerst sieh mein Weib an, Hakim, und laß sie wissen, daß du der Retter ihres Gemahls bist.«

»Es kommt mir nicht zu«, sagte der Arzt, mit einem Ausdruck morgenländischer Demut und Ehrfurcht die Arme kreuzend und die Augen niederschlagend. »Es kommt mir nicht zu, die Schönheit zu betrachten, die unverhüllt ist und mit ihrem ganzen Glanze gerüstet.«

»Verlaß uns denn, Berengaria«, sagte der Monarch. »Und Edith, geht auch Ihr; ja, und erneuert nicht Eure Zudringlichkeit! Das will ich ihnen gewähren, daß die Hinrichtung nicht vor Mittag sein soll. Geh und sei ruhig, liebste Berengaria, geh, Edith«, fügte er hinzu mit einem Blick, der die mutige Seele seiner Verwandten selbst erschreckte, »geht, wenn Ihr verständig seid.«

Die Frauen gingen oder stürzten vielmehr aus dem Zelt, ohne Beachtung von Rang und Zeremoniell, gleich einem Flug Vögel, der sich in Verwirrung befindet, wenn der Falke eben erst einen Angriff gegen sie gemacht hat.

18

Der Einsiedler folgte den Frauen wie der Schatten dem Sonnenschein folgt, wenn Wolken die Sonnenscheibe verhüllen. Aber an der Schwelle drehte er sich um und hob die Hand gegen den König auf in einer warnenden, beinahe drohenden Stellung, während er die Worte sagte: »Wehe dem, der den Rat der Kirche verwirft und sich mit den Ungläubigen berät! König Richard, ich schüttle noch nicht den Staub von den Füßen, um dein Lager zu verlassen – das Schwert fällt nicht –, aber es hängt nur an einem Haar. Stolzer Monarch, wir sehen uns wieder.«

»Gut, stolzer Mönch«, versetzte Richard, »stolzer in deinen Ziegenfellen als Fürsten im Purpur und in feiner Leinwand.«

Der Einsiedler verschwand, und der König fuhr fort, sich an den Araber wendend: »Sind die Derwische des Morgenlandes, weiser Hakim, so keck bei ihren Fürsten?«

»Ein Derwisch«, antwortete Adonbec, »muß ein Weiser oder ein Narr sein, einen Mittelweg gibt's nicht für den, der den Khirkhah* trägt, bei Nacht wacht und am Tag fastet. Darum hat er entweder Weisheit genug, um sich in Gegenwart der Fürsten anständig zu betragen, oder, wenn er des Verstandes beraubt ist, kann er für seine Handlungen nicht verantwortlich sein.«

»Mir scheint, unsere Mönche haben hauptsächlich diesen letzteren Charakter«, sagte Richard. »Aber zur Sache. – Worin kann ich Euch gefällig sein, mein gelehrter Arzt?«

»Großer König«, sagte el Hakim, sich auf morgenländische Art tief

* Wörtlich – den zerrissenen Rock. Das Kleid des Derwisch wird so genannt.

verbeugend, »laß deinen Diener ein Wort sprechen und leben. Ich möchte dich daran erinnern, daß du zwar nicht mir, dem geringen Werkzeug, sondern den Geistern, deren Wohltaten ich den Sterblichen spende, ein Leben verdankst.«

»Und ich wette, daß du dafür ein anderes zum Lohne möchtest, nicht?« unterbrach ihn der König.

»Ja, dies ist meine bescheidene Bitte«, sagte der Hakim, »an den großen Melech Ric – das Leben des guten Ritters, der zum Tode verurteilt ist für den nämlichen Fehler, der begangen wurde von dem Sultan Adam, mit dem Beinamen Aboulbeschar oder Vater aller Menschen.«

»Und deine Kenntnis hätte dich, Hakim, erinnern sollen, daß Adam dafür starb«, sagte der König ziemlich ernsthaft und schritt dann in einiger Aufregung im Zelt auf und ab, indem er zu sich selbst sprach: »Ich hab's, Gott sei Dank, gesehen, was er wollte, sobald er ins Zelt trat. Hier ist ein elendes Leben, das mit Recht zum Tode verdammt ist, und ich, der ich als König und Krieger Tausende durch mein Wort erschlagen habe und Dutzende durch meine Hand, ich sollte keine Macht über dieses Leben haben, obgleich die Ehre meiner Waffen, meines Hauses, meiner Gemahlin selbst durch den Verbrecher angetastet wurde? – Bei St. Georg, es macht mich lachen! Bei St. Ludwig, es erinnert mich an Blondels Märchen von dem verzauberten Schloß, wo der erwartete Ritter in einem fort von den verschiedenartigsten Wesen und Gestalten am Eintritt gehindert wird! Kaum verschwindet der eine, so erscheint ein anderer! Weib – Verwandte – Einsiedler – Hakim – sie erscheinen in den Schranken, sobald der Vorgänger besiegt ist! Was, ein einzelner Ritter hier kämpft gegen das ganze Turniergewühl – ha! ha! ha!« Richard fing laut an zu lachen, denn jetzt hatte sich seine Stimmung geändert; seine Aufwallung war gewöhnlich viel zu heftig, um von langer Dauer zu sein.

Unterdessen sah ihn der Arzt mit einer staunenden und ziemlich verächtlichen Miene an, denn die Morgenländer lieben nicht den schnellen Wechsel der Gemütsstimmung und betrachten ein lautes Lachen in fast allen Fällen als den Mann entwürdigend und nur Weibern und Kindern zustehend. Endlich redete er den König an, da er ihn in besserer Fassung erblickte.

»Ein Todesurteil sollte aus keinem lachenden Mund kommen. Laß deinen Diener hoffen, daß du ihm das Leben jenes Mannes gewährt hast.«

»Nimm die Freiheit von tausend Gefangenen dafür«, sagte Richard,

»gib eine so große Zahl deiner Landsleute ihren Zelten und Familien wieder, und du sollst diesen Augenblick Gewähr dafür haben. Dieses Mannes Leben kann dir nichts nützen, und es ist verwirkt.«

»Eines jeden Leben ist verwirkt«, sagte der Hakim, die Hand an das Haupt bringend. »Aber der große Gläubiger ist barmherzig und fordert das Darlehen nicht mit Strenge und vor der Zeit zurück.«

»Du kannst mir«, sagte Richard, »keinen triftigen Grund angeben dafür, daß du dich zwischen mich und die Ausübung der Gerechtigkeit stellst, zu welcher ich als gekrönter König eidlich verbunden bin.«

»Du hast geschworen, Gnade zu erweisen so gut als Gerechtigkeit«, sagte el Hakim, »aber was du suchst, großer König, ist die Vollziehung deines eigenen Willens. Und was den Grund meiner Bitte anlangt, wisse, daß mehr als ein Leben davon abhängt, daß du mir diese Gunst gewährst.«

»Erkläre deine Worte«, sagte Richard, »aber glaube nicht, mir durch falschen Vorwand beizukommen.«

»Das sei ferne von deinem Diener!« sagte Adonbec. »Wisse denn, daß das Heilmittel, dem du, Herr König, mit vielen anderen eine Genesung verdankst, ein Talisman ist, unter einem bestimmten Aspekt des Himmels bereitet, wenn die göttlichen Kräfte am gewogensten sind. Ich bin nur der schwache Verwalter seiner großen Eigenschaften. Ich tauche ihn in eine Schale Wasser, ich beobachte die günstige Stunde, dem Kranken den Trank zu geben, und die Kraft desselben bewirkt die Heilung.«

»Eine seltene Arznei«, sagte der König, »und eine bequeme! Und da sie die Ärzte im Säckel nachführen können, so würde sie die Karawane von Kamelen ersparen, welche man zum Herbeischaffen der Arzneien und Apothekerwaren verwendet – es wundert mich, daß man noch andere Heilmittel gebraucht.«

»Es steht geschrieben«, antwortete der Hakim mit unbeweglichem Ernst, *»verachte das Roß nicht, das dich aus der Schlacht getragen hat*. Wisse, daß ein solcher Talisman allerdings gebildet werden kann; aber die Zahl der Adepten war klein, die es wagten, seine Kräfte in Anwendung zu bringen. Strenge Enhaltsamkeit, mühevolle Beobachtungen, Fasten und Bußübungen werden als notwendig von dem Weisen gefordert, der dies Heilmittel anwendet, und wenn durch Vernachlässigung dieser Vorbereitungen, durch Bequemlichkeit oder durch Befriedigung sinnlicher Lüste weniger als zwölf Kranke im Laufe eines Monats geheilt werden, so verliert der Talisman seine göttliche Kraft, und der letzte Kranke sowohl als der Arzt selber sind von nahem Unglück bedroht und werden das Jahr nicht überleben. Ich brauche noch ein Leben, um die bestimmte Zahl voll zu machen.«

»Geh hinaus ins Lager, guter Hakim, wo du eine große Anzahl finden wirst«, sagte der König, »und suche nicht meinem Scharfrichter seinen Patienten zu rauben; es schickt sich nicht für einen so ausgezeichneten Arzt, wie du einer bist, einem anderen in die Kundschaft zu pfuschen. Überdies sehe ich nicht ein, wenn ich einen Verbrecher von der verdienten Todesstrafe befreie, wie dies die Zahl deiner wunderbaren Heilungen voll machen kann.«

»Wenn du darlegen kannst, wie ein Trunk kalten Wassers dich geheilt hat, während die kostbarste Arznei fehlschlug«, sagte der Hakim, »dann magst du auch über die anderen Geheimnisse dieses Talismans vernünfteln. Was mich betrifft, so bin ich unfähig zu dem großen Werk, weil ich diesen Morgen ein unreines Tier berührt habe. Stelle mir darum keine weiteren Fragen; kurz, wenn du dieses Mannes Leben auf mein Gesuch verschonst, so wirst du dich selbst, großer König, und deinen Diener vor einer großen Gefahr behüten.«

»Höre, Adonbec«, versetzte der König, »ich habe nichts dagegen, daß die Ärzte ihre Worte in Dunkel hüllen und Rat von den Sternen zu nehmen vorgeben; aber wenn du Richard Plantagenet eine Gefahr zu fürchten heißt wegen irgendeiner leeren Vorbedeutung oder einer unterlassenen Zeremonie, wisse dann, daß du zu keinem unwissenden Sachsen sprichst und zu keiner kindischen alten Frau, die ihren Entschluß ändert, wenn ein Hase ihren Weg durchkreuzt, ein Rabe krächzt oder eine Katze niest.«

»Ich kann's nicht hindern, daß Ihr an meinen Worten zweifelt«, sagte Adonbec, »aber doch (gefalle es meinem Herrn König, zu glauben, daß Wahrheit auf der Zunge seines Dieners ist) kann er es für Recht halten, die Welt und jeden armen Kranken, der an dem nämlichen Gebrechen leidet, das ihn selbst vor kurzem auf dies Lager niederstreckte, lieber der wohltätigen Kräfte dieses Talismans zu berauben als einem armen Verbrecher seine Verzeihung zu gewähren? Bedenkt, Herr König, obwohl Ihr Tausend töten könnt, so vermögt Ihr doch nicht, einen einzigen zu heilen. Könige haben des Satans Macht zur Pein, Weise die des Allah zum Heil. – Hüte dich, der Menschheit das Gut zu rauben, das du ihr nicht geben kannst. Du kannst Köpfe abschlagen, aber du bist nicht im Stande, ein Zahnweh zu heilen.

»Das ist unverschämt«, sagte er König, der selbst rauher wurde, als der Hakim einen stolzeren und fast befehlenden Ton annahm. »Wir haben dich zu unserem Arzt, nicht zu unserem Rat oder Lehrer erwählt.«

»Und ist es so, daß der berühmte Fürst von Frangistan Dienste belohnt, die seiner eigenen königlichen Person erzeigt worden sind?« sagte el Hakim, indem er die demütige und gebückte Haltung, mit welcher er bisher den König bittend angegangen hatte, gegen eine stolze und gebietende vertauschte. »Wisse denn«, sagte er, »an jedem Hof von Europa und Asien, bei Muselmanen und Nazarenern, bei Rittern und Damen, überall wo die Harfe ertönt und wo man das Schwert führt, überall wo Ehre geachtet und Schande verwünscht wird, in jedem Teil der Welt will ich dich, Melech Ric, als einen Undankbaren und Unedelmütigen verschreien, und selbst die Länder, wenn es deren welche gibt, die nie was von deinem Ruhm vernommen haben, sollen wenigstens mit deiner Schande vertraut werden!«

»Sprichst du so von mir, elender Ungläubiger?« sagte Richard aufwallend. – »Bist du des Lebens müde?«

»Hau zu!« sagte el Hakim, »dann wird dich deine Tat würdiger schildern, als meine Worte es vermöchten, auch wenn ein jegliches den Stachel einer Hornisse hätte.«

Richard wandte sich zornig von ihm weg, und, nachdem er mit gekreuzten Armen wie zuvor das Zelt durchschritten hatte, rief er aus: »Undankbar und unedelmütig? Eben so gern hieße ich feige und ungläubig! Hakim, du hast deine Gunst erwählt; und obschon es mir lieber wäre, wenn du meine Kronjuwelen gefordert hättest, so mag ich sie dir aus königlicher Großmut nicht verweigern. Nimm darum diesen Schotten in deine Gewalt – der Profoß wird dir ihn gegen diesen Befehl ausliefern.«

Er schrieb in der Eile ein paar Zeilen und gab sie dem Arzt. »Er sei dein Sklave – mache mit ihm was du willst, nur nehme er sich in acht, nicht vor die Augen Richards zu kommen. Höre – du bist klug: Er ist zu keck bei denen gewesen, deren schönem Gesicht und schwachem Urteil wir unsere Ehre anvertrauen, gleich wie Ihr Morgenländer Eure Schätze in Kästchen von Silberdraht bewahrt, der so dünn und schwach ist wie fliegende Sommerfäden.«

»Dein Diener versteht die Worte des Königs«, sagte der Weise, der mit einmal seine anfängliche Ehrerbietung wieder annahm. »Wenn der kostbare Teppich besudelt worden ist, so deutet der Tor auf den Flekken, aber der Weise bedeckt ihn mit seinem Mantel. Ich habe den Willen meines Herrn gehört, und hören ist gehorchen.«

»Gut«, sagte der König, »er bedenke seine eigene Sicherheit, und komme nie wieder in meine Nähe! – Hast du noch etwas anderes, worin ich dir gefällig sein könnte?«

»Die Gnade des Königs hat meine Schale bis zum Rande gefüllt«, sagte der Weise. »Ja, sie ist reichhaltig gewesen wie die Quelle, die im Lager der Kinder Israels entsprang, als der Stab des Moussa ben Amram den Felsen schlug.«

»Aber«, sagte der König lächelnd, »es bedurfte wie in der Wüste eines harten Schlages an den Felsen, ehe er seine Gabe spendete. Ich möchte etwas wissen, was dir Freude machte, und was ich so gerne gäbe, wie die Quelle ihr Wasser gibt.«

»Laß mich diese siegreiche Hand berühren«, sagte der Weise, »zum Pfand, daß, wenn Adonbec el Hakim künftig eine Gunst von Richard von England fordern sollte, er dies tun möge, und seinen Anspruch geltend mache.«

»Hier ist die Hand und der Handschuh dazu, Mann«, versetzte Richard, »aber wenn du die gehörige Zahl deiner Heilungen voll machen könntest, ohne von mir zu verlangen, daß ich die von der Strafe befreie, welche dieselbe verdient haben, so würde ich mich mit größerer Freude auf irgendeine andere Art meiner Schuld entledigen.«

»Mögen deine Tage vervielfältigt werden!« antwortete der Hakim, und er zog sich nach der gewöhnlichen tiefen Verbeugung aus dem Gemach zurück.

Richard sah ihm nach wie einer, der nur halb mit dem Vorgegangenen zufrieden war.

»Eine seltsame Halsstarrigkeit in diesem Hakim«, sage er, »und eine wunderliche Vermittlung, die diesen Schotten der wohlverdienten Strafe entzieht. Indes, mag er leben! Es ist ein braver Mann mehr in der Welt. – Aber nun den Österreicher. – Heda, ist der Baron von Gilsland außen.«

Auf diese Aufforderung zeigte sich alsbald die stämmige Gestalt des Sir Thomas de Vaux am Eingang des Zeltes, und hinter ihm schlich, wie ein Gespenst, unangemeldet und ungehindert, der Einsiedler von Engaddi, in seinen Mantel von Ziegenfellen gehüllt.

Richard, ohne die Gegenwart des letzteren zu beachten, sagte mit lauter Stimme zu dem Baron: »Sir Thomas de Vaux, von Lanercost und Gilsland, nehmt einen Trompeter und einen Herold und geht sogleich zu dem Zelt dessen, den man Erzherzog von Österreich nennt, und seht zu, daß Ihr ihn von der Mehrzahl seiner Ritter und Vasallen umgeben antrefft, wie es vermutlich in diesem Augenblick der Fall ist. Der deutsche Eber frühstückt, ehe er zur Messe geht; nahe dich ihm mit so wenig Ehrfurcht als möglich und beschuldige ihn von seiten Richards von England, daß er letzte Nacht eigenhändig oder mit fremder Hilfe die Fahne von England von ihrer Stange gestohlen habe. Dafür tut ihm unseren Willen kund, daß er binnen einer Stunde das besagte Banner mit aller Ehrerbietung herstelle – er selbst und seine ersten Barone sollen dabei zugegen sein mit bloßen Köpfen und ohne ihre Ehrenkleider. Ferner soll er neben das englische Banner das österreichische verkehrt aufpflanzen, das durch Diebstahl und Treubruch verunehrt worden ist – und auf der andern Seite eine Lanze, worauf das blutige Haupt dessen aufgesteckt sei, welcher der hauptsächliche Anstifter oder Helfershelfer bei diesem gemeinen Frevel gewesen. Und sage ihm, daß, wenn dieser unser Befehl genau vollzogen werden wird, so wären wir gewillt, um unseres Gelübdes und des Wohls des heiligen Landes willen, ihm seine übrigen Missetaten zu verzeihen.«

»Aber wie – wenn der Herzog von Österreich alle Teilnahme an dieser schändlichen und schurkischen Tat leugnet?« sagte Thomas de Vaux.

»Sag ihm«, versetzte der König, »wir wollten es ihm auf seinen Kopf beweisen – ja, und wäre er von zweien seiner besten Kämpen unterstützt. Ritterlich wollen wir es beweisen, zu Fuß oder zu Roß, in der Wüste oder im Gefild – Zeit, Ort und Waffen stehen in seiner Wahl.«

»Bedenkt den Gottes- und Kirchenfrieden, mein Fürst«, sagte der Baron von Gilsland, »den die Fürsten des Kreuzzugs unter sich eingegangen sind.«

»Bedenkt, wie Ihr meine Befehle ausrichten mögt, mein Vasall«, antwortete Richard ungeduldig. »Es scheint, als wolle man unseren Entschluß durch einen Mund voll Wind wenden, wie Knaben eine Feder hin und her blasen? Der Kirchenfriede zwischen den Kreuzfahrern heischt Krieg mit den Sarazenen, mit denen die Fürsten einen Stillstand geschlossen haben – und der eine hört mit dem andern auf. Und überdies, seht ihr nicht, wie ein jeder dieser Fürsten sein eigenes Ziel verfolgt? Auch ich will das meinige verfolgen – es ist das der Ehre. Um der Ehre willen bin ich hierher gekommen, und wenn ich sie den Sarazenen nicht abgewinnen kann, so will ich wenigstens kein Pünktchen Achtung an diesen elenden Herzog verlieren, auch wenn alle Fürsten des Kreuzzugs ihn schirmten und schützten.«

De Vaux wandte sich, dem Befehl des Königs zu gehorchen; aber zu gleicher Zeit zuckte er die Achsel, denn seine derbe Natur konnte es nicht verbergen, daß der Inhalt des Befehls gegen seine Überzeugung ging.

Aber der Einsiedler verbot dem Baron durch Bewegungen, Blicke und Worte, in einem solchen Auftrag einen Schritt zu tun, und, indem er seinen nackten Arm in die Höhe hielt, von dem der Mantel von Ziegenfellen in der heftigen Bewegung weggefallen war, schwang er denselben hin und her, abgemagert und zergeißelt wie er war.

»Im Namen Gottes und des heiligen Vaters, des Statthalters Gottes auf Erden, verbiete ich diese unheilige, blutdürstige und höchst grausame Herausforderung zwischen zwei christlichen Fürsten, deren Schultern mit dem heiligen Kreuz bezeichnet sind, bei dem sie sich Brüderlichkeit geschworen haben. Wehe dem, durch den sie gebrochen wird! Richard von England, widerrufe die unheilige Botschaft, womit du diesen Baron beauftragt hast – Tod und Gefahr umgeben dich! Der Dolch sitzt dir schon an der Kehle.«

»Tod und Gefahr sind die Genossen Richards«, antwortete der Monarch stolz, »und er hat zu vielen Schwertern getrotzt, um einen Dolch zu fürchten.«

»Gefahr und Tod sind nahe«, versetzte der Seher, und mit hohler, geisterhafter Stimme fügte er hinzu, »und nach dem Tod das Gericht!«

»Guter, heiliger Vater«, sagte Richard, »ich verehre dich und deine Heiligkeit...«

»Verehre nicht mich!« unterbrach ihn der Einsiedler, »verehre lieber das geringste Insekt, das an den Ufern des Toten Meeres kriecht und sich von dem verfluchten Schlamm desselben nährt. Aber verehre den, dessen Befehle ich ausrichte, verehre den, dessen Grab du zu befreien gelobt hast, ehre den Eid der Eintracht, den du geschworen hast, und zerreiße nicht das Band der Einigkeit und Treue, durch welches du mit deinen fürstlichen Verbündeten verknüpft bist.«

»Guter Vater«, sagte der König, »es scheint mir, als wenn ihr Kleriker etwas zu viel, wenn ein Laie so sprechen darf, auf den Charakter Eurer Heiligkeit pochtet. Ich will Euch das Recht nicht bestreiten, Euch mit unserem Gewissen zu befassen; aber Ihr müßt uns auch, denk' ich, uns mit unserer Ehre befassen lassen.«

»Pochen auf Heiligkeit!« wiederholte der Einsiedler. »Kann ich auf etwas pochen, königlicher Richard, ich, der ich nur die Schelle bin, die der Hand des Meßdieners gehorcht – die empfindungslose und unwürdige Trompete, welche den Willen dessen verkündet, der sie bläst?

– Sieh, ich werfe mich vor dir auf die Knie nieder, ich bitte dich flehentlich, barmherzig zu sein gegen die Christenheit, gegen England und gegen dich selbst.«

»Steh auf – steh auf«, sagte Richard, indem er ihn nötigte, sich zu erheben. »Es wäre ungeziemend, daß Knie, die sich so oft der Gottheit beugen, zur Ehre eines Menschen den Boden berühren. Was für Gefahr bedroht uns, ehrwürdiger Vater? Und seit wann ist die Macht von England so gesunken, daß der schnaubende Zorn dieses neugebackenen Herzogs England oder seinen Monarchen beunruhigen könnte?«

»Ich habe von meiner Felsenwarte das himmlische Heer der Sterne betrachtet, die in mitternächtlichem Umkreisen sich einander Weisheit verkünden, und den wenigen Menschen, die ihre Sprache verstehen, Belehrung erteilen. Es sitzt ein Feind im Hause deines Lebens, mein König, der deinen Ruhm und dein Glück hat – ein Strahl des Saturns bedroht dich mit einer nahen blutigen Gefahr, die, wenn du deinen stolzen Willen nicht dem Gebot der Pflicht beugst, dich jetzt in deinem Übermut zu Grunde richten wird.«

»Schweig, schweig – das ist heidnische Weisheit«, sagte der König. »Christen treiben sie nicht – kluge Männer glauben nicht daran. Alter, du faselst.«

»Ich fasele nicht, Richard«, antwortete der Einsiedler, »besser wäre es freilich. Ich kenne meinen Zustand; ich weiß, daß ein Fünkchen Vernunft mir geblieben ist, nicht zu meinem Nutzen, sondern zu dem der Kirche und zum Sieg des Kreuzes. Ich bin der Blinde, der anderen die Fackel hält, die ihm selbst nicht leuchtet. Frage mich über das, was das Wohl der Christenheit und das Glück diese Kreuzzugs angeht, und ich werde dir wie der weiseste Rat antworten, auf dessen Zunge Überredung sitzt. Sprich mit mir über meine eigene elende Person, und meine Worte werden die des verworfenen Wahnsinnigen sein, der ich bin.«

»Ich würde nicht das Band zerreißen, das die Fürsten des Kreuzzugs verbindet«, sagte Richard mit ruhiger Stimme und Haltung, »aber welchen Ersatz können sie mir bieten für die Unbill und den Schimpf, die ich erlitten habe?«

»Gerade hierüber bin ich zu sprechen beauftragt von der Ratsversammlung, die auf die Aufforderung Philipps von Frankreich in der Eile zusammenkam und Maßregeln in dieser Hinsicht genommen hat.«

»Sonderbar«, versetzte Richard, »daß andere beraten, was man der beleidigten Majestät von England schuldig ist!«

»Sie sind gewillt, Euern Forderungen zuvorzukommen, wenn es möglich ist«, antwortete der Einsiedler. »Einstimmig wollen sie, daß das Banner von England wieder auf dem St. Georgsberg aufgerichtet werde! Sie stellen unter Acht und Bann den oder die frevelnden Verbrecher, die es beschimpft haben; sie versprechen eine fürstliche Belohnung demjenigen, der den Verbrecher findet, und sie wollen sein Fleisch den Wölfen und Raben geben.«

»Und Österreich«, sagte Richard, »auf dem so starker Verdacht ruht, daß er der Urheber dieser Tat gewesen sei?«

»Um Zwietracht im Heere zu vermeiden«, versetzte der Einsiedler, »will ich Österreich vom Vedacht reinigen, indem er sich jeder Unschuldsprobe, die ihm der Patriarch von Jerusalem auflegen mag, unterwirft.«

»Will er sich durch die Waffenprobe reinigen?« sagte König Richard.

»Sein Eid verbietet's ihm«, sagte der Einsiedler, »und der Rat der Fürsten ebenfalls.«

»Der will weder den Kampf mit den Sarazenen noch mit sonst jemandem«, unterbrach ihn Richard. »Aber genug, Vater – du hast mich von der Torheit meines Verfahrens in dieser Sache überzeugt. Eher möchte man eine Fackel in einer Regenpfütze anzünden, als aus einer kaltblütigen Memme einen Funken locken. Es ist keine Ehre für Österreich zu gewinnen; also fort damit. – Doch ich will haben, daß er falsch schwört; ich bestehe auf der Unschuldsprobe. – Wie will ich lachen, wenn ich seine plumpen Finger, welche die glühende Eisenkugel fassen, zischen hören werde! Ja, oder wenn sein großes Maul zerreißt und seine Gurgel erstickend aufschwillt, sobald er die geweihte Hostie verschlingen will!«

»Still, Richard«, sagte der Einsiedler, »o still, wenn nicht aus Liebe, doch aus Scham! Wer könnte Fürsten loben und ehren, die sich einander beschimpfen und verleumden? Ach, daß ein so edles Wesen, wie du es bist, daß ein so vollkommener Fürst an Gesinnung und Streben, der so geeignet ist, der Christenheit Ruhm zu bringen durch seine Taten – die tierische und blinde Wut des Löwen haben muß, vermischt mit der Würde und dem Mut des Königs der Wälder!«

Er heftete eine Zeitlang, in Gedanken vertieft, seine Augen zur Erde und fuhr dann fort: »Aber der Himmel, der unsere Unvollkommenheit kennt, nimmt unseren unvollkommenen Gehorsam an und hat das blutige Ende deines heldenmütigen Lebens, wenn auch nicht aufgehoben, so doch verschoben. Der Würgeengel hat sich hingestellt, wie er vor Urzeiten auf der Tenne Araunahs, des Jebusiters, stand, und er hält sein gezogenes Schwert, durch welches er in nicht ferner Zukunft den löwenherzigen Richard dem geringsten Bauern gleich machen wird.«

»Muß das denn so bald sein?« sagte Richard. »Doch es sei. Möge mein Leben glänzend sein, wenn es nur kurz sein soll!«

»Ach! edler König«, sagte der Einsiedler, und es schien, als wenn eine Träne (etwas Ungewöhnliches für ihn) aus seinem trockenen, feurigen Auge glänzte. »Kurz und traurig, mit Demütigung, Leiden und Gefängnis bezeichnet ist die kurze Lebensspanne, die dich von dem Grab trennt, das dir entgegengähnt. In dieses Grab wird man dich legen, ohne daß du Nachfolger hinterläßt, ohne daß die Tränen deines durch unaufhörliche Kriege erschöpften Volkes dich beweinen, ohne daß du die Bildung deiner Untertanen vergrößert haben wirst, ohne daß du zur Vermehrung ihres Wohlstandes das Geringste beigetragen.«

»Aber nicht ohne Ruhm, Mönch – nicht ohne die Tränen der Dame meiner Liebe! Dieser Trost, den du weder verstehen noch schätzen kannst, erwartet Richard an seinem Grab.«

»Ich nicht kennen – ich nicht schätzen – den Ruhm im Lied und Frauenliebe!« versetzte der Einsiedler in einem Ton, der für einen Augenblick mit der Begeisterung von Richard selbst zu wetteifern schien. »König von England«, fuhr er fort, seinen abgemagerten Arm austrekkend, »das Blut, das in deinen blauen Adern wallt, ist nicht edler als das, welches in den meinigen schleicht. So wenig und so kalt es sein mag, es bleibt doch immer das königliche Blut von Lusignan – des heldenmütigen und frommen Gottfrieds. Ich bin – das heißt, ich war, als ich noch der Welt angehörte, Albrich Mortemar...«

»Dessen Taten«, sagte Richard, »so oft die Trompete der Fama erfüllt haben! Ist es wahr – kann es wirklich sein? Konnte solch ein Stern von dem Himmel der Ritterschaft fallen, ohne daß man es wußte, wo seine Asche zusammensank?«

»Suche einen gefallenen Stern«, sagte der Einsiedler, »und du wirst nur eine schlechte Masse finden, die, während sie durch den Dunstkreis schoß, einen flüchtigen Glanz angenommen hatte. Richard, wenn ich wüßte, daß ich durch das Aufheben des blutigen Schleiers von dem schrecklichen Schicksal meines Lebens dein stolzes Herz der Kirche unterwürfig machen könnte, dann könnte ich dir eine Geschichte erzählen, deren Verheimlichung bisher an meinem innersten Leben genagt hat. Höre denn, Richard, und möchte der Kummer und die Verzweiflung, welche mir, dem schlechten Überbleibsel von einem gewesenen Mann, nichts nützen, eine eindringliche Warnung sein für ein so edles, aber so unbändiges Wesen, wie du bist! Ja, ich will die lang verborgenen Wunden öffnen, müßten sie auch hier vor deinen Augen verbluten.«

König Richard, auf welchen die Geschichte Alberichs von Mortemar in jungen Jahren, als die Sänger die Halle seines Vaters mit Legenden aus dem heiligen Lande ergötzten, einen tiefen Eindruck gemacht hatte, hörte mit Aufmerksamkeit den Umriß einer Erzählung an, welche trotz ihrer Dunkelheit und Unvollständigkeit die Ursache des abwechselnden Wahnsinns dieses sonderbaren und höchst elenden Geschöpfes erklärte.

»Ich brauche dir nicht zu sagen, daß ich edel von Geburt, hoch an Glück, stark in den Waffen, weise im Rat war. Ich war alles dies: Aber während die edelsten Damen in Palästina sich darüber stritten, Kränze für meinen Helm zu winden, war meine Liebe fest und innig einem Mädchen von geringer Geburt zugekehrt. Der Vater des Mädchens, ein alter Krieger des Kreuzes, sah unsere Leidenschaft, und da er den Unterschied unseres Standes betrachtete, so wußte er keine andere Zuflucht für die Ehre seiner Tochter zu finden, als in dem Schatten des Klosters. Ich kam von einem entfernten Feldzug zurück, mit Beute und Ruhm beladen, um mein Glück auf immer zerstört anzutreffen! Auch ich suchte das Kloster, und Satan, der mich zu seiner Beute ausersehen hatte, erfüllte mein Herz mit einem Dampf geistlichen Stolzes, der nur in der Hölle seinen Ursprung haben konnte. Ich stieg so hoch in der Kirche, als ich vormals im Staate gestiegen war – ich war ja der weise, der sich selbst genügende, der unsündhafte! Ich war der Ratgeber der Konzilien, ich war der Lenker von Prälaten – wie sollte ich straucheln, welche Versuchung sollte ich fürchten? Ich wurde Beichtvater eines Nonnenklosters, und unter den Nonnen fand ich die Langgeliebte, Langverlorene. Erlaß mir den weiteren Aufschluß! – Eine gefallene Nonne, deren Schuld durch Selbstmord gebüßt wurde, schläft tief in den Höhlen von Engaddi, während über ihrem Grab ein Geschöpf seufzt, wehklagt und heult, dem nur so viel Vernunft übrig geblieben ist, als hinreicht, um sein Schicksal vollkommen zu empfinden!«

»Unglücklicher Mann!« sagte Richard, »ich wundere mich nicht länger über dein Elend. Wie bist du der Strafe entgangen, welche die Kanoniker auf dein Verbrechen gesetzt haben?«

»Frage einen, der noch die Galle weltlicher Bitterkeit hat«, sagte der Einsiedler, »und er wird dir von einem Leben sprechen, das man aus Rücksichten auf Person und hohe Geburt verschonte. Aber ich sage dir, Richard, daß mich die Vorsehung aufgespart hat, um mich auf der Höhe als ein Licht- und Lärmfeuer zu erheben, deren Asche in den Abgrund geworfen wird, wenn der irdische Stoff verbrannt ist. So welk und trocken auch dieser elende Körper ist, er ist doch von zwei Geistern belebt: der ein tätig, fein und scharfsinnig, die Kirche von Jerusalem zu verteidigen, der andere niedrig, verworfen und verzweifelnd, bald von Wahnsinn ergriffen, bald von der Betrachtung seines Elends, über eigene Verworfenheit seufzen und heilige Reliquien bewachen zu müssen, auf welche ich ohne Sünde nicht einmal mein Auge werfen darf. Bemitleide mich nicht, aber laß dich mein Beispiel belehren. Du stehst auf der höchsten und folglich auf der gefährlichsten Zinne unter allen christlichen Fürsten. Dein Herz ist stolz, dein Wandel locker, deine Hand voll Blut. Tu ab deine Sünden, die dir lieb wie Töchter sind; mögen sie dem sündigen Adam auch noch so teuer sein, verjage diese Furien, die du an deiner Brust herzt – deinen Stolz, deine Unmäßigkeit, deinen Blutdurst!«

»Er faselt«, sagte Richard, sich von dem Einsiedler an de Vaux wendend wie einer, der sich durch ein beißendes Wort getroffen fühlt, ohne sich darüber zu erbosen – dann wandte er sich gelassen und gewissermaßen verächtlich zu dem Einsiedler mit den Worten: »Du hast mir einen schönen Haufen Töchter gefunden, ehrwürdiger Vater, obschon ich erst seit wenigen Wochen verheiratet bin; aber da ich sie aus meinem Haus entlassen muß, so muß ich als guter Vater sie auch durch angemessene Heiraten versorgen. Darum gebe ich meinen Stolz den edlen Domherren, meine Unmäßigkeit, wie du sie nennst, den Ordensmönchen, und meinen Blutdurst den Tempelrittern.«

»Oh, du Herz von Stahl, du Hand von Eisen«, sagte der Einsiedler. »Beispiel und Warnung sind für dich verloren! Dennoch sollst du für eine Zeit verschont werden, wenn du dich bekehrst und tust, was dem Himmel annehmbar scheint. Ich gehe an meinen Ort zurück. – Kyrie eleison! – Ich bin der, durch welchen das Licht der himmlischen Gnade strahlt wie Sonnenstrahlen durch ein Brennglas, das die Strahlen vereint auf andere Gegenstände wirft, bis sie dieselben entzünden und entflammen, während das Glas selbst kalt bleibt. – Kyrie eleison! – Die Armen müssen geladen werden, denn die Reichen haben das Mahl ausgeschlagen. – Kyrie eleison!«

Als er dies gesagt hatte, stürzte er aus dem Zelt, indem er ein lautes Geschrei ausstieß.

»Ein verrückter Priester!« sagte Richard, in dessen Seele die wahnsinnigen Ausrufungen des Einsiedlers zum Teil den Eindruck verwischt hatten, der durch die Erzählung seines Lebens und Unglücks gemacht worden war. »Ihm nach, de Vaux, und sieh, daß ihm kein Unglück widerfahre. Denn obschon wir Kreuzfahrer sind, so ist ein Spaßmacher doch mehr geehrt bei unseren Knechten als ein Pfaffe, und vielleicht könnten sie ihm einen Possen spielen.«

Der Ritter gehorchte, und Richard gab nun den Gedanken Raum, welche die drohende Prophezeiung des Mönchs in ihm erweckt hatte. »Frühzeitiger Tod – ohne Nachkommen – ohne Klage? Ein schweres Urteil; nur gut, daß es von keinem kompetenten Richter gesprochen worden ist. Freilich, die Sarazenen, die in den geheimen Wissenschaften sich auszeichnen, wollen oft behaupten, daß der, in dessen Auge die Weisheit der Weisen nur Torheit ist, Weisheit und Weissagung in die anscheinende Torheit des Narren legt. Man sagt, daß dieser Einsiedler auch in den Sternen lese; diese Kunst ist allgemein gepflegt hierzulande, wo das himmlische Heer weiland ein Gegenstand der Anbetung war. Ich wollte, ich hätte ihn wegen meines verlorenen Banners befragt; denn selbst der ehrwürdige Thisbite, der Stifter seines Ordens, konnte weder begeisterter sein noch mit einer prophetischeren Zunge sprechen. – Sieh da, de Vaux – was Neues vom verrückten Pfaffen?«

»Einen verrückten Pfaffen nennt ihr ihn, mein Fürst?« anwortete de Vaux. »Fürwahr, er gleicht eher dem heiligen Täufer, wie er gerade aus der Wüste kommt. Er hat sich auf eine der Kriegsmaschinen gestellt, und von da predigt er den Kriegern, wie seit den Zeiten Peters des Einsiedlers niemand gepredigt hat. Das Lager, durch sein Geschrei aufgeregt, hat sich zu Tausenden um ihn gedrängt, und indem er oft den Hauptfaden seiner Rede fallen läßt, wendet er sich an die verschiedenen Nationen, an eine jede in ihrer Sprache, und feuert sie mit den geeignetsten Gründen an, in der Befreiung von Palästina beharrlich zu sein.«

»Beim Himmel, ein edler Einsiedler!« sagte König Richard. »Aber konnte von dem Blut Gottfrieds was anderes kommen? Er verzweifelt an seinem Heil, weil er in vergangenen Tagen par amours gelebt hat? Ich will, daß der Papst ihm vollständigen Ablaß schicke, und ich würde nicht weniger gerne sein Fürsprecher sein, auch wenn seine belle amie eine Äbtissin gewesen wäre.«

Während er sprach, verlangte der Erzbischof von Tyrus Gehör, um, wenn es die Gesundheit Richards erlaube, die Gegenwart desselben zu einer geheimen Beratung der Häupter des Kreuzzugs zu erbitten und um ihm die militärischen und politischen Vorfälle mitzuteilen, die sich während der Krankheit Richards ereignet hatten.

19

Der Erzbischof von Tyrus war ein wohl gewählter Gesandter, um Richard Neuigkeiten mitzuteilen, die derselbe von keinem anderen ohne die heftigsten Ausbrüche seiner Leidenschaft angehört haben würde. Selbst dieser kluge und ehrwürdige Prälat fand es schwer, dem löwenbeherzten König Aufschlüsse beizubringen, welche alle Hoffnung desselben zur Wiedergewinnung des heiligen Grabes durch Waffengewalt und zur Erlangung des hohen Ansehens, das die gesamte Christenheit ihm als dem Verteidiger des Kreuzes zuzugestehen bereit war, völlig zerstörten.

Der Bericht des Erzbischofs besagte, daß Saladin die Gesamtmacht seiner hundert Stämme versammle und daß die europäischen Monarchen, die bereits aus verschiedenen Gründen des Krieges müde waren, der bisher so zweifelhaft gewesen war und es täglich mehr wurde, den Entschluß gefaßt hatten, ihre Vorhaben aufzugeben. Sie wurden hierzu aufgemuntert durch das Beispiel Philipps von Frankreich, der unter allen Beteuerungen von Achtung und unter der Zusicherung, daß er zuvor seinen Bruder von England in Sicherheit sehen wolle, seine Absicht zu erkennen gab, nach Europa zurückzukehren. Sein mächtiger Vasall, der Graf von Champagne, hatte den nämlichen Entschluß gefaßt, und es konnte nicht befremden, daß Leopold von Österreich, so sehr beleidigt von König Richard, mit Freude eine Gelegenheit ergriff, eine Sache zu verlassen, in welcher sein übermütiger Gegner als die Hauptperson angesehen wurde. Andere kündigten den nämlichen Vorsatz an, so daß es klar war, daß der König von England zurückgelassen würde, falls er bleiben wolle, mit der alleinigen Unterstützung solcher, die sich unter so trüben Aussichten freiwillig dem englischen Heer anschließen würden, dazu mit der zweideutigen Hilfe Conrads von Montserrat und des Tempel- und Johanniterordens, welche, obwohl zum Kampf gegen die Sarazenen eidlich verpflichtet, nichtsdestoweniger jeden europäischen Monarchen beneideten, der die Eroberung von Palästina vollendet hätte, wo sie, ihrer kurzsichtigen und selbstsüchtigen Politik gemäß, eigene und unabhängige Herrschaften errichten wollten.

Es bedurfte nicht vieler Beweisgründe, um Richard seine wahre Lage zu zeigen, und wirklich setzte er sich nach einem ersten Ausbruch von Leidenschaft ruhig nieder und hörte mit trüber Stirn, gesenktem Haupt und gekreuzten Armen den Erzbischof an, der ihm die Unmöglichkeit darlegte, den Kreuzzug fortzusetzen, wenn sich alle Verbündeten zurückzögen. Ja, er unterbrach ihn nicht einmal, als der Prälat in gemessenen Ausdrücken darauf anspielte, daß die Leidenschaftlichkeit Richards eine Hauptursache gewesen sei, den Fürsten den Feldzug zu verleiden.

»Confiteor«, antwortete Richard niedergeschlagen und mit einem schwermütigen Lächeln. »Ich bekenne es, ehrwürdiger Vater, daß ich in mancher Hinsicht culpa mea singen müßte. Aber ist es nicht hart, daß die Schwachheiten meines Gemüts so sehr gebüßt werden müssen, daß ich für einen oder zwei leidenschaftliche Ausbrüche verurteilt sein soll, eine so reiche Ernte von Gottesruhm und Ritterehre uneingesammelt vor mir verwelken zu sehen? – Doch sie soll nicht verwelken. Bei der Seele des Eroberers, ich will das Kreuz auf die Türme von Jerusalem pflanzen, oder es soll auf Richards Grab gepflanzt werden!«

»Du kannst es tun«, sagte der Prälat, »ohne daß ein christlicher Blutstropfen in diesem Handel vergossen wird.«

»Ah, Ihr sprecht vom Vertrag, Herr Prälat – aber das Blut der ungläubigen Hunde müßte dann auch aufgehört haben zu fließen«, sagte Richard.

»Es wird ruhmreich genug sein«, sagte der Erzbischof, »von Saladin durch die Gewalt der Waffen und durch die Achtung, die er für Euern Ruf hat, solche Bedingungen gewonnen zu haben, die uns auf einmal das heilige Grab zurückgeben, das heilige Land den Pilgern auftun, die Sicherheit derselben durch starke Festungen gewähren und die Sicherheit der heiligen Stadt verbürgen durch Verleihung des Titels eines Schutzkönigs von Jerusalem an Richard.«

»Wie!« sagte Richard, und seine Augen leuchteten mit ungewöhnlichem Feuer – »ich – ich – ich Schutzkönig der heiligen Stadt! Der Sieg selbst, aber das ist ja Sieg, könnte nicht mehr gewinnen – kaum so viel mit widerwilligen und entzweiten Streitkräften. – Doch Saladin beabsichtigt, seinen Einfluß im heiligen Land aufrechtzuerhalten?«

»Als Mitregent, als geschworener Verbündeter«, versetzte der Prälat, »des mächtigen Richards, seines Verwandten – wenn es erlaubt ist, durch Heirat.«

»Durch Heirat!« sagte Richard mit Erstaunen, doch mit geringerem, als der Prälat erwartet hatte. »Ha! Ja, Edith Plantagenet. Hab' ich dies geträumt? Oder hat mir's jemand gesagt? Mein Kopf ist noch schwach vom Fieber und ist angestrengt worden. – War es der Schotte oder der Hakim oder der heilige Einsiedler, der mir von diesem sonderbaren Handel sprach?«

»Wahrscheinlich der Einsiedler von Engaddi«, sagte der Erzbischof, »denn er hat viel in dieser Sache getan, und seit die Uneinigkeit der Fürsten offenbar und eine Trennung der Streitkräfte unvermeidlich geworden ist, hat er mit Christen und Heiden Zusammenkünfte gehabt, um solche Friedensbedingungen zu erhalten, wodurch die Christenheit wenigstens zum Teil den Zweck es heiligen Krieges erreicht.«

»Meine Verwandte einem Ungläubigen – ha!« rief Richard aus, und seine Augen funkelten.

Der Prälat beeilte sich, seinen Zorn zu beschwören.

»Die Einwilligung des Papstes muß ohne Zweifel zuerst erwirkt werden, und der heilige Einsiedler, der in Rom wohl bekannt ist, wird mit dem heiligen Vater unterhandeln.«

»Was? Ohne unsere vorläufige Einwilligung?« sagte der König.

»Keineswegs«, sagte der Bischof mit einem sanften und beschwichtigenden Ton, »sondern mit und unter Eurer besonderen Gutheißung.«

»Meine Gutheißung zur Heirat meiner Verwandten mit einem Ungläubigen?« sagte Richard; aber er sprach eher in einem Ton des Zweifels als der Mißbilligung des Vorschlags. »Hätte ich mir einen solchen Vergleich träumen lassen, als ich vom Hinterteil meiner Galeere auf die syrische Küste sprang, gerade wie ein Löwe auf seine Beute springt! Und nun – doch fahrt fort; ich will geduldig zuhören.«

Ebensosehr erfreut als verwundert, seine Arbeit so viel leichter zu finden, als er geglaubt hatte, beeilte sich der Erzbischof, Richard die Beispiele solcher von dem heiligen Stuhl gebilligten Heiraten in Spanien darzulegen, so wie die unermeßlichen Vorteile, die ein Bund zwischen Richard und Saladin, durch ein so heiliges Band geknüpft, der ganzen Christenheit bringen müsse, und vor allem sprach er mit viel Begeisterung und Salbung von der Wahrscheinlichkeit, daß Saladin, wenn die beabsichtigte Heirat stattfinden sollte, seinen falschen Glauben mit dem wahren vertauschen würde.

»Hat der Sultan denn Neigung gezeigt, ein Christ zu werden?« fragte Richard. »Wenn es der Fall ist, so lebt kein König auf Erden, dem ich die Hand einer Verwandten, ja einer Schwester lieber gäbe als meinem edlen Saladin – ja, und käme auch der eine, Krone und Zepter zu ihren Füßen zu legen, und hätte der andere nichts zu bieten, als sein ganzes Schwert und besseres Herz!«

»Saladin hat unsern christlichen Lehrer gehört«, sagte der Bischof, einigermaßen ausweichend, »neben anderen meine Wenigkeit selbst, und da er mit Geduld zuhört und mit Ruhe seine Einwendungen macht, so kann es kaum anders kommen, als daß er wie ein Brand aus dem Feuer gerissen wird. Magna est veritas, et praevalebit! Ferner ist der Einsiedler von Engaddi, von dessen Worten wenige fruchtlos auf den Boden fallen, völlig davon überzeugt, daß eine Berufung der Sarazenen und der anderen Heiden nahe ist, und daß diese Heirat eine Vorbereitung dazu sein wird. Er liest in den Sternen, und da er unter Kreuzigung seines Fleisches jene heiligen Orte bewohnt, welche vormals die Propheten durchwandelten, so ist der Geist des Elia, des Thesbiters, des Stifters seines heiligen Ordens, mit ihm, wie er mit Elisa, dem Sohne Saphat, war, als sich derselbe mit dem Mantel seines Meisters bedeckte.«

König Richard hörte der Rede des Prälaten mit gesenktem Haupt und einer betrübten Miene zu.

»Ich weiß nicht«, sprach er, »wie es mit mir steht; aber mich dünkt, diese frostigen Pläne der christlichen Fürsten habe mich auch mit Geistesträgheit angesteckt. Es gab eine Zeit, wo ich einen Laien, der mir eine solche Verbindung würde vorgeschlagen haben, zu Boden gestreckt haben würde – wäre es ein Geistlicher gewesen, ich hätte ihn angespien als einen Abtrünnigen und Baalspfaffen. Doch nun klingt dieser Plan meinem Ohr nicht befremdend; denn warum sollte ich nicht Brüderschaft und Bündnis mit einem tapferen, gerechten, edelmütigen Sarazenen suchen, der einen würdigen Feind wie seinen Freund ehrt und liebt, während die christlichen Fürsten von der Seite ihrer Verbündeten weichen und die Sache des Himmels und der Ritterschaft im Stich lassen? – Aber ich will mich mit Geduld wappnen und nicht an sie gedenken. Nur einen Versuch will ich machen, diesen stattlichen Bund zusammenzuhalten, wenn es mir möglich ist, und gelingt mir's nicht, Herr Erzbischof, so wollen wir zusammen deinen Vorschlag beraten, den ich für jetzt weder annehme noch verwerfe. Gehen wir nun in die Versammlung – die Stunde ruft uns. Du nennst Richard hitzig und stolz – du wirst ihn sich demütigen sehen gleich der Pflanze, von der er seinen Namen erhielt.«

Mit Hilfe seiner Leibdiener bekleidete sich der König eiligst mit einem Wams und Mantel von dunkler und einfacher Farbe, und ohne ein anderes Zeichen seiner königlichen Würde, als den goldnen Reif auf seinem Haupte zu tragen, beeilte er sich, mit dem Erzbischof von Tyrus die Versammlung zu erreichen, die nur noch auf seine Ankunft wartete, um die Sitzung zu beginnen.

Der Versammmlungsort war ein großes Zelt; vor demselben entfaltete sich das große Banner des Kreuzes, und ein zweites Banner, auf welchem sich das Bild eines knienden Weibes mit aufgelöstem Haar und unordentlicher Bekleidung befand, die betrübte und unterdrückte Kirche von Jerusalem vorstellend mit der Aufschrift: Affictae sponsae ne obliviscaris. Vorsichtig ausgewählte Wächter hielten jedermann von der Nähe des Zeltes zurück, damit nicht die Verhandlungen, die zuweilen laut und stürmisch waren, an das Ohr der Ungeweihten drängen.

In diesem Zelt erwarteten die versammelten Fürsten des Kreuzzuges die Ankunft Richards, und der kurze Verzug, der so eingetreten war, wurde von seinen Feinden zu seinem Nachteil ausgelegt; verschiedene Beispiele seines Stolzes und seines ungeziemenden Strebens nach Vorrang waren im Umlauf, und selbst sein gegenwärtiges, notwendiges Ausbleiben wurde als ein solches Beispiel angeführt. Man war bestrebt, sich in der üblen Meinung gegen den König von England wechselseitig zu bestärken; man rechtfertigte das Ärgernis, das der eine und der andere genommen, indem er auf die geringfügigsten Dinge das größte Gewicht gelegt hatte; und dies alles geschah vielleicht darum, weil man sich einer unwillkürlichen Achtung gegen den heldenmütigen Monarchen bewußt war, den zu übertreffen mehr als gewöhnliche Anstrengungen erforderlich waren.

Sie hatten demnach verabredet, ihn bei seinem Eintritt mit geringer Beachtung zu empfangen und ihm keine weitere Ehrerbietung zu erzeigen als die, welche nach dem alten Brauch streng notwendig war. Aber als sie die edle Gestalt erblickten, das fürstliche Gesicht, das von der letzten Krankheit ein wenig blaß war, das Auge, das von den Sängern der helle Stern der Schlacht und des Sieges genannt wurde – als sie seiner Taten gedachten, die fast über Menschenkraft und Menschenmut gingen, da erhoben sich auf einen Schlag alle Fürsten der Versammlung, selbst der eifersüchtige König von Frankreich und der mürrische und beleidigte Herzog von Österreich standen gleichzeitig auf, und die versammelten Fürsten brachen einstimmig in den Zuruf aus: »Gott erhalte König Richard von England! Langes Leben dem heldenmütigen Löwenherz!«

Mit einem freien und offenen Gefühl, der aufgehenden Sonne im Sommer vergleichbar, dankte Richard, und er pries sich selber glücklich, sich wieder unter seinen fürstlichen Brüdern zu befinden.

Einige wenige Worte wünschte er zu sagen – dies war seine Anrede an die Versammlung – über einen Gegenstand, der so würdig als er selbst sei, und würde dadurch auch die Beratung des allgemeinen Christenwohls und des Gedeihens des heiligen Krieges für ein paar Minuten aufgeschoben.

Die versammelten Fürsten nahmen ihre Sitze wieder ein, und ein tiefes Schweigen erfolgte.

»Dieser Tag«, fuhr der König von England fort, »ist ein hohes Fest der Kirche, und es ziemt echten Christen, sich bei einem solchen Anlaß mit ihren Brüdern zu versöhnen und sich einander ihre Fehler zu bekennen. Edle Fürsten und Väter dieses heiligen Krieges, Richard ist ein Kriegsmann, seine Hand ist immer schneller als seine Zunge, und seine Zunge ist an die rauhe Sprache seines Standes nur zu sehr gewöhnt. Aber wollt nicht um der voreiligen Rede Plantagenets und seiner unüberlegten Handlungen willen die gute Sache der Befreiung Palästinas verlassen – wollt nicht irdischen Ruhm und ewiges Heil, die hier gewonnen werden müssen, wenn Menschen sie je gewinnen können, von euch werfen, weil die Handlungen eines Kriegsmannes voreilig waren und seine Worte hart wie das Eisen, das er von Kindheit an trug. Hat Richard gegen einen von euch gefehlt, Richard wird es gutmachen durch Wort und Tat – edler Bruder von Frankreich, bin ich so unglücklich gewesen, Euch zu beleidigen?«

»Der König von Frankreich hat keine Genugtuung zu suchen bei dem König von England«, antwortete Philipp mit ritterlicher Würde, indem er zu gleicher Zeit Richards dargebotene Hand faßte. »Und was für einen Entschluß ich auch in Hinsicht des Verfolgs dieses Unternehmens ergreifen würde, Staatsgründe, die mein eigenes Königreich betreffen, werden mich bestimmen, gewiß aber keine Eifersucht und keine Gehässigkeit gegen meinen königlichen, sehr heldenmütigen Bruder.«

»Österreich«, sagte Richard, indem er auf den Erzherzog zuging mit einer Mischung von Offenheit und Würde, während Leopold unwillkürlich und gleich einem Automat, dessen Bewegung von einer äußeren Triebkraft abhängt, von seinem Sitz aufstand, »Österreich glaubt Gründe zu haben, sich von England für beleidigt zu halten; England glaubt Ursache zu haben, sich über Österreich zu beklagen. Mögen sie sich einander vergeben, damit der Friede von Europa und die Eintracht dieses Heeres bestehen mögen. Wir sind zu dieser Zeit gemeinsame Träger eines ruhmreicheren Banners, als je eines der irdischen Fürsten wehte, nämlich des Banners der Erlösung – möge darum kein Streit zwischen uns sein wegen des Zeichens unserer irdischen Würden, aber möge Leopold die Fahne von England zurückgeben, wenn sie in seiner Gewalt ist, und Richard will dann erklären, obschon aus keinem anderen Grund, als um seiner Liebe zur heiligen Kirche willen, daß er den raschen Mut bereut, womit er die Standarte von Österreich beschimpfte.«

Der Erzherzog stand still, mürrisch und verdrossen, die Augen zu Boden geheftet, seine finstere Miene zeigte eine unterdrückte Abneigung, aber Scheu und Unbeholfenheit ließen sein Gefühl nicht zu Wort kommen.

Der Patriarch von Jerusalem beeilte sich, das beengende Schweigen zu unterbrechen und für den Erzherzog von Österreich zu erklären, daß sie derselbe von jeder näheren oder ferneren Mitwisserschaft hinsichtlich des Angriffs gegen das englische Banner durch einen feierlichen Eid gereinigt habe.

»In diesem Fall haben wir dem edlen Erzherzog das größte Unrecht getan«, sagte Richard, »und indem wir ihn bitten, uns zu verzeihen, daß wir ihm eine so feige Beleidigung zugeschrieben haben, reichen wir ihm die Hand zu Frieden und Freundschaft. – Was soll das? Österreich verschmäht unsere entblößte Hand, wie er neulich die gepanzerte verschmäht hat? Was! Können wir weder sein Geselle im Frieden noch sein Gegner im Kampf sein? Gut, mag es so sein. Wir wollen die geringe Achtung, womit er uns betrachtet, als Strafe annehmen für das, was wir in der Hitze gegen ihn getan haben, und somit unsere Rechnung für ausgeglichen ansehen.

Als er dies gesagt, wandte er sich von dem Erzherzog mit einer Miene ab, worin eher Würde als Verachtung lag, und verschaffte demselben durch seine Entfernung so viel Erleichterung als ein böser und fauler Schüler empfindet, von dem der Blick des strengen Lehrers sich wegkehrt.

»Edler Graf von Champagne, fürstlicher Marquis von Montserrat, mächtiger Großmeister der Templer – ich bin hier ein büßender im

Beichtstuhl. Hat mir einer von Euch einen Vorwurf zu machen oder Genugtuung zu fordern?«

»Ich wüßte nicht, welchen Grund wir dazu hätten«, sagte der glattzüngige Conrad, »es müßte denn darum sein, daß der König von England seine armen Waffenbrüder des Ruhmes beraubt, dessen sie in diesem Krieg teilhaftig zu werden hofften.«

»Wenn ich aufgefordert werde«, sagte der Großmeister der Templer, »hier einen Vorwurf zu machen, so habe ich einen ernsteren und schwereren als der Marquis von Montserrat. Es mag einem Mönchssoldaten übel ausgelegt werden, wenn er die Stimme erhebt, während so viele edle Fürsten im Schweigen verharren; aber es frommt dem ganzen Heer und nicht minder dem edlen König von England, daß ihm einer ins Angesicht die Vorwürfe mache, die ihm von so vielen hinter dem Rücken gemacht werden. Wir preisen und rühmen den Mut und die Großtaten des Königs von England, aber es kränkt uns, daß er jede Gelegenheit ergreift, um einen Vorrang über uns zu gewinnen und zu behaupten, dem sich unabhängige Fürsten nicht unterwerfen dürfen. Vieles könnten wir aus freien Stücken seinem Mut, seinem Eifer, seinem Reichtum und seiner Macht gewähren, aber der, welcher alles wie von Rechts wegen nimmt und für Gunstbezeugungen und Huldgeschenke nichts zurückläßt, der würdigt uns zu Dienern und Vasallen herab und trübt in den Augen unserer Krieger und Untertanen den Glanz unserer Herrlichkeit, die nicht länger unabhängig gehandhabt werden kann. Da der königliche Richard die Wahrheit von uns gefordert hat, so muß es ihn weder befremden noch verdrießen, wenn er einen hört, dem irdischer Glanz verboten und weltliche Herrschaft nichts ist (außer sofern dieselben das Gedeihen des Tempels Gottes befördern und die Unterwerfung des Löwen, der umher geht, zu suchen, wen er verschlinge) – wenn er hört, sage ich, einen solchen, wie ich bin, mit Wahrheit auf seine Fragen antworten, einer Wahrheit, die, ich weiß es, von allen, die meine Worte hören, im Herzen gebilligt wird, auch wenn der laute Beifall aus Rücksichten schweigt.«

Richard wurde feuerrot, während der Großmeister so frei und offen sein Betragen angriff, und das Beifallsgemurmel, welches erfolgte, zeigte klar, daß fast alle Anwesenden über die Gerechtigkeit dieser Anklage einverstanden waren. Obgleich erzürnt und zugleich gekränkt, so sah er doch voraus, daß, wenn er seiner Hitze den Lauf ließe, er seinem kalten und schlauen Ankläger den Vorteil einräumen würde, welchen der Templer hauptsächlich zu erhalten beabsichtigt hatte. Darum verhielt er sich mit aller Anstrengung schweigend, bis er ein Paternoster gebetet hatte, welches zu tun ihm sein Beichtvater angeraten hatte, so oft der Zorn Meister über ihn zu werden drohe. Darauf sprach der König mit Fassung, obwohl nicht ohne Bitterkeit des Ausdrucks im Anfang seiner Rede:

»Ist es also wirklich so? Und haben sich unsere Brüder die große Mühe genommen, die Schwächen unseres Temperaments und die wilde Hast unseres Eifers, der uns manchmal Befehle zu erteilen zwang, wenn keine Zeit zur Beratung übrig war, im Gedächtnis zu behalten? Ich hätte mir nicht vorgestellt, daß so zufällige und absichtslose Beleidigungen einen so tiefen Eindruck machen könnten auf die Herzen derer, die in diesem heiligen Krieg meine Verbündeten sind, daß sie wegen meiner die Hände vom Pfluge abziehen würden, wenn die Furche fast ausgezogen ist, – daß sie wegen meiner von der geraden Straße nach Jerusalem abbiegen würden, welche sie sich mit dem Schwert geöffnet haben. Vergebens habe ich gehofft, daß meine geringen Verdienste die Fehler meiner Raschheit aufwägen, – daß, wenn man mir's gedächte, daß ich beim Angriff zu der Vorhut dränge, man mir's nicht vergäße, daß ich beim Rückzug immer der letzte sei, – daß, wenn ich mein Banner auf dem Feld des Sieges aufpflanze, man es nicht unbeachtet ließe, wenn die anderen unterdessen die Beute verteilten, die ich ihnen gern hinterließ. Habe ich eine eroberte Stadt bei meinem Namen genannt, so überließ ich doch anderen die Herrschaft darüber. Bin ich halsstarrig auf kühnen Vorschlägen bestanden? Ich habe fürwahr mein und meines Volkes Blut nicht gespart in der Ausführung derselben – oder wenn ich im Durcheinander von Marsch und Schlacht den Befehl über die Truppen anderer übernahm, so wurden diese fremden Truppen den meinigen gleichgehalten, wenn meine Mittel Mundvorrat und Arznei erstanden, welche die Herren jener nicht herbeischaffen konnten. – Aber ich schäme mich, euch an Dinge zu erinnern, die ihr alle vergessen zu haben scheint. – Laß uns vielmehr vorwärts schauen auf unsere künftigen Unternehmungen, und glaubt mir, Brüder«, fuhr er mit einem vor Eifer glühenden Gesicht fort, »ihr sollt den Stolz, den Zorn und den Ehrgeiz Richards nicht mehr als einen Stein des Anstoßes auf eurem Pfad treffen, auf welchem euch Religion und Ruhm mit der Posaune eines Erzengels leiten. O nein – nein! Ich könnte den Gedanken nicht überleben, daß durch mein Versehen und Verschulden dieser Bund von Fürsten zerrissen worden sei. Ich würde meine rechte Hand mit meiner linken abhauen, wenn ich euch dadurch die Aufrichtigkeit meiner Gesinnung beweisen könnte. Ich will aus freien Stücken jedem Befehl im Heer entsagen, selbst dem über meine eigenen Vasallen. Sie mögen von dem Fürsten befehligt werden, den ihr ernennen werdet, und ihr König, der immer nur zu sehr geneigt war, den Befehlshaberstab mit der Kriegerlanze zu vertauschen, wird unter dem Banner von Beau-Sent bei den Templern dienen – ja, unter dem von Österreich, wenn Österreich einen tapferen Mann ernennen will, seine Truppen zu leiten. Oder, wenn ihr selber dieses Krieges müde seid, wenn ihr fühlt, daß die Rüstung eure zarten Leiber wund reibt, laß dann mit Richard nur zehn- oder fünfzehntausend von euren Kriegern zurück, um euer Gelübde in Ausführung zu bringen. Und wenn einst Zion erobert ist«, rief er aus, indem er mit seiner erhobenen Hand eine Bewegung machte, wenn er die Kreuzesfahne über Jerusalem entfaltete, »wenn einst Zion erobert ist, dann wollen wir über seine Tore nicht den Namen von Richard Plantagenet schreiben, sondern die Namen der edlen Fürsten, welche ihm zu seiner Eroberung behilflich waren.«

Die schlichte Beredsamkeit und der kräftige Ausdruck des kriegerischen Monarchen erweckte auf einmal den gesunkenen Mut der Kreuzfahrer, ihr Eifer fühlte sich von neuem angefeuert, und da sich ihre Aufmerksamkeit wieder auf den Hauptzweck ihres Unternehmens richtete, so erröteten jetzt viele der Anwesenden darüber, daß sie an solchen Erbärmlichkeiten, über welche sie sich beklagt hatten, Anstoß hätten nehmen können. Ein Auge fing Feuer von einem anderen Auge, eine Stimme lieh einer anderen Stimme Mut. Wie mit einer Seele ließen sie das Kriegsgeschrei, das die Predigt Peters des Einsiedlers beantwortete, wieder hören, und laut schallte es: »Führe uns, edler Löwenherz. – Keiner ist so würdig zu führen, wenn brave Männer folgen. – Führe uns nach Jerusalem – nach Jerusalem! Gott will es – Gott will es! Gesegnet ist, wer seinen Arm zur Erfüllung leiht!«

Das Jubelgeschrei, das sich so plötzlich und so allgemein erhob, wurde jenseits des Kreises gehört, welchen die Wache um das Versammlungszelt bildete, und drang zu den Kriegern, welche, untätig und geschwächt von Krankheiten und Klima, gleich den Führern angefangen hatten, den Mut sinken zu lassen; aber das Wiedererscheinen Richards mit erneuter Kraft und der bekannte Jubel, der von der Fürstenversammlung widerhallte, feuerte mit einmal ihre Begeisterung von neuem an, und Tausende und Zehntausende antworteten mit dem nämlichen Ruf: »Zion, Zion! – Krieg, Krieg – in die Schlacht gegen die Ungläubigen! Gott will es – Gott will es!«

Der Zuruf von außen vermehrte die Begeisterung, die innerhalb des Zeltes herrschte. Diejenigen, welche sich von dem Aufschwung nicht ergriffen fühlten, scheuten sich wenigstens für den Augenblick, kälter als die anderen zu scheinen. Man sprach von nichts mehr als von dem Anmarsch gegen Jerusalem beim Ablauf des Waffenstillstandes und von den vorläufig zur Ergänzung des Heeres zu ergreifenden Maßregeln. Die Versammlung ging auseinander, und dem Anschein nach waren alle von derselben Begeisterung erfüllt, die sich indes in der Brust der Mehrzahl bald abkühlte und die bei anderen nimmer bestanden hatte.

Zu den letzteren gehörte der Marquis Conrad und der Großmeister der Templer, die zusammen nach ihren Quartieren gingen, unzufrieden mit den Ereignissen des Tages.

»Ich habe dir's immer gesagt«, sprach der letztere mit seinem kalten und bitteren Ausdruck, »daß Richard die feine Schlinge, die du ihm gelegt hast, zerreißen würde, wie ein Löwe ein Spinnengewebe. Du siehst, er braucht nur zu sprechen, und sein Atem bewegt diese wankelmütigen Toren so leicht, wie der Wirbelwind zerstreute Halme ergreift und nach Gefallen zusammenhäuft oder auseinandestreut.«

»Wenn der Wind vorüber ist«, sagte Conrad, »so werden die Halme, die nach seiner Pfeife tanzen, wieder zur Erde fallen.«

»Aber weißt du denn nicht«, sagte der Templer, »daß, wenn auch, wie es wahrscheinlich ist, dieser neue Eroberungsschwindel bald vergeht, und jeder mächtige Fürst so viel Einfluß zugestanden bekommt, als sein schwaches Hirn ausüben kann, Richard nichtsdestoweniger König von Jerusalem werden wird durch Vertrag, und daß er die Friedensbedingungen mit dem Sultan eingehen wird, von denen du glaubtest, daß er sie mit Verachtung zurückwiese?«

»Nun bei Mohammed und Termagaunt, denn christliche Flüche sind aus der Mode«, sagte Conrad, »sagst du, der stolze König von England würde sein Blut mit einem heidnischen Sultan vermählen? – Ich hatte diesen Vorschlag politischerweise beigemischt, um ihm den ganzen Vertrag zu verleiden. Ob wir ihn durch einen Vertrag oder durch den Sieg zum Herrn bekommen, ist gleich schlimm für uns.«

»Deine Politik hat Richards Absichten falsch beurteilt«, antwortete der Templer. »Ich kenne seine Ansicht durch ein heimliches Wörtchen vom Erzbischof. – Und dann dein Meisterstück mit dem Banner – man hat nicht größeres Aufhebens davon gemacht, als zwei Ellen gestickter Seide wert sind. Marquis Conrad, dein Witz geht zur Neige – ich will mich nicht länger auf deine Pläne verlassen, sondern meine eigenen versuchen. Kennst du nicht die Leute, welche von den Sarazenen Charegiten genannt werden?«

»Warum nicht?« antwortete der Marquis. »Es sind verzweifelte und verrückte Schwärmer, die ihr Leben dem Gedeihen der Religion geweiht haben – etwa wie die Templer –, nur daß sie in ihrem Wirkungskreis nie still stehen.«

»Scherze nicht«, antwortete der finstere Mönch, »wisse, einer von diesen Leuten hat in seinem blutigen Gelübde jenen Inselkönig ausersehen, um ihn als den Hauptfeind des mohammedanischen Glaubens zu erschlagen.«

»Ein sehr verständiger Heide«, sagte Conrad. »Mohammed verleihe ihm dafür sein Paradies!«

»Er wurde in dem Lager von einem unserer Knappen ergriffen, und in einem geheimen Verhör hat er mir seinen festen Vorsatz frei gestanden«, sagte der Großmeister.

»Nun, der Himmel verzeihe denen, welche den Vorsatz dieses höchst verständigen Charegiten vereitelt haben!« antwortete Conrad.

»Er ist meine Gefangener«, fuhr der Templer fort, »und von aller Gemeinschaft mit andern getrennt, wie du leicht denken kannst – aber Gefängnisse sind schon durchbrochen worden.«

»Und Bande abgestreift, und Gefangene haben sich frei gemacht«, antwortete der Marquis. »Es ist ein altes Sprichwort: Kein sicherer Kerker als das Grab!«

»Wieder frei, verfolgt er erneut seine Spur«, fuhr der Kriegermönch fort, »denn es liegt in der Art dieser Bluthunde, nie die Fährte zu verlassen, die sie einmal gewittert haben.«

»Sprich nicht weiter«, sagte der Marquis, »ich erkenne deine Politik – sie ist furchtbar, aber die Notwendigkeit drängt.«

»Ich sprach nur darum davon«, sagte der Templer, »damit du auf der Hut sein mögest: Denn der Lärm wird fürchterlich werden, und man kann nicht wissen, gegen wen die Engländer ihre Wut kehren. Ja, ich habe noch eine andere Bedenklichkeit – mein Page kennt den Vorsatz des Charegiten«, fuhr er fort. »Er ist ein empfindlicher und eigensinniger Narr, den ich gerne los wäre, weil er mich durchkreuzt, indem er sich erfrecht, mit eigenen Augen und nicht mit meinen zu sehen. Aber unser heiliger Orden gibt mir die Macht, diesem Übelstand abzuhelfen. Oder halt – der Sarazene kann einen guten Dolch in seiner Zelle finden, und ich bin gut dafür, daß er Gebrauch davon macht beim

Durchbrechen, was genau zu der Zeit sein wird, wo ihm der Page sein Essen bringt.«

»Das wird der Geschichte einen Deckmantel geben«, sagte Conrad, »und doch...«

»Doch und aber«, sagte der Templer, »sind Worte für Toren – weise Männer zaudern und widerrufen nicht –, sie beschließen und führen aus.«

20

Richard, der es nicht ahnte, daß er einer so schwarzen Verräterei zum Ziele diene, hatte, nachdem er die Einigkeit der fürstlichen Kreuzfahrer wenigstens für den Augenblick hergestellt und dieselben zur kräftigen Fortsetzung des Krieges entschlossen sah, keine nähere Angelegenheit, als die Ruhe in seiner eigenen Familie herzustellen und, da er nun mit kälterem Blut urteilen konnte, sich genau nach den Umständen zu erkundigen, die sowohl für den Verlust seines Banners wichtig waren, als auch die Beschaffenheit und Ausdehnung des Verhältnisses erkennen ließen, daß zwischen seiner Verwandten Edith und dem verbannten schottischen Abenteurer bestand.

Demgemäß wurde die Königin und ihr Hof von dem Besuch des Sir Thomas de Vaux erschreckt, welcher das alsbaldige Erscheinen der Lady Calista von Montfaucon, erster Kammerfrau der Königin, vor König Richard verlangte.

»Was soll ich sagen, Madame?« sagte de Vaux. »Seine Majestät hat das Leben des schottischen Ritters verschont, der der Hauptschuldige war, und hat ihn dem maurischen Arzt überlassen – er wird nicht strenger gegen eine Dame sein, wäre sie auch schuldig.«

»Ersinne irgendeine schlaue Geschichte«, sagte Berengaria. »Mein Gemahl hat zu wenig Zeit, um die Wahrheit derselben zu prüfen.«

»Erzähle die Sache, wie sie sich wirklich zugetragen hat«, sagte Edith, »oder ich tue es statt deiner.«

»Mit gütiger Erlaubnis Eurer Majestät«, sagte de Vaux, »scheint mir der Rat der Lady Edith gut zu sein; denn obgleich König Richard alles glaubt, was Eure Majestät ihm zu sagen beliebt, so zweifle ich daran, daß er gegen die Lady Calista und gerade in dieser Sache die nämliche Gefälligkeit haben werde.«

»Der Lord von Gilsland hat Recht«, sagte die Lady Calista, die über die Untersuchung, welche nun beginnen sollte, sehr beunruhigt war, »und überdies, hätte ich auch Geistesgegenwart genug, eine unwahrscheinliche Geschichte zu erfinden, ich bin überzeugt, ich hätte nicht den Mut, sie zu erzählen.«

Mit dem Vorsatz der Aufrichtigkeit ging Lady Calista unter de Vaux' Begleitung zum König und legte, wie sie sich es vorgenommen hatte, ein vollständiges Bekenntnis des Planes ab, wodurch der unglückliche Ritter vom Leoparden verleitet worden war, seinen Posten zu verlassen. Sie entschuldigte die Lady Edith, die, wie sie sich einbilden konnte, nicht ermangeln würde, sich selber zu entschuldigen, und wälzte die Hauptschuld auf die Königin, ihre Herrin, deren Anteil, wie sie wohl wußte, in den Augen des Löwenherz am verzeihlichsten erscheinen würde. In Wahrheit, Richard war ein zärtlicher, fast ein untertäniger Ehegatte. Sein erster Zorn war längst verflogen, und er war nicht gelaunt, strenge zu ahnden, was er für den Augenblick nicht ändern konnte. Die verschmitzte Lady Calista, die von ihrer frühesten Kindheit an gewöhnt war, Hofränke zu ergründen und Fürstenlaunen zu erraten, eilte mit der Schnelligkeit eines Kibitz zu der Königin zurück und kündigte derselben im Auftrag des Königs an, sich auf einen alsbaldigen Besuch Richards gefaßt zu machen. Die Hofdame fügte dem Auftrag einen auf ihre eigenen Beobachtungen gegründeten Kommentar bei, wonach sie zu zeigen suchte, daß Richard gesonnen sei, so viel Strenge walten zu lassen, als nötig sei, um seine königliche Gemahlin zur Bereuung ihres Scherzes zu bewegen, und dann allen Mitschuldigen eine huldreiche Vergebung zu erteilen.

»Bläst der Wind von dieser Seite?« sagte die Königin, durch diese Nachricht sehr beruhigt. »Glaube mir, daß Richard, obschon er ein großer Feldherr ist, es schwer finden soll, uns in diesem Stück zu überflügeln, denn, wie die Schäfer auf den Pyrenäen in meiner Heimat Navarra sagen, mancher geht nach Wolle aus und kehrt geschoren nach Haus.«

Nachdem sie alle Erkundigungen eingezogen hatte, die von Calista zu erhalten waren, kleidete sich die Königin Berengaria auf das ausgewählteste und erwartete mit Vertrauen die Ankunft des heldenmütigen Richard.

Er kam und sah sich in der Lage eines Fürsten, der eine unzufriedene Provinz betritt in dem Glauben, daß er bloß Verweise zu erteilen und Unterwerfung zu erhalten habe und der nun wider Erwarten Abneigung und Empörung überall antrifft. Berengaria kannte die Macht ihrer Reize und die Größe von Richards Liebe recht gut, und sie war gewiß, daß sie nun, da der erste Ausbruch des Zorns ohne Unglück vorübergegangen war, die Friedenspunkte nach ihrem Gutdünken feststellen könne. Weit entfernt, den Verweis des Königs, den ihr Leichtsinn wohl verdient hatte, anzuhören, verringerte und verteidigte sie ihre Schuld als einen harmlosen Scherz. Sie stellte auf die artigste Weise in Abrede, den Zwerg abgesandt zu haben, um den Ritter vom Rand des Hügels wegzulocken, wo er Wache hielt – und dies war insofern wahr, als sie nicht befohlen hatte, den Sir Kenneth in ihr Zelt zu führen. Und war die Königin bereit zu ihrer Verteidigung, so war sie es noch viel mehr, als sie Richard der Ungefälligkeit beschuldigte, weil er ihr ein so kleines Geschenk, wie das Leben eines armen Ritters, der durch einen unbedachten Scherz von ihr in Todesgefahr gebracht worden sei, abgeschlagen habe. Sie weinte und schluchzte, während sie ihrem Gemahl seine Hartherzigkeit vorwarf, eine Hartherzigkeit, wodurch sie für ihr ganzes Leben unglücklich hätte werden können, so oft ihr eingefallen wäre, daß sie, obwohl unabsichtlich, die Veranlassung des blutigen Trauerspiels gewesen sei. Die Erscheinung des geschlachteten Opfers würde ihre Träume beunruhigt haben – ja, was wüßte sie, da solche Dinge sich oft ereignet hätten, ob nicht sein Geist vor ihrem Bett sich würde gezeigt haben während des Wachens. Und allen diesen Seelenleiden sei sie ausgesetzt gewesen durch die Grausamkeit desjenigen, der, während er versprochen habe, dem geringsten Wink ihrer Augen zu gehorchen, nicht einmal seiner Rache hätte entsagen wollen, wodurch sie so elend hätte gemacht werden können.

Dieser Erguß weiblicher Beredsamkeit war mit den gewöhnlichen Beweisgründen von Tränen und Seufzern begleitet, dazu mit einem Ausdruck und Bewegungen vorgetragen, die zu beweisen schienen, daß der Schmerz der Königin weder in ihrem Stolz noch in ihrem Eigensinn seinen Grund habe, sondern in der bitteren Erfahrung, daß sie die Liebe ihres Gemahls in einem geringeren Grad besitze, als sie geglaubt hatte.

Der gute König Richard war in großer Verlegenheit. Vergebens versuchte er, vernünftig zu reden mit einem Weib, das eifersüchtig auf seine Neigung, zur Anhörung von Gründen unfähig war; auch konnte er es nicht über sich bringen, seine gesetzliche Autorität gegen ein Wesen geltend zu machen, das mitten in seiner unvernünftigen Übellaune so schön war. Er war darum auf seine Verteidigung beschränkt; er bestrebte sich, gelinde ihren Argwohn zu tadeln und ihre Übellaune zu besänftigen. Und er erinnerte sie, daß sie es nicht nötig habe, auf die Vergangenheit mit Gewissensbissen und Seelenangst zurückzublicken, da Sir Kenneth lebe, wohl sei und sich in den Händen des großen arabischen Arztes befinde, der gewiß besser als alle anderen Menschen verstehe, ihn beim Leben zu erhalten. Aber das war der unfreundlichste Schlag von allen, und der Schmerz der Königin erneute sich bei der Vorstellung, daß ein Sarazene ein Geschenk erhalten, um welches sie mit unbedecktem Haupt und gebeugtem Knie ihren Gemahl vergebens angefleht habe. Bei diesem neuen Vorwurf fing Richards Geduld an zu weichen, und er sagte mit ernster Stimme: »Berengaria, dieser Arzt hat mein Leben gerettet. Wenn dasselbe Wert in deinen Augen hat, so wirst du ihm eine Belohnung gönnen, auch wenn sie größer wäre als diese einzige, die er von mir annehmen wollte.«

Die Königin war zufrieden damit, ihre Mißlaune so weit getrieben zu haben, als sie es mit Sicherheit tun konnte.

»Mein Richard«, sagte sie, »warum brachtest du diesen Weisen nicht zu mir, daß Englands Königin ihm hätte zeigen können, wie hoch sie den achte, der die Leuchte der Ritterschaft, den Glanz von England, das Lebens- und Hoffnungslicht der armen Berengaria vor dem Erlöschen bewahrt hat?«

Kurz, der Ehestreit war zu Ende; aber damit irgendeine Strafe der Gerechtigkeit gezahlt werden möge, so kamen König und Königin überein, die ganze Schuld auf den Botschafter Nectabanus zu werfen, der (die Königin war bereits der Laune des armen Zwerges müde) mit seiner königlichen Gemahlin Guenevra vom Hof verbannt wurde; und der unglückliche Zwerg entging nur der Nebenstrafe der Stäupung, weil die Königin versicherte, daß er bereits eine körperliche Züchtigung erhalten habe. Da eine Botschaft an Saladin abgesandt werden solle, um ihn mit dem Entschluß der Versammlung, die Feindseligkeiten beim Ablauf des Stillstandes wieder beginnen zu wollen, vertraut zu machen, und da Richard die Absicht habe, dem Sultan ein wertvolles Geschenk zu machen, um demselben seinen Dank für die durch el Hakim wiedererlangte Gesundheit auszudrücken – wurde beschlossen, die beiden unglücklichen Geschöpfe als Merkwürdigkeiten hinzuzufügen, da sie wegen ihres außerordentlich sonderbaren Aussehens und ihrer verrückten Geistesbeschaffenheit sich sehr gut zu Geschenken eigneten, wie Fürsten an Fürsten sie machten.

Richard hatte an diesem Tag noch einen anderen Auftritt mit einer

Dame zu bestehen; aber er ging ihm verhältnismäßig mit Gleichgültigkeit entgegen: Denn obgleich Edith schön war und hoch geachtet wurde von ihren Verwandten, ja, obgleich sie es war, die gegenwärtig den Schimpf seines ungerechten Verdachts ertrug, über den sich Berengaria nur aus Verstellung beklagte, so war sie doch weder Richards Weib noch Geliebte, und er fürchtete ihre begründeten Vorwürfe weniger als die ungerechten und unbegründeten der Königin. Da er sie im Geheimen zu sprechen verlangt hatte, so wurde er in ihr Gemach geführt, welches an das der Königin stieß, deren zwei koptische Sklavinnen während der Unterhaltung in dem entferntesten Winkel auf den Knien verharrten. Ein feiner, schwarzer Schleier umwallte die schlanke, edle Gestalt des edlen Fräuleins, und sie trug keinerlei Art von weiblichem Schmuck an sich. Sie erhob sich und machte eine tiefe Verbeugung, als Richard eintrat, nahm auf sein Geheiß ihren Sitz wieder ein und erwartete, als er neben ihr Platz genommen hatte, ohne ein Wort zu sagen, daß er ihr seine Mitteilung mache.

Richard, der gewohnt war, mit Edith vertraut zu sein vermöge der zwischen ihnen bestehenden Verwandtschaft, fand diesen Empfang kalt. Er begann das Gespräch mit einiger Verlegenheit.

»Unsere schöne Base«, sagte Richard endlich, »ist böse auf uns; und wir gestehen ein, daß uns ein starker Anschein verleitet hatte, ihr gegen ihr Verschulden ein Betragen zur Last zu legen, das wir in ihrer gewöhnlichen Aufführung nie gefunden hatten. Aber solange wir in dem dunklen Tal des Lebens wallen, werden wir als Menschen Schatten für Wesen halten. Sollte meine schöne Base ihrem ein wenig hitzigen Verwandten Richard nicht verzeihen?«

»Wer sollte Richard nicht verzeihen«, antwortete Edith, »vorausgesetzt, daß Richard die Verzeihung des Königs erhalten könne?«

»Laß das, meine Base«, versetzte Löwenherz, »dieser Ton ist zu feierlich. Bei unserer lieben Frau, so ein trauriges Gesicht und so ein einfacher, dunkler Schleier können die Leute glauben machen, du seiest eine Witwe oder hättest wenigstens einen Bräutigam verloren. Sei guten Muts. Du weißt es ohne Zweifel schon, daß kein Grund zur Trauer vorhanden ist – warum also diese Trauerzeichen beibehalten?«

»Weil die Ehre der Plantagenet hin ist – weil der Ruhm das Haus meines Vaters verlassen hat.«

Richard runzelte die Stirn. »Die Ehre hin! Der Ruhm unser Haus verlassen!« wiederholte er zürnend. »Doch meine Base Edith darf dies sagen. Ich habe sie vorschnell beurteilt; sie hat darum ein Recht, mich hart zu richten. Aber sage mir wenigstens, worin ich gefehlt habe.«

»Plantagenet«, sagte Edith, »hätte einen Fehler entweder verzeihen oder bestrafen sollen. Es ziemt ihm nicht, freie Männer, Christen und brave Ritter den Fesseln der Ungläubigen auszuliefern. Es schickt sich nicht für ihn, ein Leben zu verhandeln oder zu verleihen gegen den Verlust der Freiheit. Den Unglücklichen zum Tode zu verurteilen, wäre hart gewesen, aber es hätte einen Anschein von Gerechtigkeit gehabt; ihn zur Sklaverei und Verbannung zu verurteilen, war unverhohlene Tyrannei.«

»Ich sehe, meine schöne Base«, sagte Richard, »du bist eine von den Schönen, die glauben, daß ein abwesender Liebhaber so gut wie keiner oder wie ein toter ist. Geduld; ein Dutzend leichte Reiter können ihn einholen und den Fehler gutmachen, wenn dein Buhle im Besitz eines Geheimnisses ist, das seinen Tod wünschenswerter machen könnte als seine Verbannung.«

»Stille mit diesen eitlen Späßen!« antwortete Edith, tief errötend. »Denk lieber daran, daß durch die Ausübung deiner Rache, wodurch du eins der besten Glieder dieses großen Unternehmens weggeworfen, das Kreuz eines seiner stärksten Pfeiler beraubt und einen Diener des wahren Gottes in die Hände der Heiden gegeben hast, zugleich all denen, deren Herz so argwöhnisch ist, wie das deinige sich in dieser Sache zeigte, ein Recht zugestanden hast, zu zeigen, Richard Löwenherz habe den bravsten Streiter seines Lagers darum verbannt, damit dessen Name in der Schlacht nicht den seinigen erreichen möge.«

»Den meinigen!« rief Richard aus, der nun wirklich in großer Bewegung war. »Bin ich einer, der den Ruhm anderer beneidet? – Ich wollte, er wäre hier, solche Gleichheit anzusprechen. Ich würde meinen Rang und meine Krone beiseite legen, ihm ritterlich in den Schranken begegnen, daß man sehen sollte, ob Richard Plantagenet Ursache hatte, die Tapferkeit eines Sterblichen zu fürchten oder zu beneiden. Laß das, Edith; du glaubst nicht, was du sagst. Hüte dich, daß der Schmerz oder Kummer um deinen entfernten Buhlen dich nicht ungerecht mache gegen deinen Verwandten, der trotz aller deiner Unfreundlichkeit dein günstiges Urteil so hoch hält wie das irgendeines anderen.«

»Mein entfernter Buhle?« sagte die Lady Edith. »Gleichwohl mag er, der diesen Namen so teuer bezahlt hat, also genannt werden. Wie unwürdig ich auch einer solchen Huldigung sein mochte, so war ich ihm wie ein Licht, das ihm vorwärts leuchtete auf dem Pfad der Ritterlichkeit; aber daß ich meinen Rang vergessen oder er den seinigen überschritten hätte, ist unwahr, selbst wenn es ein König behauptete.«

»Meine schöne Base«, sagte Richard, »legt mir Worte auf die Zunge, die ich nicht gesprochen habe. Ich sagte nicht, daß dieser Mann mit einer größeren Gunst von Euch beehrt worden sei, als ein guter Ritter, welches auch seine Geburtsverhältnisse sein mögen, selbst von einer Prinzessin einernten kann. Aber bei unserer lieben Frau, ich kenne ein wenig diese Liebeshändel: Mit stummem Anschauen und ehrerbietiger Entfernung fängt es an; aber, wenn sich die Gelegenheit trifft, wächst die Vertraulichkeit und so . . . Doch es frommt nicht, mit jemand zu reden, der sich für weiser hält als die ganze Welt.«

»Ich höre gern die Ratschläge meines Verwandten an«, sagte Edith, »wenn dieselben so beschaffen sind, daß sie meinen Rang und Charakter nicht beleidigen.«

»Könige, meine schöne Base, geben keine Ratschläge, sondern Befehle«, sagte Richard.

»Sultane geben in der Tat Befehle«, sagte Edith, »und der Grund liegt darin, daß sie über Sklaven herrschen.«

»Geh, du solltest die Geringschätzung der Sultanschaft ablegen, da du eine so hohe Meinung von einem Schotten hast«, sagte der König. »Ich glaube, daß Saladin sein Wort besser hält als jener Wilhelm von Schottland, der es fürwahr nötig hat, daß man ihn den Löwen nennt – er hat schändlich an mir gehandelt, weil er verfehlt hat, die versprochene Hilfe zu schicken. Laß mich dir sagen, Edith, du ziehst vielleicht noch einmal einen treuen Türken einem falschen Schotten vor.«

»Nein – nimmer!« antwortete Edith, »und sollte Richard selbst die falsche Religion annehmen, welche aus Palästina zu verbannen er die Meere durchschifft hat.«

»Du willst das letzte Wort haben«, sagte Richard, »und du sollst es haben. Halte von mir, was du willst, artige Edith, ich werde nicht vergessen, daß wir Vetter und Base sind.«

Nach diesen Worten nahm er Abschied, aber er war wenig zufrieden mit dem Erfolg seines Besuchs. –

Es war am vierten Tag, nachdem Sir Kenneth aus dem Lager entlassen worden war, und König Richard saß in seinem Zelt, einen Abendwind von Westen her genießend, der, ungewöhnliche Kühlung auf seinen Fittichen tragend, vom lustigen England Erfrischung herzuwehen schien dem heldenmütigen Monarchen, der nach und nach die Kräfte wieder erlangte, der er zur Ausführung seiner Riesenpläne bedurfte.

Niemand war bei ihm: de Vaux war nach Askalon gesandt worden, um Verstärkungstruppen und Ergänzung der Kriegsvorräte zu holen, und die größte Zahl derer, die ihn umgaben, waren anderwärts beschäftigt, indem sie für den Beginn der Feindseligkeiten und für eine den folgenden Tag statthabende große Musterung des Kreuzheeres ihre Voranstalten machten. Der König saß und horchte dem geschäftigen Summen der Krieger, den Hammerschlägen der Schmiede, die Hufeisen bereiteten, und der Waffenschmiede, die Harnische ausklopften. Die Stimmen der hin- und hergehenden Krieger waren laut und fröhlich; sie hatten den Ausdruck hohen und feurigen Mutes und konnten als eine Vorbedeutung des nahen Sieges gelten. Während das Ohr Richards sich an diesen Tönen ergötzte, und während er sich den Sieges- und Eroberungsträumen, die sie in ihm erweckten, überließ, meldete ein Stallmeister, daß ein Bote von Saladin draußen warte.

»Laß ihn augenblicklich vor«, sagte der König, »und mit gebührender Ehre, Joscelin.«

Der englische Ritter ließ demnach eine Gestalt herein, welche die eines nubischen Sklaven zu sein schien, dessen Ausdruck jedoch einen hohen Eindruck machte. Er war von stattlichem Wuchs und edler Bildung, und sein gebietendes Gesicht hatte, obwohl es rabenschwarz war, nichts von der Negerrasse. Sein kohlschwarzes Haar war von einem milchweißen Turban bedeckt, seine Schultern von einem kurzen Mantel, unter welchem man ein Wams von gegerbtem Leopardenfell bemerkte, das auf eine Handbreite bis zum Knie reichte. Seine übrigen nervigen Glieder, Arme und Beine waren nackt, ausgenommen, daß er Sandalen an den Füßen und am Hals und den Armen silberne Bänder trug. Ein gerades Schwert mit einem Buchsbaumgriff und einer Scheide von Schlangenhaut hing an seiner Hüfte. In seiner rechten Hand hielt er einen kurzen Wurfspieß mit einer graden, glänzenden Stahlspitze, und mit seiner linken Hand führte er an einem aus Gold und Seide geflochtenen Strick einen großen und schönen Windhund.

Der Bote warf sich zur Erde, indem er seine Schultern zum Zeichen der Unterwürfigkeit entblößte, und nachdem er den Boden mit der Stirn berührt hatte, blieb er auf einem Knie liegen, während er dem König ein seidenes Tuch überreichte, das ein anderes von Goldstoff einschloß, in welchem sich ein Brief von Saladin befand in arabischer Sprache mit einer normannisch-englischen Übersetzung, dessen Inhalt folgender war:

»Saladin, der König der Könige, an Melech Ric, den Löwen von

England. Da wir durch deine letzte Botschaft benachrichtigt worden, daß du den Krieg dem Frieden vorziehst und unsere Feindschaft unserer Freundschaft, so halten wir dich in diesem Stück für verblendet und hoffen, dich bald mit Hilfe der siegreichen Heeresmacht unserer tausend Stämme von deinem Fehler zu überzeugen, wenn Mohammed, der Prophet Gottes, und Allah, der Gott des Propheten, unsern Streit entscheiden werden. Mit diesem Vorbehalt betrachten wir mit hoher Achtung dich und die Geschenke, welche du uns gesandt hast, so wie auch die beiden Zwerge, die in ihrer Ungestalt merkwürdig sind wie der Ysop und ergötzlich wie die Laute Isaaks. Und zur Erwiderung dieser Beweise aus der Schatzkammer deiner Güte senden wir dir hier einen nubischen Sklaven mit Namen Zohauk, dem du nicht, wie es die Narren der Erde tun, nach seiner Farbe beurteilen mußt, da die Früchte mit schwarzer Schale den ausgesuchtesten Wohlgeschmack haben. Wisse, daß er geschickt ist, wie Rustan von Zablestan, den Willen seines Herrn auszurichten; auch ist er weise, um Rat zu geben, wenn du gelernt haben wirst, dich mit ihm zu verständigen: Denn der Gott der Sprache wurde mit Stummheit geschlagen innerhalb der elfenbeinernen Wände seines Palastes. Wir empfehlen ihn deiner Hut, hoffend, daß die Stunde nicht fern ist, wo er dir gute Dienste leisten mag. Und hiermit sagen wir dir Lebewohl im Vertrauen, daß unser heiliger Prophet dich noch zur Kenntnis der Wahrheit berufen werde; doch wenn diese Erleuchtung ausbleiben sollte, so wünschen wir dir eine baldige Herstellung deiner königlichen Gesundheit, daß Allah zwischen dir und uns in offener Feldschlacht entscheiden möge.«

Die Zuschrift war beglaubigt durch die Unterschrift und das Siegel des Sultans.

Richard betrachtete schweigend den Nubier, der mit zu Boden gesenkten Blicken und mit über die Brust gekreuzten Armen vor ihm stand und einem schwarzen Marmorbild von der feinsten Arbeit ähnlich sah, das von einem Prometheus Leben erwarte. Der König von England, der, wie man von seinem Nachfolger Heinrich VIII. rühmte, einen Mann zu sehen liebte, war zufrieden mit diesen Muskeln, Nerven und dem Ebenmaß der Glieder des Nubiers, und fragte ihn in der lingua franca: »Bist du ein Heide?«

Der Sklave schüttelte den Kopf, und indem er seine Hand zur Stirn erhob, machte er das Kreuzeszeichen zum Beweis seines Christenglaubens. Hierauf nahm er seine regungslose, demütige Stellung wieder an.

»Du bist ohne Zweifel ein nubischer Christ«, sagte Richard, »und die Heidenhunde haben dich des Sprachwerkzeuges beraubt?«

Der Stumme schüttelte wiederum verneinend den Kopf, wies mit dem Zeigefinger nach oben, und legte ihn dann auf seine Lippen.

»Ich verstehe dich«, sagte Richard, »dein Leiden kommt von einer Schickung Gottes, nicht von der Grausamkeit der Menschen. Kannst du Rüstzeug und Gürtel putzen und beim Anlegen derselben behilflich sein?«

Der Stumme nickte, und nachdem er den Panzer des Königs, der mit Schild und Helm des ritterlichen Monarchen an dem Pfeiler des Zeltes hing, herabgenommen hatte, zeigte er sich beim Angreifen desselben so kundig und geschickt, daß man die Dienste eines Waffenträgers wohl von ihm zu erwarten berechtigt war.

»Du bist ein tauglicher Diener und wirst gewiß ein nützlicher werden – du sollst in meiner Kammer und mir selber dienen«, sagte der König, »damit man sehen möge, wie hoch ich das Geschenk des königlichen Sultans schätze. Da du keine Zunge hast, so kannst du weder Geschichten von hier tragen noch mich durch unangemessene Antworten in Hitze bringen.«

Der Nubier warf sich von neuem nieder, bis seine Stirn den Boden berührte, darauf stellte er sich einige Schritte entfernt hin, als erwarte er die Befehle seines neuen Herrn.

»Ja, du sollst deinen Dienst alsbald beginnen«, sagte Richard: »Denn ich sehe einen Rostflecken diesen Schild verdunkeln, und wenn ich ihn vor den Augen Saladins schwinge, soll er blank und fleckenlos sein wie die Ehre des Sultans und meine eigene.«

Ein Horn wurde außen geblasen, und alsbald trat Sir Heinrich Neville mit einem Pack Briefen herein. »Von England, mein Fürst«, sagte er, als er sie überlieferte.

»Von England – unserem lieben England!« wiederholte Richard mit schwermütiger Schwärmerei. »Ach! Sie denken nicht daran, wie sehr ihr König in der Klemme war zwischen Krankheit und Kummer, fahrlässigen Freunden und tätigen Feinden.« Als er hierauf die Briefe hastig geöffnet hatte, sagte er. »Ha! Die kommen aus keinem Friedensland; auch dort herrscht die Zwietracht. Neville, tretet ab – ich muß diese Nachrichten allein und mit Muße durchgehen.«

Neville zog sich demnach zurück, und Richard war bald in die Trauerbotschaften vertieft, die ihm von England zugekommen waren, nämlich die Zerreißung seiner erblichen Domänen, die Zwietracht seiner

Brüder Johann und Gottfried, die Streitigkeiten beider mit dem hohen Gerichtshalter Longchamp, Bischof von Ely; die Unterdrückung, welche der Adel gegen den Bauernstand ausübte, schließlich die Empörung der Bauern gegen ihre Herren, die überall Unordnungen und in einigen Grafschaften Blutvergießen veranlaßt hatte. Die näheren Auseinandersetzungen dieser Vorfälle, die seinen Stolz beschämten und seinem Ansehen Abbruch taten, waren von der dringenden Weisung seiner weisesten und getreuesten Räte begleitet, daß seine Ankunft allein die Hoffnung schenken könne, das Königreich von dem Schrecken bürgerlicher Zwietracht zu retten, die von Frankreich und Schottland benutzt werden dürfte. Von der peinlichsten Besorgnis erfüllt, las Richard die Unheilsbriefe immer von neuem, verglich die Neuigkeiten, die einige derselben enthielten, mit den nämlichen Tatsachen, die anders angegeben waren in anderen, und bald war er unempfänglich für alles, was um ihn her vorging, obwohl er wegen der Kühlung dicht am Eingang des Zeltes bei offenen Vorhängen saß, so daß er die Wache und andere, die außen waren, sehen und von ihnen gesehen werden konnte.

Tiefer im Schatten des Zeltes und mit der Arbeit beschäftigt, womit ihn sein neuer Herr beauftragt hatte, saß der nubische Sklave, dem König den Rücken zukehrend. Er hatte Harnisch und Panzer in Ordnung gebracht und gereinigt und war gegenwärtig mit dem stahlbedeckten Schild von ungewöhnlicher Größe beschäftigt, dessen sich Richard bediente beim Auskundschaften oder Erstürmen fester Plätze, da dieser Schild einen größeren Schutz gegen Wurfgeschosse gewährte als der schmale, dreieckige, dessen man sich zu Pferde bediente. Auf diesem Schild waren weder die königlichen Löwen von England noch irgendeine andere Wappenfigur, welche die Aufmerksamkeit der Verteidiger der Festungswerke, gegen die man anrückte, hätte anziehen können; darum war die Sorgfalt des Knappen darauf gerichtet, ihm einen Glanz so hell wie Kristall zu verleihen, und dies schien ihm ganz vorzüglich zu gelingen. Von außen kaum sichtbar lag der große Hund, den man als den Mitsklaven des Nubiers ansehen konnte, und der, als wenn er es fühlte, daß er zu einem königlichen Herrn gebracht worden sei, zur Seite des Stummen lag, den Kopf auf den Boden gelegt und Beine und Schweif über und unter den Leib gezogen.

Während der Monarch und sein neuer Diener also beschäftigt waren, erschien eine andere Person auf dem Schauplatz und mischte sich unter die Gruppe von etwa ein paar Dutzend Wächtern, welche, die ungewöhnlich nachdenkliche Haltung und eifrige Beschäftigung des Königs bemerkend, in aller Stille vor dem Zelt Wache hielten. Aber die Wache war darum nicht schärfer als gewöhnlich. Einige belustigten sich an Glücksspielen mit kleinen Kieselsteinen, andere schwatzten leise miteinander von dem kommenden Tag der Schlacht, und mehrere lagen im Schlaf, und hatten ihre stämmigen Glieder in grüne Mäntel gehüllt.

Mitten unter diese sorglosen Wächter schlich sich ein alter Türke, schwächlich und klein von Gestalt und ärmlich gekleidet gleich einem Marabout oder Santon der Wüste, eine Art Schwärmer, die sich zuweilen ins Lager der Kreuzfahrer wagten, obwohl sie daselbst immer beschimpft und häufig mißhandelt wurden. Die Hoffahrt und Sittenlosigkeit der christlichen Häupter hatte zu ihren Zelten ein buntes Gedränge von Musikanten, Buhldirnen, jüdischen, koptischen und türkischen Händlern und sonstigem Auswurf des Morgenlandes gelockt, so daß der Kaftan und der Turban, deren Verbannung aus dem heiligen Land der ausgesprochene Zweck der Kreuzzüge war, nichtsdestoweniger weder ungewöhnliche noch beunruhigende Erscheinungen im Lager der Kreuzfahrer waren. Als jedoch die kleine, unansehnliche Gestalt, die wir beschrieben haben, der Wache so nahe gekommen war, um von ihr aufgehalten zu werden, warf sie ihren dunkelgrünen Turban vom Kopf, und sie ließ somit bemerken, daß Bart und Augenbrauen geschoren seien wie die der gewöhnlichen Possenreißer, und daß der Ausdruck dieses seltsamen und verzerrten Gesichtes und der kleinen, feurigen, pechschwarzen Augen einen verwirrten Geist verrieten.

»Tanze, Marabout«, schrien die Soldaten, die mit dem Tun dieser Schwärmer vertraut waren, »tanze, oder wir wollen dich mit unseren Bogensträngen peitschen, daß du dich besser drehen sollst als ein Kreisel, den ein Schulbub treibt.«

Der Marabout schien mit Vergnügen ihrem Geheiß zu willfahren, er sprang auf vom Boden und drehte sich in schwindelndem Wirbel mit solcher Geschwindigkeit vor ihnen herum, daß er, wenn man seine kleine, abgezehrte und unansehnliche Gestalt erwog, einem welken Blatt nicht unähnlich sah, das der Windsturm nach Lust im Kreise herumjagte. Während des Tanzes flog er hin und her, von einem Fleck zum andern, jedoch näherte er sich, obwohl fast unmerklich, der Tür des königlichen Zeltes immer mehr, so daß er, als er zuletzt nach zwei, drei Sprüngen, wovon immer einer höher als der andere war, erschöpft zu Boden fiel, nicht über dreißig Schritte von dem König entfernt war.

»Gebt ihm Wasser«, sagte eine Krieger, »sie fordern immer einen Trunk nach ihrem närrischen Drehtanz.«

»Der Teufel hat hier Wasser«, sagte ein anderer. »Wir wollen den leichtfüßigen alten Heiden bekehren und ihm Wein einschenken.«

Alsbald wurde um den liegenden, erschöpften Derwisch ein Kreis geschlossen, und während ein langer Kriegsmann den schmächtigen Türken vom Boden erhob, bot ihm ein anderer eine mächtige Flasche Wein an. Der Alte, nicht vermögend zu sprechen, schüttelte den Kopf und wehrte mit der Hand den vom Propheten verbotenen Trank von sich; aber seine Peiniger gaben sich nicht so bald zufrieden.

»Halt, halt – er gibt nach«, rief einer, »seht, er verlangt das Trinkgeschirr – Platz da, Bruder. Oop sey es, sagt der Holländer – das läuft wie Märzbier hinunter! Nein, das sind wahre Löcher, wenn sie einmal anfangen – ein Türke hustet nicht ins Trinkgeschirr, und er hält nicht ein in seiner Anfeuchtung.«

In der Tat, der Derwisch, oder was er war, trank oder schien wenigstens die große Flasche in einem Zug bis auf den Boden auszutrinken, und als er sie vom Mund nahm, nachdem der ganze Inhalt geleert war, sagte er nichts als die von einem tiefen Seufzer begleiteten Worte: Allah kerim, Gott ist barmherzig. ein Gelächter erschallte unter den Kriegsleuten, die Zeugen dieses flaschentiefen Schluckes waren, und es schallte so laut, daß es den König aufstörte, der mit drohendem Finger und zürnend sagte: »Wie, Kerle, keine Rücksicht – keine Ehrerbietung?«

Alle wurden mit einmal still: Denn sie kannten Richards Laune, die manchmal viele soldatische Vertraulichkeit zuließ, und ein andermal die strengste Ehrerbietung heischte, obwohl die letztere Laune die bei weitem seltenere war. Indem sie sich in eine anständige Entfernung vom König begaben, suchten sie den Marabout mit sich zu schleifen, der, dem Anschein nach erschöpft von der vorhergegangenen Anstrengung oder von dem starken Getränk, sich mit Sträuben und Stöhnen seiner Fortschleifung widersetzte.

»Laßt ihn in Ruh', Narren«, flüsterte Long Allen seinen Gesellen zu. »Bei St. Christoph, ihr bringt sonst unseren König aus dem Häuschen, daß uns sein Dolch auf den Schädel geflogen kommt. Laßt ihn allein, in ein paar Augenblicken wird er wie ein Murmeltier schlafen.«

Ein zweiter Zornesblick des Monarchen blitzte auf die Gruppe, und alle zogen sich eiligst zurück und ließen den Derwisch, der dem Anschein nach unfähig war, ein Glied oder Gelenk seines Leibes zu rühren, auf dem Boden liegen. Unmittelbar darauf war alles so ruhig und still, wie es vor dem Erscheinen des Türken gewesen war.

21

Eine Zeitlang herrschte vor dem königlichen Zelt vollkommene Ruhe. Der König las und sann noch am Eingang des Zeltes – weiter zurück und dem Eingang den Rücken zukehrend, putzte der Nubier immer noch an dem großen Schild. Auf hundert Schritte vor dem Zelt standen, saßen oder lagen im Gras die wachhabenden Krieger, die nun ihre Späße unter sich still forttrieben, während auf dem freien Platz zwischen ihnen und dem Zelt der Marabout ohne Bewußtsein und von einem Bündel Lumpen kaum unterscheidbar am Boden lag.

Der helle Widerschein, den der vollkommen geputzte Schild gab, gewährte dem Nubier einen Spiegel, worin er zu seinem Schrecken und Erstaunen bemerkte, daß der Marabout sachte den Kopf vom Boden erhob, als wollte er sehen, was um ihn herum vorginge, und sich mit einer Vorsicht und Behutsamkeit bewegte, die mit seiner Betrunkenheit ganz unvereinbar waren. Flugs legte er den Kopf wieder nieder; als wenn er mit seinen Beobachtungen zufrieden wäre, begann er, sich mit so wenig Anschein von Absicht als möglich war, und gleichsam wie zufällig immer näher und näher dem König zuzuwälzen, indem er von Zeit zu Zeit rastete und ruhig blieb, der Spinne vergleichbar, die, wenn sie nach ihrer Beute schießt, wie leblos zusammenkugelt, sobald sie sich beobachtet sieht. Diese sonderbaren Bewegungen kamen dem Äthiopier verdächtig vor, der sich seinerseits so still als möglich vorbereitete, um einzugreifen, sobald der Augenblick, der sein Einschreiten fordere, sich zeigen würde.

Der Marabout hatte sich indessen nach und nach und unbemerkt wie eine Schlange oder vielmehr wie eine Schnecke herbeigeschlichen, bis er sich in einer Entfernung von etwa zehn Schritten von Richard befand; alsbald war er auf den Füßen, und nachdem er wie ein Tiger vorwärts gesprungen, stand er in einem Nu hinter des Königs Rücken und schwang seinen erhobenen Cangiar oder Dolch, den er im Ärmel versteckt getragen hatte. Nun hätte den heldenmütigen Monarchen die Gegenwart seines ganzen Heeres nicht gerettet; aber die Bewegungen des Nubiers waren so gut berechnet als die des Schwärmers, und ehe der letztere zustoßen konnte, hatte der erstere den erhobenen Arm gefaßt. Der Charegite, denn ein solcher war der scheinbare Marabout, kehrte seine ganze Wut gegen den, der sich so unerwartet zwischen ihn und seine Beute warf, und versetzte dem Nubier einen Dolchstoß, der jedoch nur den Arm desselben streifte. Aber der Äthiopier warf mit seiner überlegenen Stärke den Angreifer leicht zu Boden. Richard, der nun aufmerksam geworden war und sich erhoben hatte, ergriff, ohne mehr Schrecken, Zorn und Leidenschaft zu verraten, als ein anderer zeigt, der eine zudringliche Wespe abschüttelt und zerdrückt, den Stuhl, auf welchem er gesessen hatte, und indem er ausrief »Wart, du Hund!«, zerschmetterte er den Schädel des Mörders, der zweimal – einmal mit lauter, einmal mit gebrochener Stimme – die Worte sagte: »Allah ackbar!« – Gott ist siegreich – und zu des Königs Füßen starb.

»Ihr seid mir sorgsame Wächter«, sagte Richard in einem verächtlichen Ton zu seinen Schützen, die nun von dem Lärm des Auftritts aufgestört voll Schrecken und Bestürzung in das Zelt drangen. »Ihr seid wachsame Hüter, daß ihr mich solches Henkerswerk eigenhändig verrichten laßt. – Seid ruhig und hört mit euerm unsinnigen Schreien auf! Habt ihr noch keinen toten Türken gesehen? – Hier das Aas werft aus dem Lager, haut ihm den Kopf ab und steckt ihn auf eine Lanze; aber sorgt dafür, daß das Gesicht nach Mekka sieht, damit er seinem Lügenpropheten, auf dessen Geheiß er hierhergekommen ist, desto besser berichten könne, wie ihm seine Gesandtschaft gelungen sei. – Und du, mein schwarzer, stummer Freund«, fuhr er gegen den Äthiopier gewendet fort. »Doch was hast du? – Du bist verwundet – und, ich fürchte, mit einer vergifteten Waffe: Denn ein so schwaches Tier wie dieses da konnte ja nicht mehr hoffen, als mit seinem Dolch die Haut des Löwen bloß zu ritzen. Sauge einer von euch das Gift aus der Wunde. Gift ist unschädlich auf den Lippen, auch eins, das tödlich ist, wenn es sich mit dem Blut mischt.«

Die Krieger sahen sich bestürzt und zaudernd an; die Seltsamkeit dieses Wagestücks hielt die, welche kein anderes Wagestück fürchteten, zurück.

»Was ist das, Kerle«, fuhr der König fort, »seid ihr so süßmäulig oder fürchtet ihr den Tod, daß ihr so zögert?«

»Nicht den Menschentod«, sagte Long Allen, den der König beim Sprechen angeblickt hatte, »aber fürwahr, ich möchte nicht sterben wie eine vergiftete Ratte wegen des schwarzen Stück Viehs da, das man auf dem Markt wie einen Martini-Ochsen kauft oder verkauft.«

»Seine Majestät befiehlt den Leuten, Gift zu saugen«, brummte ein anderer Schütze, »als hieße das so viel als: Geh und verschluck eine Stachelbeere!«

»Nein«, sagte Richard, »nie habe ich jemand etwas zu tun geheißen, was ich nicht bereit gewesen wäre, selber zu tun.«

Ohne weiteres Bedenken und trotz der Gegenvorstellungen der Umstehenden und des ehrerbietigen Widerstrebens des Nubiers selbst, brachte der König von England seine Lippen auf die Wunde des schwarzen Sklaven, die Gegenvorstellungen verlachend und das Widerstreben überwindend. Er hatte nicht sobald in diesem sonderbaren Liebesdienst eine Pause gemacht, als der Nubier von ihm wegsprang und, indem er schnell eine Binde um seinen Arm band, durch Zeichen, die von ebenso vieler Entschlossenheit als Ehrerbietung begleitet waren, seinen Vorsatz zu erkennen gab, daß er es nicht zugeben wolle, daß der Monarch einen so erniedrigenden Dienst erneuere. Longe Allen trat hervor und sagte, daß, wenn es nötig wäre, um den König von einer Wiederholung einer solchen Verrichtung abzuhalten, er seine eigenen Lippen, Zunge und Zähne dem Neger (wie er den Äthiopier nannte) leihen wolle, und daß er ihn lieber mit Haut und Haar aufessen als zugeben würde, daß der Mund von König Richard ihn noch einmal berühre.

Neville, der mit andern Höflingen hereingetreten war, machte ebenfalls seine Vorstellungen.

»Nun, macht kein unnötiges Geschrei wegen eines Hirsches, den die Hunde verloren haben, und wegen einer Gefahr, die vorbei ist«, sagte der König, »die Wunde ist nur eine Kleinigkeit; sie hat kaum geblutet – eine erboste Katze hätte tiefer gekratzt, und was mich anlangt, ich habe nur eine Drachme Gegengift zu nehmen der Vorsicht halber, obschon es unnötig ist.«

So sprach Richard, der sich vielleicht des erzeigten Dienstes schämte, obwohl derselbe durch Menschlichkeit und Dankbarkeit geheiligt war. Aber als Neville fortfuhr, ihm Vorstellungen über die Gefahr zu machen, welcher er sich ausgesetzt habe, legte ihm der König Stillschweigen auf.

»Still, ich bitte dich – nichts weiter davon. Ich wollte diesen unwissenden, vorurteilsvollen Burschen da nur zeigen, wie sie sich einander Hilfe leisten könnten, wenn die feigen Lumpenhunde uns angreifen mit vergifteten Waffen. – Aber«, fügte er hinzu, »nimm diesen Nubier mit in dein Quartier, Neville. Ich habe meinen Entschluß in Rücksicht seiner geändert – sorge, daß man ihn gut behandle. Aber laß dir heimlich sagen – sieh, daß er nicht entwischt – es steckt mehr hinter ihm als es scheint. Gib ihm alle Freiheit, nur daß er das Lager nicht verlasse. – Und ihr, ochsenfressende und weinsaufende englische Bullenbeißer, pack euch wieder auf eure Wache und haltet sie mir ja mit mehr Behutsamkeit.«

Die Schützen zogen sich beschämt auf ihren Posten zurück, und Neville fing an, seinem Herrn Vorstellungen zu machen, wie gefährlich es sei, eine Nachlässigkeit im Dienst so leicht hingehen zu lassen, und wie nötig es sei, ein Strafbeispiel zu geben für ein so schweres Versehen, eine so verdächtige Person wie den Marabout auf Dolcheslänge dem König nahe kommen zu lassen. Doch Richard unterbrach ihn mit den Worten: »Sprich nicht davon, Neville – willst du, daß ich mich für eine kleine Gefahr, die ich bestanden, schwerer räche als für den Verlust des englischen Banners? Es ist gestohlen worden – gestohlen von einem Dieb oder ausgeliefert von einem Verräter, und kein Blut ist darum geflossen. – Mein schwarzer Freund, du bist ein Ausleger von Geheimnissen, wie der erlauchte Sultan sagt, ich würde dir gern dein eigenes Gewicht in Gold schenken, wenn du mir einen herausbringen könntest, der noch schwärzer ist als du, oder wenn du mir auf irgendeine Weise den Dieb zeigen könntest, der so an meiner Ehre gefrevelt hat. Was sagst du? Hm!«

Der Stumme schien begierig zu sprechen; aber er brachte nur die unvollkommenen Töne heraus, die seinem traurigen Zustand eigen sind. Er kreuzte die Arme, sah den König mit einem Ausdruck an, als wenn er ihn verstanden hätte, und beantwortete die Frage desselben durch ein Kopfnicken.

»Wie?« sagte Richard mit lebhafter Freude. »Unternimmst du es, mir in dieser Sache Aufklärung zu verschaffen?«

Der nubische Sklave wiederholte die nämliche Bewegung.

»Aber wie sollen wir uns einander verständlich machen?« sagte der König. »Kannst du schreiben, guter Bursche?«

Der Sklave nickte wieder zu Bejahung.

»Gebt ihm Schreibzeug«, sagte der König. »In dem Zelt meines Vaters war es leichter zu finden als in dem meinigen – aber es muß irgendwo vorhanden sein, wenn dies sengende Klima die Tinte nicht vertrocknet hat. Wahrhaftig, dieser Bursche ist ein Juwel – ein schwarzer Diamant, Neville.«

Der Sklave, der geschrieben hatte, in welcher Kunst er sehr erfahren schien, erhob sich nun, und indem er das, was er geschrieben hatte, an seine Stirn preßte, warf er sich seiner Sitte gemäß zur Erde, ehe er es den Händen des Königs überreichte. Das Schreiben war französisch, obgleich die Unterhaltung bis jetzt von Richard in der lingua franca geführt worden war.

»An Richard, den siegreichen und unbezwingbaren König von England, dies von dem geringsten seiner Sklaven. Geheimnisse sind die versiegelten Büchsen des Himmels: Aber Weisheit kann Wege finden, das Schloß zu öffnen. Stände dein Sklave an einem Ort, wo die Führer des Christenheeres in ihrer Ordnung an ihm vorbeizögen, zweifle dann nicht, daß, wenn sich derjenige, über dessen Frevel mein König sich beklagt, unter der Zahl befindet, sein Verbrechen offenbar werden soll, und wär' es mit sieben Schleiern verhüllt.«

»Nun, bei St. Georg!« sagte König Richard, »du hast mir ein Wort zu seiner Zeit gesprochen. – Neville, du weißt, daß wir morgen unsere Truppen mustern, nach einer Übereinkunft der Fürsten zur Sühnung des durch Diebstahl am englischen Banner begonnenen Frevels die Führer an unserer neuen Standarte, die auf dem St. Georgsberg weht, vorbeiziehen sollen, um sie mit geziemender Ehrerbietung zu grüßen. Glaube mir, der geheime Verräter wird es nicht wagen, diese feierliche Reinigung zu verfehlen, damit nicht seine Abwesenheit zum Verdachtsgrund werde. Dort wollen wir unsern schwarzen Rat hinstellen, und wenn er durch seine schwarze Kunst den Frevler herausbringt, dann laß mich für das Übrige sorgen.«

»Mein Fürst«, sagte Neville mit dem Freimut eines englischen Barons, »seht Euch vor, was Ihr tut. Die Eintracht unseres heiligen Bundes ist nun ganz unerwartet erneuert – wollt Ihr auf einen Verdacht hin, den Euch ein Negersklave beibringt, Wunden aufreißen, die sich erst jüngst geschlossen haben? Oder wollt Ihr den feierlichen Aufzug, der zu Eurer Genugtuung und zur Versöhnung der zwieträchtigen Fürsten angestellt wird, als ein Mittel benutzen, neue Ursachen zum Streit zu suchen oder alte Händel wieder aufzuregen? Dann wäre es kaum zu hart, wenn man sagte, daß dies ein Bruch des Versprechens sei, das Eure Majestät vor dem versammelten Rat des Kreuzzugs gegeben hat.«

»Neville«, sagte der König, ihn mit Ernst unterbrechend, »dein Eifer macht dich anmaßend und unhöflich. Nie habe ich das Versprechen gegeben, mich der Mittel zu entschlagen, die ich für die geeignetsten halten würde, den nichtswürdigen Schänder meiner Ehre zu entdecken. Ehe ich dies getan, hätte ich lieber meinem Königreich, meinem Leben entsagt. Alle meine Versprechungen sind mit diesem streng notwendigen Vorbehalt gemacht worden. Nur in dem Fall, daß der Österreicher hervorgetreten wäre und seinen Frevel wie ein Mann eingestanden hätte, hatte ich versprochen, ihm um der allgemeinen Christenheit willen zu verzeihen.«

»Aber«, fuhr der Baron ängstlich fort, »wer bürgt Euch, daß dieser gewandte Sklave Saladins Euch nicht hintergeht?«

»Schweig, Neville«, sagte der König, »du dünkst dich weise und bist nur ein Tor. Erinnere dich an den Befehl, den ich dir in Rücksicht dieses Burschen gegeben habe – es ist mehr hinter ihm, als dein Witz von Westmoreland erfassen kann. Und du, stiller Schwarzer, bereite dich, das versprochene Kunststück auszuführen, und, bei meinem Königswort, du sollst dir deinen Lohn selber auswählen. – Sieh da, er schreibt wieder.«

In der Tat, der Stumme schrieb etwas und übergab dem König auf die nämliche Art wie zuvor ein anderes Stück Papier, das diese Worte enthielt: »Der Wille des Königs ist das Gesetz seines Sklaven – und es geziemt nicht diesem, für die Erfüllung seiner Lebenspflicht einen Dank zu fordern.«

»Dank und Lehnspflicht!« sagte der König, indem er sich beim Lesen selbst unterbrach; und dann zu Neville gewendet, sagte er auf Englisch mit Nachdruck: »Diese Morgenländer lernen von den Kreuzfahrern – sie verstehen die Sprache des Rittertums! Und sieh, Neville, wie verlegen dieser Bursche blickt, wäre seine Farbe nicht, er würde erröten. Es würde mich nicht wundern, wenn er verstände, was ich sage – diese Leute sind schreckliche Sprachkenner.«

»Der arme Sklave kann den Blick Eurer Majestät nicht ertragen«, sagte Neville, »es ist nichts weiter.«

»Gut, aber«, fuhr der König fort, mit dem Finger beim Weiterlesen gegen das Papier schlagend, »dieses kühne Schreiben sagt weiter, daß unser ehrlicher Stummer von Saladin mit einer Botschaft an Lady Edith Plantagenet beauftragt ist, und um Zeit und Gelegenheit bittet, es zu übergeben. Was hältst du von einem so bescheidenen Ansinnen, Neville?«

»Ich weiß nicht«, sagte Neville, »wie Eure Majestät eine solche Freiheit aufnimmt; aber der Bote, der von seiten Eurer Majestät ein solches Gesuch an den Sultan stellte, würde bald zum letztenmal Halsweh haben.«

»Nun, ich danke dem Himmel, daß mich nach seinen sonnverbrannten Schönheiten nicht gelüstet«, sagte Richard. »Und diesen Burschen zu bestrafen dafür, daß er den Auftrag seines Herrn ausgerichtet hat, und zwar in dem Augenblick, wo er mir das Leben gerettet hat, das wäre, dünkt mich, ein wenig zu streng. Ich will dir was im Geheimen sagen, Neville – denn obwohl unser schwarzer, stummer Diener zugegen ist, so kann er, wie du weißt, es nicht ausplaudern, auch wenn er es von ungefähr verstehen sollte –, ich sage dir also, daß ich die letzten vierzehn Tage unter einem sonderbaren Zauber gelebt habe: Ich wollte, ich wäre davon erlöst. Sobald mir einer einen großen Dienst erzeigt hat, verliert er alle seine Ansprüche an mich durch irgendein schreiendes Unrecht, und auf der andern Seite kann der, welcher den Tod von meiner Hand verdient hat für Verrat oder irgendeinen Frevel, versichert sein, daß er derjenig ist, der mir vor allen eine Verbindlichkeit auferlegt, welche gewichtiger ist als seine Schuld und welche mich zwingt, ein Urteil, das meiner Ehre genugtun sollte, zurückzunehmen. Auf diese Art bin ich, wie du siehst, des besten Teiles meiner königlichen Handlungen beraubt, weil ich niemand strafen oder belohnen kann. Bis der Einfluß dieses störenden Planeten vorbei ist, will ich in Rücksicht des Gesuchs unseres schwarzen Dieners nichts sagen, außer daß es ein sehr kühnes ist, und daß es das beste Mittel sein wird, die versprochene Entdeckung zu machen, um Gnade in unseren Augen zu erlangen. Unterdessen, Neville, habe alle Aufmerksamkeit für ihn und sorge, daß man ihn mit Ehren behandle. – Und höre noch eins«, sagte er flüsternd, »suche mir jenen Einsiedler von Engaddi, führe ihn sogleich zu mir, sei er ein Heiliger, ein Wilder, ein Narr oder ein Weiser. Ich will ihn im Geheimen sehen.«

Neville verließ das königliche Zelt, indem er dem Nubier ein Zeichen gab, ihm zu folgen.

Auf welchem Weg auch der Nubier die Kunst, europäische Sprachen zu schreiben, erlernt haben mochte, der König blieb überzeugt, daß ihm die englische Sprache wenigstens unbekannt sein müsse: Denn er hatte ihm am Ende der stattgehabten Unterredung scharf beobachtet, und es kam ihm unmöglich vor, daß jemand, der ein Gespräch, das ihn selber betrifft, versteht, eine so vollkommene Teilnahmslosigkeit zeigen könne.

22

Unsere Erzählung schreitet nach einem Zeitpunkt zurück, der den letzterwähnten Vorfällen kurz voranging, als, wie der Leser sich erinnern wird, der unglückliche Ritter vom Leoparden von König Richard dem arabischen Arzt sozusagen in der Eigenschaft eines Sklaven übergeben und aus dem Lager der Kreuzfahrer verbannt ward, in deren Reihen er sich so oft rühmlich ausgezeichnet hatte. Er folgte seinem neuen Herrn – denn so müssen wir nun den Hakim nennen – zu den maurischen Zelten, die das Gefolge und Gepäck desselben einschlossen, in einer Betäubung, die derjenige fühlt, welcher von der Höhe in einen Abgrund gefallen, unverhofft mit dem Leben davonkommt: Er hat gerade Kraft genug, um sich von der gefährlichen Stelle fortzuarbeiten, aber er ist nicht im Stande, die Größe seines Schadens, den er erlitten hat, zu ermessen. In dem Zelt angekommen, warf er sich, ohne ein Wort zu sprechen, auf ein Lager von gegerbter Büffelhaut, das ihm sein Führer bezeichnet hatte, und das Gesicht in den Händen verbergend, stöhnte er so heftig, als wenn ihm das Herz brechen wollte. Der Arzt, der seinen zahlreichen Dienern Befehle erteilte für ihre Abreise am nächsten Morgen vor Tagesanbruch, hörte ihn und unterbrach, von Mitleid bewegt, sein Geschäft, um sich mit untergeschlagenen Beinen neben das Lager des Unglücklichen zu setzen und ihm nach morgenländischer Weise Trost zuzusprechen.

»Mein Freund«, sagte er, »sei getrost – denn was sagt der Dichter: Es ist besser, daß ein Mann der Diener eines freundlichen Herrn als der Sklave seiner wilden Leidenschaften sei. Noch einmal, sei guten Muts: Denn während Isouf Ben Yagoube von seinen Brüdern an einen König verkauft ward, an den Pharao, König von Ägypten, so hat dich dein König an einen Mann verschenkt, der dir ein Bruder sein wird.

Sir Kenneth strengte sich an, dem Hakim zu danken, aber sein Herz war zu voll, und die unverständlichen Töne, die er von sich gab, als er vergebens zu antworten versuchte, bewirkten, daß der mitleidige Arzt von seinen zu frühzeitigen Trostversuchen Abstand nahm. Er überließ seinen neuen Diener oder Gast ungestört seinem Schmerz, und nachdem er die nötigen Anstalten zu der morgigen Abreise angeordnet hatte, setzte er sich auf den Teppich des Zeltes nieder und genoß ein mäßiges Mahl. Als er sich gestärkt hatte, wurden ähnliche Gerichte dem schottischen Ritter angeboten; aber obgleich die Sklaven ihm verständlich machten, daß man den folgenden Tag erst spät Halt machen würde, um das Mahl zu halten, so konnte Sir Kenneth doch den Ekel, den er gegen alle Speisen fühlte, nicht überwinden, und es war von ihm nicht zu erreichen, daß er etwas anderes zu sich nahm als einen Trunk kalten Wassers.

Lange nachher, als sein arabischer Wirt seine gewohnte Andacht verrichtet und sich dann zur Ruhe gelegt hatte, war er immer noch wach; kein Schlaf hatte ihn noch erquickt zur Stunde der Mitternacht, als die Diener sich in Bewegung setzten und ihn, obwohl sie nicht sprachen und nur wenig Geräusch machten, merken ließen, daß sie die Kamele lüden und sich zum Aufbruch anschickten. Im Verlauf dieser Anstalten war der schottische Ritter, jedoch mit Ausnahme des Arztes selbst, der letzte, der gestört wurde; um drei Uhr morgens zeigte eine Art von Hausmeister an, daß er aufstehen müsse. Er tat es ohne weitere Antwort und folgte ihm ins Mondlicht hinaus, wo die Kamele standen, von denen die meisten schon beladen waren, und nur ein einziges noch auf den Knien hielt, bis es seine volle Ladung würde erhalten haben.

In einiger Entfernung von den Kamelen hielt eine Anzahl Pferde, vollständig geschirrt und gesattelt. Der Hakim selbst zeigte sich, und er schwang sich auf eines derselben mit soviel Leichtigkeit, als seinem ernsten Charakter anständig war, und ließ ein anderes dem Sir Kenneth vorführen. Ein englischer Offizier war zugegen, um sie durch das Lager der Kreuzfahrer zu begleiten und für die Sicherheit ihrer Abreise zu sorgen, und alles war zum Aufbruch bereit. Das Zelt, das sie verlassen hatten, war unterdessen mit geschäftiger Eile abgerissen worden, und die Stangen und Decken desselben machten die Last der letzten Kamele aus, als der Arzt, nachdem er feierlich den Spruch des Korans »Gott sei unser Führer und Mohammed unser Beschützer in der Wüste wie im Gefilde« hergesagt hatte, die ganze Reitergesellschaft in Bewegung brachte.

Der Hakim, der neben dem Ritter vom Leoparden ritt, sprach diesem in seiner gewöhnlichen, sprichwörtlichen Weise Trost zu.

Einen überladenen Magen ekelt selbst Honig an, und es ist kaum ein Wunder, daß der von Unglück und Erniedrigung niedergebeugte Ritter gewissermaßen sich darüber ärgerte, sein Elend jeden Augenblick zu Sprichwörtern und Denksprüchen dienen zu sehen, wie richtig und angemessen dieselben auch sein mochten.

Da Sir Kenneth kaum je eine Antwort gab, die zur Fortsetzung des Gesprächs gedient hätte, so unterließ der Arzt, der es vielleicht müde war, einen zu trösten, der nicht getröstet sein wollte, alle weiteren Reden und winkte einem aus seinem Gefolge.

»Hassan«, sagte er, »hast du nichts, den Weg zu verkürzen?«

Hassan, Erzähler und Dicher von Handwerk, flog auf dieses Geheiß heran, seinen Beruf zu erfüllen. »Herr des Palastes des Lebens«, sagte er, an den Arzt gewandt, »du, vor dem der Engel Azrael die Flügel zur Flucht ausbreitet – du, weiser als Soliman Ben Daoud, auf dessen Siegel der wahre Name stand, der den Geistern der Elemente gebietet –, der Himmel behüte, daß, während du auf dem Pfad der Milde wandelst, Heilung und Hoffnung spendend, wohin du auch kommst, dein eigenes Leben betrübt sein sollte durch Mangel an Geschichten und Liedern. Sieh, solange dein Diener an deiner Seite ist, will er die Schätze seines Gedächtnisses hervorbringen, wie die Quelle den Strom neben den Weg hingießt, damit der Wanderer sich erfrische.«

Nach diesen Woren erhob Hassan seine Stimme und begann eine Geschichte von Liebe und Zauberei, mit Kriegstaten vermischt und mit häufigen Anführungen aus den persischen Dichtern ausgeschmückt, mit deren Werken der Redner vertraut schien. Das Gefolge des Arztes, diejenigen ausgenommen, welche zur Leitung der Kamele notwendig waren, drängten sich um den Erzähler, und alle kamen so nahe heran, als die Ehrfurcht gegen ihren Herrn es erlaubte, um sich einer Belustigung zu erfreuen, welche die Morgenländer jeder Zeit aus dieser Art von Genuß geschöpft haben.

Zu einer andern Zeit würde sich Sir Kenneth, ungeachet seiner unvollkommenen Kenntnis der Sprache, an dieser Erzählung sehr vergnügt haben, die, obwohl sie von einer schwärmerischen Einbildungskraft erzeugt und in einer schwülstigeren und bilderreichen Sprache ausgedrückt war, dennoch eine große Ähnlichkeit mit den Ritterromanen hatte, die damals in Europa so sehr im Schwange waren. So vergingen die Stunden der Nacht und die Zeit der matten, nebeligen Dämmerung, welche das Zwielicht eines syrischen Morgens bildet. Aber als sich ein Teilchen der Sonnenscheibe über der weiten Ebene erhob, und als der erste, waagrechte Strahl blitzend über den Tau der unermeßlichen Wüste schoß, worin sich die Reisenden nun befanden, da machte die tönende Stimme von el Hakim sich vernehmbar. Die Geschichten des Erzählers verstummten, indem er die Sandwüste umher von dem feierlichen Ruf ertönen ließ, den die Muezzin des Morgens von dem Minarett jeder Moschee erschallen lassen.

»Zum Gebet – zum Gebet! Gott ist der einige Gott. Zum Gebet – zum Gebet! Mohammed ist der Prophet Gottes. Zum Gebet – zum Gebet! Die Zeit flieht schnell von hinnen. Zum Gebet – zum Gebet! Das Gericht steht nahe bevor.« Die Muselmanen sprangen mit einmal von ihren Pferden, und, das Gesicht gegen Mekka gerichtet, ahmten sie, indem sie sich mit Sand rieben, die Abwaschung nach, die sonst mit Wasser verrichtet werden muß, und ein jeglicher von ihnen empfahl sich in einem kurzen, feurigen Gebet dem Schutz Gottes und des Propheten, und jeder erflehte Vergebung für seine Sünden.

Selbst Sir Kenneth, dessen Denkweise und Vorurteile durch den Anblick seiner Gefährten, die nach seiner Meinung dem Götzendienst huldigten, zugleich geärgert wurden, konnte sich nicht enthalten, die Innigkeit ihres mißleiteten Eifers zu achten, und er fühlte sich durch ihre Andacht angefeuert, ein reines Gebet zum Himmel zu richten, indem er sich zugleich darüber wunderte, wie ein ihm bisher unbekanntes Gefühl ihn antreiben könne, mit seiner andersartigen Andacht das Gebet dieser echten Sarazenen zu begleiten, deren heidnischen Gottesdienst er als ein Verbrechen gegen das Land angesehen hatte, wo so große Wunder gewirkt worden waren, und wo das Tagesgestirn der Erlösung sich erhoben hatte.

Sein Gebet jedoch, obgleich er es in so ungewohnter Gesellschaft verrichtete, quoll rein aus seinem natürlichen Andachtsgefühl. Es tat seine Wirkung, indem es sein Herz beruhigte, das durch so viele Unglücksfälle so lange bestürmt worden war. Ein aufrichtiges und ernstes Nahen des Christen zum Thron des Allmächtigen lehrt am besten Geduld im Leiden: Denn warum sollten wir die Gottheit im Gebet verspotten durch ein aufrührerisches Murren gegen ihre Schickungen? Oder wie könnten wir, nachdem jedes Wort unseres Gebetes die Eitelkeit und Nichtigkeit zeitlicher Dinge im Vergleich zur Ewigkeit anerkannt hat, den Herzensprüfer betrügen wollen dadurch, daß wir der Welt und ihren Lüsten unmittelbar nach einem feierlichen Aufblick zum Himmel von neuem die Herrschaft über uns gestatten? Sir Kenneth betete nicht so. Er fühlte sich getröstet und gestärkt und besser vorbereitet, alles zu tun und zu leiden, was auch sein Verhängnis von ihm fordern oder ihm auferlegen würde.

Unterdessen war die Reisegesellschaft wieder zu Pferde gestiegen; der Zug bewegte sich weiter, und der Erzähler Hassan griff den Faden seiner Geschichte wieder auf, jedoch er fand nicht mehr die nämlichen aufmerksamen Zuhörer. Ein Reiter, der zur Rechten der kleinen Schar auf eine Anhöhe geritten war, war im Galopp zu el Hakim zurückgekehrt und hatte ihm etwas berichtet. Vier oder fünf andere Reiter waren darauf abgeschickt worden, und die kühne Schar, die aus zwanzig bis dreißig Personen bestand, sah den Reitern nach, um aus den Bewegungen, dem Vordringen oder dem Rückzug derselben auf Gutes oder Böses zu schließen. Hassan, der seine Zuhörer unaufmerksam fand und selbst von der bedenklichen Erscheinung auf der Seite des Zugs angezogen wurde, hielt in seinem Gesang ein, und der Zug blieb still, außer wenn ein Kameltreiber seinem geduldigen Pflegling etwas zurief oder wenn ein besorgter Begleiter des Hakim zu seinem Nachbarn mit hastigem und leisem Flüstern redete.

Diese Spannung dauerte, bis sie um eine Reihe von Sandhügeln herumgekommen waren, die ihren Augen den Gegenstand verborgen hatten, durch welchen der Verdacht der Streifwache erweckt worden war. Sir Kenneth konnte nun in einer Entfernung von einer halben Stunde und mitten in der Wüste einen mit Eile sich bewegenden dunklen Gegenstand bemerken, in welchem sein geübtes Auge eine Schar Reiter entdeckte, die der ihrigen an Zahl überlegen war, und den starken und sich wiederholenden Blitzen nach zu schließen, welche die waagerechten Strahlen der aufgehenden Sonne nach hinten warfen, mußten es Europäer in ihrer vollständigen Rüstung sein.

Die besorgten Blicke, welche die Reiter von el Hakim nun auf ihren Führer warfen, verrieten eine große Unruhe, während der Hakim selbst mit dem nämlichen besonnenen Ernst, womit er seine Begleiter zum Gebet aufgefordert hatte, zwei seiner bestberittenen Reiter abschickte mit der Weisung, sich den Reisenden in der Wüste so weit, als die Klugheit es gestattete, zu nahen, und ihre Anzahl, ihren Charakter und ihr Vorhaben genauer zu erkunden. Das Nahen der Gefahr oder dessen, was man als solche fürchtete, wirkte wie ein Stärkungstrank auf einen Sterbenden und rief Sir Kenneth zu sich selbst zurück.

»Was fürchtet Ihr von diesen christlichen Reitern, denn das scheinen sie zu sein?« sagte er zu dem Hakim.

»Fürchten!« wiederholte Hakim verächtlich. »Der Weise fürchtet nur den Himmel – aber von schlechten Menschen erwartet er immer das Schlimmste, dessen sie fähig sind.«

»Es sind Christen«, sagte Sir Kenneth, »und es ist Waffenstillstand – wie könnt Ihr einen Treubruch fürchten?«

»Es sind die Priestersoldaten vom Tempel«, antwortete el Hakim, »deren Gelübde sie verbindet, weder Treue noch Glauben gegen die Verehrer des Islams zu haben. Möge sie der Prophet verderben in Wurzel, Zweig und Schößling! – Ihr Frieden ist Streit und ihr Glaube Falschheit. Die andern, die Palästina überfallen haben, sind zu Zeiten gutartig gestimmt. Der Löwe Richard verschont, wenn er gesiegt hat; der Adler Philipp zieht die Flügel ein, wenn er eine Beute gewonnen; selbst der österreichische Bär schläft, wenn er gesättigt ist; aber diese Horde hungriger Wölfe kennt weder Ruhe noch Sättigung bei ihren Räubereien. – Siehst du nicht, wie sie einen Teil ihrer Schar absenden in der Richtung nach Osten? Das sind die Pagen und Knappen, die sie in ihren verfluchten Geheimnissen aufziehen, und die sie, weil sie leichter beritten sind, ausschicken, um uns von der Wasserquelle abzuschneiden. Aber sie irren sich: Ich verstehe den Krieg in der Wüste noch besser als sie.«

Er sagte einige Worte zu seinem obersten Offizier, und mit einmal vertauschte er das feierliche und ruhige Wesen eines morgenländischen Weisen, der mehr zu denken als zu handeln gewohnt ist, mit dem entschlossenen und stolzen Ausdruck eines Kriegshelden, dessen Tatkraft erweckt wird durch das Herannahen der Gefahr, die er zu gleicher Zeit vorhersieht und verachtet.

In den Augen von Sir Kenneth stellte sich die nahende Entscheidung anders dar, und als Adonbec zu ihm sagte: »Du mußt hart an meiner Seite bleiben«, erwiderte er mit einer federleichten Verneinung: »Jene«, sagte er, »sind meine Waffenbrüder! Ich habe gelobt, bei ihnen zu fechten oder zu fallen. Auf ihrem Banner glänzt das gelobte Zeichen unserer Erlösung, ich kann nicht unter dem Halbmond vor dem Kreuz fliehen.«

»Tor!« sagte der Hakim; »das erste, was sie tun würden, wäre, dich zu töten, wäre es auch nur darum, um ihren Friedensbruch zu verhehlen.«

»Darauf muß ich es ankommen lassen«, versetzte Sir Kenneth; »aber ich trage die Banden der Ungläubigen keinen Augenblick länger, wenn ich Gelegenheit finde, sie abzuwerfen.«

»Dann werde ich dich zwingen, mir zu folgen«, sagte el Hakim.

»Zwingen!« antwortete Sir Kenneth leidenschaftlich. »Wärst du nicht mein Wohltäter, oder hättest du nicht den Willen gehabt, es zu sein, und verdankte ich nicht dir die Freiheit dieser Hände, welche du mit Fesseln hättest beladen können, ich wollte dir zeigen, obwohl ich waffenlos bin, daß Zwang keine leichte Arbeit wäre.«

»Genug, genug«, versetzte der arabische Arzt, »wir verlieren Zeit, gerade wenn sie kostbar geworden ist.«

Als er dies gesagt hatte, hob er seinen Arm in die Höhe und tat einen lauten, gellenden Schrei, und alsbald zerstreute sich auf dies Zeichen sein Gefolge auf der Fläche der Wüste nach so verschiedenen Richtungen wie die Kügelchen eines Rosenkranzes, wenn die Schnur zerrissen ist. Sir Kenneth hatte keine Zeit zu bemerken, was darauf erfolgte: Denn in dem nämlichen Augenblick erfaßte der Hakim die Zügel von seinem Pferd und feuerte sein eigenes an, so daß beide mit der Plötzlichkeit des Lichtstrahls davonsprangen und mit einer so großen Schnelligkeit wegflogen, daß der schottische Ritter fast des Atems beraubt wurde, und daß es ihm ganz unmöglich war, auch wenn er es gewollt hätte, den Lauf seines Führers zu hemmen. So sehr auch Sir Kenneth von seiner frühesten Jugend an in der Reitkunst erfahren war, da schnellste Pferd, das er je geritten hatte, war doch eine Schildkröte im Vergleich zu den Pferden des arabischen Weisen. Sie stäubten den Sand von hinten weg, sie schienen die Wüste von vorne zu verschlingen, in wenigen Minuten flogen sie stundenweit, und doch blieb ihre Kraft so unerschöpft und ihr Atem so frei, als wenn sie eben erst ihren wundervollen Lauf begonnen hätten. Die Bewegung, die ebenso leicht als schnell war, glich eher einem Flug durch die Luft als einem Ritt auf der Erde, und war von keinen unangenehmen Empfindungen begleitet; nur fühlte man die natürliche Scheu, die eine so wunderbare Schnelligkeit erweckte, und die Beklommenheit des Atmens, welche die stürmische Bewegung durch die Luft verursachte.

Erst nach Verlauf einer Stunde in so schneller Bewegung und nachdem alle Verfolger weit abgeschüttelt waren, ließ der Hakim endlich in seiner Eile nach, und indem er den Lauf der Pferde zu einem kurzen Galopp herabsetzte, begann er in einem so ruhigen Ton, als wenn er die letzte Stunde spazieren gegangen wäre, die Trefflichkeit seiner Rasse dem Schotten lang und breit zu rühmen, der atemlos, halb blind, halb taub und obendrein schwindelnd von der Schnelligkeit dieses sonderbaren Rittes mit Mühe die Worte verstand, welche seinem Gefährten so ungezwungen entströmten.

»Diese Pferde«, sagte er, »sind von der Zucht, welche man die Beflügelten nennt, sie weichen an Schnelligkeit nur dem Borak des Propheten. Ihr Futter ist die goldene Gerste von Yemen, mit Gewürzen und ein wenig gedörrtem Schaffleisch vermischt. Könige haben Provinzen gegeben, um sie zu erhalten, und ihr Alter ist frisch wie ihre Jugend. Du, Nazarener, bist der erste, die wahren Gläubigen ausgenommen, der einen so edlen Renner unter sich hatte: Denn sie sind ein Geschenk, das der Prophet selbst dem gesegneten Ali, seinem Verwandten und Statthalter, dem mit Recht so genannten Löwen Gottes, gemacht hat. Die Zeit berührt diese edlen Tiere mit so sanfter Hand, daß die Stute, auf welcher du sitzst, fünf mal fünf Jahre hat vorübergehen sehen, und dennoch ihre ehemalige Kraft und Schnelligkeit besitzt, nur daß sie jetzt beim Lauf nötig hat, von einer geübteren Hand als der deinigen gezügelt zu werden. Gelobt sei der Prophet, der den wahren Gläubigen die Mittel gewährt hat, vorwärts zu stürmen und zurück zu fliehen, während die eisenbekleideten Feinde derselben durch ihr eigenes Gewicht niedergedrückt werden! Wie die Pferde jener Templerhunde geschnaubt und geblasen haben mögen, wenn sie bis über das Hufhaar in der Wüste einbrachen, um den zwanzigsten Teil des Weges zu machen, den diese trefflichen Tiere durchflogen haben ohne Wallung des Bluts, ohne einen feuchten Tropfen auf ihrer glatten Samthaut!«

Der schottische Ritter, der nun wieder zu Atem und Besinnung gekommen war, mußte innerlich den Vorteil anerkennen, welchen die morgenländischen Krieger in dieser Tierart besaßen, die gleich geschickt war zum Angriff und Rückzug, und so vorzüglich angeeignet den ebenen Sandwüsten von Arabien und Syrien. Aber er wollte den Stolz des Muselmans nicht nähren durch eine laute Anerkennung dieses Vorteils. Er ließ darum das Gespräch fallen, und, als er einen Blick um sich her geworfen hatte, konnte er bei der gemäßigteren Eile, mit der sie jetzt ritten, deutlich bemerken, daß er sich in keiner unbekannten Gegend befände.

Die kahlen Ufer und das trübe Gewässer des Toten Meeres, die zerrissene und steile Gebirgskette zur Linken, die Gruppe von zwei oder drei Palmen, der einzige grüne Fleck auf der Fläche der großen Wüste – lauter Gegenstände, die man schwerlich vergißt, wenn man sie einmal gesehen hat – zeigten Sir Kenneth, daß sie sich der Quelle näherten, welche der Diamant der Wüste genannt wird und welche bei einer früheren Gelegenheit der Schauplatz seines Zusammenseins mit dem sarazenischen Emir Scheerkohf oder Ilderim gewesen war. In wenigen Minuten hielten sie ihre Rosse an der Quelle an, und der Hakim lud Sir Kenneth ein, vom Pferd zu steigen und sich an diesem sicheren Platz auszuruhen. Sie zäumten ihre Tiere ab, indem der Hakim bemerkte, daß alle weitere Sorge unnütz sei, weil sie bald von einigen seiner bestberittenen Sklaven eingeholt werden würden, die das weiter Notwendige tun würden.

»Unterdessen«, sagte er, indem er einigen Mundvorrat auf das Gras hinlegte, »iß und trink, und sei nicht mutlos. Das Glück mag gewöhnliche Menschen aufrichten oder niederschlagen, aber die Seele des Weisen und des Kriegers sollten nicht unter seiner Gewalt stehen.«

Der schottische Ritter bestrebte sich, seinen Dank zu zeigen, indem er sich gelehrig zeigte; aber obgleich er sich aus Gefälligkeit zum Essen zwang, so trat doch der Unterschied zwischen seiner jetzigen Lage und derjenigen, in welcher er sich als Gesandter von Fürsten und als Sieger im Gefecht an dem nämlichen Ort befunden, wie eine Wolke vor seine Seele, und Fasten, Anstrengung und Müdigkeit überwältigten seine Körperkraft. El Hakim prüfte seinen stürmischen Puls, sein rohes und brennendes Auge, seine heiße Hand und seinen kurzen Atem.

»Der Geist«, sagte er, »wird weise durch Wachen, aber sein Bruder, der Leib, der aus gröberem Stoff ist, bedarf der Ruhe. Du mußt schlafen, und damit du diese Erquickung haben mögest, mußt du einen Trank nehmen, mit diesem Elixier vermischt.«

Er zog aus seinem Busen ein Kristallfläschchen, in Silberdraht gefaßt, und ließ in eine kleine goldene Trinkschale ein wenig von einer schwarzen Flüssigkeit träufeln.

»Dies«, sagte er, »ist eine von den Gaben, welche Allah zum Segen auf die Erde gesandt hat, obwohl die menschliche Schwäche und Verderbtheit sie häufig in Fluch verkehrt hat. Gleich dem Weinbecher des Nazareners vermag sie, den Vorhang über ein schlafloses Auge sinken lassen und die Last eines überladenen Herzens zu erleichtern; aber wenn sie zu Unmäßigkeit und Schwelgerei gebraucht wird, dann zerreißt sie die Nerven, zerstört die Gesundheit, schwächt den Geist und untergräbt das Leben. Aber fürchte dich nicht, zur Zeit der Not von ihren Tugenden Gebrauch zu machen, denn der Weise wärmt sich an dem nämlichen Feuerbrand, mit welchem der Narr sein Zelt anzündet.«*

»Ich habe zu viel von deiner Geschicklichkeit gesehen, weiser Hakim«, sagte Sir Kenneth, »um deinem Geheiß zu widersprechen«, und er nahm den mit Wasser aus der Quelle gemischten Schlaftrunk zu sich, hüllte sich ein in den haick oder arabischen Mantel, der am Sat-

* Es scheint von irgendeinem Opiat die Rede zu sein.

telknopf befestigt gewesen war, und streckte sich der Anweisung des Arztes gemäß gemächlich in den Schatten, um die versprochene Ruhe zu erwarten. Im Anfang stellte sich kein Schlaf ein, dafür aber eine Kette angenehmer Empfindungen, die ihn weder beunruhigten noch aufstörten. Darauf folgte ein Zustand, in welchem sich der Ritter, obgleich er sich selbst und seiner Lage noch bewußt war, fähig fühlte, ohne Unruhe und Schmerz und mit der Fassung, mit welcher er die Geschichte seiner Leiden auf einer Schaubühne würde darstellen gesehen haben, oder vielmehr mit dem Auge, womit ein seliger Geist auf die Begebenheiten seines vergangenen Lebens blickt, sich und seine Lage zu betrachten. Aus diesem Zustand von Ruhe wurden seine Gedanken, die für die Vergangenheit fast gleichgültig geworden waren, vorwärts gelenkt in die Zukunft, und diese zeigte sich, trotz allem, was seine Aussicht verdunkeln konnte, in einem so leuchtenden Farbenschimmer, als seine Einbildungskraft unter weit glücklicheren Umständen und in ihrem schwärmerischsten Schwung zu erzeugen nicht fähig gewesen war. Freiheit, Ruhm, Lebensglück zeigten sich in naher Aussicht dem gefesselten Verbannten, dem entehrten Ritter, dem verzweifelnden Liebhaber, der seine Glückshoffnung so weit über die Grenze des Gelingens und unter die seltensten Möglichkeiten gestellt hatte, nur um seine Wünsche beibehalten zu können. Allmählich wurden diese lachenden Gesichter trübe, den hinsterbenden Farben des Sonnenuntergangs vergleichbar, bis sie sich endlich in vollkommenes Vergessen auflösten und Sir Kenneth zu Füßen von el Hakim lag, bis auf sein tiefes Atmen einem entseelten Leichnam, von dem das Leben gewichen, vollkommen ähnlich.

23

Als der Ritter vom Leoparden aus seinem langen und tiefen Schlummer erwachte, befand er sich in einer Umgebung, die so verschieden war von der, unter welcher er sich niedergelegt hatte, daß er nicht entscheiden konnte, ob er noch träumte oder ob der Ort durch Zauberei verwandelt worden sei. Statt auf feuchtem Gras lag er auf einem Bett von mehr als morgenländischer Üppigkeit, und irgendeine freundliche Hand hatte ihm während seines Schlafes die gemslederne Kleidung ausgezogen, die er unter seiner Rüstung trug, und ihm dafür ein Nachtgewand von der feinsten Leinwand und ein seidenes Oberhemd angelegt. Er war bloß von den Palmbäumen der Wüste beschattet gewesen, und nun lag er unter einem seidenen Zelt, das in den reichsten Farben von chinesischer Arbeit prangte, und ein feiner Vorhang von Gaze umgab rings sein Auge, um ihn im Schlaf gegen die Insekten zu schützen, deren Beute er seit seiner Ankunft unter diesem Himmelstrich beständig gewesen war. Er blickte um sich her, als wolle er sich überzeugen, daß er wirklich wache, und alles, was ihm ins Auge fiel, kam an Pracht mit dem Bett überein. Ein tragbares Bad von mit Silber verziertem Zedernholz stand für ihn bereit und dampfte von Wohlgerüchen, die zu seiner Bereitung verwandt worden waren. Auf einem Tischchen von Ebenholz neben dem Bett stand ein silbernes Gefäß, welches ein feines Sorbet enthielt, das kalt war die Schnee und das der Durst, welcher auf den starken Schlaftrunk folgte, zu einem köstlichen Labsal machte. Um den Rest von Betäubung, der noch zurückblieb, zu vertreiben, entschloß sich der Ritter, das Bad zu nehmen, und nachdem er sich gebadet hatte, fühlte er sich aufs angenehmste erfrischt. Nachdem er sich mit Tüchern von indischer Wolle getrocknet hatte, hätte er gern seine groben Kleider angelegt, um hinauszugehen und zu sehen, ob die Welt außen ebensosehr verändert sei wie innerhalb seines Ruheplatzes. Indes er konnte sie nicht entdecken; doch fand er an ihrer Stelle eine sarazenische Kleidung von reichem Stoff mit Säbel und Dolch und allem, was ein vornehmer Emir zu tragen pflegte. Er wußte sich diese übermäßige Sorgfalt nicht anders zu erklären, als daß er argwöhnte, man zeige ihm diese Aufmerksamkeit, um ihn in seinem Glauben zu erschüttern: Denn es war in der Tat bekannt, daß der Sultan, der den Mut und die Kenntnisse der Europäer hoch schätzte, denen seiner Gefangenen, welche den Turban angenommen hatten, die verschwenderischsten Geschenke machte. Sir Kenneth bekreuzte sich darum andächtig und beschloß, allen diesen Schlingen Trotz zu bieten, und damit er dies desto eher tun könne, nahm er sich fest vor, sich der Anerbietungen und Bequemlichkeiten, womit man ihn so verschwenderisch überhäufte, mit der größten Mäßigung zu bedienen. Er fühlte sich jedoch immer noch betäubt und schläfrig, und da er bedachte, daß er ohne Kleider außen sich nicht zeigen könne, streckte er sich wieder auf sein Lager und sank von neuem in die Arme des Schlafs.

Aber diesmal blieb sein Schlummer nicht ungestört: Denn er wurde von der Stimme des Arztes, der sich vor der Zelttür nach seiner Gesundheit erkundigte, aufgeweckt. »Kann ich in Euer Zelt treten?« schloß er, »denn der Vorhang des Eingangs ist vorgezogen.«

»Der Herr«, versetzte Sir Kenneth, um zu zeigen, daß er seine Lage nicht vergessen habe, »braucht weder zu fragen noch sich's erlauben zu lassen, um in das Zelt seines Sklaven zu treten.«

»Aber wenn ich nicht als Herr komme?« sagte el Hakim, hereinzutreten zaudernd.

»Der Arzt«, antwortete der Ritter, »hat freien Zutritt zum Bett seines Kranken.«

»Ich komme auch nicht als Arzt in diesem Augenblick«, versetzte el Hakim, »und darum muß ich Erlaubnis haben, ehe ich unter die Decke deines Zeltes komme.«

»Wer als Freund kommt«, sagte Sir Kenneth, »und als solcher hast du dich bisher gegen mich gezeigt, dem steht die Wohnung eines Freundes immer offen.«

»Und gesetzt«, sagte der morgenländische Weise in der umschreibenden Art seiner Landsleute, »daß ich nicht als Freund komme?«

»Komme wie du willst«, sagte der schottische Ritter, den diese umschreibende Redeweise langweilte, »sei was du willst – du weißt wohl, daß ich weder Macht noch Lust habe, dir den Eintritt zu verweigern.«

»Ich komme also«, sagte el Hakim, »als Euer ehemaliger Feind, aber als ein edler und großmütiger.«

Mit diesen Worten trat er herein, und als er vor dem Bett Sir Kenneths stand, war seine Stimme immer noch die von Adonbec, dem arabischen Arzt, aber seine Gestalt, seine Kleidung und sein Gesicht waren die Ilderims von Kurdistan, genannt Scheerkohf. Sir Kenneth starrte ihn an, als erwarte er, daß diese Erscheinung wie ein Erzeugnis seiner Einbildungskraft verschwinde.

»Wundert es dich so sehr«, sagte Ilderim, »dich, einen erprobten Krieger, zu sehen, daß ein Soldat etwas von der Heilkunst versteht? Ich sage dir, Nazarener, daß ein vollkommener Ritter es so gut verstehen sollte, sein Pferd zu beschicken, als es zu reiten; sein Schwert auf dem Amboß zu schmieden, so gut als sich seiner in der Schlacht zu bedienen; seine Waffen zu putzen, so gut als sie tragen; und vor allem Wunden zu heilen, so gut als sie zu schlagen.«

Während er sprach, schloß der christliche Ritter zu wiederholten Malen die Augen, und so lange sie geschlossen blieben, stand das Bild des Hakims mit seinen langen, fliegenden, schwarzen Gewändern, hoher Tartarenmütze und feierlicher Haltung vor seiner Seele; aber sobald er sie auftat, kündigten der schöne und reich mit Juwelen verzierte Turban, der aus mit Silber umflochtenen Stahlringen gemachte leichte Panzer, der sich nach jeder Biegung des Leibes blitzend fügte, das Gesicht, von seinem vorigen Ausdruck befreit, weniger schwarz und von seinem dicken Haar mehr verborgen, sondern von einem wohlgeschnittenen Bart umgeben – den Krieger und keinen Weisen an.

»Bist du noch immer so sehr erstaunt«, sagte der Emir, »und hast du in der Welt so wenig Erfahrung gemacht, daß es dich wundert, wenn die Menschen nicht sind, was sie scheinen? Du selbst – bist du, was du scheinst?«

»Nein, bei St. Andreas!« rief der Ritter aus. »Denn dem ganzen Christenlager scheine ich ein Verräter zu sein, und ich kenne mich als einen treuen, ehrlichen Ritter, obwohl ich einen Fehler begangen habe.«

»Und ich glaube das nämliche von dir«, sagte Ilderim, »und da wir zusammen Salz gegessen haben, so hielt ich mich verbunden, dich von Tod und Schande zu retten. – Aber warum liegst du immer auf deinem Lager, da die Sonne schon hoch am Himmel steht? Oder sind die Kleidungsstücke, die meine Packkamele gewährt haben, deiner unwürdig?«

»Nicht unwürdig, in Wahrheit, aber eben darum unpassend«, versetzte der Schotte. »Gib mir einen Sklavenanzug, edler Ilderim, und ich will ihn mit Freuden anlegen; aber ich kann mich nicht entschließen, die Kleidung des freien, morgenländischen Kriegers zu tragen und den Turban der Muselmanen.

»Nazarener«, antwortete der Emir, »deine Nation schöpft so leicht Argwohn, daß sie sich selbst dadurch verdächtig macht. Habe ich dir nicht gesagt, daß Saladin keine Bekehrungen will außer der Bekehrung solcher, die der heilige Prophet erweckt, sich seinem Gesetz zu unterwerfen? Gewalt und Bestechung sind nicht seine Hilfsmittel bei Verbreitung des wahren Glaubens. Höre mich an, mein Bruder. Als der Blinde durch ein Wunder sein Gesicht wieder erhielt, da fielen, nach dem Willen Gottes, die Schuppen von seinen Augen – glaubst du, daß irgendein irdischer Arzt sie hätte entfernen können? Nein. Irdische Ärzte hätten den Leidenden mit ihren Instrumenten gequält oder mit ihren Linderungs- und Stärkungsmitteln erleichtert; aber er wäre in der Finsternis geblieben, wie zuvor. Und gerade so ist es mit der Blindheit der Erkenntnis. Wenn es unter den Franken Leute gibt, welche um irdischen Gewinnes willen den Turban des Propheten angenommen haben und den Gesetzen des Islam nachgefolgt sind, so ist es ihre eigene Schande. Sie selbst haben die Lockspeise gesucht – es war nicht der Sultan, der sie ihnen vorhielt. Und wenn sie dereinst als Heuchler zu dem tiefsten Abgrund der Hölle verurteilt werden mit Christen und Juden, Zauberern und Götzendienern, um mit ihnen die Frucht des Baumes Vacoun, Teufelsköpfe, zu essen, so muß ihre Schuld und ihre Strafe ihnen selbst und nicht dem Sultan zugeschrieben werden. Darum trage ohne Bedenken die für dich bereiteten Kleider: Denn wenn du in das Lager Saladins willst, kann dich deine eigene, vaterländische Tracht unangenehmen Bemerkungen und Beleidigungen aussetzen.«

»Wenn ich in das Lager Saladins will?« sagte Sir Kenneth, die Worte des Emirs wiederholend. »Ach! Bin ich denn mein freier Herr, und muß ich nicht vielmehr hingehen, wohin dein Wille mich führt?«

»Dein eigener Wille soll deine Schritte lenken«, sagte der Emir, »so frei wie der Wind den Staub der Wüste lenkt, nach welcher Seite er will. Der edle Feind, der meinem Schwert gestanden ist und es fast gemeistert hat, kann nicht mein Sklave werden wie der, der sich unter dasselbe geduckt hat. Wenn Macht und Reichtum dich locken könnten, dich an unser Volk anzuschließen, so könnte ich sie dir versprechen. Aber der Mann, der die Gnade des Sultans ausgeschlagen hat, als das Beil sein Haupt bedrohte, wird, fürchte ich, sie jetzt nicht annehmen, wenn ich ihm sage, daß er seine freie Wahl hat.«

»Mache deine Großmut vollständig, edler Emir«, sagte Sir Kenneth, »und sieh davon ab, mir eine Erkenntlichkeit zu bezeigen, die ich mit gutem Gewissen nicht annehmen kann. Erlaube mir vielmehr, dir, dem ich so sehr verpflichtet bin, meine Dankbarkeit für deine höchst ritterliche Güte, für deine unverdiente Großmut auszudrücken.«

»Sag nicht unverdient«, versetzte der Emir Ilderim. »War es nicht dein Bericht und die Schilderung, die du mir von den Schönheiten des Hofes Melech Ric machtest, die mich bewogen, verkleidet dorthin zu kommen, und die mir einen Anblick verschafft haben so wonnevoll, wie ich mich noch keines erfreut hatte, und wie ich mich keines erfreuen werde, bis der Glanz des Paradieses mein Auge anstrahlt?«

»Ich verstehe Euch nicht«, sagte Sir Kenneth bald rot, bald bleich, wie einer, der es fühlt, daß das Gespräch einen Charakter von der peinlichsten Zartheit annehmen würde.

»Mich nicht verstehen!« rief der Emir aus. »Wenn der Anblick, den ich in dem Zelt von König Richard hatte, deiner Beobachtung entgangen ist, so muß dieselbe stumpfer sein als das hölzerne Schwert eines

Possenreißers. Freilich, du warst damals zum Tode verurteilt; aber wäre mir an jener Stelle der Kopf vom Rumpf gefallen, die letzten Blicke meines Auges würden mit Entzücken die Lieblichkeit einer solchen Erscheinung bemerkt haben, und mein Kopf wäre von selbst jenen unvergleichlichen Houris zugerollt, um mit zuckenden Lippen den Saum ihrer Gewänder zu küssen. – Jene Königin von England, die für ihre Lieblichkeit die Königin der Welt zu sein verdient: welche Sanftmut in ihrem blauen Auge, welcher Glanz in ihren wogenden, goldenen Locken! Bei dem Grab des Propheten, ich glaube kaum, daß die Houri, die mir die diamantene Schale der Unsterblichen anbieten wird, eine wärmere Umarmung verdient!«

»Sarazene«, sagte Sir Kenneth ernst, »du sprichst von der Gemahlin Richards von England, an die man nicht denkt und von der man nicht spricht wie von einem Weib, das man besitzen kann, sondern wie von einer Königin, die man verehrt.«

»Verzeih«, sagte der Sarazene. »Ich hatte eure abergläubische Verehrung der Weiber vergessen, die ihr für geeigneter haltet, bewundert und angebetet als gefreit und besessen zu werden. Und da du so tiefe Verehrung für jenes zarte Gebilde forderst, das sich in Bewegung, Schritt und Blick als ein wahres Weib ankündigt, so darf jener mit den schwarzen Locken und dem edlen, sprechenden Auge nicht weniger als vollkommene Anbetung werden. Sie in der Tat, ich gebe es zu, hat in ihrer edlen Haltung und majestätischen Zügen etwas Reines und Festes zugleich – jedoch auch sie, ich versichere dich, würde, wenn zur guten Stunde ein feuriger Liebhaber sie umarmte, es demselben im Herzen danken, wenn er sie mehr als eine Sterbliche denn als eine Göttin behandelte.«

»Ehre die Verwandte des Löwenherz!« sagte Sir Kenneth mit unverhehltem Zorn.

»Sie ehren!« antwortete der Emir verächtlich, »bei der Caaba, und wenn ich es tue, so gilt es eher der Braut von Saladin.«

»Der ungläubige Sultan ist unwürdig, selbst eine Fußstapfe der Edith Plantagenet zu küssen!« rief der Christ aus, indem er von seinem Lager sprang.

»Ha! Was sagt der Giaur?« rief der Emir aus, indem er die Hand an das Heft seines Dolches legte, während seine Stirn wie leuchtendes Kupfer glühte und die Muskeln seiner Lippen und Wangen sich bewegten, daß sich jedes Barthaar zu winden und zu strecken schien, als wäre es selber von Zorn erfüllt. Aber der schottische Ritter, der dem

Löwenzorn Richards gestanden hatte, wurde von dem Tigerzorn des aufgebrachten Sarazenen nicht erschreckt.

»Was ich gesagt habe«, versetzte Sir Kenneth mit gekreuzten Armen und ruhigem Blick, »würde ich, wären meine Hände frei, zu Fuß und zu Roß gegen alle Sterblichen behaupten, und ich würde es nicht für die größte Tat meines Lebens halten, es mit meinem guten Schwert gegen zwanzig dieser Sicheln und Pfriemen zu verteidigen.« Er deutete hierbei auf den krummen Säbel und kleinen Dolch des Emir.

Während der Christ sprach, faßte sich der Sarazene so weit wieder, daß er die Hand von der Waffe wegzog, als wenn seine Bewegung unwillkürlich gewesen wäre; aber er fuhr noch in großem Zorn zu sprechen fort.

»Bei dem Schwert des Propheten«, sagte er, »das der Schlüssel zu Himmel und Hölle ist, der macht sich nichts aus seinem Leben, der redet, wie du getan hast, Bruder! Glaube mir, wären deine Hände frei, wie du sagtest, ein einziger Gläubiger könnte ihnen so viel Arbeit machen, daß du es vorziehen würdest, sie wieder in eisernen Handschellen zu haben.«

»Lieber wollte ich, daß man sie mir von der Schulter an abhiebe!« versetzte Sir Kenneth.

»Gut. Deine Hände sind für jetzt gebunden«, sagte der Sarazene in einem freundlichen Ton, »gebunden durch dein eigenes Gefühl von Wohlanständigkeit; auch habe ich für jetzt nicht vor, dich in Freiheit zu setzen. Wir haben unseren Mut und unsere Stärke schon längst erprobt, und wir können uns auf einem Kampfespfad wieder begegnen – und Schande über den, der sich zuerst vor seinem Gegner zurückzieht! Aber jetzt sind wir Freunde, und ich versehe mich eher deiner Hilfe als deiner harten Worte und deiner Herausforderung.«

»Wir sind Freunde«, wiederholte der Ritter; und es erfolgte ein Schweigen, während dessen der feurige Sarazene das Zelt durchschritt wie ein Löwe, der nach einer heftigen Aufregung das nämliche Mittel zur Abkühlung seines Blutes anwendet, ehe er sich in seiner Höhle zur Ruhe niederstreckt. Der kältere Europäer verblieb in derselben Haltung und Fassung: Indes auch er war ohne Zweifel damit beschäftigt, die Leidenschaftlichkeit zu beschwichtigen, die so unerwartet in ihm erweckt worden war.

»Laß uns davon mit Ruhe sprechen«, sagte der Sarazene. »Ich bin ein Arzt, wie du weißt, und es steht geschrieben, daß, wer seine Wunde geheilt haben will, nicht fürchten darf, wenn sie der Arzt berührt und untersucht. Du siehst, ich in im Begriff, meinen Finger auf das Geschwür zu legen. Du liebst jene Verwandte von Melech Ric. Lüfte den Schleier, der deine Gedanken bedeckt – oder, wenn du willst, lüfte ihn nicht: Denn mein Auge schaut durch seine Falten.«

»Ich liebe sie«, antwortete Sir Kenneth nach einigem Schweigen, »wie ein Mensch die Gnade des Himmels liebt, und ich bewarb mich um ihre Gunst, wie ein Sünder sich um die Vergebung des Himmels bewirbt.«

»Und du liebst sie nicht mehr?« fragte der Sarazene.

»Ach«, antwortete Sir Kenneth, »ich bin nicht mehr würdig, sie zu lieben. Ich bitte dich, laß dies Gespräch – deine Worte sind Dolchstiche für mich.«

»Erlaube mir nur einen Augenblick«, fuhr Ilderim fort. »Als du, ein armer, unbekannter Krieger, das Ziel deiner Liebe so kühn und so hoch stecktest, sage mir, hofftest du damals einen glücklichen Ausgang?«

»Liebe ist nicht ohne Hoffnung«, versetzte der Ritter. »Jedoch meine Liebe war fast mit Verzweiflung gepaart – ich glich dem Schiffer, der schwimmt, um sein Leben zu retten, und der, wenn er Woge auf Woge überwindet, von Zeit zu Zeit einen Lichtstrahl des entfernten Leuchtturms empfängt, der ihm die Nähe des Landes verkündet, während sein brechendes Herz und seine erschöpften Glieder ihm versichern, daß er den Hafen nimmer erreichen werde.«

»Und nun«, sagte Ilderim, »sind deine Hoffnungen hin – das einsame Licht ist auf ewig erloschen?«

»Auf ewig«, antwortete Sir Kenneth mit einer Stimme, wie sie aus der Tiefe eines zerfallenen Grabgewölbes hallt.

»Fürwahr«, sagte der Sarazene, »wenn du weiter nichts bedarfst als einen so fernen überirdischen Glücksschimmer, wie du zuvor hattest, so kann das Licht deines Leuchtturms wieder angezündet werden. Deine Hoffnung kann wieder aus dem Meer, in welches sie versunken war, aufgefischt werden, und du selbst, guter Ritter, kannst das Vergnügen wieder erlangen, deine sonderbare Liebe an einer Nahrung, die so fein wie Mondlicht ist, zu stärken: Denn wenn du auch morgen wieder zu allen möglichen Ehren kämst, deine Geliebte würde doch eine Fürstentochter und Saladins erwählte Braut sein.«

»Ich wollte, es wäre der Fall«, sagte der Schotte, »und wenn ich dann nicht alles täte ...«

Er hielt plötzlich wie ein Mann, der fürchtet, sich unter Umständen, die ihm keine Beweisführung erlauben, zu rühmen. Mit Lächeln ergänzte der Sarazene die Rede des Schotten.

»Du würdest den Sultan zum Zweikampf fordern?« sagte er.

»Und wenn ich's täte«, sagte Sir Kenneth stolz, »der Turban von Saladin würde weder der erste noch der beste sein, gegen den ich die Lanze eingelegt habe.«

»Ja, aber der Sultan dürfte ein solches Wagnis zu ungleich finden, worin er eine königliche Braut und das Gelingen eines großen Krieges einsetzte«, sagte der Emir.

»Man kann ihn in den Vorderreihen der Schlacht antreffen«, sagte der Ritter, und seine feurigen Augen drückten aus, wie lebhaft er diesen Gedanken fühlte.

»Dort findet man ihn immer«, sagte Ilderim. »Auch pflegt er nicht den Kopf seines Rosses von einem rühmlichen Kampf wegzulenken. – Aber ich war nicht gesinnt, von dem Sultan zu sprechen. Kurz, wenn es dir genügt, so viel Ehre zu erwerben, als durch die Entdeckung des Diebes, der das englische Banner gestohlen, erworben werden mag, so kann ich dir einen guten Weg zeigen, diese Sache auszuführen – das heißt, wenn du mir folgen willst. Denn was sagt Lokmann: Wenn das Kind laufen will, muß die Amme es leiten, wenn der Unwissende verstehen will, muß der Weise ihn belehren.«

»Du bist weise, Ilderim«, sagte der Schotte, »weise, obwohl ein Sarazene, und großmütig, obwohl ein Ungläubiger. Ich habe Beweise, daß du beides bist. Leite mich darum in dieser Sache, und wenn du nichts von mir verlangst, was meine Pflicht und meinem Glauben zuwiderläuft, so werde ich dir blind gehorchen. Tue, was du gesagt hast, und mein Leben soll dir gehören, wenn die Sache vollendet ist.«

»Höre mich denn an«, sagte der Sarazene. »Dein edler Hund ist nun geheilt durch die Kraft jener göttlichen Arznei, die Menschen und Tieren wohltut, und durch seinen Verstand können die, welche ihn angegriffen haben, entdeckt werden.«

»Wahrhaftig!« sagte der Ritter. »Ich verstehe dich – ich war verblendet, daß ich nicht daran dachte!«

»Doch sage mir«, fuhr der Emir fort, »hast du noch Leute oder Diener im Lager, die das Tier kennen?«

»Ich habe«, sagte Sir Kenneth, »meinen alten Begleiter, deinen Patienten, mit einem Diener, der ihn pflegte, zur Zeit, als ich den Tod zu erleiden vermeinte, mit Briefen an meine Freunde in Schottland entlassen – und nun ist niemand mehr da, den der Hund kennt. Aber ich selbst bin wohl bekannt, selbst meine Sprache wird mich verraten in einem Lager, wo ich viele Monate lang keine geringe Rolle gespielt habe.«

»Du und er, ihr sollt so unkenntlich gemacht werden, daß ihr der scharfsichtigsten Beobachtung entschlüpft. – Ich verspreche dir«, sagte der Sarazene, »daß weder dein Waffenbruder noch dein leiblicher Bruder dich entdecken soll, wenn du meinem Rat folgst. Du hast gesehen, daß ich schwierigere Dinge vollbracht habe: Wer den Sterbenden aus der dunklen Nacht des Todes zurückrufen kann, der kann leicht einen Nebel auf die Augen der Lebendigen werfen. Aber merk es dir wohl: Ich leiste dir diesen Dienst nur unter der Bedingung, daß du einen Brief von Saladin an die Nichte des Melech Ric überbringst, deren Name unserer morgenländischen Zunge und Lippe so schwer auszusprechen ist, als ihre Schönheit in hohem Maße unsere Augen ergötzt.«

Sir Kenneth bedachte sich, ehe er antwortete, und der Sarazene, der sein Zaudern bemerkte, fragte ihn, ob er fürchte, diese Botschaft zu übernehmen.

»Nein, und wäre Todesstrafe dabei«, sagte Sir Kenneth. »Aber ich überlege nur, ob es mit meiner Ehre bestehen kann, den Brief des Sultans zu überbringen, und mit der Ehre von Lady Edith, einen Brief von einem heidnischen Fürsten zu empfangen.«

»Bei dem Haupt des Propheten und bei der Ehre eines Kriegers – bei dem Grab von Mekka und bei der Seele meines Vaters«, sagte der Emir, »schwöre ich dir, daß der Brief mit aller Rücksicht und Achtung geschrieben ist. Eher würde das Lied der Nachtigall ihre geliebte Rosenlaube vergiften, als daß die Worte des Sultans das Ohr der lieblichen Verwandten von England beleidigen.«

»Dann«, sagte der Ritter, »will ich den Brief des Sultans getreulich überbringen, als wäre ich sein geborener Vasall; wohlverstanden jedoch, daß außer diesem einzelnen Dienst, den ich mit Treue verrichten will, Rat und Vermittlung in diesem sonderbaren Liebeshandel von mir am wenigsten zu erwarten sind.«

»Saladin ist edel«, antwortete der Emir, »und wird kein gutes Roß zu einem Sprung anspornen, den es nicht ausführen kann. – Komm mit mir in mein Zelt«, fuhr er fort, »und du sollst mit einer Verkleidung versehen werden, die so undurchdringlich ist wie die Mitternacht; und dann magst du das Lager der Nazarener durchwandern, als wenn du den Siegelring des Giaougi am Finger trügst.

24

Der Leser kann nun nicht mehr im Zweifel stehen, wer der äthiopische Sklave eigentlich war, in welcher Absicht er in das Lager Richards gekommen und warum und mit welcher Hoffnung er nun ganz nahe bei dem Monarchen stand. Von seinen englischen und normannischen Pairs umgeben, hielt Richard Löwenherz auf dem Gipfel des St. Georgsberges, das englische Banner zu seiner Seite, getragen von dem Bravsten im Heere, seinem natürlichen Bruder, Wilhelm mit dem langen Schwert, Grafen von Salisbury, Sprößling der Liebe Heinrichs II. und der berühmten Rosamunde von Woodstock.

Wegen einiger Äußerungen, welcher der König am vorhergehenden Tag zu Neville getan hatte, stand der Nubier in bangem Zweifel, ob seine Verkleidung nicht entdeckt sei, um so mehr, da der König zu bemerken schien, aus welchem Grund die Beihilfe des Hundes zur Entdeckung dessen, der das Banner gestohlen, angewandt werde, obwohl der Umstand, daß ein Hund bei Gelegenheit jenes Diebstahls verwundet worden sei, kaum in Richards Gegenwart erwähnt worden war. Da jedoch der König fortfuhr, ihn seinem angenommenen Äußern gemäß zu behandeln, so blieb der Nubier ungewiß, ob er durchschaut sei oder nicht, und er war entschlossen, seine Verkleidung nicht freiwillig abzuwerfen.

Die Scharen der verschiedenen Fürsten des Kreuzzugs zogen indessen unter ihren königlichen und fürstlichen Anführern in Ordnung und in langem Zug rund um den Fuß des Hügels, und so oft eine andere Landsmannschaft heranrückte, stieg der Anführer derselben einen oder zwei Schritte den Hügel hinauf und grüßte Richard und das englische Banner »zum Zeichen von Achtung und Brüderschaft«, wie das Protokoll dieser Feierlichkeit vorsichtig bemerkte, »nicht von Untertänigkeit und Lehenspflicht«. Die geistlichen Herrn, die in jenen Tagen vor keinem geschaffenen Wesen den Hut abnahmen, gaben dem König und dem Zeichen seiner Macht ihren Segen statt anderer Huldigung.

So zogen die langen Reihen heran, und wiewohl sie durch so manche Ursache gelichtet worden waren, so schienen sie doch noch immer ein eisernes Heer, dem die Eroberung von Palästina ein leichtes sein müsse. Die Krieger, von dem Gedanken der gemeinsamen Stärke begeistert, saßen stolz auf ihren Stahlsätteln, während die Trompeten lustiger tönten, und die Pferde, durch Ruhe und Nahrung gestärkt, schäumend die Zügel bissen und stolz den Boden stampften. Scharen zogen auf Scharen mit fliegenden Fahnen, blitzenden Lanzen, schwankenden Federbüschen, so weit man sehen konnte – es war ein Heer von Völkern, die an Sitten, Sprache, Waffen und Aussehen verschieden, jedoch alle in dem heiligen und romantischen Vorsatz einig waren, die unglückliche Tochter Zions aus der Knechtschaft zu erlösen und den heiligen Boden, den Überirdische betreten hatten, von dem Joch des ungläubigen Heiden zu befreien. Und es muß zugestanden werden: Wenn die Art von Huldigung, die der König von England von so verschiedenen Kriegern empfing, von denen er keine Lehenspflicht fordern konnte, unter allen andern Umständen für demütigend hätte angesehen werden mögen, doch die Natur und die Ursache des Krieges mit dem ausgezeichnet ritterlichen Charakter Richards und seinen gepriesenen Waffentaten so sehr übereinstimmten, daß Einsprüche, die sich sonst wohl erhoben hätten, damals vergessen waren, und daß der Brave dem Bravsten gern seine Huldigung darbrachte, um so mehr, da man in einem Krieg begriffen war, wo nur der tatkräftige Mut zum Sieg führen konnte.

Der gute König saß zu Pferde ungefähr in der Mitte des Hügels, eine Sturmhaube auf dem Haupt, die eine Krone umgab. Sein männliches Gesicht war ganz sichtbar, und sein stilles und verständiges Auge überlief die Reihen, die vorüberzogen, wenn er den Anführern den Gruß zurückgab. Sein Kleid war von himmelblauem Samt, mit Silberplättchen bedeckt, und seine Beinkleider von hochroter Seide, mit Gold gestreift. Neben ihm stand der vermeintliche äthiopische Sklave, seinen edlen Hund an einem Strick haltend, wie es nach Weidmannskunst üblich war. Dieser Umstand erregte gar keine Aufmerksamkeit; denn viele Fürsten des Kreuzzuges hatten zur Nachahmung der barbarischen Pracht der Sarazenen schwarze Sklaven in ihrem Haushalt. Über des Königs Haupt wehte die große Fahne, und wenn er von Zeit zu Zeit nach ihr emporschaute, so schien es, als wenn er die Feierlichkeit für seine Person mit Gleichgültigkeit betrachte und sie nur darum für wichtig achte, als sie für den Schimpf, der seinem Königreich angetan worden sei, Genugtuung leiste. Im Hintergrund, auf dem Gipfel des Hügels, enthielt ein hölzerner Turm, der eigens für diese Gelegenheit errichtet worden war, die Königin Berengaria und die vornehmsten Damen ihres Hofs. Der König sah von Zeit zu Zeit dahin, und seine

Augen kehren sich oft zu dem Nubier und dessen Hund, jedoch nur wenn sich solche Führer nahten, die er wegen früherer Beweise von Übelwollen im Verdacht hatte, an dem Diebstahl teilgenommen zu haben, oder die er eines solchen Frevels für fähig hielt.

Darum blickte er nicht dahin, als sich Philipp von Frankreich an der Spitze seiner französischen Ritter nahte – ja, er kam dem französischen König zuvor, indem er den Hügel hinabeilte, als jener herauf kam, so daß sie sich auf halbem Wege begegneten, und sie wechselten ihre Grüße mit so viel Freundlichkeit, als wären sie in brüderlicher Gleichheit zusammengekommen. Der Anblick der beiden an Rang und Macht bedeutendsten europäischen Fürsten, die so vor allen Augen ihre Eintracht zu erkennen gaben, bewegte das Heer der Kreuzfahrer zu einem donnernden Jubelgeschrei, welches auf Meilen in die Runde hallte, so daß die in der Wüste schweifenden Araber ins Lager Saladins die Kunde brachten, das Heer der Christen sei in Bewegung. Doch wer außer dem König der Könige kann in den Herzen der Fürsten lesen? Unter diesem Schein von Freundschaft nährte Richard Mißfallen und Argwohn gegen Philipp, und Philipp dachte daran, sein Heer von dem des Kreuzes zurückzuziehen und Richard auf Glück oder Unglück mit seinen eigenen Streitkräften zurückzulassen.

Das Benehmen Richards war ein anderes, als die schwarzgerüsteten Ritter und Knappen des Tempelordens herankamen – es waren Männer, deren Gesichter von der Sonne Palästinas zu einer asiatischen Schwärze verdunkelt waren, und der ausgezeichnete Zustand ihrer Pferde und Rüstung stellte selbst die ausgewähltesten Scharen von Frankreich und England in den Schatten. Der König warf einen flüchtigen Blick seitwärts, aber der Nubier hielt sich ruhig, und der treue Hund desselben saß zu seinen Füßen, mit einem verständigen und fröhlichen Auge die Reihen betrachtend, welche gerade jetzt vorüberzogen. Der Blick des Königs kehrte sich wieder den Tempelrittern zu, als der Großmeister, seinen zwiefachen Charakter benutzend, als Priester dem König Richard seinen Segen gab, anstatt ihm als Anführer von Kriegern Huldigung zu bezeugen.

»Dieser dummstolze, zwitterhafte Lumpenhund kehrte den Mönch gegen mich heraus«, sagte Richard zu dem Grafen von Salisbury. »Aber, Langschwert, wir wollen's hingehen lassen. Wegen einer Kleinigkeit soll die Christenheit die Hilfe dieser erfahrenen Lanzen nicht verlieren: Denn ihre Siege sind es, die ihnen diesen Übermut geben. – Sieh da, da kommt unser tapferer Widersacher, der Herzog von Österreich. Achte auf sein Tun und Handeln, Langschwert – und du, Nubier, laß den Hund wohl nach ihm sehen. Beim Himmel, er hat seine Possenreißer hinter sich.«

Wirklich war Leopold entweder aus Gewohnheit oder, was wahrscheinlicher ist, aus innerer Verachtung der feierlichen Handlung, die er verrichten sollte, von seinem Spruchsprecher und Narren begleitet, und als er sich Richard näherte, pfiff er, um seine Gleichgültigkeit zu erkennen zu geben, obwohl seine groben Züge Groll verrieten und die Furcht, mit der ein Schulschwänzer seinem Lehrer sich naht. Während der Herzog mit Widerwillen und mit einem verlegenen und plumpen Ausdruck die verlangte Huldigung machte, schüttelte der Spruchsprecher seinen Stab und verkündete mit Heroldsstimme, daß der Erzherzog von Österreich durch sein gegenwärtiges Tun den Rang und den Freiheiten eines unabhängigen Fürsten nichts vergäbe, worauf der Narr mit einem schallenden Amen antwortete, das großes Gelächter bei den Umstehenden veranlaßte.

Mehr als einmal blickte König Richard nach dem Nubier und dem Hund; aber jener rührte sich nicht, und dieser zog seinen Strick nicht an, so daß Richard fast spöttisch zu dem Sklaven sagte: »Dein Glück, mein schwarzer Freund, wird, fürchte ich, obgleich du den Verstand deines Hundes zu dem deinigen gefügt hast, in dieser Sache nicht groß sein, und es wird dich weder zum Zauberer machen noch deine Verdienste gegen uns vermehren.«

Der Nubier antwortete nur mit seiner gewöhnlichen, tiefen Verbeugung.

In diesem Augenblick zogen die Truppen Conrads von Montserrat in Reih und Glied an dem König von England vorbei. Dieser mächtige und verschmitzte Baron hatte dieselben in zwei Scharen geteilt, um desto mehr Aufwand mit ihnen zu machen. An der Spitze der ersten Schar, die aus seinen Vasallen und Dienern und den in seinen syrischen Besitzungen Ausgehobenen bestand, zog sein Bruder Enguerrand; er selbst folgte an der Spitze einer gewöhnlichen Schar von zwölfhundert Stratioten, einer Art leichter Reiterei, welche die Venetianer in ihren dalmatischen Besitzungen ausgehoben, und deren Befehl sie dem Marquis anvertraut hatten, mit dem die Republik mancherlei Verbindungen unterhielt. Diese Stratioten waren halb nach europäischer Weise gekleidet, jedoch hervorstechender war die morgenländische. Sie trugen zwar kurze Panzer, aber sie hatten darüber Oberkleider von verschiedenen Farben und kostbarem Stoff, und sie trugen große, weite Hosen und Halbstiefel. Auf dem Kopf hatten sie hohe, gerade Mützen, den griechischen ähnlich, und sie führten kleine runde Schilde, Bogen und Pfeile, Säbel und Dolche. Sie ritten wohl gewählte und auf Kosten des Staates von Venedig unterhaltene Pferde, ihre Sättel und ihr Geschirr glichen denen der Türken, und ebenso ihre Art, mit kurzen Steigbügeln und auf hohen Sätteln zu reiten. Diese Truppen waren von großem Nutzen bei Streifgefechten mit den Arabern, obwohl sie nicht geeignet waren, in geschlossenen Reihen zu kämpfen, wie die eisengerüsteten Streiter des westlichen und nördlichen Europas.

Vor dieser glänzenden Schar zog Conrad, die nämliche Kleidung wie die Stratioten tragend, aber von so reichem Stoff, daß sie von Gold und Silber zu blitzen schien, und die milchweiße Feder, welche mit einer Diamantspange an seiner Mütze befestigt war, schien hoch genug, um die Wolken zu streifen. Das edle Roß, das er zügelte, machte Sprünge und halbe Wendungen; es zeigte sein Feuer und seine Gelenkigkeit auf eine Weise, die einen weniger bewährten Reiter, als der Marquis war, bestürzt gemacht haben würde: Er jedoch hielt voll Anstand mit der einen Hand die Zügel, während die andere den Stab hielt, dessen Gewalt über die Schar, die er anführte, eine ganz unabhängige zu sein schien. Indes seine Gewalt über die Stratioten hatte mehr Schein als Wirklichkeit: Denn zu seiner Seite ritt im Schritt, auf einem ruhigen Paradepferd, ein kleiner, ganz schwarz gekleideter, alter Mann, ohne Bart oder Schnurrbart, und im Vergleich zu dem Glanz und Schimmer umher von gemeinem und nichtsbedeutendem Aussehen. Aber dieser geringscheinende Alte war einer der Abgeordneten, welche die venetianische Regierung ins Lager schickte, um die Führer, denen der Befehl anvertraut worden war, zu beobachten, und um jenes eifersüchtige System von Kundschaftern geltend zu machen, das lange Zeit die Politik dieser Republik bezeichnete.

Conrad, welcher dadurch, daß er der Laune Richards schmeichelte, in ziemlichem Grade die Gunst desselben besaß, war kaum in die Nähe desselben gekommen, als der König von England einen oder zwei Schritte vorwärts tat, ihm zu begegnen, indem er zugleich ausrief: »Ah, Herr Marquis, ihr seid an der Spitze der flinken Stratioten, und Euer schwarzer Schatten folgt Euch wie gewöhnlich, ob die Sonne scheint oder nicht! Könnte man da Euch nicht fragen, ob der Schatten oder der Körper den Befehl über die Truppen hat?«

Conrad war im Begriff, mit einem Lächeln seine Antwort zu beginnen, als Roswal, der edle Hund, mit wildem und wütendem Bellen vorwärts sprang. In demselben Augenblick ließ der Nubier den Strick los, der Hund stürzte davon, sprang an dem edlen Schlachtroß Conrads empor, packte den Marquis bei der Kehle und riß ihn vom Sattel herunter. Der geputzte Reiter wälzte sich auf dem Sand, und das scheugewordene Pferd lief im wilden Lauf durch das Lager.

»Dein Hund, ich bin gut dafür, hat am richtigen Platze gejagt«, sagte der König zum Nubier, »und ich schwöre es bei St. Georg, daß es ein Hirsch von zehn Enden ist! – Mach den Hund los, damit er ihn nicht erwürgt.«

Der Äthiopier machte den Hund, wiewohl nicht ohne Schwierigkeit, von Conrad los, hielt ihn aber trotz seiner Wut und seines Zerrens am Strick fest. Unterdessen hatte sich eine Menge, vorzüglich Begleier von Conrad und Offiziere der Stratioten, auf dem Platz versammelt. Als sie ihren Führer, das Gesicht nach oben gekehrt, am Boden liegen sahen, hoben sie ihn unter dem wütenden Geschrei auf: »Haut den Sklaven und den Hund in Stücke!«

Aber die lauttönende Stimme Richards machte sich geltend unter dem großen Geschrei: »Der stirbt des Todes, wer diesem Hund ein Leid zufügt: Er hat nichts als seine Schuldigkeit getan, dem Verstand gemäß, den Gott und die Natur guten Tieren geschenkt haben. – Tritt vor als ein falscher Verräter, du, Conrad, Marquis von Montserrat! Ich beschuldige dich des Verrats.«

Mehrere der Anführer waren nun herbeigekommen, und Conrad, in dessen Haltung und Ausdruck Unruhe, Scham und Bestürzung mit Zorn wechselten, rief aus: »Was soll das heißen? Wessen beschuldigt man mich? Warum diese unwürdige Behandlung und diese kränkenden Worte? Ist dies der Bund der Eintracht, den England erst kürzlich erneuerte?«

»Sind die Fürsten des Kreuzes Hasen und Rehe geworden in den Augen von König Richard, daß er Hunde gegen sie losläßt?« sagte die Grabesstimme des Großmeisters der Templer.

»Es muß irgendein Zufall sein – irgendeine unglückliche Verwechslung«, sagte Philipp von Frankreich, der gerade herzugeritten kam.

»Irgendein Fallstrick des bösen Feindes«, sagte der Erzbischof von Tyrus.

»Eine List der Sarazenen«, schrie Heinrich von Champagne. »Man sollte den Hund aufhängen und den Sklaven auf die Folter bringen.«

»Daß sie keiner angreift«, sagte Richard, »so lieb ihm sein Leben ist! – Conrad, tritt hervor, wenn du es wagst, und leugne die Beschuldigung, welche dieses stumme Tier in seinem edlen Instinkt gegen dich vorgebracht hat, nämlich ihm selbst Böses und England einen feigen Schimpf erwiesen zu haben?«

»Ich habe das Banner nicht berührt«, sagte Conrad.

»Deine Worte verraten dich, Conrad!« sagte Richard. »Denn woher weißt du es, wenn nicht durch dein böses Gewissen, daß von dem Banner die Rede ist?«

»Hast du doch um dieser und keiner anderen Ursache willen das Lager in Bewegung gesetzt«, antwortete Conrad. »Und willst du nun einem Fürsten und Verbündeten ein Verbrechen zuschieben, das wahrscheinlich von einem gemeinen Dieb verübt worden ist um der Goldfäden willen? Oder willst du nun im Vertrauen auf einen Hund einen Bundesgenossen verklagen?«

Der Lärm drohte jetzt allgemein zu werden, so daß Philipp von Frankreich dazwischentrat.

»Fürsten und Edle«, sagte er, »ihr sprecht in Gegenwart von Leuten, die sich bald mit dem Schwert an der Kehle haben werden, wenn sie mit solchen Worten sich streiten hören. Um Himmels willen, laßt uns jeder unsere Truppen nach den verschiedenen Quartieren führen, und kommen wir in einer Stunde im Versammlungszelt zusammen, um in diesen neuen Zustand von Verwirrung Ordnung zu bringen.«

»Gut«, sagte König Richard. »Doch wäre es mir lieb gewesen, diesen Schuft hier zu befragen, während sein schönes Wams noch mit Sand bestäubt ist. Indes der Wille von Frankreich soll der unsrige in dieser Sache sein.«

Die Führer trennten sich. Jeder Fürst stellte sich an die Spitze seines Heeres, und darauf vernahm man von allen Seiten Feldgeschrei, Hörnerschall und Trompetengeschmetter, wodurch die zerstreuten Krieger zu ihren Fahnen gerufen wurden. Bald waren die Truppen in Bewegung und zogen auf verschiedenen Wegen durch das Lager nach ihren Quartieren. Obgleich auf diese Art jeder Gewalttat für den Augenblick vorgebeugt war, so blieb doch der stattgehabte Auftritt im Gedächtnis eines jeden zurück. Die Fremden, welche diesen Morgen Richard als den würdigsten Führer des Heeres begrüßt hatten, erneuerten ihre Vorurteile gegen seinen Stolz und seine Unverträglichkeit, und die Engländer, welche die Ehre ihres Landes bei dem Handel, worüber verschiedene Gerüchte gingen, im Spiele sahen, hielten die Fremden für eifersüchtig auf England und den englischen König und für geneigt, das Ansehen derselben durch die niedrigsten Künste zu untergraben. Die verschiedensten Gerüchte kamen nach diesem Auftritt in Umlauf, und eines derselben versicherte, daß die Königin und ihre Damen durch den Lärm sehr erschreckt worden wären und daß eine davon ohnmächtig geworden sei.

Der Rat versammelte sich zur bestimmten Stunde. Conrad hatte in der Zwischenzeit seine beschmutzte Kleidung abgelegt und mit ihr die Scham und Bestürzung, die sich anfangs trotz seiner Talente und seiner Geistesgegenwart, da der Auftritt und die Anklage so plötzlich und unerwartet gekommen waren, seines ganzen Wesens bemächtigt hatte. Er war nun in fürstlicher Kleidung und trat in den Versammlungssaal in Begleitung des Erzherzogs von Österreich, der beiden Großmeister des Templer- und des Johanniterordens und mehrerer anderer Potentaten, die sich offen zu seinem Beistand und zu seiner Verteidigung erboten, vielleicht aus politischen Gründen oder auch aus persönlicher Feindschaft gegen Richard.

Diese scheinbare Einstimmigkeit zugunsten Conrads machte wenig Eindruck auf den König von England. Er trat in die Versammlung mit seiner gewöhnlichen Gleichgültigkeit und in der nämlichen Kleidung, in welcher er soeben vom Pferd gestiegen war. Er warf einen unbefangenen und etwas verächtlichen Blick auf die Führer, die sich mit gezwungenem Eifer um Conrad versammelt hatten, als wenn sie die Sache desselben für die ihrige ansähen, und er beschuldigte Conrad von Montserrat geradezu, das englische Banner gestohlen und das treue Tier, welches dasselbe bewachte, verwundet zu haben.

Conrad erhob sich keck und behauptete seine Unschuld an dem vorgeworfenen Verbrechen, trotz Mensch und Vieh, trotz König und Hund – wie er sich ausdrückte.

»Bruder von England«, sagte Philipp, der gerne den Charakter eines Vermittlers in der Versammlung annahm, »dies ist eine sonderbare Beschuldigung. Wir hören nicht von Euch, daß Ihr den Tatbestand weiter kennt, sondern daß Eure Mutmaßungen allein auf das Benehmen des Hundes gegen den Marquis von Montserrat gegründet ist. Fürwahr das Wort eines Fürsten und Ritters sollte mehr als das Bellen eines Hundes gelten!«

»Königlicher Bruder«, versetzte Richard, »bedenkt, daß der Allmächtige, der uns den Hund zum Gefährten in Lust und Mühe gegeben, denselben mit einer edlen Natur, die der Täuschung unfähig ist, ausgerüstet hat. Er vergißt weder Freund noch Feind: Er erinnert sich genau an Gut- und an Übeltaten. Er hat einen Teil des Verstandes des Menschen, aber nichts von der Falschheit desselben. Man kann durch Bestechung einen Krieger veranlassen, daß er mit dem Schwert einen erschlägt, und einen Zeugen, daß er durch falsche Aussage ein Leben mordet; aber man kann keinen Hund veranlassen, seinen Wohltäter zu zerfleischen – er ist der Freund des Menschen, ausgenommen, wenn sich jemand mit Willen seine Feindschaft zuzieht. Kleidet diesen Marquis in was für Geckenkleidung ihr wollt, verstellt ihn, ändert seine Farbe durch Spezereien und Essenzen, versteckt ihn unter Hunderten – ich setzte meinen Zepter zum Pfand, daß ihn der Hund entdecken wird. Obwohl die Begebenheit seltsam ist, so ist sie doch nicht neu. Mehr als einmal sind Mörder und Räuber so überwiesen zum Tod verurteilt worden, und die Leute sagten dann, daß der Finger Gottes sich in der Sache gezeigt habe. In deinem eigenen Land, königlicher Bruder, und bei einer solchen Gelegenheit wurde ein Prozeß durch einen feierlichen Zweikampf zwischen einem Mann und einem Hund, als Kläger und Beklagten wegen Mords, entschieden. Der Hund war Sieger, der Mann wurde bestraft und das Verbrechen eingestanden. Glaubt mir, königlicher Bruder, geheime Verbrechen sind oft ans Licht gebracht worden durch das Zeugnis lebloser Dinge, nicht zu gedenken der Tiere, die an Instinkt weit unter dem Hund stehen, welcher der Freund und Gefährte unseres Geschlechtes ist.«

»Ein solcher Zweikampf ist wirklich vorgekommen, königlicher Bruder«, antwortete Philipp, »und zwar unter der Regierung eines unserer Vorfahren, dem Gott gnädig sei. Aber es war in alten Zeiten, und wir können das Beispiel für den jetzigen Fall nicht für passend halten. Der Beklagte in der Sache war ein Edelmann von geringem Stand und Rang; seine einzige Angriffswaffe war ein Knüttel, seine Verteidigungswaffe ein ledernes Wams. Doch wir können keinen Fürsten zum Gebrauch so grober Waffe und zu dem Schimpf eines solchen Kampfes erniedrigen.«

»Ich habe nie daran gedacht, daß Ihr es sollt«, sagte König Richard. »Es wäre ein schlechter Spaß, das Leben dieses guten Hundes an das eines so zweizüngigen Verräters zu setzen, wie dieser Conrad ist. Aber hier liegt unser Handschuh – wir fordern ihn zum Kampf auf den Beweis hin, den wir gegen ihn vorgebracht haben. Ein König wenigstens ist mehr als der Pair eines Marquis.«

Conrad beeilte sich nicht, das Pfand aufzuheben, das Richard in der Mitte der Versammlung geworfen, und König Philipp hatte Zeit zu erwidern, ehe der Marquis eine Bewegung machte, den Handschuh zu ergreifen.

»Ein König«, sagte Philipp, »steht so hoch über dem Marquis Conrad, als ein Hund unter ihm stehen würde. Königlicher Richard, dies kann nicht zugegeben werden. Ihr seid der Anführer unseres Zuges – das Schwert und der Schild der Christenheit.«

»Ich protestiere gegen einen solchen Kampf«, sagte der venetianische Proveditor, »bis der König von England die fünfzigtausend Byzantiner bezahlt haben wird, die er der Republik schuldig ist. Es ist genug, daß wir mit Verlust dieser Schuld bedroht sind, wenn unser Schuldner durch die Hände der Heiden fallen sollte, ohne daß er sich dem Tod auszusetzen braucht in einem Streit zwischen Christen und Hunden und Bannern.«

»Und ich«, sagte Wilhelm mit dem langen Schwert, Graf von Salisbury, »ich widersetze mich meinerseits, daß mein königlicher Bruder sein Leben, das dem ganzen englischen Volk angehört, in einer solchen Sache aufs Spiel setze. – Hier, edler Bruder, empfangt Euern Handschuh zurück, und denkt, daß ihn der Wind von Eurer Hand geweht habe. Der meinige soll an seiner Stelle liegen. Ein Königssohn, auch wenn er den Balken links auf dem Schild trägt, ist wenigstens so viel als dieses Äffchen von Marquis.

»Fürsten und Edle«, sagte Conrad, »ich nehme die Herausforderung von König Richard nicht an. Er ist zu unserem Anführer gegen die Sarazenen erwählt worden, und wenn sein Gewissen es verantworten kann, einen Bundesgenossen um so nichtiger Sache willen zum Kampf zu fordern, das meinige wenigstens kann den Vorwurf nicht ertragen, den Kampf anzunehmen. Aber gegen seinen Bastardbruder, Wilhelm von Woodstock, und gegen jeden, der diese falsche Beschuldigung billigen oder sie bezeugen zu wollen wagen sollte, will ich meine Ehre in den Schranken verteidigen und beweisen, daß er ein Lügner sei.«

»Der Marquis von Montserrat«, sagte der Erzbischof von Tyrus, »hat als ein weiser und billiger Edelmann gesprochen; und ich glaube, der Streit könnte hierbei, ohne Nachteil irgendeiner Partei, sein Bewenden haben.«

»Fürwahr, so kann die Sache abgetan werden«, sagte der König von Frankreich, »vorausgesetzt, daß Richard seine Beschuldigung widerrufe, die auf so schwachen Gründen beruht.«

»Philipp von Frankreich«, antwortete Löwenherz, »nie werden meine Worte meinen Gedanken ein solches Unrecht antun. Ich habe diesen Conrad als Dieb angeklagt, der bei dunkler Nacht das Zeichen von Englands Würde von seinem Platz gestohlen. Immer noch halte ich ihn für einen solchen und heiße ihn so, und wenn ein Tag zum Kampf bestimmt sein wird, zweifelt nicht, daß, da Conrad sich weigert, uns in Person zu begegnen, sich ein Kämpe finden werde, der an meiner Stelle zu fechten bereit ist: Denn du, Wilhelm, sollst dein langes Schwert in diesem Handel ohne unsere besondere Erlaubnis nicht ziehen.«

»Da mich mein Rang zum Schiedsrichter in diesem unglücklichen Handeln macht«, sagte Philipp von Frankreich, »so bestimme ich den fünften Tag von heute zur Entscheidung der Sache vermittelst herkömmlichen, ritterlichen Kampfes, wobei Richard, König von England, in Person seines Kämpen als Kläger und Conrad, Marquis von Montserrat, in eigener Person als Beklagter zu erscheinen hat. Indes gestehe ich, daß ich keinen neutralen Boden weiß, auf welchem der Kampf ausgefochten werden könnte, denn in der Nähe des Lagers darf er nicht stattfinden, wo die Krieger der beiden Kämpfer Partei nehmen könnten.«

»Es wäre wohlgetan«, sagte Richard, »den Edelmut des königlichen Saladin in Anspruch zu nehmen, denn obwohl er ein Heide ist, so habe ich doch nie einen Ritter von edlerer Gesinnung gekannt, und wir können uns auf seine Zusage fest verlassen. Ich sage dies für diejenigen, die ein Unglück fürchten: Denn was mich anlangt, ich schlage mich auf jedem Fleck, wo ich meinen Feind erblicke.«

»So sei es«, sagte Philipp. »Wir wollen Saladin von der Sache unterrichten, wiewohl wir dadurch dem Feind die unselige Zwietracht verraten, die wir, wenn's möglich wäre, gerne vor uns selbst verbergen würden. Für jetzt hebe ich die Versammlung auf, und ich ermahne euch als Christen und gute Ritter, zu verhüten, daß dieser unglückliche Streit weitere Mißhelligkeiten im Lager erzeuge, und zu erwägen, daß die Sache nun feierlich dem Gericht Gottes anheimgestellt sei, den jeder von euch darum anrufen möge, daß er den Sieg nach der Seite lenke, wo die Wahrheit ist, und somit geschehe sein Wille!«

»Amen, Amen!« antwortet man von allen Seiten, während der Templer zum Marquis flüsterte: »Conrad, willst du nicht ein Gebet um Befreiung von der Gewalt des Hundes hinzufügen, wie der Psalmist eins hat?«

»Schweig, du...« versetzte der Marquis: »Ein Dämon hat sich aufgemacht, uns zu verraten, und der möchte unter anderem Bericht geben, wie weit du das Motto deines Ordens ausübst – Feriatur Leo.«

»Du willst dich zum Zweikampf stellen?« sagte der Templer.

»Ohne Zweifel«, sagte Conrad. »Ich wäre in der Tat nicht gern dem Eisenarme Richards begegnet, und ich schäme mich nicht, meine Freude darüber zu bekennen, daß ich seiner los bin. Aber von seinem Bastardbruder abwärts lebt keiner im englischen Heer, dessen Begegnung ich scheue.«

»Gut, daß du so viel Vertrauen hast«, fuhr der Templer fort. »Und in diesem Fall haben die Zähne dieses Hundes mehr gewirkt zur Auflösung dieses Fürstenbundes als deine List und der Dolch des Charegiten. Siehst du nicht, wie Philipp hinter einer verstellten trüben Miene schlecht das Vergnügen verbirgt, das er bei der Aussicht genießt, dieser Verbindung, die so schwer auf ihm lastete, bald entledigt zu sein? Sieh, wie Heinrich von Champagne sich selbst zulächelt, wie ein perlener Becher seines heimischen Weins – und sieh die unverstellte Freude von Österreich, der bei sich denkt, daß sein Zwist gerächt werden wird, ohne daß er sich auszusetzen oder anzustrengen braucht. Still, er naht. – Ein sehr betrübender Umstand, sehr königlicher Herzog, daß diese Breschen in die Mauer eines Zions...«

»Wenn Ihr diesen Kreuzzug meint«, erwiderte der Herzog, »ich wollte, er wäre in Scherben zerfallen, und ein jeder wäre glücklich zuhaus! – Ich sage dies im Vertrauen.«

»Aber wenn man bedenkt«, sagte der Marquis von Montserrat, »daß alle diese Uneinigkeit von König Richard herkommt, dem zu Gefallen wir so viel erduldet haben, und dem wir so unterwürfig gewesen sind wie die Sklaven ihrem Herrn, in der Hoffnung, daß er seine Stärke gegen die Feinde zeigen würde, statt sie an den eigenen Freunden auszulassen.«

»Ich sehe nicht, daß er viel stärker als andere ist«, sagte der Erzherzog. »Ich bin überzeugt, hätte sich der edle Marquis mit ihm in den Schranken gemessen, er hätte die Oberhand gehabt, denn obgleich dieser Inselbewohner schwere Streiche mit der Streitaxt führt, so ist er doch mit der Lanze nicht so sehr geschickt. Ich würde mich in unserem alten Streit unbesorgt mit ihm geschlagen haben, hätte das Wohl der Christenheit unabhängigen Fürsten erlaubt, sich in den Schranken herumzujagen. – Und wenn es Euch lieb ist, edler Marquis, so will ich in diesem Kampf Euer Zeuge sein.«

»Und ich auch«, sagte der Großmeister.

»Kommt denn und nehmt euer Mittagsmahl in unserem Zelt, edle Herren«, sagte der Herzog, »und wir wollen diese Angelegenheit bei einem echten Nierensteiner besprechen.«

Sie traten hierauf zusammen in das Zelt.

»Was haben dieser Patron und diese Großhänse gesprochen?« sagte Jonas Schwanker zu seinem Kollegen, dem Spruchsprecher, der sich die Erlaubnis genommen hatte, sich in der Nähe seines Herrn zu drängen, als die Versammlung auseinanderging, während der Narr in einer bescheideneren Entfernung folgte.

»Diener der Narrheit«, sagte der Spruchsprecher, »mäßige deine Naseweisheit – es schickt sich nicht, daß ich dir die Ratschläge unseres Herrn erzähle.«

»Mann der Weisheit, du irrst«, antwortete Jonas, »wir sind beide die beständigen Begleiter unseres Patrons, und es geht uns gleich viel an, zu wissen, ob du oder ich – Weisheit oder Torheit – den größten Teil an ihm haben.«

»Er hat zu dem Marquis und dem Großmeister gesagt«, antwortete der Spruchsprecher, »daß er des Krieges überdrüssig sei und froh wäre, wenn er glücklich daheim wäre.«

»Das ist ein blinder Wurf, der im Spiel nichts zählt«, sagte der Narr. »Es war weise, das zu denken, aber große Torheit, es andern zu sagen – weiter!«

»Nun, nun!« sagte der Spruchsprecher. »Darauf hat er zu ihnen gesagt, Richard wäre nicht viel stärker als andere, und nicht übergeschickt auf der Stechbahn.«

»Das ist für mich«, sagte Schwanker, »denn das war ausgezeichnete Torheit. Was weiter?«

»Ach, ich bin ein wenig vergeßlich«, versetzte der Mann der Weisheit, »er hat sie zu einem Becher Niersteiner eingeladen.«

»Das hat einen Schein von Weisheit an sich«, sagte Jonas, »du kannst es einstweilen dir zugute schreiben; aber wenn er zu viel trinkt, wie es wahrscheinlich ist, so kommt es an mich zurück. Sagte er sonst noch was?«

»Nichts von Bedeutung«, antwortete der Spruchsprecher, »nur daß er gewünscht hat, Gelegenheit gehabt zu haben, Richard in den Schranken zu begegnen.«

»Fort damit – Fort damit!« sagte Jonas. »Das ist eine so alberne Torheit, daß ich mich fast schäme, das Spiel dadurch zu gewinnen. – Jedoch, ein so großer Narr er auch sein mag, wir wollen ihm folgen, hochweiser Spruchsprecher, und unseren Anteil am Niersteiner haben.«

25

Als König Richard in sein Zelt zurückgekehrt war, befahl er, daß ihm der Nubier vorgeführt werde. Dieser trat mit seiner gewöhnlichen Ehrerbietung herein, und nachdem er sich verbeugt hatte, blieb er vor dem König in der Stellung eines Sklaven, der die Befehle seines Herrn erwartet. Es war vielleicht gut für ihn, daß seine zu spielende Rolle erheischte, die Augen niederzuschlagen, denn der scharfe Blick, womit ihn Richard von Zeit zu Zeit im Stillen prüfte, würde, wenn er ihm begegnet wäre, ihn verwirrt haben.

»Du verstehst dich wohl aufs Weidwerk«, sagte der König nach einigem Schweigen, »du hast dein Wild aufgetrieben und es gestellt mit einer Geschicklichkeit, als wenn Tristrem selbst dich gelehrt hätte.* Aber das ist doch nicht alles – es muß mit Gewalt gefällt werden. Es wäre mir lieb gewesen, wenn ich selbst mit meinem Jagdspieß darauf hätte zielen können; aber es sind, scheint es, Gründe vorhanden, die es nicht erlauben. Du sollst jetzt in das Lager des Sultans zurückkehren, und Saladin einen Brief überbringen, worin von seiner Gefälligkeit die Anweisung eines neutralen Bodens erbeten wird für den ritterlichen Kampf, und worin er eingeladen wird, dem Kampf beizuwohnen, wenn es ihm Vergnügen machen sollte. Wäre es nun nicht möglich, daß du im Lager des Sultans irgendeinen Ritter fändest, welcher der Wahrheit und seinem Ruhm zuliebe den Kampf mit dem Verräter Montserrat bestehen möchte?«

Der Nubier erhob seine Augen, und heftete sie auf den König mit einem Ausdruck feurigen Eifers; darauf erhob er sie zum Himmel mit einem solchen Dankgefühl, daß Tränen darin perlten – endlich neigte er sein Haupt, als wolle er die Frage Richards bejahen, und nahm seine gewöhnliche, untertänige Haltung wieder an.

»Gut«, sagte der König, »ich sehe deine Begierde, mir in dieser Sa-

* Die Überlieferung schreibt einstimmig dem Sir Tristrem, der wegen seiner Liebe zu der schönen Königin Yseult berühmt ist, die Gesetze, die Ausübung des Weidwerks betreffend, zu, die im Mittelalter von großem Gewicht waren.

che zu dienen. Und hierin, ich muß es gestehen, liegt der Vorteil, den man von einem Diener, wie du bist, hat, daß derselbe weder spricht, um unseren Vorsatz zu bestreiten, noch, um die Gründe unseres Entschlusses zu erfragen. Ein englischer Diener hätte mir an deinem Platz mürrisch den Rat gegeben, den Kampf irgendeiner Lanze meines Haushalts, die von meinem Bruder Langschwert an alle voll Eifers sind, für mich kämpfen zu lassen; und ein geschwätziger Franzose hätte tausend Mittel versucht, um zu erfahren, warum ich einen Kämpen im Lager der Ungläubigen suche. Aber du, mein stiller Geschäftsträger, gehorchst meinem Willen, ohne zu fragen und zu verstehen; dir ist Hören und Gehorchen eins.«

Eine Verbeugung des Körpers und eine Beugung der Knie waren die Antwort des Äthiopiers auf diese Bemerkungen.

»Und nun zu einem anderen Punkt«, sagte der König, der plötzlch und schnell zu sprechen begann. »Hast du schon Edith Plantagenet gesehen?«

Der Stumme blickte auf, als wolle er sprechen – ja seine Lippen bewegten sich schon zu einem deutlichen Nein, als der unzeitige Versuch wegstarb in dem unverständlichen Gestammel eines Stummen.

»Nun, da seht mir an!« sagte der König. »Der bloße Name einer Prinzessin von so außerordentlicher Schönheit wie unsere liebliche Base, scheint fast mächtig genug, um den Stummen sprechen zu machen. Was für Wunder muß erst ihr Auge auf einen solchen wirken! Ich will davon die Probe machen, Freund Sklave. Du sollst diese erlesene Schönheit unseres Hofes sehen und den Auftrag des fürstlichen Sultans ausrichten.«

Wieder ein freudiger Blick, wieder eine Kniebeugung; aber als der Nubier aufstand, legte der König seine Hand schwer auf die Schulter desselben und fuhr mit strengem Ernst fort: »Laß mich dich in einem Stück warnen, mein schwarzer Bote. Wenn du etwa fühlen solltest, daß der liebliche Eindruck derjenigen, die du bald sehen wirst, die Fessel wegnimmt von deiner Zunge, die, wie der gute Sultan sagt, gegenwärtig innerhalb der elfenbeinernen Wände ihres Schlosses gefangen sitzt, hüte dich dennoch, deine Stummheit aufzugeben oder ein einziges Wort in ihrer Gegenwart zu sprechen, auch wenn du die Sprache durch ein Wunder zurückerhieltest. Glaube mir, daß ich dir sonst die Zunge mit der Wurzel und ihren elfenbeinernen Palast, worunter, glaub' ich, die Zahnreihen verstanden werden, einen nach dem andern ausreißen lassen werde. Darum sei klug und halte dich still.«

Sobald der König seine schwere Hand von der Schulter des Nubiers weggezogen hatte, nickte derselbe mit dem Kopf und legte die Finger an seine Lippen, seinen stillen Gehorsam zu bezeichnen.

Doch Richard legte von neuem und freundlicher die Hand auf ihn und fügte hinzu: »Diesen Befehl geben wir dir als einem Sklaven. Wärst du ein Ritter und Edelmann, so forderten wir deine Ehre zum Pfand deines Schweigens, das eine unumgängliche Bedingung unseres gegenwärtigen Zutrauens ist.«

Der Äthiopier nahm eine stolze Stellung an, blickte Richard ins Gesicht und legte die rechte Hand aufs Herz.

Richard rief darauf seinen Kämmerer.

»Geh, Neville«, sagte er, »mit diesem Sklaven zu dem Zelt unserer königlichen Gemahlin und sage, daß es unser Wille ist, daß dieser Sklave eine Unterredung – eine geheime Unterredung – mit unserer Base Edith habe. Er hat einen Auftrag an sie. Auch kannst du ihm den Weg zeigen, wenn er es verlangt, obwohl du zu deinem Erstaunen bemerkt haben wirst, wie bekannt er bereits mit den Örtlichkeiten des Lagers zu sein scheint. – Und du, Freund Äthiopier«, fuhr der König fort, »verrichte dein Geschäft schnell, und in einer halben Stunde kehre hierher zurück.«

»Ich bin entdeckt«, dachte der anscheinende Nubier, während er mit gesenkten Blicken und gekreuzten Armen den hastigen Schritten Nevilles zum Zelt der Königin Berengaria folgte. »Ich stehe entschleiert vor König Richard; doch kann ich nicht bemerken, daß sein Groll heftig gegen mich ist. Verstehe ich seine Worte recht, und fürwahr, ihre Mißdeutung ist unmöglich, so bietet er mir eine schöne Gelegenheit, meine Ehre wieder zu gewinnen an dem Helmbusch dieses falschen Marquis, dessen Schuld ich in seinen verstörten Augen und zuckenden Lippen las, als ihm der Vorwurf gemacht wurde. Roswal, du hast deinem Herrn treu gedient, und deine Unbill soll wohl gerächt werden! Aber wie soll ich die Erlaubnis verstehen, diejenige zu sehen, die ich niemals wiederzusehen glaubte? Und wie kann der königliche Plantagenet einwilligen, daß ich seine Verwandte sehe, sei es als Bote des Heiden Saladin, sei es als der verurteilte Verbannte, der erst kürzlich aus dem Lager verwiesen wurde, und der seine Schuld vergrößerte durch das kühne Geständnis einer Liebe, die sein Stolz ist? Daß Richard wollen könne, daß sie einen Brief von einem ungläubigen Liebhaber durch einen unebenbürtigen empfange, ist zweifach unglaublich und widerspricht sich in sich selbst. Aber Richard, wenn er nicht von Leidenschaft bewegt wird, ist freigebig, großmütig und wahrhaft edel – so will ich ihn ansehen, seinen ausdrücklichen und angedeuteten Weisungen gemäß handeln, um ohne alles Grübeln nur das kennenzulernen, was mir die Zeit von selbst enthüllen wird. Dem, der mir eine so schöne Gelegenheit gibt, meine befleckte Ehre zu rächen, bin ich Gehorsam und Ergebung schuldig, und wie schwer es mir auch fallen mag, die Schuld soll bezahlt werden. Und doch«, fuhr er fort, indem sein Herz stolzer sich erhob, »Richard Löwenherz, wie er heißt, hätte das Gefühl anderer an seinem eigenen abnehmen können. Ich seiner Verwandten eine Erklärung aufdringen! Ich, der ich nie ein Wort zu ihr sprach, wenn ich einen königlichen Dank von ihrer Hand empfing, damals, als ich bei den Kreuzfahrern nicht der letzte war an ritterlichen Taten! Ich mich ihr nähern in unwürdiger Verkleidung, in Sklaventracht – und, ach!, während meine wirkliche Lage die eines Sklaven ist, während ein Schandfleck meinen ehemaligen Schild bedeckt! Ich sollte dies tun! Er kennt mich schlecht. Doch ich danke ihm für die Gelegenheit, die uns besser miteinander bekannt machen soll.«

Als er zu diesem Schluß gekommen war, hielten sie am Eingang des Zeltes der Königin.

Sie wurden sogleich von den Wächtern vorgelassen, und Neville, der den Nubier in einem kleinen Gemach oder Vorzimmer ließ, das derselbe nur zu gut kannte, ging in das Gemach, das der Königin als Vorzimmer diente. In einem leisen und ehrerbietigen Ton, der von der Derbheit des Thomas de Vaux, dem Richard alles und der übrige Hof nebst Berengaria nichts galt, sehr verschieden war, kündigte er den Willen seines königlichen Herrn an. Ein lautes Gelächter erfolgte auf die Mitteilung des Auftrags.

»Und wie sieht der nubische Sklave aus, der in einem solchen Auftrag als Gesandter des Sultans kommt? Ein Neger, de Neville, ist er ein solcher?« sagte eine weibliche Stimme, welche leicht für die von Berengaria zu erkennen war. »Ist es nicht ein Neger, de Neville, mit schwarzer Haut, krausem Haar wie ein Widder, einer Stumpfnase und dicken Lippen – nicht wahr, edler Sir Heinrich?«

»Eure Majestät vergesse die Beine nicht«, sagte eine andere Stimme, »die auswärts gebogen sind wie ein sarazenischer Säbel.«

»Oder besser wie der Bogen des Cupido, da er in einer Liebesbotschaft kommt«, sagte die Königin. »Guter Neville, du hast dich immer beeilt, uns armen Frauen, die wir so wenig Zeitvertreib haben, ein Vergnügen zu machen. Wir müssen diesen Liebesboten sehen. Türken und Mauren habe ich genug gesehen, aber noch keinen Neger.«

»Ich will Eurer Majestät Befehlen gern gehorchen, wenn Ihr mich dafür bei meinem Herrn entschuldigen wollt«, antwortete der gute Ritter. »Doch muß ich Eurer Majestät versichern, daß Ihr etwas anderes sehen werdet, als Ihr erwartet.«

»Desto besser – noch häßlicher, als unsere Einbildung ihn malen kann, und doch der erlesene Liebesbote dieses zärtlichen Sultans!«

»Gnädige Frau«, sagte Lady Calista, »darf ich Euch bitten, diesem guten Ritter zu erlauben, daß er den Boten geraden Wegs zu Lady Edith führe, an welche der Brief gerichtet ist? Wir sind erst den Folgen eines solchen Scherzes kaum entschlüpft.«

»Entschlüpft?« wiederholte die Königin verächtlich. »Doch du magst Recht haben, Calista, mit deiner Vorsicht – führe diesen Nubier, wie du ihn nennst, zuerst zu unserer Base, daß er seinen Auftrag ausrichte. – Überdies ist er ja auch stumm, nicht wahr?«

»Er ist es, gnädige Frau«, antwortete der Ritter.

»Diese morgenländischen Damen haben gewonnenes Spiel«, sagte Berengaria, »da sie von Leuten bedient werden, vor denen man alles sagen kann, ohne daß sie es ausschwatzen können, während in unserem Lager, wie der Prälat von St. Judä zu sagen pflegt, die Vögel der Luft alles weiter tragen.«

»Weil Eure Majestät vergißt«, sagte Neville, »daß Ihr hinter einer Leinwand sprecht.«

Die Stimmen wurden leise auf diese Bemerkung, und nach einigem Geflüster kam der englische Ritter zu dem Äthiopier zurück und winkte ihm zu folgen. Der letztere tat es, und Neville führte ihn zu einem Zelt, das von dem der Königin etwas getrennt und, wie es schien, für die Lady Edith und ihre Dienerschaft errichtet war. Eine ihrer koptischen Dienerinnen empfing die von Sir Heinrich Neville mitgeteilte Meldung, und in wenigen Minuten wurde der Nubier vor Lady Edith geführt, während Neville in dem äußeren Zelt blieb. Die Sklavin, die ihn eingeführt hatte, zog sich auf ein Zeichen ihrer Herrin zurück, und es war mit einer Demut nicht nur der äußeren Haltung, sondern auch der innersten Seele, daß sich der unglückliche Ritter in so seltsamer Verkleidung auf ein Knie niederließ und mit über der Brust gekreuzten Armen, gleich einem Verbrecher, der sein Urteil erwartet, den Blick zu Boden heftete. Edith trug den nämlichen Anzug wie bei dem Besuch von König Richard; ihr langer, durchsichtiger schwarzer Schleier hing um sie wie das Dunkel einer Sommernacht um eine schöne Landschaft und ließ die Schönheiten im Dunkeln sehen, die er nicht verbergen konnte. Sie hielt in der Hand eine mit einem wohlriechenden Spiritus gefüllte Silberlampe, die mit außerordentlichem Glanz brannte.

Als sich Edith auf einen Schritt dem knienden und bewegungslosen Sklaven genähert hatte, hielt sie das Licht gegen sein Gesicht, als wollte sie seine Züge genauer betrachten, darauf wandte sie sich von ihm und hielt ihre Lampe so, daß der Schatten seines Gesichts im Profil auf den Vorhang zur Seit fiel. Endlich sprach sie mit gefaßter aber wehmütiger Stimme:

»Seid Ihr es? Seid Ihr es wirklich, tapferer Ritter vom Leoparden – edler Sir Kenneth von Schottland, seid Ihr es wirklich? So in Sklaventracht verkleidet, so von tausend Gefahren umringt?«

Als er die Worte seiner Dame so unerwartet an sich richten hörte, und das mit einem Ausdruck von Teilnahme, der an Zärtlichkeit grenzte, kam eine Erwiderung unwillkürlich auf die Zunge des Ritters, und kaum konnte Richards Befehl und sein eigenes Versprechen die Antwort verhindern, daß das Gesicht, das er sähe, die Worte, die er eben gehört habe, hinlänglich seien, ein ganzes Leben voll Sklaverei und alle Gefahren, welche dies Leben stündlich bedrohten, zu belohnen. Jedoch er besann sich, und ein tiefer und leidenschaftlicher Seufzer war die einzige Antwort auf die Frage der hochgeborenen Edith.

»Ich seh' es, ich weiß es, ich habe recht vermutet«, fuhr Edith fort. »Ich bemerkte Euch gleich auf dem St. Georgshügel, wo ich mit der Königin war. Auch euren wackeren Hund kannte ich. Das müßte keine echte Dame sein, und sie wäre unwürdig des Dienstes eines Ritters wie du, wenn Verkleidung oder andere Farbe ihr einen treuen Diener verbergen könnten. Sprich darum ohne Furcht zu Edith Plantagenet. Sie weiß es, wie sie den guten Ritter in seinem Unglück trösten soll, der, als das Glück ihm noch günstig war, ihr diente, sie ehrte und Waffentaten in ihrem Namen verrichtete. – Noch immer schweigend! Ist es Furcht oder Scham, daß du so stumm bist? Furcht sollte dir unbekannt sein, und die Scham laß denjenigen, die dir Schaden zugefügt haben.«

Der Ritter war in Verzweiflung, daß er genötigt war, bei einem solchen Zusammentreffen den Stummen zu spielen; indes konnte er seinen Verdruß darüber nur durch tiefes Seufzen und dadurch, daß er den Finger auf die Lippen legte, kund geben.

»Was!« sagte sie. »Wirklich der asiatische Stumme, den das Aussehen verspricht? Das hab' ich nicht gewußt. – Oder verachtest du mich vielleicht, weil ich es frei heraussagte, daß ich die Huldigung, die du mir geleistet hast, sorgsam beachtet habe? Denke darum nicht unwürdig von Edith. Sie kennt recht gut die Schranken, welche Zurückhaltung und Bescheidenheit hochgebornen Jungfrauen setzen, und sie weiß, wann und wie weit diese Schranken der Dankbarkeit weichen müssen und dem aufrichtigen Verlangen, wenn's möglich ist, Dienste zu belohnen und Schaden zu vergüten, der in der Ergebenheit, die ein guter Ritter gegen sie trug, seinen Grund hatte. – Warum faltest du die Hände und ringst sie so leidenschaftlich? – Wäre es möglich«, fügte sie hinzu, bei dem Gedanken zurückbebend, »daß ihre Grausamkeit dich wirklich der Sprache beraubt hat? Du schüttelst den Kopf. Sei es Zauber, sei es Eigensinn, ich frage dich nicht weiter, und lasse dich deinen Auftrag, wie du willst, verrichten. Auch ich kann stumm sein.«

Der verkleidete Ritter machte eine Bewegung, als beklagte er seine Lage, und als bäte er sie zugleich um Verzeihung; zu gleicher Zeit überreichte er ihr den wie gewöhnlich in feinen Gold- und Seidenstoff gehüllten Brief des Sultans. Sie nahm ihn, übersah ihn gleichgültig, legte ihn dann beiseite, und nachdem sie noch einmal das Auge auf den Ritter gesenkt hatte, sagte sie mit leiser Stimme: »Noch immer kein Wort, um deinen Auftrag auszurichten?«

Er drückte die beiden Hände auf seine Stirn, als wolle er ihr dadurch zu verstehen geben, wie sehr es ihn schmerze, daß er ihr nicht gehorchen könne, aber sie wandte sich mit Unwillen von ihm.

»Fort«, sagte sie, »ich habe genug gesprochen – zu viel zu einem, der kein einziges Wort zur Antwort hat. Fort! Und wenn ich dir Schaden zugefügt habe, so habe ich auch dafür gebüßt: Denn wenn ich unglücklicher Weise das Mittel war, um dich von einem ehrenhaften Standpunkt zu reißen, so hab' ich in diesem Augenblick meine eigene Würde vergessen und mich in deinen und meinen Augen erniedrigt.«

Sie bedeckte ihre Augen mit der Hand und schien in tiefer Bewegung. Sir Kenneth wollte sich ihr nahen, aber sie winkte ihn zurück.

»Fort, du, dessen Seele der Himmel seinem neuen Stand angepaßt hat! Wärst du mehr als ein stumpfer und feiger Sklave, du hättest ein Wort des Dankes gesprochen, wäre es auch nur gewesen, um meine Herablassung zu vergüten. Wie? Du schweigst? Fort – fort!«

Der verkleidete Ritter blickte fast unwillkürlich nach dem Brief, als wollte er dadurch sein längeres Bleiben entschuldigen. Sie riß ihn auf und sagte in einem spöttischen und verächtlichen Ton: »Ich hatte vergessen, daß der unterwürfige Sklave eine Antwort auf seine Botschaft erwartet. Was ist dies – von dem Sultan!«

Sie überlief schnell den Inhalt, der in arabischer und französischer Sprache ausgedrückt war, und als sie geendet hatte, lachte sie voll bitteren Unwillens.

»Nun, das geht über alle Vorstellung!« sagte sie. »Kein Taschenspieler kann eine so künstliche Verwandlung zeigen! Seine Gaukelei kann Zechinen und Byzantiner in Deute und Maravedis verwandeln; aber kann seine Kunst einen christlichen Ritter, der unter die Bravsten des heiligen Kreuzzuges gezählt wurde, in einen staubleckenden Sklaven des heidnischen Sultans umkehren, der, die Gesetze der Ritterschaft und der Religion verachtend, die ungebührlichen Anträge eines Heiden einer christlichen Jungfrau überbringt? Doch wozu mit dem gehorsamen Sklaven eines heidnischen Hundes reden. Sage deinem Herrn, wenn seine Peitsche dir eine Zunge gefunden haben wird, was du mich tun gesehen hast.« – So sprechend, warf sie den Brief des Sultans auf den Boden und setzte ihren Fuß darauf. – »Und sage ihm, daß Edith Plantagenet die Huldigung eines ungläubigen Heiden verachtet.«

Als sie dies gesprochen, war sie im Begriff, sich rasch von dem Ritter zu entfernen, als dieser zu ihren Füßen im schmerzlichen Kampf kniend es wagte, mit der Hand ihr Kleid zu fassen und ihr Weggehen zu verhindern.

»Hast du nicht gehört, was ich sagte, stumpfer Sklave«, sagte sie, indem sie sich plötzlich nach ihm umkehrte, und mit Nachdruck fuhr sie fort: »Sage dem heidnischen Sultan, deinem Herrn, daß ich sein Gesuch so sehr verachte wie die Verworfenheit eines an Glauben und Ritterehre, an Gott und seiner Dame abtrünnigen Nichtswürdigen!«

Als sie dies gesagt, machte sie ihr Kleid aus seiner Hand frei und verließ eilig das Zelt.

Die Stimme von Neville rief ihn von außen in diesem Augenblick. Erschöpft und verblüfft durch die Qualen, die er während dieses Besuches ausgestanden hatte, und denen er sich nur durch eine Verletzung des Richard gegebenen Versprechens hätte entziehen können, ging oder wankte vielmehr der unglückliche Ritter hinter dem englischen Baron, bis sie das königliche Zelt erreichten, vor welchem eben erst ein Haufen Reiter abgestiegen war. Innerhalb des Zeltes war Leben und Bewegung, und als Neville mit dem verkleideten Sklaven hereintrat, fanden sie den König und einige seiner Edlen mit der Begrüßung seiner Ankömmlinge beschäftigt.

26

Die freie und laute Stimme Richards gab sich in frohen Glückwünschen zu erkennen.

»Thomas de Vaux! Rüstiger Thomas von Gilsland! Bei dem Haupt von König Heinrich, du bist mir willkommen wie die Weinflasche einem fröhlichen Zecher! Ich hätte kaum gewußt, wie meine Schlachtreihen ordnen, wenn ich deine stämmige Gestalt nicht im Auge gehabt hätte, um, wie nach einem Grenzstein, meine Reihen danach zu ordnen. Bald werden wir wieder Streiche tun, Thomas, wenn uns die Heiligen günstig sind; und hätten wir während deiner Abwesenheit gefochten, dann hätte ich mich auf das Gerücht gefaßt gemacht, daß man dich an einem Holunderbaum hängend gefunden habe.«

»Ich würde, glaube ich, meinen Verdruß mit christlicherer Geduld ertragen haben«, sagte Thomas de Vaux, »und würde nicht den Tod eines Abtrünnigen gestorben sein. Aber ich danke Eurer Majestät für den Willkommensgruß, der um so großmütiger ist, da er ein Gastmahl mit Waffengeklirr verspricht, wobei Ihr, mit Erlaubnis, immer den größten Teil für Euch behaltet. Indes hier habe ich einen gebracht, dem Eure Majestät einen noch wärmeren Willkomm sagen wird.«

Die Person, die nun hervortrat, Richard ihre Ehrfurcht zu bezeigen, war die eines jungen Mannes von kleinem Wuchs und unansehnlicher Gestalt. Seine Kleidung war so einfach, als sein Gesicht anspruchslos war; aber er trug an seiner Mütze eine goldene Schnalle mit einem Edelstein, dessen Feuer nur von dem Glanz des Auges, welches die Mütze beschattete, erreicht werden konnte. Dies Auge war das einzige Hervorstechende in seinem Gesicht; aber wenn der Betrachter es einmal bemerkt hatte, so machte es immer wieder einen starken Eindruck. Um seinen Hals hing an einem himmelblauen, seidenen Band ein Schlüssel von gediegenem Gold, womit man eine Harfe stimmt.

Diese Person wollte vor Richard ehrerbietig niederknien; aber der Monarch hob ihn mit freudiger Hast auf, drückte ihn warm an seine Brust und küßte ihn auf beide Wangen.

»Blondel de Nesle!« rief er fröhlich aus, »willkommen von Cyprus, mein Sängerkönig! Willkommen dem König von England, der seine eigene Würde nicht höher als deine achtet. Ich bin krank gewesen,

Freund, und bei meiner Seel', ich glaube, weil ich dich nicht hatte, denn wär' ich auch halbwegs schon zum Himmel, deine Töne fürwahr würden micht zurückrufen. – Was bringst du Neues, lieber Meister, aus dem Lande der Leier? Etwas von den Troubadours der Provence? Etwas von den Sängern der lustigen Normandie? Vor allem, hast du selbst etwas getan? – Doch, was brauche ich dich zu fragen, du kannst nicht müßig sein, auch wenn du wolltest. Deine kostbaren Talente gleichen einer inneren Feuerglut und drängen dich, dein Ich in Tönen und Liedern zu ergießen.«

»Einiges hab' ich gelernt, und einiges hab' ich getan, edler König«, antwortete der berühmte Blondel mit einer zurückhaltenden Bescheidenheit, welche Richard durch die schwärmerischste Bewunderung, die er dem Sänger zollte, nicht verbannen konnte.

»Wir wollen dich hören, Freund – wir wollen dich sogleich hören«, sagte der König; und als er freundlich die Hand auf Blondels Schulter gelegt, fügte er hinzu: »Das heißt, wenn dich deine Reise nicht ermüdet hat: Denn lieber wollte ich mein bestes Pferd totreiten, als deiner Stimme im geringsten schaden.«

»Meine Stimme ist immer zum Dienst meines Königs bereit«, sagte Blondel, »aber Eure Majestät«, fügte er hinzu, einen Blick nach den auf dem Tisch liegenden Papieren werfend, »scheint ernster beschäftigt, und es ist schon spät.«

»Nicht im geringsten, Freund, nicht im geringsten, mein liebster Blondel. Ich habe nur einen Schlachtplan gegen die Sarazenen entworfen, das ist eine kurze Arbeit, fast so schnell gemacht, als man jene in die Flucht jagt.«

»Aber mir scheint«, sagte Thomas de Vaux, »daß es nicht ungelegen wäre, wenn sich Eure Majestät erkundigt, was für Soldaten Ihr zu ordnen hättet. Ich bringe Berichte hierüber von Askalon.«

»Du bist ein Maulesel, Thomas«, sagte der König, »ein wahrer Maulesel an Stumpfheit und Eigensinn! – Kommt, Edle. Platz, macht Platz! Schließt einen Kreis um ihn, gebt Blondel einen Sessel – wo ist sein Harfenträger? Oder, halt – leiht ihm meine Harfe, die seinige hat vielleicht durch die Reise gelitten.«

»Ich wollte, Eure Majestät ließe mich Bericht abstatten«, sagte Thomas de Vaux. »Ich komme weit geritten, und ich habe größte Lust, mich aufs Ohr zu legen, als mir es kitzeln zu lassen.«

»Dein Ohr kitzeln!« sagte der König, »das müßte mit einer Schnepfenfeder geschehen und nicht mit süßen Tönen. Höre, Thomas, kann dein Ohr Blondels Gesang vom Geschrei eines Esels unterscheiden?«

»Wahrhaftig, mein Fürst«, versetzte Thomas, »ich kann es nicht wohl sagen; aber, Blondel beiseite gesetzt, der ein geborner Edelmann ist und ohne Widerrede große Verdienste hat – ich kann nie, um auf Eurer Majestät Frage zu antworten, einen Sänger ansehen, ohne an einen Esel zu denken.«

»Und sollte deine Höflichkeit dich nicht genötigt haben«, sagte Richard, »mich auszunehmen, der ich ein geborner Edelmann bin so gut wie Blondel und gleich ihm ein Zunftgenosse der joyeuse science?«

»Eure Majestät sollte erwägen«, sagte de Vaux lächelnd, »daß es unnütz ist, von einem Maulesel Höflichkeit zu fordern.«

»Sehr wahr gesprochen«, sagte der König, »und am wenigsten von einem so unfreundlichen wie du. – Doch komm her, Meister Maulesel, und laß dich abladen, damit du dich auf deine Streu legen kannst, ohne daß Ton oder Lied an dir verschwendet werde. – Unterdessen geh du, guter Bruder Salisbury, zum Zelt unserer Gemahlin, und sage ihr, daß Blondel angekommen ist, befrachtet mit einem Sack voll der neuesten Gesänge. Bitte sie, sogleich hierher zu kommen, seid ihr Begleiter und sieh zu, daß unsere Base Edith Plantagenet nicht zurückbleibe.«

Sein Auge blieb eine Weile auf den Nubier geheftet mit dem Ausdruck von Zweifel, mit welchem er ihn gewöhnlich ansah.

»Ei, unser stiller und verschwiegener Bote ist zurück? – Halte dich, Sklave, hinter de Neville, und du wirst jetzt Töne hören, daß du Gott danken sollst, dich statt mit Stummheit nicht mit Taubheit geschlagen zu haben.«

Als er dies gesprochen, wandte er der übrigen Gesellschaft den Rükken und vertiefte sich mit de Vaux in die militärischen Einzelheiten, welche der Baron ihm vorlegte.

Fast in dem Augenblick, als der Lord von Gilsland sein Geschäft geendigt hatte, meldete ein Bote, daß sich die Königin mit ihrem Gefolge dem königlichen Zelt nähere. »Heda, eine Flasche Wein!« sagte der König, »von des alten Königs Isaak lang gespartem Zyprer, den wir beim Sturm von Famagosta gewonnen haben: Trinkt auf das Wohl des wackren Lords von Gilsland – nie hat ein Fürst einen sorgsameren und treueren Diener gehabt.«

»Es freut mich«, sagte Thomas de Vaux, »daß Eure Majestät einen brauchbaren Sklaven in dem Maulesel findet, obgleich die Stimme desselben weniger wohltönend ist als Roßhaare oder Draht.«

»Was, hast du den Stich mit dem Maulesel noch nicht verdaut?«

sagte Richard. »Spül ihn mit einer vollen Flasche hinunter, Freund, oder du wirst daran ersticken. Nun, so – das war brav gerupft! Und nun sage ich dir, du bist ein Kriegsmann so gut wie ich, und wir müssen einer des andern Scherze in der Halle ertragen wie die Streiche auf dem Turnierplatz, und je stärker wir schlagen, je mehr müssen wir uns lieben. Bei meiner Treue, wenn du nicht so hart draufgeschlagen hast, wie ich in diesem Wortgefecht! Du hast all deinen Witz dabei aufgeboten. Aber ich will dir den Unterschied zeigen zwischen dir und Blondel. Du bist nur mein Kamerad – ich könnte sagen, mein Zögling – in der Kriegskunst; Blondel aber ist mein Meister in der Musik und Gesangskunst. Dir erlaube ich Vertraulichkeit – ihn aber muß ich achten als meinen Vorgesetzten in der Kunst. Komm, Freund, sei nicht böse, sondern bleib und höre unsern Gesang.«

»Da ich Eure Majestät in so guter Laune sehe«, sagte der Lord von Gilsland, »so könnte ich hier bleiben, bis Blondel die lange Romanze von König Arthur geendigt hätte, die drei Tage währt.«

»Deine Geduld soll nicht so lange geprüft werden«, sagte der König. »Doch sieh, der Fackelschein draußen zeigt, daß unsere Gemahlin naht. Auf, sie zu empfangen, Freund, und gewinne die Gunst in den schönsten Augen der Christenheit. – Nein, halte dich nicht auf, einen Mantel zu ordnen. Sieh, du hast Neville zwischen den Wind und die Segel deines Schiffes kommen lassen!«

»Auf dem Schlachtfeld war er mir nie voraus«, sagte de Vaux, der nicht sehr erfreut war, sich durch den dienstfertigeren Kammerherrn ausgestochen zu sehen.

»Nein, weder er noch ein anderer ist dir dort voraus gewesen, mein guter Thomas von Gilsland«, sagte der König, »nur dann und wann wir selbst.«

»Ja, mein Fürst«, sagte de Vaux, »und lassen wir einem Unglücklichen Gerechtigkeit widerfahren; auch der arme Ritter vom Leoparden war mir zu Zeiten voraus – denn seht, er wiegt weniger zu Pferd, und somit...«

»Still!« unterbrach ihn der König in befehlendem Ton, »kein Wort von ihm!« Und darauf schritt er vorwärts, seine königliche Gemahlin zu begrüßen; und als er dies getan hatte, stellte er ihr Blondel vor als König der Gesangskunst und seinen Meister in der lustigen Wissenschaft. Berengaria, die wohl wußte, daß ihr königlicher Gemahl Dichtkunst und Musik fast mit demselben Eifer liebte wie ritterlichen Ruhm, und daß Blondel sein bevorzugter Liebling sei, war eifrig besorgt, diesen mit der schmeichelhaften Auszeichnung zu empfangen, welche er nur erwarten konnte. Doch war es augenscheinlich, daß Blondel, obgleich er die Artigkeiten, womit ihn die schöne Königin vielleicht zu reichlich überschüttete, auf angemessene Weise erwiderte, mit größerer Ehrfurcht und demütigerer Dankbarkeit den einfachen und ungezwungenen Willkomm von Edith anerkannte, deren freundlicher Gruß ihm vielleicht grade wegen seiner Kürze und Einfachheit aufrichtig vorkam.

Die Königin und ihr Gemahl bemerkten diesen Unterschied, und Richard, der seine Gemahlin über den Vorzug, den seine Base erhalten, und den er selbst vielleicht nicht gern bemerkte, einigermaßen verletzt sah, sagte, daß es die anderen beiden hören konnten: »Wir Sänger, Berengaria, wie du hier ein Beispiel an unserem meister Blondel hast, erweisen mehr Achtung einem strengen Richter, wie unsere Base ist, als einem guten Freund, wie du, der an unseren Wert ohne weiteres glaubt.«

Edith war von diesem Stich ihres königlichen Verwandten getroffen, und sie zögerte nicht, zu erwidern, daß das Prädikat strenger Richter ihr nicht allein unter den Plantagenets zukomme.

Sie hätte vielleicht noch mehr gesagt, denn sie hatte etwas von dem Charakter jenes Hauses, das, obwohl es Namen und Wappen von dem Ginster (planta genista), dem Sinnbild der Demut genommen hatte, doch vielleicht alle Geschlechter, die je in England herrschten, an Stolz übertraf. Aber ihr funkelndes Auge begegnete plötzlich dem des Nubiers, obgleich sich derselbe hinter den anwesenden Edelleuten zu verbergen strebte, und sie sank auf einen Sitz und wurde so bleich, daß die Königin Berengaria Wasser und Essenzen verlangen zu müssen glaubte und alle Anstalten machte, die zur Ohnmacht einer Dame gehören. Richard, der die Stärke von Ediths Gemüt besser kannte, forderte Blondel auf, seinen Sitz einzunehmen und sein Spiel zu beginnen, indem er bemerkte, daß Gesang das beste Mittel sei, eine Plantagenet ins Leben zu rufen. »Sing uns«, sagte er, »das Lied vom blutigen Gewand, dessen Inhalt du mir erzähltest, ehe ich Zypern verließ; du mußt es jetzt vollkommen kennen, oder, wie unsere Schützen sagen, dein Bogen ist entzwei.«

Der Blick des Sängers verweilte jedoch ängstlich auf Edith, und erst als sie ihre Farbe widererlangt hatte, gehorchte Blondel dem wiederholten Geheiß des Königs. Hierauf sang er mit Harfenbegleitung, die seinen Vortrag ausschmückte, ohne ihn in den Schatten zu stellen, in einer Art von Rezitativ eines jener alten, ritterlichen Liebesabenteuer, die vor Zeiten die allgemeine Aufmerksamkeit erregten. Schon als er zu präludieren begann, verschwand die Ausdruckslosigkeit seines Wesens, und seine Züge drückten Würde und Begeisterung aus. Seine volle, männliche, weiche Stimme, die von dem reinsten Geschmack gemeistert wurde, entzückte jedes Ohr und Herz. Richard, der fröhlich war, als hätte er einen Sieg erfochten, gebot Stille mit der üblichen Formel:

»Hört, ihr Herren, in Kammer und Hall'«,

während er mit dem Eifer eines Kenners und eines Zöglings den Kreis schließen ließ und Ruhe herstellte; dann setzte er sich selbst nieder mit einem Ausdruck von Erwartung und Teilnahme, der jedoch von dem Ernste der kritischen Beurteilung nicht ganz frei war. Die Höflinge kehrten ihre Augen dem König zu, um den Empfindungen, welche seine Züge ausdrückten, nachspüren und sie nachahmen zu können; nur Thomas de Vaux gähnte fürchterlich, wie einer, der sich wider Willen einer lästigen Buße unterwirft. Der Gesang Blondels war, wie sich von selbst versteht, in der normannischen Sprache; die folgenden Verse versuchen Inhalt und Art desselben zu geben.

In der Näh' der schönen Stadt Benevent,
Als der Tag vor Johanni ging zu End',
Und Ritter zum nahen Turniere die Händ'
Regten von mutigem Eifer entbrennt,
Im grünen Kleide ein Page behend
(Eine Prinzessin ist's, die ihn send't)
Das Lager durcheilet, und wie er rennt,
Forscht nach dem Engländer Thomas von Kent.

Viel war er gelaufen und lief noch mehr,
Bis das Zelt er fand, das er suchte so sehr.
Außer Stahl und Eisen wog nichts hier schwer!
Als ob Geld bei ihm nicht zu Hause wär,
Zu zahlen des Waffenschmieds Begehr,
Feilen und hämmern sein Rüstzeug und Wehr
Für das morgende Fest so hoch und hehr.

»So spricht meine Herrin«, der Page begann,
Und der Ritter hört ihn voll Ehrfurcht an:
»Benevents Prinzeß nennt sie jedermann

Und du bist ein schlichter, geringer Kumpan;
Wer einen so hohen Baum will hinan,
Über solch eine Bucht will springen die Bahn,
Der zeige durch Werke, die er getan,
Daß Hohes zu lieben er wagen kann.«

»Drum spricht meine Dam'«, gab der Page Bescheid,
Und der Ritter verbeugt sich voll Höflichkeit,
»Wirf deine eiserne Rüstung beiseit',
Und kleide dich hier in das nächtliche Kleid –
Aus Draht nicht, sondern aus Fäden bereit, –
Und also von Mut in die Schranken reit,
Und kämpfe mit jedem wie allezeit,
Und siege mit Ehr' oder sinke mit Leid.«

Und ruhe im Auge, im Herzen Mut,
Der Ritter das Kleid faßt, und küßt es mit Glut:
»Gesegnet die Botschaft, die dein Mund kund tut!
Und weil dadurch mit Ehre mich meine Dam' belud,
So sage meiner Dame, daß ich ohn' andre Hut
Will kämpfen in dem Kleide, worin bei Nacht sie ruht.
Doch geh' als Sieger ich von dannen, bezeuge sie mir's kurz und gut.«
Und jetzt, ihr Herrn, ist halb zu End' das Lied vom Kleid befleckt mit Blut.

»Du hast in der letzten Strophe auf einmal das Versmaß geändert, mein Blondel«, sagte der König.

»Das ist wahr, mein König«, sagte Blondel. »Ich gab die Verse nach dem Italienischen eines alten Harfners, den ich in Zypern traf, und da ich keine Zeit hatte, sie genau zu übersetzen oder sie auswendig zu lernen, so bin ich genötigt, die Lücken in Musik und Text aufs Geratewohl auszufüllen, wie Bauern ein grünes Gehege mit dürren Reisern ausflicken.«

»Nein, bei meiner Treue«, sagte der König, »mir gefallen diese rollenden Alexandriner – gewiß, sie begleiten die Musik besser als jenes kürzere Versmaß.«

»Beide sind erlaubt, wie Eure Majestät wohl weiß«, antwortete Blondel.

»Wahr, Blondel«, sagte Richard; »indes ich glaube, daß die Szene, wo es zum Kampf kommt, besser in diesen tönenden Alexandrinern gehen wird, die wie der Angriff eines Reiterhaufens lauten, während das andere Versmaß nur dem Paßgang eines Damenzelters gleicht.«

»Wie es Eurer Majestät beliebt«, versetzte Blondel und fing wieder an zu präludieren.

»Nein, erst erwärme deine Einbildung mit einem Becher feurigen Weins«, sagte der König. »Und noch eins, ich wollte, du ließest den neumodischen Zwang beiseite, immer mit dem nämlichen Reimen zu schließen. Das hemmt den Flug deiner Begeisterung und macht dich einem Mann ähnlich, der in Ketten tanzt.«

»Die Ketten sind wenigstens leicht abgeworfen«, sagte Blondel, indem er mit den Fingern die Saiten durchlief, wie einer, der lieber gespielt als Kritik angehört hätte.

»Aber warum sie anlegen, Freund?« fuhr der König fort. »Warum deinen Genius in eiserne Handschellen zwängen? Mich wundert nur, wie dir alles gelingt. – Ich bin gewiß, ich wäre nicht im Stande gewesen, in diesem gezwungenen Versmaß nur eine Strophe zu dichten.«

Blondel blickte zu Boden und beschäftigte sich mit den Saiten seiner Harve, ein unwillkürliches Lächeln, das seine Züge bewegte, zu verbergen, aber es entging nicht der Beobachtung Richards.

»Bei meiner Treue, du lachst mich aus, Blondel«, sagte er, »und in Wahrheit, jedermann verdient es, der sich herausnimmt, den Meister zu spielen, während er der Schüler sein sollte; aber wir Könige haben die schlechte Gewohnheit, uns selbst zu überschätzen. Doch wohlan, beginne dein Spiel, bester Blondel – mach es nach deiner eigenen Weise, die besser ist als alles, was wir dir angeben können, obgleich wir notwendigerweise reden müssen.«

Blondel nahm seinen Gesang wieder auf, und da er leicht aus dem Stegreif Verse machte, so ermangelte er nicht, die Winke des Königs zu befolgen. Und vielleicht war es ihm nicht unangenehm zu zeigen, mit welcher Leichtigkeit er ein Gedicht während des Vortrags selbst umgießen konnte.

Der Johannismorgen sah ritterlich Spiel,
Gewonnene Ehre, verfehltes Ziel;
Es sausten die Schwerter, es brach mancher Stab –
Dem Sieger ward Ruhm, dem Besiegten ein Grab.

Und mancher Ritter focht rühmlich und brav,
Doch ein einziger alle gar weit übertraf:
Denn all seine Rüstung um Brust und Leib
War ein Nachtkleid nur, schien es, von einem Weib.

Es traf ihn zwar mancher, das Blut lief danach,
Doch mancher schont' ihn großmütig und sprach:
»Es ist ein Gelübde – und brächte nicht Ehr',
Den Mann zu erschlagen, der gerne tot wär.«
Auch der Fürst den Kampf nun beendigen ließ,
Sein Stab flog zur Erde, die Trompete blies.
Die Richter erklärten und jeglicher Held
Den Ritter im Nachtkleid als Sieger im Feld.

Die Mahlzeit war nah und noch näher die Meß,
Als ein Knappe gebückt sich naht der Prinzeß,
Und reicht ihr ein Kleid, das nicht anzusehn war;
Zerhauen, zerstochen war's ganz und gar,
Zerlumpt und zerrisen, mit Blut befleckt,
Mit Schaum und mit Staub und mit Kot bedeckt –
Und der Finger der Dame hätt' da nicht, ich mein',
Bedeutet ein Fleckchen noch sauber und rein.

»Es sendet mein Ritter, Sir Thomas von Kent
Dies Pfand der Prinzessin von Benevent.
Den Erklett'rer des Baums müssen Früchte lohnen,
Wer die Bucht übersprang, darf drüben wohnen.
Ich suchte den Ruhm in der größten Gefahr;
Nun werd' meiner Dame Treu' auch offenbar.
Wenn so schwere
Arbeit sie geben mag;
Lob' sie das Gelingen am hellen Tag.

Das Kleid, spricht mein Herr, ich geb' es hier wieder
Es decke nun auch meiner Dame Glieder;
Trotz Löcher und Flecken acht' sie es doch gut.
Kein Schandfleck ist drauf, ist' rot auch von Blut.«
Die Prinzessin errötet, und drücket mit Lust
Das blutige Kleid an Lippe und Brust.

»Sag an meinem Ritter, daß heut alle Welt
Soll schau'n, wie ich ehre den mutigen Held.«

Und als nun die Edlen beim Glockenklang
Zu Münster und Messe sich setzen in Gang:
Voran die Prinzeß an der Spitze vom Zug
Über all' ihrem Putze das Blutgewand trug.
Und als auf den Knien sie beim festlichen Mahl
Darbot ihrem Vater den goldnen Pokal:
Über Prachtgewändern und Strahlengeschmeid'
Hing ihr von den Schultern das blutige Kleid.

Da sieht man die Ritter den Damen winken
Es flüstern die Damen mit Kichern und Blinken.
Und der Fürst, von Scham und Zorn bewegt,
Die Augen zu Boden daniederschlägt.
»Nun weil du bekannt deine Torheit und Schuld;
Versöhne dies Blut denn mit all' deiner Huld.
Zur Strafe gebet euch eilends die Händ',
Und zieht als Verbannte fort von Benevent.«

Sir Thomas erhob sich in tönender Hall,
Noch schwach zwar vom Kampfe, mit rufendem
Schall:
»Das Blut, das ich für deine Tochter vergossen,
Es kam mir recht willig vom Herzen geflossen,
Und muß sie auch Strafe und Vorwurf erfahren,
Ich will sie vor Elend und Schande bewahren.
Verschmerzen bald soll sie die Stadt Benevent,
Heiß' ich sie in England die Gräfin von Kent.«

Ein Beifallsgemurmel rauschte durch die Versammlung, die das Beispiel Richards nachahmte, der seinen Lieblingssänger mit Lobsprüchen überhäufte und ihn mit einem Ring von ungewöhnlichem Wert beschenkte. Die Königin beeilte sich, den Liebling mit einem reichen Armband zu beschenken, und viele der anwesenden Edelleute folgten dem königlichen Beispiel.

»Ist unsere Base Edith«, sagte der König, »gefühllos geworden für die Töne der Harfe, die sie sonst so liebte?«

»Sie dankt Blondel für sein Lied«, versetzte Edith, »und doppelt dankt sie ihrem Verwandten, der dies Lied verlangt hat.«

»Du bist verdrießlich, Base«, sagte der König, »weil du von einem Weib gehört hast, die noch wunderlicher war als du. Aber du entgehst mir nicht, ich will euch ein Stück zu dem Zelt der Königin begleiten – wir müssen eine Unterhaltung zusammen haben, ehe der Morgen anbricht.«

Die Königin und ihr Gefolge war aufgestanden, und die übrigen Gäste verließen das königliche Zelt. Ein Trupp Fackelträger und Bogenschützen wartete auf Berengaria vor dem Zelt, und bald trat sie ihren Heimweg an. Richard ging, wie er sich vorgenommen hatte, neben seiner Verwandten. Er nötigte sie, seinen Arm anzunehmen, so daß sie miteinander sprechen konnten, ohne gehört zu werden.

»Was für eine Antwort soll ich dem edlen Sultan geben?« sagte Richard. »Die Könige und Fürsten fallen von mir ab, Edith – dieser neue Streit hat sie mir wieder entfremdet. Ich möchte etwas für das heilige Grab durch einen Vertrag tun, wenn es durch einen Sieg nicht geschehen kann; und das Gelingen meines Strebens hängt, ach!, von der Laune eines Weibes ab. Ich wollte lieber meine Lanze gegen zehn der besten Ritter einlegen, als mit einem eigensinnigen Mädchen rechten, das sein eigenes Beste nicht kennt. – Was für eine Antwort, Base, soll ich dem Sultan geben? Es muß eine entscheidende sein.«

»Sage ihm«, sagte Edith, »daß die ärmste der Plantagenets sich eher mit dem Unglück als mit dem Unglauben verheiraten will.«

»Soll ich nicht sagen, mit der Sklaverei, Edith?« sagte der König. »Gewiß, daran hast du eher gedacht.«

»Ihr habt keinen Grund«, sagte Edith, »zu dem Verdacht, womit Ihr mich so unzart belastet. Sklaverei des Leibes kann man bemitleiden, aber die der Seele nur verachten. Schäme dich, König vom lustigen England! Du hast den Körper und den Geist eines Ritters, der kaum weniger berühmt war als du, in Fesseln geschlagen.«

»War es mir zu verdenken, wenn ich, um meine Verwandte abzuhalten, einen Gifttrank zu nehmen, das Gefäß beschmutzte, das den gefährlichen Saft enthielt, da es kein anderes Mittel gab, ihr den Trank zu verleiden?« versetzte der König.

»Im Gegenteil«, antwortete Edith, »du möchtest mich gern nötigen, Gift zu trinken, weil man es in einem goldenen Kelch darbietet.«

»Edith«, sagte Richard, »ich kann deinen Entschluß nicht erzwingen; aber hüte dich, daß du die Tür nicht zuwirfst, welche der Himmel öffnet. Der Einsiedler von Engaddi, den Päpste und Konzilien als einen Propheten betrachten, hat in den Gestirnen gelesen, daß mich deine Heirat mit einem mächtigen Feind versöhnen und dein Gemahl ein Christ sein wird; er hat uns somit den besten Grund zur Hoffnung gegeben, daß die Bekehrung des Sultans und die Aufnahme der Söhne Ismaels in den Schoß der Kirche die Folge deiner Heirat mit Saladin sein wird. Komm, du mußt lieber ein kleines Opfer bringen, als uns diese glücklichen Aussichten verdunkeln.

»Man kann Widder und Ziegen opfern«, sagte Edith, »aber nicht Ehre und Gewissen. Ich habe gehört, daß es die Entehrung einer Christin war, was die Sarazenen nach Spanien brachte – die Schande einer andern ist schwerlich das Mittel, sie aus Palästina zu vertreiben.«

»Nennst du es Schande, Kaiserin zu werden?« sagte der König.

»Ich nenne es Schimpf und Schande, ein christliches Sakrament an einen Heiden zu entweihen, den es nicht bindet; und ich nenne es niedrige Entehrung, daß ich, eine christliche Fürstentochter, freiwillig die Erste in einem Harem heidnischer Konkubinen werden soll.«

»Gut, Base«, sagte der König nach einigem Schweigen. »Ich mag nicht mit dir zanken, obwohl ich glaube, daß deine abhängige Lage dir größere Nachgiebigkeit auferlegen dürfte.«

»Mein Fürst«, versetzte Edith, »Eure Majestät hat allen Reichtum, alle Würde und Herrlichkeit des Hauses Plantagenet ererbt – mißgönnt es darum nicht Eurer armen Verwandten, wenn sie ein wenig von dem Stolz dieses Hauses hat.«

»Bei meiner Treu, Kind«, sagte der König, »durch dieses einzige Wort hast du mich aus dem Sattel gehoben! Küssen wir uns denn und seien wir Freunde. Ich will sogleich deine Antwort an Saladin abschikken. Indes, Base, wäre es nicht besser, die Antwort zu verschieben, bis du ihn gesehen hättest? Man sagt, daß er ausgezeichnet schön sei.«

»Es hat keinen Anschein, daß wir je zusammentreffen, mein Fürst«, sagte Edith.

»Bei St. Georg, es ist sogar Gewißheit dafür da, in den nächsten Tagen«, sagte der König, »denn Saladin wird uns ohne Zweifel einen neutralen Boden für den Kampf wegen der Standarte gewähren, und er wird bei dieser Gelegenheit selbst zugegen sein. Berengaria ist begierig, den Kampf zu sehen, und ich getraue mich zu schwören, daß von ihrem Gefolge und Dienerschaft niemand zurückbleiben wird, am wenigsten du selbst, schöne Base. Aber sieh, wir haben das Zelt erreicht und müssen nun scheiden – nicht in Feindschaft jedoch, nein, du mußt mir das mit Hand und Mund bestätigen, süße Edith – als Souverän hab' ich das Recht, meine artigen Vasallen zu küssen.«

Er umarmte sie mit Ehrerbietung und Zärtlichkeit, dann kehrte er durch das mondbeschienene Lager zurück, indem er einzelne Stellen aus Blondels Lied, die ihm gerade einfielen, vor sich hinbrummte.

Bei seiner Heimkunft verlor er keine Zeit, die Depesche für Saladin auszufertigen, und er übergab sie dem Nubier unter dem Befehl, mit Tagesanbruch zu dem Sultan zurückzureisen.

27

Den folgenden Morgen wurde Richard von Philipp von Frankreich zu einer Unterredung eingeladen, worin der letztere unter vielen Beteuerungen von Hochachtung für seinen Bruder von England demselben die Mitteilung machte (in einer Sprache, die äußerst höflich war, aber zu bestimmt, um mißverstanden zu werden), daß er fest entschlossen sei, nach Europa und zu den Geschäften seines Königreichs zurückzukehren, weil er an dem Gelingen des Kreuzzugs bei den verringerten Streitkräften und der Zwietracht der Verbündeten vollkommen verzweifle. Richard macht Gegenvorstellungen, aber vergebens; und als die Unterredung beendet war, empfing er ohne Befremden ein Manifest von dem Herzog von Österreich und verschiedenen anderen Fürsten, das eine ähnliche Entschließung ankündigte, aber in unumwundenen Worten als Grund dieses Abfalls von der Sache des Kreuzes den ungebührlichen Ehrgeiz und die willkürliche Herrschgier Richards von England angab. Alle Hoffnung, den Krieg mit einiger Aussicht endlichen Gelingens fortzusetzen, war nun dahin, und Richard, der bittere Tränen weinte über seine verlorenen Siegesträume, fühlte sich wenig getröstet durch die Erwägung, daß das Fehlschlagen des Kreuzzugs gewissermaßen den Vorteilen, welche er durch seine Heftigkeit und Unklugheit seinen Feinden gegeben habe, zugeschrieben werden müsse.

»Sie hätten es nicht gewagt, meinen Vater so im Stich zu lassen«, sagte er zu de Vaux in der Bitterkeit seines Ärgers. »Alle Verleumdungen, die sie gegen einen so weisen König vorgebracht hätten, würden bei der Christenheit keinen Glauben gefunden haben; und ich – der Tor, der ich war! –, ich habe ihnen nicht allein den Vorwand gegeben, mich im Stich zu lassen, sondern sogar einen gültigen Grund, ihren schändlichen Abfall meinen unseligen Schwachheiten zuzuschreiben.«

Diese Gedanken peinigten den König so sehr, daß de Vaux froh war, als die Ankunft eines Gesandten von Saladin ihnen eine andere Richtung gab.

Dieser neue Gesandte war ein bei dem Sultan in hohem Ansehen stehender Emir, der Abdallah el Hadschi hieß. Er leitete seine Abkunft von der Familie des Propheten her und dem Stamm Haschma, deshalb trug er zum Zeichen dieser Abstammung einen grünen Turban von großem Umfang. Er hatte dreimal die Wallfahrt nach Mekka gemacht und davon seinen Beinamen el Hadschi, d. h. der Pilger, erhalten. Ungeachtet dieser verschiedenen Ansprüche auf Heiligkeit, war Abdallah (für einen Araber) ein guter Gesellschafter; eine lustige Erzählung erfreute ihn, und er vergaß seinen Ernst so weit, daß er eine gute Flasche austrank, wenn er es heimlich und ohne Ärgernis zu geben tun konnte. Ebenso war er ein Staatsmann, dessen Fähigkeiten von Saladin in verschiedenen Unterhandlungen mit den christlichen Fürsten und namentlich mit Richard, dem el Hadschi bekannt und beliebt war, benutzt worden waren. Erfreut durch die Willfährigkeit, womit der Gesandte Saladins einen Platz für den Kampf, ein sicheres Geleit für alle dem Kampf beiwohnenden Personen und sich selbst als Unterpfand für alles Versprochene anbot, vergaß Richard bald seine getäuschten Hoffnungen und die bevorstehende Auflösung des Christenbundes, da ihn die Erörterungen, welche dem Kampf vorangingen, ganz in Anspruch nahmen.

Der Ruheplatz, Diamant der Wüste genannt, war für den Kampf ausersehen worden, weil er fast gleich weit von dem Lager der Christen und dem der Sarazenen entfernt war. Es wurde festgesetzt, daß Conrad von Montserrat, der Beklagte, mit seinen Zeugen, dem Erzherzog von Österreich und dem Großmeister der Templer, an dem für den Kampf bestimmten Tag daselbst mit nicht mehr als hundert bewaffneten Begleitern erscheinen solle; daß Richard von England und sein Bruder Salisbury als Kläger mit einer gleichen Zahl von Begleitern sich einfänden, ihren Kämpen zu beschützen, und daß Saladin eine auserwählte Wache von fünfhundert Mann mitbringen solle, eine Zahl, welche den zweihundert Christenlanzen nur gleichgeschätzt wurde. Diejenigen Personen von Auszeichnung, welche von beiden Seiten sich einfinden möchten, um dem Kampf beizuwohnen, sollten keine anderen Waffen als ihre Schwerter tragen ohne alles Rüstzeug zur Verteidigung. Der Sultan versprach, für die Errichtung der Schranken und für alle Bequemlichkeiten und Erfrischungen der dem Kampf Beiwohnenden zu sorgen, und sein Schreiben drückte mit vieler Artigkeit das Vergnügen aus, welches er sich von einer persönlichen und friedlichen Zusammenkunft mit Melech Ric verspreche, den heißen Wunsch, seinen Empfang so angenehm als möglich zu machen.

Als alle Voranstalten festgesetzt und dem Beklagten nebst seinen Zeugen mitgeteilt waren, wurde Abdallah el Hadschi in dem vertrauteren Kreis zugelassen, wo er mit Ergötzen das Spiel von Blondel zuhörte. Nachdem er zuvor sorgfältig seinen grünen Turban abgelegt und dafür eine griechische Mütze aufgesetzt hatte, erwiderte er die Musik des normannischen Sängers mit einem persischen Trinklied und leerte eine tüchtige Flasche Wein, um zu zeigen, daß sein Handeln mit seinen Grundsätzen übereinstimmte. Den folgenden Tag beugte er ernst und nüchtern wie der Wassertrinker Mirglip seine Stirn vor dem Fußschemel Saladins zu Boden, dann erstattete er dem Sultan Bericht von seiner Gesandtschaft.

An dem Tag, der dem Kampf vorherging, brach Conrad mit seinen Freunden bei Tagesanbruch auf, um nach dem bezeichneten Ort zu reisen, und Richard verließ das Lager in der nämlichen Stunde und in der nämlichen Absicht; aber er nahm einen anderen Weg, eine Vorsichtsmaßregel, die man für nötig erachtet hatte, um möglichen Streitigkeiten zwischen den bewaffneten Begleitern beider Parteien zu begegnen.

Der gute König selbst war nicht in der Laune, mit irgend jemand Streit zu suchen. Nichts hätte ihm den Vorgenuß eines Kampfes in den Schranken vergrößern können, außer wenn er selbst einer der Kämpfenden gewesen wäre; auch war er halb von Mitleid bewegt gegen Conrad von Montserrat. Leicht bewaffnet, reich gekleidet und fröhlich wie ein Bräutigam vor der Hochzeit, ritt Richard tänzelnd neben der Sänfte der Königin Berengaria und zeigte ihr die verschiedenen Bilder der Gegend, oder er erheiterte ihr durch Gespräch und Gesang den Weg durch die unwirtliche Wüste. Bei der früheren Reise, auf der Wallfahrt nach Engaddi, hatte die Königin den Weg jenseits des Gebirges genommen, so daß die Damen mit dieser Gegend der Wüste unbekannt waren; und obgleich Berengaria die Laune ihres Gemahls zu gut kannte, um für das, was er sagte oder sang, unbekümmert scheinen zu wollen, so gab sie sich doch einer weiblichen Furcht hin, als sie sich in der fürchterlichen Wildnis sah mit einer Begleitung, die nur einem kleinen Punkt auf der ungeheuren Fläche glich, und als sie erwog, daß sie nur so weit vom Lager Saladins entfernt seien, um im Augenblick von einer zahlreicheren Schar des Sultans überrascht und aufgehoben zu werden, falls der Heide treulos genug sein sollte, eine so verführerische Gelegenheit zu benutzen. Aber als sie Richard diesen Verdacht äußerte, wurde deselbe mit Mißfallen und Verachtung verworfen. »Es wäre mehr als Undankbarkeit«, sagte er, »an Treu und Glauben des edelmütigen Sultans zu zweifeln.«

Jedoch die nämlichen Zweifel und Besorgnisse erneuerten sich mehr als einmal, nicht nur in dem furchtsamen Gemüt der Königin, sondern auch in der festeren und edleren Seele der Edith Plantagenet, die keinen so großen Glauben zu den Muselmanen hatte, um sich vollkommen sicher zu fühlen, während sie in der Macht derselben war; und ihr Erstaunen würde geringer gewesen sein als ihr Schrecken, wenn die Wüste rings von Geschrei ertönt hätte: »Allah hu!«, und wenn eine Schar arabischer Reiter gegen sie losgestürzt wäre wie Geier auf ihre Beute. Die Besorgnisse verringerten sich nicht, als sie gegen die Abendzeit einen arabischen Reiter mit Turban und langem Speer bemerkten, der auf einer geringen Anhöhe lauerte wie ein in der Luft schwebender Falke, und der bei dem Erscheinen des königlichen Zuges plötzlich mit der Schnelligkeit davonschoß, mit welcher jener Vogel unter dem Wind hinschießt und aus dem Gesichtskreis verschwindet.

»Wir müssen nah am Ziel sein«, sagte König Richard. »Jener Reiter ist einer von Saladins Vorposten – mich dünkt, ich höre das Getöne der maurischen Hörner und Zimbeln. Stellt euch in Ordnung, Kameraden, und nehmt fest und männlich die Damen in die Mitte.«

Als er so gesprochen hatte, nahm jeder Ritter, Knappe und Bogenschütze schnell seine Stelle ein, und sie bewegten sich nun vorwärts in geschlossenen Reihen, was ihre Anzahl noch kleiner erscheinen ließ; und um die Wahrheit zu gestehen, obwohl sie ohne Furcht sein mochten, so war doch Ängstlichkeit und Besorgnis in der Gespanntheit zu erkennen, womit sie auf die wilden Töne der maurischen Musik horchten, die sich immer deutlicher von der Seite her vernehmen ließ, wo der arabische Reiter verschwunden war.

De Vaux sprach leise zu dem König: »Wäre es nicht gut, mein Fürst, einen Pagen auf jenen Sandhügel zu senden? Oder gefiele es Euch, daß ich einen Vorsprung nehme? Mich dünkt, wenn diesem Kling und Klang nach zu urteilen nicht mehr als fünfhundert Mann hinter jenen Sandhügeln stecken, so muß die Hälfte von des Sultans Gefolge aus Trommlern und Zimbelschlägern bestehen. – Soll ich hin?«

Der Baron hielt die Zügel an und wollte seinem Pferd die Sporen geben, als der König ausrief: »Nicht um die Welt. Eine solche Vorsicht würde Argwohn verraten und uns wenig vor einem Überfall sichern, den ich jedoch nicht voraussehe.«

Sie zogen demnach in fester, geschlossener Ordnung weiter, bis sie die Kette niedriger Sandhügel überstiegen hatten und die jenseitige Gegend sehen konnten, wo ein prächtiges und zugleich schreckliches Schauspiel sie erwartete.

Der Diamant der Wüste, vor kurzem noch eine einsame Quelle, die sich durch eine kleine Palmbaumgruppe auf der weiten Fläche bemerkbar machte, war jetzt der Mittelpunkt eines Lagers geworden, dessen gestickte Flaggen und vergoldete Verzierungen weit und breit glitzerten und in tausend reichen Farben in der untergehenden Sonne spielten. Die Decken der großen Gezelte waren von den lebhaftesten Farben, scharlach, lichtgelb, himmelblau usw., und die Spitzen der Säulen oder Zeltpfosten waren mit goldenen Granatäpfeln und kleinen seidenen Fahnen verziert. Aber außer diesen Prachtzelten sah man hier eine große Zahl der gewöhnlichen schwarzen, arabischen Zelte, die nach der Meinung von Thomas de Vaux hinreichend waren, ein Heer von fünftausend Mann auf morgenländische Art zu beherbergen. Eine der Ausdehnung des Lagers vollkommen entsprechende Anzahl von Arabern und Kurden versammelte sich in Eile; ein Jeder führte sein Pferd mit der Hand, und ihr Aufgebot war von dem betäubenden Getöse der Kriegsmusik begleitet, die zu allen Zeiten die Araber zum Kampf angefeuert hat.

Sie bildeten bald eine dichte und verwirrte Masse abgestiegener Reiter vor dem Lager, als auf einen gellenden Schrei, der den Klang der Musik weit überschallte, ein jeder Reiter auf seinen Sattel sprang. Eine Staubwolke, die sich bei dieser Bewegung erhob, verbarg Richard und seinen Begleitern das Lager, die Palmbäume und die ferne Gebirgskette sowohl als die Krieger selbst, deren plötzlicher Aufbruch den Staub erregt hatte, der, indem er sich über ihren Köpfen erhob, in seltsamen Gestaltungen bewegliche Säulen, Kuppeln und Minaretts bildete. Ein zweiter gellender Schrei ward gehört aus der Mitte dieses Staubgezeltes. Es war für die Reiter das Zeichen, vorwärts zu eilen; dies geschah im vollen Galopp, indem sie sich zugleich anschickten, sich von vorn, von den Seiten und von hinten her an Richards Leibwache anzuschließen, die so umringt und fast erstickt wurde von der ringsum sich erhebenden dichten Staubwolke, durch welche man von Zeit zu Zeit die schrecklichen Gestalten und die wilden Gesichter der Sarazenen erkannte, die mit betäubendem Geschrei ihre Speere nach allen Richtungen schwangen und die ihre Pferde nur dann anhielten, wenn sie auf Speereswurf den Christen nahe gekommen waren, während die im Nachzug dichte Flüge von Pfeilen über die Köpfe der Vorderen sandten. Einer dieser Pfeile fiel auf die Sänfte der Königin, die laut aufschrie, und eine plötzliche Röte bedeckte die Wange von Richard.

»Ha! St. Georg«, rief er aus, »wir müssen diesen ungläubigen Abschaum zur Ordnung bringen!«

Aber Edith, die in der nächsten Sänfte war, streckte den Kopf heraus, und mit der Hand einen Schaft haltend, rief sie aus: »König Richard, bedenkt, was Ihr tut! Seht, diese Pfeile sind ohne Spitze!«

»Edles, bedächtiges Weib!« rief Richard aus, »beim Himmel, deine Geistesgegenwart und dein richtiger Blick beschämt uns alle. – Verhaltet euch ruhig, Landsleute«, rief er seinen Begleitern zu, »ihre Pfeile haben keine Spitze und ihre Speere ebenfalls. Es ist nur ein kriegerisches Willkommen nach ihrer wilden Art, und es würde ihnen Vergnügen machen, uns erschrocken und bestürzt zu sehen. Zieht langsam und ruhig vorwärts.«

Die kleine Kriegerschar zog vorwärts, von allen Seiten von den Arabern umgeben, die gellendes und durchdringendes Geschrei ausstießen; die Bogenschützen zeigten ihre Geschicklichkeit, indem sie ihre Pfeile so nah als möglich nach den Helmen der Christen schossen, ohne sie zu treffen, und die Lanzenträger teilten sich untereinander so derbe Stöße aus mit ihren stämmigen Waffen, daß mehr als einer bei dem groben Spiel den Sattel und fast das Leben verlor. Obgleich durch alles dies nur Willkomm ausgedrückt werden sollte, so hatte es doch in den Augen der Europäer einen zweideutigen Anschein.

Als sie halbwegs zum Lager gekommen waren, in dem König Richard und sein Gefolge den Kern bildeten, um welchen die wilde Reiterschar schrie, heulte, focht und galoppierte in einer unbeschreiblichen Verwirrung, wurde wieder ein gellender Schrei gehört, und alsbald machten alle, welche vorn und zu beiden Seiten die kleine europäische Schar umschwärmten, eine Schwenkung, und nachdem sie sich in breite und tiefe Reihen geordnet hatten, folgten sie im Nachzug mit ziemlicher Ordnung und Stille. Die Staubwolke, welche Richards Schar im Gesicht hatte, fing nun an, sich zu legen, als sich ein anderer Reiterhaufen näherte von regelmäßigerem Ansehen, mit vollkommener Rüstung und Bewaffnung, der dem stolzesten Herrscher des Morgenlandes zur Leibwache hätte dienen können. Diese glänzende Schar bestand aus fünfhundert Mann, und das Roß eines jeglichen Reiters war das Lösegeld eines Grafen wert. Die Reiter waren circassische und georgische Sklaven in der Blüte der Jugend; ihre Helme und Harnische waren aus Stahlringen gemacht, die wie Silber glänzten; ihre Kleidung war von den lebhaftesten Farben, zum Teil aus Gold- und Silberstoff; ihre Gürtel waren aus Seide und Gold geflochten, ihre Turbane mit Federn und Edelsteinen verziert und ihre Säbel und Dolche aus damaszener Stahl, an Griff und Scheide mit Gold und Juwelen geschmückt.

Diese glänzende Schar näherte sich unter dem Schall kriegerischer Musik, und als sie mit der Schar der Christen zusammentraf, öffnete sie sich also, daß sie dieselbe in ihre Mitte aufnahm. Richard stellte sich nun an die Spitze seiner Landsleute, da er bemerkte, daß Saladin selbst herannahe. Es dauerte nicht lang, so sah man in der Leibwache, umgeben von den Dienern des Serails und den häßlichen Schwarzen, welche den Harem bewachen, und deren Mißgestalt durch den Reichtum ihrer Kleidung noch schrecklicher wird, den Sultan erscheinen mit dem Ansehen und der Haltung eines Mannes, auf dessen Stirn die Natur selber geschrieben hat – das ist ein König! In seinem Turban, Kleid und seinen weiten Beinkleidern von schneeweißer Farbe, mit seinem Gürtel von scharlachroter Seide, ohne alle andere Auszeichnung, hätte Saladin unter seiner Leibwache als der am einfachsten gekleidete angesehen werden können. Aber bei näherer Beobachtung bemerkte man an seinem Turban jenen unschätzbaren Edelstein, welcher von den Dichtern »das Meer des Lichtes« genannt wurde. Der Diamantring, auf dem sein Siegel eingegraben war und den er am Finger trug, war vermutlich alle Juwelen der englischen Krone wert, und ein Saphir auf dem Griff seines Cangiar war von keinem geringeren Wert. Es muß noch bemerkt werden, daß der Sultan, um sich vor dem Staub zu schützen, welcher in der Nähe des Toten Meeres der feinsten Asche gleicht, oder vielleicht auch aus morgendländischem Stolz eine Art Schleier an seinem Turban trug, was seine edlen Züge zum Teil verhüllte. Er ritt einen milchweißen Araber, der ihn trug, als ob er seine edle Bürde kenne und stolz darauf sei.

Hier waren keine weiteren Einführungen nötig. Die beiden heldenmütigen Herrscher, denn das waren beide, stiegen zugleich vom Pferd, und während die Truppen hielten und die Musik plötzlich schwieg, gingen sie einander unter tiefem Schweigen entgegen, und nach einer höflichen Verbeugung von beiden Seiten umarmten sie sich als Brüder und Gleiche. Der Glanz und der Aufwand von beiden Seiten wurde hier nicht mehr beachtet; man sah nur Richard und Saladin, und auch sie hatten nur einer für den andern Augen. Die Blicke, womit Richard den Sultan betrachtete, drückten jedoch eine größere Neugier aus, als die, welche Saladin auf Richard heftete. Der Sultan unterbrach zuerst das Schweigen.

»Der Melech Ric ist Saladin willkommen, wie es das Wasser der Wüste ist! Ich hoffe, daß dieses zahlreiche Gefolge ihm keinen Argwohn gegeben hat. Die bewaffneten Sklaven meines Serails ausgenommen, sind alle andern, die Euch mit Blicken des Staunens und des Willkommens umringen, selbst die Geringsten unter ihnen, die edelsten Häupter meiner tausend Stämme, denn wer, der irgendeinen Anspruch machen konnte, dieser Zusammenkunft beizuwohnen, wäre gern zu Hause geblieben und hätte nicht gern einen Fürsten wie Richard gesehen, mit dessen schrecklichem Namen bis zu den Sandwüsten von Yemen die Amme ihr Kind beschwichtigt und der freie Araber sein stetiges Roß bezwingt!«

»Und alle diese sind arabische Edelleute?« sagte Richard und betrachtete die mit ihren Haicks bedeckten wilden Gestalten, die Gesichter von der Sonne verbrannt, die Zähne weiß wie Elfenbein, die unter dem Turban wild und feurig hervorglänzenden schwarzen Augen und die im allgemeinen einfache, fast geringe Kleidung.

»Sie nehmen diesen Rang in Anspruch«, sagte Saladin. »Aber obgleich sie zahlreich sind, so sind sie doch dem Vertrag unterworfen und tragen keine Waffen außer ihren Säbeln – sogar das Eisen ihrer Lanzen haben sie zurückgelassen.«

»Ich fürchte«, sagte de Vaux leise auf Englisch, »sie haben es an einem Ort gelassen, wo sie es bald finden können. – Eine recht blühende Pairskammer ist das, ich gesteh's, und Westminster-Hall wäre für sie ein wenig zu eng.«

»Still, de Vaux«, sagte Richard, »ich befehl' es dir. – Edler Saladin«, sagte er, »du und Argwohn gedeihen nicht auf demselben Boden. – Siehst du«, er deutete nach den Sänften, »auch ich habe gegen den Vertrag einige bewaffnete Begleiterinnen mitgebracht: Denn glänzende Augen und schöne Züge sind Waffen, die man nicht zurücklassen kann.«

Der Sultan, nach den Sänften blickend, machte eine so tiefe Verbeugung, als sähe er gen Mekka, und er küßte den Sand zum Beweis seiner Ehrfurcht.

»O«, sagte Richard, »sie fürchten keine Begrüßung aus der Nähe, Bruder! Willst du nicht zu den Sänften reiten? Die Vorhänge werden alsbald zurückgezogen werden.«

»Allah behüte mich davor!« sagte Saladin, »denn jeder Araber, der es sähe, würde es als eine Schande für diese edlen Damen ansehen, wenn sie sich mit unbedecktem Gesicht betrachten ließen.«

»Dann sollst du sie im Geheimen sehen, mein königlicher Bruder«, antwortete Richard.

»Zu welchem Zweck?« antwortete Saladin traurig. »Dein letzter Brief war für die Hoffnungen, die ich hegte, was Wasser dem Feuer ist; und wozu sollte ich wieder eine Flamme anfachen, die mich nur verzehren, aber nicht wärmen kann? – Aber will sich mein Bruder nicht zu dem Zelt begeben, das sein Diener für ihn bereitet hat? Der oberste meiner schwarzen Sklaven hat Befehl, die Prinzessinnen zu empfangen; die Diener meines Palastes werden deinem Gefolge aufwarten, und wir selbst wollen der Kämmerer des königlichen Richard sein.«

Hierauf führte er ihn zu einem prachtvollen Zelt, worin alles war, was königliche Verschwendung erdenken konnte. De Vaux, der gefolgt war, nahm den langen Reitermantel ab, welcher sein König trug, und Richard stand nun vor Saladin in seiner engen Kleidung, welche die Kraft und das Ebemaß seiner Glieder völlig zeigte, und mit den weiten Gewändern, die die schlanke Gestalt des morgenländischen Herrschers umwallten, einen schneidenden Gegensatz bildeten. Es war vorzüglich Richards zweihändiges Schwert, was die Aufmerksamkeit des Sarazenen auf sich zog: Die Klinge war gerade und breit, und die scheinbar unendliche Länge derselben reichte vom Boden fast bis zur Schulter des Trägers.

»Hätte ich«, sagte Saladin, »dies Schwert im Vordertreffen nicht blitzen sehen, gleich dem Schwerte Azraels, so würde ich es kaum glauben, daß ein Menschenarm es schwingen kann. Darf ich den Melech Ric bitten, jetzt im Frieden und zu bloßer Prüfung der Stärke einen Streich damit zu tun?«

»Mit Freuden, edler Saladin«, antwortete Richard, und da er umherblickte, um etwas zu entdecken, woran er seine Stärke zeigen könne, bemerkte er eine stählerene Axt, die einer der Begleiter hielt, und die einen Stiel von demselben Metall hatte, von einem und einem halben Zoll im Durchmesser. – Er legte dieselbe auf einen Holzblock.

Die Besorgnis, welche de Vaux für die Ehre seines Herrn hatte, verleitete ihn, demselben auf Englisch zuzuflüstern: »Bei der heiligen Jungfrau, seht Euch vor, was Ihr beginnt, mein Fürst! Ihr habt Eure ganze Stärke noch nicht wieder – bereitet dem Ungläubigen keinen Triumph.«

»Ruhig, Tor!« sagte Richard, fest auf den Boden sich stemmend und einen feurigen Blick umherwerfend, »glaubst du, daß mir's in seiner Gegenwart an Stärke gebricht?«

Das breite Schwert, mit beiden Händen geführt, hob sich blitzend zur linken Schulter des Königs; dann umflog es sein Haupt, stürzte wie von einer Sturmmaschine geschleudert herab, und die Eisenstange rollte auf dem Boden in zwei Stücke geteilt, dem Bäumchen gleich, das ein Förster mit dem Hagemesser zerschneidet.

»Bei dem Haupt des Propheten, ein höchst wunderbarer Streich!« sagte der Sultan, indem er die zerschnittene Eisenstange genau untersuchte; und die Klinge des Schwertes war so wohl gehärtet, daß nicht das geringste Merkmal von dem Streich auf ihr zu entdecken war. Darauf ergriff er die Hand des Königs, und indem er ihre Form und Muskelkraft betrachtete, lächelte er, als er sie mit seiner eigenen schlanken, mageren und weniger fleischigen und nervenreichen Hand verglich.

»Ja, schau nur«, sagte de Vaux auf Englisch, »es wird lang dauern, bis deine langen Affenfinger einen solchen Streich tun mit deiner fein vergoldeten Sichel da.«

»Schweig, de Vaux«, sagte Richard, »bei der heiligen Jungfrau, er versteht oder errät dich – sei nicht so vorlaut, ich bitte dich.«

In der Tat sagte der Sultan gleich darauf: »Ich möchte nun auch etwas zeigen – doch wozu sollte der Schwache seine geringere Kraft vor dem Starken zeigen? Indes ein jedes Land hat seine eigenen Übungen, und dies mag für den Melech Ric was Neues sein.« – So sagend, nahm er ein seidenes Flaumfederkissen vom Boden und stellte es aufrecht. »Kann dein Schwert, mein Bruder, dies Kissen zerteilen?« sagte er zu König Richard.

»In Wahrheit, nein«, versetzte der König, »kein Schwert in der Welt, und wäre es der Excalibar von König Arthur, kann das, was dem Streich keinen Widerstand entgegensetzt, zerteilen.«

»Gib denn acht«, sagte Saladin; und nachdem er den Ärmel seines Kleides zurückgeschlagen, zeigte er einen schmalen und mageren, aber durch beständige Übung abgehärteten Arm, der nichts als Bein, Fleisch und Nerven hatte. Er zog seinen Säbel, eine krumme und schmale Klinge, die nicht wie das Schwert des Franken glänzte, sondern von einer dunkelbraunen Farbe war und mit einer Unzahl sich durchkreuzender Bienen bedeckt, die verrieten, mit welcher Sorgfalt der Waffenschmied dies Metall geschweißt habe. Als der Sultan diese im Vergleich zu Richards Schwert so schwache Waffe erhob, ruhte er mit seiner ganzen Schwere auf seinem vorgestreckten linken Fuß; er blieb eine Zeitlang in dieser Stellung, wie um sein Ziel zu ersehen; darauf schritt er plötzlich vorwärts, und tat mit seinem Säbel einen Streich quer durch das Kissen, indem er die Schneide mit einer Geschicklichkeit und Leichtigkeit wirken ließ, daß das Kissen eher auseinanderzufallen, als gewaltsam getrennt zu werden schien.

»Es ist Taschenspielerei«, sagte de Vaux, indem er vorwärts sprang, und den abgeschnittenen Teil des Kissens aufraffte, um sich von der Wahrheit des Geschehenen zu überzeugen – »da ist der Teufel im Spiel.«

Der Sultan schien ihn zu verstehen, denn er nahm den Schleier ab, den er bisher getragen, legte ihn doppelgefaltet auf die Schneide seines Säbels, streckte so die Waffe grad aus von sich, und indem er plötzlich die Klinge durch den Schleier zog, der lose um dieselbe hing, teilte er denselben in zwei Teile, die nach verschiedenen Seiten des Zeltes flogen, und zeigte dadurch die außerordentliche Härte und Schärfe seiner Waffe und seine ausgezeichnete Geschicklichkeit in Handhabung derselben.

»In Wahrheit, mein Bruder«, sagte Richard, »du bist unerreichbar in deinem Schwertstreich, und es wäre gefährlich, sich mit dir zu messen! Dennoch vertraue ich immer noch auf einen derben englischen Hieb, und was wir durch Kunst nicht vermögen, das ersetzen wir durch Kraft. Aber, bei meiner Treu, du bist so erfahren, Wunden zu schlagen, wie dein weiser Hakim, sie zu heilen. Ich hoffe, ich werde diesen gelehrten Arzt sehen – ich bin ihm großen Dank schuldig und habe ihm ein kleines Geschenk mitgebracht.«

Als er dies gesagt hatte, vertauschte Saladin seinen Turban gegen eine Tartarenmütze. Kaum hatte er dies getan, so riß de Vaux Mund und Augen auf, und Richard war nicht weniger überrascht, als der Sultan mit einer verstellten und ernsten Stimme sagte: »Der Kranke, sagt der Dichter, kennt, solange er krank ist, den Tritt seines Arztes; ist er aber genesen, so kennt er nicht einmal das Gesicht desselben.«

»Ein Wunder! Ein Wunder!« rief Richard aus.

»Teufelswerk, ohne Zweifel!« sagte Thomas de Vaux.

»Daß ich meinen gelehrten Hakim nicht kannte«, sagte Richard, »bloß weil ihm Mütze und Kleid fehlten, und daß ich ihn nun in meinem königlichen Bruder Saladin wiedererkenne!«

»Das ist der gewöhnliche Weltlauf«, antwortete der Sultan, »der zerlumpte Rock macht nicht immer den Derwisch.«

»Und es war durch deine Vermittlung«, sagte Richard, »daß jener Ritter vom Leoparden vom Tod gerettet wurde – und durch deine Kunst, daß er in das Lager verkleidet zurückkam?«

»So ist es«, versetzte Saladin, »ich war als Arzt überzeugt, daß, wenn nicht die Wunde seiner blutenden Ehre gestillt würde, der Tage seines Lebens nur wenige sein könnten. Seine Verkleidung wurde leichter durchschaut, als ich nach dem Gelingen meiner eigenen erwarten konnte.«

»Ein Zufall«, sagte König Richard (vermutlich spielte er auf den Umstand an, als er seine Lippen auf die Wunde des vermeinten Nubiers brachte), »ließ mich zuerst bemerken, daß seine Haut künstlich gefärbt war; und nach diesem Fingerzeig war die Entdeckung leicht: Denn sein Gesicht und seine Gestalt sind nicht leicht zu vergessen. Ich hegte die Hoffnung, daß er morgen als Kämpfer sich stellen wird.«

»Er ist dazu bereit und voll Hoffnung«, sagte der Sultan. »Ich habe ihn mit Waffen und einem Pferd versehen, da ich viel auf ihn halte nach dem, was ich unter verschiedenen Verkleidungen gesehen habe.«

»Weiß er nun«, sagte Richard, »wem er so viel Dank schuldig ist?«

»Er weiß es«, versetzte der Sarazene. – »Ich mußte mich ihm zu erkennen geben, als ich ihm meinen Plan mitteilte.«

»Und hat er sich dir auch entdeckt?« sagte der König von England.

»Nicht gänzlich«, versetzte der Sultan, »aber nach allem was zwischen uns vorging, folgere ich, daß seine Liebe zu hoch steht, als daß er einen glücklichen Erfolg erwarten darf.«

»Und du weißt, daß seine kecke und vermessene Neigung deine eignen Wünsche durchkreuzt?« sagte Richard.

»Ich vermute so«, sagte Saladin, »aber seine Neigung ist älter als meine Wünsche – und, ich muß es hinzufügen, scheint dieselben auch überleben zu wollen. Ich kann mich mit Ehren für meine Zurücksetzung an dem nicht rächen, der die Hand dabei nicht im Spiel hatte. Und wenn diese hochgeborene Dame ihn mehr liebt als mich, wer müßte dann nicht gestehen, daß sie diesem Ritter, der von ihrer eigenen Religion und voll Adel ist, nur Gerechtigkeit erzeige?«

»Doch er ist von zu geringer Familie, um sich mit dem Blut der Plantagenets zu vermählen«, sagte Richard stolz.

»Das mögen Eure Ansichten in Frangistan sein«, versetzte der Sultan. »Doch die Dichter des Morgenlandes sagen, daß ein wackerer Kameltreiber würdig ist, die Lippen der schönsten Königin zu küssen, während ein schlechter Prinz nicht würdig ist, nur den Saum ihres Gewandes zu berühren. – Doch erlaube mir, edler Bruder, daß ich mich jetzt bei dir beurlaube, um den Herzog von Österreich und jenen nazarenischen Ritter zu empfangen, die zwar der Gastfreundschaft weniger würdig sind, die aber dennoch anständig behandelt werden müssen nicht um ihretwillen, sondern zu meiner eigenen Ehre – denn was sagt Lockman? ›Sage nicht, daß die Speise, die du dem Fremden reichst, für dich verloren ist: Denn wenn sein Leib dadurch gestärkt und gesättigt wird, so wird dein Ruhm und guter Name dadurch vergrößert und verherrlicht.‹«

Der sarazenische Monarch verließ das Zelt von König Richard, und nachdem er ihm mehr mit Winken als mit Worten den Ort bezeichnet hatte, wo das Zelt der Königin und ihres Gefolges aufgerichtet war, ging er, den Marquis von Montserrat und Gefolge zu empfangen, für welche der Sultan mit weniger Lust, aber mit gleicher Pracht Zurüstungen gemacht hatte. Die reichlichsten Erfrischungen nach morgenländischem und europäischem Geschmack wurden an die königlichen und fürstlichen Gäste Saladins in den verschiedenen Zelten gespendet; und der Sultan war so sehr auf den Geschmack und die Gewohnheit seiner Gäste bedacht, daß er griechische Sklaven bestellt hatte, welche denselben den Weinbecher – den Abscheu der Mohammedaner – darreichen mußten. Ehe Richard sein Mahl beendet hatte, trat der alte Emir, welcher des Sultans Brief in das Christenlager gebracht hatte, mit einem Plan herein, der das bei dem morgigen Kampf zu beachtende Zeremoniell enthielt. Richard, der um den Geschmack dieses alten Bekannten wußte, lud ihn ein, mit einer Flasche Schirazwein Bescheid zu tun; aber Abdallah gab ihm mit einer jämmerlichen Miene zu verstehen, daß Selbstverleugnung ihm in diesem Augenblick so lieb als sein Leben sein müsse: Denn Saladin, der in anderer Rücksicht so duldsam sei, beachte selbst die Gesetze des Propheten und erzwinge deren Beachtung von anderen durch schwere Strafen.

»Nun«, sagte Richard, »wenn er den Wein nicht liebt, diesen Tröster des Menschenherzens, dann ist's mit seiner Bekehrung auch nichts, und die Weissagung des verrückten Pfaffen von Engaddi verfliegt wie Spreu vor dem Winde.«

Hierauf setzte der König die Bestimmungen des Kampfes fest, was viel Zeit kostete, da wegen einiger Punkte die Gegenpartei sowohl als der Sultan befragt werden mußten.

Endlich war man zu einer schließlichen Übereinkunft gekommen, und ein Protokoll wurde auf Französisch und Arabisch abgefaßt mit den Unterschriften von Saladin als Oberkampfrichter und denen von Richard und Leopold als Gewährleistern der zwei Kämpfer. Als der Emir für den Abend von König Richard Abschied genommen hatte, trat de Vaux herein.

»Der gute Ritter«, sagte er, »der morgen kämpfen wird, verlangt zu wissen, ob er nicht diesen Abend seinen königlichen Gevatter seine Huldigung darbringen darf?«

»Hast du ihn gesehen, de Vaux?« sagte der König lächelnd, »und hast du einen alten Bekannten in ihm erkannt?«

»Bei unserer Frau von Lanercost«, antwortete de Vaux, »in diesem Land begegnet man so vielen Überraschungen und Verwandlungen, daß mir der Kopf schwindelt. Ich erkannte kaum Sir Kenneth von Schottland, bis sein guter Hund, der einige Zeit unter meiner Pflege war, wedelnd auf mich zukam, und selbst den kannte ich nur an der Breite seiner Brust, der Rundung seiner Pfoten und an seinem Bellen: Denn der arme Windhund war gemalt wie eine venetianische Buhlerin.«

»Du verstehst dich besser auf Vieh als auf Menschen, de Vaux«, sagte der König.

»Ich leugne es nicht«, sagte de Vaux, »unter jenen habe ich zuweilen bessere Geschöpfe gefunden als unter diesen. Darum gefällt es auch manchmal Eurer Majestät, mich selbst ein Vieh zu nennen; überdies diene ich dem Löwen, den man als König der Tiere betrachtet.«

»Bei St. Georg, du hast deine Lanze brav an meiner Stirn zerbrochen«, sagte der König. »Ich hab's immer gesagt, daß du einen gewissen Witz hast, de Vaux – närrisch, daß man mit einem Schmiedehammer auf dich schlagen muß, ehe er Funken sprüht. – Aber zur Sache: Ist der gute Ritter wohl bewaffnet und gerüstet?«

»Vollkommen, mein Fürst, und anständig«, antwortete de Vaux. »Ich kenne die Rüstung wohl – es ist die nämliche, die der venetianische Abgeordnete Eurer Hoheit, grade vor Eurer Krankheit für fünfhundert Byzantiner anbot.«

»Und er hat sie dem ungläubigen Sultan verkauft, scheint's, für ein paar Dukaten mehr und gegen bare Bezahlung. Diese Venetianer wären im Stande, das heilige Grab zu verhandeln!«

»Die Rüstung kann nie zu einem besseren Kampf dienen«, sagte de Vaux.

Dem Edelmut des Sarazenen sei's gedankt«, sagte der König, »nicht der Habsucht dieser Venetianer.«

»Ich wünchte, daß Eure Majestät vorsichtiger wäre«, sagte de Vaux voll Besorgnis. »Wir sind jetzt von allen unsern Verbündeten verlassen für Beleidigungen, die wir denselben zugefügt haben; wir können nicht hoffen, daß es uns hierzulande glücken wird, und wir hätten nur noch mit dieser Amphibienrepublik zu hadern, um den Rückzug zur See zu verlieren.«

»Ich will dafür sorgen«, sagte Richard ungeduldig, »aber predige mir nicht weiter. Sage mir lieber – denn das ist von Belang –, hat der Ritter einen Beichtvater?«

»Ja«, antwortete de Vaux, »der Einsiedler von Engaddi, der ihm kürzlich diesen Dienst erzeigte bei seiner Vorbereitung zum Tod, steht ihm auch bei dieser Gelegenheit bei; das Gerücht von dem Zweikampf hat den Einsiedler hergezogen.«

»Gut«, sagte Richard, »und nun zum Gesuch des Ritters. Sag ihm, Richard werde ihn empfangen, sobald seine Pflichterfüllung am Diamant der Wüste seine Pflichtverletzung auf dem St. Georgsberg gut gemacht haben wird; und bei deinem Gang durch's Lager laß die Königin wissen, daß ich ihr Zelt besuchen will, und sage Blondel, daß er mich dort treffe.«

De Vaux ging, und etwa eine Stunde darauf hüllte sich Richard in seinen Mantel, nahm seine Zither in die Hand und wandelte zum Zelt der Königin. Mehrere Araber begegneten ihm, aber sie wandten das Gesicht weg und schlugen die Augen zur Erde; er bemerkte jedoch, daß ihm alle scharf nachsahen, sobald er vorbei war. Er folgerte hieraus, daß er ihnen bekannt sei, aber daß der Befehl des Sultans oder ihre morgenländische Höflichkeit ihnen verböte, einen Fürsten, der unbekannt sein wolle, zu bemerken.

Als der König das Zelt der Königin erreicht hatte, fand er es von jenen unglücklichen Sklaven umringt, mit welchen morgenländische Eifersucht den Zenana umstellt. Blondel wandelte vor dem Eingang und griff von Zeit zu Zeit in das Saitenspiel, was die Afrikaner veranlaßte, das Elfenbein ihrer Zähne zu zeigen und mit seltsamen Bewegungen und kreischenden Stimmen Chorus zu machen.

»Was treibst du mit dieser schwarzen Viehherde, Blondel?« sagte der König. »Warum gehst du nicht in das Zelt?«

»Weil ich zu meiner Kunst des Kopfes und der Finger bedarf«, sagte Blondel, »und diese ehrlichen Mohren drohten, mir Glied für Glied abzuhauen, wenn ich vorwärts schritte.«

»Gut, geh dann mit hinein«, sagte der König, »ich will dein Beschützer sein.«

Die Schwarzen neigten ihre Speere und Schwerter vor König Richard und hefteten ihre Augen zu Boden, als wenn sie unwürdig wären, ihn anzuschauen. In dem Zelt fanden sie Thomas de Vaux bei der Königin. Während Berengaria Blondel empfing, sprach König Richard heimlich mit seiner schönen Verwandten.

Endlich sagte er flüsternd zu ihr: »Sind wir immer noch Feinde, schöne Edith?«

»Nein, mein Fürst«, sagte Edith mit einer Stimme, die gerade leise genug war, um die Musik nicht zu unterbrechen, »wer könnte König Richard Feind sein, wenn sich derselbe zeigt, wie er ist, großmütig und edel, tapfer und ehrenhaft.«

So sprechend, reichte sie ihm die Hand. Der König küßte dieselbe zum Zeichen der Versöhnung und fuhr dann fort: »Du glaubst, schöne Base, daß mein Zorn in dieser Sache verstellt gewesen sei; aber du irrst dich. Die Strafe, womit ich diesen Ritter belegte, war gerecht: Denn er hatte das Vertrauen getäuscht, das ich ihm geschenkt hatte, mag die Verführung dazu auch noch so groß gewesen sein, schöne Base. Doch es freut mich, und vielleicht so sehr als dich, daß er morgen eine Gelegenheit hat, das Feld zu gewinnen und den Flecken, der eine Zeitlang ihm anklebte, auf den wirklichen Dieb und Verräter zu werfen. Nein! Die Zukunft mag Richards törichte Hitze tadeln; aber sie soll von ihm sagen, daß er als Richter gerecht war, wenn er es sollte, und gnädig, wenn er konnte.«

»Lobe dich nicht selbst, königlicher Vetter«, sagte Edith. »Die Zukunft könnte deine Gerechtigkeit Grausamkeit nennen und deine Gnade Laune.«

»Und du sei nicht so stolz«, sagte der König, »als wenn der Ritter, der seine Rüstung noch nicht angeschnallt hatte, sie schon siegreich abgelegt hätte. Conrad von Montserrat gilt für eine gute Lanze. Wenn nun der Schotte den Tag verlöre?«

»Das ist unmöglich!« sagte Edith bestimmt. »Mit meinen eigenen Augen hab' ich den Conrad gleich einem gemeinen Dieb zittern und die Farbe wechseln gesehen. Er ist schuldig – und die Kampfprobe ist eine Anrufung der Gerechtigkeit Gottes. Ich selbst würde mich in dieser Sache gegen ihn zum Kampf stellen ohne Furcht.«

»Bei der Messe, ich glaube, daß du es möchtest, Kind«, sagte der König. »Und du würdest ihn obendrein schlagen, denn nie hat eine echtere Plantagenet gelebt, als du bist.«

Er hielt inne und fügte in einem sehr ernsten Ton hinzu: »Fahre fort, dich immer daran zu erinnern, was du deiner Abkunft schuldig bist.«

»Was soll dieser ernste Rat in diesem Augenblick?« sagte Edith. »Bin ich ein so leichtsinniges Geschöpf, um meinen Namen und Stand zu vergessen?«

»Ich will offen sprechen, Edith«, antwortete der König, »und wie zu einem Freund. Was wird dir dieser Ritter sein, wenn er als Sieger aus den Schranken kehrt?«

»Mir?« sagte Edith, vor Scham und Unwillen errötend. »Kann er mir mehr sein als ein ehrenhafter Ritter, der so viel Gunst verdient, als die Königin Berengaria selbst gewähren könnte, wenn er sie zu seiner Dame ausersehen hätte, statt eine schlechtere Wahl getroffen zu haben? Der geringste Ritter kann einer Kaiserin seinen Dienst weihen; aber der Ruhm seiner Wahl«, sagte sie mit Stolz, »muß sein Lohn sein.«

»Doch er hat um deinetwillen viel getan und erduldet«, sagte der König.

»Ich habe seine Taten mit Ehre und Lob bezahlt und seine Leiden mit Tränen«, antwortete Edith. »Hätte er anderen Lohn gewollt, so hätte er klug gehandelt, seine Liebe in den Schranken seines Standes zu halten.«

»Du möchtest also nicht das blutige Nachtkleid wegen seiner tragen?« sagte König Richard.

»Ebensowenig«, antwortete Edith, »als ich von ihm verlangt haben würde, sein Leben auf eine Art, wobei mehr Tollkühnheit als Tapferkeit zu zeigen war, aufs Spiel zu setzen.«

»So sprechen die Mädchen immer«, sagte der König, »aber wenn der Liebhaber dringend wird, so sagen sie mit einem Seufzer, daß es die Sterne anders beschlossen hätten.«

»Eure Majestät hat mich nun zum zweiten Male mit meinem Horoskop bedroht«, versetzte Edith mit Würde. »Glaubt mir, mein Fürst, welches auch der Einfluß der Sterne sein mag: Eure arme Verwandte wird sich weder mit einem Ungläubigen noch mit einem fremden

Abenteurer vermählen. – Erlaubt mir, auf Blondels Spiel zu horchen, denn Eure königlichen Ermahnungen sind kaum so ergötzlich für das Ohr.«

28

Man war übereingekommen, daß der gerichtliche Kampf, welcher die gegenwärtige Versammlung so verschiedener Nationen beim Diamant der Wüste veranlaßte, wegen der Hitze des Klimas eine Stunde nach Sonnenaufgang stattfinden sollte. Die weiten Schranken, die unter der Aufsicht des Ritters vom Leoparden errichtet worden waren, umschlossen einen Platz vom harten Sand, auf hundert und zwanzig Ellen in die Länge und vierzig in die Breite. Sie hatten die Richtung von Norden nach Süden, so daß beide Teile den Vorteil der aufgehenden Sonne hatten. Saladins Thron befand sich auf der westlichen Seite der Schranken, gerade in der Mitte, wo man vermutete, daß die beiden Kämpfer zusammentreffen würden. Gegenüber war ein Balkon mit verschlossenen Läden, wo die Damen, für die er errichtet worden war, dem Gefecht zusehen konnten, ohne selbst gesehen zu werden. An den beiden Enden der Schranken waren Tore, die man nach Belieben öffnen oder schließen konnte. Noch andere Throne waren errichtet worden; aber als der Erzherzog bemerkte, daß der seinige niedriger sei als der von König Richard, so wollte er ihn nicht einnehmen; und Löwenherz, der eher alles eingegangen wäre, als daß er den Kampf bloßer Formalitäten willen verzögert hätte, nahm die Übereinkunft gerne an, daß die Zeugen während des Kampfes zu Pferd bleiben sollten. An dem einen Ende der Schranken waren die Begleiter Richards, an dem anderen die, welche dem Beklagten gefolgt waren. Um den für den Sultan errichteten Thron war die glänzende georgische Leibwache aufgestellt, und der übrige Teil der Schranken war von christlichen und mohamedanischen Zuschauern eingenommen.

Lange vor Tagesanbruch waren die Schranken von einer noch größeren Anzahl Sarazenen umgeben worden, als Richard am verwichenen Abend gesehen hatte. Als sich der erste Strahl der blendenden Sonnenscheibe über der Wüste erhob, ließ der Sultan selbst den tönenden Ruf »zum Gebet – zum Gebet!« erschallen, und andere, deren Rang und Eifer sie antrieb, als Muezzins zu handeln, wiederholten diesen Zuruf.

Es war ein auffallendes Schauspiel, als nun alle zur Verrichtung ihrer Andacht, das Gesicht gegen Mekka gekehrt, zu Boden fielen. Als sie wieder aufgestanden waren, schien die nun hell scheinende Sonne die gestrige Vermutung des Lords von Gilsland als wahr zu erweisen. Die Strahlen derselben spiegelten sich in vielen Lanzenspitzen: Die Lanzen waren also nicht mehr spitzenlos. De Vaux zeigte dies seinem Herrn, welcher unwillig zur Antwort gab, daß er sich auf die Treue Saladins gänzlich verlasse; doch wenn de Vaux sich fürchte, so möge er sich zurückziehen.

Bald darauf hörte man das Geräusch von Schellentrommeln; bei diesen Lauten sprangen alle sarazenischen Reiter vom Pferd und warfen sich wie zu einem zweiten Morgengebet zur Erde. Dies geschah, um die Königin mit Edith und Gefolge von ihrem Zelt nach dem für sie errichteten Balkon gehen zu lassen. Fünfzig Wächter von Saladins Serail begleiteten sie mit bloßen Säbeln und mit dem Befehl, einen jeden, Fürsten oder Bauern, in Stücke zu hauen, der es wage, die vorübergehenden Damen anzublicken, oder der nur den Kopf höbe, ehe die schweigende Musik das Zeichen gegeben, daß sich die Frauen auf ihrem Balkon befänden, wo kein neugieriges Auge sie erreichen konnte.

Diese abergläubische Ehrfurchtsbezeigung gegen das schöne Geschlecht veranlaßte die Königin Berengaria zu einigen für Saladin und sein Land ungünstigen Bemerkungen. Aber da ihre Höhle, wie die schöne Königin den Balkon nannte, von den Schwarzen gänzlich umringt und bewacht war, so war sie gezwungen, sich mit Sehen zu begnügen, und auf das größere Vergnügen, gesehen zu werden, für jetzt zu verzichten.

Unterdessen gingen die Zeugen der beiden Kämpfe, wie es ihre Schuldigkeit war, sich zu überzeugen, ob jene gehörig bewaffnet und zum Kampf vorbereitet seien. Der Erzherzog von Österreich beeilte sich nicht sehr, diesen Teil seiner Pflicht zu erfüllen; ein außerordentliches Saufgelage mit Schirazwein am vergangenen Abend war ihm lieber gewesen. Aber der Großmeister der Templer, dem der Ausgang des Kampfes mehr am Herzen lag, war früh vor dem Zelt Conrads von Montserrat. Zu seinem großen Erstaunen verweigerten ihm die Diener den Einlaß.

»Kennt ihr mich nicht, Buben?« sagte der Großmeister voll Zorn.

»Wir kennen euch, höchst tapferer und Ehrwürdiger«, antwortete Conrads Waffenträger, »aber selbst Ihr könnt für jetzt nicht eintreten – der Marquis ist im Begriff zu beichten.«

»Zu beichten!« rief der Templer mit einem Ton, worin sich Unruhe, Erstaunen und Verachtung mischten. »Und wem, ich bitte dich?«

»Mein Herr hat mir befohlen, es geheim zu halten«, sagte der Waffenträger, worauf der Großmeister ihn zur Seite drängte und fast mit Gewalt ins Zelt hineintrat.

Der Marquis von Montserrat kniete zu Füßen des Eremiten von Engaddi, und wollte grade seine Beichte beginnen.

»Was soll das, Marquis?« fragte der Großmeister. »Schäme dich, und steh auf, oder, wenn du beichten mußt, bin ich nicht hier?«

»Ich habe dir nun schon zu oft gebeichtet«, versetzte Conrad mit blassem Gesicht und stockender Stimme. »Um Gottes willen, Großmeister, fort, und laß mich mein Gewissen diesem heiligen Mann eröffnen.«

»Worin ist er heiliger als ich?« sagte der Großmeister.

»Einsiedler, Prophet, Narr, sag, wenn du's wagst, welchen Vorzug hast du vor mir?«

»Frecher und schlechter Mann«, versetzte der Einsiedler, »wisse, daß ich dem Gitterfenster gleiche, und das göttliche Licht geht hindurch, um anderen zu nützen, obwohl es leider mir selbst nichts hilft. Du aber gleichst der Eisenstange, die weder das Licht empfängt noch es anderen mitteilt.«

»Schwatze mir nicht, sondern verlaß das Zelt«, sagte der Großmeister. »Der Marquis soll diesen Morgen nicht beichten, es sei denn mir: Ich gehe nicht von seiner Seite.«

»Ist dies Euer Wille?« sagte der Einsiedler zu Conrad. »Denn glaubt nicht, daß ich diesem hochmütien Mann gehorche, wenn Ihr meine Dienste zu verlangen fortfahrt.«

»Ach«, sagte Conrad unentschlossen, »was soll ich Euch sagen? Lebt wohl einstweilen – wir sprechen uns bald.«

»O Aufschub!« rief der Einsiedler. »Du bist ein Seelenmörder! Unglücklicher Mann, leb wohl – nicht für eine Weile, sondern bis wir uns beide treffen – keine Frage wo. – Und du«, fügte er zu dem Großmeister gewendet hinzu, »zittere!«

»Zittern!« versetzte der Templer verächtlich. »Ich könnte es nicht, auch wenn ich wollte!«

Der Einsiedler hörte diese Antwort nicht; er hatte das Zelt verlassen.

»Komm! Machen wir das Ding kurz«, sagte der Großmeister, »wenn du durchaus die Straße der Schwachköpfe ziehen willst. Höre – ich glaube den größten Teil deiner Herzensgebrechen zu kennen; so überspringen wir die Einzelheiten, die ein wenig zu lang sein möchten, und fangen mit der Absolution an. Was sollen wir die Schmutzflecken zählen, die wir von unseren Händen wegzuwaschen im Begriff stehen.«

»Da du weißt, was du selber bist«, sagte Conrad, »so ist es Lästerung, einem anderen von Sündenvergebung zu sprechen.«

»Du sprichst nicht den Kanons gemäß, Marquis«, sagte der Templer, »du bist eher ein Zweifler als ein Orthodoxer. Die Absolution eines schlechten Priesters ist so kräftig wie die eines heiligen – wäre es anders, dann möchte sich Gott der armen Sünder erbarmen! Fragt ein Verwundeter, ob der Arzt, der ihn berührt, saubere Hände habe? Geschwind, sollen wir die Posse beginnen?«

»Nein«, sagte Conrad, »ich will lieber ohne Beichte sterben, als das Sakrament verspotten.«

»Geht, edler Marquis«, sagte der Templer, »erweckt Euren Mut und sprecht nicht so. In einer Stunde stehst du als Sieger in den Schranken, oder du beichtest in deinen Helm als ein wackerer Ritter.«

»Ach, Großmeister«, antwortet Conrad, »alle Vorbedeutungen verkünden Unheil. Diese sonderbare Entdeckung durch den Instinkt eines Hundes – die Wiederbelebung dieses schottischen Ritters, der wie ein Gespenst in den Schranken erscheint: alles bedeutet Schlimmes.«

»Possen«, sagte der Templer, »ich habe gesehen, daß du kühn deine Lanze mit der seinigen beim Spiel gemessen hast, und es war mit gleichem Glück – bilde dir ein, du wärst bei einem Turnier, und wer ist dir überlegen auf der Stechbahn? – Heda, Knappen und Wappner, rüstet euern Herrn zum Kampf.«

Die Diener traten herein und begannen, den Marquis zu rüsten.

»Wie ist der Morgen draußen?« fragte Conrad.

»Die Sonne geht trübe auf«, antwortete ein Knappe.

»Du siehst, Großmeister«, sagte Conrad, »nichts lächelt uns.«

»Du wirst desto kühler fechten, mein Sohn«, antwortete der Templer. »Danke dem Himmel, daß er die Sonne von Palästina zu deinen Gunsten abgekühlt hat.«

So scherzte der Templer; aber seine Scherze hatten ihre Macht auf das beunruhigte Gemüt des Marquis verloren, und ungeachtet seiner Anstrengung lustig zu erscheinen, teilte sich der Trübsinn des Marquis dem Templer mit.

»Diese Memme«, dachte er, »wird in der Angst und Feigheit seines Herzens, was er ein zartes Gewissen nennt, den Kampf verlieren. Ich, den Gesicht und Vorbedeutungen nicht erschüttern, ich, der fest ist in meinem Vorsatz wie ein Fels, ich hätte den Kampf ausfechten sollen. – Wollte Gott, daß ihn der Schotte auf dem Platz tötet – es wäre, wenn er nicht als Sieger davon geht, das Beste. Doch komme, was da will; er darf keinen anderen Beichtvater haben als mich – unsere Sünden sind zu sehr gemeinschaftlich, daß er nicht mit den seinigen auch die meinigen beichten würde.«

Während diese Gedanken durch sein Inneres fuhren, half er dem Marquis die Waffen anlegen, aber es geschah unter Stillschweigen.

Die bestimmte Stunde kam, die Trompeten tönten, und die Ritter erschienen in den Schranken mit vollständiger Rüstung und gleich Männern beritten, die für die Ehre eines Königreichs kämpfen sollten. Sie trugen ihre Visiere offen, und indem sie dreimal rings an den Schranken hinritten, zeigten sie sich den Zuschauern. Beide waren stattliche Männer, und beide hatten eine edle Gesichtsbildung. Aber auf der Stirn des Schotten war eine männliche Zuversicht sichtbar, eine freudige Hoffnung, die selbst bis zur Lustigkeit ging, während auf der Stirn Conrads, obwohl derselbe aus Stolz und mit Anstrengung seinen natürlichen Mut zum Teil zurückgerufen hatte, immer noch die Wolke der Hoffnungslosigkeit trübe schwebte. Selbst sein Roß schien weniger leicht und lustig beim Trompetenschall aufzutreten, als der edle Araber, den Sir Kenneth ritt, und der Spruchsprecher schüttelte den Kopf, als er die Bemerkung machte, daß, während der Kläger nach dem Lauf der Sonne, d. h. von der Rechten zur Linken, die Schranken umritt, der Beklagte die nämliche Bahn verkehrt, d. h. von der Linken zur Rechten, machte, was in den meisten Ländern für eine Vorbedeutung gehalten wird.

Gerade unter dem Balkon der Königin war ein Altar errichtet worden, und neben demselben stand der Einsiedler in dem Ordenskleid der Karmeliter. Noch andere Geistliche waren zugegen. Der Kläger und der Beklagte wurden nacheinander von ihren Zeugen zu diesem Altar geführt. Jeder der beiden Ritter, nachdem er vom Pferde gestiegen, erhärtete hier durch einen feierlichen Eid aufs Evangelium die Gerechtigkeit seiner Sache, und jeder flehte im Gebet, daß die Entscheidung der Wahrheit oder Falschheit diesem Schwur gemäß ausfallen möge. Sie schwuren auch, daß sie zum Kampf kämen in ritterlicher Rüstung und mit den gewöhnlichen Waffen, und daß sie zum Sieg weder Zaubermittel noch Zauberformeln anwenden würden. Der Kläger sprach seinen Eid mit fester und freudiger Miene. Als diese Handlung beendet war, blickte der schottische Ritter zu dem Balkon und neigte den Kopf zur Erde, als wollte er den daselbst eingeschlossenen, unsichtbaren Schönen seine Ehrfurcht bezeigen, hierauf sprang er ungeachtet seiner schweren Rüstung in den Sattel, ohne sich der Bügel zu bedienen, und ließ sein Roß in halben Wendungen bis zu seinem Standpunkt am östlichen Ende der Schranken sprengen. Auch Conrad nahte sich dem Altar mit ziemlicher Kühnheit, aber seine Stimme klang, als er den Eid sprach, hohl und wie in dem Helm erstickt. Die Lippen, womit er den Himmel bat, der gerechten Sache Sieg zu schenken, wurden bleich, als sie die Lästerung aussprachen. Als er wieder zu Pferde stieg, nahte sich ihm der Großmeister, wie um etwas an seinem Ringkragen zu ordnen, und flüsterte: »Memme – Narr! Nimm dich zusammen und kämpfe tapfer, oder, beim Himmel, wenn du ihm entgehst, mir entgehst du nicht!«

Der wilde Ton, in welchem dies gesprochen wurde, vollendete die Verwirrung des Marquis; er trat fehl, als er zu Pferde stieg, und obgleich er seinen Stand wieder gewann, mit ungewöhnlicher Leichtigkeit in den Sattel sprang und seine Geschicklichkeit als Reiter zeigte, als er nach seinem Halt, der dem des Klägers gegenüber war, hineilte, so entging dieser Umstand doch denen nicht, welche auf Vorbedeutungen achteten, die das Schicksal des Tages voraussagen würden.

Die Priester zogen sich aus den Schranken zurück nach einem feierlichen Gebet, daß Gott die gerechte Sache offenbaren möge. Hierauf ertönten die Trompeten des Klägers, und ein Wappenherold am östlichen Ende der Schranken rief aus: »Hier hält ein guter Ritter, Sir Kenneth von Schottland, Kämpe für König Richard von England, und beschuldigt Conrad, Marquis von Montserrat, schnöden Verrats und Ehrenkränkung an besagtem König begangen.«

Als die Worte »Kenneth von Schottland« Namen und Stand des Kämpen, die bis jetzt nicht allgemein bekannt waren, offenbarten, brach ein lautes Freudengeschrei unter den Begleitern von König Richard aus, und obwohl zu wiederholten Malen Stillschweigen geboten wurde, so wurde doch die Erwiderung des Beklagten davor kaum gehört. Dieser behauptete seine Unschuld und bot seinen Leib zum Kampf dar. Die Knappen der Kämpfenden traten nun herzu und übergaben beiden Schild und Lanze; sie standen ihnen auch bei, den Schild um den Nacken zu hängen, damit beide Hände frei blieben, die eine zum Halten der Zügel, die andere zum Halten der Lanze.

Der Schild des Schotten zeigte sein altes Bild, den Leoparden, doch war ein Halsband und eine zerbrochene Kette hinzugekommen, eine

Anspielung auf seinen jüngsten Sklavenstand. Der Schild des Marquis trug mit Beziehung auf den Titel desselben einen zackigen Felsenberg. Beide schwangen ihre Lanzen in die Höhe, wie um das Gewicht und die Tüchtigkeit der schweren Waffe zu prüfen, und legten sie dann ein. Die Zeugen, Herolde und Knappen zogen sich nun nach den Toren zurück, und die beiden Kämpfer hielten einander gegenüber mit eingelegten Lanzen und geschlossenen Visieren, und ihre Gestalt war so vollkommen von der Rüstung bedeckt, daß sie eher Statuen von gegossenem Eisen als Wesen von Fleisch und Blut zu sein schienen. Die Stille der Erwartung herrschte nun allgemein – man atmete beklommener, und die ganze Seele schien in die Augen zu treten, während kein Laut sich vernehmen ließ, außer dem Schnauben und Stampfen der edlen Rosse, die merkend, was sich begeben würde, begierig waren, im Galopp dahinzusprengen. Sie hielten so etwa drei Minuten lang, als auf ein Zeichen des Sultans hundert Instrumente mit schallendem Getöse die Luft erfüllten. Beide Kämpfer spornten ihre Pferde, ließen ihnen die Zügel und setzten sie in vollen Galopp. In deren Mitte des Raumes trafen die Ritter zusammen mit einem Schall, der wie ein Donnerschlag klang. Der Sieg war keinen Augenblick zweifelhaft. Conrad zeigte sich als geübter Fechter: Denn er traf seinen Gegner ritterlich in die Mitte des Schildes, und seine Lanze war so gerade und richtig gelenkt worden, daß sie von der Spitze bis zum Handschuh in Splitter zersprang. Das Roß von Sir Kenneth prallte zwei oder drei Schritte zurück und fiel auf die Hacken; doch sein Reiter erhob es unschwer mit Hand und Zügel. Aber für Conrad gabs kein Heil mehr. Die Lanze von Sir Kenneth hatte ihm den Schild, einen plattierten Harnisch von mailändischem Stahl und ein Bruchstück von Panzerringelchen, das unter dem Harnisch getragen wurde, durchbohrt, ihn selbst tief in der Brust verwundet und, den Schaft in der Wunde lassend, vom Sattel geworfen. Die Zeugen, die Herolde und Saladin selbst, der von seinem Thron herabgestiegen war, versammelten sich um den Verwundeten, während Sir Kenneth, der sein Schwert gezogen, ehe er bemerkt hatte, daß sein Gegner völlig hilflos sei, denselben aufforderte, seine Schuld einzugestehen. Der Verwundete, dem man hastig den Helm abgenommen, blickte mit verstörten Augen gen Himmel und versetzte: »Was wollt Ihr mehr? Gott hat gerecht gerichtet – ich bin schuldig. Aber es gibt im Lager noch schlechtere Verräter als mich. – Erbarmt Euch meiner Seele und gebt mir einen Beichtvater!«

Er erholte sich, als er diese Worte sprach.

»Den Talisman – diese kräftige Arznei, königlicher Bruder!« sagte König Richard zu Saladin.

»Der Verräter«, antwortete der Sultan, »verdient eher vom Kampfplatz zum Galgen bei den Fersen geschleift zu werden, als von jener Heilkraft Vorteil zu ziehen, und sein Aussehen verkündet ein Schicksal solcher Art«, fügte er hinzu, nachdem er den Verwundeten fest betrachtet hatte, »denn obwohl seine Wunde geheilt werden mag, so ist doch Arzraels Siegel auf der Stirn des Elenden.«

»Dennoch«, sagte Richard, »tu für ihn was du kannst, damit er wenigstens Zeit zur Beichte habe. – Töte nicht Seele und Leib! Eine halbe Stunde muß ihm zehntausendmal mehr wert sein als das Leben des ältesten Patriarchen.«

»Der Wunsch meines königlichen Bruders soll erfüllt werden«, sagte Saladin. »Sklaven, tragt diesen Verwundeten nach unserem Zelt.«

»Tut es nicht«, sagte der Templer, der bisher dagestanden hatte, finsterblickend und schweigend. »Der königliche Herzog von Österreich und ich lassen nicht zu, daß dieser unglückliche, christliche Fürst den Sarazenen überliefert werde, damit sie ihre Zauberkünste an ihm versuchen. Wir sind seine Zeugen, und wir verlangen, daß er unserer Pflege überlassen werde.«

»Das heißt, ihr verschmäht das sichere Mittel, das ihn heilen kann?« sagte Richard.

»Das nicht«, sagte der Großmeister, sich besinnend. »Wenn der Sultan gesetzliche Heilmittel anwendet, so kann er den Verwundeten in meinem Zelt behandeln.«

»Tue es, ich bitte dich, guter Bruder«, sagte Richard zu Saladin, »wenn auch die Erlaubnis unfreundlich gewährt wird. – Aber jetzt zu einem freudigeren Werk. – Klingt, Trompeten, jubele England – zu Ehren von Englands Kämpen!«

Pauken, Hörner, Trompeten und Zimbeln erklangen alsbald auf einmal, und der feierliche und regelmäßige Jubel, wie er vor Alters in England Sitte war, tönte unter dem gellenden und unregelmäßigen Geschrei der Araber, wie die Oktave der Orgel mitten im Sausen des Sturms.

»Braver Ritter vom Leoparden«, begann Löwenherz wieder, »du hast bewiesen, daß der Äthiopier die Haut und der Leoparde die Flekken ändern kann, obschon die Gelehrten die Schrift anführen, um die Unmöglichkeit davon darzutun. Ich habe dir noch mehr zu sagen, wenn ich dich den Damen vorgeführt haben werde, die es am besten verstehen, Rittertaten zu würdigen und zu belohnen.«

Der Ritter vom Leoparden verbeugte sich willfährig.

»Und du, fürstlicher Saladin, wirst sie auch besuchen. Gewiß, unsere Königin wird sich nicht für willkommen halten, wenn sie nicht Gelegenheit findet, ihrem Wirte für seinen höchst königlichen Empfang zu danken.«

Saladin neigte sehr artig das Haupt, aber er wies die Einladung von sich.

»Ich muß bei dem Verwundeten sein«, sagte er. »Der Arzt verläßt seinen Kranken so wenig wie ein Streiter den Kampfplatz, auch wenn er in eine Laube gleich denen des Paradieses eingeladen würde. Und weiter, königlicher Richard, wisse, daß das Blut des Morgenlandes nicht so ruhig in Gegenwart der Schönen fließt wie das eures Landes. Was sagt das Buch selbst? Ihr Auge ist wie die Schärfe des Schwertes des Propheten, wer mag darauf blicken? Wer nicht verbrannt sein will, hüte sich, auf heiße Asche zu treten – weise Leute breiten nicht den Flachs vor einer brennenden Fackel aus. Wer einen Schatz verloren hat, sagt der Weise, tut nicht klug, das Haupt danach zurückzuwenden.«

Richard, man darf es glauben, würdigte die aus einem reinen Zartgefühl, obwohl dasselbe von dem seinigen verschieden war, fließenden Beweggründe, und nahm von seinem Gesuch Abstand.

»Um Mittag«, sagte der Sultan beim Weggehen, »hoffe ich, daß ihr ein Mahl unter dem Zelt von schwarzer Kamelhaut eines Häuptlings von Kurdistan annehmt.«

Die nämliche Einladung erging an alle Christen, deren Rang hoch genug war, um ihnen einen Platz bei einem fürstlichen Mahl zu verschaffen.

»Horch!« sagte Richard. »Die Schellentrommeln verkünden, daß unsere Königin und Gefolge den Balkon verlassen. – Seht, wie diese Turbane zu Boden sinken, als hätte sie ein Würgeengel niedergeschmettert! Sie liegen hingestreckt, als wenn der Blick eines arabischen Auges die glänzenden Wangen unserer Damen besudeln könnte! Kommt, zu dem Zelt – begleiten wir unseren siegreichen Kämpfer im Triumph dahin. Wie bedaure ich diesen edlen Sultan, der nur so viel von Liebe kennt, als auch niedrigeren Geschöpfen bekannt ist!«

Blondel stimmte seine Harfe zu den kriegerischsten Weisen, um die Einführung des Siegers in das Zelt der Königin Berengaria zu feiern.

Dieser trat hinein, von seinen königlichen Zeugen Richard und Thomas Langschwert geführt, und ließ sich voll Anmut vor der Königin auf die Knie nieder, obwohl diese Huldigung größtenteils der Lady Edith galt, die zur Rechten von Berengaria saß.

»Entwaffnet ihn, meine Damen«, sagte der König, der an der Ausübung seiner ritterlichen Gebräuche Belieben fand. »Laßt Schönheit die Ritterlichkeit verherrlichen! Nimm die Sporen ab, Berengaria; obgleich du Königin bist, so bist du ihm doch jede Gunstbezeugung, die du geben kannst, schuldig. – Löse ihm den Helm, Edith – mit dieser Hand sollst du es tun, wärst du auch die stolzeste der Plantagenets und er der ärmste Ritter der Welt.«

Beide Damen gehorchten dem königlichen Befehl, Berengaria mit unruhiger Geschäftigkeit und besorgt, der Laune ihres Gemahls genug zu tun, und Edith mit abwechselndem Erröten und Erbleichen, während sie langsam und linkisch mit der Hilfe Langschwerts die Hefte auflöste, welche den Helm an den Ringkragen befestigten.

»Was glaubt ihr, daß hinter dieser Eisenhülle gesteckt habe?« sagte Richard, als der abgelöste Helm die edlen Züge von Sir Kenneth und sein vom jüngsten Kampf und der gegenwärtigen Rührung glühendes Gesicht schauen ließ. »Was haltet ihr von ihm, Ritter und Damen?« sagte Richard. »Gleicht er einem äthiopischen Sklaven, oder hat er das Aussehen eines unbekannten und namenlosen Abenteurers? Nein, bei meinem guten Schwert! Hiermit haben seine verschiedenen Verkleidungen ein Ende. Er kniete vor euch, ohne durch was anderes als sein Verdienst bekannt zu sein – er erhebt sich durch Geburt und Glück gleich verherrlicht. Der Abenteurer Kenneth steht auf als David, Graf von Huntingdon, königlicher Prinz von Schottland!«

Man hörte einen allgemeinen Ausruf des Erstaunens, und Edith ließ den Helm, den sie gerade gefaßt hatte, aus der Hand fallen.

»Ja, meine Edlen«, sagte der König, »es ist also. Ihr wißt, wie Schottland uns betrog, als es uns versprach, uns diesen tapferen Grafen mit einer tapferen Schar seiner Besten und Edlen zu senden, um uns in der Eroberung von Palästina behilflich zu sein, und wie es seine Versprechungen unerfüllt ließ. Dieser edle junge Mann, unter dem die schottischen Kreuzfahrer ziehen sollten, hielt es für eine Schande, seinen Arm dem heiligen Kriege zu entziehen, und er gesellte sich in Sizilien zu uns mit einem kleinen Gefolge treuer und ergebener Begleiter, an die sich andere seiner Landsleute, denen der Rang des Führers unbekannt war, anschlossen. Die Vertrauten des königlichen Prinzen waren alle, einen einzigen alten Begleiter ausgenommen, gestorben, als sein nur zu gut bewahrtes Geheimnis mich beinah in Gefahr gebracht hätte, in einem schottischen Abenteurer eine der schönsten Hoffnungen von Europa zu vernichten. – Warum gabt Ihr, edler Huntingdon, Euren Rang nicht zu erkennen, als Ihr Euch durch mein rasches und leidenschaftliches Urteil in Gefahr befandet? – Glaubtet Ihr, daß Richard fähig gewesen sei, den Vorteil zu mißbrauchen, den er über den Erben eines Königs hatte, den er so oft feindlich gefunden?«

»Ich dachte nicht so ungerecht von Euch, königlicher Richard«, antwortete der Graf von Huntingdon, »aber mein Stolz litt es nicht, daß ich mich als Prinz von Schottland zu erkennen gäbe, um mein Leben zu retten, das wegen einer Gesetzwidrigkeit in Gefahr schwebte. Und überdies hatte ich gelobt, meinen Rang bis zum Ende des Kreuzzuges verborgen zu halten, und ich erwähnte seiner nicht, außer in articulo mortis und unter dem Siegel der Beichte vor jenem ehrwürdigen Einsiedler.«

»Es war also die Kenntnis jenes Geheimnisses, was den guten Mann vermochte, mir den Widerruf meines strengen Urteils abzudingen?« sagte Richard. »Er hat recht gehabt, als er sagte, daß ich, wenn dieser gute Ritter auf meinen Befehl stürbe, die Tat ungeschehen wünschen würde, selbst wenn es mich ein Glied kosten sollte. – Ein Glied! – Mit meinem Leben würde ich sie ungeschehen zu machen gewünscht haben! – Denn die Welt hätte gesagt, Richard habe die Lage mißbraucht, in welche sich der Erbe von Schottland vertrauensvoll gesetzt habe.«

»Aber dürfen wir nicht von Eurer Majestät erfahren, durch welchen sonderbaren und glücklichen Zufall dies Rätsel enthüllt wurde?« sagte die Königin Berengaria.

»Briefe, die wir von England erhielten«, sagte der König, »meldeten unter anderen unangenehmen Neuigkeiten, daß der König von Schottland drei unserer Edlen, die sich auf einer Wallfahrt nach St. Ninian befanden, aufgegriffen habe, und als Grund davon angäbe, daß sein Erbe, von dem man geglaubt, daß er bei den deutschen Rittern gegen die Heiden in Preußen fechte, in unserem Lager und in unserer Gewalt sei, und daß darum Wilhelm gesonnen sei, jene drei Edlen als Geiseln zu behalten. Dies gab mir das erste Licht über den wahren Rang des Ritters vom Leoparden, und meine Vermutung wurde bestätigt durch de Vaux, der bei seiner Rückkehr von Ascalon den einzigen Diener des Grafen von Huntingdon, einen alten Tölpel, mitbrachte, der dreißig Meilen gelaufen war, um de Vaux ein Geheimnis zu entdecken, das er mir hätte sagen sollen.«

»Der alte Strauchan ist zu entschuldigen«, sagte der Lord von Gilsland. »Er wußte aus Erfahrung, daß mein Herz weicher ist, als wenn ich mich Plantagenet schriebe.«

»Dein Herz weich? Du Möbel von altem Eisen – cumberländischer Kiesel, der du bist!« rief der König aus. »Wir Plantagenets rühmen uns weicher und fühlender Herzen, Edith«, er wandte sich zu seiner Base mit einem Blick, der ihr das Blut auf die Wangen rief. – »Gib mir deine Hand, schöne Base, und Prinz von Schottland, die deinige.«

»Laßt das, mein König«, sagte Edith, sich sträubend und ihre Verlegenheit hinter den Versuch, sich über Richards Leichtgläubigkeit lustig zu machen, verbergend. »Erinnert Ihr Euch, daß meine Hand das Zeichen geben sollte zur Bekehrung der Sarazenen und Araber, Saladins und seiner Turbanträger?«

»Ja, aber der Wind der Weissagung hat sich gewendet und bläst nun aus einer anderen Ecke«, versetzte Richard.

»Spottet nicht, daß Eure Bande nicht stärker werden«, sagte der Einsiedler, indem er vorwärts trat. »Das himmlische Heer schreibt nur Wahrheit in seinen strahlenden Urkunden – aber das menschliche Auge ist zu schwach, um die Zeichen richtig zu lesen. Wißt, damals, als Saladin und Kenneth von Schottland in meiner Grotte schliefen, las ich in den Sternen, daß ein Prinz unter meinem Dache weile, der ein natürlicher Feind von Richard sei und mit dem Edith Plantagenet verbunden werden müsse. Konnte ich zweifeln, daß ich den Sultan verstehen müsse, dessen Rang ich wohl kannte, da er oft meine Grotte besucht hatte, um mit mir über die veränderte Stellung der Himmelskörper zu sprechen? – Ferner, die Lichter des Himmels verkündeten, daß dieser Prinz der Gemahl von Edith Plantagenet, ein Christ sein würde, und ich – ein schwacher und rascher Ausleger – schloß daraus auf die Bekehrung des edlen Saladins, dessen gute Eigenschaften ihn oft für den besseren Glauben geneigt zu machen scheinen. Das Gefühl meiner Schwachheit hat mich bis zum Staube erniedrigt, aber im Staube habe ich Trost gefunden! Ich habe das Schicksal anderer nicht richtig gelesen – wer steht mir dafür, ob ich nicht mein eigenes falsch berechnet habe? Gott will nicht, daß wir in seinen Rat eindringen und seine verborgenen Beschlüsse ausspähen. Wir müssen diese Zeit hinbringen mit Wachen und Beten, mit Furcht und Hoffnung. Ich kam hierher als ernster Seher, als stolzer Prophet, fähig, wie ich glaubte, Fürsten zu belehren, und begabt mit übernatürlichen Kräften, aber mit einer Last beschwert, die, wie ich meinte, nur meine Schultern tragen könnten. Doch meine Bande sind zerbrochen! Ich gehe von hier weg, durch meine Unwissenheit gedemütigt, reuig und nicht hoffnungslos.«

Mit diesen Worten verließ er die Gesellschaft, und man sagt, daß sich von dieser Zeit an sein Wahnsinn seltener einstellte, daß seine Bußübungen milder wurden und von besseren Hoffnungen begleitet waren. So groß ist selbst beim Wahnsinn der Eigendünkel, daß das Bewußtsein, eine unbegründete Weissagung mit so viel Eifer erfaßt und verbreitet zu haben, gleich einem leiblichen Blutverlust das Gehirnfieber zu lindern und herabzustimmen schien.

Es ist unnötig, in die Einzelheiten, die sich ferner im königlichen Zelt begaben, einzugehen; ebenso unnötig ist es, zu untersuchen, ob David, Graf von Huntingdon, in Gegenwart von Edith Plantagenet so stumm bieb, als er war, da er noch die Rolle eines unbekannten Abenteurers zu spielen hatte. Man kann sich leicht vorstellen, daß er jetzt mit feierlichem Ernst die Leidenschaft ausdrückte, deren Geständnis ihm früher so schwer geworden war.

Die Mittagsstunde kam, und Saladin erwartete die christlichen Fürsten in einem Zelt, das, seine Größe ausgenommen, wenig von der gewöhnlichen Wohnung der Kurden oder der Araber verschieden war; doch war unter diesem weiten schwarzen Dach ein morgenländisches Mahl der prächtigsten Art zubereitet worden, das auf den reichsten Teppichen prangte, die von Polstern für die Gäste umgeben waren. Doch wir können uns nicht aufhalten, den Gold- und Silberstoff, die prächtige Stickerei in Arabesken, die Kaschmirshawls und den indischen Muslin, was alles hier im größten Überfluß zu sehen war, zu beschreiben; noch weniger können wir all das Eingemachte, die mit vielfach gefärbtem Reis verbrämten Ragouts und die anderen Leckerbissen der morgenländischen Küche nennen. Ganze gebratene Lämmer, Wildbret und Geflügel waren in Schüsseln von Gold, Silber und Porzellan aufgetragen und dazwischen standen große Gefäße mit Sorbet, abgekühlt im Schnee und Eis aus den Höhlen des Libanon. Ein prächtiges Polsterlager war an dem einen Ende für den Herrn des Festes und seine vornehmsten Gäste zubereitet worden, und von allen Seiten der Decke, vorzüglich aber über diesem Ehrenplatz, wehten mancherlei Banner und Fahnen, die Trophäen gewonnener Schlachten und eroberter Reiche. Aber weit über alle hinaus, ragte an einem langen Schaft ein Leichentuch, das Banner des Todes, mit der bedeutenden Inschrift: »Saladin, der König der Könige – Saladin, der Sieger der Sieger – Saladin muß sterben.« Die Sklaven, die das Mahl beschickt hatten, standen im Zelt mit gesenktem Kopf und gekreuzten Armen, stumm und starr wie Grabesbilder oder wie Automaten, die sich nur, wenn sie der Künstler berührt, in Bewegung setzen.

Der Sultan, der, wie die meisten, vom Aberglauben seiner Zeit angesteckt war, beschäftigte sich, während er die Ankunft seiner Gäste erwartete, mit einem Horoskop und einem darauf bezüglichen Schreiben, das ihm der Einsiedler von Engaddi zugesandt hatte, als er das Lager verließ.

»Seltsame und dunkle Wissenschaft«, sprach er zu sich selbst, »die, während sie den Vorhang von der Zukunft wegzuziehen verspricht, diejenigen mißleitet, welche sie zu leiten scheint und diejenigen verblendet, welche sie zu erleuchten vorgibt! Wer hätte nicht gesagt, daß ich jener höchst gefährliche Feind von Richard sei, dessen Feindschaft durch eine Heirat mit seiner Verwandten beendigt werde? Und nun ist es offenbar, daß die Verbindung dieses tapferen Grafen mit dieser Dame Freundschaft stiften wird zwischen Richard und Schottland, das ein gefährlicherer Feind von Richard ist als ich, wie eine wilde Katze im Zimmer fürchterlicher ist als ein Löwe in ferner Wüste. Aber«, fuhr er fort, »die himmlischen Zeichen bedeuteten, daß der Gemahl ein Christ sein würde. – Christ?« wiederholte er nach einer Pause. »Dies gab dem verrückten Sternseher Hoffnung, daß ich meinem Glauben entsagen würde, aber mich, den treuen Nachfolger des Propheten, hätte er nicht täuschen sollen. – Liege hier, rätselhaftes Schreiben«, sagte er, indem er dasselbe unter die Kissen legte. »Deine Verkündigungen sind ebenso seltsam als gefährlich, denn wenn sie auch wahr in sich sind, so haben sie doch bei denjenigen, welche ihren Sinn entziffern wollen, nur die Wirkung der Lüge. – Ha, was ist das? Was soll dieses Eindringen?«

Er sprach dies zu dem Zwerg Nectabanus, der mit außerordentlicher Hast in das Zelt stürzte: Die seltsamen und mißgeschaffenen Züge desselben wurden durch den Schrecken zu noch größerer Häßlichkeit verzerrt, sein Mund war offen, seine Augen starrten, seine Hände, mit den runzligen und mißgestalteten Fingern, weit ausgestreckt.

»Was ist das?« sagte der Sultan streng.

»Accipe hoc!« stöhnte der Zwerg.

»Was sagst du?« antwortete der Sultan.

»Accipe hoc!« versetzte der vom Schreck ergriffene Zwerg, vielleicht ohne zu wissen, daß er die nämlichen Worte wiederhole.

»Fort! Ich bin in keiner Narrenlaune«, sagte der Sultan.

»Und ich bin nur insoweit ein Narr«, sagte der Zwerg, »als Narrheit meinem Witz hilft, mein Brot zu verdienen, ich armer, elender Tropf. Höre, höre mich, großer Sultan!«

»Ja, wenn du eine begründete Klage hast«, sagte Saladin, »sei dann Narr oder Weiser: Du hast ein Recht, von einem König gehört zu werden. – Komm mit mir hierher.« Er führte ihn in das innere Zelt.

Was auch der Inhalt dieser Unterhaltung sein mochte, sie wurde bald durch Trompetenstöße unterbrochen, welche die Ankunft der verschiedenen christlichen Fürsten verkündeten. Saladin bewillkommte dieselben mit der königlichen Artigkeit, die ihrem Rang, wie dem seinigen, zukam; vorzüglich aber grüßte er den jungen Grafen von Huntingdon, und voll Edelmut wünschte er ihm zu den Aussichten Glück, die sich für denselben eröffneten, obwohl dadurch seine eigenen Aussichten verdunkelt wurden.

»Aber glaube nicht«, sagte der Sultan, »du edler, junger Mann, daß der Prinz von Schottland Saladin willkommener ist als es Kenneth dem einsamen Ilderim auf der Begegnung in der Wüste oder der unglückliche Äthiopier dem Hakim Adonbec war. Ein braves und edles Gemüt, wie das deinige, hat einen von Stand und Geburt unabhängigen Wert, so wie der kühle Trank, den ich dir hier reiche, gleich erfreulich ist aus einem irdenen Gefäß, wie aus einem Becher von Gold.«

Der Graf von Huntingdon gab eine angemessene Antwort, indem er dankbar der verschiedenen wichtigen Dienste gedachte, die ihm der edelmütige Sultan erwiesen hatte; aber als er Saladin Bescheid getan hatte mit der Sorbetschale, die ihm der Sultan angeboten, konnte er sich nicht enthalten, mit einem Lächeln zu bemerken: »Der tapfere Ritter Ilderim wußte nichts vom Eis, aber der freigebige Sultan kühlt sein Sorbet mit Schnee.«

»Willst du, daß ein Araber oder Kurde so weise sei als ein Hakim?« sagte der Sultan. »Wer eine Verkleidung annimmt, muß die Gefühle seines Herzens und das Wissen seines Kopfes in Übereinstimmung mit dem Kleid bringen, das er anlegt. Ich war begierig zu sehen, wie sich ein tapferer und aufrichtiger Ritter von Frangistan in einer Streitfrage mit einem solchen Häuptling, wie ich damals zu sein schien, benehmen würde, und ich stellte die Wahrheit einer bekannten Sache in Abrede, um zu sehen, mit welchen Gründen du deine Aussagen behaupten würdest.«

In ihrem Gespräch hörte der Erzherzog von Österreich, der ein wenig beiseite stand, des mit Eis gekühlten Sorbets Erwähnung geschehen, und mit Lust und einiger Plumpheit nahm er die große Schale, welche der Graf von Huntingdon gerade niedersetzen wollte.

»Ganz vortrefflich!« rief er aus, nachdem er einen tüchtigen Zug getan, den ihm das heiße Wetter und der Katzenjammer vom gestrigen Saufgelage doppelt angenehm machten. Er seufzte, als er dem Großmeister der Templer die Schale reichte. Saladin winkte dem Zwerg, der vortrat und mit kreischender Stimme die Worte sagte: »Accipe hoc!« Der Templer prallte zurück gleich einem Roß, das unter einem Busch am Weg einen Löwen erblickt; doch augenblicklich faßte er sich wieder, und vielleicht um seine Verlegenheit zu verbergen, erhob er die Schale – aber seine Lippen berührten den Rand dieser Schale nicht. Wie ein Blitz aus der Wolke, so fuhr der Säbel Saladins aus der Scheide. Er schwang sich durch die Luft – und der Kopf des Großmeisters rollte nach der anderen Seite des Zeltes, während der Rumpf eine Sekunde stehen blieb, mit den Fingern die Schale umklammernd, und dann zusammenbrach, daß das Getränk sich mit dem Blut vermischte, das aus den Adern schoß.*

Allgemein war der Schrei »Verrat!«, und der Erzherzog, dem Saladin, den blutigen Säbel in der Hand haltend, am nächsten stand, fuhr zurück, als fürchte er, daß die Reihe nun an ihn kommen würde. Richard und andere legten die Hände ans Schwert.

»Fürchte nichts, edler Erzherzog«, sagte Saladin mit einer Gelassenheit, als wenn nichts vorgefallen wäre, »auch du, königlicher Richard,

* Die Todesart des angenommenen Großmeisters der Templer ist einer wirklichen blutigen Tat nachgebildet, die Saladin an Arnold oder Reginald von Chatillon vollzog. Dieser Glücksritter hatte sich am Rand der Wüste einer Feste bemächtigt, von wo aus er Streifzüge zur Plünderung machte, und die Pilger, die nach Mekka zogen, quälte und drückte. Es war vorzüglich um dieses Mannes willen, daß Saladin Guy von Lusignan, dem letzten lateinischen König des heiligen Landes, den Krieg erklärte. Der christliche Monarch wurde von Saladin geschlagen, er verlor 30000 Mann und wurde als Gefangener mit Chatillon und anderen vor den Sultan geführt. Der Sieger reichte seinem erschöpften Gefangenen eine in Schnee gekühlte Sorbetschale. Als Lusignan getrunken hatte, wollte er die Schale Chatillon reichen; aber der Sultan verhinderte es. »Deine Person«, sagte er, »mein königlicher Gefangener, ist mir heilig; aber die Schale Saladins darf nicht entweiht werden von einem gottlosen Räuber und Mörder.« Als er dies gesagt hatte, erschlug er den gefangenen Ritter mit seinem Säbel.

zürne nicht über das, was du gesehen. Nicht wegen seines vielfachen Verrats, nicht wegen seines Mordversuchs gegen König Richard, was sein eigener Knappe bezeugt, nicht weil er den Prinzen von Schottland und mich in der Wüste verfolgt und uns gezwungen hat, unser Leben durch die Schnelligkeit unserer Rosse zu retten, nicht weil er die Maroniten aufgehetzt hat, uns bei der jetzigen Gelegenheit zu überfallen, was ich nur durch Aufbietung einer hinlänglichen Zahl von Arabern vereiteln konnte, – nicht für das eine oder das andere dieser Verbrechen und nicht für alle zusammen, obwohl ein jedes derselben den Tod verdient hätte, liegt er hier am Boden, sondern weil er kaum eine halbe Stunde zuvor, ehe er unsere Geselligkeit durch seine Gegenwart verunreinigte, wie der Samum die Luft vergiftet, seinen Gesellen und Mitschuldigen, Conrad von Montserrat erdolcht hat, damit derselbe nicht die schändlichen Pläne beichten möge, die sie gemeinschaftlich geschmiedet hatten.«

»Wie! Conrad ermordet? Und das von dem Großmeister, seinem Zeugen und vertrautesten Freund?« rief Richard aus. »Edler Sultan, ich möchte dir glauben; aber dies muß bewiesen werden – sonst...«

»Hier ist der Beweis«, sagte Saladin, auf den erschrockenen Zwerg deutend. »Allah, der die Feuerfliege sendet, um die Nacht zu erhellen, offenbart verborgene Verbrechen durch die unscheinbarsten Mittel.«

Der Sultan erzählte, was sich mit dem Zwerg begeben hatte, es war etwa Folgendes: Aus Neugier oder mit dem Gedanken zu mausen war Nectabanus in das Zelt Conrads geraten, das von der gesamten Dienerschaft verlassen war, von denen einige sich hinwegbegeben hatten, um die Nachricht von der Niederlage dem Bruder des Marquis zu bringen, und andere ausgegangen waren, um die Lebensmittel zu holen, welche Saladin mit Verschwendung verteilen ließ. Der Verwundete schlief unter dem Einfluß von Saladins wundervollem Talisman, so daß der Zwerg Gelegenheit hatte, alles nach Lust auszuspähen, bis er in seinem Versteck durch das Geräusch schwerer Tritte erschreckt wurde. Er versteckte sich hinter einem Vorhang, wo er jedoch den Großmeister, der hereintrat und die Zeltdecke hinter sich sorgfältig niederließ, sehen und hören konnte. Das Schlachtopfer fuhr aus dem Schlaf auf, und es schien, als ob er die Absicht seines alten Genossen sogleich vermutet habe: Denn er fragte denselben in einem unruhigen Ton, warum er ihn geweckt habe?

»Ich komme, deine Beichte zu hören und dir die Absolution zu geben«, antwortete der Großmeister.

Von ihrem weiteren Gespräch hatte der erschrockene Zwerg wenig behalten, außer daß Conrad den Großmeister bat, kein schwaches Rohr zu zerbrechen, und daß ihm der Templer einen türkischen Dolch in das Herz stieß mit den Worten accipe hoc – Worte, die noch lange nachher die Einbildung des versteckten Zeugen mit Schrecken erfüllten.

»Ich überzeugte mich von der Wahrheit der Erzählung«, sagte Saladin, »und ließ den Leichnam untersuchen, und ich ließ dies unglückliche Geschöpf, durch das Allah das Verbrechen offenbart hat, in Eurer Gegenwart die Worte wiederholen, die der Mörder gesprochen, und Ihr selbst habt gesehen, was sie für einen Eindruck auf sein Gewissen gemacht haben.«

Der Sultan schwieg, und der König von England begann zu reden: »Wenn es so ist, wie ich nicht zweifle, so sind wir hier, obwohl es anders zu sein schien, von einer Handlung der Gerechtigkeit Zeuge gewesen. Aber warum an diesem Ort? Warum mit deiner eigenen Hand?«

»Ich hatte es anders bestimmt«, sagte Saladin, »aber hätte ich seine Strafe nicht beschleunigt, so wäre er ihr gänzlich entgangen: Denn hätte ich ihn aus meiner Schale trinken lassen, wie er es zu tun im Begriff war, wie hätte ich an ihm, ohne den Schandfleck des gebrochenen Gastrechts auf mich zu laden, die gerechte Todesstrafe vollziehen lassen können? Und hätte er meinen Vater ermordet und nachher an meiner Speise und meinem Trank teilgenommen, ich hätte ihm kein Haar auf seinem Haupte krümmen dürfen. Doch genug von ihm – sein Leichnam und sein Angedenken verschwinde aus unseren Augen.«

Der Leichnam wurde weggeschleppt, und die Spuren dieser Blutszene mit solcher Geschicklichkeit vertilgt oder verborgen, daß man sah, wie der Vorfall nicht so gar ungewöhnlich gewesen sei, um die Dienerschaft Saladins zu befremden.

Aber die christlichen Fürsten fühlten, daß der Auftritt, dem sie beigewohnt hatten, eine niederdrückende Gewalt auf sie ausübe, und obwohl sie auf die höfliche Einladung des Sultans ihre Sitze einnahmen, so war es doch mit einem argwöhnischen und bestürzten Schweigen. Nur Richards Stimmung überwand allen Verdacht und alle Verlegenheit. Aber er schien mit einem Vorschlag umzugehen, den er, wie es schien, auf die annehmbarste und gefälligste Weise zu machen wünschte. Nachdem er einen großen Zug Weines getrunken, wandte er sich endlich an den Sultan und verlangte zu wissen, ob es wahr sei, daß derselbe den Grafen von Huntingdon mit einem Kampf in Person beehrt habe.

Saladin antwortete lächelnd, daß er sein Roß und seine Waffen mit dem Erben von Schottland gemessen habe, wie Ritter es zu tun pflegten, wenn sie sich in der Wüste begegneten – und bescheiden fügte er hinzu, daß, obgleich der Kampf nicht entschieden gewesen wäre, so hätte er doch für seinen Teil wenig Ursache, mit demselben groß zu tun. Der Schotte seinerseits lehnte den zugestandenen Vorrang ab, sondern wünschte ihn dem Sultan zuzueignen.

»Der bloße Kampf enthält Ehre genug«, sagte Richard, »und ich beneide dich darum mehr als um die freundlichen Blicke der Edith Plantagenet, obgleich jeder derselben ein blutiges Tagwerk belohnen kann. – Und was sagt ihr, edle Fürsten, wäre es anständig für einen solchen Ritterkreis, von hier aufzubrechen, ohne etwas Rühmliches für die Zukunft getan zu haben? Was ist der Sturz und der Tod eines Verräters für eine so ruhmreiche Versammlung wie die anwesende, die von hier nicht aufbrechen darf, ohne von etwas Sehenswürdigerem Zeuge gewesen zu sein? Wie wäre es, fürstlicher Sultan, wenn wir beide jetzt vor dieser edlen Gesellschaft die so lange strittige Frage um Palästina entschieden, und mit einmal diese langwierigen Kriege beendigen? Dort stehen noch die Schranken, und nimmer können die Heiden einen besseren Kämpen haben, als du einer bist. Ich, wenn sich kein Würdigerer zeigt, lege meinen Handschuh für die Christenheit hin, und in aller Lieb' und Ehre wollen wir bis zum letzten Blutstropfen um den Besitz Jerusalems kämpfen.«

Ein tiefes Schweigen erwartete die Antwort des Sultans. Seine Wangen und Stirn waren hochrot, und viele der Anwesenden glaubten, daß er überlege, ob er die Herausforderung annehmen solle. Endlich sprach er: »Wenn ich für die heilige Stadt gegen diejenigen kämpfe, die wir als Götzendiener, als Verehrer von hölzernen, steinernen und gemalten Bildern betrachten, so darf ich hoffen, daß Allah meinen Arm stärken wird – oder wenn ich unter dem Schwert von Melech Ric fiele, so könnte ich durch keinen rühmlicheren Tod ins Paradies eingehen. Aber Allah hat bereits Jerusalem den wahren Gläubigen gegeben, und es hieße den Gott des Propheten versuchen, wenn ich auf meine Stärke und Geschicklichkeit vertrauend, das in Gefahr setzte, was ich durch meine überlegene Macht ruhig besitze.«

»Nun, wenn nicht für Jerusalem«, sagte Richard in einem Ton, als wenn er von einem vertrauten Freund eine Gunst erbitte, »laß uns wenigstens Ehren halber drei Gänge mit scharfen Lanzen machen!«

»Auch das«, sagte der Sultan, indem er über Richards freundschaftliche Kampfbegierde lächelte, »kann ich gesetzlich nicht tun. Der Herr gibt der Herde einen Hirten, nicht um des Hirten, sondern um der Herde willen. Hätte ich einen Sohn, der das Zepter halten könnte, wenn ich falle, so stünde es mir frei, diesen kühnen Kampf anzunehmen, wie ich es wünsche, aber eure eigene Schrift sagt, daß wenn der Hirte getötet wird, sich die Herde zerstreut.«

»Alles Glück ist auf deiner Seite«, sagte Richard, indem er sich mit einem Seufzer zum Grafen Huntingdon wandte. »Ich gäbe das beste Jahr meines Lebens für deine halbe Stunde am Diamant der Wüste!«

Die ritterliche Schwärmerei Richards erweckte die Heiterkeit der Gesellschaft, und als man endlich zum Weggang aufbrach, näherte sich Saladin dem löwenherzigen König und nahm ihn bei der Hand.

»Edler König von England«, sagte er, »wir scheiden jetzt und treffen uns nimmer wieder. Daß euer Bund aufgelöst ist und nicht mehr vereinigt werden kann, und daß deine eigenen Streitkräfte nicht hinlänglich sind, das Unternehmen fortzusetzen, ist mir so gut bekannt wie dir. Ich kann dir dies Jerusalem, das du so sehr zu besitzen wünschst, nicht geben. Es ist für uns wie für euch eine heilige Stadt. Aber was Richard sonst von Saladin verlangen konnte, soll ihm so gern gegeben werden, als jene Quelle ihr Wasser gibt. Ja, und es sollte ihm auch dann von dem Sarazenen Saladin mit Freuden gegeben werden, wenn Richard, nur von zwei Bogenschützen begleitet, in der Wüste erschiene!«

Der folgende Tag sah Richards Abreise nach seinem Lager, und kurze Zeit darauf vermählte sich der Graf von Huntingdon mit Edith Plantagenet. Der Sultan schickte bei dieser Gelegenheit als Hochzeitsgeschenk den berühmten Talisman, aber obgleich durch ihn viele Heilungen in Europa geschahen, so erreicht doch keine derselben an Erfolg und Berühmtheit die, welche der Sultan verrichtet hatte. Der Talisman ist immer noch vorhanden, da er von dem Grafen von Huntingdon durch Vermächtnis an einen tapferen schottischen Ritter, Sir Simon of the Lee, gekommen, in dessen alter und hochgeachteter Familie er aufbewahrt wird, und obgleich Zaubersteine in der neueren Apothekerkunst verworfen werden, so wird seine Kraft doch noch immer angewandt zur Blutstillung und gegen Tollwut.

Unsere Geschichte schließt hier. Die Bedingungen, unter welchen Richard seine Eroberungen räumte, finden sich in jeder Geschichte dieses Zeitraums.

NACHWORT

»Als Begründer des echten historischen
Romans unserer Zeit gilt Walter Scott.«
Lion Feuchtwanger

I

Lion Feuchtwanger, der weltberühmte Autor so erfolgreicher Romane wie *Jud Süß*, *Die Geschwister Oppermann* oder *Goya*, versuchte kurz vor seinem Tode, sein eigenes schriftstellerisches Werk in den Kontext der Geschichte des historischen Romans einzubetten. In seinem Buch *Das Haus der Desdemona oder Größe und Grenzen der historischen Dichtung* widmet er – nicht ohne guten Grund – dem schottischen Dichter Walter Scott ein vierzigseitiges Kapitel. Feuchtwanger schreibt dort u. a.: »Mit ihm (Scott) ist die Literaturgeschichte ungewöhnlich launisch umgesprungen. Er galt neben Goethe als der größte Dichter seiner Generation, seine Bücher, heißt es bei einem Zeitgenossen, wurden mit der gleichen Verehrung gelesen wie die Bibel, nur mit mehr Liebe. Die Jugend blieb ihm ein ganzes Jahrhundert lang treu. Bei den Literaturkundigen aber sank sein Ansehen immer mehr, nach dem Ersten Weltkrieg wurde sein Werk gänzlich beiseite geschoben, jetzt beschäftigt sich im Grunde nur mehr die Literaturwissenschaft mit ihm. (...) Ich selber liebte als Knabe die Romane Scotts leidenschaftlich. Später ärgerte ich mich über das tote Gestrüpp, von dem gerade seine berühmtesten Bücher voll sind, ich verstand nicht mehr meine frühere Begeisterung. Mit zunehmenden Jahren, bei gelegentlichem Wiederlesen, erkannte ich, wie außerordentlich viel in seinem Werk noch lebendig ist. Wie kommt es, daß sein Werk die Leser zweier Generationen entzückt und das Schaffen der meisten Dichter dieser Epoche beeinflußt hat? Wie kommt es, daß jetzt ein Teil seiner Dichtung welk erscheint, ein anderer Teil die alte Magie behalten hat?«

Stellvertretend für die Leser des fortgeschrittenen 20. Jahrhunderts stellt Feuchtwanger diese Fragen an einen Autor, der 1771 in Edinburgh geboren wurde und 1832 auf seinem Schloß Abbotsford verstarb

– einen Autor, der ein riesiges literarisches Oeuvre hinterließ, einen Bestseller nach dem anderen dem gierigen Publikum in ganz Europa vorwarf und doch heute als Schriftsteller in Deutschland so gut wie nicht präsent ist. Mit Ausnahme von Ivanhoe, dieser fulminanten Ritterstory aus der Zeit der Kreuzzüge, dürfte kaum ein Werk Scotts heute noch in deutschen Bücherregalen zu finden sein. Diesem Mißstand abzuhelfen, wurde es allerhöchste Zeit, denn Walter Scott bietet ebenso spannenden wie historisch fundierten Lesestoff; mit ihm in die Vergangenheit zu reisen – ob ins ferne Morgenland, auf schottische Hochebenen oder an prunkvoll-königliche Höfe –, ist immer ein Gewinn.

Walter Scott gilt heute weithin als der Begründer des modernen historischen Romans, d. h. einer Dichtung, die Menschen und Handlungen aus ihrer Epoche heraus entwickelt, es also nicht dabei beläßt, irgendwelche historischen Situationen, Ideen und Menschen in eine beliebige Zeit zu versetzen, ohne daß der Autor sich darum bemüht, die Spezifik dieser Epoche einzufangen.

II

Walter Scott, Sohn eines Anwalts, verbringt seine Kindheit auf dem Landgut seines Großvaters. Schon früh, denn seine Familie beruft sich auf ein altes schottisches Geschlecht, interessiert er sich für die wechselvolle Geschichte seines Landes zwischen englischem Herrschaftsanspruch und schottischem Nationalstolz. Scott begeistert sich für volkstümliche Lieder und Traditionen und die karge Schönheit schottischer Landschaft. Vielleicht weil er seit seiner Jugend an einer körperlichen Behinderung leidet (ein Bein ist gelähmt), zieht es ihn um so mehr zur Lektüre: Er ist (und bleibt es sein Leben lang) ein unersättlicher Leser aller Arten von Literatur. Vor allem historische Schilderungen, aber auch romantische Liebesverse haben es ihm angetan. Die Details seiner Lesewut bewahrt er tief in seinem Gedächtnis: Es sind die späteren Bausteine seiner eigenen Dichtung.

Doch zunächst zieht der junge Scott das Advokatendasein der unsicheren Existenz eines freien Schriftstellers vor. Nach seinem Studium in Edinburgh läßt er sich 1792 ebendort als Anwalt nieder. Er ist ein Konservativer durch und durch; er lehnt die Französische Revolution aus ganzem Herzen ab, mißtraut jeder Art von Intellektualismus und bezieht seine weltanschaulichen Orientierungen eher aus der »ruhmreichen« schottischen Vergangenheit denn aus der aufklärerischen Vernunft, wie sie damals in Europa in Mode war.

Scotts Ehrgeiz ist darauf gerichtet, seine Tage als Edelmann auf einem eigenen Landsitz zubringen zu können. Die Erfüllung dieses Wunsches aber wird ihn teuer zu stehen kommen, ja ihn zugrunde richten. Zur beruflichen Karriere – er wird Sheriff-depute of Selkirkshire, d.h. Stellvertreter des obersten Richters einer Grafschaft im schottischen Grenzland – gesellen sich erste Erfolge als Sammler von Balladen und Verfasser von Versromanzen, als Herausgeber der Werke Swifts und Artikelschreiber für verschiedene Zeitungen. Ein Multitalent entfaltet sich und wird zu einem Berserker in Sachen Literatur. Scott übersetzt (nach längerem Studium der deutschen Sprache) Goethes Götz von Berlichingen ins Englische, und mit The Lady of the Lake (Die Dame vom See) und anderen Versromanzen hat er solch durchschlagenden Erfolg, daß er 1809 Partner im Verlag des James Ballantyne und 1812 schließlich Eigentümer eines Bauerngutes wird, das er im Laufe der Jahre zu seinem Schloß Abbotsford ausbauen läßt.

Walter Scott avanciert zu einem der meistgelesenen Autoren seiner Zeit. Doch der finanzielle Bedarf des frischgebackenen Landlords ist kaum zu stillen. Da das Publikum seiner Romanzen allmählich müde wird, verlegt Scott sich auf das Schreiben von Romanen. In großer Schnelligkeit verfaßt er ab 1814 an die 30 Romane von zumeist beträchtlichem Umfang. Diese enzyklopädische Reihe beginnt mit Waverley, einem historisch-romantischen Sittengemälde der Jahre des schottischen Aufstandes (1745/46) gegen England. Scott veröffentlicht Waverley – und bis 1825 alle weiteren Romane – anonym, weil er die Gattung Roman für unter der Würde eines Landedelmannes hält. Natürlich wußte jeder Leser um die Autorschaft der in schneller Folge auf den Markt kommenden Romane (The Legend of Montrose, Rob Roy, Redgauntlet, The Heart of Midlothian, Quentin Durward, The Antiquary, Kenilworth, Old Morality oder Count Robert of Paris, um nur einige der bekanntesten zu nennen), die gezeichnet waren mit »vom Verfasser von Waverley«. Aber dieses kleine literarische Versteckspiel erhöhte nur den Reiz sowie die Kauf- und Leselust der Scott-Verehrer. Als der Autor 1820 zum Baron ernannt wird, scheint Scotts Glück perfekt. Doch das erweist sich als Trugbild, denn 1825 geht sein Partner und Verleger (manche sagen betrügerisch) Bankrott – und Scott sieht sich mit der ungeheuerlichen Schuld von 150000 Pfund belastet. Das Anerbieten zahlreicher Freunde und Leser, ihm finanziell unter die

Arme zu greifen, lehnt der eigenwillige Schriftsteller ab. Statt dessen schreibt und publiziert er – gegen den erdrückenden Schuldenberg an – in immer schnellerem Tempo: »Der Dichter Walter Scott arbeitete sich im Wortsinn zu Tode, weil ihm die Laune danach stand, als anständiger Geschäftsmann zu gelten«, merkte dazu larmoyant Lion Feuchtwanger an.

Es kam denn auch, wie es kommen mußte: Nach einem Schlaganfall im Jahre 1830 stirbt Scott, überarbeitet, körperlich und geistig verbraucht und leergepumpt, im Jahre 1832 in seinem geliebten Abbotsford, dem Schloß von zweifelhaft-barocker Schönheit. Seine Hinterlassenschaft an die Welt: ein literarisches Werk von kaum überschaubarem Ausmaß, Romane, Gedichte, Übersetzungen, journalistische Arbeiten und theoretische Überlegungen in Hülle und Fülle und – das sollte nicht verschwiegen werden – von unterschiedlicher Qualität. Vielleicht ist letzteres (verbunden mit einer manchmal arg strapazierenden Gedanken- und Handlungsflut) dafür verantwortlich, daß Scott heute in Deutschland zu den vergessenen und verdrängten Schriftstellern zählt. Nicht auszuschließen ist aber auch, daß eine bisweilen peinliche Provinzialität und Vorurteilsgeladenheit deutscher Leser (und Literaturwissenschaftler) gegenüber ausländischem Gedankengut das Seine bewirkt hat. (Der »Fall« des schmählich vernachlässigten und erst jetzt wiederentdeckten Rudyard Kipling, Autor von Kim, den Dschungelbüchern usw., mag das illustrieren.).

III

Das einzig wirklich noch bekannte (weil verfilmte) Werk Scotts ist der immer wieder neu aufgelegte (und dabei bisweilen gekürzte und zerstückelte) Roman *Ivanhoe*, jene im 12. Jahrhundert angesiedelte Geschichte von König Richard Löwenherz und seinem Kampf gegen die verräterischen Machenschaften seines Bruders Johann. Mit Hilfe des geheimnisvollen schwarzen Ritters, Wilfried von Ivanhoe, kann Löwenherz das verwirrende Machtspiel für sich entscheiden. Zeitlich in die Nähe dieses während der Kreuzzüge spielenden Epos gerückt und mit ähnlichen Techniken wie dieses arbeitend (einer Mischung aus historisch verbürgten Tatsachen und frei Erdichtetem), ist der hier vorliegende Roman *Der Talisman*. Scott veröffentlichte diesen mit gutem Grund auf die Fortführung des Erfolges von *Ivanhoe* spekulierenden

Roman 1825. Der Talisman, natürlich wieder ein Verkaufsschlager, zählt zu den wenigen Scott-Romanen, die sich nicht auf das vertraute schottisch-britische Ambiente stützen, sondern deren Handlung fern von Europa, eben im von Christen und Moslems heiß umkämpften Morgenland spielt. Die westeuropäischen Großmächte sind dort zwar im Streit um Palästina vereint, ihre politischen Binnenkonflikte aber scheinen geradezu in den Wüstensand exportiert. Deshalb herrscht Haß, Mißgunst und Verrat im Lager der Christen; Richard Löwenherz, der aufbrausend-tugendhafte Ritter, kann die heillos zerstrittenen Parteien – Engländer, Österreicher, Franzosen usw. – nicht mehr zum gemeinsamen Kampf motivieren. Er entgeht Anschlägen auf sein Leben nur mit knapper Mühe und mit Hilfe des schottischen Ritters vom Leoparden, der die Vorurteile der Engländer glänzend widerlegt und sich als eigentlicher Held, als vorzüglicher Gentleman präsentiert und dem Tugend-Kodex der Minne-Zeit alle Ehre erweist. Seine Liebe zu Edith Plantagenet, der Verwandten Richards, ist rein und unschuldig. Wen wundert es, daß die beharrliche Unterwürfigkeit des Schotten belohnt wird, als die Schranken fallen, die einer Heirat entgegenstehen: Denn Kenneth, der Leoparde, ist alles andere als ein knauseriger Landedelmann, er entpuppt sich als Graf von Huntingdon, königlicher Prinz von Schottland.

Die Handlung des Romans ist – wie meist bei Scott – vertrackt und verzwickt; mit Rückblenden und Einschüben versucht er deshalb Ordnung und Übersicht ins Personen- und Handlungsgestrüpp zu bringen. Das ist um so nötiger, da neben dem Handlungsstrang vom Zwist im Christenlager, von Verrat, Rittertugenden und Liebe, ein zweiter – außerchristlicher – Gegenstand der Erzählung heranreift. Mit welch einfühlsamer, vorurteilsloser Sicht Scott dabei Religion, Philosophie und Lebensweise der Moslems, kulminierend in der verwandlungsfähigen Person des Saladin, schildert, ist erstaunlich. Bei den Moslems gibt es weder Verrat noch Mißgunst, ihre Religion ist im Einklang mit den Bedürfnissen der Menschen, ihre Sitten bilden ein harmonisches Miteinander mit der Natur. Die Ungläubigen und Heiden erscheinen so als die eigentlich Gläubigen, ihre Ziele sind rein und nicht von machtpolititschem Kalkül diktiert. Der Talisman, der so viel Gutes bewirkt, kann deshalb wohl auch nur von den Moslems stammen und quasi als Leihgabe und Nachhilfestunde in Menschlichkeit an die Christen weitergegeben werden. Mit dieser Interpretation der – aus eurozentristischem Blickwinkel – vermeintlich kulturlosen Araber begibt sich Scott in aufklärerisches Neuland und dürfte für seine Zeit manch liebgewordenes Klischee zerstört haben.

IV

»Das grundlegend Neue« der Scott-Romane besteht in ihrem »Verhältnis zur Geschichte«. Historisch derart bewandert, daß es ihm gelingt, bei Einführung erfundener Personen Fiktion und Fakten solide zu vermischen, fühlt sich Scott »der Wahrheit der Geschichte verpflichtet« (E. Standop/E. Mertner). Scotts Menschen sind keine Abziehbilder irgendeines historischen Klischees, sondern überaus real; sie haben Humor, Wärme, skurrile Züge, sie sind – die Nebenpersonen mehr noch als die jeweiligen Hauptpersonen – aus ihrer Zeit heraus erklärt und geschaffen. Scott vermittelt – und das ist ganz modern –, daß Geschichte nicht allein aus Daten und Fakten, Schlachten und Diplomatie, sondern auch aus dem Schicksal lebendiger Menschen, mit all ihren Nöten, Interessen, Verblendungen und Sehnsüchten besteht. Das Neue, das Revolutionäre der Scott-Romane liegt weniger im Formalen – im Gegenteil: literarischer Stil war nicht eben seine Stärke – als vielmehr in der Geschichts-Interpretation. Es gelingt ihm nämlich, das Vergangene so zu gestalten, daß Geschichte als Prozeß erkennbar wird. Seine mit den Augen des 19. Jahrhunderts in die Vergangenheit geworfenen Blicke können deshalb auch für die Gegenwart und die Zukunft fruchtbar gemacht werden.

Goethe, ein Bewunderer Scotts, schrieb: »Seine Szenen und Situationen gleichen Gemälden (...), im Ganzen der Anordnung zeigen sie die Höhe der Kunst, die einzelnen Figuren haben eine sprechende Wahrheit, und die Ausführung erstreckt sich mit künstlerischer Liebe bis auf das Kleinste, so daß uns kein Strich geschenkt wird.« Andere Zeitgenossen verglichen Scott gar mit Shakespeare. Gegen solche – wohl ein wenig übertriebene Lobhudelei – gewandt, meinte Scott kokett: »Die Dummköpfe vergleichen mich mit Shakespeare – Ich bin es nicht wert, ihm die Schuhe zu binden.«

Der Leser des *Talisman* möge selbst überprüfen, ob die Scott-Werke auch heute noch der ungebrochenen Leselust einiger Unentwegter standhalten können, jener unzeitgemäßen Spezies nämlich, die noch nicht angekränkelt ist vom Fieber der Computer- und Videospiele und sich noch über Stunden und Tage einlassen mag auf die spannenden

Abenteuer und Liebesromanzen verwegener Ritter. Denn ob im fernen Morgenland oder zu Haus im schottischen Hochland: Sie bestehen ihre Prüfungen mit Bravour.

Zur vorliegenden Ausgabe

Der Talisman gibt im wesentlichen die Fassung wieder, wie sie im Jahre 1851 in Leipzig (im Verlag Carl Zieger) erschienen ist. Der damals von Wilhelm Sauerwein übersetzte und von J. E. Wessely durchgesehene Roman wurde anläßlich dieser Ausgabe neu bearbeitet. Dabei wurde versucht, die Sprache des Originals unangetastet zu lassen; vor allem aber orthographische und grammatische sowie einige stilistische Verbesserungen erwiesen sich als unerläßlich, damit der über 130 Jahre alte Text auch heute noch verständlich und lesbar sein kann. Der Charme der romantisch-biedermeierlichen Sprache konnte so erhalten bleiben.

Frank Dietschreit